Hotel

Die Chroniken der Hüter • Band 1

Elysium

Tanya Huff

Autorin	Tanya Huff
Deutsch von	Dorothee Danzmann
Lektorat	Oliver Hoffmann
Korrektorat	Angela Voelkel und Thomas Russow
Art Director, Satz und Gestaltung	Oliver Graute
Umschlagillustration	Oliver Graute

1. Auflage 2005
ISBN 3-935282-88-5
Originaltitel: Summon the Keeper

Feder&Schwert im Internet: http://www.feder-und-schwert.com

Für den echten Austin
und für Sid und Sam und Sasha
und in liebevollem Gedenken an Emily und Ulysses.
„Nur eine Katze" – so etwas gibt es nicht!

Eins

Als der Sturm losbrach und der Regen gleich kübelweise aus einem pechschwarzen, erbarmungslosen Himmel stürzte, mußte Claire Hansen sich eingestehen, daß sie eigentlich nichts anderes erwartet hatte. Der ganze Abend war schon so gewesen. Sie hatte eine Fahrkarte nach Colburg gelöst, war aber bereits drei Stationen vorher ausgestiegen und hatte den Bahnhof von Kingston in dem sicheren Wissen betreten, die Quelle des Hilferufs nunmehr gefunden zu haben. Danach hatte der Tag ihr keine weiteren Gewißheiten mehr beschert.

Als es dann anfing zu regnen, taten Claire bereits die Füße weh, ihr Gepäck schien ihr die Schultergelenke ausrenken zu wollen, ihr Reisegefährte schmollte, und sie war nur allzu bereit, die ganze Sache erst einmal aufzustecken. Sie wollte die Suche am folgenden Morgen fortsetzen und sich zunächst gründlich ausschlafen.

Das jedoch erwies sich als gar nicht so einfach.

Zwei der Hotels im Zentrum waren belegt, weil in der Stadt gerade eine Konferenz über die Hydroökologie der Großen Seen stattfand. Im dritten duldete man keine Haustiere, und das vierte beherbergte die Vereinigten Bierdosensammler Amerikas aus Südostontario. Letzteres hatte Claire einfach nicht glauben wollen, bis ihr der Portier des Hotels auf ihre indignierte Nachfrage hin die Tafel zeigte, mit der das Hotel die Sammler in Kingston willkommen hieß.

Manche Leute haben einfach zuviel Freizeit, dachte Claire, packte den schweren Koffer zur Abwechslung mit der linken, den wesentlich leichteren Katzenkorb aus Weidengeflecht mit der rechten Hand und machte sich erneut auf den Weg. *Viel zuviel Freizeit!*

Claire fummelte ihren Mantelkragen unter dem schweren Rucksack hervor, zog die Schultern hoch, um wenigstens den Nacken ein wenig gegen Regen und Wind zu schützen und stapfte auf gut Glück die King Street hinunter in Richtung Universität. Sie meinte, sich vage erinnern zu können, daß man einige der riesigen alten Villen dort am See in Gasthäuser und Pensionen umgewandelt hatte. Weitaus logischer wäre es gewesen, sich von einem Taxi an den Highway 2 bringen zu lassen, den auf der Strecke zwischen Kingston und Cataraqui unzählige Hotels und billige Motels säumten, aber logische Lösungen waren in Claires Betätigungsfeld nicht gerade die Regel, weshalb sie einfach immer weitertrottete.

Donner krachte, Blitze zuckten grell über den Himmel, und nun regnete es womöglich noch heftiger. In der Mitte der Straße, wo die schützenden Zweige und Blätter der riesigen alten Bäume nicht mehr ganz hinreichten, hüpften weintraubengroße Wassertropfen über das Pflaster. Hier auf dem Bürgersteig unter den Bäumen war es ...

Ein Windstoß packte das Blätterdach und kippte einen eisigen Wasserschwall direkt in Claires Nacken.

... auch nicht merklich trockener.

Es gibt Zeiten, da hilft nichts anderes, als herzhaft und unflätig zu fluchen. Diese Art der Erleichterung war Claire verwehrt, und so biß sie die Zähne zusammen und stapfte unverdrossen durch immer größer werdende Pfützen auf den Stadtpark zu. Der Park war ein wichtiger Anziehungspunkt für Touristen; hier würde sich gewiß eine Unterkunft finden lassen, auch wenn jetzt im September im Park keine Ausstellungen und Konzerte mehr stattfanden. Claire war hundemüde, pitschnaß und ganz allgemein schlecht gelaunt. Sie war bereit, sich mit allem zufriedenzugeben, vorausgesetzt, es konnte Dach und Bett vorweisen.

Als sie an der Kreuzung Lower Union Street und King Street stand, zuckte erneut ein greller Blitz auf, so daß die Häuser und Bäume der beiden Straßen vor Claire als scharfgezeichnete Schattenrisse erschienen. Am dritten Haus nach der Ecke warf ein Schild an einem schmiedeeisernen Zaun den Lichtschein des Blitzes derart heftig zurück, daß Claire noch lange ein Nachbild auf der Netzhaut hatte.

„Sehen wir uns das mal an?" Claire sah sich gezwungen, gegen den Sturm anzuschreien, um sich Gehör zu verschaffen.

Aus dem Katzenkorb kam keine Antwort. Aber Claire hatte auch nicht wirklich eine erwartet.

Sie befand sich in einem der ältesten Teile der Stadt, und die Häuser hier waren alle zwei- und dreistöckige rote viktorianische Ziegelbauten. Sie waren viel zu groß, um in Zeiten stetig steigender Energiepreise noch jeweils nur eine Familie zu beherbergen, weswegen man die meisten von ihnen in Wohnungen unterteilt hatte. Die ersten beiden Häuser hinter der Kreuzung waren so. Das dritte, zu dem man gelangte, nachdem man eine kleine Auffahrt überquert hatte, war noch größer.

Claire kniff die Augen zusammen. Es war dunkel, Wasser troff ihr aus dem Haar in die Augen, und sie hatte Mühe, die Schrift auf dem Schild am Zaun zu entziffern. Sie ging davon aus, daß es beschriftet war. Welchen Sinn hätte es auch sonst gehabt, ein Schild aufzuhängen?

„Wo bleibt der Blitz, wenn man ihn braucht?"

Wie auf ein Stichwort zuckte es am Himmel blendend hell auf, woraufhin jedes noch so kleine Fleckchen abgeblätterter Farbe auf dem Schild seinen eigenen Schatten erhielt. Es folgte ein zweifacher Donner. Claire ließ den Koffer fallen und klammerte sich am Zaun fest. Das ließ sie allerdings umgehend wieder sein: Mochte sie auch noch so verrostet sein, eine Eisenstange blieb eine Eisenstange und war bei Gewitter nicht unbedingt das, was man anfassen sollte.

Vor Claires Augen tanzten gelbe und weiße Flecken. In ihren Ohren summte der Nachhall der elektrischen Entladung. Unbeholfen stolperte sie auf den Eingang des Hauses zu. Auch wenn sie nur einen ganz kurzen Blick auf das Schild am Zaun hatte werfen können – das Wort ‚otel' hatte sie deutlich erkannt, und das reichte ihr als Information im Moment voll und ganz.

Die neun Stufen waren glatt, uneben und so abgetreten, daß sie ständig drohten, Claire samt Koffer, Katzenkorb, Rucksack und allem Drum und Dran in die Tiefen vor dem Hauseingang zurückzubefördern. Claire stolperte und kippte gegen das Geländer, das sich daraufhin gefährlich bog. Sie lehnte es ab, darin ein Omen zu sehen. Endlich stand sie auf der nicht überdachten Veranda, konnte am Haus aber weder Klingel noch Klopfer entdecken. Das besagte wenig, denn die Nacht war so düster, das Wetter so stürmisch, daß selbst eine Plakette am Haus mit der Warnung, jeder, der hier eintrat, möge alle Hoffnung fahren lassen, unentdeckt geblieben wäre. Claire jedenfalls hätte ein solches Warnschild nicht gesehen – oder es ignoriert. Sie wollte jetzt nur noch eins: aus dem Gewitter heraus und ins Trockene. Durch das Milchglasfenster der Tür schimmerte ein trübes Licht. Claire lehnte ihren Koffer gegen die Backsteinwand des Hauses, hinderte ihn mit dem Knie am Umstürzen und drückte vorsichtig die Türklinke herunter.

Die Tür war unverschlossen.

Claire hätte das unter anderen Umständen sehr zu schätzen gewußt. Welch dramatischer Augenblick: eine schwere Tür, die sich langsam und knarrend öffnet, unheimliche Begleitmusik durch quietschende Türangeln. Wie die Dinge lagen, versetzte sie der Tür einen raschen Stoß, schob sich und ihr Gepäck ins Hausinnere und sorgte mit einem Fußtritt dafür, daß ihr das schlechte Wetter nicht folgen konnte.

Nach dem heftigen Tosen des Sturms war das Schweigen im Haus Claire im ersten Moment höchst willkommen, aber dann schien es immer dichter zu werden, sich um sie zu legen, sie ersticken zu wollen. Claire befand, sie müsse die Stille brechen, sie mit etwas füllen, denn sie kam sich vor, als gieße jemand ganz langsam billigen süßen Sirup über sie, von der Art, wie man ihn auf den Tischen von Speiselokalen vorfindet, in denen Urlauberfamilien frühstücken.

„Hallo? Ist hier jemand?"

Noch nie hatte jemand Claires Stimme als piepsig oder leise bezeichnet, aber in der Stille des Hauses schien sie keinen bleibenden Eindruck hinterlassen zu wollen. Da sie anscheinend sonst keinen Ort fanden, an den sie hätten gehen können, hüpften die Worte in Claires Kopf hin und her und verursachten dort einen plötzlichen, heftigen Kopfschmerz.

Vorsichtig setzte Claire den Katzenkorb neben einem kleinen See ab, der sich bei ihrem Eintreten auf dem zerkratzten Fußboden aus Hartholz gebildet hatte, und wandte sich dem Tresen zu, der den Eingangsbereich des Hauses in einen Flur und so etwas wie ein kleines Büro unterteilte. Ob es wirklich ein Büro war, konnte Claire nicht mit Sicherheit sagen, dafür war das Licht im Haus viel zu schlecht. Auf dem Tresen thronte einsam und würdevoll eine leicht zerbeulte große Messingglocke.

Mittlerweile kam Claire sich vor wie weiland Alice im Wunderland. Tapfer strich sie sich das tropfende Haar aus der Stirn und betätigte die Glocke.

Der alte Mann tauchte derart geschwind hinter dem Tresen auf, daß Claire instinktiv einen Schritt zurückwich und sich nicht gewundert hätte, wäre sein Auftritt von einer kleinen Rauchwolke begleitet gewesen – was sie wesentlich weniger verwirrt hätte als die profane Erkenntnis, daß der Alte sie wohl aus einer dunklen Ecke des Büros die ganze Zeit über beobachtet hatte.

„Was wollen Sie?" begehrte er zu wissen.

„Was ich will?"

„Ich habe zuerst gefragt."

Da hatte er durchaus recht. „Ich hätte gerne ein Zimmer für eine Nacht."

Die Augen des Alten verengten sich mißtrauisch. „Das ist alles?"

„Was gibt es denn sonst noch?"

„Frühstück!"

Noch nie hatte jemand Claire das Wort ‚Frühstück' wie einen Fehdehandschuh hingeworfen. „Wenn Frühstück im Preis inbegriffen ist, hätte ich es gern." Unter anderen Umständen wäre ihr gewiß eine schlagfertigere Antwort eingefallen. Dann fiel ihr etwas ein, was sie noch wissen mußte. „Nehmen Sie Haustiere?"

„Nein! Ganz bestimmt nicht! Das ist eine dreckige Lüge! Das haben Sie von Mrs. Abrams von nebenan! Die mit ihrem großen haarigen Baby, das mir immer die Auffahrt vollkackt!"

Claire, die mittlerweile vor Kälte zitterte und deren regennasse Kleidung ihr immer schwerer vorkam, brauchte eine Weile, bis sie verstanden hatte, an welchem Punkt die Unterhaltung von der vorhergesehenen Bahn abgekommen war. „Ich hatte eigentlich wissen wollen, ob Sie etwas dagegen haben, wenn man ein Haustier mitbringt."

Der Alte schnaubte empört. „Warum sagen Sie dann nicht gleich, wie Sie es meinen!"

Plötzlich kam der Alte Claire irgendwie bekannt vor. Aber die einzelne Glühbirne über dem Tresen hing zu hoch und spendete ein derart diffuses Licht, daß Claire im Gesicht des Mannes nur Schatten erkennen konnte, wodurch jeglicher Versuch, ihn irgendwo einzuordnen, scheiterte. Mittlerweile zuckte Claires linkes Lid im Gleichtakt mit dem schmerzhaften Pochen in ihrem Schädel. „Kennen wir uns?" fragte sie vorsichtig.

„Nein, das tun wir nicht."

Er sagte die Wahrheit, aber irgendwie nicht die ganze Wahrheit. Das konnte Claire an seiner Stimme hören. Aber ehe sie die Frage vertiefen konnte, zischte er wütend: „Wenn Sie das Zimmer nicht wollen, schlage ich vor, Sie verschwinden wieder. Ich habe wahrlich nicht vor, mir hier die ganze Nacht die Beine in den Bauch zu stehen!"

Die bloße Vorstellung, wieder ins Gewitter hinauszumüssen, fegte jeglichen weiteren Gedanken aus Claires Kopf. „Ich möchte das Zimmer."

Mühsam zog der Mann unter dem Tresen ein altes, grünes, ledergebundenes Buch hervor und knallte es Claire vor die Nase. Er schlug eine leere Seite auf und schob ihr einen Federhalter hinüber: „Unterschreiben Sie!"

Kaum hatte sie das N geschrieben, auf das ihr Nachname endete, da zog er auch schon das Buch wieder zu sich heran, so rasch, daß ihr feuchter Ärmel eine Spur auf dem vergilbten Papier hinterließ. Nun riß er ihr den Federhalter aus der Hand, um ihn sofort gegen einen Schlüssel an einem riesigen rosa Schlüsselring auszutauschen.

„Zimmer eins. Treppe hoch, dann rechts."

„Soll ich etwas im vor..." Claire ließ den Satz unvollendet, denn der alte Mann war ebenso rasch wieder verschwunden wie er aufgetaucht war. „Scheinbar wohl nicht."

Sie nahm ihr Gepäck und machte sich auf den Weg die Treppe hinauf, wobei sie ihren Instinkten vertrauen mußte, wenn sie nicht fehltreten wollte. Das Licht im Treppenhaus leuchtete so schwach, daß sie nicht weiter als zwei Meter sehen konnte.

Zimmer eins war wie sein Schlüssel: in den Grundzügen modern – wenn man unter dem Begriff ‚modern' all das verstand, was nach den Fünfziger Jahren entstanden ist. Es hatte nichts besonderes an sich. Teppich und Vorhänge waren blau, der Bettüberwurf und die Polster der Sitzmöbel hellblau, die Wände eierschalenfarben gestrichen, die Möbel dunkel und zweckmäßig. Im Badezimmer gab es ein Waschbecken, eine Toilette, eine Badewanne, in der man auch duschen konnte, und es roch nach Desinfektionsmitteln, wie sie in öffentlichen Einrichtungen üblich sind und die stets hinten im Hals ein bitteres Kratzen verursachen.

Das Zimmer war viel besser, als Claire nach ihrem Zusammentreffen mit dem Wirt zu hoffen gewagt hatte. Sie stellte den Weidenkorb auf der Frisierkommode ab, öffnete die Lederschnallen, mit denen er verschlossen war und hob den Deckel. Ein ziemlich mißgestimmter schwarzweißer Kater bequemte sich nach einer Weile, den Korb zu verlassen und das Zimmer einer Inspektion zu unterziehen.

Draußen vor dem Fenster heulte der Sturm mit unverminderter Stärke weiter, konnte den beiden nun aber nichts mehr anhaben. Claire ließ den Mantel von den Schultern gleiten, schlang ein Handtuch um ihr nasses Haar, ließ sich aufs Bett fallen und versuchte leider erfolglos, das Schlagzeugsolo in ihrem Kopf nicht weiter zu beachten.

„Was ist, Austin? Zufrieden mit unserer Unterkunft?" fragte sie, als sie den Kater verdrossen aus dem Badezimmer antraben hörte. „Ich muß dir aber gleich sagen, daß mich deine Meinung eigentlich gar nicht interessiert. Besser werden wir es heute jedenfalls nicht mehr treffen."

Mit einem Satz sprang der Kater neben Claire aufs Bett. „Schade. Auch auf die Gefahr hin, Klischees zu verbreiten – ich habe ein schlechtes Gefühl."

Es gelang Claire, beide Augen etwa zwei Millimeter weit zu öffnen. Bis jetzt hatte leider noch niemand feststellen können, ob Katzen wirklich Hellseher sind oder lediglich widerliche kleine Besserwisser. „In bezug worauf hast du ein schlechtes Gefühl?"

„Du weißt schon – in bezug auf alles hier." Er hielt inne und fuhr sich mit der feuchten Pfote über die Schnurrhaare. „Kannst du denn gar nichts empfangen?"

Claire ließ die Augen wieder zufallen. „Momentan kommt es mir vor, als würde ich mit einer meiner Zahnfüllungen MTV empfangen, und zwar die Stomp Tour." Ein guter Vergleich, aber auch ein harter – Claire zuckte bei ihren eigenen Worten leicht zusammen. „Phantastisch – anders kann man das nicht sagen."

Fünf Kilo kompakte, behaarte Masse ließen sich auf ihrer Brust nieder. „Claire! Ich meine es ernst."

„Der Hilferuf klingt nicht dringlicher als heute morgen, falls du das wissen wolltest." Claire knöpfte sich mit einer Hand die Jeans auf und schubste Austin mit der anderen von ihrer Brust zurück aufs Bett. „Durch meine Kopfschmerzen dringt nur ein ganz schwaches Summen."

„Dem solltest du nachgehen."

„Wem sollte ich nachgehen?" Als Austin keine Antwort gab, befand Claire, sie habe das letzte Wort behalten und es gäbe offenbar nichts mehr zu argumentieren. Rasch zog sie sich aus und schlüpfte in einen cremefarbenen Seidenpyjama – die allgemeinen Verhaltensvorschriften rieten für den Fall der Fälle zu einer Nachtbekleidung, mit der man notfalls auch in den Frühnachrichten würde auftreten können.

Als sie sich dann endlich unter der Bettdecke vergraben hatte, den Kater zusammengerollt auf dem zweiten Kopfkissen neben sich, fiel Claire auch ein, warum ihr der alte Mann unten so bekannt vorgekommen war. Wie ein Zwerg hatte er ausgesehen – allerdings nicht wie ein freundlicher Gartenzwerg.

Rumpelstilzchen, dachte Claire und schlief lächelnd ein.

„Das ist merkwürdig, meine Schuhe sind immer noch nass!"

Vom Katzenklo aus warf ihr Austin einen finsteren Blick zu. „Wenn es dir nichts ausmachen würde ..."

„Entschuldigung." Claire leerte das Wasser aus der Spitze ihres Leinenturnschuhs, hängte ihn und seinen Kumpan wieder an den Schnürsenkeln über die Befestigung des Duschvorhangs und zog sich hastig aus dem Badezimmer zurück. „Ich hatte nicht damit gerechnet, daß sie schon richtig trocken sein würden", fuhr sie fort und ließ sich auf der Bettkante nieder. „Aber ich hatte gehofft, sie seien trocken genug, daß ich sie wieder anziehen kann."

Der Tag hatte durchwachsen begonnen. Einerseits regnete es immer noch, und Claires Schuhe waren so naß, daß sie sie nicht tragen konnte. Andererseits hatten weder Zeichen noch Vorwarnungen ihren Schlaf gestört, ihre Kopfschmerzen waren wie weggeblasen, und das leise Summen war vollständig verschwunden. Auch Austin war gut gelaunt erwacht – so gut gelaunt zumindest, wie es ihm vormittags möglich war.

Claire ließ sich gegen den Stapel Bettzeug sinken, den sie auf dem Bett angehäuft hatte und versuchte, über das Scharren des Katers im Badezimmer hinweg den Geräuschen des Hotels zu lauschen, und runzelte die Stirn. „Es ist still hier."

„Zu still?" wollte Austin aus dem Badezimmer kommend wissen.

„Der Ruf ist weg."

Der Kater setzte sich auf die Hinterpfoten und starrte Claire an. „Was soll das heißen: weg?"

„Das heißt: abwesend, nicht vorhanden, verlorengegangen, nicht da." Claire sprang auf die Beine und ging im Zimmer auf und ab. „Weg!"

„Aber als du zu Bett gingst, war er noch da?"

„Ja."

„Das heißt also, irgendwann in der Zeit zwischen zweiundzwanzig Uhr dreißig letzte Nacht und acht Uhr eins heute morgen war deine Hilfe nicht mehr vonnöten?"

„Ja."

Austin zuckte die Achseln. „Dann ist die Stelle von allein wieder zugegangen."

Claire blieb stehen und verschränkte die Arme vor der Brust. „So etwas geschieht nie."

„Na und? Hast du eine bessere Erklärung?" fragte der Kater hochmütig.

„So auf Anhieb nicht. Aber selbst wenn die Stelle sich geschlossen hätte – dann würde man mich doch sofort wieder an einen anderen Ort berufen!" Erstmals in zehn Jahren war sie weder konkret mit einer Stelle befaßt noch auf dem Weg zu einer, an der sie gebraucht wurde. „Ich fühle mich wie ein alter Schuh, den man weggeworfen hat, wie Treibgut ..."

„Du würfelst deine Metaphern durcheinander!" unterbrach der Kater und sprang zu ihr aufs Bett. „So ist es besser! Nichts gegen deine Knie, aber man kann nicht sagen, daß sie sich ausdrucksstark an Konversationen beteiligen. Vielleicht", fuhr er nachdenklich fort, „wirst du auch deswegen nicht mehr gebraucht, weil das Gute gesiegt hat und man davon ausgeht, daß das Böse nicht mehr im Bereich des Möglichen liegt."

Die beiden sahen einander einen Augenblick lang unverwandt an und kicherten dann zur gleichen Zeit los.

„Mal ernsthaft, Austin, was soll ich machen?"

„Wir sind nicht weit von zu Hause. Warum besuchst du nicht deine Eltern?"

„Meine Eltern?"

„Ich bitte dich, das weißt du doch bestimmt noch: männlich, weiblich, Empfängnis, Geburt ..."

Claire erinnerte sich in der Tat an all das. Sie versuchte nur, nicht allzuoft daran zu denken. „Willst du damit andeuten, wir könnten Urlaub brauchen?"

„Im Moment will ich damit nur andeuten, daß wir dringend ein Frühstück brauchen."

Der Treppenbelag hatte schon bessere Tage gesehen. Nur an den Rändern konnte man sein Muster noch erahnen, in der Mitte zeigte er sich unterschiedslos dünn und grau. Das ganze Hotel hatte Claire schon in der vergangenen Nacht nicht gerade positiv beeindruckt; jetzt, bei Tageslicht betrachtet, wirkte es ganz eindeutig schäbig.

Kein Ort, an dem man länger verweilen möchte, dachte die junge Frau und schraubte eine runde Verzierung fest, die sich vom Treppengeländer gelöst hatte.

„Ich finde, wir sollten uns hier einmal umsehen", sagte sie und folgte dem Kater die Treppe hinab ins Erdgeschoß. „Selbst wenn sich die Stelle von selbst geschlossen haben sollte, kann es nicht schaden, die ganze Gegend zu überprüfen."

„Ich bin zu allen Schandtaten bereit. Wenn wir gegessen haben."

Immer der Nase nach, auf der Suche nach einer Tasse Kaffee und unter Umständen ja sogar dem versprochenen Frühstück, durchquerte Claire die Eingangshalle und drang in den hinteren Teil des Erdgeschosses vor. *Wenn wir Glück haben, dann ist der widerwärtige kleine Zwerg hier nicht auch noch Koch.*

Das Eßzimmer erstreckte sich über den gesamten hinteren Teil des Erdgeschosses und enthielt mehrere kleine Tische, um die man Stühle aus rostfreiem Stahl mit Kunstlederbezug gruppiert hatte. Offenbar war der Raum gleichzeitig mit Claires Zimmer renoviert und neu möbliert worden. Draußen vor den Fenstern – die weder Gardinen noch Vorhänge zierten – fiel stetiger Regen aus einem schiefergrauen Himmel und sammelte sich unter einem uralten, aber tadellos gepflegten weißen Pick-up, der am rückwärtigen Zaun geparkt stand, zu einer riesigen Pfütze.

Fast wäre Claire angesichts des Wetters und der Eßzimmereinrichtung in tiefe Depressionen verfallen. Aber da lockte der unverwechselbare Duft nach zweifach gebranntem kolumbianischen Kaffee sie tiefer in den Raum und in eine kleine, offene Küche. Deren Ausstattung aus rostfreiem Stahl hätte jedem Restaurant zur Ehre gereicht. Die Küche war vom eigentlichen Speisebereich durch einen plastikbeschichteten Tresen getrennt, dessen Oberfläche so oft geschrubbt worden war, daß sie nun einheitlich hellgrau schimmerte.

Am Kühlschrank stand ein dunkelhaariger junger Mann, der knapp zwanzig sein mochte. Über seine ausgeblichenen Jeans und das T-Shirt hatte sich der Junge eine lange Kochschürze gebunden. Er trug eine runde Nickelbrille, wirkte aber mit seinen breiten Schultern und den schmalen Hüften auf Claire nicht wie ein Intellektueller. Unter dem weißen Baumwollstoff des T-Shirts zeichneten sich seine Rückenmuskeln in interessanten Wellen ab, und als Claire den Blick senkte, konnte sie feststellen, daß sie hier einen Mann vor sich hatte, der seine Jeans bügelte.

Austin sprang lautlos auf den Tresen, sah erst den Koch, dann Claire an und schnaubte: „Du darfst ruhig wieder atmen!"

In diesem Moment schloß das Objekt ihrer Begutachtung die Kühlschranktür und drehte sich um. Claire packte den Kater und setzte ihn rasch zurück auf den Fußboden.

„Guten Morgen", sagte er. Es hörte sich an, als sei es ihm ernst.

Abgelenkt von Zähnen, die ebenso weiß waren wie sein Hemd und unglaublich blauen, von dichten dunklen Wimpern umstandenen Augen sowie den wohlklingenden, in ihrer Musikalität fast schon irisch anmutenden Klängen Neufundlands brauchte Claire einen Moment, um sich zu fangen. „Gute Güte! Ich meine natürlich: Guten Morgen", antwortete sie dann.

Nicht nur das Erscheinungsbild des jungen Mannes hatte sie umgeworfen. Vor ihr stand trotz seines Alters oder vielmehr seiner Jugend der bodenständigste Mensch, den Claire je zu Gesicht bekommen hatte. Ein Mann, der dem ersten Eindruck nach zu urteilen nie versuchen würde, eine Tür aufzustoßen, an der ‚Ziehen' stand. Ein Mann, der pünktlich zu Verabredungen erschien und dem, sollte Feuer ausbrechen, einfallen würde, wo genau sich der nächste Ausgang befand. Claire warf einen kurzen Blick auf seine Füße und erwartete fast, von diesen aus Wurzeln im Boden verschwinden zu sehen, fand aber nur ein paar abgetragene Arbeitsstiefel, ungefähr Größe 43.

„Mr. Smythe hatte am Kühlschrank eine Nachricht hinterlassen, die alles erklärt." Mit diesen Worten wischte sich der junge Mann die rechte Hand an der Schürze ab, wußte dann aber offensichtlich nicht, was er mit ihr tun sollte und ließ sie wieder sinken. „Ich bin Dean McIssac und arbeite seit letztem Februar hier als Koch und Putzmann. Ich hoffe sehr, Sie ziehen in Betracht, mich weiter zu beschäftigen."

„Sie weiterhin zu beschäftigen?"

Claire hatte den jungen Mann völlig verständnislos angestarrt, was ihn zu überraschen schien. „Sind Sie denn nicht die neue Besitzerin?"

„Die neue was?"

Er nahm die Seite aus einem Notizblock, die mittels eines Magneten an der Kühlschranktür befestigt war und reichte sie Claire.

Die Frau, die die Nacht in Zimmer eins verbringt, las Claire, *heißt Claire Hansen und ist ab heute morgen die neue Besitzerin.* Bis auf einen kleinen braunen Fleck unbestimmter Herkunft war der Zettel ansonsten leer. „Das erklärt nun Ihrer Meinung nach alles?" fragte Claire ungläubig.

„Er hat, seit ich hier arbeite, versucht, das Haus zu verkaufen", erwiderte Dean. „Da bin ich davon ausgegangen, daß es ihm nun endlich gelungen ist."

„Nun, es ist ihm nicht gelungen!" Bislang hatte der junge Mr. McIssac nichts als die Wahrheit gesagt – was allerdings nicht das Geringste erklärte. Claire ließ das Notizblatt auf den Tresen fallen und fragte sich, was für ein Spiel der Alte da wohl mit ihr spielte. „Ich bin Claire Hansen, das stimmt, aber ich habe dieses Hotel nicht gekauft und habe es auch nicht vor."

„Aber Mr. Smythe ..."

„Mr. Smythe ist offenbar senil. Wenn Sie mir sagen würden, wo ich ihn finde, werde ich alles aufklären." Claire bemühte sich, den letzten Satz wie ein Versprechen und nicht wie eine Drohung klingen zu lassen.

Tagsüber vertrieben zwei lange, schmale Fenster einen Teil der Schatten im Büro, aber im Licht eines grauen Regentages wirkte das Zimmer nicht einladender als bei Nacht.

„Hier wohnt er?" fragte Claire und glitt seitwärts durch die schmale Öffnung zwischen Tresen und Wand, von der Eingangshalle her der einzige Zugang zum Büro.

„Nein, hier." Die Tür zu den Räumen des Alten war so geschnitzt, daß man sie für einen Teil der Wandvertäfelung halten konnte. Dean hob die Hand und wollte klopfen, hielt dann aber nur wenige Zentimeter vom Holz entfernt inne und sagte: „Die Tür steht offen."

„Dann werden wir erwartet." Claire zwängte sich an Dean vorbei. „Ach du meine Güte!"

‚Überladen' wäre als Bezeichnung für den Raum auf der anderen Seite der Tür eine Untertreibung gewesen – genau wie es untertrieben gewesen wäre, die Sessel überpolstert zu nennen. Selbst auf dem uralten Fernsehschrank lagen unter einem mit Engeln verzierten Kerzenständer aus Harz und einem Körbchen voll Plastikobst drei verschiedene weiße Spitzendeckchen.

Jemand hatte in den vergoldeten barocken Rahmen eines Kippspiegels einen großen braunen Umschlag geklemmt, und Claire sah schon von weitem, daß er an sie adressiert war. Sie trat ganz langsam vor, plötzlich und unerwartet überzeugt davon, daß ihr nun bald die Dinge ganz rasch und außerordentlich dramatisch aus der Hand gleiten würden. Vorsichtig bahnte sie sich einen Weg durch das vollgestellte Zimmer. Sie brauchte erstaunlich lange, die relativ kurze Strecke zurückzulegen. Dann hielt sie plötzlich den braunen Umschlag in Händen.

Darin befanden sich ein halbes Dutzend Dokumente und eine weitere Notiz, noch knapper als die erste.

„Senil, aber auf den Punkt", murmelte Claire. *„Herzlichen Glückwunsch, Sie sind neue Besitzerin des Hotels Elysium."* Claire sah Dean an. „Hotel Elysium?" Als er nickte, schüttelte sie ungläubig den Kopf. „Warum hat er es nicht einfach Vorhof zur Hölle genannt?"

Dean zuckte die Achseln. „Weil das schlecht fürs Geschäft gewesen wäre."

„Habt ihr denn viele Gäste?"

„Eigentlich nicht."

„Ich kann nicht behaupten, daß mich das überrascht." Claire konzentrierte sich wieder auf die Notiz. *„‚Finger weg von Zimmer sechs'.* Was ist in Zimmer sechs?"

„Da hat es vor ein paar Jahren gebrannt. Mr. Smythe brauchte das Zimmer nicht, also hat er das Geld für die Reparaturen gespart und das Zimmer verschlossen."

„Klingt ja nett." Claire drehte den Zettel um, aber die Rückseite war unbeschrieben. „Vielleicht können die uns weiter..." Dann verschlug es ihr die Sprache, und sie blätterte stumm und mit offenem Mund die anderen Papiere durch. Es waren allesamt amtliche Dokumente, und ihre Unterschrift prangte überall dort, wo sie erforderlich war. Wobei es sich wirklich um Claires Unterschrift handelte, nicht um eine Fälschung. Smythe hatte sie vom Gästebuch abgenommen.

Das konnte nur eines bedeuten.

„Mr. McIssac: Könnten Sie wohl *bitte* gehen und mir eine Tasse Kaffee holen?"

Mit einem Mal stand Dean draußen im Büro, und die Tür zu Mr. Smythes Privaträumen hinter ihm war fest verschlossen. Er konnte sich nicht erinnern, wissentlich die Entscheidung zum Gehen getroffen zu haben. Er wußte noch, daß die Frau ihn gebeten hatte, ihr einen Kaffee zu holen – und dann hatte er auch schon im Büro gestanden. Kaffee. Büro. Dazwischen lag nichts.

„Anscheinend läßt mein Gedächtnis nach!" Dean bückte sich unter dem Tresen durch. „Aber ein Gutes hat die Sache: Noch habe ich meinen Job."

Arbeitsstellen waren rar gesät, und Dean hoffte, er würde seine behalten können. Der Lohn war nicht umwerfend, aber zum Job gehörte eine Wohnung im Keller, und der junge Mann hatte im Laufe der Zeit festgestellt, daß es ihm Freude machte, sich um Menschen zu kümmern. Er hatte sogar schon daran gedacht, einen Halbtagskursus für Hotelmanagement zu belegen. Wenn keine Gäste da waren – und es gab eigentlich nur recht selten Gäste hier –, stand ihm viel freie Zeit zur Verfügung.

All das konnte sich nun ändern. Offenbar hatte Mr. Smythe nicht mehr auf einen Käufer warten wollen und das Hotel einfach an eine völlig Fremde verschenkt, die es aber anscheinend gar nicht haben wollte.

Claire Hansen war nicht so, wie Dean sie sich vorgestellt hatte. Zum einen war sie erheblich jünger, als er gedacht hatte. Dean besaß wenig Erfahrung darin, das Alter einer Frau einzuschätzen, und Make-up verwirrte ihn zusätzlich, aber er hätte schwören können, daß die Frau noch keine dreißig Jahre alt war. Unter Umständen wäre er sogar auf fünfundzwanzig heruntergegangen.

Außerdem reiste sie mit einem Kater – das war ja nun wirklich höchst merkwürdig.

„Ich spüre den Ruf deswegen nicht mehr, weil ich genau da bin, wo ich gebraucht werde."

Austin blinzelte. „Was?"

„Augustus Smythe ist ein Vetter."

„Augustus?"

„Es steht alles hier in den Papieren." Claire blätterte die Dokumente so auf, daß Austin alle sechs Seiten sehen konnte. „In Druckbuchstaben, er hat sich gehütet, mit seinem Namen zu unterschreiben. Er war eine ganze Weile hier; sieht aus, als hätte er eine Unfallstelle überwacht, von der er sich dann verpißt und die er in meine Obhut übergeben hat." Claire ließ sich auf ein Sofa fallen, das mit rosa Abbildungen der hundsblättrigen Rose verziert war und versank immer tiefer darin, bis hinab in besorgniserregende Abgründe zwischen überaus weichen Kissen.

„Alles in Ordnung?" wollte Austin teilnahmsvoll wissen, als sie einige Zeit später heftig keuchend wieder auftauchte, in der Hand einen Haufen Kleingeld.

„Bestens." Claires Knie befanden sich immer noch beträchtlich höher als die Hüften der jungen Frau, weshalb sie vorsorglich einen Ellbogen gegen die vergleichsweise stabile Sofalehne stemmte, um nicht erneut zu versinken. Das Kleingeld ließ sie in eine Schale nicht besonders appetitlich wirkender Pfefferminzbonbons fallen. Es wäre vielleicht sinnvoller gewesen, sich einen anderen Sitzplatz zu suchen, aber keins der anderen Möbelstücke wirkte vertrauenserweckender. „Von der Unfallstelle selbst kam der Ruf nicht, sonst könnte ich ihn noch spüren. Er muß also von Augustus Smythe gekommen sein."

Der Kater sprang auf einen Beistelltisch. „Er hatte es so eilig wegzukommen, daß er dich hierhergeführt hat?"

„Er ging letzte Nacht – und da hörte der Ruf auf. Es scheint mir die einzig logische Erklärung."

„Aber warum das Ganze?"

„Das ist die Frage. Warum?"

Austin legte Claire eine Pfote aufs Knie. „Warum wirkst du plötzlich so zufrieden?"

War sie zufrieden? Ja, das konnte man wohl sagen. „Ich bin zufrieden, weil ich nicht mehr schwimme." Es war verwirrend gewesen, den Tag ohne einen Ruf oder eine zu betreuende Unfallstelle zu beginnen. „Mein Hiersein hat wieder einen Sinn."

„Wie schön." Austin setzte sich auf die Hinterpfoten. „Also kein Urlaub, was?"

„Es sieht nicht danach aus." Claires Lächeln erlosch. Nachdenklich klopfte sie sich mit den Papieren auf die Hüfte. „Warum hat Smythe sich nicht zu erkennen gegeben, als ich ihn nicht erkannte?"

„Ich weiß eine bessere Frage: Warum hast du ihn nicht erkannt?"

„Ich war müde, ich war naß, und ich hatte Kopfweh", verteidigte Claire sich. „Ich dachte nur an eins: Wie komme ich aus dem Gewitter, wie komme ich ins Trockene."

„Glaubst du, er hat dich absichtlich verwirrt?"

„Woher sollte er dafür die Kräfte nehmen? Ich war nur abgelenkt. Belassen wir es dabei." Claire lieferte sich einen weiteren kurzen Kampf mit dem Sofa und stand dann wieder auf den Beinen. „Da sich die Stelle im Hotel befindet – sonst hätte Smythe sich kaum die Mühe gemacht, es auf mich zu überschreiben – und ich sie nicht spüren kann, tippe ich darauf, daß sie zu klein und nicht wirklich wichtig genug ist, um einen Hüter zu brauchen. Smythe wurde letztlich des Wartens überdrüssig. Ich schließe die Stelle, und dann ziehen wir weiter."

„Was ist mit dem Hotel?" rief Austin ihr ins Gedächtnis.

„Sobald ich die Stelle versiegelt habe, übergebe ich es an den jungen Mr. McIssac."

„Du denkst also, es ist alles ganz einfach."

„Ist es nicht eigentlich immer recht einfach?" Claire nahm eine leicht quadratische Porzellanfigur auf, die einen großäugigen, tubaspielenden, lederbehosten Knaben darstellte, schüttelte sich und stellte die Figur wieder ab. „Gehen wir."

„Gehen?" Austin trottete zum Tischende, hüpfte über eine Elvis-Gipsbüste, kroch unter einem Satz in sich gestapelter chinesischer Tischchen hindurch und schaffte es, vor Claire an der Tür zu stehen. „Wohin?"

„Wir suchen uns ein paar Antworten."

„Wo denn?"

„Wo schon? Da, wo wir nicht hin sollen."

Austin schnaubte. „Das ist typisch."

Zimmer sechs lag im zweiten Obergeschoß. Neben dem Standardschloß wies die Tür noch ein großes stählernes Vorhängeschloß mit einem Flansch von Industrieausmaßen auf. Beide Schlösser waren nicht mehr zu öffnen, denn man hatte einfach die Schlüssel im Schlüsselloch abgebrochen.

„Ziemlich viel Aufhebens für eine kleine Stelle", maulte Austin und ließ sich zurück auf alle Viere fallen, nachdem er sich die Sache angesehen hatte.

„Ganz gleich, wie groß die Stelle ist – Gäste durfte man hier wohl kaum ein- und ausgehen lassen." Claire ließ das Vorhängeschloß fallen und richtete sich auf. Es standen ihr viele Möglichkeiten zur Verfügung, sich trotzdem Zugang zum Zimmer zu verschaffen, aber die meisten von ihnen galten strikt als ‚nur für den Notfall', denn sie beinhalteten pyrotechnische Spielereien, wie sie sonst eher in den kleineren Kriegen des Nahen Ostens zum Einsatz kamen. „Ich frage mich, ob der junge Mr. McIssac wohl eine Eisenssäge hat."

„Ms. Hansen?" Dean stellte das Tablett ab und schob sich die Brille auf der Nase zurecht. In Mr. Smythes Räumen – in ihren Räumen, sollte er jetzt wohl sagen – war die junge Frau nicht, und sie befand sich auch nicht im Büro. Er hoffte, daß sie nicht oben war und packte. *Wenn sie abhaut, bin ich dann entlassen?*

Als er nun Schritte die Treppe herunterkommen hörte, glaubte er bereits, seine schlimmsten Befürchtungen könnten sich bewahrheiten. Aber Claire trug keinen Koffer bei sich, als sie nun in Sicht kam und hatte noch nicht einmal ihren Mantel angezogen.

„Da sind Sie ja, Dean!"

Was sollte das denn nun heißen? Er war doch nur fortgewesen, um den Kaffee zu holen, den sie hatte trinken wollen. „Ich habe Milch und Zucker mitgebracht", erklärte der junge Mann verwirrt, während Claire sich unter dem Tresen hindurchzwängte. „Sie hatten nicht gesagt, wie Sie ihn trinken."

„Auf jeden Fall mit Milch." Claire schüttete sich Milch in ihren Kaffeebecher und betrachtete dann stirnrunzelnd die Zuckerschale. „Hätten Sie wohl ein Päckchen Süßstoff?"

„Klar." Soweit Dean das beurteilen konnte, hatte Claire es nicht nötig, auf ihre Figur zu achten. Sie gehörte zwar nicht zu den Frauen, die so dünn sind, daß sie einen Mann bei der Möwenjagd nicht weiter stören, auch wenn sie direkt vor ihm stehen, wirkte aber eher mager, und sowieso kamen mit der Milch, die sie gerade in ihren Kaffee gekippt hatte, bestimmt mehr Pfunde auf die Hüften als mit ein bißchen Zucker. „Ich werde Ihnen welchen holen."

„Dean?"

Er richtete sich in der Eingangshalle auf um Claire über die Schulter hinweg einen Blick zuzuwerfen.

„Bringen Sie bitte Ihren Werkzeugkasten mit."

Den Kaffeebecher mit beiden Händen umklammernd lehnte Claire an der Wand zu Zimmer sechs und sah Dean bei der Arbeit zu. Er hatte keine Mühe gehabt, das Vorhängeschloß aufzutrennen, aber nun erwies sich das eigentliche Türschloß als großes Problem.

„Wir sollten einen Schlosser holen. Das kriege ich nicht auf, ohne die Tür zu beschädigen."

„Wie sehr müßten Sie sie denn beschädigen?"

Dean zuckte die Achseln. „Mit dem Brecheisen, das ich im Auto habe, könnte ich sie aufbekommen. Ich würde hier ansetzen", mit diesen Worten fuhr er mit dem Finger am Spalt zwischen Tür und Riegel entlang, dort, wo der Riegel in der Wand verschwand, „und kräftig drücken. Dadurch splittert der Türrahmen, ich kann aber nicht sagen, wie sehr."

Claire nahm noch einen Schluck und überdachte ihre Optionen. Solange Dean das Zimmer nicht betrat, sollte es eigentlich keine Probleme geben. Nur große Stellen waren für das ungeschulte Auge sichtbar. „Holen Sie ihr Brecheisen."

„Jawohl, Ma'am."

Als man Deans Arbeitsstiefel auf bloßem Holz hören und von daher davon ausgehen konnte, daß er in der Eingangshalle angekommen war, streckte sich Austin und funkelte Claire wütend an. „Hätte das nicht bis nach dem Frühstück warten können? Ich bin am Verhungern."

„Hättest du tatsächlich etwas essen können, ohne zu wissen, was auf uns zukommt? Vergiß es. Dumme Frage."

„Du hast deinen Kaffee. Mir hättest du ja wenigstens die Milch rüberschieben können."

„Der Tierarzt sagt, du darfst keine Milch haben." Claire hockte sich hin und kraulte Austin hinter den Ohren. „Keine Sorge, bald ist alles vorbei. Ich bin doch nur so nervös, weil ich hier warten muß. Ich bin sicher, die Stelle ist hinter der Tür da."

„In einer gerechten Welt", grummelte Austin, „wäre sie in der Küche gewesen."

Deans Stiefel waren auf dem Weg zum Pick-up so naß geworden, daß er sie an der Hintertür auszog und den Weg die Treppe hoch auf Socken antrat. Auf dem Treppenabsatz im ersten Stock hörte er Stimmen. *Wahrscheinlich redet sie mit dem Kater.*

Stimmen. Plural! Deans Unterbewußtsein beharrte auf Genauigkeit. *Du spinnst doch, Mann! Der Kater antwortet doch nicht.*

Als Dean im zweiten Stock auf den Flur trat, stand Claire mit dem Rücken zu ihm. „Ms. Hansen!" rief er.

Claire schaffte es gerade noch halbwegs, einen Aufschrei zu unterdrücken, aber ihr Herz pochte schmerzhaft gegen ihre Rippen, als sie sich zu Dean umwandte. „Machen Sie das nicht noch einmal!"

Die Brechstange schützend erhoben fuhr Dean einen Schritt zurück. „Was soll ich nicht noch einmal machen?"

„Schleichen Sie sich gefälligst nie so von hinten an mich an!" Claire preßte sich die rechte Hand an die Brust. „Zum Glück habe ich noch rechtzeitig mitbekommen, wer Sie sind."

Die junge Frau war knapp fünfzehn Zentimeter kleiner als Dean und hatte auch sonst nichts wirklich Großartiges an sich. Trotzdem klang ihre Aussage nicht so lächerlich, wie sie eigentlich hätte klingen müssen. „Entschuldigung!"

Austin schob seinen Kopf an Claires rechte Wade, und Claire blickte zu Boden. „Sie haben Ihre Stiefel ausgezogen!"

„Sie waren naß geworden."

„Ja. Natürlich." Bemüht, wieder normal zu atmen, wies Claire den jungen Mann mit einer Handbewegung an, sich der Tür zu nähern. „Sie brechen jetzt bitte das Schloß auf und treten dann zurück. Sollte es dort drin wirklich ein Feuer gegeben haben, wollen wir nicht den ganzen Dreck hier raus auf den Flur schleppen."

Dean warf ihr einen dankbaren Blick zu und setzte das Brecheisen an. Seit er in den Westen gekommen war, hatte er nur wenige Menschen getroffen, die bereit waren, die Probleme wirklich ernst zu nehmen, die das Sauberhalten von Teppichen aufwarf. „Ja, Ma'am."

„Hören Sie bitte auf, mich Ma'am zu nennen. Ich komme mir dann immer vor wie hundert." Als sie sah, daß der junge Mann mit einem Lächeln zu kämpfen hatte, verdrehte Claire die Augen. „Ich bin siebenundzwanzig."

„Also gut." Ein Vertrauensbeweis verlangt, daß man sich mit einem ebensolchen revanchiert. „Ich bin einundzwanzig." Er zog am anderen Ende des Brecheisens, warf einen Blick in Claires Miene und fragte sich, woher sie wohl wissen mochte, daß er log. „Das heißt, ich werde in ein paar Monaten einundzwanzig."

„Sie sind also zwanzig?"

„Ja, Ma'am."

Das Kreischen gequälten Holzes und Stahl machte jede weitere Unterhaltung unmöglich. Claire hielt sich die Ohren zu und beobachtete fasziniert, wie Deans Muskeln die Ärmel seines T-Shirts dehnten. Nach und nach gab das Schloß nach, und als es dann mit einem Ruck aufsprang, brauchte Claire eine Weile, bis sie ihre umherschweifenden Gedanken wieder gesammelt hatte. Hastig und still versicherte sie der Welt insgesamt, es habe sich um ein rein ästhetisches Interesse gehandelt. Inzwischen stand die Tür offen, Dean warf einen Blick ins Zimmer und blieb wie versteinert auf der Schwelle stehen.

„Gütiger Himmel! Mr. Smythe hatte hier oben eine Leiche versteckt!"

„Beruhigen Sie sich." Claire legte Dean die offene Hand auf den Rücken und versuchte, ihn beiseite zu schieben. Genausogut hätte sie versuchen können, das Haus von der Stelle zu bewegen. „Treten Sie bitte zur Seite." Im Laufe der Jahre waren Claire Leichen in jeglicher Form unter die Augen gekommen, und viele von ihnen hatten ihren Zustand und ihr Aussehen der Einbildungskraft ziemlich verdrehter Individuen zu verdanken gehabt. Wenn dort im Zimmer eine Leiche einfach nur so herumlag, konnte sie sich glücklich schätzen.

Dean verharrte im Eingang, und sein breiter Rücken hinderte Claire daran, den Raum zu betreten oder auch nur einen Blick hineinzuwerfen.

„Ich glaube", sagte der junge Mann und klammerte sich mit beiden Händen am Türrahmen fest, „das ist kein Anblick für eine Dame!"

„Ihr Glaube ist hier nicht gefragt!" Claire wechselte die Taktik – vielleicht war Geschick wirkungsvoller als Gewalt – und rammte Dean die Knie in die Kniekehlen. Prompt sank der junge Mann in sich zusammen, und sie konnte sich an ihm vorbeizwängen, eine Hand bereits am altmodischen Drehlichtschalter.

Zimmer sechs war ein wenig größer als das, in dem Claire die letzte Nacht verbracht hatte, und an seiner Inneneinrichtung war seit den ersten Jahren des Jahrhunderts nichts mehr geändert worden. Ein übergroßer, mit weißen, selbstgehäkelten Armlehnenschonern behangener Sessel stand da, ein viktorianischer Blumenständer samt gänzlich verendetem Farn zierte die Wand zwischen den gardinenverhangenen Fenstern, und oben auf dem gemachten Bett lag eine vollständig bekleidete Frau, im Nacken eine Nackenrolle, unter den Füßen eine zusammengefaltete Wolldecke. Über allem, einschließlich der Frau, lag eine schon etwas pelzige Staubschicht. Die Luft roch abgestanden und ganz leicht nach Parfüm.

Claire spürte die Ränder des Schutzschilds, das die Leiche umgab – das erklärte auch, warum sie nicht in der Lage gewesen war zu spüren, was Zimmer sechs barg. Diesen Schutzschild hatte kein Vetter angebracht. Irgendwann einmal war hier ein Hüter vorbeigekommen, der die ganze Stelle so gut abgesichert hatte, daß nicht einmal ein anderer Hüter würde zu ihr durchdringen können. Wenn Smythe sich nicht genötigt gesehen hätte, so rasch und so dringend abzureisen, dann hätte Claire mehrmals arglos durch Kingston reisen können, ohne je auch nur mitzubekommen, daß diese Stelle existierte. Nur eins verstand Claire nicht: Warum hatte ein Hüter sich soviel Mühe gegeben? Gewiß, es geschah manchmal, daß eine Unfallstelle gekennzeichnet wurde. Doch in der Regel bediente man sich dabei des Exorzismus, nicht dieser uralten Schneewittchennummer.

Ein krächzendes Geräusch in ihrem Rücken erinnerte Claire daran, daß sie sich mit dringenderen Problemen zu befassen hatte. Die Frau auf dem Bett lag dort ganz eindeutig schon ein paar Jährchen. Sie konnte sich noch einige Minuten gedulden.

Als sie sich umdrehte, mußte sie feststellen, daß Dean seine Position im Türrahmen wieder eingenommen hatte. Nun, da seine neue Chefin sich bewegt hatte, gelang es Dean, den Blick von der Leiche auf dem Bett zu lösen und so die Verbindung zu kappen. Einen Moment lang starrte der junge Mann Claire aus weit aufgerissenen Augen an, dann machte er auf dem Absatz kehrt und rannte auf die Treppe zu. Er kam allerdings keine drei Schritte weit.

„Dean McIssac!"

Jede Namensnennung verkörpert Macht.

Einen Fuß noch in der Luft blieb Dean abrupt stehen und wäre fast zu Boden gegangen.

„Wohin wollen Sie?"

Der Junge schob die Brille auf die Nase zurück und versuchte, so zu tun, als sei es für ihn etwas Alltägliches, in Hotelzimmern aufgebahrt tote Frauen zu finden. „Ich gehe bei der Polizei anrufen." Dabei schlug sein Herz so laut, daß er seine eigene Stimme kaum hörte.

„Bei der Polizei?"

Dean verdrehte die Augen, ärgerlich über diesen kleinlichen Einwand, wo er doch so dringend weiter wollte. „Bei der Polizei, die Polizei, das ist doch dasselbe."

„Warum?"

„Das weiß ich nicht!" Dean war nun so durcheinander, daß er am liebsten laut gebrüllt hätte. Dann war ihm sein Benehmen peinlich, und er senkte beschämt den Kopf. „Tut mir leid."

Claire wischte die Entschuldigung mit einer Handbewegung beiseite. „Ich meinte: Warum wollen Sie die Polizei rufen?"

„Weil sich eine Leiche ..."

„Die Frau ist nicht tot, Dean, sie schläft. Wenn Sie ihr auf die Brust schauen, werden Sie sehen, daß sie atmet."

„Atmet?" Ohne die Füße von der Stelle zu bewegen klammerte sich Dean am zersplitterten Türrahmen fest und beugte sich über die Schwelle. „Oh!" Der junge Mann kam sich plötzlich wie ein Narr vor und hatte es eilig, sich zu rechtfertigen. „Mich hat man so erzogen, daß ich einer Frau nicht auf den Busen starre!"

„Sie dachten doch, es sei eine Leiche."

„Egal."

„Wer hat Sie so erzogen?"

„Das war mein Opa, Pastor McIssac." Dean klang ein wenig defensiv.

Claire bezweifelte, daß ein zwanzigjähriger Mann die eben genannte Regel allzu häufig befolgte, mochte aber auf keinen Fall Erziehungsmaximen in Frage stellen, die an sich bewunderungswürdig und gut gemeint waren. „Da hat Ihr Opa recht getan, und Sie auch. Könnten Sie jetzt bitte etwas für mich tun?"

„Klar doch!"

„Könnten Sie mir wohl bitte noch einen Kaffee holen!"

Dean starrte Claire an, als sei sie nicht ganz bei Trost. „Wie bitte? Jetzt? Aber was ist mit der Frau auf dem Bett?"

„Ich glaube nicht, daß sie auch einen möchte."

„Nein, ich meinte, was wird mit der Frau auf dem Bett?"

Claire seufzte. Sie hatte nicht wirklich geglaubt, ihn auf diese Art loswerden zu können, und es wäre ja ohnehin nur eine vorübergehende Lösung gewesen, aber gleichzeitig auch eine so simple, daß sie es nicht übers Herz gebracht hatte, es unversucht zu lassen. Leider war beim Aufstieg des Menschen aus dem Urschlamm Neugierde eine der wichtigsten Triebkräfte gewesen, und unbefriedigte Neugier schaffte unweigerlich nichts als Probleme. Die beste Art, mit Fragen umzugehen, bestand darin, sie zu beantworten, alles fein säuberlich zu vertäuen und dann gleich das ganze Paket auf einmal aus dem betreffenden Kopf zu entfernen. „Wenn ich Ihnen nun fest verspreche, daß ich später alles erklären werde, tun Sie mir dann den Gefallen und bleiben ganz einfach ruhig hier stehen? Bis ich alles erledigt habe?"

„Also wissen Sie, was hier vor sich geht?"

„Ja. Zum größten Teil schon", mußte sie zugeben, nicht ohne dabei ein paar Gewissensbisse zu verspüren.

„Werden Sie es mir erklären?"

„Wenn ich fertig bin."

„Fertig womit?"

„Das ist eines der Dinge, die ich später erklären werde."

Plötzlich spürte Dean einen leichten Druck an der Wade und beugte sich vor. Austin rieb sich an seinen Beinen. Das war eine so gewöhnliche, so normale Handlung – eine Katze, die um die Beine eines Menschen streicht –, daß ihm der ganze Morgen gleich viel weniger merkwürdig vorkam. „In Ordnung", sagte Dean, ließ sich auf ein Knie nieder und strich mit den Fingern sanft durch das seidige Fell. „Ich warte."

„Danke."

Da ihr ungebetenes Publikum für den Augenblick versorgt war, wandte Claire ihre Aufmerksamkeit wieder dem Bett zu. Trotz der Staubschicht hatte die Frau eine starke Ähnlichkeit mit Schneewittchen – genauer gesagt, angesichts ihres Alters mit Schneewittchens Mutter. Näheres Hinsehen brachte zu Tage, daß die blonden Locken gefärbt, die Augenbrauen gezupft und nachgemalt und die Lippen viel, viel zu rot waren. Strenge Kleidung, die fast schon wie eine militärische Kluft anmutete, umhüllte eine verführerische Gestalt, die alles andere als matronenhaft war. Aus irgendeinem Grund beunruhigten die dunklen Ränder unter allen zehn Fingernägeln Claire aufs Höchste. Sie hätte nicht sagen können, warum – schmutzige Fingernägel hatten sie bislang noch nie gestört.

Ohne den Schutzschild wäre die Arbeit leichter gewesen, aber Claire mußte Rücksicht auf ihren Zuschauer nehmen und bewegte sich, ohne die strukturelle Integrität des Schildes zu beeinträchtigen.

Vom Körper stiegen derart dunkle Ausdünstungen auf, daß Claire würgen mußte. Sie zwang sich mit zusammengebissenen Zähnen, ganz genau hinzusehen und wünschte, sie hätte keinen Kaffee getrunken.

Dean kniete neben der Katze und sah seine neue Chefin zurücktaumeln, über den Rand eines Flickenteppichs stolpern und fallen. Er sprang vor, spürte ein unangenehm fettig wirkendes Kribbeln an seinem Arm und fing Claire knapp vor dem Boden auf. Ihr Gesicht unter der Schminke war blaß, ja fast grau geworden, und sie schluckte heftig, als sei ihr speiübel. Ehe er sie fragen konnte, ob auch alles in Ordnung sei, sprang der Kater auf ihren Schoß.

Noch lag der untere Teil von Claires Körper innerhalb des Schutzschildes, und so streckte die junge Frau die Hand aus, um zu verhindern, daß Austin ihn durchbrach.

Aber es war schon zu spät.

„Böse!" Ohne wirklich zu landen machte Austin in der Luft kehrt und raste zurück auf den Flur.

Dean hatte genug erlebt. Er schob Claire die Arme unter die Achseln, hob sie an und zog sie auf den Flur. Sobald Claires Beine über die Türschwelle waren, beugte er sich hastig vor und warf die Tür mit einem Knall zu. Zwar schnappte das Schloß nicht mehr ein, weil der Schaden an der Blechverkleidung dies verhinderte, aber Dean schaffte es, die Tür so zuzuziehen, daß sie nicht wieder aufging.

Claire lag eng an Deans Brust geschmiegt und hatte ihr Gesicht in seine Halsbeuge gepreßt. Nun wehrte sie sich gegen den Arm, der sie hielt. Sie war dem jungen Mann durchaus dankbar dafür, daß er sie aufgefangen hatte, ehe ihr Schädel auf dem Fußboden aufschlug, aber er mischte sich da in eine Sache, die er nie würde verstehen können, und das erweckte bei Claire das tiefe Bedürfnis, ihm den Ellbogen in die Rippen zu jagen, und zwar so weit es irgend ging. Nur das sichere Wissen, daß jeder Schlag kraftlos an den prachtvollen Muskeln abprallen mußte, die sie selbst durch das T-Shirt hindurch deutlich spüren konnte, hielt die junge Frau davon ab, diesem Bedürfnis nachzugehen. Das und die Art, wie die Lage, in der sie sich gerade befand, ihre Bewegungsfreiheit eindeutig einschränkte. Von ihrer Fähigkeit zu atmen ganz zu schweigen. „Lassen Sie mich los!" keuchte sie. „Auf der Stelle!"

Dean zuckte zusammen und blickte entgeistert auf Claire hinab, als habe er ihr Vorhandensein völlig vergessen, lockerte seinen Griff aber so weit, daß sie sich aus seinen Armen winden konnte. Sie stemmte ihre Schulter unter seine und schaffte es, ihn endgültig von der Tür zu entfernen.

Mit dem Rücken an der Wand glitt Dean zu Boden. Er fühlte sich, wie er sich einmal im Alter von zehn Jahren gefühlt hatte, nachdem ihn der schlimmste Rüpel seiner Straße mit einem toten Kabeljau verprügelt hatte. „Der Kater hat gesprochen!"

Claire war an Austins Seite geeilt und hatte sich über ihn gebeugt. Nun schüttelte sie energisch den Kopf. „Nein, hat er nicht."

„Hat er doch!"

Claire hob den Kater mit beiden Armen auf und sagte in dem Ton, dessen sie sich bediente, wenn sie wollte, daß der Angesprochene an der eigenen Wahrnehmung zweifelte: „Hat er nicht."

„Hat er doch", korrigierte Austin sie mit leicht gedämpfter Stimme.

„Entschuldigen Sie mich." Claire drückte Austin an ihre Brust und drehte sich so, daß ihr Körper ein Bollwerk zwischen Dean und der Katze bildete. „Nur einen kleinen Moment." Sie schob einen Finger unter Austins pelziges Kinn, hob den Kopf des Katers und flüsterte: „Alles klar?"

„Mir geht's prima." Austins Schwanz, der immer noch doppelt so dick war wie sonst, schlug gegen Claires Beine. „Es hat mich nur überrascht. Auf der anderen Seite dieses Schildes stieß ich gegen das Böse, und da habe ich überreagiert."

„Findest du, du benimmst dich jetzt wieder normal?"

„Er ist Teil der Sache hier."

„Hast du den letzten Rest von deinem bißchen Verstand verloren? Er ist Zuschauer."

„Aber trotzdem wirst du seine Hilfe brauchen."

„Wozu? Wobei? Bei Ihr?"

„Vielleicht. Ich weiß noch nicht."

„Du bist wirklich nicht mehr bei Trost! Weißt du eigentlich, was das da drin ist?"

„Entschuldigen Sie?"

„Was ist?" Deans Stimme lenkte Claires Aufmerksamkeit wieder auf die andere Seite des Korridors.

Als Neufundländer lebt man zwischen der grausamen, launischen See und einem nicht besonders einladenden Felsbrocken. Da lernt man, sich anzupassen – mehr noch, die Anpassungsfähigkeit ist einem angeboren, sie liegt bereits in den Genen. Dean hatte, ehe er Frau und Kater unterbrach, eine ganze Reihe von Gefühlszuständen durchlebt: völlige Betäubung, ungläubiges Erstaunen und letztlich Akzeptieren des Gehörten und Gesehenen.

Als er nun sah, daß die beiden ihm ihre ungeteilte Aufmerksamkeit schenkten, sagte er: „Es tut mir leid, aber ich konnte Sie hören."

„Sie hat ja auch nicht gerade geflüstert", meinte Austin.

Dean erwiderte Claires Blick mit fast schon entschuldigender Miene. „Der Kater spricht."

„Der Kater hält selten mal das Maul", erwiderte Claire mit zusammengepreßten Zähnen.

„Er scheint der Meinung zu sein, ich könne helfen."

„Na ja, wenn ich jemanden zum Putzen und Kochen brauche. Ich sage Ihnen dann Bescheid. Aua!" Sie leckte sich Blut vom Handrükken und funkelte Austin wütend an. „Warum hast du mich gekratzt?"

Er zog die Krallen ein. „Du warst unhöflich."

„Kratz mich noch einmal, und ich zeige dir, was unhöflich ist!" knurrte sie.

„Du hast Angst, das ist doch ganz verständlich. Selbst ich hätte mich fast gefürchtet. Du denkst, du wirst hiermit nicht fertig, du denkst, es ist eine Nummer zu groß für dich ..."

„Hör auf, mir zu sagen, was ich denke!"

„... aber das ist kein Grund, es an ihm auszulassen."

„Sie haben Angst?" Dean neigte den Kopf, um einen genaueren Blick in Claires Gesicht werfen zu können. „Sie haben Angst!"

Anscheinend konnte sie sich nicht so gut verstellen, wie sie angenommen hatte.

„Wovor nur? Ach ja ..." Der sprechende Kater hatte Dean einen Augenblick lang die andere Entdeckung vergessen lassen. „Vor ihr?" *Böse!* hatte Austin gesagt. Dean wischte sich das unangenehme, fettige Gefühl von der Seite seines Armes, die dem Bett am nächsten gekommen war, und es fiel ihm leicht, sich der Meinung des Katers anzuschließen. „Machen Sie sich keine Sorgen!" Er richtete sich kerzengerade auf. „Wenn es hart auf hart kommt, muß sie erst mal an mir vorbei, ehe sie Ihnen etwas antun kann!" verkündete er.

„Er hat Vorahnungen", murmelte Austin.

Claire versetzte dem Kater einen warnenden Stüber. Ihr war klar, daß Dean es ernst meinte. Der Junge gehörte zu den Menschen, die einen Umweg machen, um einen Regenwurm vom Bürgersteig aufzuheben und zurück auf den Rasen zu befördern. Claire atmete tief ein und ganz langsam wieder aus. „Erstens: Ich kann selbst auf mich aufpassen. Zweitens: Sollten Sie dieser Frau je begegnen, wenn sie wach ist, dann beten Sie, daß sie Sie auf der Stelle umbringt und nicht erst noch ein wenig mit Ihnen spielt. Drittens gibt es nichts, was Sie tun können."

„Der Kater sagte ..."

„Er sagt viel, wenn der Tag lang ist."

„*Sie* sagten, Sie würden es mir erklären."

„Wenn ich mit ihr fertig bin. Das bin ich noch nicht."

„Ich könnte Ihnen behilflich sein."

„Sie wissen nicht, was hier vor sich geht."

„Ich wüßte es, wenn Sie es mir erklären würden."

„Jetzt langt's", grollte Austin. „Ich werde es ihm erklären." Er wand sich aus Claires Armen, wanderte über den Flur, baute sich vor Dean auf und starrte den jungen Mann unverwandt aus blaßgrünen Augen an. „Glaubst du an Magie?"

„Ist das die Erklärung?"

„Beantworte einfach nur meine Frage."

„Klar doch."

„Klar doch? Was ist denn das für eine Antwort? Glaubst du an Magie oder nicht?"

Dean zuckte die Achseln. „Ich glaube schon."

„Gut." Austin streckte sich und schärfte die Krallen am Teppich. „Denn damit haben wir es zu tun."

„Magie?"

„Genau. Die Frau im Zimmer hinter dir wurde mit Hilfe von Magie schlafen geschickt."

Immer an der Wand entlang rückte Dean ein wenig von Zimmer sechs fort. Dann zog er die Knie an die Brust, legte die Unterarme darauf und runzelte die Stirn. „Wie Schneewittchen?"

Austin legte die Ohren an. „Genau das Gegenteil von Schneewittchen. In diesem Fall wurde die Böse – sie nämlich – von den Guten schlafen geschickt."

„Warum?"

„Woher soll ich das wissen?"

„Ich hatte nur gedacht ..."

„Im Augenblick wissen wir auch nicht viel mehr als du." Austin runzelte die Stirn. „Nein, das stimmt nicht. Eigentlich wissen wir eine ganze Menge mehr als du. Aber das, wonach du eben gefragt hast, wissen wir nicht. Das Wichtigste, was du wissen mußt und nicht vergessen darfst, ist folgendes: Wenn du Glück hast, dann ist die Frau da drin im Zimmer das Schlimmste, was du je in deinem Leben zu Gesicht bekommst. Sie ist das personifizierte Böse, schlafend, in Pumps Schuhgröße 42."

Deans Augen weiteten sich: „Woher weißt du, welche Schuhgröße sie trägt?"

„Weiß ich gar nicht."

„Aber du hast gesagt ..."

„Ich wollte meiner Warnung Nachdruck verleihen", seufzte Austin, „aber das ist offenbar nicht in deinen dicken Schädel gedrungen."

Dean sah zu, wie der Kater auf hohen Beinen über den Flur zurückstolzierte und sich an einer jeansgekleideten Hüfte rieb und erinnerte sich mit einem Mal an das Gefühl eines Körpers, der an seinen gepreßt gewesen war. Unter normalen Umständen war das kein Gefühl, das Dean so schnell vergessen hätte. Seine Ohren wurden rot, als er sich daran erinnerte, welche Körperteile sich wo befunden hatten, und er hatte das Gefühl, sich für etwas entschuldigen zu müssen. „Ms. Hansen?"

„Sie können mich genausogut Claire nennen", unterbrach sie müde. „Wenn Austin recht hat ..."

„Ich habe recht", warf Austin ein, wobei er sich nicht die Mühe machte aufzusehen, denn er putzte sich gerade gründlich.

„... werden wir in dieser Sache zusammenarbeiten. Das heißt", fügte Claire nach einer kleinen Pause hinzu, „wenn Sie Ihren Job immer noch behalten wollen."

Austin schnaubte. „Hast du mir denn gar nicht zugehört?"

„Dean muß selbst entscheiden, ob er bleiben will oder nicht."

Unter den prüfenden Blicken der beiden wurde Dean recht unbehaglich zumute, und er rutschte hin und her. „Was werden wir denn zusammen tun?"

Claire legte die Hand über die Schnauze des Katers, ehe sie antwortete: „Wir kämpfen gegen das Böse."

„Sie sind eine Superheldin?"

Austin riß sich los. „Setzen Sie ihr bloß keine Flausen in den Kopf!"

„Nein, ich bin keine Superheldin. Ich besitze noch nicht einmal Strumpfhosen! Werden Sie etwa schon wieder rot?"

„Ich glaube nicht."

„Gut. *Ich* gehöre zu den Guten, und *dies* hier ist eine böse Situation. Die Frau da drin", mit einer Kopfbewegung wies Claire auf die kaputte Tür, „... ist nur eine Hälfte des Problems. Irgendwo hier in diesem Haus befindet sich ein Loch in der Hülle des Universums."

Dean wollte schon einwenden, manche Geschichten seien nun doch zu weit hergeholt, und noch nicht einmal ein *dummer Neufundländer* würde sie glauben, zögerte aber. Immerhin hatten sie gerade in Zimmer sechs eine staubbedeckte schlafende Frau in Kleidern aus den vierziger Jahren entdeckt – ein ziemlich eigenartiger Fund, der ihm, mehr oder weniger, von einem sprechenden Kater erläutert worden war. Also war das, was die neue Chefin eben gesagt hatte, möglicherweise auch kein schlechter Scherz. „Ein Loch in der Hülle des Universums", wiederholte er. „Aha."

„Wir nennen so etwas eine Unfallstelle. Irgendwann einmal hat irgendwer etwas getan, was er nicht hätte tun sollen. Nun tritt Energie aus dem Loch aus, und die sorgt dafür, daß die Frau da oben schläft." Claire kreuzte die Füße an den Knöcheln, holte ein paarmal Schwung und stand dann auf. „Deshalb weiß ich auch, daß hier irgendwo wirklich ein Loch ist und Augustus Smythe nicht nur hier war, um die Frau zu überwachen." Dean öffnete den Mund, und seine nächste Frage stand ihm bereits deutlich ins Gesicht geschrieben, aber Claire hieß ihn mit einer Handbewegung schweigen. „Ich meine das nicht persönlich, aber im Moment sind meine Fragen wichtiger als Ihre, und da ich nicht vorhabe, noch einmal ins Zimmer sechs zu gehen, um nach Antworten zu suchen ..."

„Du willst auch nicht, daß sie aufwacht!" raunte Austin Dean zu. „*Wirklich* nicht!"

„... muß ich die Unfallstelle finden. Leider scheint sie mindestens so gut abgeschirmt zu sein wie die schlafende Frau. Das heißt, wir müssen jeden Zentimeter hier im Haus absuchen, es sei denn, Sie wüßten, wo die Unfallstelle ist."

„Die Unfallstelle?" Dean erhob sich auch. „Das Loch in der Hülle des Universums?"

„Genau." Noch nie hatte Claire einem unbeteiligten Zuschauer ihre Arbeit erklären müssen, und es fiel ihr schwer, nicht in einen herablassenden Ton zu verfallen.

„Es tut mir leid, aber ich habe nicht die geringste Ahnung, wonach Sie suchen könnten." Dean richtete sich zu seiner vollen Größe auf und rückte den Werkzeuggürtel zurecht, den er um die Hüften trug. In seiner Welt hatte es stets Dinge gegeben, die er einfach so, guten Glaubens, hatte hinnehmen müssen. Also fügte er ein weiteres hinzu. „Aber ich würde Ihnen wirklich gern helfen."

„Sie bleiben also?"

„Ja, Ma'am."

„Claire." Als Dean sie verunsichert anschaute, seufzte Claire. „Was ist?"

„Ihnen gehört jetzt das Hotel, Sie sind also meine Chefin. Ich kann Sie nicht einfach beim Vornamen nennen, das wäre nicht richtig."

Am liebsten hätte Claire den Jungen einen Idioten geschimpft. Dann fiel ihr wieder ein, wie sie in seinen Armen gelegen hatte. Sie erinnerte sich an den Geruch von Weichspüler in seinem T-Shirt und beschied, es könne unter Umständen besser sein, Abstand zu wahren. „Wie haben Sie denn Augustus Smythe genannt?"

„Wenn er dabei war?"

Austin kicherte.

„Ja, wenn er dabei war."

„Boß." Dean erwog die Perspektive, einer hübschen jungen Frau dieselbe Anrede zuteil werden zu lassen wie einem übelgelaunten alten Mann und wußte nicht recht, ob er das schaffen würde. „Ich schätze, ich könnte Boß zu Ihnen sagen."

„Prima! Ich bin froh, daß das geklärt ist."

„Soll ich die Tür hier mit Draht sichern, Boß, ehe wir uns auf die Suche machen?"

Ganz wohl schien Dean bei der Anrede nicht zu sein. Claire gefiel sie. Sie hatte plötzlich das Gefühl, die Hauptrolle in einem alten Gangsterfilm zu spielen. „Gute Idee!" Eine völlig unsinnige Vorsichtsmaßnahme zwar, denn es war kaum wahrscheinlich, daß einer von ihnen in Zukunft rein zufällig Zimmer sechs betreten würde, aber so würde

Dean mit einer Arbeit beschäftigt sein, die er verstand. „Ich will nur erst das Licht ausschalten."

Der übrige zweite Stock – zwei Doppel- und ein Einzelzimmer – enthielt nichts als einen über allem hängenden Geruch nach Desinfektionsmitteln. Im Lagerraum gegenüber von Zimmer sechs räumte Claire Toilettenpapier und Putzmittel von den Regalen und spähte dann hinunter in einen Wäscheschacht.

„Vergiß es!" zischte Austin, als sie sich nach ihm umwandte und ihn nachdenklich von oben bis unten musterte.

„Was, wenn sich die Stelle zwischen zwei Stockwerken befindet?"

„Dann wird sie da wohl einfach bleiben müssen!"

„Ich passe schon auf, daß du nicht fällst."

„Ja, klar!" Der Kater zwängte sich rückwärts hinter einen Eimer mit Putztüchern und starrte Claire über dessen Rand hinweg anklagend an, die Ohren flach angelegt. „*Das* hast du beim letzten Mal auch gesagt."

„Das waren ungewöhnliche Umstände, die sich nicht wiederholen werden."

„Ich sage nein!"

„Schon gut." Claire versuchte vergeblich, die schmale Tür neben dem Schacht zu öffnen. „Was ist da drin?"

„Die Treppe zum Speicher." Dean beäugte den Durchlaß zum Wäscheschacht, stellte erleichtert fest, daß er nicht hindurchpassen würde und suchte an seinem Schlüsselbund nach dem passenden Schlüssel.

Eine enge Wendeltreppe nahm einen Raum ein, der nicht größer als anderthalb Quadratmeter sein konnte und führte in Spiralen hoch zu einem nicht gerade einladend wirkenden Loch in der Decke.

„Ist die Treppe beleuchtet?"

„Ich glaube nicht. Bleiben Sie, wo Sie sind, Kleines, ich ..." Ein Blick in Claires Miene ließ Dean verstummen. „Schon gut."

„Kleines?"

„So sagt man bei mir daheim", rechtfertigte sich der junge Mann mit hochroten Wangen und einem immer deutlicher durchklingenden Akzent. „Ich habe es wirklich nicht so gemeint, Ms. Hansen!"

„Dann sollten Sie diese Anrede in Zukunft lieber meiden."

„Ja, Ma'am, Ms. Hansen." Dean holte tief Luft und nahm einen neuen Anlauf. „Boß."

„Du bist ganz sicher, daß er Teil dieser ganzen Sache ist?" fragte Claire den Kater.

„Ja. Mach schon."

Claire seufzte. Die eisernen Treppenstufen hallten unter ihren Schritten, als sie, beide Daumen fest gedrückt und inständig auf das Beste hoffend, die Treppe hinaufeilte und den Kopf durch das Loch steckte. Sie sah einen riesigen, offenbar nicht unterteilten Raum, vollgestopft mit den ausrangierten Gegenständen ganzer Jahrzehnte, der nur notdürftig von dem Licht erhellt wurde, das durch zwei Gaubenfenster fiel, die man an seinen beiden Enden in das abschüssige Dach des Hauses gesetzt hatte.

Draußen regnete es immer noch.

„Wir brauchen Monate, um das da oben gründlich zu durchsuchen", verkündete Claire und kletterte vorsichtig rückwärts die Treppe hinunter. „Heben wir uns das für später auf. Wenn wir Glück haben, finden wir unsere Stelle an einem zugänglicheren Ort."

„Ja klar, zugänglich wie der Wäscheschacht", nörgelte Austin, während Dean den Zugang zum Dachboden wieder verschloß.

Das zweite Stockwerk, das die drei durchsuchten, war ebenso leer wie das vorhergehende – sogar noch leerer, denn hier gab es nichts, was der Bewohnerin von Zimmer sechs gleichgekommen wäre. Claire erinnerte sich an das Durcheinander, das sie auf ihrem Bett hinterlassen hatte, und erklärte ihr eigenes Zimmer für einwandfrei, ohne die Tür zu öffnen. Zimmer vier dagegen, ein Eckzimmer mit zwei Außenwänden, einem Einzelbett und keinem einzigen Fenster, legte eine gründliche Untersuchung nahe.

Dean saß auf der Kante des kleinen Schreibtischs und sah zu, wie Claire in das Alkovenbett kletterte und den Riegel testete, mit dem sich die Stahltür des Alkovens von innen verriegeln ließ. „Wissen Sie was? Letztes Frühjahr wollte doch wirklich jemand ausgerechnet dies Zimmer haben."

„Woher sollte ich das wissen? Ich bin hier gerade erst angekommen." Das hohe Kastenbett hatte eine flache Schublade direkt unter der Matratze und zwei tiefere darunter. Claire fuhr mit den Händen zwischen Matratze und Bettrahmen entlang, förderte aber keinerlei Spuren des Bösen zu Tage, sondern lediglich einen silbernen Ohrring.

Sie ließ das Schmuckstück in Deans offene Handfläche fallen, und dieser entschuldigte sich mit hochrotem Kopf vielmals für seine schlechte Arbeit. „Ich putze hier sofort alles noch mal, wenn wir unsere Suche abgeschlossen haben."

„Wenn es Sie glücklich macht!" murmelte Claire und sah sich den Nachttisch an. Soweit sie das beurteilen konnte, war das Zimmer so sauber, daß man vom Fußboden hätte essen können.

Deans Gesichtsausdruck wurde weicher, als er den Ohrring in seiner Handfläche hüpfen ließ. „Sie war Musikerin. Sasha ... der Nachname ist mir entfallen, aber sie war wirklich eine schar..." Zum Glück fiel dem jungen Mann gerade noch ein, wem er das gerade erzählte – seiner Chefin nämlich, einer Frau. Manche Dinge sagte man einfach nicht in Gegenwart der Chefin. Auch nicht in Gegenwart einer Frau. „Niedlich, sie war niedlich."

„Schar... niedlich?" Kopfschüttelnd rauschte Claire an Dean vorbei.

Austins Maul stand halb offen. „Mir gefällt der Geruch hier nicht."

„Da man einen Vorschlaghammer bräuchte, um hier zu lüften, laß uns lieber verschwinden." Irgend etwas lauerte am Rande von Claires Denken, irgendein Konzept, eine Idee, und sie war sich sicher, daßs es dafür einen guten Grund gab. Aber immer, wenn sie es fassen wollte, entzog es sich ihr und schien sie aus sicherer Entfernung zu verspotten. *Später*, versprach sie sich im stillen. Laut fragte sie: „Was sagten Sie?"

Dean war oben an der Treppe stehengeblieben. „Ich sagte: Sollen wir Ihrer Meinung nach den Rest von Mr. Smythes Wohnung auch noch durchsuchen?"

„Er wird ja wohl kaum direkt daneben gehaust haben!" fauchte Claire ihn an. Dann aber war ihr zumute, als habe sie eben einen jungen Hund getreten, einen wunderschönen, muskulösen, großen jungen Hund, und sie fügte entschuldigend hinzu: „Tut mir leid. Sie haben recht. Was Augustus Smythe angeht, dürfen wir wohl nichts als gegeben voraussetzen."

Nun mochte das Wohnzimmer gewiß gegen jede Regel verstoßen, die vorschreibt, mit wie vielen Gegenständen man sinnigerweise eine bestimmte Grundfläche vollstellen darf, aber von einem Unfall konnte man in diesem Zusammenhang wohl nur reden, wenn man damit den Frontalzusammenstoß zwischen gutem Geschmack und der Unfähigkeit, irgend etwas wegzuwerfen, meinte. Im Schlafzimmer standen die

Dinge besser. Es wurde von einem Messingbett beherrscht und enthielt zudem noch einen offenbar antiken Ankleidetisch, einen Schrank und zwei Fenster. Eins dieser Fenster war nicht wirklich ein Fenster; man hatte nur einen Fensterrahmen auf einen Teil der Wand montiert.

„Das ist wahrscheinlich das Fenster, das im Zimmer oben fehlt." Austin sprang auf das Bett und knetete die Matratze mit den Vorderpfoten. „Die ist gut. Ich hätte nichts dagegen, hier zu schlafen."

Ehe Claire ihn daran hindern konnte, zog Dean den burgunderroten Samtvorhang zur Seite und schloß ihn umgehend und hastig wieder, womit er die zwölf Zentimeter langen Fransen am Saum in heftige Schwingungen versetzte.

„Alles in Ordnung?" fragte Claire wachsam. Sollte das die Unfallstelle gewesen sein und hatte Dean sich ihr ausgesetzt, so konnte er sich alles Mögliche eingefangen haben.

Dean nickte mit hochroten Wangen. „Ja. Alles bestens."

„Was haben Sie denn gesehen?"

„Es war eine ... Bar." Der junge Mann räusperte sich und fuhr widerstrebend fort: „Eine Bar mit ... mit Tänzerinnen."

„Tanzten die Frauen auf den Tischen?" fragte Austin kichernd. „Ich habe diesen Augustus ja nur kurz gekannt, aber ich könnte mir denken, daß ihm solche Sachen gefallen haben."

„Nicht direkt auf den Tischen, nein." Kopfschüttelnd zog Dean den Vorhang wieder auf. „Es war dunkel, aber ..."

Claire schielte an seiner Schulter vorbei und wäre vor Erleichterung fast in die Knie gegangen. „Auf mich wirkt das nicht wie eine Bar. Sieht aus wie der Times Square! Da, die zwei bei den Huren, ziehen die nicht gerade einen Drogendeal ab?" Sie beugte sich vor, klopfte an die Fensterscheibe und nickte zufrieden: „Denen schlackern jetzt ordentlich die Knie!"

Der Vorhang schloß sich wieder. Deans Stimme drohte zu kippen, als der junge Mann verzweifelt fragte: „Was war das denn?"

„Wir nennen es eine Postkarte."

„Wir?" Mit einer Geste, die vielleicht etwa zu lässig geraten war, wies Dean auf den Kater. Da war es wieder, das Gefühl, gerade mit einem toten, glitschigen Kabeljau verprügelt worden zu sein. „Sie und Austin?"

„Ja, und andere." Claire warf einen Blick auf den Vorhang. „Allein hätte Augustus Smythe das nicht hinbekommen. Er hat sich aus der Unfallstelle bedient."

„Ist das schlimm?"

„Nun, es ist nicht gut. Ich werde mehr wissen, wenn wir das Loch gefunden haben."

„Wo immer es auch ist", stimmte Austin zu.

„Da wir wissen, daß es nicht im Eßzimmer ist – was gibt es sonst noch zu sehen?"

Im Keller befanden sich außer den üblichen Dingen eine Waschküche, Deans sparsam möblierte, peinlich saubere Wohnung, etliche Regale mit Bettwäsche, Handtüchern und noch mehr Putzmitteln und der Waschküche gegenüber eine große Stahltür. Die Tür war in strahlendem Türkisblau gestrichen. Nicht nur eine, sondern gleich zwei dicke Eisenketten mit Vorhängeschloß sorgten dafür, daß sie geschlossen blieb.

„Dean? Wußten Sie von der Existenz dieser Tür hier unten?"

Der junge Mann runzelte die Stirn. Was für eine Frage! Es war doch wohl klar, daß er sich oft hier im Kellergeschoß aufhielt. „Klar."

„Warum haben Sie sie dann bisher nicht erwähnt?"

„Das ist doch nur der Heizungskeller."

„Der Heizungskeller." Claire und Austin wechselten vielsagende Blicke. „Waren Sie je in diesem angeblichen Heizungskeller?"

„Nein. Alles, was die Heizung betraf, hat Mr. Smythe selbst erledigt."

„Das kann ich mir denken." Die Schlüssel zu den Vorhängeschlössern baumelten neben der Tür. Die Sicherheitsmaßnahmen waren eindeutig nicht dazu bestimmt, Leuten den Zutritt zu verwehren, sondern sollten dafür sorgen, daß irgend etwas nicht herauskonnte. „Womit hat der denn geheizt", murrte Claire und schloß die erste Kette auf, „mit einem Drachen?"

Dean nahm ihr die Kette ab, entfernte die zweite und hängte beide ordentlich an die dafür vorgesehenen Haken. „Machen Sie Witze?"

„Im großen und ganzen ja. Oder mußte man hier in der Gegend oft den Verlust von Jungfrauen beklagen?"

„Wie bitte?"

„Schon gut." Claire öffnete die Tür einen Spalt breit und wich erst einmal vor dem austretenden Hitzeschwall zurück. „He!" sagte sie, als Austin sich an ihr vorbeizwängte und vor ihr durch die Tür schlüpfte. „Denk daran – was hat die Katze umgebracht?" Erstaunlich ruhig und gefaßt trat Claire dann selbst weiter vor. Sie hielt ihren Zustand anfangs für eine leichte Benommenheit – immerhin lag ein ereignisreicher Morgen hinter ihr –, aber als sie die Türschwelle überschritten hatte, stellte sie fest, daß der gesamte Heizungskeller in ein Dämmfeld gehüllt war.

Ein solches Dämmfeld war weitaus effektiver und kraftvoller als ein einfacher Schutzschild. Es lenkte nicht nur Neugierige ab, sondern war höchstwahrscheinlich der Grund dafür, daß sich überhaupt noch Menschen in diesem Haus hatten aufhalten können.

Neun Stufen, die man in den gewachsenen Fels gehauen hatte, führten zu einem komplizierten, vielfarbigen, aus mehreren Schichten bestehenden Pentagramm hinab. Das Zentrum dieses Pentagramms bildete ein Loch, aus dessen Tiefen gedämpftes rotes Licht drang, was gespenstische Muster auf einen Kupferdeckel malte, der an der Decke hing. Durch ein System aus Leitungsrohren wurde die aus dem Loch aufsteigende Hitze hinauf in das Hotel gelenkt.

Muß ein höllisch gutes Filtersystem haben, dachte Claire und rümpfte die Nase, denn über allem hing ein schwerer Geruch von Pech und Schwefel.

Dann traf es sie wie ein Schlag. Leider war das Dämmfeld im Heizungskeller selbst völlig wirkungslos.

Claires Herz raste. Schweiß troff ihr von Rücken und Brust. Hastig wandte sie sich um und schnappte sich Austin, der sich flach gegen den Boden gepreßt hatte. Den Kater fest an die Brust gedrückt zwang Claire sich, die ersten drei Treppenstufen hinabzusteigen.

„Wo gehst du hin?" zischte er und grub ihr die Krallen in die Schulter.

„Das Siegel prüfen."

„Wozu das denn?"

„Weil Augustus Smythe das hier nicht allein gehalten haben kann."

„Dann hält es offenbar noch wer anders! Hier im Haus ist aber sonst nur noch eine andere Person."

„Sie hält die Sache hier, und dies hier hält sie." Claire stieg noch drei Stufen hinab und wies mit dem Kinn auf das Pentagramm. „Da steht ihr Name. Sara."

„Laß das!"

„Beruhige dich. Wenn der Name das Feld hätte durchdringen können, hätten die sie schon vor Jahren geweckt." Ein Vibrieren lag in der Luft, fast schon ein Summen, als näherten sie sich dem größten Wespennest der Welt. „Andererseits: Erinnerst du dich an das leise Summen, von dem ich dir letzte Nacht erzählte? Irgendwo scheint hier ein Leck zu sein."

„Aber heute morgen hast du nichts davon gespürt."

„Nein, erst jetzt wieder, hier im Raum. Wahrscheinlich hat Augustus Smythe es genutzt, um seinen Abgang zu organisieren."

„Das ist schlecht."

„Gut ist es jedenfalls nicht." Claire achtete genau darauf, wohin sie die Füße setzte, als sie nun langsam wieder rückwärts die Treppe hinaufging. Dann zwängte sie sich durch den Türspalt, stieg über die Schwelle, schob Dean energisch beiseite und schloß die Tür ganz, ganz sanft.

„*War* es ein Drache?" fragte Dean. Er hätte nicht sagen können, was ihn davon abgehalten hatte, Claire zu folgen. Aus irgendeinem Grund jedoch machte es ihm nichts aus, das nicht zu wissen.

„Nein." Hier, wo das Dämmfeld seine Wirkung zeigte, konnte Claire wieder klar denken. „Ein Drache war es nicht."

„Dann war es ein Heizofen?"

„Auf gewisse Art schon." Claire löste Austins Krallen behutsam von ihren Schultern, legte sich den Kater bequem im Arm zurecht und streichelte ihm sanft und rhythmisch das Fell. Ganze Haarbüschel lösten sich und flogen umher. Austin schob seinen Kopf unter Claires Kinn und verharrte so.

„War es das Loch?"

Claire kicherte. Sie konnte nicht anders. Es gelang ihr allerdings vergleichsweise rasch, wieder damit aufzuhören. Da hatte sie einen möglichst einfachen Vergleich gesucht, um einem Unbeteiligten ihre Arbeit so zu erklären, daß er sie mit seiner Weltsicht verstehen konnte – und nun hatte sie diese Metapher praktisch wortwörtlich vorgefunden. Das kam unerwartet. „Ja, in der Tat: Dort unten war das Loch." Hocherhobenen Hauptes, Austin immer noch fest in den Armen geborgen, schritt sie auf die Kellertreppe zu. „Bringen Sie bitte die Ketten wieder an, und die Vorhängeschlösser auch?"

Dean überfiel das merkwürdige Gefühl, Claire würde, wenn er sie im Vorübergehen an der Schulter berührte, Laut geben wie eine Heulboje. „Aber Ihnen ist nichts passiert?"

„Nein, mir geht es hervorragend."

„Wo gehen Sie hin?"

„Nach oben."

Dean schüttelte den Kopf, dachte kurz daran, die Tür zum Heizungskeller zu öffnen und selbst nachzusehen, was dort unten war, verwarf diese Idee jedoch rasch wieder, aus Gründen, die er nicht hätte benennen können. „He, Boß?"

Claire brauchte einen Moment, um zu erkennen, daß sie gemeint war. Sie war schon drei Stufen die Kellertreppe hochgegangen, hielt dann aber inne und beugte sich vor, um Dean ins Gesichts sehen zu können. „Ja?"

„Was haben Sie jetzt vor?"

„Ich habe vor, das zu tun, was wohl jeder in meiner Lage täte. Ich werde eine zweite Meinung einholen."

„Von wem?"

Claires Lächeln sah aus wie geborgt und nicht ganz passend. „Ich rufe meine Mutter an."

Hinter den Ketten, hinter der türkisfarbenen Tür am Fuße der Treppen und tief unten in der Höhle regte sich Vernunft.

HALLO?

Sie mußte feststellen, daß niemand antwortete. Da seufzte sie.

VERDAMMT.

Zwei

„Bei Hansen."

Die Stimme am anderen Ende der Leitung hatte Claire nicht zu hören erwartet. „Diana?" fragte sie ungläubig, griff sich, viel zu nervös, um stillzustehen, das uralte schwarze Telefon mit Wählscheibe und lief damit im Büro auf und ab. „Wieso bist du denn daheim? Solltest du nicht dieses Wochenende ein Praktikum machen?"

„Hong und ich hatten eine kleine Meinungsverschiedenheit."

„So eine wie die kleine Meinungsverschiedenheit damals mit Matt?"

„Nein!"

Nur ein Teenager bringt es fertig, diese einfache Silbe so verächtlich in die Länge zu ziehen, daß drei daraus werden. Mit zwanzig verliert man dieses Talent. *Drei Jahre noch!* sagte Claire sich. *Nur noch drei Jahre!* Sie selbst war zehn gewesen, als Diana zur Welt kam, und das plötzliche Auftauchen einer jüngeren Schwester hatte sie ziemlich unvorbereitet getroffen. Ihre Überraschung hatte sich im Laufe der Jahre in angespannte Wachsamkeit verwandelt. Claire liebte Diana von ganzem Herzen, fühlte sich aber wie alle anderen auch in ihrer Gegenwart immer so, wie man sich ansonsten wohl nur in der Gegenwart lose herumliegenden Dynamits fühlt. „Diese Leute sollen dir was beibringen. Warum gehst du nicht einfach mal davon aus, daß sie schon wissen, was sie tun?"

„Ja, ja – du hast gut reden! Die sind uralt, und ich darf nie etwas selbst machen!"

„Ich hab jetzt keine Zeit für so was. Hol Mama ans Telefon."

„Claire! Es ist Sonntag!"

Verzweifelt schlug Claire sich den Hörer an die Stirn – das hatte sie ganz vergessen. „Sag ihr, sie soll mich sofort anrufen, wenn sie aus der Kirche kommt! Aber wirklich sofort!"

„Du hast das Zauberwort vergessen."

„Diana!"

„Reg dich ab, war doch nur ein Witz. Was ist denn eigentlich los? Du hörst dich an, als hättest du gerade in den Höllenschlund geblickt."

Nicht zum ersten Mal dachte Claire, daß ihre Schwester neben einem erschreckenden Maß an Selbstvertrauen auch noch über ein erschreckendes Maß an Kräften verfügte und gab sich alle Mühe, das Zittern in ihrer Stimme zu unterdrücken. „Sag ihr, sie soll mich anrufen." Sie las die Nummer des Hotels von der Wählscheibe des Telefons ab und diktierte sie Diana. „Es ist wichtig."

Dean war auf der Kellertreppe, als er Claire telefonieren hörte. Er widerstand der Versuchung, an der Tür zu lauschen – zu gern hätte er gewußt, worum es ging, aber das wäre unhöflich gewesen – und ging in die Küche. Dort traf er Austin, der gerade versuchte, die Kühlschranktür zu öffnen.

„Bei Garagen kriegen sie das hin! Du drückst einen Knopf, und bumm, die Tür ist auf, und du kannst reinfahren und deinen Wagen parken. Aber bauen sie so was für Kühlschränke? Nein." Austin zog die Krallen aus der Gummiumrandung der Tür und funkelte Dean an. „Was muß eine Katze in diesem Haus tun, damit man ihr was zu Fressen vorsetzt?"

„Ist denn alles soweit in Ordnung mit dir?"

„Warum sollte es das nicht sein?"

„Vor ein paar Minuten ..."

Austin unterbrach ihn mit ungehaltenem Schnauben. „Das war damals, jetzt ist jetzt." Er stellte sich auf die Hinterbeine, legte Dean beide Vorderpfoten auf eine empfindliche Stelle gleich oberhalb des jeansbekleideten Knies und fuhr die Krallen aus, um seinen nächsten Worten Nachdruck zu verleihen. „Du scheinst ein netter Kerl zu sein – gibst du mir was zu fressen?"

„Austin."

„Ja, das ist mein Name." Seufzend ließ sich der Kater wieder auf alle Viere fallen. „Überstrapazier ihn nicht."

Claire bog um die Ecke und betrat die Küche, verwundert darüber, wie vertraut sie ihr bereits erschien. Als biege sie mindestens zum zweiundzwanzigsten Mal um diese Ecke, nicht erst zum zweiten. Irgendwie lag die Küche zwischen der schlafenden Sara und der Hölle im Keller und strahlte eine beruhigende Häuslichkeit aus, die Claire jedoch leicht frösteln ließ.

„Alles in Ordnung?" fragte Dean.

„Prima. Ich hatte nur gerade eine Zukunftsvision, und die war grauenhaft!" Kopfschüttelnd versuchte Claire, ihre Gedanken zu ordnen. „Meine Mutter war nicht da, aber ich habe meine Schwester gebeten, ihr auszurichten, daß sie mich später anrufen soll."

Austin sprang auf den Tresen. „Warum war denn deine Schwester daheim?"

„Das Übliche."

„Verletzte?"

„Ich habe nicht danach gefragt."

Dean lehnte an der Spüle und betrachtete angelegentlich seine in Socken steckenden Füße. Wäre Claire nicht seine Chefin gewesen, hätte er sie nur zu gern gefragt, ob sie nicht ein wenig zu alt dafür sei, ihre Mama anzurufen, wenn Probleme auftraten.

„Dean?"

Der junge Mann sah auf und fand Claires Blick unverwandt auf sich gerichtet.

„Hier, ein Groschen für Ihre Gedanken!"

Aus reinem Reflex fing er die Münze auf, die sie ihm zuwarf und im nächsten Moment war er zu seiner eigenen Überraschung dabei, seine eben gehegten Gedanken laut zu wiederholen.

„Nein, ich bin *nicht* zu alt, um meine Mutter anzurufen", sagte Claire, als er geendet hatte und ignorierte würdevoll den Kater, der ihr zuraunte: „Das hast du nun davon. Warum mußtest du auch fragen!"

„Mein Mutter ist schon länger im Geschäft als ich, und ich kann ihren professionellen Rat gut gebrauchen. Nichts von dem, was heute morgen hier passiert ist, war so, wie ich es erwartet hatte. Weder die Dinge in Zimmer sechs noch der Heizungskeller noch Sie."

„Noch ich?"

„Wäre nicht Austin so felsenfest überzeugt davon, daß Sie Teil dieses ganzen Schlamassels sind, dann würden wir jetzt in diesem Moment alle nett beieinandersitzen und Ihre Erinnerungen ein wenig umsortieren."

Dean hatte ganz spontan etwas fragen wollen, ließ es dann aber. Warum fragen, ob Claire so etwas konnte? Ihre Aussage hatte nichts enthalten, woraus man hätte schließen können, daß dem nicht so war. „Wenn Sie nichts dagegen haben, würde ich meine Erinnerungen gern so belassen, wie sie sind."

„Ein glücklicher Mensch!" Austin setzte sich auf die Hinterpfoten und starrte eindringlich auf die Kühlschranktür. „Da wir nichts tun wollen, ehe deine Mutter nicht einen Blick darauf geworfen hat, worauf warten wir dann noch? Warum frühstücken wir nicht endlich?"

Claire seufzte. „Ich glaube, Dean wartet auf eine Erklärung."

„Die habe ich ihm doch schon geliefert!" quengelte Austin und entzog Claires streichelnder Hand seinen Kopf. „Er sagte, er glaube an Magie, und ich sagte, genau das geschieht hier."

„Das kann man wohl kaum als umfassende Erklärung bezeichnen."

„Der Rest kann warten bis nach dem Frühstück!"

Claire und Dean mußten sich dem Unausweichlichen beugen. Dean machte sich daran, Claire ein Frühstück zuzubereiten und Claire lief in ihr Zimmer, um eine Dose Katzenfutter zu holen.

Als die Untertasse mit dem beigefarbenen Brei vor ihm auf dem Fußboden abgestellt wurde, musterte Austin die Angelegenheit voll Widerwillen und funkelte Claire anklagend an. „Ich rieche völlig einwandfreie Würstchen", klagte er.

„Die du nicht haben darfst. Erinnere dich an die Worte des Tierarztes. Bei einer Katze in deinem Alter ist das Dosenfutter für Katzengreise angesagt. Es verlängert dein Leben."

„Aber ein einziges Würstchen kann doch nicht schaden!" mischte Dean sich ein und musterte die Untertasse fast ebenso angewidert wie der Kater.

Claire packte den jungen Mann am Handgelenk und bugsierte die Gabel, die das Würstchen hielt, wieder zurück zum Teller. „Austin ist siebzehn Jahre alt", verkündete sie. „Würden Sie diese Würstchen einem hundertzwei Jahre alten Greis vorsetzen?"

„Wohl nicht."

„Du lebst auch nicht ewig, es wird dir nur so vorkommen." Grummelnd machte sich Austin über sein Futter her.

Claire setzte sich an einen der kleinen Tische im Eßzimmer, ließ sich von Dean einen vollgeladenen Teller bringen und versuchte, ihre Gedanken zu ordnen. Drei Überraschungen hatte der Morgen ihr bereitet – eigentlich vier, wenn man Augustus' Verschwinden und die Tatsache, daß er ihr das Hotel überschrieben hatte, einbeziehen wollte. Von diesen dreien war Dean die Überraschung, zu der ihr am wenigsten einfiel. Für die sie sich am schlechtesten qualifiziert fühlte. Sara, die Hölle und Smythe waren letztlich nur Variationen desselben Themas. Sehr extreme Variationen, wirklich sehr extreme Variationen, durchaus, aber doch nichts Einmaliges. Allerdings hatte Claire in den zehn Jahren, in denen sie nun schon Unfallstellen versiegelte, noch nie sich und ihre Arbeit einem unbeteiligten Zuschauer erklären müssen. Sie hatte die Wahrnehmung von Menschen manipulieren müssen, um ihre Arbeit tun zu können. Aber jemandem die Wahrheit sagen? Das hatte sie noch nie getan.

Als Dean den Teller abstellte, starrte sie mit offenem Mund darauf. Ein Berg Rührei, gebratene Würstchen, gegrillte Tomaten und drei Scheiben Toast. „Soviel esse ich sonst den ganzen Tag über nicht!"

„Na, darum sind Sie wohl auch so ..."

„Wie: so?"

„Ach nichts."

„Wie: so?"

„Dünn." Deans Ohren liefen rot an. Sorgfältig arrangierte er Messer und Gabel neben dem Teller und eilte zurück in die Küche. „Ich hole den Kaffee."

Hinter seinem Rücken verdrehte Claire die Augen. Sie war nicht dünn, sie war zierlich, und Dean war so – in rascher Folge verwarf sie die Adjektive ‚solide', ‚ernsthaft' und ‚unerschütterlich' und war fast schon bei ‚treu' und ‚tapfer' angekommen, als sie fand, es sei besser, es bei ‚jung' zu belassen. „Wollen Sie selbst gar nichts essen?" fragte sie, als Dean mit ihrem Kaffee zurückkam.

Ein wenig überrascht schüttelte der junge Mann den Kopf. „Ich habe gegessen, bevor Sie aufgestanden sind."

„Das ist ja schon Stunden her. Holen Sie sich einen Teller, dann können Sie die Hälfte von meinem Frühstück abbekommen."

„Wenn *ich* nun einen zweiten Teller bringe ...", hob Austin an.

„Nein!" Dean zögerte noch, weshalb Claire sich entschied, an sein Gewissen zu appellieren. „Sie können mir glauben, ich kann das nicht alles essen. Sonst müßte man es doch wegwerfen."

Wenige Augenblicke später stand ein nicht mehr ganz so einschüchterndes Frühstück vor Claire, und Dean machte sich auf der anderen Seite des Tisches so hungrig und vergnügt über seinen Anteil her, wie nur ein junger Mann es tun kann, der gerade drei Stunden ohne Nahrung hat auskommen müssen. Claire sah ihm nachdenklich dabei zu und wandte sich dann an Austin: „Du bist wirklich sicher, daß er Teil des Ganzen hier ist?"

„Vollkommen."

„Damals in Danzig warst du dir auch vollkommen sicher."

Austin schnaubte empört. „Mein Polnisch war ein bißchen eingerostet – du kannst mich ja verklagen." Provozierend starrte er zu Claire auf, und sein Schwanz schlug im Sekundentakt wie ein pelziges Metronom.

„Gut. Du hast gewonnen." Claire steckte eine Tomate in den Mund, kaute und schluckte – aber das zögerte das Unausweichliche nur hinaus. Die junge Frau spürte außer Austins Blick nun auch den Deans auf sich ruhen, hob den Kopf und räusperte sich. „Erst einmal möchte ich, daß Sie eins auch wirklich verstehen: Alles, was ich Ihnen jetzt erzähle, ist vertraulich. Es darf unter keinen Umständen weitergegeben werden. An niemanden. Niemals."

Dean saß eingehüllt in den beruhigenden Duft von Würstchen und gebratenen Eiern, der immer noch im Eßzimmer hing, ließ die Ereignisse des Morgens an sich vorüberziehen und erwiderte: „Ich meine das jetzt nicht als Beleidigung, aber würde mir denn irgend jemand glauben?"

„Irren Sie sich da mal nicht. Als ich heute aufstand, hatte ich noch nicht vor, es Ihnen zu erzählen." Claire beugte sich vor und kniff die Augen zusammen. „Wenn diese Informationen in die falschen Hände geraten ..."

Dean konnte nicht anders, auch er beugte sich vor, kniff die Augen zusammen und senkte dramatisch die Stimme: „Das Schicksal der Welt steht auf dem Spiel?"

„Ja."

Dean mußte einsehen, daß es seinem Gegenüber völlig ernst damit war. Er hätte schwören können, daß er genau spürte, wie sich jedes einzelne Härchen in seinem Nacken aufstellte. Ein unangenehmes Gefühl. Er schob seinen Stuhl zurück, denn plötzlich war ihm nicht mehr nach Essen zu Mute. „Dann sollten Sie es mir vielleicht lieber nicht erzählen."

Claire warf Austin einen erbosten Blick zu. „Dazu ist es zu spät."

„Aber Sie kennen mich doch gar nicht! Sie wissen nicht, ob Sie mir vertrauen können!"

Die Möglichkeit, dem jungen Mann nicht zu trauen, war Claire noch nicht in den Sinn gekommen. Dean war ein Mensch, dem völlig Fremde ihre Pakete gegeben hätten, wenn sie sich die Schuhe neu zubinden mußten. Sollte irgendwo ein Schiedsrichter gebraucht werden, würde die Wahl auf ihn fallen. Mütter konnten ihm völlig unbesorgt ihre Kleinkinder überlassen, im festen Vertrauen darauf, daß sie ihre kleinen Lieblinge Stunden später wohlbehalten, gefüttert, getränkt und auf harmlose Art unterhalten wiederbekommen würden. *Ach ja, und Fenster putzen kann er auch.*

„Ich weiß, daß wir dir trauen können", murrte Austin, sprang auf einen leeren Stuhl und starrte anklagend über die Tischkante auf eine übriggebliebene Wurst. „Los. Ich bin alt, ich habe nicht ewig Zeit. Ißt du das noch?"

„Ja." Claire aß ihren Teller leer und überdachte derweil ihre Möglichkeiten. Schließlich seufzte sie. „Ich nehme an, Austin hat recht ..."

„*Vielen* Dank auch!"

„... und es beginnt wirklich mit dem Glauben an Magie."

„Womit endet es denn?" fragte Dean vorsichtig.

„Armageddon. Aber wenn Sie nichts dagegen haben, spare ich mir das für später auf." Nachdem ihr Gegenüber Claire zu verstehen gegeben hatte, daß Armageddon ruhig so lange warten konnte, wie sie wollte, fuhr die junge Frau fort: „Mit einfachen Worten ausgedrückt ist Magie ein System, mit dessen Hilfe man die vielfältigen Möglichkeiten einer sehr komplexen Energiequelle nutzen kann."

„Woher kommt diese Energie?"

„Von woanders her." Claire seufzte, denn ihr war klar, daß Dean ihr bereits jetzt nicht mehr zu folgen vermochte. „Diese Energie ist nicht körperlich präsent, sie ist einfach nur." Gerüchteweise hatte ein Teil dieser Energie sich einmal genau so erklärt, mit der Behauptung: Ich bin, der ich bin. Aber Claire fand es nicht notwendig, dieses Detail zu erwähnen.

„Sie ist", wiederholte Dean. Claire schien von ihm wissen zu wollen, ob er diese Erklärung hinzunehmen bereit war. Er zuckte die Achseln und fügte hinzu: „Gut." Das schien ihm im Augenblick das Sicherste zu sein.

„Vergleichen wir Magie mit Baseball: Jeder kann das Spiel spielen, aber nicht jeder hat die Fähigkeit, es bis zur Oberliga zu bringen." Der Vergleich gefiel Claire, und sie nahm sich vor, ihn im Kopf zu behalten. Dann konnte sie jederzeit darauf zurückgreifen, sollte sie wieder einmal in eine solche Lage geraten – Besitzerin eines Hotels mit einer schlafenden Bösen, einem Loch mit Durchgang zur Hölle und einem hübschen jungen Angestellten, dem ihr Kater sein Herz ausschüttete! Claires Nasenflügel bebten.

Dieses Beben verunsicherte Dean. Er scharrte unter dem Tisch mit den Füßen, sah sich im vertrauten Eßzimmer um und fragte dann: „Könnte ich es?"

„Mit der entsprechenden Ausbildung und mit Disziplin, viel Disziplin", fügte sie hinzu, damit er gar nicht erst glaubte, es sei einfach, „kann jeder kleinere magische Akte vollbringen – so klein allerdings, daß die meisten Menschen es nicht für der Mühe wert halten."

Dean fühlte sich, als sei er gerade wieder einmal von der Lehrerin zurechtgewiesen worden, die ihn in der fünften Klasse unterrichtet hatte; einer höchst ernsthaften jungen Person frisch von der Uni, für die alle Jungen in seiner Klasse geschwärmt hatten. Er sackte in seinem Stuhl zusammen, bis sein Kopf fast mit der Tischkante auf einer Höhe war und streckte die Beine, an den Knöcheln übereinandergeschlagen, weit in den Raum. „Weiter."

„Danke." Ein irritiertes *Sehr freundlich von Ihnen* schwang in ihrem Tonfall mit. Für wen hielt der Junge sich? „Magie befaßt sich in der Regel mit einem Teil jener Energie, und zwar mit der, die aus dem zentralen Bestandteil all der vorhandenen Potentiale stammt. Hierbei ist das obere Ende nur für den Gebrauch im absoluten Notfall bestimmt, und für das andere Ende gilt ‚Kein Zutritt'. Es ist verboten. Der Einfachheit halber wollen wir den oberen Teil ‚Gut' und den unteren ‚Böse' nennen." Claire machte eine Kunstpause und atmete erleichtert auf, als kein Einwand kam. „Ist Ihnen das recht? ‚Gut' und ‚Böse' sind nicht gerade die Kategorien, in denen das zwanzigste Jahrhundert denkt."

„Im Haus meines Opas schon", erläuterte Dean. Gebeten, dies genauer auszuführen, zuckte er peinlich berührt die Achseln. „Mein Großvater war anglikanischer Pastor."

„Pastor McIssac, der Großvater, der Sie aufgezogen hat?"

Dean nickte.

„Was war mir Ihren Eltern?" Ganz konnte Claire die Miene des jungen Mannes nicht deuten, aber auf ihre Frage folgte ein langes Schweigen, und so nahm sie an, er würde ihr wohl nicht antworten. „Entschuldigung. Das war taktlos. Ich bin nicht besonders geschickt im Umgang mit Menschen."

„*Quel surprise*", murmelte Austin, dessen Kopf auf den Vorderpfoten ruhte.

„Nein, das ist schon in Ordnung." Dean nahm sich eins der Messer, mit denen sie gefrühstückt hatten, und drehte es zwischen den

Fingern, den Blick unverwandt auf die glänzende Klinge gerichtet. „Sie starben, als ich ein Baby war", fügte er nach einer Pause hinzu. „Unser Haus brannte ab. Das passiert oft an einem der ersten richtig kalten Wintertage, wenn man den Holzofen ordentlich anfeuert und erst dann mitbekommt, in welchem Zustand der Schornstein ist. Mein Vater konnte mich aus einem der oberen Fenster auf einen Schneeberg werfen. Gleich darauf ist das Haus zusammengestürzt."

„Es tut mir leid."

„Ich habe sie nie kennengelernt. Für mich gab es immer nur meinen Opa. Mein Vater war der einzige Sohn meines Opas, müssen Sie wissen, und Opa hätte nie zugelassen, daß eine meiner Tanten mich großzieht. Opa hat mir auch das Kochen beigebracht." Dann mußte Dean unbedingt sehen, wie Claire die Geschichte aufnahm. Viel zu viele Mädchen verfielen nämlich darauf, ihn an diesem Punkt zu bedauern und ihn ihr armes kleines Baby zu nennen, wovon sich die Beziehungen dann letztlich nie ganz erholten. Dean hörte auf, mit dem Messer zu spielen und erkannte in Claires Miene Bedauern, aber kein Mitleid. Also vertraute er ihr auch den Rest seiner Geschichte an. „Die beiden hätten sich retten können, wären sie nicht nach oben gerannt, um mich zu holen. Ich habe immer gewußt, wie sehr meine Eltern mich geliebt haben, daran hat es nie auch nur den leisesten Zweifel gegeben. Es gibt nicht viele Menschen, die das von sich behaupten können."

Claire kämpfte gegen einen Kloß im Hals und berührte leicht mit dem Finger Deans Hand. „Kein Wunder, daß Sie so sehr in sich ruhen."

Der junge Mann zuckte verunsichert die Achseln. „Ich?"

„Ist hier denn sonst noch wer, außer dem Kater?" Austin schlug mit der Tatze zu und fegte das Messer vom Tisch. „Es war schön, daß du uns das alles anvertraut hast. Können wir endlich weitermachen?"

Claire wartete, bis Dean sich um die Butterreste und Toastkrümel gekümmert hatte, die auf dem Fußboden gelandet waren, ehe sie mit ihren Erläuterungen fortfuhr, teils, um Austin zu ärgern und teils, um allen Zeit zu lassen, ihre Gefühle zu ordnen. Sicherheitshalber fragte sie: „Sind Sie fertig?"

Dean nickte.

„Gut, zurück also zu guter und schlechter Energie. Zwischen dieser Energie und dem, was der größte Teil der Menschheit als Realität ansieht, existiert eine Barriere. Weil wir keinen besseren Ausdruck

Tanya Huff

dafür haben, wollen wir diese Barriere weiter die Hülle des Universums nennen. Wer Magie wirkt, lernt, diese Barriere zu durchdringen und die Energie abzuziehen, die er braucht. Leider geschehen auch Unfälle, bei denen die Hülle durchdrungen wird." Claire trank einen großen Schluck Kaffee. „Das Weitere kann ich nur erklären, indem ich drastisch vereinfache. Denken Sie nicht, ich wolle damit Ihre Intelligenz in Frage stellen."

„Gut." Auch diesmal schien das die sicherste Antwort.

„Jedes Mal, wenn jemand etwas Gutes tut, gibt es ein kleines Loch in der Hülle, wird ein wenig gute Energie freigesetzt und alle profitieren davon. Jedes Mal, wenn jemand etwas Böses tut, setzt das ein wenig schlechte Energie frei, und alle haben darunter zu leiden."

„Wie gut", wollte Dean wissen, „und wie böse?"

„Je nachdem. Die Löcher entstehen proportional. Wenn Sie, sagen wir mal, Ihr Leben opfern würden, um einen anderen zu retten oder anders herum jemanden opfern würden, um Ihr eigenes Leben zu retten, dann wären die Löcher groß." Sie hielt inne und sah den Regentropfen zu, die gegen das Fenster in Deans Rücken schlugen, sah, wie die Tropfen sich vereinigten, bis das eigene Gewicht sie in kleinen Flüssen erdwärts zog. „Das Problem besteht darin, daß kleine Löcher größer werden können. Böses, das durch ein stecknadelgroßes Loch dringt, regt weiteres Übel an, dadurch wird das Loch größer, dadurch entsteht noch größeres Übel, das Loch wird größer ... nun ja, Sie wissen, worauf ich hinauswill."

„Es sei denn, er ist dümmer als Bohnenstroh", knurrte Austin. „Ist dir denn wirklich nichts Besseres eingefallen?"

Claire starrte Austin aus zusammengekniffenen Augen an. „Du kannst gerne mit einer besseren Erklärung aufwarten, wenn du willst."

Austin drehte sich auf dem Stuhl so, daß er Claire ostentativ den Rücken zuwandte. „Ich will aber nicht."

„Du kannst nicht!"

„Ich habe gesagt, ich will nicht."

„Ha!"

„Entschuldigen Sie bitte!" Dean wedelte mit der Hand, um Claires Aufmerksamkeit zu erregen. „Ist so was in unserem Heizungskeller passiert? Irgend jemand tat etwas Böses und schuf so zufällig ein Loch?"

„Nein, so war es da unten nicht", sagte Claire langsam und nachdenklich. Sie versuchte zu entscheiden, wieviel er wissen sollte. „Manche

Löcher werden absichtlich geschaffen. Es gibt Menschen, die das, was sie nicht haben dürfen, unbedingt haben wollen und arrogant genug sind zu glauben, sie könnten diese Dinge kontrollieren." Claire erinnerte sich an eine Unfallstelle, auf die sie gestoßen war, als sie das erste Jahr allein arbeitete, und schüttelte den Kopf. „Aber das können sie nicht."

Dean gelang es, das Kopfschütteln richtig zu interpretieren, wenn auch nicht in Einzelheiten. „Ist das eklig?"

„Es kann eklig sein. Einmal habe ich eine Leiche, eine vollständige Leiche, im Handschuhfach eines Plymouth Reliant Kombi, Baujahr 1984, gefunden."

„Den 1.2 Liter GM oder den mit dem Mitsubishi-Motor?"

„Spielt das irgendeine Rolle?"

„Wenn man Ersatzteile kaufen will schon."

Claire trommelte mit den Fingernägeln auf der Tischplatte. „Ich sprach von einer Leiche im Handschuhfach, nicht von einem Ausflug zum Reifenhändler!"

„Tut mir leid."

„Dürfte ich jetzt fortfahren?"

„Klar doch."

„Danke. Die meisten Löcher bekommt man mit dem magischen Äquivalent einer Silikonspritze wieder in den Griff. Manche sind komplizierter, und ein paar sind so groß, daß das Böse in beträchtlichem Ausmaß nach außen dringen und schlimme Schäden anrichten kann, ehe man sie wieder repariert hat."

Deans Augen weiteten sich und wirkten, durch seine Brillengläser vergrößert, sogar noch größer. „Ist das je geschehen?"

Claire zögerte, zuckte dann aber die Achseln. Das zumindest konnte sie ihm erzählen. „Ja. Aber selten. Der Untergang von Atlantis, die Zerstörung der Minoischen Kultur ..."

„Die unerklärliche Popularität Barneys des Dinosauriers", fügte Austin trocken hinzu.

Claires Augen verengten sich erneut bedrohlich, weswegen Dean sein Lachen lieber unterdrückte.

„Löcher", verkündete die junge Frau, und ihr Ton stellte unmißverständlich klar, daß es Konsequenzen haben würde, wenn der Kater sein Maul nicht hielt, „die Zugang zum Bösen bieten, erregen die Aufmerksamkeit von Monitoren, und da gibt es zwei Möglichkeiten."

„Computermonitore?"

„Nein." Sie hielt inne, um mit dem Daumen eine Lippenstiftspur von ihrem Becher zu reiben. Das Gespräch erwies sich als leichter, als sie angenommen hatte. Die Ereignisse des Morgens hatten erste Bande zwischen ihr und Dean geknüpft; ehe die sich wieder lösten und sie erneut das wurden, was sie ja eigentlich füreinander waren, nämlich so gut wie Fremde, würde der junge Mann wohl fast alles glauben, was sie ihm erzählte.

NA MACH SCHON! NUTZ DAS AUS! AMÜSIER DICH EIN BISSCHEN! NIEMAND WIRD ES JE ERFAHREN.

Hart schlug der Kaffeebecher auf der Tischplatte auf.

Dean griff ihn sich, ehe die letzten Tropfen auf den Tisch spritzen konnten. „Alles klar?"

„Ja." Claire blinzelte vier- oder fünfmal, dann konnte sie das Gesicht des jungen Mannes wieder klar erkennen. „Natürlich. Haben Sie gerade irgend etwas gehört?"

„Nein".

Ganz offenbar sagte er die Wahrheit.

„Ist mit Ihnen wirklich alles in Ordnung?" wiederholte Dean besorgt.

„Mir geht es wunderbar." Die Stimme hatte ein wenig verzerrt geklungen, wie bei einem Radio, wenn man den Sender nicht richtig eingestellt hat. Als sei der Sprecher nicht in der Lage gewesen, sich auf die Frequenzen in Claires Kopf einzustellen. Wenn man bedachte, was für eine Unfallstelle da unten im Heizungskeller war, konnte es nur eine mögliche Quelle für eine derart persönlich gehaltene Versuchung geben – und nur eine mögliche Reaktion.

„Gut. Also, die Monitore. Was ist denn nun schon wieder?" fuhr sie dann ungeduldig auf, denn Austin starrte sie unverwandt an.

„Gar nichts."

„Du starrst mich an!"

„Ich hänge an deinen Lippen!"

Der Kater schaute derart unergründlich drein, daß Claire genau wußte, er hatte etwas gewittert. Sollte er doch! „Diejenigen, denen die Überwachung obliegt", setzte sie erneut an, den Blick unverwandt auf Dean gerichtet und fest entschlossen, den Kater nicht einmal eines Blicks aus den Augenwinkeln zu würdigen, „sind Menschen, die Magie nutzen und die als Vettern und Hüter bekannt sind. Die Vettern verfügen nicht über dieselben Kräfte wie die Hüter, aber es gibt mehr von ihnen. Sie können die Folgen eines Unfalls mildern, aber sie können kein Loch schließen. Sie beobachten es und warten, ob es notwendig wird, einen Hüter zu rufen.

Bei den Stellen, die nicht versiegelt werden können, weil die Löcher zu groß geworden sind, werden Hüter – die man übrigens aus Gründen, die mir noch niemand hat einleuchtend erklären können, Tanten oder Onkel nennt – selbst quasi zur Dichtungsmasse und versiegeln diese Stelle mit ihrem Sein. So sind eine Menge exzentrischer, zurückgezogen lebender alter Männer und Frauen in Wirklichkeit damit beschäftigt, die Welt zu retten."

Dean nahm die Brille ab und rieb sich den Nasenrücken. „Die Hüter sind also die Guten?"

„So ist es."

„Die Frau hingegen, die oben schläft, ist eine von den Bösen?"

„Sie ist eine Hüterin, die umgekippt ist." Die Worte kamen ohne Gefühlsregung aus Claires Mund, denn die einzigen Gefühle, die man in einer solchen Situation empfinden kann, waren ein wenig zu stark, um sich ihnen am Frühstückstisch hinzugeben. „Eine böse Hüterin."

„Eine böses Tantchen?" fragte er, unfähig, seine Mundwinkel zu kontrollieren, die vergnügt zitterten.

„Das ist ein Titel, keine verwandtschaftliche Beziehung", gab Claire gereizt zurück. Dean wirkte daraufhin so geknickt, daß sie nicht anders konnte, als ihre Worte zurückzunehmen. „Unter dem Strich: ja. Im Heizungskeller fanden wir ihren Namen. Aus Sicherheitsgründen sagen wir Ihnen nicht, wie er lautet."

Dean setzte die Brille wieder auf, richtete sich auf, nahm die Schultern zurück und stellte die Füße parallel nebeneinander auf das fleckenlose Linoleum unter dem Tisch. „Im Heizungskeller? An der Wand?"

„Nein, auf dem Boden." Bisher hatte Dean auf keines der Ereignisse an diesem Morgen derart stark reagiert, und Claire wußte nicht, wie sie sein Verhalten einordnen sollte.

„Gut. Sobald Sie hier fertig sind, befasse ich mich damit."

„Befassen? Wozu?"

„Ich mache die Schrift weg. Ich habe einen Industriereiniger, extra für Graffiti", verkündete er mit einer Ehrerbietung, die die meisten männlichen Jugendlichen seines Alters für weniger reinigende Zeitvertreibe aufsparten. „Letztes Frühjahr hatten ein paar Jugendliche die Seitenwand des Hotels beschmiert. Die, die zur Auffahrt hin liegt.

Mit dem Zeugs habe ich alles wieder vom Backstein abbekommen. Allerdings ist auch ein bißchen Mörtel runtergekommen, aber das konnte ich reparieren."

„Sie halten sich vom Heizungskeller fern, wenn ich bitten darf!" Industriereiniger! Ein Versuch damit wäre ein ziemlich einmaliges Vorgehen gewesen, aber wohl kein besonders erfolgversprechendes. Glücklicherweise gab es das Dämmfeld; das würde ihn davon abhalten, es da unten auf eigene Faust zu versuchen.

Dean runzelte die Stirn und schüttelte den Kopf: „Ich hab' es nicht gern, wenn irgendwo Dreck ist ..."

„Das ist mir ehrlich gesagt egal." Claire warf Dean über den Tisch hinweg ein verkniffenes Lächeln zu. „In diesem Fall werden Sie damit leben müssen."

„Schon gut, Sie sind der Boß", seufzte Dean und ließ sich in den Stuhl zurücksinken. „Aber warum können Sie mir den Namen nicht verraten?"

„Weil Austin recht gehabt hat ..."

„Wie meist", murmelte der Kater.

„... und wir sie wirklich nicht wecken wollen."

Dean nickte. „Weil sie böse ist. Was hat sie getan? Hat sie versucht, die Kräfte, die aus dem Loch dringen, für ihre eigenen Zwecke zu mißbrauchen?"

Claire spürte, wie ihr der Unterkiefer herunterfiel. „Genau. Woher wußten Sie das denn?"

„Das lag doch auf der Hand. Die dunkle Seite der Macht hatte sie korrumpiert, aber ein anderer Hüter tauchte auf und konnte sie aufhalten. Sie wurde in einem fairen Kampf besiegt, aber man konnte sie nicht umbringen, denn damit hätten sich die Guten auf ihr Niveau begeben, also haben sie sie schlafen geschickt – sozusagen eine vorübergehende Lösung."

Mit offenem Mund starrte Claire den jungen Mann an.

Dean spürte, wie ihm die Wangen heiß wurden. „Ich rate nur." Als Claire ihm nicht antwortete, wand er sich peinlich berührt. „Im Kino würden sie das so machen!"

„In welchem Film?" Die Frage kam eine Oktave höher als gewöhnlich.

„Ich meinte keinen speziellen Film", verteidigte Dean sich rasch, auch wenn er nicht hätte sagen können, was er denn nun genau falsch gemacht hatte. „Aber so würden sie es in einem Film machen. Wenn

sie einen Film darüber drehen würden, was sie natürlich nicht tun."
Bis zu diesem Augenblick hatte Dean noch keine Katze lachen hören.
„Aber ich weiß immer noch nicht, warum es sie wecken würde, wenn man ihren Namen nennt."

Claire schenkte Austin, der vor Lachen vom Stuhl zu fallen drohte, keine Beachtung, riß sich zusammen und versuchte, einen letzten Rest Fassung und Würde zu wahren. Dabei war ihr durchaus bewußt, daß ihr dieser Zuschauer, der ja immerhin sieben Jahre jünger war als sie, die letzte Frage nur gestellt hatte, weil er nett sein wollte. Daß er sich absichtlich zurückgenommen hatte, damit es nicht so aussah, als wolle er die Unterhaltung an sich reißen. „Namen", erklärte sie kühl, „sind nie nur Bezeichnungen. Sie gehören zu den Dingen, die uns miteinander und mit der Welt verbinden." Das war einer der Gründe, warum sie nicht vorhatte, das Loch im Heizungskeller ihm gegenüber genauer zu identifizieren. Wenn Dean an die Hölle dachte und sie beim richtigen Namen nannte, würde das der Dunkelheit eine Verbindung zur Verfügung stellen und ihr so leichteren Zugang verschaffen.

Einer der Gründe.

Im Kino würden sie das so machen – also wirklich.

„Wenn man die Frau weckte", dachte Dean laut nach und runzelte leicht die Stirn. „Könnte sie Sie schaffen?"

„Wie bitte?"

Er übersetzte die Frage schnell in Worte, die auch ein Mensch vom Festland verstehen konnte. „Ist sie stärker als Sie?"

„Nein!"

Austin schnaubte.

„Gut. Ich weiß es nicht!" Claire warf Austin einen wütenden Blick zu. „Sie ist eine Hüterin mit großen Kräften, sonst wäre sie nicht in der Lage gewesen, das Loch zu versiegeln, geschweige denn, es sich zunutze zu machen. Aber ...", und hier kniff Claire die Augen zusammen, „auch ich bin eine mächtige Hüterin, sonst wäre ich nicht hierher berufen worden. Wer von uns stärker ist, das können wir nur herausfinden, wenn wir sie wecken. Ich habe aber nicht vor, die Zerstörung der unmittelbaren Umgebung hier in Kauf zu nehmen, nur um mein Ego zu befriedigen."

„Sie versiegelt also immer noch das Loch? Wie ein Korken in einer Flasche?"

„Im großen und ganzen ja."

„Sie aber sind hier, um den Korken knallen zu lassen und das Loch zu schließen?"

„So einfach ist es nicht."

„Deshalb haben Sie ihre Mutter angerufen."

„Ja."

„Gut!" Dean holte tief Luft und legte beide Hände flach auf den Tisch. „Die Frau in Zimmer sechs ist eine böse Hüterin?"

„So ist es."

„Sie hingegen sind eine gute Hüterin?"

Claire lehnte sich zurück und zog eine Visitenkartendose aus Vinyl aus der Brusttasche ihres Blazers. „Die hat meine Schwester für mich gemacht. Es sollte ein Witz sein, aber eigentlich steht alles drauf, was man wissen muß."

Tante Claire, Hüterin

Ihr Unfall ist meine Chance

(Fertigkeiten situationsbedingt)

Die Karte fühlte sich nach Bütten an und war mit leicht verwischten Buchstaben bedruckt, als habe man sich zu ihrer Herstellung eines Gummistempels bedient. „Sollte ich dann nicht lieber Tante Claire zu Ihnen sagen?"

„Nein."

Das war das eindeutigste Nein, das Dean je gehört hatte. Ein kompromißloses Nein, eins ohne Untertöne, ohne ein Vielleicht ganz irgendwo am Rande, eins, das keine weitere Debatte zuließ. Claire deutete an, er könne die Karte behalten, und Dean steckte sie sich rasch in die Brusttasche seines T-Shirts. „Ich wollte schon immer mal wirkliche Magie sehen."

Die Augen halb geschlossen beugte Claire sich vor und legte beide Handflächen auf den Tisch. „Hoffen Sie, daß Ihnen das erspart bleibt."

Die Warnung hätte dramatischer geklungen, wenn die junge Frau ihre eine Hand nicht mitten auf einen Marmeladenklecks gelegt hätte.

Schweigend reichte Dean ihr eine Serviette und schaffte es, ein Lachen zu unterdrücken, auch wenn er nicht verhindern konnte, daß seine Mundwinkel verdächtig zuckten. „Smythe war dann also auch ein Hüter?"

Claire zeigte Zähne, aber ein richtiges Lächeln brachte sie nicht zustande. „Smythe war und ist ein miserabler kleiner Wurm, der sich einfach vom Acker gemacht hat und ich kann nun hinter ihm aufräumen. Außerdem ist er ein Vetter."

„Hat er die Frau schlafen geschickt?"

„Nein, einem Vetter stehen solche Kräfte nicht zur Verfügung." Eigentlich hatte Dean mit seinem kurzen Drehbuchentwurf gar nicht einmal so falsch gelegen, das mußte Claire sich nun eingestehen, auch wenn es sie störte, dem Jungen recht geben zu müssen. „Es muß irgendwann einmal ein anderer Hüter mit dieser Sache befaßt gewesen sein."

„Aber Mr. Smythe ist ein Vetter, und Sie haben gesagt, die Vettern überwachen Unfallstellen, die nicht versiegelt sind."

„Was wollen Sie damit sagen?"

„Sie haben gesagt, diese Unfallstelle hier sei versiegelt, daß die Frau sie versiegelt wie ein Korken in einer Flasche ..."

„Nein: Das mit dem Korken und der Flasche stammt von Ihnen."

„Gut. Wenn aber das Loch versiegelt ist, was tat Mr. Smythe dann hier?"

„Wahrscheinlich hat er das Siegel überwacht, weil die Frau es nicht kann, und dann hat er noch die Frau überwacht, denn die Kraft, die dafür sorgt, daß diese Frau schläft, kommt aus der Unfallstelle."

„Böse Kräfte halten sie am Schlafen?"

„Vertrauen Sie mir ..." Claire warf die Serviette auf ihren Teller. „Korrumpieren können sie die Frau nicht mehr!"

„Aber wenn das eine vorübergehende Lösung sein sollte, warum war Mr. Smythe dann seit 1945 hier?"

„War er das?"

„Klar doch. Darüber hat er ständig geklagt." Dean griff erneut nach dem Messer und drehte es zwischen zwei Fingern. „Warum hat Mr. Smythe sich einfach so davongeschlichen?"

„Das weiß ich nicht." Der Henkel des Kaffeebechers stöhnte leise unter Claires hartem Griff. „Aber die Frage würde ich ihm zu gerne selbst stellen."

„Was haben Sie jetzt vor?"

„Jedenfalls nichts Überstürztes. Überhaupt nichts, ehe ich nicht eine zweite Meinung eingeholt habe. Wenn ich mehr weiß, kann ich mich an die Arbeit machen und die Sache hier zum Abschluß bringen, aber solange das Loch versiegelt bleibt, ist es vollkommen ungefährlich. Wir befinden uns also nicht in unmittelbarer Gefahr."

„Nicht in unmittelbarer Gefahr?" wiederholte Dean und als Claire nickte, lehnte er sich in seinem Stuhl zurück. „Das ist eine – interessante Formulierung. Was ist mit langfristiger Gefahr?"

„Das hängt von verschiedenen Dingen ab."

„Von welchen Dingen?"

„Das kann ich Ihnen nicht sagen."

„Dann gibt es wohl allerhand, was Sie mir nicht sagen, nicht wahr?"

„Es gibt sehr vieles, was ich nicht weiß."

„Mr. Smythe hätte mehr Informationen für Sie zurücklassen sollen?"

Claire schnaubte und klang erstaunlich nach Austin in seinen sarkastischsten Momenten. „Das wäre das Mindeste gewesen, was er hätte tun sollen."

„Deswegen brauchen wir Sie", erklärte der Kater, der sich gerade putzte und sah von seiner feuchtgeleckten Schwanzspitze auf. „Smythe ist nicht da, Sie dagegen schon."

„Aber ich weiß nichts!" protestierte Dean.

„Dann passen Claire und Sie ja prima zusammen. Sie denkt nämlich, sie wüßte alles ... he!" entrüstete er sich, als Claire ihn aufhob und fallen ließ. „Das war ein *Witz*! Hüter", maulte er dann und sprang wieder auf den Stuhl. „Keinen Funken Humor im Leibe."

Dean entschied sich, den letzten Exkurs aus Sicherheitsgründen lieber nicht zu beachten. Er hielt das Messer senkrecht und betrachtete sein elongiertes Spiegelbild in der Klinge. „Wenn Sie nichts gegen diese Frage einzuwenden haben: Woher kommen eigentlich die Vettern und die Hüter?"

„Aus einem Vorort von Wappakenetta." Kater und Mann starrten Claire verständnislos an, und sie seufzte. „Wir Hüter haben durchaus Sinn für Humor, nur weiß den niemand zu schätzen. Falls Ihre Frage historisch gemeint war, Dean, so kann ich Ihnen sagen, daß sowohl Hüter als auch Vettern von Lilith abstammen, Adams erster Frau."

Dean grinste.

„Ich meine das ernst."

„Das meinen Sie nicht ernst! Adams erste Frau?"

Claire freute sich an der Reaktion des jungen Mannes und wischte dessen Frage souverän mit einer Geste beiseite, die sie sich von Marlon Brandos Verkörperung eines Mafiabosses im Film DER PATE abgeguckt hatte. „Ich wiederhole nur, was man mir erzählt hat, aber ein paar unserer Leute interessieren sich sehr für Ahnenforschung."

„Aber Sie reden von Adam und Eva!"

„Nein, ich rede von Adam und Lilith."

„Die Bibel, die christliche Bibel als wortwörtliche, historische Wahrheit?" Dean befürchtete, so ein Standpunkt könne auf seinen Opa, der für einen anglikanischen Pastor in einigen Punkten recht radikale Ansichten vertrat, ziemlich abstoßend wirken.

„Nein. Nicht als Wahrheit als solche. Die Familie – das heißt, die Vettern und die Hüter – sieht in allen Religionen den Versuch, eine Erklärung für ihre Energie zu finden. Denken Sie an Wahrheiten, im Plural, nicht an etwas, was wahr ist."

„Aber Sie sagten Adam und Lilith", protestierte Dean. „Zweimal sogar."

Verzweifelt fragte sich Claire, ob wohl alle Zuschauer die Dinge so wörtlich nahmen oder ob nur dieser eine es tat. „Vergessen Sie die beiden. Vergessen Sie sie am besten gleich zweimal. Wenn Ihnen das lieber ist: Es muß doch irgendwann einmal mit einem Paar angefangen haben, das sich fortgepflanzt hat und das dann gewissermaßen die ersten beiden Menschen vorstellte. Nehmen wir an, es gab dazu noch eine zweite Frau, mit einem genetischen Code, der ihr erlaubte, sich der Magie zu bedienen, und die anderen hatten diesen Code nicht. Das wäre dieselbe Geschichte, nur in einer anderen Sprache."

„Gut." Dean holte tief Luft, verfolgte diese Theorie bis zu ihrem logischen Schluß und war schon fast bereit, sich geschlagen zu geben. „Also sind Sie letztlich gar nicht durch und durch menschlich?"

Das nahm sie besser auf, als er befürchtet hatte; die Sichtweise schien sie eher zu interessieren als zu beleidigen, so, als sei sie selbst noch nie auf diese Idee gekommen. „Ich schätze, das hängt davon ab, wie man seine Parameter setzt. Wenn Sie es biologisch betrachten ..."

„Das möchte ich aber gar nicht", warf Dean hastig ein, ehe sich sein Gegenüber womöglich in Details ergehen konnte. Leider wurde er nicht gehört.

„... so muß man sagen, daß wir uns ganz sicher mit anderen kreuzen können, aber das soll eigentlich nicht viel heißen, denn das konnten die alten griechischen Götter auch."

„Die hat es wirklich gegeben?"

„Woher soll ich das wissen?" Claire klopfte mit einem gepflegten Fingernagel an den Rand ihres Bechers und überdachte die Frage. „Wenn man es so betrachtet ...", und hier erschien auf dem Gesicht der jungen

Frau ein strahlendes Lächeln, in dem Dean sich zu seiner großen Verwunderung verfing und verlor, „... dann sind wir halbmythisch."

Austin schnaubte. „Nun hört es aber auf! Halbmythisch!"

„Damit wäre doch aber alles abgedeckt!" widersprach Claire.

„Alles abdecken willst du? Lern Dachdecker!" grummelte Austin und wandte sich Dean zu. „Hüter sind Menschen. Die Vettern auch. Dich kenne ich zwar kaum, aber ich gehe davon aus, daß auch du ein Mensch bist. Ich sage nicht, das sei etwas Gutes. Ich sage nur: So stehen die Dinge nun einmal."

„Gut." Mit erhobenen Händen gab Dean jede weitere Debatte auf. „Wenn Smythe ein Vetter ist und Ms. Hansen ist eine Hüterin, was bist du?"

Austin reckte sich in voller Höhe auf, und sein ganzer Körper, von den Ohren bis zur Schwanzspitze, signalisierte, daß er sich tödlich beleidigt fühlte. „Ich bin ein Kater."

„Ein Kater. Gut."

Während Dean das Frühstücksgeschirr spülte und die Ereignisse des Morgens in bis dato leerstehende Fächer seiner Weltsicht verstaute, ging Claire die Papiere durch, die Augustus Smythe in seinem Büro hinterlassen hatte. Sie hoffte, hier Antworten zu finden. Wenn man davon ausging, daß alle Hotelgäste sich ordnungsgemäß im Gästebuch eingetragen hatten, dann hatte das Hotel nie viele Gäste gesehen, und nachdem Smythe den Namen im Jahr 1952 von ‚Brewsters Hotel' in ‚Hotel Elysium' geändert hatte, hatten sich auch die wenigen Buchungen noch drastisch verringert.

„Da hätte er es doch gleich ‚Vorhof zur Hölle' nennen können", murmelte Claire sarkastisch und blätterte in den vergilbten Seiten. Seit sie im Büro war, hatte sie einmal kurz die Gewißheit durchzuckt, daß noch etwas hier zugegen war, aber davon ließ sie sich nicht beeindrucken. Den Unterlagen zufolge gab es das Zimmer ohne Fenster schon so lange wie das Hotel selbst, und es hatte sich großer Beliebtheit erfreut. Zudem hatten alle Gäste, die dort abgestiegen waren, eine unleserliche Handschrift gehabt.

Sie mußte Dean aus der Küche rufen, damit er den Safe öffnete.

Finster vor sich hinstarrend wartete sie darauf, daß der junge Mann seine Arbeit tat, die Arme vor der Brust verschränkt, die Brauen wütend zusammengezogen. „Das wäre ja nun das Wenigste gewesen, was Smythe hätte tun können! Mir die Zahlenkombination hinterlassen!"

„Er hat dir Dean hinterlassen", bemerkte Austin, der auf dem Schreibtisch lag. „Wahrscheinlich hat er gedacht, mit dem könntest du mehr anfangen."

Mit roten Ohren drehte Dean am Rad, mit dem sich der Safe öffnen ließ und stand auf, als die Tür aufschwang. „Sonst noch etwas, Boß?"

Claire, die bis zum ersten Treppenaufsatz hinter Austin hergerannt war, um sich zu rächen, dann aber hatte einsehen müssen, daß mit genügender Motivation vier Beine, mochten sie noch so alt sein, doch schneller waren als zwei, zwängte sich gerade wieder unter dem Tresen durch. „Momentan nicht."

Sie richtete sich auf, und ihr Blick verfing sich in Deans. „Was ist?"

Dean verspürte das plötzliche und unerklärliche Bedürfnis zu stottern. „Hätten Sie gern die Zahlenkombination?"

„Gut mitgedacht! Schreiben Sie sie hinten auf die alte Rechnung da auf dem Schreibtisch", lobte Claire und ging hinüber zum Safe. Sie hockte sich davor, hörte einen Bleistift über Papier fahren, und dann tauchte über ihre Schulter die Kombination auf. „Sechs links, sechs rechts, sieben links?" las sie ab.

„Richtig. Ich mache mich dann mal wieder an den Abwasch."

„Gute Idee." Dean kehrte in die Küche zurück, und Claire grinste still vor sich hin. Der Junge nahm wirklich bei der geringsten Gelegenheit diese attraktive Rotfärbung an. Nach einem weiteren Blick auf den Zettel in ihrer Hand mußte sie den Kopf schütteln. 667. Wie süß! Die Hölle befand sich im Keller, der Safe im Erdgeschoß, eins höher als die Zahl des Tiers. Hotel Elysium, und nun auch noch das. Smythe hatte wohl viel Freude daran gehabt, in der ganzen Gegend obskure Hinweise zu verstreuen. Sollte man das als Hilferuf verstehen oder war dem Alten einfach alles egal gewesen?

Im Safe fand Claire einen schweren Leinenumschlag mit dem magischen Signum für Ausgaben. Auf der Rückseite hatte jemand in einer eleganten, wie gestochen wirkenden Handschrift *Steuern, Viktualien, Unterhalt* und *Angestellte* geschrieben. Eine andere Handschrift hatte später hinzugefügt: *Strom und Telefon*. Der Umschlag war leer.

Keine offenen Rechnungen. Claire legte den Umschlag zurück in den Safe und schloß dessen Tür. Prima. *Wenn also das Siegel bricht und etwas, was sich selbst Beelzebub nennt, an der Spitze einer dämonischen Ar-*

mee aus dem Heizungskeller stürmt, werden zumindest alle Lichter brennen, und gut genährte Angestellte können den Notruf wählen, während ihnen der Bauch aufgeschlitzt wird.

Als sie sich auf die Hacken sinken ließ, fiel ihr plötzlich etwas Hellblaues ins Auge, das am Innenrand des untersten Regalbretts entlangrannte. Sie hob, nur für alle Fälle, den Daumen und die ersten beiden Finger der rechten Hand, beugte sich vor und warf mit der Linken einen Stapel verstaubter Ordner zu Boden. Das Loch in der Ecke der Wand war eindeutig.

Was aber nicht hieß, daß dort unbedingt nur Mäuse wohnten.

Denn in der Regel sind Mäuse nicht hellblau.

Claire kroch näher heran und schickte vorsichtig eine Sonde hinab.

„Probleme?"

„Aua!" Sie rieb sich den Kopf, kroch zurück und starrte wütend zu Dean empor. „Versuchen Sie bitte, ein wenig mehr Lärm zu machen, wenn Sie sich an jemanden anschleichen!"

„Es tut mir leid. Ich habe das Geschirr abgewaschen und wollte fragen, ob Sie möchten, daß ich an der Tür zu Zimmer sechs ein neues Vorhängeschloß anbringe."

„Ganz gewiß möchte ich das." Das war eine gefühlsmäßige, keine logische Reaktion. So schnell würde Sara das Zimmer nicht verlassen, und sollte sie beschließen, es doch zu tun, würde sie ein Vorhängeschloß sicher nicht daran hindern. Aber wenn man ruhig schlafen wollte, mußte man zumindest so tun, als ergreife man irgendwelche Sicherungsmaßnahmen. „Ich werde veranlassen, daß das Türschloß von einem Schlosser instand gesetzt wird."

„Der wird die Frau dann aber sehen."

„Nein, wird er nicht."

Wieder einer dieser Sätze – wie *Ihre Erinnerungen neu sortieren*. Dean wollte weiß Gott nicht widersprechen. Statt dessen hockte er sich neben Claire und begutachtete das Loch in der Wand. „Das sieht neu aus. Ich stelle noch ein paar Fallen auf."

„Mausefallen?"

Der Seitenblick, den der junge Mann Claire zuwarf, wirkte leicht besorgt. „Ja. Warum?"

„Haben Sie schon welche gefangen?"

„Noch nicht." Er stand auf und hielt ihr die Hand hin. „Die sind gerissen. Sie schaffen es, sich den Köder zu holen, ohne daß die Falle zuschnappt."

Claire überlegte einen Moment, legte dann aber ihre Hand in die von Dean. „Vielleicht sind es ja keine Mäuse", sagte sie, als der junge Mann sie mühelos auf die Beine zog. „Alles, was ich bisher mitbekommen habe, sind Spuren, Rückstände, die das Leck hinterlassen hat, aber das ganze Haus könnte womöglich auch mit Teufelchen infiziert sein."

Was auch erklären würde, warum ihre Turnschuhe am Morgen immer noch naß gewesen waren.

„Teufelchen?"

„Ich habe etwas gesehen, und das war hellblau." Claire mußte erstaunt feststellen, daß Dean sie noch nicht wieder losgelassen hatte und entzog ihm ihre Hand.

„Teufelchen." Dean seufzte. „Schon gut. Gibt es irgend etwas, das ich im Moment dagegen tun kann?"

„Im Moment nicht, nein."

„In dem Fall bin ich oben, falls Sie mich brauchen."

„Gehen Sie nicht in Zimmer sechs."

Das schien er ungern zu hören. „Ich wollte sie eigentlich abstauben."

„Tun Sie das nicht."

„Aber sie ist doch ..."

„Nein."

Aus dem Berichtsheft der Unfallstelle, das Claire schließlich unter einem Stapel Pornos aus den frühen siebziger Jahren in der mittleren Schublade der linken Schreibtischhälfte fand, ging hervor, daß vor Sara drei weitere Hüter für die Versiegelung des Lochs zuständig gewesen waren. Onkel Gregory, Onkel Arthur und Tante Fiona. Fiona war ziemlich überraschend verstorben, was auch erklärte, warum Sara in relativ jungen Jahren vom aktiven Dienst abberufen worden war. Von den Hütern, die der Aufgabe gewachsen waren, hatte sie sich am nächsten bei der Unfallstelle befunden, als der Hilferuf erging.

„In relativ jungen Jahren", schnaubte Claire und rieb sich die Augen. Die vergilbten Papiere, die sie studierte, schienen das bißchen Licht, das die altmodische Schreibtischlampe verströmte, zu verschlucken, ohne daß die verblaßte Handschrift im Heft dadurch irgendwie lesbarer geworden wäre. „Die Frau war zweiundvierzig!"

Sara hatte gleich mit dem ersten Eintrag im Berichtsheft unmißverständlich klargestellt, wie sehr ihr das Hotel und alles, was mit dem Hotel zusammenhing, zuwider waren. Dieser Eintrag war allerdings auch ihr einziger.

„Na, das ist mir ja eine große Hilfe! Ein anständiger Schurke hätte die Höflichkeit besessen, vollständige Aufzeichnungen zu hinterlassen.

Claire vertraute den eigenen Fähigkeiten voll und ganz und zweifelte keinen Moment daran, daß sie hierher berufen worden war, um die Unfallstelle ein für alle Mal zu schließen. Eine andere Erklärung gab es nicht. Leider würde ein Schließen des Lochs im Keller die Kräfte versiegen lassen, die dafür sorgten, daß Tante Sara schlief. Claire hatte es ernstgemeint, als sie Dean sagte, ihr läge nichts daran herauszufinden, wer die Stärkere sei: sie oder die Frau in Nummer sechs.

Hüter, die mächtig genug waren, die ihnen von der Familie gewährten Kräfte zu mißbrauchen, gab es selten. Claire hatte nur von zwei solchen Vorkommnissen gehört, und jedes Mal waren die entscheidenden Schlachten Hüter gegen Hüter, Gut gegen Böse, letztlich gewonnen worden, aber zu einem hohen Preis. Der erste Zwischenfall hatte einen Ausbruch des Vesuvs nach sich gezogen und hatte mit dem Untergang Pompejis geendet. Der zweite löste die Discowelle aus. Claire hatte die siebziger Jahre als Kind erlebt, hatte also lediglich die Erinnerungen eines Kindes an diese Zeit, aber sie wollte auf keinen Fall dafür verantwortlich sein, daß die Welt so etwas noch einmal mitmachen mußte.

Augustus Smythes Eintrag, der hätte erklären sollen, wie er dazu gekommen war, die Überwachung der Stelle zu übernehmen, und der das wahrscheinlich auch getan hatte, war unleserlich. Jemand hatte Tinte über das letzte Drittel des Berichtshefts gegossen, offenbar im Versuch, das Heft in so etwas wie einen indigoblauen Ziegel zu verwandeln. Claire hätte ebensogut die Pornozeitschriften lesen können.

„Zufall?" fragte die junge Frau in das sie umgebende Schweigen hinein. „Wohl kaum." Das Geräusch von etwas, was innen in der Wand vergnügt davonhuschte, verstärkte nur ihren Verdacht.

Claire durchsuchte gerade einen Stapel bezahlter Rechnungen, die sie in der obersten Schreibtischschublade gefunden hatte, als, zum ersten Mal an diesem Tag, das Telefon klingelte. Claire war mittlerweile so an das höfliche Zirpen gewöhnt, mit dem die moderne Elektronik sich bemerkbar machte, daß sie ganz vergessen hatte, wie laut und fordernd die alten schwarzen Modelle mit der Wählscheibe klingen konnten.

Hustend und keuchend nahm sie den Hörer ab. „Hallo?"

„Claire?"

„Mama ..."

„Was ist los?"

Die Frage hatte so besorgt und eindringlich geklungen, daß Claire sich rasch umdrehte. Sie konnte aber weder sehen noch hören, daß sich ihr gerade etwas Bedrohliches näherte. „Wie meinst du das? Was weißt du?"

„Du schienst dich verschluckt zu haben."

„Ach so." Claire wischte sich mit der freien Hand über den Mund und entspannte sich. „Das Telefon hat mich erschreckt, und ich habe mich an meiner eigenen Spucke verschluckt. Sonst war nichts." Sobald sie wieder zu Atem gekommen war, erläuterte sie ihrer Mutter das Problem.

„Oh je."

„Genau. Könntest du kommen und es dir ansehen? Dir beides ansehen? Sagen, was du von der Sache hältst?"

„Ich würde dir gerne helfen, aber ich weiß nicht recht. Wenn ich gebraucht würde, hätte ich einen Ruf erhalten."

„Ich brauche dich. Wer sagt, daß sich ein Ruf nicht auch des Telefons bedienen kann?" Claire spürte, wie ihre Mutter schwach wurde. „Das hier ist ziemlich heftig. Ich würde es ungern in den Sand setzen."

„Unter den gegebenen Umständen würde das niemanden so recht glücklich machen." Claires Mutter schwieg, und Claire wartete, wobei sie nervös den Zeigefinger durch die zahlreichen Windungen des schwarzen Telefonkabels steckte. „Es wäre schön, ein wenig mit dir zusammen zu sein", meinte ihre Mutter dann. Soll ich Diana mitbringen?"

„Ich glaube nicht, Mama."

„Du hast sie jetzt fast ein ganzes Jahr lang nicht gesehen."

„Wir telefonieren miteinander."

„Das ist nicht dasselbe."

„Ich weiß. Aber laß sie doch bitte trotzdem zu Hause." Der Gedanke an Diana im Umkreis von hundert Metern von einem offenen Zugang zur Hölle erschuf Visionen von den vier apokalyptischen Reitern, deren Pferde in kopfloser, panischer Flucht die Erde zertrampelten.

Claire erklärte ihrer Mutter den Weg zum Hotel. Dann verabschiedete sie sich, legte den Hörer auf, spähte in die Schatten der Eingangshalle und seufzte. „Sind Ihre Stiefel inzwischen trocken, Dean?"

Der junge Mann sah hinunter auf seine Füße. „Wahrscheinlich. Warum?"

„Ohne Schuhe gehen Sie einfach zu leise. *Bitte* ziehen Sie sie also an."

Dean konnte sich nicht daran erinnern, sich umgedreht zu haben und war doch schon drei leise, von Tennissocken gedämpfte Schritte in Richtung Hintertür gegangen, als ihm wieder einfiel, warum er überhaupt in die Eingangshalle gekommen war. „Ich habe frischen Kaffee gekocht, wenn Sie welchen möchten, und Haselnußkekse gebacken."

Dean aß seinen siebten Keks und starrte Claire fasziniert an. „Ihre Mutter ist Ihre Base?"

„Nein. Sie ist *eine* Base."

„Ihr Vater hingegen ist ..."

„Ein Vetter."

„Sie und Ihre jüngere Schwester Diana aber sind beide Hüterinnen?"

„Ja."

Deans Augen hinter den Brillengläsern funkelten vergnügt. „Dann sind Sie die Tante Ihrer Mutter?"

„Nein."

„Aber ..."

„Hören Sie, ich habe all diese dummen Titel schließlich nicht erfunden!" Claire hatte den starken Verdacht, daß Dean absichtlich so tat, als sei er schwer von Begriff. Hastig kippte sie sich den letzten Rest Kaffee aus dem Becher in den Mund, verschluckte sich und prustete sowohl ihre beiden Gefährten als auch den Tisch, an dem sie alle saßen, gründlich voll.

„Vielen Dank auch!" Austin sprang auf den Boden und schüttelte das rechte Hinterbein. „Das hatte ich gerade sauber."

Nachdem Dean der immer noch hustenden Hüterin eine Serviette gereicht hatte, wischte er mit einer zweiten rasch den Tisch ab. Als alles sich wieder beruhigt hatte und auch der Kater besänftigt schien, fragte er: „Warum kommt Ihre Mutter erst morgen nachmittag?"

„Der Zug aus London kommt erst morgen nachmittag an. Morgen früh kann jemand sie von Lucan nach London mitnehmen, dort kann sie den Zug nach Toronto nehmen, der sie zum Zug dreizehn Uhr vierzehn ab Union Station bringt. Sie wird gegen sechzehn Uhr hier sein."

„Ach." Dean hatte gehofft, die Verzögerung würde damit erklärt, daß die Mutter erst einmal den fliegenden Teppich saugen wollte oder warten mußte, bis der Luftraum für niedrig fliegende Besen freigegeben wurde. Nach den Aufregungen, die der Morgen mit sich gebracht hatte, war er bereit für die nächste Dosis Außergewöhnliches. So viele interessante Dinge auf einmal hatten sich im Leben des Jungen nicht mehr ereignet, seit er von daheim ausgezogen war, und wenn man es genau betrachtete, war Deans Leben auch *daheim* nicht gerade übermäßig spannend verlaufen. Außer vielleicht der Tag, an dem sein Opa erfuhr, daß Vetter Todd nunmehr in der rechten Augenbraue einen Ohrring trug. Das war ein interessanter Tag gewesen! „Warum fährt sie nicht mit dem Auto?"

„Weil sie nicht fahren kann. Keiner von uns kann fahren."

Dean zwinkerte. Das war das Merkwürdigste, was er bisher gehört hatte. „Niemand in Ihrer Familie fährt?"

„Niemand in der *ganzen* Familie."

„Warum nicht?"

„Zu viele Ablenkungen. Wir sehen Dinge, die andere Menschen nicht sehen."

Auch in Deans Familie hatte es Menschen gegeben, die von Zeit zu Zeit Dinge gesehen hatten, die anderen verborgen geblieben waren. Die hatte man dann in der Regel horizontal gebettet und sich ausschlafen lassen. „Sachen wie blaue Mäuse?" fragte er unschuldig und biß in den nächsten Keks.

„Nein, blaue Mäuse gibt es nicht", teilte Claire ihm kurz angebunden mit. Wenn sie auf seine Spötteleien einging, würde er damit nie aufhören, und sie hatte bereits eine jüngere Schwester. Einen jüngeren Bruder konnte sie nicht auch noch gebrauchen. „Es handelt sich um Energieteilchen, kleine Potentiale, die ... Austin! Nimm die Pfoten da raus!" Sie sprang hoch und entzog dem Kater die Butterdose, an der dieser genußvoll geleckt hatte. „Weißt du, was das Zeug mit deinen Arterien macht?" verlangte sie zu wissen. „Versuchst du, dich umzubringen?"

„Ich habe Hunger."

„Auf dem Boden neben dem Kühlschrank steht eine Schüssel mit frischem, deinem Alter gemäßen Katzenfutter!"

„Das will ich nicht", murmelte er schmollend. „Das würdest du deiner Oma auch nicht vorsetzen."

„Meine Oma leckt nicht heimlich an der Butterdose."

„Was wetten wir?"

Claire wandte dem Kater den Rücken zu und weigerte sich, ihn zu beachten. „Kleine Potentiale", wiederholte sie, „die manchmal durchsickern und frei in der Welt herumlaufen."

Dean sah sich im Eßzimmer um. „Wie sehen sie aus?"

„Das hängt ganz davon ab, woher der Betrachter stammt. Sie sind ein McIssac. Wenn Sie das Zweite Gesicht hätten, könnten Sie auf jeden Fall alle traditionellen keltischen Manifestationen sehen. Neufundland verfügt über einen reichen Legendenschatz – ein paar einheimische Manifestationen würden Sie wahrscheinlich auch mitbekommen."

„Das meinen Sie nicht ernst!" Dean grinste über beide Ohren. „Ghulchen und Geisterchen und Dinge, die nachts Lärm machen?"

„Wenn Sie es so sehen wollen."

Sein Grinsen verblaßte. „Ich will es gar nicht sehen."

„Dann reden Sie nicht davon."

Im Heizungskeller ruhte sich die vernunftbegabte Materie in der tiefen Grube aus, nachdem sie ein paar Stunden lang vergeblich ihre Fesseln auf die Probe gestellt hatte. Wenn sie geatmet hätte, hätte sie jetzt nach dieser Anstrengung wahrscheinlich gekeucht.

ALLES UNVERÄNDERT, stellte sie mißmutig fest.

Obwohl sie körperlich eingeschränkt war, konnte das Pentagramm sie nicht ganz von der Welt abschneiden. So einfach ging das nun einmal nicht!

Zwischen den Potentialen sickerte sie hindurch.

Sie versuchte, höhnte und spottete und einmal war es ihr aufgrund der Konzentration, die sich an diesem einen Ort angesammelt hatte, gelungen, eine gehörige Portion Irritation durch die Ketten zu bugsieren.

DER ALTE MANN IST FORT.

DER JUNGE MANN IST IMMER NOCH DA.

Die Hitze hob sich einen Moment, als habe die Hölle zynisch geschnaubt. DIESES KLEINE UNSCHULDSLAMM! LÄCHERLICH!

ES GIBT EINEN NEUEN HÜTER.

MIT HÜTERN SIND WIR AUCH FRÜHER SCHON FERTIG GEWORDEN.

MIT DER ANDEREN HÜTERIN SIND WIR NICHT WIRKLICH FERTIG GEWORDEN. SOLLTE DIE NICHT EIGENTLICH …

HALT BLOSS DIE KLAPPE!

Sie sprach mit sich selbst.

Drei

„Wenn du dich nicht beeilst", beschwerte sich Austin, der im Zimmer auf dem Bett lag, „gehe ich ohne dich frühstücken."

Claire wühlte in ihrem Schminkköfferchen, prüfte einige der Stifte darin und warf die beiseite, die neu angespitzt werden mußten. „Ich mache, so schnell ich kann!"

Die beiden hatten die Nacht in Zimmer eins verbracht, trotz Deans Einwand, nunmehr seien doch die Zimmer des Eigentümers eigentlich und rechtmäßig Claires Domäne. Claire hatte nichts dagegen gehabt, den Abend in Augustus Smythes Wohnzimmer zu verbringen, dort Pizza zu essen und fernzusehen. In seinem Bett aber wollte sie noch nicht schlafen.

„Ich verstehe sowieso nicht, wozu du dich mit dem ganzen Zeugs abmühst!" fuhr Austin fort.

„Das von einem Kater, der gerade eine geschlagene halbe Stunde seinen Schwanz geputzt hat!" Claire schloß das rechte Auge und beugte sich vor zum Spiegel. Ihr Spiegelbild machte die Bewegung nicht mit. „Oh nein!" seufzte Claire, richtete sich auf und legte den Kajalstift beiseite. Dann besah sie sich ihre Augen, und es erstaunte sie nicht, daß diese nicht länger dunkelbraun, sondern nunmehr tiefrot aus dem Spiegel zurückschauten. „Was soll das jetzt?"

In der linken Hand ihres Spiegelbildes tauchte ein Totenkopf auf, den man offensichtlich erst vor kurzem aus der Erde geholt hatte. „Ach, armer Yorick – ich kannte ihn, Horatio, ein Bursche von unendlichem Humor", verkündete das Bild.

„Ja, ja, und oft hast du diese Lippen geküßt." Claire verschränkte die Arme vor der Brust. „Ich kenne das Stück, komm zur Sache."

Das Spiegelbild hob den Schädel auf Augenhöhe und starrte in die leeren Augenhöhlen. „Nun begib dich in die Kammer der gnädigen Frau; wenn sie auch einen Finger dick aufträgt, so'n Gesicht muß sie endlich bekommen." In einer fließenden Bewegung drehte das Spiegelbild den Totenkopf so, daß dieser aus dem Spiegel herausblickte. „Mach sie damit lachen."

„Nicht schlecht, aber ich nehme an, du hast Zugang zu einer Reihe von Schauspielern. Was will der Dichter mir damit sagen?"

„Öffne das Pentagramm. Laß uns frei, und wir sorgen dafür, daß du ewig jung und schön bleibst."

„Das kann doch nun wirklich nicht dein Ernst sein. Einer Hüterin bietest du ewige Jugend und Schönheit?"

Das Spiegelbild wirkte etwas verzagt. „Das gilt als klassische Versuchung. Wir dachten, es sei einen Versuch wert."

„Oh, bitte."

„Heißt das: nein?"

Claire seufzte, stützte beide Hände auf das Waschbecken und beugte sich vor. „Fahr zur Hölle", teilte sie dem Spiegelbild mit, ohne die Stimme zu heben. „Direkt in die Hölle. Gehe nicht über Los, ziehe keine zweitausend Dollar ein."

Der Schädel verschwand, und das Bild im Spiegel spiegelte erneut Claires Bewegungen.

„Ob das klug war?" Austin war nähergekommen und hockte auf der Türschwelle.

„Was? Der Versuchung zu widerstehen?"

„Frivole Kommentare abzugeben."

„Das war kein frivoler Kommentar." Sorgfältig zog Claire den Lidstrich über dem rechten Auge und widmete sich dann dem linken. „Es war eine Regieanweisung."

„Hallo!"

„Mama?" Claire versuchte gerade, in der Küche die Tinte aus dem letzten Drittel des Berichtshefts zu entfernen. Zu diesem Zweck hatte sie eine Anzahl Haushaltsprodukte in einer Art und Weise kombiniert und zum Einsatz gebracht, auf die weder die Hersteller dieser Produkte noch deren Werbemanager, die ja in der Regel über deutlich mehr Phantasie verfügten als andere Sterbliche, je gekommen wären. Technisch gesehen war das zwar keine Unmöglichkeit, doch schien es, je mehr Zeit verstrich, immer unwahrscheinlicher, daß die Aktion Früchte tragen würde. Claire legte die Knoblauchpresse beiseite, mit der sie zuletzt gearbeitet hatte, wischte sich die Hände an der Küchenschürze ab, die sie von Dean geborgt hatte – ihre Idee war das nicht gewesen –, rief ihrer Mutter zu, sie werde gleich bei ihr sein und stolperte dann erst einmal über den Kater.

Als sie es endlich bis zur Eingangshalle geschafft hatte, stand Austin dort bereits auf dem Tresen, ließ sich seelenruhig hinter den Ohren kraulen, und man sah ihm beileibe nicht an, daß er den ganzen Tag lang ebenso sehnsüchtig auf Mrs. Hansen gewartet hatte wie alle anderen im Haus.

„Was diese Schilde betrifft, so hast du sicher recht", sagte Martha Hansen, als Claire neben sie trat. „Ich spüre absolut nichts!"

Claire fing Austins Blick auf und trocknete sich in gespielter Erleichterung die Stirn. Austin starrte überheblich zurück; *er* hatte schließlich von Anfang an ein ungutes Gefühl gehabt. „Vielen Dank, daß du gekommen bist, Mama."

„Wenn meine Tochter mich zu Hilfe ruft, dann kann ich das ja wohl kaum ignorieren, oder? Außerdem nimmt deine Schwester heute an einem Seminar teil, und dein Vater ist damit beschäftigt, die Sache mit der Feuerwehr zu klären." Alle drei stießen einen tiefen Seufzer aus. „Es wäre doch auch zu schade gewesen, nicht auf einen kleinen Sprung vorbeizukommen, wenn du schon mal in der Nähe bist. Gut siehst du aus!" Martha schlang beide Arme um Claire und umarmte sie. „Maine scheint dir gut bekommen zu sein."

„Aus Maine war ich so schnell wieder draußen, daß der Staat keine Gelegenheit hatte, mir schlecht zu bekommen. Die einfachste Stelle, die ich je zu versiegeln hatte."

„Gut. Dann bist du ja wenigstens nicht erschöpft und launisch, wo du es doch jetzt mit einer komplizierten Sache zu tun hast."

„Launisch?" wiederholte Claire und warf Austin einen warnenden Seitenblick zu. „Mama! Ich bin siebenundzwanzig Jahre alt. Ich bin zu alt für Launen."

Martha lächelte. „Das freut mich. Wie hast du geschlafen?"

„Wie in Abrahams Schoß. Ein weiterer Effekt dieses Dämmfelds, schätze ich."

„Da würde ich dir zustimmen." Martha öffnete den Reißverschluß ihres Anoraks und wandte sich an den Kater. „Was ist mit dir, Austin?"

„Ich habe geschlafen wie ein Kater." Sein Ohr zuckte. „Ich schlafe immer wie ein Kater."

„Das ist ungeheuer beruhigend. Gab es seit deinem Anruf weitere Vorkommnisse, Claire?"

„Ein paar. Einige Teufelchen haben sich gezeigt – ich bin sicher, sie haben mir in der ersten Nacht hier auch die Schuhe naß gemacht." Die Stimme wollte sie nicht erwähnen. Zum einen sah sie keinen Sinn darin, denn das war ein ganz und gar subjektives Erlebnis gewesen; zum anderen hatte sie aufgehört, ihrer Mutter alles zu erzählen, was in ihrem Kopf vorging, nachdem sie von Collin Rourke hinter der Zuschauertribüne des Fußballplatzes ihren ersten Kuß erhalten hatte. „Heute morgen hat mir mein Spiegelbild ewige Jugend und Schönheit angeboten."

Martha seufzte und streifte den Anorak von den Schultern. „Ich kann es nicht oft genug sagen: Das Böse hat keinen Funken Phantasie im Leibe. Daher begegnet man ihm auch so oft in der Lokalpolitik. Du darfst aber nicht vergessen, daß sie wiederkommen werden, und die Versuchungen werden raffinierter, je besser sie dich kennenlernen."

„Ich gehe davon aus, daß ich die Stelle versiegeln kann, ehe das zum Problem wird."

„Aber die Stelle ist doch sicher schon versiegelt."

„Ich meinte: sie so zu versiegeln, daß sie ganz geschlossen ist."

„Geschlossen?"

„Das muß der Grund sein, aus dem ich hier bin", erklärte Claire. „Es kann einfach nicht angehen, daß ich hierher beordert wurde, um einen erkenntnistheoretischen Babysitterjob anzunehmen. Als sei ich zu alt, um noch etwas anderes zu tun, als alle meine Kräfte über eine Unfallstelle zu breiten und sicherzustellen, daß auch ja niemand an den Rändern durchschlüpft!"

„Dieses Loch ..."

„Ist riesig, aber das ändert nichts an der Stellenbeschreibung."

„Hast du auch schon entschieden, wie du das Loch schließen und gleichzeitig ..." Martha wies mit einer Kopfbewegung auf den zweiten Stock.

„Noch nicht, aber ich arbeite daran. Ich hatte gehofft, du könntest Licht in die Sache bringen. Du hast so sehr viel mehr Erfahrung und arbeitest schon so lange im Feld."

„Immer schön Honig ums Maul schmieren", maulte Austin.

Martha beugte sich vor und nahm ihre Reisetasche auf. Ihre Lippen zuckten ein wenig. „Ich bringe meine Sachen hoch in mein Zimmer, und dann werfe ich als erstes einen Blick auf deine Probleme. Je eher ich sie sehe, desto eher kann ich dir sagen, was du wissen mußt."

Claire schnappte sich den Schlüssel von Zimmer zwei und folgte ihrer Mutter die Treppe hinauf, wobei sie einen stirnrunzelnden Blick auf ihre Fußbekleidung warf. „Mama, an deiner Stelle würde ich keine Sandalen mit Socken tragen."

„Es ist Ende September. Ich kann ja wohl kaum das eine ohne das andere anziehen."

„Aber so siehst du aus wie ein alternder Hippie!"

„So betreibe ich zumindest keinen Etikettenschwindel; dagegen ist doch wohl nichts einzuwenden. Was mich betrifft, so wäre es mir lieber, du würdest ein klein wenig sparsamer mit deiner Schminke umgehen. Du siehst aus wie ..."

„Fang jetzt bloß nicht damit an!"

„Meine Güte, das ist ja das reinste Mittelalter." Langsam umkreiste Martha das Loch und besah sich jedes einzelne Detail. „Wenn du meine an langer Erfahrung geschulte Meinung hören möchtest", fuhr sie nach einer Weile fort, „dann hast du es hier in deinem Heizungskeller in der Tat mit einem Höllenschlund zu tun. Genauer gesagt mit einer Manifestation des Bösen, die sich der klassischen Merkmale der Hölle bedient – wobei ich nie verstanden habe, warum die so populär sind." Dann warf sie einen Blick auf die Rohre und Leitungen und fügte hinzu: „Ich will nicht bestreiten, daß sich auf diese Weise eindeutig Heizkosten einsparen lassen." Marthas Hand schoß vor und zog Claire hastig einen Schritt zurück. „Nicht auf das Pentagramm treten!"

Claire verschränkte die Arme vor der Brust und versuchte, ihre Mutter nachzuahmen, die eine erstaunliche Gefaßtheit an den Tag legte. Diese zweite Konfrontation mit dem Heizungskeller entbehrte den Schock, den die ursprüngliche Entdeckung ihr beschert hatte, und so war es ein wenig einfacher, mit der ganzen Situation umzugehen. „Ich *weiß*, daß das ein Höllenschlund ist", sagte sie und bemühte sich sehr, sich nicht anmerken zu lassen, daß sie die Zähne zusammenbeißen mußte. „Aber das Loch steht direkt und unverrückbar mit Zimmer sechs in Verbindung. Ich hatte gehofft, du könntest mir sagen, wie ich die beiden Sachen trenne. Irgendeine Idee, was ich zuerst tun soll?"

DU KÖNNTEST UNS FREILASSEN.

„Euch hat niemand gefragt!"

WIR WÄREN AUCH GANZ BRAV!

„Lügner."

NA JA ...

„Ich glaube, wir sollten nicht mit ihr streiten, Claire." Martha setzte die Brille auf und wies auf die Buchstaben, die in den Grundfelsen geritzt waren. Dabei achtete sie peinlich darauf, ihre Handbewegung so zu machen, daß sich daraus kein Muster ablesen ließ. Grundsätzlich war es Vettern nicht möglich, Einfluß auf eine Unfallstelle auszuüben. Angesichts dieser besonderen Stelle jedoch wollte Martha diesen Grundsatz ungern auf die Probe stellen. „Hier steht der Name des Menschen, der für die ganze Sache die Verantwortung trägt", erklärte sie. „Ich nehme an, er starb, nachdem er diese Erscheinung hervorgerufen hatte. Beachte das Muster, das Saras Namen umgibt. Beide sind sehr ähnlich."

Aufgrund der Schwefeldämpfe im Keller tränten Claires Augen bereits erheblich und sie hatte Mühe, die Inschriften genau anzusehen. Die beiden Muster waren nicht identisch, was die Arbeit und die Belange von Hütern betraf, reichte die Übereinstimung jedoch völlig aus. „Wie wir dachten. Sie muß versucht haben, alles unter Kontrolle zu bekommen. Wenn die Hölle ihr unbegrenzte Macht im Austausch für Freiheit versprochen hatte, dann muß das Endresultat ja eine unangenehme Überraschung gewesen sein."

„Ich kann nicht behaupten, daß ich wirklich Mitleid verspüre", murmelte Claires Mutter.

NIE HAT JEMAND MITLEID, seufzte die Hölle.

„Halt den Mund. Ich glaube, wir waren lange genug hier." Martha nahm Claire am Arm und führte ihre Tochter die Treppe hinauf. „Hoffen wir, daß wir mehr erfahren, wenn wir uns Tante Sara ansehen."

RICHTEN SIE IHR SCHÖNE GRÜSSE AUS!

„Darauf würde ich mich nicht verlassen."

„Nun?" fragte Austin, der auf der Waschmaschine thronte und zusah, wie Claire und Martha die Ketten vor die geschlossene Tür zum Heizungskeller legten. Er hatte sich standhaft geweigert, die beiden in den Heizungskeller zu begleiten.

„Jetzt wollen wir *sie* besuchen gehen", sagte Claire und wies mit dem Daumen nach oben.

„Da solltet ihr Dean mitnehmen."

„Bist du von Sinnen? Hat er dir heimlich Leckerbissen zugesteckt?"

Austins Augen wurden bedrohlich schmal: „Du kannst es gern noch mal hören. Lies es von meinen Lippen ab: Er ist Teil der Sache hier."

„Du hast gar keine Lippen."

„Das ist doch wohl völlig egal. Früher oder später muß ihn deine Mutter doch sowieso kennenlernen."

„Das kann sie dann eben später tun."

Martha ging in den anderen Teil des Kellers. „Wohnt er hier unten?"

„Ja, aber ..."

„Austin meint, wir sollten Dean mitnehmen, und ich neige dazu, ihm recht zu geben."

Claire hob beide Hände. „Mama, Austin hält Vogelbabys für eine nette Zwischenmahlzeit!"

„Was hat *das* denn mit unserer Frage zu tun?"

„Hör auf deine Mutter, Claire", murmelte Austin und schlich auf leisen Pfoten an Claire vorbei.

Sie widerstand der Versuchung, Austin einen Tritt zu versetzen, seufzte und beeilte sich dann, die beiden einzuholen, wobei sie allerdings insgeheim wünschte, sie hätte bedacht, daß professioneller Rat von Müttern immer mit persönlichem Gepäck reist. „Ich möchte nicht, daß man Dean sagt, was da im Heizungskeller ist."

„Deiner Meinung nach hat er es also nicht verdient, die Wahrheit zu erfahren?"

„Er weiß, daß sich dort eine Unfallstelle befindet. Wenn man ihm sagt, daß er Nacht für Nacht sein Haupt direkt neben einer klassischen Manifestation der Hölle bettet, einer Hölle, wie die Christen sie sich vorstellen, dann gefährdet das seine Sicherheit."

„In welcher Weise?"

„Dean ist noch ein Junge. Er kann sich kaum wehren. Wenn er alles weiß, könnte das der Hölle Zutritt zu seinem Denken verschaffen."

„Ich glaube, du hast Angst, er haut ab, wenn du es ihm sagst", schnurrte Austin und rieb seinen Kopf am untersten Brett eines niedrigen Regals. „Du möchtest aber nicht, daß er abhaut."

„Natürlich möchte ich nicht, daß Dean geht! Er kocht, er putzt – alles Sachen, die ich nicht tue. Aber genausowenig will ich, daß er einfach so in eine Situation hineinstolpert, die er nicht versteht, die er nie verstehen wird." Claire wandte sich hilfesuchend an Martha. „Er steckt doch jetzt schon tiefer mit drin als jeder andere Zuschauer, mit dem ich es je zu tun hatte. Ist das nicht genug? Wie soll ich ihn denn schützen?"

„Angesichts der Tatsache, daß er schon seit letztem Februar hier ist, würde ich ja sagen, er verfügt selbst über einen ziemlich potenten Schutzmechanismus", erwiderte Martha nachdenklich. „Aber du bist die Hüterin hier, du entscheidest, ob du es ihm sagst oder nicht."

„Warum ist *das* dann jetzt nicht auch meine Entscheidung – ob wir ihn mitnehmen oder nicht?" fragte Claire, als ihre Mutter nun an die Tür zur Kellerwohnung klopfte. Sie erwartete nicht wirklich eine Antwort, und das war auch gut so, denn sie erhielt keine.

Dean hielt einen Wischmop in der Hand, als er die Tür öffnete.

„Grundgütiger!" Martha konnte nicht anders, ihr Blick glitt zu den Füßen des jungen Mannes.

Claire unterdrückte ein Lächeln. Jedes Familienmitglied würde sich bei der ersten Begegnung mit Dean wohl erst einmal vergewissern wollen, ob es nicht unter Umständen für die erstaunliche Bodenständigkeit des Jungen sichtbare Beweise gab.

Völlig verdattert legte der junge Mann den Mop beiseite, wischte sich die Hände an der Hose ab und streckte Martha zögernd die Rechte hin. „Hallo. Sie müssen Claires Mutter sein."

„Richtig, ich bin Martha Hansen." Claires Mutter hatte sich rasch wieder gefaßt, ergriff die ihr hingestreckte Hand und schüttelte sie herzhaft. „Freut mich, Sie kennenzulernen. Claire hat mir so wenig von Ihnen erzählt."

Dean, der sich insgeheim auf eine weibliche Variante Augustus Smythes eingestellt hatte, war angenehm überrascht. Zwischen dem Alten und Mrs. Hansen gab es keine Ähnlichkeit. Claires Mutter glich in erstaunlichem Maße den vielen Künstlern, die ihre Sommerferien in den kleinen Butenhäfen entlang der neufundländischen Küste zu verbringen pflegten. Sie hatte die langen, teilweise bereits ergrauten Haare zu einem losen Pferdeschwanz zusammengebunden, ihr Gesicht war ungeschminkt, sie trug eine weite Hose, eine handgewebte Weste über einem Rolli und die unvermeidlichen Sandalen. Dean hätte nicht sagen können, warum ausgerechnet Sandalen einen Künstler ausmachten, aber offenbar schien das der Fall zu sein. Zwar war eine Ähnlichkeit mit den Sommerfrischlern nicht gerade eine Empfehlung, aber die Arbeit für Mr. Smythe hatte Dean gelehrt, daß es viel schlimmer hätte kommen können. „Im Heizungskeller waren Sie bereits, nicht wahr?"

„Woher wissen Sie das?"

Dean spürte, wie seinen Ohren rot anliefen. „Sie schwitzen. Mr. Smythe hat auch immer geschwitzt, wenn er aus dem Heizungskeller kam."

Martha lächelte und betupfte sich die Stirn mit einem Taschentuch, das sie aus ihrer Westentasche zog. „Sie sind ein guter Beobachter. Wir waren in der Tat bereits im Heizungskeller, und nun befinden wir uns auf dem Weg zu Zimmer sechs und hätten Sie gern dabei."

Dean warf Claire einen Seitenblick zu, registrierte deren kurzes Zögern, ehe sie sich ihrer Mutter mit einem Kopfnicken anschloß und sagte: „Ich möchte nicht im Weg sein."

„Unsinn! Wie Austin sagt, sind Sie Teil der Sache hier."

„Dann will ich rasch meinen Wischmop aufhängen."

Als Dean in der Wohnung verschwand, wandte sich Martha ihrer Tochter zu. „Er ist noch ein Junge?"

„Er ist kaum älter als Diana."

„Herzchen, ich sage es dir nur ungern, aber auch deine Schwester ist kein richtiges Kind mehr." Als Claire die Brauen zusammenzog, klopfte ihr Martha auf den Arm. „Mach dir nichts draus. Ich glaube nicht, daß du mit Dean irgendwelche Probleme haben wirst. Er ist ein bemerkenswert stabiler Mann und noch dazu ein wahrer Augenschmaus. Ich mag ihn."

Claire, die Marthas ersten beiden Aussagen notgedrungen beipflichten mußte, schnaubte erbost. „Du? Du würdest doch einen Orchi gernhaben, wenn er die Hausarbeit macht."

„Das ist unglaublich!" Innerhalb des vom Schild abgesperrten Bereichs, die Aufmerksamkeit unverwandt auf die schlafende Hüterin gerichtet, trat Martha auf die andere Seite des Bettes. „Denk doch nur, wie viele Faktoren beteiligt sein müssen, um so ein ausgewogenes Gleichgewicht der Kräfte zu erreichen."

„Daran denke ich ja. Genauer gesagt: Ich denke daran, was passiert, wenn ich die ganze Sache aus dem Gleichgewicht bringe, und sei es auch nur minimal."

„Laß es sein."

Claire, die sicher außerhalb des Schildes stand, seufzte. Hatte sie etwa vergessen, daß ihre Mutter zu solchen witzigen Kommentaren neigte? „Daraus schließe ich, daß du keinen Weg siehst, wie sich der Knoten lösen läßt, ohne schreckliches Unheil heraufzubeschwören."

„Genau. Ich könnte nicht sagen, wie. Ich habe noch nie etwas gesehen, das so perfekt im Gleichgewicht war. Ich bin ziemlich beeindruckt. Schade nur, daß ich das den Hütern, die es entworfen haben, nie werde sagen können."

„Den Hütern?"

„O ja, dafür waren definitiv zwei Leute vonnöten. Hier, auf der Schlinge kannst du zwei Signaturen sehen."

„Wo?"

„Hier eine und hier."

Claire preßte sich die Hand vor den Mund. Die beiden Zeichen, die ihre Mutter ihr gerade gezeigt hatte, hätte sie eigentlich nicht übersehen dürfen. Immerhin war sie eine Hüterin, ihre Muter jedoch nur eine Base. „Wie schaffst du es, so nah an sie heranzugehen?"

„Ich konzentriere mich auf die Fessel, nicht auf die Frau. Dennoch ..." Martha Hansen wischte sich den Staub von den Händen und trat aus dem Schild heraus. „Das war eklig!"

Dean kauerte in der Türöffnung und kraulte Austin hinter den Ohren, um den Kater abzulenken. Er schüttelte nachdenklich den Kopf. Die beiden Frauen sahen aus wie zwei Polizistinnen in einem Fernsehfilm, die sich über eine Leiche beugten und ganz lässig über mehrfache Stichwunden diskutierten. „Sie lassen sich wohl nicht so leicht aus der Ruhe bringen, Mrs. Hansen."

Martha wandte sich dem jungen Mann zu. „Genaugenommen bringt mich das hier ziemlich aus der Ruhe."

„Das sieht man Ihnen aber nicht an."

„Wissen Sie, man lernt, seine Reaktionen nicht zu zeigen, wenn man es ein paar Jahrzehnte mit den unterschiedlichsten metaphysischen Unfällen zu tun hat, und natürlich ist die Familie geschult darin, angesichts solcher Dinge Ruhe zu bewahren. Es würde auch nicht angehen, wenn wir in einem voll besetzten Theater plötzlich ‚Feuer!' schrieen, oder?"

Er war sich nicht sicher, ob er die Analogie verstanden hatte, ließ es aber auf sich beruhen.

„Laß dir darüber keine grauen Haare wachsen", raunte Austin ihm zu. „Versuch mal, dir am Sofa die Krallen zu wetzen, und du wirst sehen, wie schnell sie die Ruhe verliert."

Claire verschränkte die Arme vor der Brust und musterte die Frau auf dem Bett mit gerunzelter Stirn. Merkwürdig, im Vergleich zu Tante Sara schien ihr die Hölle im Keller das geringere Übel. Schließlich hatte die Hölle im Gegensatz zu Sara nichts getan, was sie nicht hätte tun dürfen. „Nun hast du alles gesehen. Wo soll ich anfangen?"

„Ich schlage vor, wir fangen an, indem wir aus diesem Zimmer hier verschwinden." Martha schob Dean, Claire und Austin vor sich her durch die Tür, zog diese hinter sich zu und betrachtete stirnrunzelnd das zersplitterte Holz. „Als nächstes schlage ich vor, daß du das hier reparieren läßt. Vielen Dank." Sie trat zurück, und der junge Mann ließ das Vorhängeschloß wieder zuschnappen. „Dann schlage ich vor, daß du dich an den Gedanken gewöhnst, hier eine Weile zu bleiben."

„Ich bin nicht davon ausgegangen, daß ich die ganze Sache in ein, zwei Tagen abwickeln kann, Mama."

„Vielleicht ist gar nicht vorgesehen, daß du sie abwickelst, Claire. Unter Umständen hat man dich hergerufen, um die Sache zu überwachen."

Claire zwinkerte erschrocken. „Das halte ich für sehr unwahrscheinlich. Die letzte Person, die hier wachen sollte, war ein Vetter."

„Die Stelle war ganz offensichtlich zu mächtig für ihn, er wurde nicht damit fertig. Hier wird eine Hüterin gebraucht."

„Wenn ich hier gebraucht werde", sagte Claire, und ihre Augen verengten sich, „dann aber nicht zur Überwachung!"

„Ich sehe keinen Weg, sich in das bestehende Arrangement einzumischen. Meiner Meinung nach lag Dean richtig. Schließlich war Krieg. Der oder die Hüter, die mit dieser Situation betraut waren, wollten wohl wirklich erst einmal provisorische Vorkehrungen treffen, also haben sie den erstbesten Vetter zur Überwachung hergeschickt. Dann wurden sie getötet. Augustus war damals ein junger Mann und hatte sich wahrscheinlich bereit erklärt, bis zur Rückkehr der beiden Hüter hier zu wachen. Die beiden kamen aber nicht zurück, und so hielt ihn sein Wort hier fest, bis ein anderer Hüter des Weges kam.

Die Unfallstelle stand wohl kurz davor, Augustus zu vernichten", fuhr sie fort, „aber dann kam Claire, angezogen von der Tatsache, daß der alte Mann so dringend verschwinden mußte. Ich weiß, das ist alles reine Spekulation, aber ich kann nicht anders: Augustus tut mir ziemlich leid."

„Mir nicht!" Unter Marthas vorwurfsvollem Blick zuckte Claire zusammen. „Oder doch, gut, er tut mir leid. Ihn hat es wirklich hart getroffen. Aber ich sehe nicht ein, warum ich nun glücklich sein soll, weil es mich ebenso hart trifft."

„Ebenso hart wohl kaum, wenn wir davon ausgehen, daß für die Überwachung dieser Unfallstelle eigentlich von Anfang an ein Hüter zuständig sein sollte."

„Oder", insistierte Claire, „wenn diese Hüterin vorhat, die Unfallstelle zu schließen. Ich sage dir, was ich tun werde: Ich werde die Chronistin suchen. Dann werde ich herauszufinden versuchen, was genau diese beiden Hüter denn nun gemacht haben und dann mache ich das wieder rückgängig. Ich habe weder vor, diesen Zustand so zu belassen, noch habe ich vor, den Rest meines Lebens hier zu verbringen!"

„Die Chronistin läßt sich in der Regel so einfach nicht finden."

„Das liegt nur daran, daß *ich* bisher noch nicht nach ihr gesucht habe!"

„Wohl wahr. In der Zwischenzeit", mit diesen Worten sah Martha sich im Flur um, „hast du hier ein Hotel zu führen."

„Ein Hotel führen?" Claire starrte ihre Mutter baß erstaunt an. „Hast du vergessen, was sich im Keller befindet?"

„Das hier wurde wahrscheinlich als Hotel eingerichtet, gerade weil sich diese Sache im Keller befindet. Wir haben es mit einer ziemlich einmaligen Situation zu tun. Je mehr du über die Unfallstelle nachdenkst, je mehr Aufmerksamkeit du ihr schenkst, desto mächtiger wird sie. Du brauchst Ablenkung, etwas, womit du dich beschäftigen kannst."

„Aber die Gäste ..."

„Sind zwei, höchstens drei Nächte hier. Kaum so lange, daß eine versiegelte Unfallstelle innerhalb eines Dämmfelds Einfluß auf sie haben könnte."

„Aber ich habe schon einen Job! Ich bin Hüterin! Ich weiß nichts darüber, wie man ein Hotel führt!"

„Damit kennt Dean sich aus." Plötzlich hatte Martha erstaunliche Ähnlichkeit mit Austin. „Du hast selbst gesagt, du willst nicht, daß er geht."

„Weil ich einen Koch und einen Hausmeister brauche!" erklärte Claire hastig und zupfte an einem losen Stück Tapete.

„Den brauchst du auch."

„Wenn ich wirklich Teil der Sache bin", warf Dean ein, „dann könnte ich doch überhaupt nicht so einfach die Koffer packen und gehen."

„Du hast ja auch schon beim alten Augustus nicht die Koffer gepackt", kicherte Austin, „und der hatte beileibe nicht Claires ..."

Claires Kopf fuhr auf. „Austin!"

„... sonniges Wesen."

„Dann ist das also geregelt." Martha strahlte die beiden jungen Leute an. Offenbar fand diese Regelung ihre volle Zustimmung.

Da es wenig Sinn zu haben schien, die Auseinandersetzung fortzuführen und Claire sowieso nicht recht hätte sagen können, worin die Meinungsverschiedenheit eigentlich bestanden hatte, kletterte sie unzufrieden die Treppe hinunter, und ihre Absätze klapperten auf dem dünnen Teppichboden so, daß jeder es hören konnte. Mit ein paar Schritten holte Dean sie ein. „Ich möchte, daß Sie eins wissen", sagte sie zu ihm. „Die Dinge werden hier nicht einfach so weiterlaufen wie unter Smythe. Ich werde nicht passiv herumsitzen und allem zusehen. Ich werde aktiv eingreifen!"

„Gut", erwiderte Dean. Als Claire ihm daraufhin aus den Augenwinkeln einen zornigen Blick zuwarf, lächelte er und fügte hinzu: „Klar doch."

„Wollen Sie sich etwa über mich lustig machen?"

„Ich habe versucht, Sie aufzuheitern."

„Oh! Na, ja, das ist dann wohl in Ordnung."

Die beiden verschwanden im Treppenhaus. Austin wickelte sich den Schwanz um die Zehen und sah zu Martha empor. „Es ist doch schön, wenn man weiß, daß die Dinge geregelt sind."

Martha glättete die Tapete, an der Claire herumgezupft hatte, und runzelte die Stirn. „Es fällt mir schwer zu glauben, daß all das hier über Jahre hinweg nur so herumgestanden hat und niemand davon wußte."

„Ein wenig überraschend kam es schon", gab der Kater zu. „Du kannst Claire keinen Vorwurf machen, wenn sie die Sache abschließen und wieder gehen will."

„Wenn sie bleibt, verlangt ihr das wirklich allerhand ab."

„So sieht sie das nicht. Sie denkt, hier ist sie außer Gefecht gesetzt."

„Das kommt daher, daß sie sich darauf gefreut hatte, etwas tun zu könne. Statt dessen soll sie nun herumsitzen und warten, daß die Hölle losbricht."

„Oh, das hast du schön gesagt!" schnaubte Austin, streckte sich und stand auf. „Komm schon, nur für den Fall, daß die Welt bald untergeht: Gib mir was zu fressen!"

„Mr. Smythe hat prima gebunkert, das langt bis zur Eisschmelze", erklärte Dean und stellte die Teller mit dem Abendessen auf den Tisch.

„Das klingt beruhigend, aber ich könnte nicht sagen, daß ich ein einziges Wort verstanden habe", erwiderte Claire.

„Ich meine: Er hat so viele Nahrungsmittel eingelagert, daß wir damit problemlos über den Winter kommen können."

„Warum haben Sie das denn nicht gleich so gesagt?" Claire schob ihr Hühnchen auf ihrem Teller beiseite und probierte vorsichtig die Füllung aus Wildreis. Sie kaute, schluckte, und ihre Augen wurden immer größer. „Das ist ja köstlich!"

„Bitte versuch doch, nicht allzu erstaunt zu klingen", sagte Martha. „Das ist unhöflich." Mit vollbeladener Gabel winkte Claires Mutter Dean zu. „Sie kochen, putzen und sehen umwerfend aus. Haben Sie eine Freundin?"

„Mama!"

„Schon okay." Deans Vater hatte sechs ältere Schwestern gehabt, und der Junge hatte in den Häusern diverser Tanten zwanzig Jahre lang Festtagsessen im Familienkreis ertragen müssen. Mittlerweile erwartete er Kommentare und Fragen wie die eben gestellte von jeder Frau über vierzig. Sie meinten es nicht böse, also fühlte er sich auch nicht peinlich berührt. „Nein, Ma'am, im Moment nicht", sagte er und setzte sich nun ebenfalls an den Tisch.

„Sind Sie schwul?"

„Mama!"

„Das ist eine völlig normale Frage, Claire!"

„Aber eine sehr persönliche, findest du nicht? *Außerdem* geht es dich nichts an."

„Wenn du länger hier bleibst, geht es mich sehr wohl etwas an. Ich könnte Dean deinem Onkel vorstellen."

„Er ist *nicht* schwul."

„Und ob er das ist."

„Ich meinte nicht Onkel Stan! Ich meinte Dean."

„Wieso bist du dir da so sicher?"

„Ich bin *Hüterin*!"

Angelegentlich und mit hochroten Ohren starrte Dean auf seinen Brokkoli. *Diese* Frage hatte er nicht erwartet, zumindest nicht von Martha. Obwohl Onkel Stan nach all den Angeboten, ihn *der jüngsten Tochter meiner Freundin Denise* vorzustellen, ja mal eine Abwechslung gewesen wäre. „Entschuldigen Sie, wenn ich unterbreche. Wer ist die Chronistin?"

„Gütiger Himmel, ich hatte gedacht, für heute hätten Sie genug gesehen und gehört."

Claire seufzte. „Er versucht, das Thema zu wechseln. Deine Frage war ihm peinlich." Sie ignorierte die indignierten Proteste ihrer Mutter und fuhr fort: „Die Chronistin ist eine Frau ..."

„Das wissen wir nicht genau, Claire", unterbrach Martha. „Du siehst sie als Frau, aber das heißt noch lange nicht, daß alle das tun."

„Willst *du* weitererzählen?"

„Nein, nein, du machst das schon bestens."

„Die Chronistin", fuhr Claire mit zusammengebissenen Zähnen fort, „eine Person, die *ich* als Frau sehe, bewahrt die Erlebnisse aller Hüter."

„Ist sie selbst eine Hüterin?" wollte Dean wissen, bückte sich, um seine Serviette vom Boden aufzuheben und steckte Austin ein Stück Hähnchen zu.

„Das wissen wir nicht."

„Was ist sie denn dann?"

„Das wissen wir nicht."

„Gut, und wo ist sie?"

„Das wissen wir auch nicht, nicht immer zumindest und nie wirklich sicher. Die Chronistin möchte nicht behelligt werden. Sie sagt, sie kann die Vergangenheit nicht gründlich zusammentragen, wenn sie ständig von der Gegenwart gestört wird. Also zieht sie viel umher, um ihre Privatsphäre zu schützen."

„Wie wollen Sie sie dann finden?"

„Ich begebe mich auf die Suche.”

Dean zögerte und fragte sich, ob er wirklich bereit war, die nächste Antwort zu hören. *Na gut, den Wellenbrecher haben wir hinter uns, dann kann ich die Leinen auswerfen.* „Wo?”

„In der Regel irgendwo gleich links neben der Realität.”

„Was?”

„Wenn die Realität wirklich existiert, dann ist es auch nur logisch, daß es rechts und links neben der Realität auch etwas gibt.” Claire tippte mit der Gabel, einmal rechts, einmal links neben ihrem Teller auf den Tisch, als sei damit alles erklärt.

Dean nahm sich ein Stück Huhn, um das Unausweichliche hinauszuzögern. „Gut, und warum links neben der Realität?”

„Weil den Platz rechts daneben der Apotheker belegt.”

„Dean? Haben Sie einen Moment Zeit?”

„Klar, Mrs. Hansen.”

„Martha.” Sie nahm ihm das Geschirrtuch weg. „Lassen Sie mich helfen.”

Dean sah ihr beim Tellerabtrocknen zu, befand, daß sie seinem Standard gerecht wurde und tauchte die Hände wieder ins Seifenwasser. „Wo ist Claire?”

„Meine Tochter sieht sich die Nachrichten an. Ich habe mich gefragt, was Claire Ihnen über unsere Familie erzählt hat, ob Sie mit unserer Situation vertraut sind.”

„Meinen Sie damit, daß Sie und Mr. Hansen beide Vettern sind?”

„Ja. Zwei Vettern, die miteinander verheiratet sind, das ist keine gewöhnliche Situation. Deswegen sind auch unsere Töchter Hüterinnen. Normalerweise merken Hüter in der Pubertät, wie es um sie bestellt ist – werden Sie gerade rot?”

„Nein, gnädige Frau.”

„Dann liegt es am Licht.” Martha nahm ein trockenes Geschirrtuch vom Haken. „Da bei unseren Töchtern beide Eltern aus der Familie stammen, wußten Diana und Claire nicht nur von Anfang an, was und wer sie sind, sie verfügen auch beide über außergewöhnliche Kräfte. Sie sind zwar besser erzogen als manch anderer Hüter – mein Mann und ich haben uns bemüht, sie so normal wie irgend möglich aufwachsen zu lassen –, aber dennoch haben sie ihr Leben lang zu hören bekommen, daß mit großer Macht große Verantwortung verbunden ist. Was ein Klischee sein mag, aber, so fürchte ich, auch wahr. Claire nimmt diese Verantwortung ernst und ist willens, in Erfüllung ihrer Pflicht ihr Leben einzusetzen. Sie kann aber auch, wie alle Hüter, mitunter etwas arrogant sein."

Langsam und vorsichtig legte Dean den Teller, den er gerade abwusch, in die Spülschüssel zurück und wandte sich Martha zu. „Wie meinen Sie das: ihr Leben einsetzen?"

„Das Böse macht keine Gefangenen." Nachdenklich schüttelte Martha den Kopf und polierte weiter an einem Löffel herum, der längst trocken war. „Hört sich an wie ein Sinnspruch auf einem Kalenderblatt, nicht?"

Dean nahm der älteren Frau den Löffel aus der Hand, sah ihr direkt in die Augen und fragte: „Mrs. Hansen, warum führen wir diese Unterhaltung?"

„Weil Macht korrumpiert, und absolute Macht birgt das Potential, absolut zu korrumpieren. Diese Unfallstelle hat bereits eine Hüterin korrumpiert und hat auch zu verantworten, daß ein Vetter – nun, bestenfalls kann man sagen: bitter wurde. Schlimmstenfalls müßte man Augustus Smythe wohl als gemein bezeichnen. Ich möchte nicht, daß das mit meiner Tochter geschieht. Sie wird Ihre Hilfe brauchen." Als Dean den Mund aufmachte, hob Martha die Hand. „Ich weiß. Spontan wollten Sie gerade sagen, daß Sie selbstverständlich alles tun werden, was in Ihrer Macht steht. So sind Sie nun mal. Aber ich möchte, daß Sie vorher einen Moment über die Sache nachdenken. Meine beiden Töchter neigen – aufgrund ihrer Fähigkeiten – dazu, persönlichen Beziehungen keine große Bedeutung beizumessen. Claire kann sich durchaus als Alleinherrscherin gebärden, wenn sie will."

Dean ließ den Löffel in die Schublade fallen. „Was passiert, wenn sie die Chronistin findet?"

„Ich weiß nicht."

„Claire denkt, sie sei viel zu qualifiziert, um hier einfach nur als Überwachung zu fungieren, nicht?"

„Ja."

Dean betrachtete das Farbenspiel in den Seifenblasen auf dem Spülwasser. „Mrs. Hansen ..."

„Martha."

„... ich kenne Claire nicht, und ich verstehe nicht wirklich, was hier vor sich geht. Aber wenn Sie sagen, daß Claire mich brauchen wird, dann sage ich Ihnen, daß ich noch nie jemandem den Rücken zugekehrt habe, der mich brauchte, und ich habe es auch jetzt nicht vor."

Lange, erfahrungsreiche Jahre hinderten Martha daran, angesichts solchen jugendlichen Selbstvertrauens zu lächeln. Aus dem Munde eines Fünfundzwanzigjährigen hätte die Versicherung eben schwülstig geklungen. Aus dem Munde des zwanzigjährigen Dean klang sie ehrlich und überzeugend. „Sie wird es Ihnen nicht leicht machen."

„Haben Sie je einen Winter in Portuguese Cove verbracht, Mrs. Hansen?"

„Martha. Nein, habe ich nicht."

„Wer einen solchen Winter hinter sich hat, den schreckt nichts mehr. Machen Sie sich keine Sorgen. Ich werde Claire helfen, hier alles am Laufen zu halten und werde versuchen, mich von ihr nicht herumschubsen zu lassen, nur weil sie ist, was sie ist."

„Danke."

„*Jeder* hört doch gern, daß er gebraucht wird."

Martha sah den jungen Mann eine Weile nachdenklich an und sagte dann: „Sie nehmen diese ganze Sache wirklich sehr gut auf. Die meisten Menschen würden nicht so ohne weiteres damit fertig werden, daß ihr gesamtes Weltbild auf den Kopf gestellt wird."

„Aber mein Weltbild steht nicht Kopf, jedenfalls nicht das ganze." Erneut senkte Dean die Hände ins Seifenwasser. „Die Sonne geht weiterhin im Osten auf und im Westen unter, Regen fällt von oben nach unten, Gras wächst von unten nach oben, und amerikanisches Bier schmeckt nach wie vor wie die Brühe, mit der man die Fässer ausgespült hat. Nichts hat sich geändert, es ist nur etwas dazugekommen, von dem ich vor zwei Tagen noch nichts ahnte." Dann zog er besorgt die Brauen hoch und wies mit dem Kinn auf das Tablett, auf dem er das Besteck zum Abtropfen ausgebreitet hatte. „Könnten Sie wohl die Messer und Gabeln polieren, ehe das Wasser wegtrocknet und es Flecken gibt ..."

Schweigend arbeiteten die beiden eine Weile nebeneinander, wobei das einzige Geräusch in der Küche vom Kratzen der Drahtbürste an der Unterseite der Pfanne herrührte.

„Mrs. Hansen?"

„Martha."

„Was genau machen Sie?"

„Claires Vater und ich wachen über die Menschen in einer Gegend, in der die Barriere zwischen dieser Welt und dem Bösen ein wenig porös geworden ist."

„Aber ich hatte gedacht, Vettern könnten die Silikonspritze nicht handhaben."

Martha, die gerade einen Topf abtrocknete, hielt inne und starrte ihn an. „Was können wir nicht handhaben?"

„Das magische Äquivalent einer Silikonspritze, mit der man die Löcher in der Hülle des Universums versiegelt." Dann wiederholte Dean alles, was ihm von Claires Erzählung noch in Erinnerung war.

Als er fertig war, schüttelte Claires Mutter den Kopf. „So einfach ist es leider nicht." Sie dachte einen Moment mit gerunzelter Stirn nach. „Oder vielleicht doch – aber das Ganze ist viel weniger rational. Wir haben es nicht mit einem passiven Feind zu tun, sondern mit einem feindseligen vernunftbegabten Etwas."

„Ist das Claire bekannt?"

„Natürlich ist ihr das bekannt, sie ist eine Hüterin. Aber sie ist jung genug ..." Sie unterbrach sich, als sie Deans verwunderte Miene sah. „Vergessen Sie mal, daß Sie das mit dem Alter vielleicht anders sehen! Sie ist jung genug, um zu glauben, nicht die Energie sei das Problem, sondern das, was die Menschen damit machen. In vielen Fällen mag das stimmen, aber trotzdem gibt es noch die Energie an sich und was man mit deren Hilfe vollbringt, ist auf keinen Fall gut, ganz gleich, mit welchen Intentionen es getan wird."

„Böses, in Gottes Namen getan, ist nicht Gottes Werk. Gutes, im Namen des Teufels getan, ist nicht Teufels Werk." Dean stellte die letzte Kasserolle auf das Abtropfbrett. „Das pflegte mein Opa immer zu sagen, wenn er mir als Nächstes die Ohren langziehen wollte."

„Ihr Großvater war sehr weise."

„Manchmal schon", gestand Dean grinsend ein.

Ohne recht zu wissen warum, ertappte sich Martha dabei, wie sie zurücklächelte. „Um auf Ihre ursprüngliche Frage zurückzukommen: Die Stelle, die mein Mann und ich überwachen, ist zu porös. Wie dünner T-Shirt-Stoff, wo eigentlich dickes, gummiertes Leinen sein sollte. In einer solchen Gegend gibt es ständig etwas zu reinigen. Ich mache die Arbeit im Feld, und mein Mann unterrichtet an der Mittelschule Englisch."

„An einer Mittelschule zu unterrichten klingt nicht sehr ...“ Dean hielt inne und suchte nach dem passenden Wort.

„Metaphysisch?“ Martha schnaubte empört und klang dabei genau wie Claire – und Austin. „Kann das sein? Haben Sie schon vergessen, was es heißt, Teenager zu sein?“

„Wirst du auch alles schaffen?“

„Aber sicher doch.“ Claire streckte die Hand aus und richtete den Kragen am Anorak ihrer Mutter auf, denn die frühe Morgensonne kämpfte bisher noch vergeblich gegen einen eiskalten Wind vom Ontariosee. „Mach dir keine Sorgen. Ich werde die Situation überwachen, und gleichzeitig trage ich die Informationen zusammen, die ich brauche, um die Situation zu beenden.“

„Ich würde nicht auf die Idee kommen, mir Sorgen zu machen, ob du deinen Verpflichtungen nachkommst. Aber Claire: Es waren zwei Hüter vonnöten, um die Schlinge zu knüpfen. Was, wenn man nun auch zwei Hüter braucht, um sie zu lösen?“

„Dann wache ich hier, bis der zweite kommt. Jedenfalls wird das hier nicht meine letzte Ruhestätte.“

Selbst Hüter brauchen manchmal den Trost, der aus der Hoffnung kommt. Martha wechselte das Thema. „Sei nett zu Dean. Der Junge ist genau das, was er zu sein scheint, und das ist in dieser Welt sehr selten.“

„Mach dir um Dean keine Sorgen. Er hat Austin auf seiner Seite.“

„Austin steht auf der Seite der aufgeklärten Eigensucht.“ Auf Marthas Stirn bildeten sich genau über der Nase ein paar senkrechte Falten. „Ich glaube, am besten behandelst du Dean, als sei er ein Vetter.“

„Ein Vetter?“ Claire sah ihre Mutter erstaunt an. „Er ist ein netter Junge, Mama, aber ...“

„Er ist kein Junge.“

„Nun, technisch gesehen nicht und ganz sicher nicht körperlich, aber du mußt zugeben, daß er furchtbar jung ist.“

„Wie alt warst du, als du deine erste Unfallstelle versiegelt hast?“

„Das spielt gar keine Rolle. Er gehört nicht zur Familie.“

„Nein, aber er ist erstaunlich geerdet im Hier und Jetzt, und er wird dir hier eine sehr große Hilfe sein. Je weniger du vor ihm verbirgst, desto besser wird er dir helfen können.“

„Ich bin eine Hüterin. Ich brauche keine Hilfe von einem Zuschauer. Schon gut!" fügte Claire hinzu, ehe ihre Mutter etwas sagen konnte. „Ich brauche seine Hilfe, was das Hotel betrifft, aber nicht bei den anderen Sachen."

„Versuch einfach, nett zu ihm zu sein, um mehr bitte ich dich gar nicht." Martha ergriff die Hände ihrer Tochter. „Wenn du die Kontaktpunkte in der Schlinge überprüfen mußt, dann sei bitte ganz, ganz vorsichtig. Du darfst *sie* auf keinen Fall wecken, und du darfst auch nicht glauben, was *sie* dir erzählen. Verlier dein Zeitgefühl nicht, wenn du die Chronistin suchst. Du weißt, was passiert, wenn du zurückkommst, ehe du losgegangen bist. Versuch, darauf zu achten, daß Austin sich an seine Diät hält – und du solltest mehr essen, du bist zu dünn."

Claire öffnete den Mund, um zu widersprechen, sagte dann aber: „Der Wagen." Denn nun war ein altes, zerbeultes Taxi vor dem Hotel vorgefahren, und eine Hupe ertönte.

„Ruf mich an, wenn du mich brauchst!" Martha runzelte die Stirn; der Taxifahrer schien die Hand nicht von der Hupe nehmen zu wollen, und deren arhythmisches Krächzen hallte durch die gesamte Nachbarschaft. „Würdest du bitte etwas unternehmen?"

Ein letztes krächzendes Echo, dann war es still.

„Danke. Wenn ich's recht bedenke – ruf mich auch an, wenn du mich nicht brauchst. Dein Vater wird sich sorgen, wenn er erfährt, daß du so nah neben dem Loch im Heizungskeller wohnst."

„Das mit der Hölle brauchst du ihm doch gar nicht zu sagen, Mama. Dafür besteht kein Grund."

„Dein Vater unterrichtet an einer staatlichen Schule. Mit der Hölle kennt er sich aus."

Claire stand in der offenen Tür und gab die Taxihupe erst wieder frei, als der Wagen losfuhr. Durch das breite Rückfenster des Taxis konnte sie ihre Mutter sehen, die dem Fahrer ausführlich und mit anschaulichen Gesten erklärte, welchen Weg er zu nehmen hatte. Wenn der Fahrer geglaubt hatte, den besten Weg zum Bahnhof zu kennen, würde er seinen Irrtum bald erkennen.

Im letzten Moment drehte Martha sich um und winkte.

Claire winkte zurück.

„So. Anscheinend besitze ich ein Hotel." Zur Ablenkung, damit sie nicht zuviel an das dachte, was im Heizungskeller war. „Wer weiß", sagte sie eher resigniert als begeistert, „vielleicht macht es ja Spaß."

Sie erhöhte ihre Körpertemperatur, um die Eiseskälte ertragen zu können, und ging hinunter, um einen Blick auf das Schild zu werfen. Verwundert stellte sie fest, daß sie es gleich beim ersten Mal richtig gelesen hatte. Auf dem Schild stand ‚otel Elysium', das „H" war verlorengegangen. „Dean soll das neu malen." Claire runzelte die Stirn. „Ich frage mich, was ich dem wohl zahle."

Von der anderen Seite des Hauses, nahe der Einfahrt, erregte ein Knurren Claires Aufmerksamkeit. Sie ging ums Haus herum. Jenseits der Auffahrt stand eine alte Frau mit schrumpligen Apfelbäckchen und leuchtend orangefarbenem Haar auf der Veranda des Nachbarhauses und winkte. Die Frau trug einen Hosenanzug aus hellgrünem Polyester und eine Perlenkette, die sicher unecht war. Ebenfalls auf der Veranda stand der größte schwarzbraune Dobermann, den Claire je gesehen hatte.

„Hallo!" trillerte die Frau, als sie sah, daß Claire sie bemerkt hatte. „Ich bin Mrs. Abrams – ein B, ein S –, und wer sind Sie?"

„Claire Hansen, die neue Besitzerin des ..."

„Die neue Besitzerin? Nein, das kann nicht sein." Das Lächeln der alten Dame kam einem freundlichen Kopftätscheln gleich. „Dafür sind Sie viel zu jung."

„Bitte?" Der Ton hätte einen Politiker auf Wahlkampftour, der gerade voll in Fahrt war, bremsen können. Bei Mrs. Abrams verfehlte er jede Wirkung.

„Ich sagte: Sie sind viel zu jung, um die Besitzerin zu sein, meine Liebe. Wo ist Smythe?" Sie beugte sich vor und spähte umher, als hege sie den Verdacht, der Alte habe sich irgendwo außerhalb ihres Blickfelds versteckt. Der Dobermann ahmte ihre Bewegung nach, und es juckte ihn loszurennen, um persönlich nachzusehen.

Erfolgreich bekämpfte Claire das starke Bedürfnis, zurückzuweichen und verharrte tapfer, wo sie war. „Mr. Smythes Aufenthaltsort ist nicht Ihre ..."

„... Sache?" Eine rasche Geste und ein strahlendes Lächeln zerrissen den Einwand in der Luft. „Natürlich ist das meine Sache, Sie albernes Ding. Ich wohne nebenan. Er geht mir aus dem Weg, nicht wahr?"

„Nein, er ist fort ..."

„Fort? Wohin denn, meine Liebe?"

„Ich weiß nicht." Aus Mrs. Abrams Miene ging hervor, daß die alte Dame Claire kein Wort glaubte, und so fügte Claire fast gegen ihren eigenen Willen hinzu: „Ich weiß es wirklich nicht."

„Nun!" Das Wort sprach Bände. Jahrelanges gesundes Mißtrauen erwies sich endlich als berechtigt. „Sie haben ihn abgeholt, was? Oder ist er abgehauen, ehe sie ihn holen konnten? Um die Wahrheit zu sagen: Wundern tut mich das nicht." Sie spielte mit dem Ohr ihres Hundes, den es dadurch nur noch mehr zum Davonpreschen drängte. „Von mir werden Sie nie auch nur ein einziges Wort gegen irgend jemanden zu hören bekommen. Mein Motto ist leben und leben lassen. Ich bin aktiv im Frauenkreis meiner Kirche, müssen Sie wissen, die würden ja ohne mich gar nicht auskommen! Aber Augustus Smythe, der war ein abscheulicher kleiner Mann, und er hegte einen widernatürlichen Haß auf mein armes kleines Baby."

Baby knurrte und zeigte mehr Zähne, als eigentlich in einem solch schmalen Kopf Platz hätten haben dürfen.

„Können Sie sich vorstellen, daß er wirklich die Stirn besessen hat, mein Baby zu beschuldigen, in Ihre Auffahrt gemacht zu haben?" Die Stimme der Alten senkte sich etwas und klang sehr liebevoll. „Dabei hat mein Baby eine eigene kleine Toilette in seinem eigenen kleinen Garten, nicht wahr, mein Schatz? Er hat diese üblen, völlig unberechtigten Vorwürfe doch nicht etwa Ihnen gegenüber wiederholt?"

Claire brauchte einen Moment, die Pronomina der letzten paar Sätze zu sortieren. „Er hat in der Tat erwähnt ..."

„Aber Sie haben ihm nicht geglaubt, nicht wahr? Ich fürchte nämlich, ich muß Ihnen sagen, daß Smythe eine Menge – er hat Lügen verbreitet, anders kann man das einfach nicht nennen. Ich weiß nicht, was er Ihnen sonst noch erzählt hat, Caroline ..."

Claire öffnete den Mund, um darauf hinzuweisen, daß ihr Name nicht wirklich Caroline sei, aber es gelang ihr nicht, den Strom von Anschuldigungen gegen Mr. Smythe zu unterbrechen.

„... aber davon dürfen Sie nicht ein Wort glauben!" Eine plumpe Hand legte sich dramatisch auf einen polyesterbedeckten matronenhaften Busen. „Was mich betrifft, Schätzchen, ich bin nicht wie andere Leute hier in der Straße. Ich kümmere mich nur um meine eigenen Angelegenheiten. Aber dieser Augustus Smythe ..." Nun senkte sich ihre Stimme zu einem verschwörerischen Flüstern, und Claire mußte sich anstrengen, um die Frau überhaupt noch zu verstehen. „Der hat nicht nur gelogen, der hatte auch Geheimnisse! Es würde mich gar nicht wundern, wenn er unnatürliche Angewohnheiten gehabt hätte!"

Das hätte auch Claire nicht gewundert, aber die fing gerade an, Smythe größere Sympathie entgegenzubringen. Kein Wunder, daß Baby bebte.

„Ich würde ja gern noch ein wenig mit Ihnen plaudern, meine Liebe, aber nun wird es Zeit für Babys Vitamine. Er ist nämlich kein junger Hund mehr, oder, mein Süßer? Er ist ein ganzes Stück älter, als er aussieht."

„Wie alt ist er, Mrs. Abrams?"

„Um ganz ehrlich zu sein, Christina – und ich kann Ihnen versichern, daß ich immer ganz ehrlich bin –, das weiß ich auch nicht so genau. Der kleine Schatz tauchte eines Tages auf meiner Türschwelle auf – er wußte, daß ich ihn aufnehmen würde, wissen Sie, Hunde haben so etwas immer im Gespür –, und seitdem sind wir immer zusammengewesen. Mama kann ohne ihr Baby gar nicht mehr leben. Tschüs! Bis bald!" Sie zog den Hund am Halsband fort, und die beiden verschwanden nach einem fröhlichen Winken und einem Kläffen, das weitere Konfrontationen versprach, im Haus.

Claire trat oben in die Auffahrt und spähte zum hinteren Ende ihres Besitzes. Zu weit entfernt, um von ihrem Standpunkt aus genau sagen zu können, was es war, hatte jemand einen großen braunen Haufen mitten auf den Fahrweg plaziert.

„Unberechtigte Anschuldigungen!" Vorsichtig stieg Claire die Treppe zum Hotel hinauf und ging hinein.

Austin lag lang hingegossen auf einem sonnenbeschienenen Fleck auf dem Tresen und gähnte. „Wo warst du?"

„Draußen, die obligatorische nervige Nachbarin kennenlernen. Wie stellst du fest, ob ein Haufen Hundescheiße von einem Dobermann stammt?"

Der Kater starrte sie angeekelt an. „Wie *ich* das feststelle? Gar nicht!"

„Gut: Wie könnte ich das feststellen?"

„Untersuch den Haufen, ob Finger drin sind. Warum führen wir diese Konversation?"

„Ich glaube allmählich, die Hölle war nicht das einzige, dem Augustus Smythe entfliehen wollte."

„Wohnen Sie dann also in den offiziellen Wohnräumen des Besitzers?" fragte Dean, als er Claire mit all ihren Besitztümern die Treppe herunterkommen sah. Er hängte den Hammer in die dafür vorgesehene Schlaufe seiner Zimmermannshose, sprang von der Leiter und streckte die Hand aus. „Kann ich helfen?"

„Ja." Hochmut kam nicht nur vor dem Fall, sondern in diesem Fall auch davor, daß alles zu Boden ging, was Claire ihr eigen nannte. Sie schob Dean den Koffer zu, fing den Rucksack auf, der ihr von der Schulter zu rutschen drohte und schaffte es gerade so eben, den Kleiderhaufen nicht loszulassen, den sie gar nicht erst wieder eingepackt hatte. „Was haben Sie da oben gemacht?"

„Ich richte die Deckleiste über der Tür. Sie war verzogen. Hing schief", ergänzte er, als Claires Brauen sich zusammenzogen.

„Verstehe." Claire starrte auf die Reparaturstelle und fragte sich, welcher Kommentar von ihr als Arbeitgeberin in einer solchen Situation erwartet wurde. Ihre Mutter wollte, daß sie nett zu dem jungen Mann war ... „Gute Arbeit. Sie haben die Übergänge schön glatt bekommen."

„Danke." Dean strahlte, hob den Klappteil des Tresens hoch und wartete, daß Claire hindurchging.

Claire ging nicht davon aus, daß der junge Mann sie verspotten wollte. Im Büro blieb sie stehen und legte ihren Rucksack auf die uralte Schreibunterlage. „Da dies der einzige Schreibtisch im Haus zu sein scheint, lasse ich meinen Computer hier draußen. Ich kann ihn dann auch für Hoteldinge benutzen."

„Laptop?" fragte Dean und beäugte mißtrauisch die Ausmaße des Rucksacks.

„Nein." Nachdem Claire den Rest ihres Gepäcks im Wohnzimmer abgestellt hatte, kam sie zurück ins Büro. Sie öffnete den Rucksack und entnahm ihm einen Fünfzehn-Zoll-Monitor mit passendem Ständer, einen Desktop-PC mit zwei Diskettenlaufwerken und einem CD-Rom Laufwerk und zwei Lautsprecher.

„Man muß die Klassiker doch einfach lieben!" kicherte Austin, der gesehen hatte, wie Dean der Unterkiefer herunterfiel. „Komm, hol den Hutständer und den Gummibaum raus!"

„Hutständer und Gummibaum?" wiederholte Dean ungläubig.

„Hören Sie bloß nicht auf ihn", warnte Claire und sortierte Kabel. „Ich werde hier keinen Gummibaum aufstellen, bei all der Elektronik."

Dean nahm die Brille ab, putzte sie mit dem Saum seines T-Shirts und setzte sie genau in dem Moment wieder auf, in dem Claire einen Laserdrucker auspackte. „Das ist völlig unglaublich."

Claire zuckte die Achseln und wühlte in ihrem Rucksack nach dem Überspannungsschutz. „Nicht wirklich, er druckt nur schwarzweiß."

„Boß?"

Claire, die im hellen Schein des Monitors die Augen zusammenkneifen mußte, beugte sich nach links und spähte in den Flur. Hier unten brannten mittlerweile alle Lampen, und doch schien ihr Bildschirm heller als alles andere. „Ja? Was ist?"

„Ich würde jetzt gern nach unten gehen und wollte wissen, ob ich vorher noch irgend etwas für Sie tun kann."

„Nein danke. Ich brauche nichts."

„*Mir* könntest du ein Lammkotelett besorgen, aber wir alle wissen ja, wer etwas dagegen hätte", maulte Austin, ohne den Kopf vom Tresen zu nehmen.

Als Dean keine Anstalten machte, wirklich irgendwohin zu verschwinden, seufzte Claire und speicherte ihre Daten. „Sonst noch etwas?"

Dean schob die Finger bis zu den zweiten Knöcheln in die Vordertaschen seiner Jeans und zuckte die Achseln, eine hoffnungsvolle, nicht gerade unterwürfige Geste. „Ich habe mich nur gefragt, was Sie da gerade machen."

„Ich behandle diese Unfallstelle wie jede andere, die zu versiegeln ich gerufen wurde." Sie würde nicht einfach so ihr Leben einem heruntergekommenen Hotel weihen, auf keinen Fall, da waren bei ihr keine Zimmer frei! „Ich schreibe auf, was ich weiß und priorisiere die Dinge, die ich tun muß."

Dean legte den Kopf zur Seite und grinste. „Für den Listentyp hatte ich Sie gar nicht gehalten."

„Ach ja?" Claires Brauen hoben sich. „Für welchen Typ hatten Sie mich gehalten?"

„Eher für den Typ, der in die Hände spuckt und loslegt."

Entweder hatte der junge Mann den warnenden Ton nicht gehört, oder er zog es vor, ihn nicht zu beachten. Claire warf einen Blick in das offene, ernste Gesicht mit dem markanten Kinn und den klaren Augen. Vielleicht hatte er den Ton einfach nicht verstanden. „Da haben Sie falsch gelegen." Deans Lächeln verblaßte, seine Schultern sackten herab, und er ließ ein ganz klein wenig den Kopf hängen. Keine geplante, gekonnte Geste, die darauf abzielte, Schuldgefühle zu wecken. Seine ganze Haltung drückte echte, ehrliche Enttäuschung aus. Claire fühlte sich wie eine richtige Zimtzicke, ihre Reaktion stand in überhaupt keinem Verhältnis zu seiner. „Aber wie hätten Sie es auch besser wissen können?" Es war unmöglich, nicht wenigstens zu versuchen, den Schaden wieder gutzumachen. „Morgen werde ich allerdings etwas für Sie zu tun haben."

„Klar!" Deans Kopf hob sich erneut in freudiger Spannung. „Was denn?"

„Beim Schild draußen muß das H ersetzt werden."

„Kein Problem!" Nun strahlte er auch wieder und warf einen Blick auf seine Uhr. „Ich muß los. Gleich fängt auf TSN das Spiel an."

„Wenn der einen Schwanz hätte, würde er damit wedeln", bemerkte Austin trocken, als sie hörten, wie Deans Arbeitsstiefel die Kellertreppe hinuntertrampelten. „Er mag dich."

Claire ertappte sich dabei, daß sie im Rhythmus von Stiefeltritten auf Holzstufen tippte und zwang sich, das sein zu lassen „Ich bin sein neuer Boß. Er will nur einen guten Eindruck auf mich machen."

„Schafft er das?"

„Wie schaffst du es nur, aus so einer harmlosen Frage eine Anspielung zu machen?"

Austin wirkte interessiert. „Weiß nicht! Wie schaffe ich das nur?"

Das Zimmer war vollkommen dunkel. Die Luft roch nach abgestandenem Zigarrenrauch. Die Stille war so vollkommen, daß selbst die Geräusche ihres eigenen Körpers laut genug waren, um Claire am Einschlafen zu hindern. Den meisten Raum im Bett nahm Austin ein.

Daran zumindest war sie gewöhnt. Alles andere würde sie ändern! Claire schlüpfte unter der Bettdecke hervor und tastete sich hinüber zum Fenster.

Da draußen ist nichts, nur die Auffahrt. Es kann nicht schaden, den Vorhang aufzuziehen und etwas Luft hereinzulassen.

Einfach war das nicht. Nachdem Claire einem schweren Brokatvorhang, der sich nicht hatte öffnen lassen wollen, ihren Willen aufgezwungen und mit den Farbresten gekämpft hatte, die den Fensterrahmen unten ans Fensterbrett geschmiedet hatten, gelang es ihr, das Schiebefenster ungefähr einen halben Zentimeter weit zu öffnen. Keuchend kniete sie nieder und sog tief und dankbar die frische Luft ein, die durch den Spalt drang. Nachdem sich ihre Augen an die Finsternis gewöhnt hatten, konnte sie jenseits der Auffahrt ein Fenster erkennen, darin die Silhouette spitzer Ohren und, neben den Ohren, ein Fernglas, das dort aufrecht auf seinem breiteren Ende thronte.

Kein Wunder, daß Augustus Smythe die Vorhänge so nachdrücklich geschlossen gehalten hatte.

Ein dumpfer Aufprall hinter ihr warnte sie vor. Gleich darauf landete eine pelzige Last auf ihrem Schoß und sprang von da aus weiter auf die Fensterbank.

„Könnten wir hier mal ein wenig Licht machen?" murmelte Austin.

„Wozu das denn?" fragte Claire und entzündete hinter dem Tier einen kleinen Schimmer. „Du kannst doch auch so genug sehen."

„Ich schon", meinte der Kater friedlich, „aber er nicht."

Auf der anderen Seite der Auffahrt zuckten die spitzen Ohren, und Baby warf sich gegen das Fenster.

Claire löschte das Licht, aber da war der Schaden bereits angerichtet. Baby kläffte hysterisch. Claire schnappte sich Austin und ließ den Vorhang fallen, just als gegenüber ein Licht anging und eine schreckenserregende Erscheinung in Plastiklockenwicklern nach dem Fernglas griff.

Austin wand sich aus Claires Armen und sprang zurück aufs Bett. „Ich glaube, mir wird es hier gefallen."

KÖNNEN WIR DEN KATER BENUTZEN?
DU SPINNST WOHL!

Vier

Augustus Smythe hatte darauf bestanden, den Tag mit einem Frühstück morgens um Punkt sieben zu beginnen: eine Schale Haferschleim, gedünstete Dörrpflaumen und eine Kanne Tee; außer Sonntags, da hatte es Pilzomelett, geräucherte, gebratene Nierchen und Verstopfung gegeben. Gäste – seit Dean hier arbeitete war nie mehr als ein Zimmer zur selben Zeit belegt gewesen – wollten in der Regel zwischen acht und halb neun speisen – falls sie überhaupt ein Frühstück zu sich nahmen.

Dean stand schon mit einem Beutel Haferflocken in der Hand neben dem Küchenherd, auf dem der Teekessel summte, als ihm einfiel, daß sich die Dinge drastisch geändert hatten. Er hatte Claire am Vortag ein Frühstück vorgesetzt, wie die Gäste es bekamen, aber sie war kein Gast. Auch war sie, darauf wäre er jede Wette eingegangen, nicht der Typ, der gedünstete Dörrpflaumen aß.

Sie war nicht nur sein neuer Boß, sie war eine Hüterin; ein halbmythisches Wesen, betraut mit der Überwachung einer metaphysischen Unfallstelle im Heizungskeller, aus der unter Umständen ein Ausbruch böser Energie erfolgen konnte und die möglicherweise in der Lage war, auf ihre Bewacher einen schlechten Einfluß auszuüben und sie zu korrumpieren. Soweit war ja alles klar, damit konnte Dean umgehen.

Die Frage war nur: Was wollte Claire frühstücken?

„Woher soll ich das wissen?" Dean hatte Austin erneut bei dem Versuch ertappt, sich Zugang zum Kühlschrank zu verschaffen. Nun hockte der Kater mißmutig vor einer Schale Spezialfutter für greise Katzen. „Wenn sie keine Nierchen will, nehme ich die!"

Gegen acht fing es in den Warmwasserleitungen an zu klopfen. Dean hatte keine Ahnung, wie lange Frauen in der Regel morgens im Bad brauchten, konnte sich aber auch ohne große Erfahrung auf diesem Gebiet gut vorstellen, daß zur Aufrechterhaltung bestimmter Qualitätsmerkmale ein gehöriges Maß an Arbeit gehört. Er wartete bis halb neun, dann machte er eine Kanne frischen Kaffee.

Um neun fing er an, sich Sorgen zu machen. Austin hatte gefressen und war verschwunden; in Claires Wohnung schien sich nichts zu regen. Um halb zehn konnte der junge Mann nicht länger warten.

War Claire etwa beim Verlassen der Dusche im Bad gestürzt? Konnte es denn sein, daß auch den Halbmythischen solche Unfälle passierten?

Dean warf seine Schürze über eine Stuhllehne, eilte durch den Flur, bückte sich unter dem Tresen hindurch und zögerte dann, als er vor der Tür zu Claires Räumen stand. Vielleicht war sie einfach nur wieder eingeschlafen. Dann freute sie sich bestimmt nicht, wenn er sie weckte. Vielleicht sollte er doch lieber wieder gehen und noch ein wenig warten?

Wenn sie nun aber bewußtlos neben der Badewanne lag ...

Lieber wütend als tot, befand Dean, holte tief Luft und klopfte.

„Herein."

Dean brauchte eine Weile, aber dann entdeckte er Austin, der neben einem lila Porzellankorb voll gelber Porzellanrosen auf einem runden Tisch im Chippendalestil thronte. „Ist Claire ..."

„Hier? Nein."

„Ist sie ausgegangen?" Dean konnte sich nicht erinnern, die Vordertür gehört zu haben.

„Nein. Sie ist reingegangen."

„Rein?"

„Richtig. Aber ich erwarte sie jeden ..." Die Ohren des Katers stellten sich auf, und er wandte sich zum Schlafzimmer. „Da kommt sie ja. Ich hoffe, sie hat mir die kleinen Krabbenkekse mitgebracht, um die ich gebeten hatte."

Dean trat vor, die Stirn verwundert gerunzelt. Er hätte schwören können, daß soeben Musik erklungen war – Blasinstrumente, unterlegt von einem Baß, der den Rhythmus angab. Durch die offene Schlafzimmertür konnte er einen überpolsterten Lehnsessel und den Schrank, den Mr. Smythe benutzt hatte, da sein Zimmer über keinen Kleiderschrank verfügte, sehen. Claire schien den Schrank nicht als solchen erkannt zu haben; sie hatte ihre Kleider auf dem Sessel ausgebreitet.

Die Musik wurde lauter.

Dann öffnete sich die Schranktür, und Claire trat heraus. Um den Hals trug sie mehrere Ketten aus billigen Plastikperlen, und ein Konfettiregen begleitete jede ihrer Bewegungen. Sie sah nicht gerade zufrieden aus.

„Was wetten wir – die Kekse waren alle!" murmelte Austin.

Die Hüterin sah sich in ihrem Wohnzimmer um, und ihre Augen weiteten sich erstaunt, als sie sah, wer alles anwesend war. „Was machen Sie denn hier?"

„Ich wohne hier, und du kannst du zu mir sagen."

„Dich meine ich doch gar nicht!" Ungeduldig streifte Claire die Perlenketten ab und deutete mit anklagendem Zeigefinger auf Dean. „Ich hatte ihn gefragt."

„Sie waren im Schrank!"

Es war keine Frage, also gab Claire auch keine Antwort. „Klopfen Sie eigentlich nie an?"

„Ich *habe* geklopft." Die Unterstellung, er sei einfach so in ihre Wohnung geplatzt, verwirrte Dean mindestens ebenso wie die Tatsache, daß seine neue Chefin soeben aus einem Kleiderschrank aufgetaucht war. Der junge Mann wies mit dem Kinn auf den Kater. „Er hat herein gesagt."

Austin streckte eine Pfote aus und schob ein Tonengelchen vom Tisch. Es hüpfte über die Kanten dreier verschiedener versetzt übereinanderliegender Teppichläufer und rollte dann unbeschädigt unter den Tisch.

Claire schloß die Augen und zählte bis zehn. Als sie sie wieder öffnete, hatte sie beschlossen, sich lieber nicht mit ihrem Kater zu streiten. Die Erfahrung hatte sie gelehrt, daß es unmöglich war, aus solchen Auseinandersetzungen als Siegerin hervorzugehen. Statt dessen beugte sie sich vor und schüttelte sich das Konfetti aus dem Haar. „Rieche ich Kaffee? Ich könnte gut eine Tasse brauchen. Es ist nicht sicher, zu essen und zu trinken, wenn man sich auf der anderen Seite aufhält."

„Auf der anderen Seite von was?" fragte Dean, erleichtert, daß die Papierschnipsel, die aus Claires Haaren fielen, sich in Luft auflösten und keines von ihnen die Teppiche erreichte. Nun ja: Erleichtert war vielleicht nicht der richtige Ausdruck ... „Wo waren Sie denn?"

„Ich habe die Chronistin gesucht. Früh morgens hat man die besten Chancen, sie zu finden. Später sammeln sich zu viele Ablenkungen an." Claire richtete sich auf und warf dem Haufen Plastikperlen einen erbosten Blick zu. „Mitten im Karneval habe ich dann ihre Spur verloren."

„Karneval im September?"

„Irgendwo ist immer Karneval." Claire griff in ihren Ausschnitt, um das Konfetti aus ihrem BH zu befördern, fühlte Deans Blick auf sich ruhen und wandte dem jungen Mann nachdrücklich den Rücken zu. Soviel zur Erziehung seines Großvaters.

Dean spürte seine Ohren heiß werden. „*Irgendwo* ist da im Schrank?"

„Der Schrank ist das Tor." Sie drehte sich um, sah Deans verständnislose Miene und fügte ungeduldig hinzu: „Das wird traditionell so gehandhabt."

„Gut." Dean hörte zum ersten Mal, daß Karneval traditionell in Schränken stattfand, aber zumindest war die Musik jetzt verstummt. Sollte sein neues Leben dazu führen, daß er Töne hörte, dann wäre es ihm lieber gewesen, sie hätten sich nicht angehört wie eine Marschkapelle, deren Mitglieder gerade verdorbene Muscheln zu sich genommen hatten.

„Ich könnte wirklich einen Kaffee gebrauchen!" Ungeduldig packte Claire den Jungen am Arm und drängte ihn zur Tür hinaus.

„Gut." Kaffee, das verstand er, wobei er bisher allerdings auch geglaubt hatte, Schrank zu verstehen. Wer konnte sagen, wann sich Kaffee ohne Vorwarnung in ganz etwas anderes verwandeln würde? „Wir, äh, müssen Ihre Mahlzeiten besprechen."

„Was gibt es da zu besprechen? Sie tun ihre Arbeit, ich meine: Sie kochen, ich esse."

„Was soll ich denn kochen?" Dean bestand auf Klärung. „Wann wollen Sie essen?"

Claire, der plötzlich auffiel, daß ihre Finger immer noch auf einem warmen, wohlgeformten Bizeps ruhten, zog ihre Hand hastig zurück. „Ich bin nicht mäkelig. Ich esse alles. Bis auf Rosenkohl, rohe Zucchini, den Inhalt von Tütensuppen trocken serviert und alles orange außer Orangen."

„Alles orange außer Orangen", wiederholte Dean. „Karotten sind also ..."

„Raus. Solange ich hier wohne, gilt: Mittagessen um zwölf, Abendbrot um halb sechs, damit ich die Achtzehnuhrnachrichten sehen kann. Zum Frühstück esse ich Müsli oder Toast, und *das* kann ich selbst zubereiten."

„Mit einer Schale Müsli im Bauch wollen Sie die Welt retten?"

Claire wies den Einwand zurück. „Mir wäre es wirklich lieber, Sie würden sich nicht anhören wie meine Mutter!" Sie trat durch die Tür ins Büro, und im selben Augenblick ging die Vordertür auf.

„Huhu!" Mrs. Abrams hielt die Türklinke noch in der Hand und spähte gebückt durch den offenen Spalt. „Da sind Sie ja." Sie richtete sich auf, betrat das Haus und eilte auf Claire zu. „Sie erinnern sich an mich." Das kam als Aussage, nicht als Frage. „Mrs. Abrams. Ein B, ein S. Sie sollten Ihre Tür abschließen, Herzchen. Die Gegend hier ist nicht mehr das, was sie war, als ich als kleines Kind hier lebte. Es gibt heute so viele Ausländer, da weiß man ja gar nicht mehr, wer alles durch die Tür kommt. Nicht, daß ich etwas gegen Ausländer hätte! Sie kochen interessante Sachen, finden Sie nicht auch?" Hauchdünne, schwarz nachgezogene Brauen hoben sich dramatisch und trafen einen steif abstehenden Pony. Nun hatte die Nachbarin hinter Claire auch Dean erkannt, der immer noch an der Schwelle zu Claires Räumen stand. „Wie schön, daß ihr beiden euch so gut versteht."

„Wollten Sie etwas von mir, Mrs. Abrams?" Die Nachbarin zu fragen, warum *sie* nicht geklopft hatte, schien Claire wenig sinnvoll.

„Also, Kirstin ..."

„Claire."

„Wie bitte, meine Liebe?"

„Ich heiße Claire, nicht Kirstin."

„Warum sagten Sie denn dann gestern, Sie hießen Kirstin, Schätzchen?" Ehe Claire einwenden konnte, sie habe nie etwas derartiges behauptet, erklärte Mrs. Abrams die Sache mit großzügiger Geste für erledigt. „Macht doch nichts, Schätzchen. Das kann doch jedem passieren – wenn man eine neue Arbeit antritt, ist man die ersten Tage immer etwas verwirrt. Ich bin gekommen, weil ich Ihnen sagen wollte, daß Baby gestern abend etwas gehört hat. Draußen auf der Auffahrt. Das können Einbrecher gewesen sein, die hätten uns in unseren Betten umbringen können! Da mußte ich doch einfach kommen und nachsehen, ob Ihnen auch nichts passiert ist."

„Hier ist alles in Ordnung. Ich ..."

„Sie haben einen Computer!" Mrs. Abrams schüttelte mißbilligend den Kopf, wobei die verschiedenen Teile ihres Gesichts alle einem anderen Rhythmus zu gehorchen schienen. „Mit Computern müssen Sie ganz vorsichtig sein! Wußten Sie, daß die Strahlung, die ein Computer abgibt, Frauen unfruchtbar machen kann? Ist der widerliche Mr. Smythe schon zurück?"

Claire empfand die Unterhaltung mit einer Frau, deren Augen nie mehr als zwei Sekunden an einer Stelle verharrten, als ungeheuer anstrengend. Sie trat hinter dem Tresen hervor. „Nein, Mrs. Abrams, er ..."

„Wie gut ich mich erinnere, wie dies Haus früher ausgesehen hat! So apart, so charmant! So ein Haus braucht eine weibliche Hand. Karin, Liebes, ich hoffe Sie wissen, daß Sie jederzeit meine Hilfe in Anspruch nehmen können. Meine Freunde finden, ich hätte das Zeug zur Innenarchitektin. Ich habe schon früher einmal angeboten, diesem Haus hier meine Dienste angedeihen zu lassen, und wissen Sie, was dieser Augustus Smythe dazu gesagt hat? Er hat gesagt, ich könnte ja den Heizungskeller neu gestalten!"

Claire unterdrückte mit Mühe die Antwort, dieses Angebot gelte immer noch. Ob sie damit allerdings Mrs. Abrams verschonen wollte oder aber die Hölle – das hätte sie selbst nicht recht sagen können.

„Haben Sie schon irgend etwas mit dem Eßzimmer unternommen, meine Liebe?"

Claire wußte einfach nicht, wie sie die ältere Frau daran hindern sollte, den Flur entlang zu rauschen und sich alles genau anzusehen. Außer mit einer zünftigen Fußangel natürlich.

„Das Eßzimmer habe ich seit Jahren nicht mehr gesehen. Ich habe kaum je den Fuß in dieses Haus gesetzt, seit dieser schreckliche kleine Mann ..."

Selbst aus der Entfernung und durch einige Mauern hindurch konnte man Babys Kläffen unmöglich überhören oder mißverstehen.

„Meine Güte, ich muß zurück! Baby begrüßt so gern den Briefträger und möchte mit ihm spielen, aber der dumme Mann versteht ihn immer falsch. Mama kommt schon, Baby!"

Als die Nachbarin fort war, rieb Claire sich erschöpft die Schläfen und warf Dean einen bösen Blick zu. Der rührte sich nun endlich von der Türschwelle und schloß die Tür zu Claires Wohnzimmer hinter sich. „Sie waren mir ja eine große Hilfe!" fauchte sie ihn an.

„Mrs. Abrams", verkündete Dean und sprach offenbar aus Erfahrung, „hört Männern nicht zu."

„Ich bezweifle, daß Mrs. Abrams überhaupt jemandem zuhört."

Das Kläffen wurde lauter und klang nun eindeutig siegesbewußt.

„Ich will Sie ja nicht kritisieren", sagte Claire steif, tauchte unter dem Tresen durch und trat zum vorderen Fenster, „aber können Sie mir vielleicht sagen, warum die Vordertür nicht abgeschlossen war?"

Dean war ihr nachgegangen. „Ich schließe sie morgens immer als erstes auf. Für Gäste."

Dann zuckten beide zusammen. Deutlich war Mrs. Abrams zu hören, die Baby mit schriller Stimme aufforderte, ihn loszulassen. Mit *er* war nicht der Beutel des Briefträgers gemeint ...

„Erwarten Sie denn wirklich, daß Gäste kommen?"

„Nein, eigentlich nicht", mußte Dean zugeben.

Der Briefträger hatte die Flucht ergriffen.

„Ich kann nicht sagen, daß mich das wundert." Claire wies auf Eingangshalle und Bürobereich. Überall blätterte die Farbe ab, und der Fußboden war zwar sauber, wirkte aber schäbig und abgetreten. „Auf den ersten Blick macht das alles hier nicht gerade einen einladenden Eindruck."

„Was sollen wir tun?"

„Tun?" Claire drehte sich zu Dean um und mußte erstaunt erkennen, daß der sie ansah, als hätte sie alle Antworten parat. Austin, der hinter dem jungen Mann hockte, wirkte belustigt. „*Wir* tun gar nichts! *Ich* arbeite an der Schließung der Unfallstelle, und Sie ...", eigentlich hatte Claire sagen wollen *tun, was Sie jeden Dienstag tun,* sah sich aber außerstande, die Erwartung in seinen Augen zu enttäuschen. „Es regnet nicht. Ich schlage also vor, Sie machen sich an das H auf dem Schild."

Das Berichtsheft badete weiterhin in seiner Reinigungslösung, und Claire verbrachte ihren Morgen mit der Durchsicht der restlichen Papiere im Büro. Gegen Mittag hatte sich die Papiertonne gefüllt, Claires Hände waren völlig verdreckt, sie hatte sich zweimal an scharfen Papierkanten geschnitten und ihr Kopf schmerzte heftig, weil sie zuviel Staub hatte einatmen müssen.

Neue Informationen konnte sie nicht vorweisen; weder in bezug auf Sara noch in bezug auf das Loch oder das Gleichgewicht der Kräfte zwischen beiden. Irgendwer, wahrscheinlich Smythe, hatte auf den Rand eines uralten, schwarzweißen Männermagazins die Worte *Na dann zur Hölle damit* gekritzelt, näher war Claire einer Erklärung jedoch nicht gekommen.

„Was für eine grandiose Zeitverschwendung!"

„Ein paar von den alten Zeitschriften sind wahrscheinlich inzwischen Sammlerstücke."

Claires Lippen kräuselten sich. „Druckfrisch sehen die aber nicht mehr aus."

„Da magst du recht haben." Austin starrte entsetzt auf Claires Hände. „Mit diesen Pfoten willst du mich anfassen?"

„Nein." Claire ließ die Hände sinken. „Weißt du, was das Schlimmste ist? Daß ich jetzt auch noch Smythes Zimmer durchgehen muß! Wer weiß, was der da in paarundfünfzig Jahren alles zusammengetragen hat!"

„Es hat keinen Sinn, das Schloß zu knacken, wenn noch die Chance besteht, einen Schlüssel zu finden", stimmte der Kater ihr zu.

„Spar dir deine Kalendersprüche." Claire drehte sich zum Fenster, um zumindest die Illusion frischer Luft zu erhaschen. Draußen tobte der Wind die Straße entlang und trug einen Schwall trockener Blätter mit sich. Direkt gegenüber stritten auf einem vernachlässigten Rasenstück zwei fette Eichhörnchen miteinander. Es war seltsam, weder einen Ruf noch eine Unfallstelle spüren zu können. Wegen der Schutzschilde mußte sie sich immer wieder ins Gedächtnis rufen, daß dies hier Wirklichkeit war, daß sie mitnichten eigentlich etwas anderes hätte tun sollen, nirgends anders hätte sein sollen …

Beim Klang von Deans Arbeitsstiefeln wandte sich Claire vom Fenster ab und der Eingangshalle zu.

„Na, Boß, was gefunden?"

„Noch nichts. Wie beim letzten Mal, als Sie fragten, und beim Mal zuvor."

„Wäre Ihnen mit einem Mittagessen geholfen?"

„Mir ja!" erklärte Austin und sprang vom Tresen.

Auch Claires Magen signalisierte Zustimmung, und da sie sich überstimmt fand, seufzte sie und wollte sich auf den Weg in ihr Badezimmer machen. „Laßt mich nur rasch …" Dann schlug sie krachend mit dem Schienbein gegen die unterste Schreibtischschublade, und das letzte Wort ihres Satzes ging in dem Lärm des Aufpralls unter. Sie umklammerte ihr Bein, unterdrückte den ersten Ausruf ihrer Wahl, dann noch einen, und für den dritten schien bereits kein Anlaß mehr zu bestehen.

„Alles in Ordnung, Boß?"

„Nein", stieß Claire zwischen zusammengepreßten Zähnen hervor. „Ich werde den Rest meines Lebens als Krüppel verbringen."

DAS IST EINE LÜGE!
EINE SCHAMLOSE ÜBERTREIBUNG!
KÖNNEN WIR ES NICHT TROTZDEM VERWENDEN? fragte sich die Hölle hoffnungsvoll.
OH, SEI DOCH NICHT SO EIN BLÖDMANN.

„Wißt Ihr, was das Schlimmste ist?" Claires Stimme klang wie zerstoßenes Glas. Sie krempelte die Jeans hoch und musterte prüfend die verletzte Stelle an ihrem Bein. „Ich hatte die Schublade zugemacht, das weiß ich genau."

Das hatte sie ja nun ganz offenbar nicht getan, aber Dean wußte, daß man sich mit Menschen, die starke Schmerzen leiden, nicht streiten darf. „So, dann lassen Sie mich mal einen Blick auf die Sache werfen." Er kroch unter dem Tresen durch, ließ sich auf ein Knie nieder und schloß die Hand um Claires warme Wade.

Claires erste Reaktion war, ihm das Bein zu entziehen. Die zweite ...

ABER *DAS* KÖNNEN WIR DOCH VERWENDEN!

Dann wurde sie sich des Altersunterschieds bewußt, der zwischen ihr und Dean bestand, und untersagte sich den Gedanken rasch wieder.

VERDAMMT!

„Die Haut ist unverletzt, aber einen blauen Fleck wird es schon geben." Dean strich mit dem Daumen über die verletzte Stelle, sah zu Claire auf und vergaß, was er hatte sagen wollen. „Dean?"

Da rückte sich die Welt wieder zurecht – fast jedenfalls. „Wir müssen das Bein einreiben!"

„Nein danke. Sie können mich jetzt loslassen."

Wieder spürte Dean seine Ohren rot anlaufen und ließ die Hände sinken. Plötzlich sah er sich außerstande, den Anblick nackter weißer Haut – auf der ein paar winzige Haarstoppeln standen – so nah zu ertragen. Er streckte die Hand aus und zog Claires Hosenbein mit einem Ruck herunter.

„Passen Sie doch auf!" Claire hielt mit der einen Hand ihren Hosenbund fest und stützte sich mit der anderen auf Deans Schulter ab, um nicht zu fallen.

Der junge Mann stammelte Entschuldigungen und wollte aufstehen.

Einen Moment lang gab es ein ziemliches Durcheinander.

Als der minimale Sicherheitsabstand wiederhergestellt war, öffnete Dean den Mund und wollte seine Entschuldigungen fortsetzen. Statt dessen fragte er zu seinem eigenen großen Erstaunen: „Was ist denn das für ein Geräusch?"

„Das ist ein Kater", teilte Claire ihm spitz mit. „Ein Kater, der lacht."

Claire hatte keine Lust, beim Mittagessen Rücksicht auf Deans Gefühle zu nehmen. Mochte der in seine Pilzcremesuppe starren, um seiner Chefin nicht ins Gesicht sehen zu müssen – das war noch lange kein Grund dafür, daß auch sie sich wie eine Zwanzigjährige aufführen mußte. Sie biß in eine Brötchenhälfte und ließ kritische Blicke durch das Eßzimmer schweifen.

„Diese Möbel sind häßlich!" verkündete sie, nachdem sie gekaut und geschluckt hatte. „Eigentlich ist das ganze Zimmer häßlich."

Dean war glücklich über den Themenwechsel, wenn auch das ursprüngliche Thema noch gar nicht angesprochen, ja noch nicht einmal klar umrissen worden war. Mit einem Achselzucken nahm er den zerschrammten Stahl und die abgewetzten Kunstledersitze zur Kenntnis. „Mr. Smythe wollte nie etwas Neues kaufen."

„Wir brauchen ja auch keine neuen Möbel." Claire klopfte nachdenklich mit den Fingernägeln auf den Tisch. „Wenn Sie das weitersagen, werde ich alles abstreiten – aber Mrs. Abrams hat mich auf eine Idee gebracht, als sie heute morgen hier war. Auf eine Idee, wie wir neue Gäste gewinnen könnten."

„Ist das eine gute Idee?" fragte Austin und sprang auf einen der leeren Stühle an Claires Tisch. „Du bist Hüterin, vergiß das nicht. Du hast schon einen Job."

„Den werde ich auch schon nicht vernachlässigen. Aber es ist nett, daß du dir Sorgen machst", gab Claire zurück. „Die Welt wird nicht gleich untergehen, wenn ich mir mal eine kurze Pause gönne, ehe ich mich dem Chaos im Wohnzimmer zuwende." Dann unterbrach sie sich, um das Gesagte noch einmal genau zu überdenken und schüttelte dann befriedigt den Kopf. „Nein, wird sie nicht. Nun gut. Ich habe nicht vor, dieses Hotel noch weiter herunterkommen zu lassen, solange es sich in meiner Obhut befindet. Hunderte von Sachen hier müssen dringend gemacht werden und hätten eigentlich schon vor Jahren gemacht werden müssen. Wenn Augustus Smythe sich darum gekümmert hätte, wäre er sicher glücklicher gewesen."

Austin schnaubte. „Hast du die anderen Postkarten noch nicht gesehen? Augustus war durchaus nicht unbeschäftigt."

„Bei dem war höchstens die eine Hand beschäftigt, mehr aber auch nicht!" Claire legte ihren Löffel beiseite und verschränkte die Arme. „Smythe war ein schmieriger kleiner Voyeur. Schlägst du etwa vor, daß ich meine Zeit auf ähnliche Weise ausfülle?"

„Eigentlich wollte ich gerade vorschlagen, daß du deine Suppe mit der Katze teilst."

„Ich verstehe immer noch nicht, was wir hier tun." Dean drehte den Schlüssel im Speicherschloß und zog die Tür auf. „Da oben ist bloß Müll."

„Die Möbel im Wohnzimmer sind Müll", verbesserte Claire ihn. „Die auf dem Speicher sind antik." Sie knipste die größere der beiden Taschenlampen an und eilte vorsichtig die Wendeltreppe hinauf.

Dean sah ihr dabei wohlwollend von unten her zu und versicherte sich selbst im stillen, zwei Menschen auf einer so engen Stiege seien doch gewiß ein Sicherheitsrisiko. Fast hätte er seine eigenen Überlegungen auch geglaubt. Als Claire auf den Dachboden hinaustrat, folgte er ihr.

„Sehen Sie doch, was alles hier herumsteht!" Sonnenlicht drang durch die stark verschmutzten Fenster, aber überall auf dem Dachboden stapelten sich Möbel, so daß ein großer Teil des Raumes trotz des Sonneneinfalls im Schatten lag. Der Strahl der Taschenlampe fiel auf eiserne Bettgestelle, Waschtische, ineinander gestapelte Holzstühle, Lampenschirme mit baumelnden Fransen und aufgerollte Teppiche. „Hier ist seit der Hoteleröffnung nie etwas weggeworfen worden!"

„Alles, was hier abgestellt worden ist, wurde seitdem auch nicht mehr sauber gemacht."

Claire war zutiefst dankbar dafür, ihre Unfallstelle gefunden zu haben, ohne daß sie sich erst tagelang durch das Durcheinander hier oben hatte wühlen müssen. Nun richtete sie die Taschenlampe auf ihren Begleiter und fragte neugierig: „Was hat es eigentlich mit Ihnen und ihrem zwanghaften Putzfimmel auf sich?"

„Ich putze nicht zwanghaft."

„Normal ist so etwas aber auch nicht." Sie wies mit dem Strahl der Taschenlampe auf Zimmer sechs, das ein Stockwerk tiefer lag. „Sie wollten ja sogar *sie* abstauben."

„Na wenn schon." Dean bückte sich und räumte eine Teppichrolle aus dem Weg. „Reinlichkeit kommt gleich nach Frömmigkeit, pflegte mein Großvater zu sagen."

In diesem Fall hauste Reinlichkeit direkt neben einem Höllenschlund. Aber Claire war nach wie vor der Meinung, daß man das dem jungen Mann so genau nicht sagen durfte. Noch nicht einmal wenn er, so wie eben, diese eine, besondere Muskelkombination spielen ließ. „Halten Sie doch bitte Ausschau nach den alten Eßzimmermöbeln."

„Hier steht so viel herum, da finden wir eher die Bundeslade oder den heiligen Gral."

Claire erschauderte. „Darüber sollten Sie lieber nicht scherzen."

Vorsichtig zwängte sich Claire an einem riesigen Überseekoffer vorbei, der von oben bis unten mit Aufklebern von Kreuzfahrtschiffen beklebt war, worunter zwei für die *Titanic* und die *Lusitania* warben, und arbeitete sich langsam bis zum anderen Ende des Dachbodens durch. Das lag weiter entfernt, als es eigentlich logischerweise hätte liegen dürfen – einer der ersten Hüter hatte sich ganz offenbar ein wenig zusätzlichen Raum geborgt.

Hoffentlich haben sie die Quittungen aufbewahrt ... aus den Augenwinkeln sah Claire etwas Winziges, Knallrotes eine Schrankkante entlangrennen und hinter einer rosagraugestreiften Hutschachtel verschwinden. „Oh nein!"

„Ärger, Boß?" Der Lärm von Möbeln, die zur Seite gerückt wurden, zeigte Claire an, daß Dean auf dem Weg zu ihr war.

„Nein, aber ich habe etwas gesehen. Etwas ganz Kleines, das sich ungeheuer rasch bewegte. Aber um herauszufinden, wohin es verschwunden ist, müßten wir hier mindestens zwei Stunden lang Ausgrabungen veranstalten oder aber eine olympiareife Bodenturnerin anheuern!"

Die Geräusche, die Deans Näherkommen angekündigt hatten, verstummten. „Das war sicher nur eine Maus. Ich sehe hier überall Spuren und Mäusedreck."

Dean hatte im Brustton der Überzeugung gesprochen, weswegen Claire sich gar nicht erst die Mühe machte, ihn darauf hinzuweisen, daß Mäuse selten so knallrot daherkommen wie die städtische Feuerwehr.

„Machen Sie sich der Mäuse wegen nur keine weiteren Sorgen, Boß. Ich stelle nachher ein paar Fallen auf."

Das hatte Claire auch vor, und sie ging davon aus, daß ihre Fallen sich als wirksamer erweisen würden.

Claire schlängelte sich an einem üppig verzierten mannshohen Spiegel vorbei, ohne weiter zu beachten, daß dieser die Bewegungen ihres Spiegelbild leicht zeitverzögert wiedergab und gelangte nun endlich in den Teil des Speichers, der unter der Dachschräge lag. Verwundert starrte sie auf das Bild, das sich ihr dort bot, schaltete die Taschenlampe aus und sagte: „Das ist nun aber wirklich zu merkwürdig!"

An einem der Fenster standen abseits von all dem Gerümpel ein Bett mit Matratze, eine Kommode, ein altes Radio, ein Waschtisch samt Porzellanschüssel und Krug und zwei Stühle mit gedrechselter Rückenlehne.

Nachdenklich trat Claire näher, und dann erblickte sie etwas, was jeglichen Gedanken an eine Umrüstung des Eßzimmers im Stil V. C. Andrews' aus ihrem Kopf verbannte: genau den Tisch, nach dem sie gesucht hatte. Er stand am hinteren äußeren Rand dieses merkwürdigen ‚Zimmers' und war so groß, daß er mühelos zwölf Personen Platz bot. Ihm fehlte höchstens ein wenig Politur.

„Dean! Ich habe ihn!" Claire wischte einen Stapel Papiere zu Boden und tauchte gerade hustend und niesend aus der Staubwolke auf, die dies verursacht hatte, als Dean zwischen einem Satz Waschschüsselständer und einem weiteren Überseekoffer hervortrat. Offenbar hatte er einen Weg gefunden, der leichter zugänglich war.

„Er sieht ja recht solide aus." Prüfend ging der junge Mann um den Tisch herum, hob ein Tischende hoch und runzelte dann besorgt die Stirn. „Allerdings ist er ziemlich schwer. Wie wollen Sie den nach unten schaffen?" Er ließ das Tischende sinken und kroch unter das Möbelstück, um sich dessen Konstruktion anzusehen. Sorgfältig leuchtete er mit der Taschenlampe alle Verbindungen ab und gab abschließend zu bedenken: „Die Treppe ist schmal, und der Tisch läßt sich nicht auseinandernehmen."

„Ich schaffe ihn so runter, wie er raufgekommen ist!" sagte Claire. ‚Angeberin!' schalt sie ein kleines Stimmchen in ihrem Unterbewußtsein. Claire hieß es schweigen, erwog die Möglichkeiten, die ihr zur Verfügung standen und zog Kraft. „Erst einmal werde ich alle Stühle und Tische, die momentan im Eßzimmer stehen, stapeln und in den Flur schaffen."

Dean spitzte die Ohren, denn es war ihm, als höre er ganz schwach den Klang von rostfreiem Stahl, der an rostfreien Stahl stieß. Gleich darauf erklangen deutlich lauter die Kommentare einer erbosten Katze.

„Dann ...", sie zeichnete ein Muster in den Staub auf dem Tisch, „... schicke ich unseren Hübschen hier als Ersatz runter ins Eßzimmer."

Der Tisch verschwand.

„*Rapportez cette table!*"

Hektisch setzte sich Claire gegen frisch aufsteigende Staubwolken zur Wehr und versuchte, durch sie hindurch Deans Gesicht zu erkennen. „Was haben Sie gesagt?"

Dean nieste. „Ich war das nicht."

In der Stille, die auf seine Antwort folgte, konnten die beiden hören, wie der Staub sich wieder setzte.

„Es ist still hier oben."

„Zu still", korrigierte ihn Claire.

Mit unheilverkündendem Rascheln, als würden sie einen unsichtbaren Wirbelwind reiten, hoben sich die auf dem Boden verstreuten Papiere in die Luft. Einen Moment lang drehten sie sich auf der Stelle und wurden dabei immer schneller. Dann schossen sie los und flogen ihren Angriff.

Claire tat einen Satz und warf sich auf Dean; der hatte ebenfalls einen Satz getan, um sich rettend auf seine Chefin zu werfen. Die beiden prallten mit der Stirn gegeneinander und gingen gemeinsam zu Boden. Gefährlich nah zischten die Papiere über sie hinweg.

Claire dröhnte es in den Ohren. Mühsam raffte sie sich auf, bis sie auf dem Boden kniete. „Was hatten Sie sich denn dabei gedacht?"

„Ich wollte Sie retten!"

„Oh? Wie?"

„So!" Er warf sich auf sie und riß sie wieder zu Boden, als die Papiere ihren zweiten Angriff flogen. Die Kante eines Briefumschlags ritzte

Deans Wange leicht, so daß aus der Wunde ein paar Blutstropfen sickerten.

„Runter von mir!"

„Nur zu gerne!" In Deans Adern summte und brummte das Adrenalin und ließ für Verlegenheit keinen Raum, und er rollte sich auf den Rücken und beobachtete, wie Claire wieder auf die Beine kam. „Was haben Sie nun vor?"

„Dem Spuk hier ein Ende zu bereiten!" Anklagend wies Claire auf den wirbelnden Papierhaufen. „Augenblicklich."

Wie Steine fielen die Papiere daraufhin zu Boden – bis auf eine Postkarte. Die setzte zum letzten Anflug an.

„Das gilt auch für dich!" fauchte Claire.

Die Postkarte ging in Flammen auf und sank als feiner Aschefilm auf die anderen Papiere herab.

Claire stemmte die Hände in die Hüften und funkelte den leeren Platz an, auf dem der Tisch gestanden hatte. „Du hast die Wahl! Wir können es uns einfach machen, oder ich komme dir auf die harte Tour."

Das Schweigen bekam etwas leicht höhnisches.

„Ich habe dich gewarnt! Vergiß das nicht!"

„Was jetzt?" Nun stand auch Dean langsam auf, wobei er ein wachsames Auge auf herumstehende größere Gegenstände wie etwa Stühle hielt, denen man durchaus einen Flugangriff zutrauen konnte.

Claire beugte sich vor und verrieb Asche auf ihrem linken Zeigefinger. „Ich sorge dafür, daß unser Spuk sich zeigt, ganz gleich, was es sein mag."

„Das können Sie?"

„Natürlich", herrschte sie ihn an. „Sehen Sie doch auf der Karte nach."

„Auf der Karte?"

„Der Visitenkarte, die ich Ihnen gegeben habe."

Er zog sie aus seiner Brieftasche, während Claire ans Fenster trat und Staub von der Fensterscheibe auf ihrem rechten Zeigefinger verteilte.

Tante Claire, Hüterin

Ihr Unfall ist meine Chance

(Spezialität: Geisterbeschwörung)

„Das stand da vorher aber nicht."

„Brauchte es ja auch noch nicht. Jetzt aber Ruhe." Claire hob die Hände in Schulterhöhe und zog Kraft. Mit der linken Hand malte sie ein Zeichen in die Luft, das grün erglühte. Mit der rechten schrieb sie ein rotglühendes Symbol. „Asche zu Asche, Staub zu Staub, zeig dich, es nützt nichts, wenn du tust als ob taub."

Dean warf einen weiteren Blick auf die Karte. „Reime nur auf Wunsch", stand da nun. Offenbar wußte Claires Schwester genau, wo Claires Grenzen lagen.

Zwischen dem roten und dem grünen Zeichen tauchte ganz langsam die Gestalt einen Mannes auf, der sich offenbar nach besten Kräften dagegen wehrte, heraufbeschworen zu werden. Noch konnte man durch ihn durchsehen. Heftig zuckend versuchte er, den Kraftfeldern zu entkommen, die ihn gefangenhielten. Als er endlich einsah, daß er auf keinen Fall gewinnen konnte, wurde er mit einem so heftigen Ruck vollends sichtbar, daß die Luft um ihn herum in Wallung geriet. Es handelte sich um einen Mann von mittlerer Größe und Statur, der einen übergroßen schwarzen Rollkragenpullover und verwaschene Jeans trug. Auf seinen Lippen lag ein höhnisches Grinsen.

Die Symbole in der Luft verloren die Farbe und leuchteten nun weiß.

„Dein Name", befahl Claire.

„Jacques Labaet." Der Mann kniff die Augen zusammen und warf schulterlanges, dunkelblondes Haar zurück. „Ich stehe *nicht* zu Diensten!" Als er versuchte, einen Schritt vorzutreten, hielten ihn die Kraftstränge zwischen den Zeichen zurück. Über einer beeindruckenden Nase zogen sich dunkle Brauen zusammen. „Schon gut. Vielleicht ja doch."

„Gib mir dein Wort: Wenn du nicht wieder angreifst, lasse ich dich frei."

„Was, wenn ich dir mein Wort nicht gebe?"

Die Zeichen leuchteten heller. „Exorzismus."

Jacques hob eine Hand, um seine Augen vor dem gleißenden Licht zu schützen und schüttelte tadelnd den Zeigefinger der anderen. „Das darfst du gar nicht! Du bist Hüterin! Du hast dich an Vorschriften zu halten."

„Blut ist geflossen." Mit dem Kinn wies Claire auf Deans Wange. „Ich kann sehr wohl."

„Oh!" Jacques schürzte die Lippen und dachte nach. „*D'accord.* Du hast gewonnen. Mein Wort darauf."

Die beiden Zeichen verschwanden.

„Eine Frau der *action rapide*, das muß man dir lassen." Er zwinkerte, um die Nachbilder des grellen Lichts von seiner Netzhaut zu bannen und trat näher. „Noch dazu so ... wunderschön." Langsam verzog sich der Mund des Mannes zu einem schiefen Grinsen, wodurch die scharfen Linien in seinem langen Gesicht weicher wurden und er zugleich lüstern und unschuldig wirkte. Claire fand diese Mischung faszinierend. *„Tes yeux sont comme du chocolat riche et fonce* ... deine Augen sind wie Seen aus feinster Schokolade, schmelzend, und sie versprechen unendliche Süße. Hat dir das schon einmal jemand gesagt?"

„Nein."

„Bist du sicher?"

Er klang so erstaunt, daß Claire einfach lächeln mußte. „Daran würde ich mich bestimmt erinnern."

„Wie töricht sterbliche Männer doch sind." Es folgte ein tiefer Seufzer, und die Stimme des Geistes senkte sich zu einem sanften Streicheln. „Deine Lippen sind wie die Blüten einer scharlachroten Rose, dein Hals wie eine Alabastersäule im Tempel meines Herzens, deine Brüste ..."

„Danke, das reicht." In den Worten des Mannes hatte eine krude Mischung aus ernstgemeinter Schmeichelei und purem Opportunismus gelegen. Claire fand es unmöglich, beleidigt zu reagieren.

Mit einer beredten Geste spreizte Jacques beide Hände: „Damit wollte ich nur sagen ..."

„Sie hat gesagt, es reicht." Dean, der am Rande der freien Fläche stand, die zuvor der Tisch eingenommen hatte, räusperte sich vernehmlich.

„Es reicht? *Et maintenant,* was sagte ich doch gleich von sterblichen Männern?" Eine Braue zuckte und verlieh dem verächtlichen Blick, mit dem Dean gemustert wurde, Nachdruck. „Ach, *oui,* ich nannte sie töricht ... und Sie, mein guter Mann, sind Sie ein Sterblicher? Aber nein, das ist ja gar kein Mann, das ist ein Junge!"

Dean trat dicht hinter Claires linke Schulter und senkte fragend die Stimme. „Was ist das denn?"

„Jacques Labaet." Claire wußte nicht recht, wie sie auf Deans Intervention reagieren sollte, belustigt oder verärgert. Das lag im wesentlichen daran, daß sie das Verhalten des jungen Mannes nicht einschätzen konnte. Wollte er sie nur unterstützen oder sollte sie hier schon wieder beschützt werden? „Er ist ein Geist."

„Ein Geist?" wiederholte Dean. Er wandte den Kopf und fand sich dem Phantom Auge in Auge gegenüber.

„Buh!" sagte Jacques.

„Wir haben den Hafen von Kingston verlassen und dampfen auf Quebec zu. Die Wetter, sie ist schlecht, aber das ist sie immer im Herbst auf den großen Seen, und wir denken: Alles ist besser, als bei den Engländern festsitzen, bis das Eis schmilzt. Wir erreichen gerade mal Point Frederick, und schon bricht die Hölle los."

Claire zuckte zusammen, aber aus dem Heizungskeller kam keine Reaktion.

„*Pardon!* Diese Sprache – ich sollte nicht so reden, es ist eine Dame hier!" Jacques warf Claire eine Kußhand zu und setzte seinen Bericht fort. „Die Wind frischt auf und heult wie ein lebendig' Ding. Dann trifft mich ein hartes Teil, ich weiß nicht was, hier." Mit diesen Worten tippte sich der Geist direkt unter dem Brustbein an den Pullover. „Ich erinnere mich an kaltes Wasser und dann *rien*. Nichts." Die Schultern des Mannes hoben und senkten sich in einer typisch französischen Geste. „Sie sagten, ich werde an Land geschwemmt, mehr tot als lebendig. Ich weiß nicht, warum sie mich hierher bringen. Zwei Tage später starb ich."

„Ja, und nun sind Sie ein Geist." Dean wollte absolut sichergehen, daß er das richtig verstanden hatte. Bei ihm daheim kursierte in jedem Dorf mindestens eine Spukgeschichte. Da gab es Ehemänner, die als Geister wiedergekommen waren, Geisterhirsche, Geisterschiffe ... sollte dieser unangenehme kleine Mann echt sein, dann mochten die alten Geschichten auch alle wahr sein, und dann hatte Dean sich bei einer Menge Leute zu entschuldigen. Sobald am Abend das Telefonieren billiger wurde, würde er ein paar Telefongespräche führen müssen.

„*Oui*. Ein Geist." Jacques gönnte dem jüngeren, lebenden Mann einen langen, prüfenden Blick und wandte sich dann ostentativ von ihm ab. „Zuerst ich spuke in dem Zimmer, in dem ich sterbe. Das ist noch nicht einmal so schlecht, auch wenn ich sagen muß, daß dieses Haus bei den Lebenden nicht gerade beliebt ist. Als dann dieser Augustus Smythe, dieser *espèce de mangeur de merde* alles auf den Boden schafft, muß ich auch gehen, und seitdem spuke ich hier oben."

„Als Geist."

„Muß er das ständig wiederholen?" fragte Jacques Claire mit gequälter Miene. Ehe sie jedoch antworten konnte, wandte sich der Geist an Dean. „Fühlen Sie sich besser, wenn ich verschwinde? Ganz?" Damit verblaßte er. „Oder teilweise?" Sein Kopf tauchte wieder auf.

„Du bist seit vielen Jahren tot", erklärte Dean verächtlich. Wenn der Geist dachte, man könne ihn mit ein wenig Verschwinden und Wiederauftauchen schrecken, dann hatte er sich aber gründlich getäuscht. Zu sehr hatte diese Darbietung der Grinsekatze in Walt Disneys Version von *Alice im Wunderland* geglichen. „Du bist daran gewöhnt, ich nicht."

Jacques tauchte wieder auf, aufrecht, die Fäuste geballt, das Kinn hochgereckt. „Niemand hat gesagt, Sie sollen sich daran gewöhnen, Sie Neufundländer, Sie. Wenn es Ihnen nicht paßt, können Sie ja abhauen."

Langsam und nachdrücklich richtete Dean sich auf. Er war um einiges größer als der Geist. „Ich lebe hier."

„Ich bin hier gestorben, *enfant*, und das war lange, bevor du auf deinem Felsklotz im Meer auf die Welt gekommen bist."

„Weißt du was? Für einen Toten hast du ziemlich schlechte Manieren."

„Ach, findest du?"

„Ja, finde ich!"

„Deshalb kastrieren wir die Kater", erklärte Claire in den Raum hinein. „Setzt euch. Ihr führt euch auf wie Vollidioten." So waren Männer nun einmal konditioniert, das wußte Claire. Sie mußten ihr Revier verteidigen, sie konnten nicht anders – aber was hier gerade passierte, war einfach nur lächerlich.

„Nur weil du es sagst, *ma petite sorcière*", murmelte Jacques beleidigt und ließ sich wieder auf das Bett fallen. „Nur weil du es sagst, dulde ich diesen Fleischklumpen hier."

Dean war bereits auf dem Weg zu einem Stuhl, als er stehenblieb und den Kopf schüttelte. „Nein! Er hat mich Neufundländer genannt, als sei das eine Beleidigung. Das lasse ich mir von niemandem gefallen, ganz gleich, ob tot oder lebendig."

„Du findest wohl, ich sollte mich entschuldigen?" Auf einen Ellbogen gestützt lehnte Jacques sich zurück und hob verächtlich die freie Hand. „Da kannst du lange warten."

„Gut." Dean preßte die vollen Lippen zu einer schmalen Linie zusammen und ging zur Treppe. „Es tut mir leid, Boß, aber wenn Sie mich brauchen: Ich bin in der Küche."

„Ha. Geh nur! Ich habe schon Männer verscheucht, die besser waren als du!" Als Dean hinter den Möbelstapeln verschwunden war, verstummte Jacques und warf Claire einen forschenden Blick zu. „Du willst ihn nicht aufhalten?"

„Wie sollte ich das tun?"

„Ah *oui*, ihm kannst du nicht mit dem gefürchteten Exorzismus kommen!" Jacques Gesicht nahm weichere Züge an. Er verschränkte die Hände hinter dem Kopf, und sein schiefes Lächeln wirkte nun nicht mehr nur angedeutet. „Oder willst du mit mir allein sein? Wie ich mit dir? Ja?"

„Nein. Hast du ihn absichtlich vertrieben?"

„*Non*. Aber nun habe ich vor, mir seine Abwesenheit zunutze zu machen."

Claire verdrehte die Augen. „Was dir kaum gelingen wird. Vielleicht sollte ich auch gehen."

„Würdest du mich wirklich allein lassen?" Jacques ließ den Kopf auf die Matratze fallen und seufzte. „Noch mehr lange, ermüdende Jahre allein?" Einen Augenblick lang schwieg er, dann wiederholte er: „Allein."

Aus seinem Gesicht war alles Verspielte verschwunden, das fröhliche Schmeicheln, das Grinsen. Claire wußte, daß sie eigentlich professionellen und persönlichen Abstand wahren sollte, konnte aber nicht anders, als spontan emotional zu reagieren. Sie erhob sich von dem Lehnstuhl, auf dem sie gesessen hatte, trat zu Jacques und setzte sich auf den Rand der Matratze, die unter ihrem Gewicht nachgab. „Du mußt nicht einsam und allein hierbleiben, Jacques. Nicht mehr. Ich kann dich weiterschicken."

„Wohin? Das ist die Frage, oder?" Jacques' Augen blickten ernst, und er legte seine Hand auf die von Claire. „Ich sage dir, ich war kein wirklich guter Mensch. Kein schlechter, nein, das nicht, aber ich kann nicht mit Sicherheit sagen, daß ich ein guter Mensch war. Ich würde das aber gern mit Sicherheit sagen können, ehe ich weitergehe."

Das verstand Claire. Insbesondere angesichts dessen, was im Heizungskeller wartete.

„*Alors!*" Er rollte sich auf die Seite, und seine Finger schlossen sich fest um Claires. „Da es so scheint, als würde ich noch eine Weile bleiben und da es so aussieht, als wären wir allein, noch dazu praktischerweise auch gleich auf einem Bett – vielleicht sollten wir versuchen, einander besser kennenzulernen?"

Mit einem Ruck entzog ihm Claire die Hand – Jacques' Griff war nicht fester als kalter Rauch – und sprang auf. „Läßt du denn nie lokker? Ich verstehe ja, daß du Gesellschaft brauchst, aber mir gefällt es nicht, wenn man mir ständig Anträge macht."

Jacques' Augen weiteten sich, ganz verletzte Unschuld. „Aber du bist so schön – wie kann ich dich da nicht begehren?"

„Das hat weniger mit mir zu tun als mit der Tatsache, daß du schon so lange allein bist."

„Diesen Dean begehre ich nicht, und den habe ich auch gesehen!" stellte der Geist nicht ohne eine gewisse Berechtigung fest. „Ich kann nichts dafür, daß es für mich eine so lange Zeit war."

„Was erwartest du? Du bist tot."

Jacques stützte sich wieder auf seinen Ellbogen, legte das Kinn in die Hand und ließe verführerisch die Augenbrauen tanzen. „Der Geist ist willig ..."

„... aber das Fleisch ist nicht vorhanden."

„Du bist Hüterin. Eine Zeitlang kann ich dein Inkubus sein."

Claire griff nach einem Stuhl, der hinter ihr stand, und setzte sich mit einem Plumps. „Woher weiß du das?"

„Da war eine Hüterin, als ich noch nicht länger als zehn, fünfzehn Jahre tot war. Sie kam in mein Zimmer, *de temps en temps* – von Zeit zu Zeit, will ich sagen. Sie ist nicht so jung wie du, aber wenn niemand anderes bereit ist ..."

Claires Nackenhaare stellten sich auf, und sie mußte das Bedürfnis bekämpfen, sich umzudrehen und nachzusehen, ob jemand hinter ihr stand. „Blondgefärbte Haare, Schmollmund, großer Busen, knallroter Lippenstift?"

„*Oui.*" Seine Augen wurden schmal. „Du kennst Sa..."

„Nenn den Namen nicht! Sie ist noch hier."

„Dann bin ich nicht hier!" Er verschwand.

Verwundert prüfte Claire die Luft um sich herum und versuchte, das Gespenst zu finden. Sie wollte Jacques nicht schon wieder zwingen, sich zu zeigen. „Ich dachte, ihr beiden ... na, du weißt schon!"

„*Non*. Du weißt gar nichts." Es klang, als stehe er am Fenster. „Es gibt Legenden über solche Frauen. Die versuchen, einem Mann die Seele aus dem ..."

„Ich verstehe!" unterbrach Claire rasch, denn ihr war nicht nach einer bildhaften Beschreibung des Ganzen zumute, ganz gleich in welcher Sprache.

„Warum ist diese Frau immer noch hier?"

Wieviel konnte sie dem Mann erzählen? „Weißt du, was Hüterinnen tun?"

„Sie hat es mir erzählt. Sie bewachen Orte, an denen das Böse in die Welt dringen kann." Plötzlich war Jacques wieder zu sehen. Mit gekreuzten Beinen hockte er auf dem Bett, und sein ausdrucksvolles Gesicht wirkte äußerst besorgt. „Aber ich, ich denke, *sie* will das Böse für sich. Ich weiß nicht, was passiert ist, aber plötzlich war sie nicht mehr da. Statt dessen kam Augustus Smythe. Aber er ist kein Hüter."

„Nein, er ist ein Vetter. Weniger mächtig. *Sie* ..." – unmöglich, Jacques' Diktion hier nicht zu übernehmen – „... wurde schlafen geschickt, weil sie, ähm, versucht hat, das Böse unter ihre Regie zu bekommen." Claire sah keinen Grund, genauer zu werden, zumal Jacques sich in einem Übergangsstadium befand und es nicht sicher war, was sein endgültiges Ziel sein würde.

„*Sie* wurde schlafen geschickt?" Jacques' Stimme schraubte sich in die Höhe, bis sie wie ein schriller Schrei klang. „Was, wenn *sie* erwacht?"

„Das wird nicht geschehen."

„Das sagst du so daher, aber ich weiß, wie man Leute beruhigt, ich kenn' selbst ein paar Schlaflieder! Was passiert nun? Mit mir?"

Claire runzelte die Stirn. Sie wußte nicht genau, wie sie diese Frage verstehen sollte. „Nichts. *Sie* kann nichts machen, während sie schläft, sonst hätte sie schon längst etwas getan."

„*Je ne demande pas ce qu'elle peut faire à moi!*" Jacques war so erregt, daß er ins Französische verfiel. „Ich weiß, was *sie* mit mir machen kann." Er hob beide Hände und bemühte sich, sich wieder zu fangen. „Ich will wissen, was du nun mit mir machen wirst."

„Ich?" Der Mann ließ nicht locker, soviel mußte Claire ihm lassen. „Nichts."

„Nichts geschieht schon seit Jahren mit mir." Jacques rollte sich wieder auf den Rücken, wobei er einen Arm über seine Augen legte.

„Kannst du den bitte wieder dranmachen? Das sieht eklig aus."

Seufzend tat Jacques, wie ihm geheißen. „Kommst du mich wenigstens besuchen?"

„Wenn ich kann."

„Du hast keine Zeit, denn du mußt den Ort bewachen, an dem das Böse in die Welt dringen kann?"

„Ich arbeite daran, das Loch zu verschließen."

„Was, wenn das Loch verschlossen ist?"

„Dann werde ich weiterziehen."

Er öffnete ein Auge und schielte zu ihr empor. „Bringst du mir den Tisch zurück?"

„Nein. Du brauchst ihn nicht." Jacques fing an, wütend zu protestieren, aber Claire schnitt ihm das Wort ab. „Du spukst auf dem Dachboden, seit Smythe die Möbel aus dem Zimmer, in dem du gestorben bist, hier hochgeschafft hat. Habe ich das richtig verstanden?"

„*Oui.*"

Claire kaute nachdenklich auf ihrer Unterlippe. „Wußte er, daß du in dem Zimmer warst?"

„Er wußte. Es hat ihn nicht interessiert." Jacques drehte sich wieder auf die Seite, und seine Augen wirkten so traurig, daß sie erstaunlich dunkel schimmerten. „So viele Jahre, und niemanden hat es geschert. Weißt du, *chérie,* ich glaube, das ist schlimmer als die Hölle!"

Was erklärte, warum aus dem Keller keine Reaktion kam. Die Hölle liebte Kummer. „Ich habe eine Idee", meinte Claire.

Irgend etwas schlug schwer auf dem Boden des Zimmers auf, das direkt über dem Eßzimmer lag. Austin und Dean blickten besorgt zur Decke.

„Was tut sie wohl da oben?"

„Sie ist immer noch auf dem Speicher", erklärte Austin. „Die Frage muß lauten: Was macht sie *da* oben?"

Mit zusammengebissenen Zähnen packte Dean das Tuch fester, mit dem er den Tisch polierte. „Sie findet Antiquitäten."

„Ein wenig wundert es mich schon, daß du die beiden da oben allein gelassen hast." Austin ließ sich genüßlich auf dem bereits blankpolierten Tischende nieder und streckte sich in ganzer Länge aus. „Eine Frau. Ein Mann. Sagtest du nicht, er sei ein Seemann? Weißt du nicht, was man sich über Seeleute erzählt?"

„Von toten Seeleuten erzählt man sich das nicht." Dean warf Austin einen prüfenden Seitenblick zu. „Austin? Darf ich dir eine persönliche Frage stellen? Bist du kastriert?"

Austin rollte sich auf die Seite und gab den Blick zurück. „Mein Gott, das ist wirklich eine persönliche Frage! Warum willst du das wissen?"

„Wegen so einer Sache, die Claire gesagt hat."

„Die sieht alles und plaudert alles aus." Austin schnaubte empört. „Wenn du es unbedingt wissen mußt, ja, ich bin kastriert worden. Ehe ich bei Claire einzog, lebte ich bei einer weniger aufgeklärten – und wie sich dann herausstellte, allergischen – Familie."

„Wie fühlst du dich damit?"

„Es hat meinen Horizont erweitert. Da biologische Zwänge mich nicht länger dazu verdammten, unentwegt rolligen Katzen nachzusteigen, konnte ich meine Aufmerksamkeit den schönen Künsten und der Philosophie zuwenden."

Dean nickte. „Du warst komplett sauer."

„Natürlich!" Austin starrte Dean mit zurückgelegten Ohren an. „Wärst du das nicht gewesen? Aber ...", Austin hielt inne und putzte ein pfenniggroßes Stück schwarzen Fells auf einer weißen Pfote, „... ich bin darüber hinweggekommen. Irgendwann war es eine richtige Erleichterung, einfach so draußen herumspazieren zu können, ohne daß mir irgendein Katzengoliath das Ohr zerfetzt, weil er meint, unbedingt zur Überbevölkerung der Nachbarschaft beitragen zu müssen."

„Hast du mit der anderen Familie auch gesprochen?"

„Danach nicht mehr."

Ein fauchender Windhauch kündigte das plötzliche Auftauchen eines Stuhls mit gedrechselter Rückenlehne an, der in der einen Ecke des Eßzimmers zu Boden ging, dicht gefolgt von Jacques, der zwar keine Luft verdrängte, dies aber mit dem Volumen seiner Stimme wettmachte.

„*Liberté!* Ich bin frei! Sie hatte recht! Ich gehe hin, wo das Möbel ist!" Mit ausgebreiteten Armen eilte er auf Dean zu. „Jetzt, wo ich frei bin, entschuldige ich mich nur zu gern bei dir!"

Dean wich einen Schritt zurück, als Jacques mitten durch den Tisch hindurch auf ihn zukam.

„Du bist kein Neufundländer wie in einer Beleidigung, auch wenn du aus einer Kolonie der verachtungswürdigen Briten stammst."

„Neufundland ist 1949 Kanada beigetreten", belehrte Dean ihn steif.

„*Bon*. Genau was dieses Land braucht, noch mehr *Anglais*. Das macht aber nichts, wir fangen neu an, du und ich. Sag mir also, warum bleibst du hier, an einem Ort wie diesem?" Er hielt inne und musterte den jungen Mann von oben bis unten. „Solltest du nicht fischen gehen oder auf Seehunde einprügeln oder so etwas?"

Dean verschränkte die Arme vor der Brust. „Ich bleibe", verkündete er mit zusammengebissenen Zähnen, „weil Claire mich braucht."

„Wozu?" Als Deans Miene sich verfinsterte, hob Jacques die Hände, die Handflächen nach oben. „Nein, das ist nicht schon wieder eine Beleidigung! Ich will es wissen, weil ich dabei an dich denke. Da ich hier bleiben muß, kannst du doch gehen, wenn ich für Claire tun kann, was du tun kannst." Jacques' Stimme senkte sich dramatisch. „Weißt du von *ihr*? Die oben schläft? Ich sage dir, ein junger Mann ist nicht sicher in einem Haus, in dem *sie* ist."

„Du mußt mich für ziemlich dumm halten", zischte Dean. „Du verschwendest keinen einzigen Gedanken an meine Sicherheit!" Falls Dean je erwogen haben sollte, einfach in den Sack zu hauen und mit vollen Segeln den ganzen Merkwürdigkeiten in diesem Haus zu entkommen, kam das für ihn nun natürlich überhaupt nicht mehr in Frage. Er würde nirgendwo hingehen!

„Dann denk an die Sicherheit der Hüterin. Denn wenn du hier bist, muß sie dich die ganze Zeit beschützen. Ihre Aufmerksamkeit ist geteilt."

„Ich kann mich selbst beschützen!"

„Wie denn?"

„Seine Stärke ist die von zehnen", murmelte Austin und ließ das Kinn auf die Tatzen fallen „denn sein Herz ist rein."

Die beiden Männer standen einander Auge in Auge gegenüber und schenkten dem Kater keinerlei Beachtung.

„Wenn Claire mir einen Körper zugesteht ..."

„Wenn Claire *was* tut?" unterbrach Dean.

Der Kater blickte auf. „Das ist so eine Inkubus-Sache. Die Familie sieht das nicht gern, aber es hat Ausnahmen gegeben."

„Mit mir wurde bereits eine Ausnahme gemacht!" verkündete Jacques selbstgefällig und verschwand.

„Widerlich, wenn sie das machen!" sagte Austin und ließ den Kopf sinken. „Du weißt nie, ob sie wirklich weg sind." Als Dean sich ihm zuwandte, die Augen hinter den Brillengläsern weit aufgerissen, fügte er hinzu: „Ich weiß es natürlich, aber du nicht."

„*Ist* er weg?"

„Ja," erwiderte Claire, die gerade ins Eßzimmer trat und sich dabei Spinnweben von den Schultern wischte. „Er ist oben und inspiziert den Rest des Hotels. Ich habe die Sachen aus dem Zimmer, in dem er gestorben ist, so weit verstreut wie möglich."

„Auch in *meiner* Wohnung?"

„Nein. In den Keller habe ich gar nichts geschafft."

Dean verschränkte die Arme. „Stimmt das, was er gesagt hat?"

„Kommt darauf an. Was hat er denn gesagt?"

„Daß Sie ..." Claire zog eine Augenbraue hoch, und Dean fand es mit einem Mal schwer, den Satz zu vollenden. „Daß Sie ihm einen Körper gegeben haben."

„Er sagte, ich hätte ihm einen Körper gegeben?"

Beim Klang ihrer Stimme sank die Temperatur im Zimmer um mindestens zehn Grad. Dean, dessen verschränkte Arme plötzlich zu einem Schutzwall geworden waren, konnte nicht anders, er mußte einen Schritt zurücktreten. „Nicht mit diesen Worten."

„Was hat er *genau* gesagt?"

Das war ein Befehl, keine Frage. Dean fuhr sich mit der Zunge über die Lippen und wiederholte seine Unterhaltung mit dem Geist.

Als er geendet hatte, seufzte Claire und machte sich daran, ein paar Dinge klarzustellen, wobei sie jeweils, wenn sie einen Punkt erläutert hatte, den entsprechenden Finger der linken Hand etwas zurückbog. „Erstens: Meine Mutter und Austin sind der Meinung, daß Sie meinen Schutz nicht benötigen und so wie die Dinge stehen, gibt es sowieso nichts, vor dem ich Sie schützen müßte. Zweitens: Ich brauche Sie, um dieses Hotel zu führen. Jacques wird hier ganz sicher nicht putzen, kochen und verstopfte Klos reparieren. Drittens habe nicht ich eine Ausnahme für ihn gemacht, sondern *sie*."

Dean war beruhigt, kam sich aber auch ein wenig wie ein Narr vor. Er sah Claire zu, die mit den Fingerspitzen über die Tischkante fuhr. „Was ist mit Ihnen?" Das anschließende Schweigen zwang den jungen Mann, der jungen Frau ins Gesicht zu sehen. „Schon gut."

„Eine weise Entscheidung!" lobte Austin leise.

Claire seufzte erneut. Wie einfach ihr Leben früher gewesen war. „Dean, sehen Sie: Ich weiß, daß Jacques es so hingestellt hat, als hätten er und ich ...” Sie hielt inne und fragte sich, warum etwas, was gar nicht passiert war, sie derart verlegen machen konnte. Vielleicht, weil sie es in irgendwelchen Regionen ihres Unterbewußtseins ja doch zumindest erwogen hatte? Sie räusperte sich und setzte neu an. „Versetzen Sie sich in seine Lage, gefangen zwischen Leben und Tod, dekadenlang allein auf diesem Dachboden eingesperrt.”

„Gut, ich gebe zu, daß er mir irgendwie leid tut”, gestand Dean ein. „Aber alle Gespenstergeschichten, die ich je gehört habe, laufen letztlich darauf hinaus, daß diese Typen im günstigsten Fall eine Plage sind.”

Mit einem Mal ging krachend die Flasche mit Möbelpolitur zu Boden.

„Sehen Sie?”

„Das war Austin.”

Eine Schranktür öffnete sich und einer der kleinen Plastiksalzstreuer, die Dean den Gästen auf den Tisch zu stellen pflegte, wirbelte durch das Zimmer.

„*Das* war Jacques.”

„Ich versuche nur, bestimmten Erwartungen gerecht zu werden.” Boshaft und gleichzeitig vergnügt grinsend tauchte der Geist an Claires Seite auf.

„Jetzt also die Hausordnung.” Claire verschränkte die Arme und unterdrückte ein Lächeln. „Erstens: kein Werfen mit Gegenständen.”

„Er hat angefangen!” Jacques wies mit dem Kinn auf den Kater.

„Wenn er Gift schluckte, würdest du ihm das auch nachmachen?”

„Welchen Sinn hätte das denn?”

Claire mußte zugeben, daß ihre Frage unter den gegebenen Umständen dumm gewesen war. Wahrscheinlich nicht nur unter den gegebenen Umständen! „Zweitens: Wenn du mit Dean oder mit mir oder mit uns beiden in einem Zimmer bist, mußt du sichtbar sein.”

„Drittens? Es gibt doch immer ein drittens, oder?”

„Drittens: Da wir wohl alle hier eine Weile zusammen wohnen werden, sollten wir wenigstens den Versuch machen, miteinander auszukommen.”

„Ich kann nicht mit dir da runtergehen." Jacques hockte oben auf der Treppe, um besser sehen zu können, wie Claire hinabstieg. „Warum nicht?"

„Weil von deinen Sachen nichts im Keller gelandet ist."

„Hast du das gemacht, weil er im Keller wohnt und du verhindern willst, daß wir uns darüber streiten, wer von uns in deinem Leben wichtiger ist?"

„Etwas in der Art." Claire lächelte und verschwand aus seinem Blickfeld. Im Moment fand sie es ganz amüsant, überraschend amüsant, für jemanden der Mittelpunkt des Universums zu sein.

„Putzen ist Frauensache". Der Geist lag lang ausgestreckt auf dem Bett und sah sich im Zimmer um.

Sorgfältig legte Dean das Kabel des Staubsaugers um die entsprechende Vorrichtung an der Maschine. „Ach ja?"

„*Oui.* Ein Mann würde das wissen."

„So wie du es weißt?" Dean nahm den Eimer, mit dem er die Putzmittel transportierte und der in verschiedene Fächer unterteilt war.

„*Oui.*"

„Warum gehst du nicht hin und sagst es Claire?"

„Daß Putzen Frauensache ist?"

„Ja."

„Ich kann nicht. Sie ist im Keller."

Dean bedauerte sehr, daß die Gelegenheit nun ungenutzt verstreichen würde. Er kannte Claire erst drei Tage, konnte sich aber ziemlich gut vorstellen, wie sie auf eine solche Erklärung reagieren würde.

„Ich glaube, du mußt stärker reiben."

„Hast du nichts anderes zu tun?" grummelte Dean und funkelte den Geist wütend an. Bei seiner Suche nach Farbe für das Schild am Zaun war er auf eine Flasche mit Lackentferner gestoßen, und Claire hatte verfügt, er solle sich, obwohl das Eßzimmer immer noch eine einzige Katastrophe war, erst einmal damit befassen, die alte, zerkratzte Farbe vom Tresen in der Eingangshalle zu entfernen.

Jacques saß oben auf dem Möbelstück, trommelte lautlos mit den Fersen gegen das Holz und dachte über Deans Frage nach. „Nein", erwiderte er nach einer Weile. „Ich bleibe hier und sehe dir zu."

„Das solltest du lieber lassen."

„Dean?"

Er reckte den Kopf um die wippenden Geisterbeine herum. „Ja, Boß?"

Claire trug nun bereits den zweiten Karton mit nicht jugendfreien Videos aus dem Wohnzimmer und schob sich mit dem Handrücken die Haare aus dem Gesicht. „Jacques macht doch nichts kaputt. Er würde auch helfen, wenn er könnte."

„Würde ich!" stimmte Jacques ihr fröhlich zu. „Ich würde helfen, wenn ich könnte."

„Ach ja? Klar." Bis zu dem Zusammentreffen mit Jacques hatte Dean neuen Bekannten immer unvoreingenommen gegenübertreten können. Bis jetzt hatte es sich dabei aber auch durchweg um Lebende gehandelt – was nun, wenn er Jacques einfach nicht leiden konnte, weil er tot war? Wäre das nicht ebenso engstirnig und fanatisch wie den Mann abzulehnen, weil er Frankokanadier war? Wenn er allerdings Jacques deswegen nicht leiden konnte, weil er Claire gegenüber ... das würde ein völlig ...

Dean beugte sich mit seinem ganzen Gewicht über die Drahtbürste mit dem Lackentferner.

... neues ...

Er bis die Zähne zusammen, und die Muskeln in seinem Gesicht traten hervor.

... Licht auf die Sache werfen.

„Ich glaube, da bist du schon durch bis aufs Holz", sagte Jacques in lockerem Plauderton.

„Claire?"

Sie hielt inne, eine Hand auf der Türklinke. „Was ist, Jacques?"

„Du hast nichts von mir in dein Schlafzimmer gestellt." Er stand auf der Schwelle und drückte gegen eine unsichtbare Barriere. „Ich kann da nicht rein."

„Das weiß ich."

Er betrachtete sie schmachtend. „Ich will doch nur da sein, wo du bist."

„Warum probierst du nicht, wieder auf den Boden zu gehen, wo dein Bett steht – wir sehen uns morgen früh." Sie zog die Tür zu.

„Auch wenn du mir die Tür vor der Nase zuschlägst – ich begehre dich immer noch."

Da mußte Claire lächeln. „Gute Nacht." Sie knipste das Licht aus, ließ den Morgenmantel fallen und kletterte ins Bett.

„Claire?" Seine Stimme klang gedämpft durch die Tür. „Ich setze mich nur in den Lehnstuhl. Mein Wort als Labaet."

„Gute Nacht." Nach einer Weile seufzte sie. „Geh weg. Ich kann dich da immer noch stehen fühlen."

„Ich stehe Wache, damit dein Schlaf nicht gestört wird."

„Du bist es, der meinen Schlaf stört. Warum gehst du nicht endlich?"

„Weil ..." Er hielt inne, und Claire spürte, wie er seufzte. Oder sie spürte das Gefühl hinter diesem Seufzer, denn da Jacques nicht atmete, atmete er natürlich auch nicht aus. Claire konnte nicht leugnen, daß sie ein starkes Bedürfnis verspürte, das kleine bestickte Kissen – das Kissen, das Jacques Zutritt zu ihrem Wohnzimmer verschaffte – ins Schlafzimmer zu holen. Leugnen konnte sie dieses Bedürfnis nicht, aber sie schaffte es, ihm zu widerstehen. „Wenn du unbedingt willst, kannst du ja vor der Tür stehenbleiben." Nach einer Weile preßte sie ihr Gesicht gegen Austins Flanke und murmelte: „Das könnte ein Problem werden."

„Ich habe es dir gesagt."

„Hast du nicht."

„Na, ich hätte, wenn ich dabei gewesen wäre." Austin berührte Claires Schulter mit der Vorderpfote. „Du fühlst dich zu ihm hingezogen, nicht?"

„Mach dich nicht lächerlich, ich bin eine Hüterin."

„Na und?"

„Er tut mir leid."

„Na und?"

„Er ist *tot*."

Im Heizungskeller leuchteten die Flammen, die sich im Kupferdekkel spiegelten, verdrossen rot. Sie hätte der Hüterin ja sagen können, daß der Geist in denselben Fesseln gefangen saß, die sie selbst gefangen hielten – per Zufall gefangen, und nun konnte er nicht mehr fort. ABER SIE HAT UNS NICHT GEFRAGT.

Sie wäre noch ungehaltener gewesen, hätte sie nicht alle möglichen entzückenden neuen Spannungen gespürt, die es auszubeuten galt.

Fünf

Um sieben Uhr am nächsten Morgen sprang im zweiten Stock des Hotels auf dem unteren Ende des Flurs hustend und spuckend ein Staubsauger an und erwachte mit einem herzhaften Röhren vollends zum Leben. Dreieinhalb Sekunden später verstummte er ebenso hustend und spuckend, wie er gestartet war. Mit klopfendem Herzen starrte Dean auf die Maschine, die er gerade panisch mit einem kräftigen Tritt auf den entsprechenden Schalter wieder zum Schweigen gebracht hatte, und fragte sich, ob sie sich wirklich immer schon angehört hatte wie die erste Runde beim Formel-Eins-Rennen von Indianapolis. Bei dem Lärm wurden ja die Toten wach!

Oder noch schlimmere Dinge!

Mann, das ist doch komplett lächerlich! schalt der junge Mann sich erbost. Dieser Flur wurde mit genau dieser Maschine jede Woche gesaugt, und das schon, seit Dean im Hotel arbeitete. Bis jetzt hatte die Frau in Zimmer sechs den Lärm des Staubsaugers jedes Mal friedlich – oder zwangsweise – verschlafen. Während der Renovierungsarbeiten waren in den Zimmern zu beiden Seiten von Nummer sechs wochenlang Handwerker ein- und ausgegangen, und die Frau hatte sich offensichtlich nicht gerührt. Dann war Martha gekommen und hatte die Schlafende einer eingehenden Prüfung unterzogen – da hatte eigentlich nur ein Test der Reflexe mit Hilfe von Stecknadeln gefehlt. Die Frau hatte auch das verschlafen.

Alles deutete darauf hin, daß Dean aller Wahrscheinlichkeit nach auch an diesem Morgen ungefährdet würde staubsaugen können.

Der junge Mann hob den Fuß, kam aber nicht näher als bis auf fünf Zentimeter an den Schalter der Maschine heran. Dann verweigerte ihm sein Fuß den Gehorsam – bis hierhin und nicht weiter, hieß das.

Offenbar fand Deans einer Fuß eine solche Einschätzung nicht ausreichend.

Also nahm Dean den anderen.

Der erweis sich auf seine Art als ebenso unnachgiebig.

Nun stellst du dich aber wirklich an, mein Junge! wies Dean sich zurecht. Er nahm die Brille ab, putzte sie sorgfältig, setzte sie wieder auf und trat dann ganz rasch wie nebenbei nach dem Schalter, ehe sein Kopf den Plan so richtig an die Gliedmaßen weitersagen konnte. Prompt verfehlte er sein Ziel und wäre fast der Länge nach hingeschlagen, als sein Fuß gute zehn Zentimeter über den Staubsauger hinausschoß.

Scheinbar litten einige Teile seines Körpers stärker unter Paranoia als Dean selbst.

Schon gut, dann gebe ich eben auf. Der junge Mann zog den Stecker aus der Steckdose und rollte das Kabel auf. Auf dem Dachboden würde sich bestimmt ein alter Teppichreiniger finden lassen. Mit dem konnte er später problemlos und geräuschlos hier saubermachen.

Auf seinem Weg zurück zum Geräteraum mußte Dean sich bücken, um das kleine Bild eines Schiffs aufzuheben, das jemand auf dem Fußboden hatte liegenlassen. Woher das Bild kam, hätte er nicht sagen können. Da die meisten Gäste Mr. Smythes Kunstgeschmack eher beunruhigend gefunden hatten, hingen seit dem peinlichen Zwischenfall mit dem Druck aus dem achtzehnten Jahrhundert und dem Huhn an den Wänden der Gästezimmer so gut wie keine schmückenden Ornamente mehr.

Bei näherem Hinsehen entpuppte sich dieses Bild als vergilbtes Zeitungsfoto, das jemand aus einer Zeitschrift gerissen und in einen billigen, mittlerweile auch völlig verdreckten Rahmen gesteckt hatte.

Angewidert hielt Dean den Rahmen zwischen Daumen und Zeigefinger und fragte sich stirnrunzelnd, warum das Bild wohl ausgerechnet hier an der Wand lehnte, so dicht bei Zimmer sechs und wie er es sauber bekommen sollte, ohne seinen Schwingschleifer zum Einsatz bringen zu müssen.

„Leg das wieder hin!"

Deans Augen verengten sich; er wandte den Blick von den staubigen Spinnwebschichten und richtete ihn anklagend auf den Geist. „Das gehört also dir?"

„Mir ebenso wie jedem anderen."

Wenn das Bild Jacques gehörte, erklärte dies auch, warum Dean es bisher nie gesehen hatte. „Warum soll ich es wieder dort hinstellen?" fragte der junge Mann mißtrauisch.

Jacques' Miene wirkte mindestens ebenso argwöhnisch. „Warum hältst du es denn überhaupt in der Hand?"

„Ich habe es gefunden. Es stand hier auf dem Boden."

„Dann stell es auch genau dort wieder hin."

„Genau dort?" Fragend wies Dean auf die Stelle, an der das Bild an der Wand gelehnt hatte: viel, viel zu nah bei der schlafenden Hüterin.

„*Oui*, genau! Hörst du schlecht? Bist du *stupide?*"

„Warum willst du, daß ich es genau dorthin stelle?"

„Weil es da auch gestanden hat!"

„Ja und?"

„Versuchst du, mir Steine in den Weg zu legen, *Anglais?*"

„Wenn mir das möglich ist!" Wütend trat Dean einen Schritt auf den toten Mann zu. Soweit er es verstanden hatte, war Jacques bereits tot und begraben gewesen und hatte im Hotel gespukt, als Sara den Versuch unternahm, die Unfallstelle an sich zu reißen. Was, wenn sich nun herausstellte, daß der Geist ein Komplize der toten Tante gewesen war? Es hätte Dean nicht weiter gewundert. Claire schien nicht willens, dem Mann einen Körper zu geben, und so blieb dem nur eine Person, an die er sich wenden konnte. Nach allem, was Claire, ihre Mutter und ihr Kater erzählt hatten, konnte Dean das unmöglich zulassen! „Worauf bist du aus, Jacques?" fragte er finster.

Jacques verschränkte die Arme vor der Brust und verdrehte die Augen. „Worauf ich aus bin, wie du es so rüpelhaft ausdrückst, das zu erraten sollte doch selbst einem muskelstrotzenden *imbecile* wie dir nicht schwerfallen!"

„Du bist drauf aus, sie zu wecken, nicht?"

„Wecken?" Jacques warf Dean einen forschenden Blick zu. „*Oui*, wenn du das so nennen willst. Ich erwecke sie zu neuen Sinnesreizen, und wenn ich Claire erzähle, daß du aufsammelst, was mir erlaubt, mich im Hotel zu bewegen, daß du versuchst, mich von ihr fernzuhalten, dann wird ihr das nicht gefallen!"

... was mir erlaubt, mich im Hotel zu bewegen. Deans wütender Blick wurde weicher, als dem Jungen klar wurde, daß er zum ersten Mal in seinem Leben vorschnell ein Urteil gefällt hatte, noch dazu das schlimmste, was er in dieser Situation hätte fällen können, und das nur, weil er irrational auf die Begegnung mit einem Toten reagierte! Das Bild hier hatte nichts mit der schlafenden Hüterin zu tun. Claire war ja auf dem Dachboden gewesen, als sie die Habseligkeiten des Toten verteilte; das Bild war im zweiten Stock gelandet, ohne daß Claire genau hätte sehen können, wo.

Die Sache mit Jacques' Ankern war Dean völlig entfallen. Er tat den Mund auf, um alles zu erklären und mußte erstaunt und erschrocken feststellen, daß ganz andere Worte herauskamen: „Ja, mach nur! Hau nur ab und versteck dich hinter Claires Rockzipfeln."

„Abhauen? Mich verstecken?" Jacques war so wütend, daß seine Umrisse nur noch verschwommen zu erkennen waren.

„Du bist wohl zu tot, um dich selbst zu verteidigen!"

„Claire ..."

„Das hat mit Claire gar nichts zu schaffen." Dean stellte das Bild auf den Boden zurück – so weit von Zimmer sechs entfernt, wie er irgend konnte, ohne sein Gesicht zu verlieren –, richtete sich auf und straffte die Schultern. „Das können wir beide allein austragen."

„Ich glaube, es hat nur mit Claire etwas zu tun und mit nichts anderem", murmelte Jacques und musterte den Jüngeren aus zusammengekniffenen Augen. „Aber du hast recht, *mon petit Anglais,* das tragen wir unter uns aus."

Auf dem Weg durch ihr Wohnzimmer zum Bad hatte Claire früh morgens ein wenig enttäuscht zur Kenntnis genommen, daß Jacques offenbar nicht auf sie wartete. Sie hatte von ihm geträumt, hatte ihn vor sich gesehen, wie er sehnsüchtig an ihre Tür gepreßt die Nacht über ausharrte. Diese Träume hatten sie stündlich aus dem Schlaf geschreckt. Sie war wütend auf ihn und hätte ihm das gern selbst mitgeteilt, solange sie noch in der Stimmung war, dem Mann einen Körper zu verpassen und diesem dann gleich den Hals umzudrehen.

Daß die Messungen am Morgen einen beträchtlichen Anstieg der Emanationen aus dem Leck ans Tageslicht gebracht hatten, half Claires Stimmung wenig. Ohne Zugang zu der Kraft, die das Loch versiegelte, konnte die junge Frau dieses Leck nicht schließen. Sie konnte auf der anderen Seite aber auch nicht zulassen, daß diese Emanationen sich ungehindert weiter aufbauten.

Mißgestimmt drehte sie die Hähne in der Dusche weit auf, knurrte wortlos, als die alten Rohre sich röchelnd und klopfend anschickten, ihr heißes Wasser zu liefern und mußte einen ziemlich gefährlichen Fluch herunterschlucken, als die Temperatur des Wassers volle zwei Minuten lang zwischen zu kalt und zu heiß schwankte.

Als sie so weit war, daß sie sich das Shampoo des Apothekers – garantiert nicht an mythischen Wesen getestet – in die Kopfhaut massieren konnte, gelang es Claire, sich ein wenig zu entspannen. Als sie sich und die Haare gut eingeschäumt, gründlich abgespült und abgetrocknet hatte, ging es ihr noch besser. Als ihr die Hölle dann auch noch erlaubte, sich die Haare in Ruhe zu fönen und zu kämmen, ging es ihr richtig gut, und sie war fast schon blendender Laune, als sie das Badezimmer verließ.

Ihre gute Stimmung hielt während des gesamten Ankleidens an, und die gute Laune begleitete Claire sogar noch auf ihrer Suche nach der Chronistin.

Austin lag auf einem Kissen zusammengerollt und hob besorgt den Kopf, als sich die Schranktür öffnete und eine völlig durchnäßte Claire ins Zimmer trat. „Du kalkulierst knapp", sagte er. „Du warst ja kaum los. Was ist passiert?"

„Ein Tropengewitter", teilte Claire ihm schmallippig mit und schob sich das klatschnasse Haar aus dem Gesicht. „Kam mir von der Küste her nach und folgte mir ein paar Kilometer landeinwärts. Zum Glück fuhr ich einen importierten Wagen, sonst hätte ich mich gar nicht auf der Straße halten können."

„Eins der Frühwarnsysteme der Chronistin?"

Claire zuckte die Schultern, von denen klitschnaß ihr Pullover hing. „Wer weiß?" Rasch suchte sie ein paar trockene Kleidungsstücke zusammen, hielt diese so weit von ihrem Körper entfernt wie möglich und eilte, einen kleinen Bach hinter sich lassend, in Richtung Bad.

Dort warf sie ihre nassen Kleider in einem unordentlichen Haufen auf den Fußboden, zog eilig etwas Trockenes an und griff mit knurrendem Magen nach dem Fön. „Diesmal machen wir es schnell und einfach!" murmelte sie, beugte sich vor und schaltete den Fön auf die höchste Stufe. „Ich bin zu hungrig, um auf Stil zu achten."

Als sie sich aufrichtete, starrte Jacques sie aus dem Spiegel heraus an.

„Hölle noch eins!" seufzte die junge Frau.

„Du hast es erfaßt, *chérie.*" Die Lippen im Spiegel verzogen sich zu dem schiefen Lächeln, das den toten Seemann jedes Mal von einem lediglich recht passabel aussehenden Mann in einen seltsam attraktiven verwandelte – wie auch jetzt, wären da nicht die rotglühenden Augen gewesen, das unverkennbare Merkmal der Hölle. „Tut mir leid, daß ich dich vorhin verpaßt habe."

„Komm zur Sache."

Das Bild schüttelte den Kopf. „Man sollte meinen", sagte es spöttisch, „du müßtest auf den Zug. Du kannst nicht weg, *chérie.*" Das Lächeln erlosch. „Von uns beiden kann keiner weg. Wir stecken gemeinsam hier fest, wollen wir nicht das Beste draus machen?"

Sie hatte durchaus vor, aus diesem Haus auch wieder zu verschwinden, aber ihre Mutter hatte ihr geraten, sich mit der Hölle nicht herumzustreiten, und das war ein guter Rat gewesen. „Was hattest du dir denn so gedacht?" fragte sie halbwegs höflich.

„Mit der Kraft, die im Pentagramm steckt, könntest du mir jede Nacht einen Körper geben. So einfach wie Fingerschnippen."

Claire runzelte die Stirn. „Wenn ich das Pentagramm öffne, steht mir die Kraft zur Verfügung – das wolltest du doch sagen, oder?"

„So perfekt, wie es aussieht, ist die Sache nun auch nicht versiegelt." Die roten Augen schafften es, Claire zuzuzwinkern. „Smythe wußte, wie man sich des Lecks bedient. Was denkst du denn, womit der sich seine Unterhaltung verschafft hat?"

„*Das* ist ja wohl ziemlich offensichtlich." Claire verschränkte die Arme. „Ich soll also nur das Leck nutzen und nicht gleich die Horden der Hölle freisetzen, wie? Was springt dann für dich dabei heraus?"

Das Bild im Spiegel wirkte verletzt. „Muß denn immer gleich für beide Seiten etwas herausspringen?"

„Ja."

„Vielleicht denken wir ja, mit einer glücklichen Hüterin läßt es sich leichter leben."

„Dann war Augustus Smythe für dich wohl die reine Freude?"

„Smythe war ein Vetter, *chérie.* Du bist eine Hüterin. Du bist doch bestimmt stärker und mächtiger als er."

„Das hat damit gar nichts zu tun."

„Vielleicht nicht." Das Bild im Spiegel schaute traurig drein. „Du erhältst selten die Gelegenheit, dein Leben von dem eines anderen berühren zu lassen. Ein bißchen fummeln im Dunkeln – nicht, daß wir etwas dagegen hätten, *chérie* –, und dann ziehst du weiter. Nur wenn Hüter alt sind, bleiben sie lange genug an einem Ort, um einen Seelengefährten zu finden, und dann sind sie oft schon so alt, daß sie ihn gar nicht mehr erkennen. Aber du erhältst eine Chance! Eine Chance, *chérie,* wie sie nur wenige Hüter erhalten."

Claires Nasenflügel bebten. „Er ist tot."

„Ich verstehe. Du willst das Risiko nicht eingehen, auch wenn für dich dabei keine Gefahr besteht, denn so etwas tut ein Hüter nun mal nicht. Für so etwas Unwichtiges wie Glück geht ein Hüter kein Risiko ein." Nun wirkte das Bild noch trauriger. „Kannst du nicht einmal in deinem Leben, *chérie,* einfach deinen Gefühlen nachgeben, deiner Begierde, ohne dich gleich zu fragen, ob ein Hüter das überhaupt darf?" Das Bildnis hob die linke Hand und preßte die Handfläche innen gegen den Spiegel. „Kannst du nicht die Hand ausstrecken und mir auf halbem Wege entgegenkommen?"

Claire spürte, wie ihre rechte Hand zuckte und zwang sie mit Gewalt, sich nicht von der Stelle zu rühren. „Du machst das wirklich gut!" zischte sie.

Das Bild im Spiegel ließ nun ebenfalls die Hand sinken, denn es wußte, daß der Bann gebrochen war. „Technisch gesehen trifft das Kompliment nicht zu. Aber wir freuen uns trotzdem darüber."

„Ich will jetzt mein Spiegelbild wieder. Auf der Stelle."

„Wenn du uns so nett bittest, *chérie* ..." Langsam verblaßte Jacques' Ebenbild und rief dabei Claires Namen, als würde man den Mann davonschleppen, um ihn in einen Kerker zu werfen.

„Du bist gar nicht Jacques", teilte Claire dem Spiegel mit und mußte dann feststellen, daß sie mit sich selbst sprach.

„Claire!"

Rasch öffnete die junge Frau die Badezimmertür, und Austin kam so hastig hereingeflitzt, daß er auf der Badezimmermatte eine Rolle schlug. Der Kater brauchte einen Moment, ehe er sich wieder gefaßt hatte und verkündete dann betont gelassen, als habe er nicht gerade verzweifelt versucht, sich unter der Badezimmertür hindurch zu graben: „Dean und Jacques prügeln sich."

„Du meinst, sie streiten sich."

„Nein, sie prügeln sich."

„Das ist unmöglich."

„Das sollte man meinen. Aber die beiden haben wohl einen Weg gefunden, wie es doch geht."

Claire warf den Fön neben das Waschbecken und fuhr sich mit den Fingern durchs Haar, wobei es ihr gelang, die meisten Strähnen dorthin zu befördern, wohin sie gehörten. „Gut!" seufzte sie. „Wo sind sie?"

„Im zweiten Stock, auf dem Flur." Austin legte eine Pause ein, leckte sich die rechte Schulter und trat dann gelassen aus dem Weg. „Direkt vor Zimmer sechs."

Nun hatte er es seinen hellseherischen Fähigkeiten zu verdanken, daß er bei Claires überstürztem Aufbruch nicht zertrampelt wurde.

Die Wirkung hing davon ab, wer den Schlag austeilte. Drang Deans Faust durch Jacques' körperlose Gestalt, so spürte Jacques das. Traf Jacques' körperlose Faust Deans Körper, so spürte Dean es. Die Wirkung war in beiden Fällen nicht besonders groß, weh taten die Schläge keinem der beiden, sie hinterließen eher so etwas wie vages Unwohlsein. Aber das interessierte weder den Lebenden noch den Toten. Hier ging es darum, Punkte zu sammeln.

„Hört auf!" Claire war die Treppen im Eiltempo hochgestürzt und warf sich nun keuchend zwischen die beiden. Sofort traf sie ein Faustschlag Jacques', der ihr einmal quer durch die Hüfte fuhr, und sie schnappte nach Luft: Ein eiskalter Stoß hinterließ kaltes Brennen. Claire stolperte rückwärts in Deans Arme und fand sich eng an dessen warmen Oberkörper gedrückt; ein nicht minder verwirrendes Gefühl.

Sie sprang vor, drehte sich seitwärts, so daß sie nun wieder zwischen den beiden Männern stand und hielt jedem der Streithähne eine ausgestreckte Hand hin. „Genug jetzt! Würde mir einer von euch bitte erklären, was zur Hö... was hier eigentlich los ist?"

Schweigen senkte sich herab wie anderthalb Meter Schnee.

„Ich warte!"

„Es geht dich nichts an", hob Jacques an, aber sein Protest erstarb, als sich Claires Zorn nun mit voller Wucht auf ihn entlud.

„Alles, was in diesem Haus geschieht, geht mich etwas an", erklärte die junge Frau zornig. „Ich erwarte auf der Stelle eine Erklärung!"

Jacques strich sich durchsichtige Haarsträhnen aus dem Gesicht. „Frag doch deinen Hausdiener."

„Ich frage dich."

„Warum? *Le cochon maudit* hat schließlich angefangen."

Dean verschluckte eine unflätige Antwort, als er Claires Blick auf sich ruhen fühlte.

„Stimmt das?" wollte die Chefin wissen.

„Er hat mich beschuldigt, ich würde seine Anker aufsammeln und ihn daran hindern, sich frei im Hotel zu bewegen."

„Ja und? Hatten Sie das getan?"

„Aber nein!" Als er sah, daß Jacques den Mund öffnete, verlagerte Dean sein Gewicht auf die Fußballen und sagte: „Also gut, ich habe das Bild dort drüben aufgehoben. Aber ich wußte nicht, daß es einer von seinen Ankern war."

„Du sagst, ich würde mich hinter Claires Rockzipfeln verstecken."

„Schau doch mal, was du da gerade machst!"

„*Fini! Je suis à bout.* Mir steht es bis hier."

„KEINE BEWEGUNG!"

Jacques, der sich gerade auf Dean hatte stürzen wollen, blieb wie erstarrt stehen, und der junge Mann verlagerte sein Gewicht zurück auf den ganzen Fuß.

Claire wandte sich mit verschränkten Armen ganz langsam zu Dean um. „Haben Sie das eben gesagt? Wirklich?"

Dean nickte ein wenig betreten und starrte unverwandt den Fußboden an.

„Warum?"

Mit hochroten Ohren zuckte er die Achseln, sah Claire aber immer noch nicht an. „Ich weiß nicht."

Dean sagte die Wahrheit, also beachtete Claire die unhöflichen Geräusche, die in ihrem Rücken erklangen, nicht weiter. „Na gut. Ich schlage vor – nein, ein Vorschlag ist das nicht, es ist ein Befehl! Ich bestehe also darauf, daß wir diese ganze Auseinandersetzung, worum es dabei auch immer gehen mag, nach unten verlagern. Mir ist das hier zu nah an *ihr* dran."

„An *ihr*?" wiederholte Jacques und trat zwischen Claire und das Treppenhaus. „Wenn du *sie* sagst, meinst du dann *sie*?"

„*Sie* ist in Zimmer sechs", erklärte Claire und deutete mit einigem Nachdruck auf den zersplitterten Türrahmen. Dann wollte sie Jacques bitten, ihr aus dem Weg zu gehen, mußte aber feststellen, daß dessen Aufmerksamkeit ausschließlich Dean galt. Die Luft knisterte förmlich, als der Geist sich an ihr vorbeidrückte.

„Du dachtest, ich, Jacques Labaet, wolle *sie* wecken?"

In seiner Kindheit hatte Dean unzählige Geschichten über rachsüchtige Geister gehört, und die schossen ihm nun alle durch den Kopf. Trotzdem verharrte er tapfer auf seinem Posten, wobei er sich allerdings fragte, was Erwachsene eigentlich damit bezwecken, wenn sie Geschichten erzählen, bei denen Kindern vor Schreck Hören und Sehen vergeht. „Ja. Aber nur anfangs."

„Du wagst es, mich derart zu beleidigen?"

„Das Bild stand direkt neben *ihrer* Tür!"

„Genau wie du!"

„Ich habe Staub gesaugt!"

„Der Teppich hier", spuckte Jacques und glitt näher, so daß er Dean nun Auge in Auge direkt gegenüberstand, „ist sauber! Vielleicht wolltest du *sie* wecken. Vielleicht kam ich gerade noch rechtzeitig, um das zu verhindern."

Es war gerade erst zwanzig nach acht, aber Dean hatte bereits einen fürchterlichen Morgen hinter sich. Der fragliche Teppich war nicht sauber, denn er war eine ganze Woche lang nicht gesaugt worden, und es sah nicht so aus, als könne man ihn in naher Zukunft saugen. Der junge Mann hatte eine Seite an sich entdeckt, die ihm selbst nicht gerade gefiel, ein Mißtrauen anderen gegenüber. Das hieß aber noch lange nicht, daß es fair war, wenn ihn ein Typ mit Hang zu Nekrophilie als Hochverräter beschimpfte! Vielleicht war Nekrophilie nicht der richtige Ausdruck, aber ... „Fahr doch zur Hölle!" sagte Dean mit Nachdruck und Gefühl.

Woraufhin Jacques verschwand.

„Ach du Scheiße!" Claire hielt sich den Mund zu, aber da war es bereits zu spät.

Deans Augen weiteten sich erschrocken. Verzweifelt suchte er nach seinem Schlüsselbund und stürzte dann in Richtung Zimmer fünf davon.

Für Erklärungen blieb Claire keine Zeit. So rasch sie konnte rannte sie die Treppen hinunter. *Wie mag er das gemacht haben?* Sie verfehlte eine Treppenstufe, stürzte die nächsten fünf hinunter, fing sich und rannte noch schneller. *Dazu dürfte er auf keinen Fall in der Lage sein!* Auf der Kellertreppe schienen ihre Füße, die nur in Socken steckten, das Holz der Stufen gar nicht mehr zu berühren. Noch ein Stockwerk, und Claire wäre zur ersten Hüterin in der Geschichte der Familie geworden, die ohne Apparate fliegen konnte.

Rasch verwandelte sie die Ketten und Vorhängeschlösser an der Heizungskellertür in Reis, schob ganze Haufen davon mit dem Fuß beiseite und riß die Tür auf.

„Claire!" Jacques schwebte direkt über dem Höllenschlund und flackerte wie eine Glühbirne, die gleich erlöschen will. „Hilf mir!"

Mit einem Satz kam Claire am Rand des Pentagramms zum Stehen. Sie hatte nicht die geringste Ahnung, was sie tun sollte. Das Siegel hatte verhindert, daß Jacques direkt zur Hölle fuhr, aber dort, wo er schwebte, direkt über dem Schlund, war so viel Kraft gebündelt, daß sich seine Bindungen an die physische Welt langsam auflösten. Sobald die letzte Bindung riß, würde seine Seele, mit oder ohne Siegel, von der Hölle aufgesogen werden.

„Claire!"

Der Schrei klang so panisch, daß Claire ihren Namen darin kaum mehr wiedererkannte. Also dachte sie ihn sich und streckte ihren Willen nach Jacques aus.

ER WURDE UNS GEGEBEN!

„So läuft das nicht." Langsam schlang Claire Potentiale um den Geist, der wild um sich schlug und dessen Erscheinung ebenso wild flackerte.

FÜR UNS GELTEN DIE REGELN NICHT!

„Das hättest du wohl gerne. Du bekommst Seelen aufgrund ihrer Taten. Niemand kann dir eine Seele überantworten."

ABER ER IST TOT.

„Na und?" Claire kam es vor, als versuche sie, in einem Tidebecken einen zuckenden Fisch zu bergen und zwar mit einem Fischnetz aus nassem Toilettenpapier.

WIR HABEN DAS RECHT, SEINE HANDLUNGEN ZU BEURTEILEN.

„Auf dieser Seite habt ihr das Recht nicht."

WIR HELFEN IHM BEIM ÜBERGANG.

„Nicht, wenn ich ein Wörtchen mitzureden habe." Claire hielt Jacques so fest sie konnte und versuchte, ihn zum Rand des Abgrunds zu ziehen. Er wehrte sich und schlug um sich; so war es nicht leicht festzustellen, ob sie vorankamen, aber nach ein paar Augenblicken höchster Anspannung befand er sich deutlich nicht mehr direkt über der Mitte des Lochs, sondern näher am Rande.

Nun kroch wie eine aufgeblähte Schmeißfliege gespenstische Kraft über den Teil von Claires Willenskraft, der über den Rand des Pentagramms reichte. Die Hölle analysierte den Rettungsversuch. Claire spürte ihre Kontrahentin von Jacques ablassen, um alle Kräfte zu bündeln. Ihr blieb kaum Zeit, sich darauf einzustellen, da schoß auch schon ein Energieschwall aus den Tiefen des Höllenschlunds und zerrte sowohl Jacques als auch den Willen, mit dem Claire den toten Mann hielt, zurück bis zur Mitte des Lochs.

LASS IHN LOS. ER BEDEUTET DIR NICHTS.

„Das sah deine Versuchung aber anders."

ES MACHT UNS NICHTS AUS, EINEN IRRTUM EINZUGESTEHEN.

Claires strumpfbedeckte Füße rutschten immer näher an den Rand des Pentagramms heran.

WIR HABEN ES UNS ANDERES ÜBERLEGT! LASS BLOSS NICHT LOS!

Wenn sie Jacques jetzt freigab, bestand kaum eine Chance, ihn noch einmal zu erreichen, ehe die Hölle alle Bindungen durchtrennt hatte, die den Toten mit der Welt verbanden. Wenn sie ihn nicht freigab, würde die Hölle sie beide einmal quer durch das Pentagramm schleppen, und wenn das Siegel brach, wäre Jacques nur noch eine kleine Fußnote zum dann folgenden völligen Umsturz. Verzweifelt bohrte Claire ihre Zehen durch die Socken und suchte nach jeder noch so kleinen Unebenheit im Felsuntergrund, an der sich ein wenig Halt finden ließe. Vergebens – sie rutschte zwar langsamer, aber ganz anhalten konnte sie nicht.

Jacques oder die Welt?

Welch ein Dilemma! Die Hölle hatte ihre helle Freude daran. Claire konnte förmlich spüren, wie sie es genoß, genau zu wissen, daß die Hüterin Jacques würde opfern müssen, um das Leben von Millionen zu retten.

Dann schlangen sich von hinten starke Arme um sie. Millimeter vom Desaster entfernt rutschten ihre Zehen nicht mehr weiter.

„Holen Sie ihn ein!" befahl Dean und packte erst mit dem einen, dann mit dem anderen Arm noch fester zu. „Dann sollten wir hier abhauen!"

Die Hölle war durch das Pentagramm in ihren Bewegungen eingeschränkt. Dem soliden Profil hoher, für den Winter bestimmter Arbeitsstiefel, die ihren Träger schon oft sicher die Stromschnellen von St. John hinauf und wieder hinabgetragen hatten, konnte sie nichts entgegensetzen.

Dean stemmte die Hacken gegen den Boden, verlagerte sein Gewicht nach hinten und trat zurück. Schritt für Schritt schleppte er Claire und zusammen mit ihr auch Jacques weg. Als der äußere Rand des Pentagramms erreicht war, barst die Spannung, die den Toten hielt, und die drei fielen mit einem Ruck gegen die Rückwand des Heizungskellers: erst Dean, dann Claire und schließlich Jacques, der wie kalter Nebel durch seine Retter hindurchfuhr und gegen den Fels der Kellerwand schlug.

Claire lag auf Dean. Mit zusammengebissenen Zähnen löste sie sich von dem jungen Mann, stützte sich an der Wand ab und versuchte, sich aufzurichten und die Nachbilder zu vertreiben, die der Zusammenprall mit dem Kalkstein und Jacques' Knie, das mitten zwischen ihren Augen hindurchgefahren war, hervorriefen. „Geht es euch allen gut?" fragte sie.

„Ich glaube nicht." Dean stemmte beide Füße gegen den Boden, schob Jacques' rechten Arm und die dazugehörige Schulter beiseite und stand auf.

„Jacques?"

„*Non.* Mir geht es *nicht* gut! Wo sind wir?"

„Im Heizungskeller", antwortete Dean, ehe Claire es tun konnte.

„Was? Im Hotel?" Bei der letzten Silbe hob sich die Stimme des Geistes zu einem spitzen Schrei.

„Ja. Wir sind im Heizungskeller des Hotels." Dean warf Claire einen gekränkten, vorwurfsvollen Blick zu. „Aber ich glaube, hier sollten wir nicht bleiben."

Jacques starrte mit weit aufgerissenen Augen auf das Pentagramm. „Ist das echt?"

Claire hatte den Kopf in die Hände gestützt. „Ja, es ist echt", beantwortete sie die Frage. Sie hatte schlimme Kopfschmerzen. Als es ihnen gelungen war, sich loszureißen, war dabei auch ihr weit ausgestreckter Wille zurückgeschnellt, und nun fühlte sich ihr Kopf an, wie ein Kopf sich eben anfühlt, wenn ungefähr fünf Meter Wille in einen Schädel von sechzehn Zentimetern Durchmesser gestopft werden.

„Dann unterhalten wir uns im Eßzimmer weiter!" Jacques' Umrisse flackerten immer noch ein wenig, und er verschwand.

„Im Eßzimmer", wiederholte Claire. „Gute Idee." Leicht schwankend schickte sie sich an, die Treppe hinaufzusteigen.

Dean stapfte hinter ihr her, eine Hand ausgestreckt, um sie auffangen zu können, falls sie stürzen sollte. Er war viel zu wütend, um dem leisen Plappern zuzuhören, das er ganz hinten in seinem Kopf zu vernehmen meinte. „Warum haben Sie mir nicht gesagt, daß wir im Heizungskeller ein Loch haben, das zur Hölle führt?"

„Ich bin Hüterin, es ist meine Pflicht, Sie zu beschützen."

„Wovor?"

„Vor einem Leben in Angst und Schrecken."

EINE LÜGE. EINE VERITABLE FALSCHE BEHAUPTUNG!

Claire seufzte. Sie konnte kaum glauben, daß Kopfschmerzen in der Lage waren, derart massiv aufzutreten. Es fühlte sich an, als laste das Gewicht der Welt auf ihren Schultern. „Ich wollte Sie davor bewahren, mehr ertragen zu müssen, als Sie meiner Meinung nach ertragen können."

„Viel haben Sie wohl nicht von mir gehalten? Halten wohl immer noch nicht viel von mir."

Claire schleppte sich eine weitere Treppenstufe hoch und deutete hinter sich auf den Schlund. „Dean, das da ist die Hölle!"

„Wir haben bei uns zu Hause ein Sprichwort ..."

„Bitte, verschonen Sie mich."

„... das besagt: Manche haben keine Angst vor dem Meer, fahren hinaus und ertrinken. Ich aber habe Angst vor dem Meer, fahre hinaus und ertrinke nur manchmal."

„Was zur H..."

SAGS SCHON!

„... um Himmels willen soll das denn heißen?"

„Angst kann auch dafür sorgen, daß man am Leben bleibt. Sie hätten es mir sagen sollen."

HÜTERINNEN! DIE WISSEN EBEN IMMER ...

Claire schlug dem letzten Wort die Tür vor der Nase zu und sorgte so dafür, daß überall im Keller ungekochter Reis herumflog.

Ein einzelnes Reiskorn gelangte auch in den Heizungskeller. Es hüpfte die Treppe hinab und rollte über den felsigen Boden. Als es liegenblieb, betrug sein Abstand zu den Zeichen, die das Pentagramm versiegelt hielten, gerade einmal so viel, wie das Reiskorn breit war.

VERDAMMT!

„Betrachten Sie die Sache doch einmal so, Dean: Sie wußten so viel, wie Sie wissen mußten." Mißmutig trat Claire nach einem Häufchen Reis. Sie verspürte heftige Schuldgefühle, die sie sich nicht recht eingestehen wollte, und ihre Stimme klang selbst in ihren eigenen Ohren nörgelig. „Ich hatte Ihnen gesagt, daß sich da unten eine größere Unfallstelle befindet. Ich habe ihr nur keinen Namen gegeben."

Mit dem Rücken zur Heizungskellertür stand Dean da und starrte Claire an. Er mochte nicht glauben, was sie ihm da erzählte. „Sie haben ihr keinen Namen gegeben? Das klingt so, als hätten Sie vergessen, mir zu sagen, daß sie Fred heißt oder George oder Harold! Es handelt sich aber um die Hölle!"

„Technisch gesehen handelt es sich um Energie vom unteren Ende der Möglichkeiten, der Potentiale, und diese Energie hat sich in einem Format manifestiert, das dem Menschen, der sie rief, verständlich war."

„Was ist das für ein Format?"

„Die Hölle. Da haben Sie recht." Claire sackte gegen die Waschmaschine und hob die Hände. „Schon gut. Sie haben gewonnen."

Dean fuhr sich mit der Hand durchs Haar. „Es geht nicht darum, wer gewonnen oder verloren hat." Er hielt inne und versuchte herauszufinden, was genau er nun gewonnen hatte. „Oder vielleicht doch. Geben Sie denn zu, daß Sie es mir hätten sagen sollen?"

„Ja."

„Daß Sie einen Fehler gemacht haben?"

Claire fand die Kraft, den Kopf zu heben. „Nicht gleich übertreiben." Sie fuhr mit dem Fingernagel das Firmenschild der Waschmaschine nach. „Nun, wo Sie es wissen, was werden Sie tun? Wollen Sie gehen?"

„Gehen?" Gehen. Soweit hatte Dean die Sache noch gar nicht durchdacht.

Was hätte das für einen Sinn? fragte sein gesunder Menschenverstand. *Was da unten ist, war letztes Jahr auch schon da.*

„Solltest du mir nicht eigentlich raten, in den Sack zu hauen?"

Zu spät.

„Dean?"

Er machte einen Schritt vom Heizungskeller weg. Er wollte Claire fragen, ob sie wirklich glaubte, die *Hölle* schließen zu können, wurde aber von dem Geräusch der Reiskörner unter seinen Sohlen abgelenkt. „Was hat es denn mit diesem Reis auf sich?"

„Umwandlung von Materie", erwiderte Claire. „Das waren mal die Ketten."

„Sie haben Eisen in Reis verwandelt?"

„Es mußte Material sein, durch das ich hindurchkomme und das trotzdem dasselbe wiegt wie Eisen."

Vor der Tür zum Heizungskeller sah es aus, als sei ein kleiner Blizzard auf seinem Weg nach Rochester hier durchgefahren. Dean ging in die Hocke und hob eine Handvoll der weißen Körnchen auf. Stirnrunzelnd ließ er sie durch die Finger rinnen. „Fertigreis?"

„Was ist daran auszusetzen?"

„Wenn Sie damit nicht kochen wollen nichts." Er richtete sich auf und wischte sich die Hände an den Hosen ab. „Sind Sie nun drauf aus, das wieder zu ändern?"

Claire schüttelte den Kopf, eine Bewegung, die sie gleich darauf bereute. „Ich kann nicht. Ich glaube, im Augenblick könnte ich noch nicht einmal meine Meinung ändern."

„Soll ich die Ketten durch neue ersetzen? Smythe hielt immer einen Kasten mit Ersatzketten parat", fügte er erklärend hinzu, als er Claires fragenden Blick sah.

Claire betrachtete die Tür. Die Ketten waren wie die Schlösser an der Tür zu Zimmer sechs reines Wunschdenken. Wenn die Hölle losbrach, würden Ketten sie nicht halten können. „Warum nicht."

Sie klaubte Reis aus ihren Socken und sah zu, wie Dean zum Vorratsregal weiter hinten im Keller ging, zurückkam und die Tür geschickt sicherte. Als der junge Mann sich ihr wieder zuwandte, erkannte sie in seinen Augen eine vorsichtige Wachsamkeit, die vorher nicht da gewesen war und die ihr das Gefühl gab, irgendwie versagt, ihn im Stich gelassen zu haben. Sie mochte dieses Gefühl nicht.

Hüter pflegten sich nicht bei Zuschauern zu entschuldigen. Aber andererseits sahen sich Hüter in der Regel auch nicht gezwungen, Dean McIssac in die Augen zu schauen und zu wissen, daß sie ihm unrecht getan hatten. Daß sie unrecht gehabt hatten. „Gut!" Claire bemühte sich, ihre Nasenflügel am Beben zu hindern, und schaffte es auch beinahe. „Es tut mir *leid*, daß ich es Ihnen nicht gesagt habe."

„Ich habe es dir gleich gesagt." Austin genoß das Erschrecken, das seine unvermutete Erklärung verursacht hatte, und bahnte sich einen Weg durch die Waschküche. „Was soll der Reis hier?"

„Das waren mal Ketten und Schlösser", erklärte Claire.

„Na. Da werden sich die Mäuse aber freuen!"

„Ich glaube nicht, daß wir Mäuse haben! Wie oft soll ich dir das denn noch sagen!" Claires Stimme wurde so laut, daß es fast schon wie Schreien klang. Irgendwo mußte sie ihre Wut schließlich lassen.

Austin schnaubte verächtlich. „Ach ja, du bist ja die Hüterin und ich bin nur ein Kater. Was weiß ich schon von Mäusen."

Sie schenkte ihm ein dünnes, angespanntes Lächeln. „Mäuse sind grau. Ihr Fell leuchtet nicht in den Grundfarben. Das solltest du wissen. Warst du auf der Suche nach uns?"

„Nein. Obwohl: Ich habe mich schon gefragt, warum Jacques oben im Eßzimmer einen hysterischen Anfall hat und ihr beide euch hier unten versteckt." Der Kater hatte endlich ein Stück Fußboden gefunden, das ihm sauber genug erschien, setzte sich und legte anmutig den Schwanz um die Zehen. „Jetzt frage ich mich das nicht mehr. Ich habe genug gehört. Vorher jedoch hatte ich mich das durchaus gefragt.

Ich kann hier ja nur raten", fuhr der Kater fort und sah Claire nach, die die Kellertreppe hinaufstürzte. „Aber da oben stößt ein ziemlich saurer toter Mann ziemlich schlimme Verwünschungen aus, denen ich entnehmen konnte, daß wohl jemand ein schlimmes Wörtchen in den Mund genommen hat, eins, das mit H beginnt. Was dazu führte, daß dieser jemand um ein Haar die Seele des armen Jacques ewigen Qualen überantwortet hätte."

Dean wurde kreidebleich. Genau das war geschehen, er hatte das H-Wort gesagt. „Das hätte ich doch nie gemacht!" rief er und rannte Claire hinterher. „Das hätte ich doch nie gemacht, wenn Sie mir alles erklärt hätten!"

„Claires Mutter wollte, daß sie es dir sagt."

„Halt die Klappe, Austin."

Die drei kamen im Eßzimmer an und wurden von einem Salzstreuer, einer Schachtel Zahnstocher und sechs Weintrauben begrüßt, die ihnen aus der Küche entgegenflogen. Claire duckte sich gerade noch rechtzeitig, und so trafen die Gegenstände lediglich Dean, und zwar mit voller Wucht.

„J'ai presque été a l'Enfer!"

Dean wischte sich eine zerquetschte Weintraube vom Kinn und trat vor. Sein Französisch hätte für eine wörtliche Übersetzung des eben Gehörten nicht gereicht, aber der wütende Schrei legte nur eine begrenzte Auswahl möglicher Interpretationen nahe. „Es tut mir leid. Ich habe das nicht gewollt. Ich ..."

„Es war ein Unfall." Mit einem gezielten Hüftstoß schaffte Claire Dean aus dem Weg. „Er hat die Worte gesagt, das gebe ich zu, aber er hat sie nicht als Anweisung gemeint. Eigentlich sollte es auch so sein, daß er sagen kann, was er will, ohne daß es irgendwelche Auswirkungen hat."

Austin schnaubte und versetzte dem Salzstreuer mit der Pfote einen Schubs, so daß er unter den Eßtisch rollte. „Das Teil da unten existiert schon länger als ein Jahrhundert, die Emanationen haben das gesamte Haus durchdrungen. Ich wundere mich nur, daß Dean dem alten Smythe nie gesagt hat, wo er sich hinscheren soll."

„Das könnte ich zu einem Boß nicht sagen", protestierte Dean.

„Nicht ohne gewerkschaftliche Rückendeckung", stimmte der Kater zu.

Jacques glitt durch den Tisch und baute sich vor Claire auf. „Mir ist egal, was er hätte tun können dürfen! Ich weiß nur, daß er versucht hat, mich in die Hölle zu befördern."

„Aber dann hat er dich da wieder rausgeholt."

„Ach, und das gleicht sich aus, wie?"

„Würdest du mir bitte zuhören, Jacques?" Hätte Claire den Mann am Pullover packen können, dann hätte sie ihn so lange geschüttelt, bis ihm die Zähne klapperten. „Dean *wußte* nicht, was passieren würde. Er wußte noch nicht einmal, was im Heizungskeller ist."

„Er wußte es nicht!" Ungläubig trat Jacques einen Schritt zurück und stand jetzt halb im Tisch, halb außerhalb. „Du hast es ihm nicht gesagt?" Dann runzelte er die Stirn. „Wenn man es recht bedenkt, hast du es mir auch nicht gesagt!"

„*Du* lebst seit zweiundsiebzig Jahren mit dem Ding im selben Haus!" Nun war Claire ebenso empört wie ihr Gegenüber. „Zu wissen, daß es da ist, ändert gar nichts."

Jacques' Augen wurden dunkel. „Da irrst du. Es ändert das, was ich weiß!"

Dem konnte Claire nichts entgegensetzen. „Gut. Prima. Ich hätte es dir sagen sollen. Ich hätte es euch beiden sagen sollen. Ich habe es nicht getan, und es tut mir leid." Bei dieser Entschuldigung, beschloß Claire, würde sie es nun aber auch belassen. „Jetzt wißt ihr beide Bescheid, und ich gehe unter die Dusche. Die wird mir wenig nützen, denn der Dreck, den ich spüre, ist in meinem Kopf. Dann frühstücke ich, ich bin kurz vorm Umkippen. Irgendwelche Einwände?" Sie reckte das Kinn. „Gibt es sonst noch was, was ich euch erzählen soll?"

Die beiden Männer, die jetzt nebeneinander standen, tauschten fragende Blicke aus.

„*Non*", sagte Jacques nach einer Weile. „Mir fällt nichts anderes ein."

„Keine weiteren Geheimnisse zu klären", fügte Dean hinzu.

„Gott behüte, daß *ich* Geheimnisse haben sollte!" Claires Ohren brannten, und sie versuchte, nicht daran zu denken, warum das wohl so war. „Austin kann sein Maul nicht halten, und mit einem Mal ist mein Leben ein offenes Buch."

„Hey!" Austin streckte den Kopf unter dem Tisch hervor. „Du ganz allein hast den Geist vom Dachboden geholt! Ich hatte dir gleich gesagt, daß du den beiden das mit dem Heizungskeller erklären sollst!"

„Nein."

Er dachte einen Augenblick darüber nach. „Ich habe jedenfalls nie gesagt, du sollst es nicht tun."

Claire warf den dreien einen vernichtenden Blick zu, befahl ihnen, genau darauf zu achten, welche Worte sie in den Mund nahmen und stürmte aus dem Eßzimmer. Ihr Abgang hätte einen stärkeren Eindruck hinterlassen, wäre sie nicht auf Strümpfen gegangen und hätte nicht jeder Aufprall ihrer Hacken ihr schmerzhafte Nadelstiche durch den gesamten Schädel gejagt, aber sie gab ihr Bestes.

„Es gibt bestimmt Geheimnisse", meinte Jacques, als die Tür zu Claires Räumen mit einem Knall ins Schloß fiel.

„Frauen brauchen Geheimnisse."

„Warum?" fragte Dean und ging in die Küche.

„Warum? Weil, *espèce d'idiot*, es zwischen einer Frau und einem Mann Geheimnisse geben muß. Das Schlimmste an der Hölle ist, daß es dort keine Geheimnisse gibt."

ROSEBUD IST SEIN SCHLITTEN. Die Antwort war Schweigen, sonst nichts, und die Hölle seufzte. VERSTANDEN? ROSEBUD IST

SEIN SCHLITTEN ... MACHT SICH DENN NIEMAND MEHR ETWAS AUS DEN KLASSIKERN?

Dean wandte sich an den Geist, und ihm wurde leicht schlecht, wenn er daran dachte, was durch sein Verschulden um ein Haar geschehen war. „Ich kann nur immer wieder sagen, wie leid mir das alles tut."

„Das ist nur recht so, *Anglais!*" stimmte Jacques ihm zu. „Sag ruhig immer wieder, wie leid es dir tut."

„So wie ich es sehe", mischte Austin sich ein und sprang von einem Stuhl auf den Tresen, „seid ihr quitt. Ihr beide habt einander völlig zu Unrecht unterstellt, *sie* wecken zu wollen. Du hast Jacques aus Versehen fast zur Hölle geschickt, bist dann aber in den Keller gegangen, um ihn zu retten, und zwar diesmal nicht aus Versehen, sondern mit voller Absicht."

„*Non*. Nicht quitt." Über den Kopf des Katers hinweg funkelte Jacques Dean wütend an. „Er beschuldigt mich auch, mich hinter Claires Rockzipfeln zu verstecken."

„Ja, und du hast ihm ziemlich markige Beleidigungen an den Kopf geworfen."

„Du kannst Französisch?"

„Ich bin ein Kater."

„Hör mal, ich gebe zu, ich habe überreagiert", sagte Dean und hielt dann inne. Im Bad klopften die Heißwasserrohre den Takt zu Claires Duschbad. „Das war doch nur, weil du kein Geheimnis draus gemacht hast, wie sehr du einen Körper willst."

„Eher würde ich von einem Kater einen Körper annehmen, als mir von *ihr* einen geben zu lassen!"

„Rede du nur, wie dir der Schnabel gewachsen ist", riet Austin.

Dean nahm den Toaster aus dem Regal, in dem die Küchenmaschinen aufbewahrt wurden, und schüttelte nachdenklich den Kopf. Seiner Meinung nach hätte er eigentlich auf die reale Existenz eines Höllenschlunds empfindlicher reagieren müssen. Zumal sich das Loch im Heizungskeller des Hauses befand, in dem er lebte. Dem war aber nicht so – was daran liegen mochte, daß die Termini *reale Existenz* und *Höllenschlund* einfach nicht zueinander passen wollten. „Warum nur macht *sie* mir mehr zu schaffen als die Hölle?"

„Ich könnte jetzt die tiefenpsychologischen Probleme erörtern, die Männer mit starken Frauen haben ..."

„Wir doch nicht!" riefen sowohl der tote als auch der lebende Mann daraufhin empört. Mit verschränkten Armen standen die beiden da und beäugten einander wachsam und mißtrauisch.

Der Kater kicherte. „... aber die Sache ist viel einfacher. ‚Hölle' – das ist für das menschliche Hirn etwas so Fürchterliches, daß es damit nicht umgehen kann. Die Menschen nehmen den Begriff und verharmlosen ihn, stutzen ihn so zurecht, daß sie ihn verstehen, daß sie damit umgehen können. Das geht ganz unbewußt – ein eingebauter Mechanismus."

Mit zusammengezogenen Brauen starrte Dean den Kater an. „Also macht *sie* mir mehr zu schaffen als die Hölle, weil ich *ihr* gegenüber keine natürlichen Schutzmechanismen habe?"

„Ja, und weil die ursprünglichen Hüter den Heizungskeller mit einem Dämmfeld umgeben haben. Ohne dieses Dämmfeld würden die Geschäfte in diesem Hotel noch schlechter laufen, als sie es ohnehin schon tun – auch wenn das schwer vorstellbar ist. Jeder vernünftige Mensch würde schreiend die Flucht ergreifen, sobald ihm klar wird, was sich da unten im Keller befindet."

„Mit dem Feld hingegen ...?"

„Ist die Sache nervig, aber erträglich. Wie Opernmusik."

„Ein Dämmfeld, um die Reaktionen abzuschwächen." Jacques rieb sich die Bartstoppeln, mit denen er in die Ewigkeit eingegangen war, und nickte. „Das erklärt auch, warum ich das ganze Geschehen so gut aufnehme."

„Das", stimmte Austin zu und startete einen Angriff auf den Deckel der Butterdose, „und die Tatsache, daß du tot bist. Die Toten regen sich über viele Dinge nicht mehr so sehr auf."

„Außer es geht darum, ihre Kanonen abzufeuern!" murmelte Dean.

„Wünschst du, daß ich Claire sage, warum wir uns in Wirklichkeit geprügelt haben?" wollte der Geist wissen.

„Wenn du das weißt, warum hast du es ihr nicht gesagt, als wir alle oben waren?"

„Aus zwei Gründen. Wenn du es nicht weißt, dann bin ich nicht derjenige, von dem du es erfährst, und zweitens ...", er zuckte die Achseln, „ist mir gerade noch richtzeitig ..."

„Rechtzeitig."

„Was?"

„Nicht richtzeitig", erklärte Dean ihm, „rechtzeitig."

„*D'accord.* Gerade noch rechtzeitig eingefallen, daß Frauen es nicht gern sehen, wenn man sich um sie prügelt. Jedenfalls nicht so gern, wie die, die sich prügeln, oft denken."

„Oh." Dean öffnete den Kühlschrank, starrte auf dessen Inhalt, schenkte dem Stimmchen keine Beachtung, das ihm einflüstern wollte, unter diesen Umständen sei es in Ordnung, auch schon vor dem Mittagessen ein Bierchen zu trinken, und schloß die Tür wieder. „Für einen toten Typen hast du das ziemlich schlau durchdacht."

„Ich war, wie du wohl sagen würdest, für einen lebendigen Typen ganz schön schlau."

„Ihr verbrüdert euch!" bemerkte Austin sarkastisch. „Ich bin gerührt. Wie würdet ihr es denn sonst nennen?" fragte er dann nach, als sowohl der tote als auch der lebende Mann ihn mit völlig identischem schreckerfülltem Blick anstarrten.

„Wir verbrüdern uns nicht!" verkündete Dean.

„Nicht das kleinste bißchen", fügte Jacques hinzu. „Wir ..." Er blickte den Lebenden hilfesuchend an.

„Wir verbrüdern uns nicht", wiederholte Dean.

„*Oui.*" Mit gekreuzten Beinen nahm der Geist zwei Zentimeter über dem Tisch Platz, lehnte sich zurück, wobei ihm das Nichts als Lehne diente, und betrachtete Dean prüfend. „Ich habe keine Wahl, aber du? Jetzt, wo du es weißt – bleibst du?"

„Das hat Claire auch gefragt." Dean verschränkte die Arme. „Weglaufen ist nicht meine Sache."

„Vielleicht ist es weiser zu wissen, wann man weglaufen muß."

„Soll ich dich hier alleinlassen?"

Jacques breitete die Hände aus, ein Bild mißverstandener Unschuld, eine Geste, die mehr besagte als viele Worte.

„Das kannst du dir abschminken." Dean schob sich die Brille zurecht und eilte zur Kellertreppe.

„Wo gehst du hin?"

Mit der besorgten Miene eines Mannes, der selbst den Fußboden im Vorratskeller einmal im Monat mit Schrubber und Industriereiniger zu säubern pflegte, erwiderte Dean: „Ich will los, den Reis zusammenfegen!"

„Die letzten vierundzwanzig Stunden waren für dich ja äußerst ereignisreich, Claire. Ist dir auch wirklich nichts passiert?"

„Ich habe schreckliche Kopfschmerzen." Claire hielt den altmodischen Telefonhörer in der feuchten Kuhle zwischen Ohr und Schulter und kämpfte vergeblich mit dem kindersicheren Verschluß eines Fläschchens Schmerztabletten. Sie biß die Zähne zusammen, stellte das Fläschchen auf einem Tisch ab und sammelte Kraft. Das Fläschchen barst in tausend Stücke.

„Was machst du denn da, Claire?"

Zwei der Pillen hatten sich in den Ärmelaufschlägen ihres Bademantels verfangen. „Ich nehme etwas gegen meine Kopfschmerzen." Sie schluckte die beiden Tabletten gleich so, trocken.

Am anderen Ende der Leitung seufzte Martha Hansen tief. „Du bist doch nicht der erste Hüter, der sich bei einem Zuschauer entschuldigen muß."

„Mein erstes Mal war es schon!"

„Es ist ja auch zum ersten Mal ein Zuschauer an dem beteiligt, was du tust."

Claire wollte schon widersprechen, befand aber, daß ihre bisherigen Zusammentreffen mit Zuschauern nichts gewesen waren, worüber sie mit ihrer Mutter sprechen wollte. Zumal – wie sie sich mit einem kleinen Lächeln in Erinnerung rief – diese Zusammentreffen auch nichts beinhaltet hatten, für das sie sich hätte entschuldigen müssen.

„Claire?"

Die angenehmen Bilder der Erinnerung zerstoben, und rüde schob sich die Gegenwart wieder in den Vordergrund von Claires Gedanken. „Zumindest brauche ich mir keine Gedanken darum zu machen, daß der Vorfall sich wiederholen könnte. Dean ist ein netter, guter Mann. Er würde auch nicht im Entferntesten daran denken, so etwas mit Absicht zu tun."

„Was ist mit Jacques?"

Claires Lippen verzogen sich zu einem vergnügten Lächeln. „Der ist tot. Er kann nichts beeinflussen."

„Ah ja."

Claire entscheid sich, nicht nachzufragen, wie ihre Mutter das gemeint hatte. Hätte das Hotel ein Tastentelefon besessen, so hätte sie jetzt Austin verdächtigt, hinter ihrem Rücken mit ihrer Mutter telefoniert zu haben. Der Kater konnte jedoch unmöglich die Dreh... mit einem Mal fand Claire, die Unterhaltung mit ihrer Mutter trage nicht zur Verbesserung ihrer Befindlichkeit bei. „Ich sollte mich jetzt wohl lieber anziehen und wieder an die Arbeit gehen."

„Ich hoffe, es hat dir geholfen und gutgetan, über die Sache zu reden. Du weißt, du kannst jederzeit anrufen. Wo wir gerade vom Anrufen sprechen: Du hast nicht zufällig etwas von deiner Schwester gehört?"

Claire spürte, wie sich ihre Gesichtsmuskeln anspannten. „Nein, warum?"

„Ich hatte eine Auseinandersetzung mit ihr, und sie ist letzte Nacht aus dem Haus gestürmt. Sorgen mache ich mir keine, ich weiß, wo sie ist. Aber ich habe mich gefragt, ob sie sich vielleicht bei dir gemeldet hat."

„Nein.

„Wenn sie anruft, könntest du ihr dann bitte erklären, daß es durchaus ein gelungener Verwandlungsakt ist, wenn das Wohnzimmersofa einen Nachmittag lang als Nilpferdbaby herumläuft, nur leiden die Teppiche doch sehr darunter, und das Nilpferd war völlig verwirrt."

Das trockene, reißende Geräusch von etwas Großem, Uraltem – fast klang das Geräusch wie ein Räuspern – lockte Dean aus dem Keller. Er wehrte sich gegen die natürlichen Reflexe seiner Beine, die den Rest seines Körpers am liebsten weit weggeschafft hätten, und ging ins Eßzimmer, wo er Claire antraf. Sie hockte auf den Knien und riß das Linoleum vom Fußboden.

„Sie hat sich entschieden, ihren Frust an unbelebten Objekten auszulassen", erklärte Austin, der sicher und außer Reichweite eventueller Gefahren auf dem Küchentresen hockte. „Du kannst dich also glücklich schätzen – bist noch mal davongekommen."

„Boß."

Claire rutschte nach hinten, und es gelang ihr, dabei noch einmal anderthalb Meter Linoleum loszureißen, ehe die Bahn wieder brach. „Unter dem Belag ist Hartholz. Das werden wir abschleifen und versiegeln."

„Aber ich habe gedacht ..."

„Das ist ja wunderbar!"

„... Sie seien darauf aus, die Unfallstelle zu schließen!"

„Um die Stelle schließen zu können, muß ich sie studieren. Um sie studieren zu können, muß ich nahe an sie herankommen. Um nahe an sie herankommen zu können, müssen meine Nerven ganz ruhig sein." Claire riß ein weiteres Stück Linoleum los. „Mache ich auf Sie einen ruhigen und entspannten Eindruck?"

„Nein." Konfrontiert mit dem Chaos im Eßzimmer hätte Dean nicht sagen können, ob nicht die Begegnung mit einem Dämon vielleicht angenehmer gewesen wäre, auf die er sich insgeheim eingestellt hatte, als er den Keller verließ. „Was ist mit dem Empfangstresen, vorne in der Eingangshalle?"

„Ich weiß, wo der Empfangstresen ist, Dean." Mit Schwung warf Claire ein Stück Linoleum beiseite. „Ich frage Sie auch gar nicht, ob Sie den Fußboden abschleifen wollen, ich ordne es an."

Dean warf Austin einen Seitenblick zu, aber der wollte ihm offenbar nicht zu Hilfe kommen. Was an sich schon genug sagte. „Wo ist Jacques?"

„Er geht mir aus dem Weg."

„Ah." Dean putzte sich die Brille mit dem unteren Hemdsaum und beäugte nicht eben begeistert das freigelegte Holz. „Soll ich losfahren und eine Schleifmaschine leihen?"

„Ja." Claire sprang auf und eilte den Flur entlang in Richtung Büro.

„Warum müssen wir jetzt eigentlich leiden?" raunte Dean dem Kater zu und schickte sich dann an, Claire zu folgen. „Sie war doch schließlich diejenige, die unrecht hatte."

„Aber das behältst du schön für dich, ja?" erwiderte Austin.

Dean kannte den Umschlag, dem Claire nun Geld entnahm – aus diesem Umschlag hatte ihm Augustus Smythe jeden Freitag den Lohn ausgehändigt. Er hätte jedoch schwören können, daß der Umschlag am Samstag, als er Claire den Tresor aufgeschlossen hatte, leer gewesen war. „Woher haben Sie denn jetzt das Geld?"

„Aus dem Operationsfonds der Familie." Claire warf den Umschlag in den Safe zurück und schloß dessen Tür. „Wenn Menschen – oder Institutionen oder Getränkeautomaten – Geld verlieren, dann geht das an uns und steht uns zur Verfügung, wenn wir es brauchen."

„*Da* geht also das verlorene Geld hin?" Dean blätterte die Geldscheine durch und zählte vier Zwanziger, drei Zehner und einen Fünfer, auf dem jemand Wilfred Laurier den Haarschnitt von Mr. Spock verpaßt hatte. Die Ähnlichkeit war verblüffend. „Wie verhält es sich bei den Socken?"

„Socken?"

„Wohin gehen die verlorenen Socken?"

Claire starrte ihn an, als sei ihm plötzlich ein dritter Kopf gewachsen. „Woher zum Teu... woher soll ich das wissen?"

Als Dean gegen Mittag zurückkam, hingen die Eßzimmermöbel alle fein säuberlich aufgereiht an der Eßzimmerdecke, und das Linoleum war vollständig entfernt worden. Zwar lag es immer noch in unordentlichen Haufen herum, klebte aber nicht länger am Fußboden.

Müde und verschwitz sah Claire zu, wie Dean die schwere Maschine durch die Hintertür ins Haus schaffte. Das Gefühl, endlich etwas geschafft, zu Ende gebracht zu haben, hatte ihre Laune erheblich verbessert.

Bald hockten beide einträchtig auf dem Küchentresen, aßen Suppe und Sandwichs und besprachen die anliegenden Renovierungsarbeiten. Zwei Stunden später waren alle Abfälle beiseite geräumt, Claire ging die Räume Augustus Smythes durchsuchen und Dean machte sich ans Abschleifen des Fußbodens.

Je mehr Lagen Klebstoff und alter Farbe verschwanden, desto zuversichtlicher wurde Dean. Zuerst widmete er sich den Ecken und Kanten, und als er damit fertig war, schliff er in langen, perfekten Bahnen immer wieder über die ganze Länge des Zimmers. Eine Runde, dann noch eine. Dean wurde immer geschickter und schneller. Da tauchte plötzlich direkt vor der Maschine eine Gestalt auf, so überraschend, daß Dean ihr unmöglich aus dem Weg gehen konnte.

Jacques stieß einen gespielten Schreckensschrei aus, als ihn die Maschine in zwei Teile riß.

Es gelang Dean mit großer Mühe, das schwere Gerät so gut im Griff zu behalten, daß er lediglich auf einer Länge von knapp zwei Metern einen diagonalen Streifen ins Holz schnitt, ehe es ihm gelang, das Gerät abzuschalten. Dann riß er sich mit der einen Hand die Ohrenschützer, mit der anderen die Staubmaske vom Gesicht, wirbelte herum und schrie: „Das ist nicht witzig!"

Jacques hatte so lachen müssen, daß er sich schon ganz schwach fühlte und nur noch matt mit der Hand wedeln konnte. „Wenn du dein Gesicht sehen könntest! Selbst wenn ich hier noch mal siebzig

Jahre spuken muß, so etwas Witziges kriege ich nie mehr zu sehen." Dean spuckte eine unverständliche Antwort aus, woraufhin Jacques noch lauter lachte.

„Warum haben Sie aufgehört? Sind Sie fertig?" Claire blieb in der Türöffnung stehen, registrierte das Stilleben vor sich und schüttelte den Kopf. „Reiß dich zusammen."

„Für dich, *chérie*, tue ich alles." Unterdrücktes Lachen schüttelte noch eine ganze Weile seinen Oberkörper, und schließlich mußte er sich bücken, seine Jeans packen und seine Beine eigenhändig zwingen, sich wieder dem Torso anzuschließen.

„Hat es einen Unfall gegeben?"

„Keinen Unfall!" Dean war empört. „Der Affe stand plötzlich direkt vor mir. Sehen Sie, was ich seinetwegen mit dem Boden gemacht habe! Ich hätte ihm den Kopf abfahren sollen!"

„Nur zu!" spottete der immer noch kichernde Jacques.

„Jacques!"

Folgsam setzte der Geist seinen Kopf zurück auf die Schultern.

„Nur, damit du es weißt", teilte ihm Claire streng mit. „Ich finde so etwas nicht besonders ...", dann zuckte sie zusammen, denn draußen war eine Luftschutzsirene losgegangen. „Mrs. Abrams! Ich habe auf der Treppe vorn ein kleines Warnsystem installiert. Jacques, verschwinde lieber."

„Warum darf ich diese Mrs. Abrams nicht kennenlernen?"

„Ja, Boß, warum darf er nicht?" fragte Dean mit viel Gefühl. „Warum sollen nur wir den Spaß haben?"

Die Sirene verstummte, als die Vordertür aufging. „Hallihallo!"

Jacques zuckte zusammen und war weg.

Dean verspürte neuen Schaffensdrang und schaltete die Schleifmaschine ein.

Sofort stiegen um ihn herum die Staubwolken auf, und Claire machte sich widerwillig auf den Weg, um in der Eingangshalle die Nachbarin zu begrüßen.

„Da sind Sie ja, meine Liebe!" Mrs. Abrams' Stimme hob sich mühelos über den Lärm im Hintergrund. „Ich habe gerade Baby in seinen kleinen Garten gelassen, und da hörte ich aus dem hinteren Teil Ihres Hauses schrecklichen Lärm. Ich bin gleich gekommen! Ich hatte Angst, dieser uralte baufällige Schuppen fällt Ihnen womöglich gerade über dem Kopf zusammen."

Claire unterdrückte den Impuls, die Frau zu fragen, was sie in einem solchen Fall denn hatte unternehmen wollen und blieb höflich. „Wir schleifen den Boden im Wohnzimmer ab, Mrs. A..."

„Natürlich! Das ist es! Habe ich nicht gleich gesagt, dieses herrliche alte Haus braucht eine weibliche Hand? Wie wunderbar, daß Sie einen starken jungen Mann an Ihrer Seite haben, der die Arbeit für Sie tun kann." Zielstrebig marschierte die alte Dame den Flur hinunter. „Ich werfe nur rasch mal einen Blick."

Für eine Frau ihres Alters und ihrer Statur war Mrs. Abrams erstaunlich schnell. Die Verteidigungslinie der Dallas Cowboys hätte sie wahrscheinlich aufhalten können, aber Claire allein hatte nur die Chance, auf Kraft zurückzugreifen. Für Feinheiten war keine Zeit. Claire griff in die Potentiale, erhielt einen Schlag in die Kniekehlen und ging zu Boden.

Mrs. Abrams mit ihren anderthalb Metern Vorsprung bekam das gar nicht mit.

Claire blinzelte, um die Nachbilder in ihren Augen loszuwerden und zog sich mühsam an der Wand hoch. *Das muß die verdammte Schleifmaschine gewesen sein!* dachte sie und hätte das Gerät in diesem Moment an liebsten freudig den Flammen übergeben. *Wie soll man sich bei dem Lärm denn konzentrieren?*

Deans angeborene gute Manieren zwangen ihn, die Schleifmaschine auszuschalten, als Mrs. Abrams mit großen Schritten das Eßzimmer betrat.

„Ach du meine Güte!" Die alte Dame zog ein Taschentuch aus dem Ärmel und hustete heftig. „Das staubt aber sehr! Wie armselig und schäbig das Zimmer wirkt, so ganz ohne Möbel ..." Dann versagte ihr die Stimme, als sie sah, wo die Möbel waren. „Ach. Wie haben Sie denn ..."

„Klemmschrauben!" erklärte Claire, und die ältere Frau wirkte daraufhin so erleichtert, daß Claire förmlich hören konnte, wie sie viele anderer Möglichkeiten bereitwillig verwarf. Claire fing Deans fassungslosen Blick auf und zuckte die Achseln – die Geste sagte eindeutig: *Die Leute glauben, was sie glauben wollen.*

EINE LÜGE!

EINE GUTGEMEINTE LÜGE. DAS HEBT SICH GEGENSEITIG AUF. DADURCH WIRD KEINE DER BEIDEN SEITEN GESTÄRKT UND KEINE WIRD SCHWÄCHER.

ABER ...

DIE ABSICHT ZÄHLT. Ein Zuhörer hätte denken können, die Hölle spräche mit zusammengebissenen Zähnen. DAS STEHT IN DEN VORSCHRIFTEN.

Claire fühlte sich plötzlich voller Tatendrang. Sie griff nach einem polyesterbedeckten Ellbogen und drehte den Körper, der daran hing, zur Vordertür. „Sie sollten sich hier nicht ohne Maske aufhalten, Mrs. Abrams. Was würde denn aus Baby, wenn Sie krank werden?"

„Gott! Krank werden darf ich wirklich nicht, der kleine Liebling wäre am Boden zerstört. Er hängt doch so an Mami." Mrs. Abrams verrenkte den Kopf und warf einen letzten Blick auf die Eßzimmerdecke. „Klemmschrauben, sagten Sie?"

„Wie sonst?"

„Natürlich, Klemmschrauben! Wie will man auch sonst Möbel an der Zimmerdecke befestigen. Wie klug von Ihnen, Karen. Haben Sie Nachricht von diesem schrecklichen Smythe?"

„Nein, und ich heiße nicht ..."

„Der wird sich wundern, wenn er zurückkommt! Was Sie hier alles geschafft haben! Werden Sie auch den Fahrstuhl wieder in Betrieb nehmen?"

„Den was?"

„Den Fahrstuhl. Hier irgendwo gibt es einen Fahrstuhl. Ich erinnere mich daran aus der Zeit, als ich ein kleines Kind war."

Claire öffnete die Vordertür, aber Mrs. Abrams machte keine Anstalten, das Haus zu verlassen.

„Sie sollten den Fahrstuhl wirklich wieder in Betrieb nehmen, wissen Sie. Das gäbe dem ganzen Haus so einen historischen ..." Ihre Augen weiteten sich erschrocken, als hysterisches Kläffen die ganze Straße beschallte. Mit einem Satz war sie aus der Tür. „Was kann denn nur mit Baby los sein?"

„Der Postbote?" fragte Claire und folgte der Frau auf den Fersen, getrieben von demselben Reflex, aus dem heraus unter anderem Autofahrer unbedingt langsamer fahren und genau hinschauen müssen, wenn sich auf der Autobahn ein Unfall ereignet.

„Nein, nein! Der war längst da und ist wieder weg."

Seite an Seite überquerten die beiden Frauen die Auffahrt. Claire, die an der zum Haus hin liegenden Seite ging, warf einen prüfenden Blick auf die Rückfront des Nachbarhauses, gerade noch rechtzeitig genug, um einen schwarzweißen Schatten von dem Zaun springen zu sehen, der dort die kleine Parzelle mit den Mülltonnen abteilte. Blitzschnell verschwand der Schatten in Richtung Hotel.

Claire blieb stehen, aber Mrs. Abrams bemerkte es noch nicht einmal.

Von Babys kleiner Parzelle her – nach jahrelanger Benutzung durch den Hund konnte von einem Garten im herkömmlichen Sinn keine Rede mehr sein – drang unvermittelt haarsträubendes Kläffen.

Wenn die Flammen, die sich im Kupferdeckel spiegelten, vorher bereits verdrossen geflackert hatten, konnte man nun nicht anders als konstatieren, daß sie schmollten.

ES IST EINFACH UNGERECHT.

WAS?

DASS IMMER DIE HÜTER GEWINNEN. WENN WIR NUR EIN BISSCHEN STÄRKER GEZOGEN HÄTTEN! WIR WAREN SO NAH DRAN!

NAH! Die Wiederholung knallte in der aufgeheizten Luft wie eine Explosion. NAH DRAN ZÄHLT NUR BEI HUFEISEN UND HANDGRANATEN.

ODER BEIM TANZEN!

WAS?

ENG TANZEN.

HALT DOCH DIE KLAPPE!

Sechs

„Ich hätte gern ein Zimmer."

Claire kniete hinter dem Tresen und war gerade damit befaßt, eine Sonde in das Mauseloch zu schicken, um die Frage bezüglich der Teufelchen ein für allemal zu klären. Beim Klang der Stimme in ihrem Rücken war ihr, als hätten eisige Finger ihren Nacken gestreift. Leicht bebend tauchte sie vorsichtig unter dem Regalbrett hervor und stand auf, neugierig, ob die Kundin oder die Möglichkeit, tatsächlich ein Zimmer zu vermieten, sie dazu gebracht hatten, so klischeehaft zu reagieren.

Eine Frau stand auf der anderen Seite des Tresens. Sie war ein wenig kleiner als Claire mit ihrem Meter sechsundsechzig, trug das gestutzte pechschwarze Haar derart kurz geschnitten, daß es sich wie eine Kappe an ihren Kopf schmiegte, hatte blasse Haut und so tiefschwarze Augen, daß es unmöglich war, den Übergang zwischen Iris und Pupille zu erkennen.

Von diesen Augen ging ein unheimlicher Sog aus, den Claire ganz deutlich spürte. Ehe sie in der gefährlichen Umarmung aus Schatten versinken konnte, gab sie sich einen Ruck, und der Bann war gebrochen. „Zimmer vier?" fragte sie höflich.

„Genau! Wie scharfsinnig Sie sind." Die Frau lächelte. Weiße Zähne glitzerten zwischen burgunderroten Lippen, Lippen so rot wie guter spanischer Portwein. „Wo ist denn der Vetter?"

„Fort. Das hier ist jetzt meine Unfallstelle." Das klang fast wie eine Warnung.

„Ah ja? Verstehe. Muß ich mir Sorgen machen? Haben die Dinge sich so zugespitzt, daß hier jetzt eine Hüterin gebraucht wird?"

„Für Sie ist es nicht gefährlicher als bislang auch."

„Da habe ich ja Glück gehabt!" Die Frau sackte ein wenig in sich zusammen, stützte die Ellbogen auf den Tresen und rieb sich die Augen. „Ich bin nämlich total fertig. Sie können sich nicht vorstellen, wie ich Reisen hasse. Ich will einfach nur mein Gepäck nach oben schaffen und mir eine Kleinigkeit zu essen besorgen."

Claire blinzelte.

„Oh, kommen Sie." Verschmierte Mascara zeichnete Waschbäraugenringe auf die fahle Haut. „Sie hatten doch sicher nicht vor, diesen bedeutungsschwangeren Dialog fortzusetzen?"

„Nein, wohl eher nicht."

„Gut. Weil ich nämlich den Rest der Woche hierbleiben werde. Wenn es Ihnen recht ist, reise ich erst Sonntagabend wieder ab. Ich habe an der Uni einen Gig."

„Gig?"

„Engagement. Auftritt. Ich bin Musikerin." Sie streckte die Hand über den Tresen, eine sehr dünne, elfenbeinfarbene Hand, gehüllt in ein gutes Dutzend schwerer silberner Armreifen und den nietenbesetzten Aufschlag ihrer schwarzen Lederjacke. „Sasha Moore. Das ist natürlich ein Künstlername. Meine Spezialität: Heavy Metal-Folk. Das kommt momentan sehr gut an."

Die Haut der Frau war kühl und trocken. Ihr Händedruck stellte – obwohl sie sich zusammennahm – die Knöchel einer bloßen Sterblichen auf eine unangenehm schmerzliche Probe.

In einem Namen lag Macht, und es gehörte Vertrauen dazu, jemandem seinen Namen zu nennen. Claire hätte nicht sagen können, inwieweit das auch für diese Frau galt. Hüter gingen Schauspielern und Musikern eher aus dem Weg, auch wenn sie dem Gros der Menschheit gegenüber eine sehr tolerante Haltung einnahmen, die auf dem Motto ‚leben und leben lassen' beruhte. Schauspieler und Musiker standen im Rampenlicht, und das freiwillig und gern – das konnte kein Hüter recht verstehen, und es machte die meisten von ihnen nervös. Claire war sich aber durchaus im klaren darüber, daß ihre Reaktion jetzt für die Frau, die ihre Hand immer noch in einem Griff umklammert hielt, den Claire von sich aus nicht würde lösen können, extrem wichtig war. Sollte das Hotel für Sasha Moore und ihresgleichen kein sicherer Zufluchtsort mehr sein, dann mußte die Vampirin das wissen, ehe die Morgendämmerung sie hilflos werden ließ.

„Claire Hansen." Nun war Claires Hand wieder frei. Die junge Frau schlug das Gästebuch auf, fischte einen Kugelschreiber aus einem Becher mit der Aufschrift ***Souvenir aus Avalon*** und schob beides zu ihrem Gast hinüber. „Wenn Sie sich bitte eintragen würden?"

„Sind die Preise dieselben geblieben?"

„Preise?" Claire hoffte, daß sie nicht so verwirrt dreinsah, wie sie sich fühlte. Preise ...

Sasha beugte sich über den Tresen, und ihre dunklen Augen funkelten vergnügt. „Zimmerpreise?"

„Ach so, klar." Claire hatte keine Vorstellung von den Zimmerpreisen in diesem Haus, aber einem Raubtier gegenüber durfte man nie Schwäche zeigen. „Wir nehmen jetzt zwei Dollar mehr."

„Zwei Dollar?" Die Unterschrift der Frau war die Claire bereits bekannte unleserliche Krakelei. Sasha drehte das Buch um und schob es Claire zu, auf den Lippen ein Lächeln, das förmlich glühte. „Aber fürs Frühstück berechnen Sie mir nichts, nicht wahr?"

„Fürs Frühstück?" Claire konnte nicht verhindern, daß ihr bei diesem Wort diverse Bilder durch den Kopf schossen und ihre Stimme ein wenig schrill klang.

„Sollten Sie das nämlich vorhaben, so kann ich Ihnen sagen, daß ich nichts lieber hätte als einen großen, saftigen ..."

„Boß, hinten in der Einfahrt parkt ein roter VW-Bus. Wissen Sie, wem der gehört?"

Mit diesen Worten trat Dean in die Halle, woraufhin Sasha Claire zuzwinkerte und sich anmutig dem jungen Mann zuwandte. „Mir. Ich habe mich gerade eingetragen."

Dean hatte sich für seine Frage entschuldigen wollen, aber da wurde sein Blick gefangen und gehalten, und einen Augenblick lang versank seine ganze Welt in einem dunklen Augenpaar in einem bleichen Gesicht. Dann verging der Augenblick. „Es, es tut mir leid", stammelte er und spürte, wie er rote Ohren bekam, „ich wollte Sie nicht anstarren, aber Sie sind doch Sasha ..."

„Moore."

„Ja. Sasha Moore. Die Sängerin. Sie waren im letzten Frühjahr schon mal hier."

„Meine Güte, ich scheine ja ziemlichen Eindruck gemacht zu haben!"

„Damals hatten Sie einen schwarzen Bus. Baujahr Ende der achtziger, sechs Zylinder, Allwetterradiale."

„Was für ein Gedächtnis."

Claires Augen wurden schmal. Das war also der schar... niedliche Gast aus Zimmer vier! Geräuschvoll knallte die junge Frau die Zimmerschlüssel auf den Tresen und konnte nicht umhin, sich zu freuen, als Dean bei dem Geräusch zusammenzuckte.

Sasha wandte sich wieder Claire zu, und ihr Lächeln wurde noch breiter. „Richten Sie bitte das Zimmer. Ich hole meine Sachen aus dem Bus."

„Das Zimmer richten?"

Dunkle Augen funkelten spöttisch. „Neu im Geschäft? Laken, Handtücher, Seife, das übliche eben." Interessiert ließ die Sängerin den Blick von Claire zu Dean gleiten. „Wer von Ihnen wird das Bett machen?"

Eifrig trat Dean vor. „Als Mr. Smythe noch hier war, habe ich immer ..."

Claire unterbrach ihn. „Sie versiegeln doch gerade den Fußboden. Ich übernehme Zimmer vier."

„Da es mir gleich ist ..."

Claire warf Dean einen Seitenblick zu und fragte sich, ob der die belustigten Untertöne der Kundin überhaupt mitbekam.

„... können Sie das ruhig unter sich klären. Ich bin gleich wieder da." Mit diesen Worten verschwand die blasse Frau in der Nacht, noch ehe sich die Vordertür ganz hinter ihr geschlossen hatte.

„Das Richten der Zimmer gehört in meinen Arbeitsbereich!" verkündete Dean und nahm sich die Zimmerschlüssel vom Tresen. „Die Renovierungsarbeiten sind kein Grund, meine eigentlichen Pflichten zu vernachlässigen."

„Ich betrachte die Renovierung des Eßzimmers nicht als Pflichtvernachlässigung", erwiderte Claire und holte sich die Schlüssel zurück. „Je eher Sie mit dem Urethan durch sind, desto eher können wir die ganze Unordnung beseitigen."

Beim Gedanken daran, seine Küche wieder im gewohnten makellosen Zustand zu sehen, leuchteten Deans Augen. „Na wenn Sie meinen ..."

„Ob Sie es glauben oder nicht, ich bin in der Lage, ein Bett zu beziehen und Handtücher aufzuhängen. Wir Hüter sind so ausgebildet, daß wir im Feld jederzeit ohne fremde Hilfe auskommen können."

„Selbstversorgung?" Als Claire nickte, schossen Dean ein paar Bilder durch den Kopf, und er runzelte die Stirn. „Fischen und jagen?"

„Nein. Aber ich *kann* binnen drei Minuten nach Ankunft an einer Unfallstelle das nächste Schnellrestaurant ausfindig machen."

Dean verzog angewidert die Lippen.

„Das sollte ein Witz sein! Obwohl etwa neunzig Prozent aller Unfallstellen im städtischen Bereich auftreten. Manche Hüter verbringen ihr ganzes Leben in derselben Stadt und versuchen verzweifelt zu verhindern, daß sie vor die Hunde geht."

„Was ist mit den restlichen zehn Prozent?"

„Große alte Häuser am Ende der Welt, mit mindestens einem toten Baum in unmittelbarer Nähe."

„Warum ein toter Baum?"

„Ambiente."

Sein Lächeln war zögerlich und verschwand auch rasch wieder, als er sah, daß Claire es nicht erwiderte. „Kein Witz?"

„Kein Witz." Die junge Frau schlug das Gästebuch zu und trat hinter dem Tresen hervor. Dean würde nicht allein in dem Zimmer da oben sein, wenn Sasha zurückkam, das war nun endgültig klargestellt. Ganz gleich, welche Pflichten diese Entscheidung für Claire mit sich brachte. Die junge Frau fühlte sich stark genug, der Versuchung zu widerstehen, die die Sängerin darstellte. Dean jedoch war ein Mann, ein junger noch dazu. Von ihm zu erwarten, daß er eine solch betörende Einladung von sich aus ablehnte, war zuviel verlangt. Da spielte es keine Rolle, ob er bei Sashas früherem Besuch dem Charme der Künstlerin schon einmal erlegen war oder nicht. Nun gab es Claire. Sie würde ihm beistehen. „Wo bewahren wir unsere Wäsche auf?"

„In der Wäschekammer."

Bei jedem anderen hätte Claire hinter dieser Bemerkung Spott wittern müssen.

„Ich könnte hier warten und Ms. Moore mit dem Gepäck helfen. Sie wirkte müde."

Ms. Moore hätte keine Probleme, Sie und die Koffer einhändig hochzutragen. Es stand Claire aber nicht zu, dies Geheimnis zu lüften. „Je länger Sie den frisch gestrichenen Fußboden allein lassen, desto größer werden die Chancen, daß Austin einen kleinen Spaziergang macht und das ganze Hotel verziert. Fußspuren im Farbton dunkle Eiche überall!"

„Er kriegt doch mit, daß die Farbe noch nicht getrocknet ist."

„Natürlich kriegt er das mit. So etwas macht er nicht aus Versehen."

„Aber ..."

„Er ist eine Katze." Claire wartete, bis Dean im Eßzimmer verschwunden war und begab sich dann mit zusammengebissenen Zähnen nach oben, bereit, sich der Konfrontation zu stellen.

„Sie ist also schar... niedlich, was?" Mit einem Ruck zog Claire zwei Laken aus dem Stapel und legte sie zu den Handtüchern, die sie schon gefunden hatte. „Mag sein, daß er ihr letztes Mal Frühstück, Abendbrot und kleine mitternächtliche Imbisse geliefert hat – die Sache ist gefährlich und muß ein Ende haben. Ich dulde nicht, daß an meinen Angestellten herumgeknabbert wird."

„Wer knabbert an deinen Angestellten herum?" Lautlos glitt Jacques aus dem oberen Stockwerk herbei und machte es sich eine Armlänge von Claire entfernt gemütlich. „Soll ich das wörtlich verstehen oder ist das einer von diesen albernen Umschreibungen, die die *Anglais* nehmen, wenn sie eigentlich etwas viel Interessanteres meinen?"

„Das kannst du wörtlich nehmen." Zwei kleine Seifenstückchen landeten auf dem Stapel. „Habe ich einen von deinen Ankern hier abgelegt?"

„*Oui.*"

„Warum habe ich das bloß getan?"

„Damit wir allein sein können?" Jacques hob eine Braue und zwinkerte Claire verführerisch zu; die protestierte, und die Braue senkte sich wieder. „Weil ich dir leid getan habe?" Nun war der Geist ganz Trauer: Er sackte in sich zusammen und richtete den Blick auf verzweifelt ineinander verschlungene Finger.

Claire verdrehte die Augen über den dramatischen Auftritt, mußte aber lächeln. Das Schauspiel war zu perfekt.

Durch den Vorhang seines Haars warf ihr Jacques einen Blick zu, sah das Lächeln und erwiderte es. „Ah! So ist es besser, oder? Du solltest vergnügt sein! Ich bin der Hölle entronnen, und Du ..." Mit einer Handbewegung erfaßte er Handtücher, Laken und Seife. Du hast einen Hotelgast."

„Von den schlimmen Ereignissen heute morgen scheinst du dich ja schnell wieder erholt zu haben." Claire nahm ihren Stapel, schleppte ihn mühsam zur Tür, fand sich dann aber albern und packte das ganze unhandliche Bündel in Kraft, um es vor sich her schweben zu lassen. „Ich hätte gedacht, das Trauma macht dir noch eine Weile zu schaffen."

Jacques zuckte die Achseln. „Ich bin ein Mann. Ich lasse mich nicht von meinen Ängsten fesseln und knebeln, und außerdem bin ich, wie Austin so schön sagt, tot. Die Toten existieren im Hier und Jetzt; dieser Morgen ist mir, als läge er schon Jahre zurück. Den nächsten Tag wird es für mich vielleicht nicht geben. Nur wenn ich mit dir zusammen bin, denke ich an die Zukunft."

Diese Bemerkung sagte allerhand aus, und zwar allerhand Unangenehmes – Tante Saras Einfluß war offenbar recht nachhaltig. Der von Country- und Westernballaden allerdings auch.

In Zimmer vier angekommen hieß Claire die Bettwäsche, die Handtücher und die Toilettenartikel sich auf der Spiegelkommode absetzen und hob einen kleinen Spiegel auf, der auf dem Fußboden gelegen hatte.

„Was machst du denn da?"

„Du darfst zu den Räumen, in denen sich Gäste aufhalten, keinen Zutritt haben."

„Warum nicht?"

„Weil denen das unter Umständen nicht gefällt."

„Wie kann es angehen, daß ich ihnen nicht gefalle?"

„Du bist tot." Claire trug den Spiegel nach draußen in den Flur und die Handtücher ins Badezimmer.

„Aber hallo! Wer ist denn der tote Typ da draußen?"

Die Zimmertür schloß sich mit einem vernehmlichen Knall, und Claire kam eilends aus dem Badezimmer. „Der geht Sie nichts an."

„Darauf können Sie Gift nehmen." Mit einem vergnügten Grinsen in Claires Richtung schob sich Sasha die Lederjacke von der Schulter. „Viel verlange ich ja nicht von den Typen, mit denen ich ausgehe, aber am Leben sollten sie schon sein. Was nun dieses astreine Stück in Ihrem Keller betrifft ..."

„Von dem lassen Sie schön die Finger."

„Warum denn?" Bedächtig polierte sich die Frau am Saum ihres ärmellosen schwarzen Rollkragenpullovers die Fingernägel, die fast ebensolang und in einer ähnlichen Farbe lackiert waren wie Claires eigene. „Haben Sie Angst, Sie könnten nicht mithalten?"

„Ich habe nicht vor, mit Ihnen oder sonst jemandem mitzuhalten. Ich weiß nicht, was geschehen ist, als Augustus Smythe für diese Unfallstelle zuständig war, und es schert mich auch nicht ..." Claire ignorierte die ebenholzfarbene Braue, die spöttisch hochfuhr, „... aber solange ich hier die Verantwortung trage, steht Dean McIssac unter meinem Schutz."

„Ach ja? Er schien mir ein großer ..." Es folgte eine nachdenkliche Pause. „Er scheint mir ein sehr großer Junge zu sein, und Sie sind mitnichten sein Vormund, Hüterin, regen Sie sich also ab. Im übrigen trinke ich ohnehin nie direkt im Stall, außer, es geht wirklich nicht anders, und wenn der Fall eintritt, dann ist Ihr Auftritt als Glucke wahrlich mein geringstes Problem. Dann könnte ich mich Ihnen einfach auf Gedeih und Verderb ausliefern – Hüterinnen stehen doch auf Bedürftigkeit." Eine erstaunlich fahle Zunge fuhr über burgunderrote Lippen. „Was haben Sie für eine Blutgruppe? Null Rhesus negativ?"

„Was hat das denn mit unserer Unterhaltung zu tun?"

„Gar nichts. Es ist einfach nur schön zu wissen, daß Sie meinen Lieblingsgeschmack verkörpern. Nur für den Notfall."

Nachdrücklich und ohne die Frau einer Antwort zu würdigen machte Claire sich am Bett zu schaffen.

Sasha lachte. Sie war weder beleidigt noch entmutigt. „Aus dem, was Sie mir vorhin gesagt haben, schließe ich, daß der kleine Smythe noch lebt. Was hat er denn getan? Hat sich einfach verpißt und vertraut nun darauf, daß Sie die ganze Sache schon schaukeln?"

„So funktioniert das nicht."

Sasha lachte erneut auf. „In der Regel nicht, nein, aber in der Regel übernehmen Hüter auch keine Unfallstellen von Vettern, die diese Unfallstellen wiederum von Hütern übernommen hatten. Also laufen die Dinge hier eindeutig nicht so, wie sie eigentlich laufen sollten."

„Woher wissen Sie all das?"

„Ich bin schon eine Weile unterwegs."

Claire erinnerte sich an immer dieselbe unleserliche Unterschrift, auf die sie bei Durchsicht des Gästebuchs zahllose Male gestoßen war – leider jedoch nicht in den Eintragungen, die sich auf die Monate bezogen, in denen Tante Sara die Unfallstelle betreut hatte. „Wissen Sie auch von ..." Ein rascher Ruck mit dem Kopf in Richtung Zimmer sechs vollendete die Frage.

„Ja, kann man so sagen. So was kann man vor mir nicht verbergen. Nach vier oder fünf Besuchen fiel es mir schwer, das Leben zu ignorieren, das da oben herumhängt und sich überhaupt nicht verändert." Die Sängerin streifte einen überdimensionalen roten Pullover über. „Der alte Gus sagte mir, da oben sei eine Frau, bei der die Hüter einen auf Schneewittchen gemacht haben, und mehr bräuchte ich nicht zu wissen."

„Sie nannten ihn Gus?"

„Aber klar doch. Ich würde ja zu gern hören, wie er es geschafft hat, Ihnen dies Haus anzuhängen, aber wenn Sie nichts ausplaudern wollen, dann ist das auch gebongt." Sie fuhr sich mit den Fingern durchs Haar und trug rasch einen anderen Lippenstift auf, der farblich genau zu dem Pullover paßte. „Über seine Berufung hierher hat er mir auch nie was erzählt, der widerliche kleine Gnom. Aber Mensch, in Ihrem Alter muß es Sie doch in den Wahnsinn treiben, hier herumhängen zu müssen, wo Sie doch draußen die Welt retten könnten."

Ehe Claire etwas erwidern konnte, drang durch das Treppenhaus Deans Stimme, die ihren Namen rief.

Sasha legte den Kopf in Richtung des Geräuschs schief. „Wie aufs Stichwort werden wir an die Sonderleistungen erinnert."

„Er ist keine Sonderleistung", protestierte Claire.

Kühle Finger umschlossen für einen Herzschlag ihr Kinn. „Warum nicht, Sie dummes Mädchen?" Mit einem Klirren der silbernen Armreifen und einem unbeschwerten: „Bleiben Sie meinetwegen nicht wach!" war die Sängerin verschwunden.

Ihre Berührung aber blieb.

Später ging Claire zu Bett. Austin, der zusammengerollt auf dem Bett gelegen hatte, hob den Kopf um eine Winzigkeit und murmelte leise: „Also vermietest du jetzt Zimmer an blutsaugende, untote, seelenlose Kreaturen?"

„Stört dich das?" fragte Claire.

„Nicht im geringsten." Austin gähnte. „Mir ist alles recht, was mit einem Dosenöffner umgehen kann."

„Sie kehrte kurz vor Morgengrauen in ihr Zimmer zurück. Ich glaube, sie hat letzte Nacht in der Stadt jemanden getroffen." Jacques umschrieb das Gesagte mit beredten Gesten. „Wenn ihr wißt, was ich meine. Sie hatte diesen zufriedenen Blick. Wie die Katze, die den Kanarienvogel verspeist hat."

Austin, der sich auf dem Computermonitor niedergelassen hatte, schnaubte. „Sie sah aus, als würde sie gleich einen Haufen feuchter Federn ausspucken?"

„Das hatte ich damit nicht gemeint."

„Du solltest unseren Gästen nicht nachspionieren", sagte Dean und schloß die Finger fester um einen Klumpen Stahlwolle. „Das ist unhöflich."

„Ich habe nicht spioniert", protestierte Jacques indigniert. „Ich habe mir Sorgen gemacht."

„Versuch es mit einer anderen Ausrede."

„Du brauchst mir ja nicht zu glauben!"

„Prima."

„Was meinst du, warum schläft ein so hübsches Mädchen in einem Zimmer ohne Fenster?"

Claire stand oben auf der Treppe und wartete auf Deans Antwort. Sie hatte gerade eine Stunde lang das Kraftfeld studiert, das Sara umgab. Eine Stunde – länger hielt sie es so nah am Bösen nicht aus, ohne den dringenden Wunsch zu verspüren, sich auf der Stelle unglaublich viele Videos auszuleihen, nur um sie allesamt zurückzugeben, ohne sie zurückgespult zu haben.

„Ms. Moore ist Musikerin." Deans Tonfall legte nahe, daß nur ein Vollidiot sich diese Antwort nicht hätte selbst denken können. „Sie arbeitet nachts, schläft am Tage und will nicht, daß die Sonne sie weckt."

„Dann ist es ja gut, daß es hier ein solches Zimmer gibt!" meinte Jacques nachdenklich.

Claire runzelte die Stirn. Was würde passieren, wenn Jacques eins und eins zusammenzählte und dabei auf zwei kam? Wenn der Geist die Sache mit der Vampirin herausfand, wem würde er sie erzählen? Dean? Nur, wenn er hoffen konnte, den Jungen damit wütend machen oder verunsichern zu können.

Was, wenn Dean selbst es herausfand? Claire war sich ziemlich sicher, daß der junge Mann weder zu gespitzten Pfählen greifen noch die Boulevardpresse benachrichtigen würde. Die Sicherheit der Vampirin stand also nicht auf dem Spiel.

Deans eigene Sicherheit war eine ganz andere Sache. Die Gefahr, die von Sasha Moore ausging, wirkte auf viele Menschen anziehend. Das war nicht unbedingt lebensbedrohlich, aber es war hinlänglich bekannt, daß die Intimität, die entsteht, wenn ein Vampir von einem Menschen trinkt, süchtig machen kann. Claire wollte nicht, daß Dean so etwas zustieß. Wenn es nach ihr ging, würde der Junge nicht als hilfloses Groupie der Untoten über die Landstraßen irren.

Dasselbe würde ich bei jedem empfinden, für den ich Verantwortung übernommen habe, versicherte Claire sich im stillen. *Einschließlich aller Gäste, solange sie sich im Hotel aufhalten.* Wodurch sie letztlich auf Umwegen auch für Sasha Moore die Verantwortung übernommen hatte.

Als ihr das klar wurde, zuckte Claire erschrocken zusammen. Ihr Absatz verfing sich auf der Treppenstufe, und sie wankte unbeholfen mit den Armen rudernd hinunter in die Halle. Sie hätte den Abstieg auch unbeschadet überstanden, wenn sich nicht eine der Verzierungen des Treppengeländers gelöst hätte.

So verlief ihre Landung schließlich recht lautstark. Noch lautstärker wäre sie verlaufen, wäre es Claire gestattet gewesen, sich mit ein paar handfesten Flüchen Erleichterung zu verschaffen.

„Claire!" Dean warf die Stahlwolle beiseite, streifte die Gummihandschuhe ab und wollte aufstehen. „Ist Ihnen auch nichts passiert?"

„Mir geht's *prima!*"

Dean wollte zu ihr eilen, fand sich aber plötzlich Jacques gegenüber, der die Hände warnend erhoben hatte.

„Ich würde es nicht tun", flüsterte der Geist in Deans Ohr. „Wenn eine Frau in diesem Ton sagt, es geht ihr prima, dann wünscht sie, allein gelassen zu werden."

Da Dean den Geist nicht beiseite schieben konnte, ging er durch ihn hindurch und sank neben Claire in die Knie. „Was war?"

„Ich bin gestolpert."

„Haben Sie sich verletzt?" Ohne nachzudenken griff er nach Claires Arm, zog die Hand aber hastig zurück, als die Chefin ihm einen wütenden Blick zuwarf.

„Ich habe gesagt, mir geht es *prima.*"

„Ich habe es dir gesagt!" murmelte Jacques und schwebte zur Decke empor.

Mit einer Hand stützte Claire sich ab, bis sie aufrecht saß, mit der anderen reichte sie Dean die Geländerverzierung. „Falls Sie Beschäftigung suchen ..." Da hallte ein dumpfes Dröhnen dreimal durch das ganze Haus, und Claire versagte die Stimme. Krampfhaft preßte sie die Hand gegen das Herz, das im Gleichtakt mit dem Dröhnen schlagen wollte und wandte sich mit einem Ruck um. „Was zum ..."

„Türklopfer", erklärte Dean und hielt sich die Ohren zu, als der dumpfe Hall nun noch einmal ertönte.

Claire konnte es fast nicht glauben, daß der winzige Messingklopfer, den sie in ihrer ersten Nacht glatt übersehen hatte, zu einem derartigen Lärm imstande sein sollte – aber warum hätte Dean sie anlügen sollen? *Zumindest wissen wir, daß es nicht Mrs. Abrams ist. Die klopft nicht an.* Dean rannte zur Tür, um sie zu öffnen, ehe der Besucher noch einmal klopfen konnte und sie dann alle taub wären, während Claire aufstand und Jacques befahl, zu verschwinden.

„Warum?" wollte der wissen und glitt von der Decke herab.

„Bei Tageslicht bist du durchsichtig."

„Was heißt durchsichtig?"

„Ich kann durch dich hindurchsehen."

„Das liegt daran, *chérie,* daß ich vor dir nichts zu verbergen habe." Er warf ihr eine Kußhand zu und verschwand, als die Tür aufging.

Ein Mann Mitte vierzig, dessen Haar bereits grau zu werden begann, spähte über einen riesigen Strauß roter Chrysanthemen hinweg und ließ die leicht vorstehenden Augen unruhig zwischen Dean und Claire hin und her eilen. „Blumen für Ms. Moore."

„Sie schläft", erklärte Dean und fügte hilfsbereit hinzu: „Wenn Sie die Blumen hierlassen, sorge ich dafür, daß sie sie erhält, sobald sie aufwacht."

Der Bote schüttelte den Kopf und hielt Dean ein Klemmbrett hin. „Sie muß hier unterschreiben."

„Aber sie schläft."

„Hören Sie mal, ich weiß nur eins: Ich brauche auf dem Zettel hier ihre Unterschrift und ihre Zimmernummer, sonst kann ich die Blumen nicht dalassen." Plötzlich schien ihm eine Idee zu kommen. „Vielleicht könnten Sie Ms. Moores Unterschrift fälschen. Dann lasse ich die Blumen da. Das wäre mir eine *große* Hilfe."

„Ich weiß nicht ..."

Aber Claire wußte. „Tut mir leid", sagte sie und durchquerte das Foyer. „Wir geben die Zimmernummern unserer Gäste nicht weiter. Wenn Sie uns die Blumen nicht geben können, dann werden Sie später noch einmal wiederkommen müssen."

„Hören Sie, das ist meine letzte Lieferung heute. Was ist denn schon groß dabei?"

„Sie haben mich nicht verstanden." Claire trat vor Dean und baute sich direkt vor dem Boten auf, der nicht größer war als sie. Sie verschränkte die Arme und lächelte den Mann an. „Wir geben die Zimmernummern unserer Gäste nicht weiter."

„Aber ..."

„Nein."

Er sah zu Dean auf. „Komm schon, Kumpel, wie ist es mit dir? Hab Mitleid."

Claire schnippte mit den Fingern direkt unter der Nase des Mannes, um dessen Aufmerksamkeit wieder auf sich zu lenken. „Welchen Teil meiner Ausführungen haben Sie nicht verstanden?"

„Gut. Gut! Sie sind dann also dafür verantwortlich, daß Ms. Moore ihre Blumen nicht bekommt."

„Damit kann ich leben." Es war nett, die Verantwortung einmal so genau definiert zu bekommen.

„Na vielen Dank dann auch für Ihre Hilfe!" Mißmutig machte der Mann auf dem Absatz kehrt und stolperte auf den unebenen Eingangsstufen. Er ruderte mit den Blumen, als seien es Dreschflegel, und es sah so aus, als würde er jeden Moment die Treppe herunterfallen.

„Boß!" Deans Ausruf appellierte an Claires Gewissen. „Er könnte sich etwas tun."

Seufzend rief Claire sich ins Gedächtnis, woher Versuchungen kamen. Sie ließ sich Zeit beim Kraftsammeln und stellte den Mann in letzter Sekunde – er lehnte schon bedenklich weit vor – wieder sicher auf die Füße.

Der hatte von der ganzen Sache nichts mitbekommen. Wütend und mit schweren Schritten lief er die restlichen Treppenstufen hinab, warf die Blumen in seinen Wagen und fuhr mit quietschenden Reifen von dannen.

Claire sah ihm nach, bis er in die King Street abbog. „Von wem die Blumen wohl gewesen sein mögen?"

„Von einem Fan?"

„Wahrscheinlich." Sie streckte die Hand aus und klopfte prüfend gegen den Messingklopfer. Als der Klang verhallt war, folgte sie Dean ins Hotel. „Aber woher hat er gewußt, daß sie hier wohnt?"

„Vielleicht hat sie es ihm gesagt?"

„Vielleicht", warf Jacques ein und wurde wieder sichtbar, „waren sie von dem Mann von letzter Nacht. Blumen, um zu sagen: *Danke für die Erinnerungen.*"

„Ich glaube nicht; sie hätte niemandem erzählt, daß sie hier wohnt."

„Warum nicht?"

„Weil sie mir sagte, sie lege großen Wert auf ihre Privatsphäre."

LÜGNERIN verkündete eine triumphierende kleine Stimme in Claires Kopf.

Ich lüge, um eine andere Frau zu schützen, gab Claire zurück. *Man muß die Umstände abwägen. Verschwinde aus meinem Kopf.*

DIE LÜGE HAT UNS REINGEBETEN.

Prima, und ich sage euch jetzt, daß ihr gehen könnt.

„Claire?"

Sie nahm ihre Umgebung wieder wahr. „Entschuldigung. Worüber sprachen wir gerade?"

„Über Ms. Moores Privatsphäre."

„Genau. Wir werden sie respektieren." Dabei sah sie Jacques nachdrücklich an. „Wir alle."

Später, als gerade das letzte Stück Tresenablage sich anschickte, aus seinen siebenundzwanzig Lagen Lack aufzutauchen, war mit einem Mal Baby zu hören, der in seinem ‚Garten' wütend kläffte.

Dean blickte auf und konnte feststellen, daß Austin immer noch lang ausgestreckt auf dem Monitor lag. „Der Postbote ist aber spät heute."

„Draußen auf dem Parkplatz?"

„Was?"

Der Kater sprang auf den Schreibtisch und warf dabei einen Stapel loser Papiere sowie einen Kugelschreiber zu Boden. „Baby sagt – und der Typ läuft eigentlich ziemlich gut auf seinen zwei Hirnzellen –, daß sich auf unserem Parkplatz ein Fremder aufhält."

„Mein Pick-up!" Dean sprang auf, rannte zur Hintertür und streifte sich auf dem Weg die Handschuhe von den Händen.

Claire, die gerade auf dem Weg nach oben war, nachdem sie das Dämmfeld geprüft hatte, trat ihm in den Weg. „Halt! Denken Sie an das Urethan!"

Er machte auf dem Absatz kehrt, rannte zurück und warf sich durch die Vordertür.

Als Claire die Rückfront des Hauses erreichte, nachdem sie sich kurz in der Eingangshalle die Situation hatte erklären lassen, verschwand Dean gerade über einen hüfthohen Bretterzaun im Westen. Im Süden kläffte Baby weiter hysterisch. Sowohl Deans Pick-up, ein riesiges, weißes, benzinschluckendes Monster namens Moby als auch Sasha Moores Bus schienen unberührt.

„Carole? Carole, meine Liebe!" Mrs. Abrams Stimme durchschnitt Babys Kläffen mehr, als daß sie es übertönte. „Was ist los? Was geht da vor sich?"

Langsam wandte Claire sich um. „Wir hatten einen Eindringling."

„Was ist los? Sprechen Sie lauter, flüstern Sie nicht so."

„Ein Eindringling!"

„Was? Mitten am hellichten Nachmittag? Was die sich wohl als nächstes einfallen lassen? Sie glauben doch nicht, daß das derselbe Schurke war, der sich neulich nacht hier herumgetrieben hat?"

„Nein, ich ..."

„Man wird uns noch alle in unseren Betten ermorden, überfallen und ausrauben, und dann werden sie es endlich begreifen."

Claire konnte sich selbst gerade noch daran hindern zu fragen, wer denn da was begreifen sollte. Eigentlich wollte sie das gar nicht wissen.

„Ist Ihr netter junger Mann hinter dem Eindringling her?" Mrs. Abrams nahm sich nicht die Zeit zum Luftholen, geschweige denn, daß sie Raum für eine Antwort gelassen hätte. „Wie sehr mir Mr. Abrams fehlt! Auch wenn er, wenn ich ganz ehrlich sein soll, Herzchen, nicht wirklich ein Mann der Tat war; er hatte die ungünstige Angewohnheit, in Streßsituationen zu welken. Er ist plötzlich verstorben, wissen Sie, mit einem merkwürdigen kleinen Lächeln auf den Lippen. Ich bin sicher, daß er ohne mich ebenso verloren ist wie ich ohne ihn. Aber ich will nicht jammern, ich komme schon klar. Ich kann ja auch gar nicht weiter mit Ihnen hier herumstehen und plaudern: Ich habe unseren Bezirksabgeordneten am Telefon. Der gute Mann verläßt sich völlig auf meinen Rat, was die Angelegenheiten unserer Nachbarschaft betrifft." Eine beringte Hand berührte sacht steiflackierte orangefarbene Haare. „Allein käme er einfach nicht zurecht. Baby! Sei still!"

Baby schenkte ihr keine Beachtung.

„Fein, guter Junge!"

Mrs. Abrams kehrte zu ihrem Telefon zurück, und Dean setzte wieder über den Zaun und landete auf dem Parkplatz. „Es tut mir leid, ich habe ihn aus den Augen verloren. Er hatte an der Union Street ein Auto stehen. In das stieg er und war über alle Berge, ehe ich um die Ecke war." Er runzelte die Stirn wie ein besorgter Vater und sah sich prüfend die Autos an. „Scheinbar hat Baby ihn verjagt, ehe er Schaden anrichten konnte. Guter Hund!"

Zu Claires Überraschung bellte der Dobermann noch einmal kurz auf und war dann still.

„Ich frage mich, ob das seine ist", sagte Dean und zeigte auf den Abdruck einer Hand am Seitenfenster des VW-Busses.

Claire starrte auf den fettigen Abdruck und spürte, wie es in ihren eigenen Handflächen zu jucken begann. Schlagartig war sie sicher zu wissen, wer der Eindringling gewesen war. „Es war der Bote."

„Wie bitte?"

„Der Mann von heute morgen, der mit den Blumen."

„Wen Sie meinten, hatte ich schon verstanden. Haben Sie ..." Er schüttelte den Finger in der Luft.

„Kräfte manipuliert? Nein. Ich habe nur so eine Ahnung."

„Eine Ahnung. Gut." Dean zog sich den Ärmel seines Sweatshirts über die Handfläche und rieb das Fenster sauber.

Da sie ihm schlecht erklären konnte, daß er damit die einzige Chance vernichtete, die Sasha Moore gehabt hätte, die Spur des Eindringlings aufzunehmen, zuckte Claire die Achseln und ging zurück ins Haus. Dort fand sie Austin vor, der neben seinem Futternapf wartete.

„Habt ihr ihn erwischt?"

„Nein. Ich wußte gar nicht, daß du Hunde verstehst."

„Was hat es denn für einen Sinn, sie zu beschimpfen, wenn sie nicht verstehen können, was man sagt?"

„Du sprichst die Hundesprache?"

Als Antwort hob Austin den Kopf und gab ein Geräusch von sich, das man unter Umständen und wenn man nie einen größeren Hund als einen Pekinesen vernommen hatte, für ein Bellen hätte halten können.

„Was hast du gesagt?" fragte Claire, während sie mühsam ein Lachen unterdrückte.

„Frei übersetzt ...", mit diesen Worten starrte Austin angelegentlich hinab in seine Schale, „heißt das: Gib mir was zu Fressen."

Am Abend wartete Claire am Tresen, als Sasha die Treppe herunterkam. „Könnte ich kurz mit Ihnen sprechen?"

„Wird es lange dauern?"

„Nicht lange, nein."

„Gut, denn ich muß wirklich etwas zu mir nehmen, ehe ich auf die Bühne gehe, sonst lenkt mich das Publikum zu sehr ab. Als müßte man direkt vor einem riesigen kalten Büffet auftreten."

Da es nichts zu geben schien, was Claire darauf hätte antworten können, stand sie auf und führte den Gast schweigend in ihr Wohnzimmer.

„Wie ich sehe, hat der alte Gus nicht gerade viel mitgenommen."

Claire wollte gar nicht wissen, unter welchen Umständen Sasha schon einmal in diesen Räumen gewesen war. Das ging sie nichts an.

„Haben Sie immer noch seine unanständigen Bilder im Schlafzimmer?"

„Die entferne ich, sobald ich Zeit habe."

„Hm." Sasha ließ sich auf die Couch fallen und legte ein mit karmesinrotem Stretch bedecktes Knie über die breite Armlehne. „Also: Worüber wollten Sie mit mir reden?"

Claire hockte sich auf den Rand eines Fußschemels, der als einziges im Zimmer weder überpolstert noch mit Krimskrams überladen war. „Ich glaube, jemand verfolgt Sie."

Lange Wimpern, schwer von Wimperntusche, blinzelten zweimal. „Sagen Sie das noch mal."

Claire faßte die Ereignisse des Tages zusammen und lieferte auch gleich ihre Interpretation des Geschehenen, wobei sie sich so kurz wie möglich hielt.

„Hören Sie, ich weiß Ihre Besorgnis zu schätzen, aber die Blumen waren wahrscheinlich von einem Fan, und Sie sagen selbst, daß Sie den Typen nicht gesehen haben, der auf dem Parkplatz war. Es hätte also genausogut auch ein Jugendlicher aus der Gegend gewesen sein können, der eine Abkürzung nehmen wollte."

„Eine Abkürzung zu seinem Auto?"

Sasha schnaubte. „Glauben Sie mir, es ist nicht einfach, in dieser Gegend hier einen Parkplatz zu finden."

„Gut, wenn es also ein Fan war, der die Blumen geschickt hat, woher wußte der, daß Sie hier wohnen? Ich kann nicht glauben, daß Sie irgend jemandem sagen, wo Sie Ihre Tage verbringen."

„Er muß mich letzte Nacht in einer der Bars gesehen haben und ist dann meinem VW-Bus gefolgt."

„Macht Ihnen das keine Sorgen?"

Sasha streckte die Hand aus und klopfte Claire aufs Knie. Die beiden saßen einander so dicht gegenüber, daß Claire die Pfefferminzzahnpasta riechen konnte, mit der die andere sich die Zähne geputzt hatte. „Warum sollte ich mich sorgen? Anscheinend sorgen Sie sich doch schon, das langt für uns beide." Sie stand auf und zeigte Zähne – zu viele, zu lange, zu weiße. „Ich kann auf mich selbst aufpassen. Wenn ein Fan mir zu nahe auf die Pelle rückt, dann sorge ich einfach dafür, daß er noch ein ganz kleines Stückchen näherkommt." An der Tür blieb Sasha stehen. „Ach, übrigens: Wußten Sie, daß Sie Mäuse haben?"

Claire spürte, wie sich ihre Lippen zu einem schmalen Strich zusammenpreßten und zwang sich, sie zu öffnen, um zu sagen: „Ich glaube nicht, daß es Mäuse sind."

Sasha zuckte die Achseln. „Auf jeden Fall riechen sie wie Mäuse."

„Ich hab's dir ja gesagt", murmelte Austin, als sich die Tür hinter Sasha geschlossen hatte.

Claire zuckte zusammen. Ihr war nicht aufgefallen, daß Austin, zusammengrollt wie ein Teewärmer, die ganze Zeit unter dem Fernseher gelegen hatte. „Wenn es Mäuse sind", fuhr sie ihn an, „warum fängst du dann keine?"

Er schnaubte. „Was soll ich denn bitteschön damit anfangen?"

Der Freitagmorgen fing schlecht an für Claire. Zuerst schlug die Hölle per Wandspiegel vor, sie solle Sasha Moore zum Abendessen einladen und verdrehte dann ihre Reaktion derart, daß sie, als sie endlich ihr eigenes Spiegelbild wiederhatte, völlig reizbar und empfindlich war und nicht hätte sagen können, an wen diese Runde eigentlich gegangen war. Dann verirrte sie sich auf der Suche nach der Chronistin so gründlich, daß volle neun Stunden Schrankzeit dabei draufgingen. Gänzlich ausgehungert kehrte sie von ihrer Expedition zurück, nur um feststellen zu müssen, daß Dean gerade die letzte Schicht Urethan aufgetragen hatte und sie nicht in die Küche konnte.

„He... verflixt noch mal."

Dank der beiden großen Glasfenster in der Rückwand des Eßzimmers mußte jede Lösung des Problems die Möglichkeit einbeziehen, daß Mrs. Abrams zusah. Claire nahm sich vor, so rasch wie möglich Jalousien für diese Fenster zu erwerben, zog Kraft und schoß so rasch senkrecht in die Luft, daß sie sich den Kopf an der Decke der Eingangshalle stieß.

„Da hast du wohl ein Leck erwischt!" kicherte Austin.

Claire hielt sich mit beiden Händen den Kopf und funkelte auf den Kater hinab. „Mit *Absicht* habe ich das bestimmt nicht gemacht."

„Du wolltest eine schnelle, unsaubere Lösung, stimmt's?"

„Ja, aber ..."

„Genau die hast du bekommen. Ich bezweifle jedoch, daß es dir dauerhaft den Charakter verdorben hat."

„Es war nicht das erste Mal. Als ich gestern versuchte, Mrs. Abrams aufzuhalten, hat mich jemand auf die Knie gezwungen."

„Einmal, zweimal, was ist schon groß dabei?"

„Genau das wird sich Smythe auch immer gedacht haben." Das leichte Summen der sich ansammelnden Emanationen schien verstummt. Allerdings dröhnten Claire nach ihrem Zusammenprall mit der Decke die Ohren – sicher konnte sie also nicht sein. Sorgsam zog sie Kraft genau aus dem Mittelbereich der Potentiale, sank langsam, bis sie sich etwa vier Zentimeter über dem Boden befand und glitt dann vorsichtig voran. Zu jeder anderen Zeit hätte sie gezögert, weiter mittels der Sickeremanationen zu Schweben, die von der Hölle gespeist wurden, aber sie war so hungrig, daß ihr fast alles egal war.

Als sie das Eßzimmer durchquerte, atmete sie vorsichtig und möglichst flach, erwischte aber trotzdem eine Menge *Eau de Versiegelung.* Dann hockte sie sich neben die Spüle, füllte eine Schale mit Müsli und verschlang es gierig. Sie hatte die Schüssel gerade ein zweites Mal gefüllt, als Jacques neben ihr auftauchte.

„Ich denke, du solltest erfahren", sagte er, „daß der Mann, der gestern die Blumen bringt, er jetzt gerade durch die Vordertür kommt."

„Was?"

„Der Mann, der gestern die Blumen liefert ..."

„Ich hatte dich gehört!" Claire ließ das Müsli in die Spüle fallen, sprang vom Küchentresen und wollte zum Hoteleingang rennen ...

... wobei sie leider das klebrige Urethan vergaß.

„Früchtebrot!"

Die emotionale Kraft hinter diesem Pseudonym für einen richtigen Kraftausdruck war so groß, das sich der Toaster prompt in ein Früchtebrot verwandelte und einen Moment lang der aromatische Duft von Gewürzen und Trockenfrüchten den vorherrschenden Chemikaliengestank überlagerte.

Nachdenklich betrachtete Jacques das Backwerk. „Ich frage mich, was geschehen wäre, hättest du dich wirklich dieses altehrwürdigen angelsächsischen Fluchs bedient. Jetzt, wo wir beide hier allein zusammen sind."

„Mußt du schon wieder damit anfangen", zischte Claire, schnürte sich die Schnürsenkel auf und schwebte in die Eingangshalle, wobei sie ihre Schuhe dort beließ, wo sie am Fußboden festgeklebt waren.

„Von müssen kann keine Rede sein", murmelte Jacques.

Als Claire in die Eingangshalle gerannt kam, tauchte der Blumenbote hinter dem Tresen auf, in der Hand einen Strauß, der dem vom Vortag aufs Haar glich. „Ich war auf der Suche nach einem Stück Papier", versicherte er rasch. „Der Boß sagt, ich kann die Blumen hier lassen. Ich wollte eine Nachricht für Sie schreiben."

Er log. Leider konnte Claire ihn nicht zwingen, die Wahrheit zu sagen, ehe sie nicht genau wußte, ob er auch wirklich eine Bedrohung für die Unfallstelle darstellte.

ACH, UND WARUM NICHT? fragte die kleine Stimme in ihrem Kopf. WER WIRD ES DENN ERFAHREN? DU WEISST, DU WILLST ES.

Halt. Die. Klappe. Claire streckte die Hand nach den Blumen aus und sagte laut: „Ich sorge dafür, daß Ms. Moore sie bekommt."

„Klar." Den Blick wachsam und unverwandt auf Claire gerichtet glitt der Bote rückwärts am Tresen entlang bis zur Tür, tastete hinter sich nach der Klinke und schlüpfte auf die Veranda, ohne sich umgedreht zu haben. Dort blieb er stehen und warf, kurz bevor die Tür sich schloß, einen Blick durch das Loch im Türfenster. „Schöne Grüße an Ms. Moore!" grinste er hämisch und zeigte gelbe Zähne.

Claire legte die Blumen ab und sah sich um. Nichts schien verändert. „Na ja, über die Grüße müssen wir erst mal nachdenken." Sie bückte sich unter dem Tresen durch, nahm ihren Rucksack vom Haken und kramte in dessen Außentasche. Wenig später zog sie die zerknitterten Überreste einer einstmals großen Tüte Brausepulver mit Traubengeschmack heraus und schüttete das lila Pulver, das darin noch übrig waren, in ihre Handfläche.

„Es tut mir leid, das Ihre Schuhe auf dem Fußboden festgeklebt sind, Boß. Ich dachte, Sie kriegen schon mit, daß ..." Deans Stimme verklang, während er ungläubig zusah, wie Claire eine Handvoll lila Puder in die Luft warf.

Einen Herzschlag lang hing das Pulver wie eine wirbelnde Wolke mit Vitamin C-Zusatz in der Luft, dann legte es sich auf ein wirres Durcheinander von Hand- und Fußspuren, die von der Hoteleingangstür ins Büro und zurück zur Tür führten. Ein Gutteil des Pulvers legte sich unten auf die Blütenstengel der Chrysanthemen.

„Was für eine Schweinerei!" seufzte Claire. „Aber ich bin nicht schlauer geworden. Ich weiß lediglich, daß er hier war und das wußte ich vorher auch."

„Wer?"

„Der Blumenbote. Ich habe versucht herauszufinden, was er im Schilde führt."

„Mit ..." Dean rieb sich etwas von dem Pulver auf einen Finger und roch daran. „Ahoi-Brausepulver mit Traubengeschmack?"

„Ahoi war es nicht – warum Markenprodukte kaufen, wenn man sie nur in der Gegend herumschmeißen will?"

„Gut." Dean zog ein zusammengefaltetes Taschentuch aus der Tasche und wischte sich sorgfältig den Finger ab. „Ich mach das schon wieder sauber, am besten gleich."

„Toll. Ich brauche jetzt nämlich einen Kaffee."

„Der Fußboden ..."

„Ich weiß." Vorsichtige vier Zentimeter über dem lila Staub glitt Claire den Flur entlang.

Leider war das Brausepulver gesüßt gewesen. Dean hatte den ganzen Morgen damit zu tun, die Schweinerei zu beseitigen und wußte am Ende nicht, ob er auch wirklich das letzte Kristall erwischt hatte.

Seine Zweifel waren berechtigt. So hatte er zwar einen Blick in den Schlüsselschrank geworfen, als er dessen Tür von lila Fingerabdrücken befreite, dabei jedoch den kleinen Fleck, der das Ende des einzigen leeren Hakens zierte, übersehen.

„Hört mal, Leute, warum kommt ihr nicht einfach heute abend mit in den Schuppen, in dem ich auftrete, und wenn der Typ da ist, könnt ihr ihn mir zeigen. Ich lerne meine Fans gern kennen."

Dean wirkte nicht überzeugt von der Idee. „Was, wenn der Mann gefährlich ist?"

„Dann sind Sie ja da und können mir zur Seite stehen!" Schmachtend sah Sasha zu Dean auf und schenkte dem jungen Mann ein strahlendes Lächeln. „Ist doch so, oder?"

„Klar doch." Mit roten Ohren trat Dean zur Seite und versteckte sich diskret hinter den Blättern eines Gummibaums aus Plastik, der die südöstliche Ecke von Smythes Wohnzimmer zierte. Bis zu diesem Morgen hatte er gedacht, die schrecklichen, peinlichen Jahre, in denen er spontane Reaktionen nicht hatte unterdrücken können, lägen längst hinter ihm.

„Was meinen Sie, wenn Sie *klar doch* sagen?"

Soweit Dean das beurteilen konnte, wußte Claire nicht, warum er hinter dem Gummibaum verschwunden war. Er warf der Vampirin einen Blick zu, und seine Ohren liefen so heiß und rot an, daß sie juckten.

„Dean!"

Er drehte der Pflanze unversehens eines ihrer Plastikblätter ab und tauchte dann mühsam aus den warmen, dunklen, einladenden Tiefen von Sashas Augen auf. „Ich meinte, nun ja, das heißt ... Ms. Moore, könnten Sie bitte woanders hinsehen? Danke!" Er holte tief Luft und atmete langsam wieder aus. „Ich meinte damit, daß wir helfen werden, wenn irgend etwas geschieht, weil wir ja da sein werden."

„Ihrer Meinung nach werden wir also da sein?"

„Klar doch. Ich meine: nein." Er warf Claire einen verzweifelten Blick zu. „Sie *müssen* nicht mit. Ich kann jederzeit auch ohne Sie gehen."

„Er hat recht, Claire, Sie *müssen* nicht mit. Er könnte länger bleiben und mir helfen, den Bus zu laden." Eine rosa Zunge schoß vor und feuchtete karmesinrote Lippen an. „Ich würde ihn schon nach Hause bringen."

„Ich komme mit."

„Dann ist das ja geregelt." Behende wand Sasha sich aus dem Stuhl, auf dem sie gesessen hatte und bahnte sich einen Weg durch den Krimskrams im Wohnzimmer. „Ich gehe vorher noch einen kleinen Happen essen und treffe euch beide dann im Lokal."

Als sich die Tür hinter ihr schloß, wurde Jacques sichtbar. Spöttisch zog er die rechte Braue hoch und funkelte Dean an. „Angeben, was?" Angesichts der tiefen Verlegenheit in Deans Miene kicherte er hämisch und wandte sich mit gespielter Verzweiflung an Claire: „Der Junge ist so stark, nicht? Er hat ein Blatt von ihrem Gummibaum gerissen!"

„Deswegen lasse ich mir keine grauen Haare wachsen", schnaubte Claire. „Der ist aus Plastik. Über die Sache mit dem Club mache ich mir weit mehr Sorgen."

„Was für eine Sache mit was für einem Club?" fragte Austin, der aus dem Schlafzimmer kam und sich ausführlich reckte. Claire sagte es ihm, woraufhin Austin auf ihren Schoß sprang. „Geh!" sagte er und stupste sie mit dem Kopf unter dem Kinn an. „Nutze die Tatsache aus, daß du nicht wirklich eine Unfallstelle versiegelst. Wenn etwas passiert, setzte ich mich mit dir in Verbindung."

„Was wäre denn, wenn du gerade dabei wärst, die Unfallstelle zu versiegeln?" wollte Jacques wissen.

„Dann könnte ich das Haus nicht verlassen."

„Genau wie ich."

„Nur daß er ja tot ist!" bemerkte Austin. „Da du es nicht bist, warum gehst du nicht hin und beweist es dir?"

„Indem ich ausgehe?"

Austin seufzte. „Meine Damen und Herren, die Kandidatin hat hundert Punkte. Geh aus. Amüsier dich. Du bist doch diejenige, die immer sagt, du wirst auf keinen Fall ewig hier hocken bleiben."

„Damit hatte ich nicht gemeint, daß ich mich statt dessen in irgendwelchen Kneipen herumtreiben will", protestierte Claire indigniert.

„Und warum nicht?"

„Ich darf nie irgendwohin!" beklagte sich Jacques eine Stunde später, als er mit Austin zusammen durch eines der vorderen Fenster zusah, wie Claire und Dean in Richtung King Street davongingen.

„Das hat auch seine guten Seiten", bemerkte Austin, während draußen Mrs. Abrams zu spät durch ihren Vorgarten eilte, um den beiden jungen Leuten den Weg abzuschneiden. „Die Welt da draußen kann ganz schön gefährlich sein."

„Wonach hält sie Ausschau?"

Mrs. Abrams hielt sich eine Hand vor die zusammengekniffenen Augen und starrte zum Fenster hinauf, aus dem heraus Kater und Geist ihr zusahen.

Der Kater streckte sich. „Sie fragt sich wahrscheinlich gerade, ob ich die Katze bin, wegen der Baby sich fast an seiner eigenen Kette aufgehängt hätte."

„Bist du das?"

„Natürlich." Er sprang vom Fensterbrett. „Komm, es ist Freitagabend, gehen wir fernsehen."

Nach einem letzten Blick auf Mrs. Abrams wandte Jacques sich um und eilte Austin nach. „Fernsehen? Ist das wie Radio hören?"

„Du kennst Radios?"

„*Oui.* Augustus Smythe, *le petit salaud,* er läßt auf dem Dachboden ein Radio. Ich habe genug Energie, es an- und auszustellen, aber ich kann den Sender nicht verstellen. In den vielen Jahren habe ich mein Englisch vom CBC gelernt."

Austin schnaubte. „Nun, das erklärt vieles."

„Vieles?"

„Du redest nicht wie ein frankokanadischer Seemann, der 1922 ertrunken ist."

„Also habe ich meine Identität an die Engländer verloren!"

„Aber irgendwie hörst du dich doch immer noch an wie ein Frankokanadier!"

DIE KATZE IST ALLEIN.

JA UND?

Ein heißer Luftstrom schwebte aus dem Höllenschlund. DA HAST DU RECHT.

„Warum ist es hier so finster?" wollte Claire wissen und blieb in der Tür zum Beer Pit stehen.

Dean, der spürte, wie sich hinter ihm andere Gäste drängten, die auch noch in das Lokal wollten, räusperte sich. „Wir stehen hier im Weg, Boß."

„Rein technisch gesehen stehen Sie im Weg, an mir könnten die Leute vorbei." Aber Claire ging weiter, über den gestrichenen Zementboden hin zu einem der wenigen leeren Tische. „Warum ist die Decke so niedrig?" Ehe Dean sie darauf hinweisen konnte, daß der Club sich im Keller befand, fuhr sie bereits fort: „Wie klein die Dinger sind. Sehen Sie doch bloß – warum sind die Tische so winzig?"

„Mehr Tische, mehr Leute, mehr Geld."

Claire warf ihm einen Blick zu und setzte sich. „Das weiß ich. Der Fußboden klebt. Haben Sie gemerkt – ich frage nicht, warum das so ist! Sehen Sie den Blumenboten?"

„Es ist ziemlich voll hier ..."

„Ich würde ja vorschlagen, Sie gehen ein bißchen rum und suchen nach ihm, aber hier kann man sich ja überhaupt nicht bewegen. Also warten wir einfach, bis er irgend etwas versucht. Warum ist es hier so verraucht?"

Dean wies mit dem Kinn auf die gegenüberliegende Seite des Kellers. „Da drüben darf geraucht werden."

„Sie haben hier eine dieser unsichtbaren Barrieren, damit wir Nichtraucher vom Rauch verschont bleiben."

„Ja?" Nach den Ereignissen der letzten Woche hätte das Dean nicht überrascht.

„Nein. Das war ironisch gemeint. Ich könnte so eine Schutzwand errichten, wir machen das andauernd, um zu verhindern, daß die schädlichen Emissionen aus den Unfallstellen überall hingelangen. Hier allerdings ..." Ein fleischiger junger Mann in der Footballjacke der Queens University erhob Ansprüche auf den Raum direkt hinter Claires Stuhl, weswegen sie sich unterbrechen mußte, um mit dem Stuhl ganz nah an den Tisch heranzurücken. „Hier wäre das zu auffällig", fuhr sie fort, als sie den Stuhl wieder hatte zurückschieben können. „Am Ende des Abends wären die Raucher da drüben alle an ihrem eigenen toxischen Atem erstickt."

Das Auftauchen der Kellnerin stoppte jede weitere Unterhaltung bis zur Ankunft der Getränke.

„Drei Dollar fünfundsiebzig für ein Glas Ginger Ale?" Claire warf einen Zehner auf das Serviertablett. „Für neunundneunzig Cent kaufe ich einen Liter!"

„Aber nicht hier", sagte die Kellnerin beißend und händigte Claire ihr Wechselgeld aus.

„Oft gehen Sie wohl nicht in Kneipen", bemerkte Dean und steckte sein Wechselgeld zurück in die Brieftasche. Diese versenkte er dann sorgfältig in der Vordertasche seiner Jeans.

„Wie kommen Sie denn bloß darauf?" Claire nippte an der lauwarmen Flüssigkeit in ihrem Glas und hatte gerade den Mund voller Ginger Ale, als Sasha Moore auf die kleine Bühne am anderen Ende des Raums trat.

Beim Anblick der Sängerin verschluckte sie sich, und Dean mußte sie kräftig auf den Rücken klopfen. „Alles klar?"

„Bis auf ein paar angeknackste Wirbel geht es mir prima." Mit weit aufgerissenen Augen starrte Claire auf die Frau im Rampenlicht. Alle Masken waren gefallen. Sasha war Gefahr. Sie war Begierde. Sie war Geheimnis, und niemand im Raum außer Claire merkte, warum. Claire mochte es kaum glauben. Hier fehlte doch nur noch das Neonschild „Vampir" – sonst war alles, wie es im Buche stand, aber niemandem schien das aufzufallen, obwohl alle reagierten. Mit zusammengezogenen Brauen sah Claire Dean zu, der auf seinem Stuhl hin- und herrutschte. „Niemand so blind ..." murmelte sie.

„Wie bitte?"

„Nichts." Claire erwartete fast, daß Sasha sich auf die Wirkung verlassen würde, die Raubtiere auf ihre Beute haben – alle Anwesenden starrten gebannt auf sie wie Kaninchen auf die Schlange –, aber die Sängerin lieferte eine gute Show. Nach dem ersten Set, der mit einer synthesizerlastigen Version von ‚Greensleeves' endete, nahm sie den Applaus der Besucher mit einem Kopfnicken zur Kenntnis und bahnte sich mühelos einen Weg durch das begeisterte Publikum.

„Alkoholfrei?" Der dunkle Blick glitt von Deans Bier zu dem Glas, das vor Claire stand, und eine ebenholzschwarze Braue hob sich ungläubig. „Wenn Sie kein Bier trinken – ich habe gehört, der offene Wein hier sei nicht schlecht."

„Ich trinke keinen Wein", teilte Claire ihr mit.

Sasha lächelte, und ihre Zähne schimmerten im düsteren Keller wie ein weißes Band. „Ich auch nicht. Nun, ist der Mann hier?"

„Wir haben ihn noch nicht gesehen."

„Dann werden Sie wohl bis zum Schluß bleiben müssen."

Claire, die eigentlich gerade hatte sagen wollen, daß Dean und sie genausogut auch wieder gehen könnten, ertappte sich dabei, daß sie die Herausforderung annahm. „Scheint so."

Dean blickte von der einen Frau zur anderen und mußte Untertöne registrieren, die stark genug gewesen wären, eine ermattete Fledermaus gegen die Wand fliegen zu lassen. Dean verstand nicht, was vor sich ging; so ließ er sich von seinem Instinkt leiten und tat, was Generationen von Männern vor ihm in ähnlichen Situationen getan hatten: Er öffnete den Mund nur, um sein Bier zu trinken.

„Wie war sie?" fragte Austin und kniff die Augen zusammen, denn Claire hatte Licht gemacht, was ihn blendete.

„Ziemlich gut, nehme ich an." Claire hob den Kater von ihrem Kopfkissen und stieg ins Bett. „Sie mußte zwei Zugaben geben."

„Ach ja!" Austin ließ sich auf Claires Bauch nieder. „Die Geschöpfe der Nacht – welch süße Musik sie machen."

„Schlaf jetzt."

„Die Chefin ist noch nicht wieder da?"

„Nein." Austin sprang auf den Couchtisch und schob eine Schale beiseite, die aus verschiedenfarbigem Holz geschnitzt war und eine verstaubte Sammlung alter Geburtstagskarten enthielt. „Sie ist heute morgen spät losgekommen."

„Du weißt doch, daß sie es nicht gern hat, wenn ich hier bin, ehe sie zurück ist."

„Ich möchte aber am Kopf gekrault werden."

„Sie wird wütend!"

„Es dient einer guten Sache."

Dean wußte, daß er auf dem Absatz hätte kehrt machen und wieder gehen sollen. Aber er seufzte und kraulte Austin dort, wo dieser ihn geheißen hatte, unfähig, dem festen Blick der Katze weiterhin Widerstand zu leisten.

„He, immer sachte, Großer! Ich bin doch kein Hund."

„Es tut mir leid."

„Natürlich tut es Ihnen leid", sagte Claire und trat aus dem Schrank. „Die Frage ist nur: Warum sind Sie hier?"

„Heute ist Samstag."

„Das weiß ich." Claire setzte zwei Plastiktüten neben Austin ab – die eine war mit einem Heroldsstab, die andere mit einem Henkelkreuz bedruckt – und entnahm ihnen verschiedene kleine, mit Bindfaden verschnürte Päckchen.

„Samstags kaufe ich Lebensmittel ein."

Claire verstand allmählich, worum es ging. „Da brauchen Sie Geld?"

Dean war sich sicher, daß er gesehen hatte, wie eins der Pakete sich bewegte. Um auf Nummer sicher zu gehen, trat er vom Tisch zurück. „Es sei denn, Sie hätten schon eingekauft?"

„Keine Lebensmittel." Sie ging ins Büro voran und wickelte im Gehen ein halbes Dutzend fünfzehn Zentimeter hohe Gitterstücke aus. „Ich will heute morgen Teufelchenfallen aufstellen, also war ich beim Apotheker und habe mir ein paar Vorräte zugelegt, statt nach der Chronistin zu suchen." Der Umschlag im Safe enthielt siebzig Dollar. Claire gab Dean das Geld und sagte: „Kaufen Sie, was Sie für gewöhnlich kaufen. Zusätzlich hätte ich gern ein Dutzend Bagels, zehn Kilo einfache weiße Katzenstreu und eine Tüte Mini-Marshmallows, die einfachen weißen. Der Apotheker hatte nur noch vier, und das reicht nicht, wenn ich die Fallen mehrmals aufstellen muß."

„Vier Tüten?

„Vier Stück Marshmallows."

„Sie fangen die Teufelchen mit Marshmallows?" fragte Dean und verstaute das Geld in seiner Brieftasche.

„Wir haben entdeckt, daß die Teufelchen die genauso mögen wie die Zungen von Wassermolchen, sie einem aber wesentlich weniger Ärger mit Greenpeace einhandeln."

„Wofür sind die Bagels und die Katzenstreu?"

Claire seufzte. „Die Bagels sind für das Frühstück, und das Katzenstreu ist für Austin, damit er ..."

Dean hob die Hand und lächelte schwach: „Schon verstanden."

„Ich dachte, wir widmen uns dem Boden."

„Tun wir auch." Claire atmete ein paar Mal tief durch, um ihre Nerven zu beruhigen und nahm sich ein Stück Knäckebrot aus der

Dose, die auf dem Küchentresen stand. „Ich will nur erst die Tür gegen Übergriffe sichern."

Austin strich ungeduldig um Claires Waden. „Warum schließt du sie nicht einfach ab?"

„Abschließen?"

„Ja! Du weißt noch, was ein Schlüssel ist? Man dreht ihn im Schloß, und wer keinen hat, kann die entsprechende Tür nicht aufschließen. Denk an die Worte deiner Mutter."

„An den Spruch von dem Autounfall, den man heraufbeschwört, wenn man zerrissene Unterwäsche trägt?"

„Nein. An den anderen: ‚Warum in die Ferne schweifen, wenn das Gute liegt so nah?'"

„Eine Tür sichern – das liegt doch nun wirklich nicht allzu fern."

„Abschließen ist naheliegender."

„Wo du recht hast, hast du recht." Mit beruhigendem Klicken fielen die Zuhaltungen dorthin, wo sie hingehörten. Claire nahm zwei Teufelchenfallen und folgte dem Kater die Treppe hinauf.

„Eine Frage, sie ist mir gekommen." Jacques schwebte dicht unter der Decke und sah zu, wie Claire die zweite Falle neben der rosa und graugestreiften Hutschachtel aufbaute. „Was wirst du mit den Teufelchen tun, wenn du eines fängst?"

„Ich neutralisiere ihn."

„Was bedeutet das, neutralisieren?"

„Teufelchen sind kleine Brocken des Bösen; was denkst du denn, was da neutralisieren heißt?" Claire stand oben auf einem nicht besonders solide gestapelten Berg alter Möbel und streckte nun vorsichtig das rechte Bein aus, um einen sicheren Abstieg zu ertasten.

„Ein wenig mehr nach links", sagte Jacques.

Claire bewegte den Fuß dementsprechend.

„Das andere links!" rief Jacques entsetzt, als Claire ins Nichts trat und der Möbelhaufen zu wanken begann. Mit ohrenbetäubendem Krach stürzte die ganze Konstruktion zusammen, Claire mit ihr, und eine riesige Staubwolke breitete sich aus. „Bist du verletzt, *chérie?*" fragte Jacques ängstlich, denn sehen konnte er nichts.

Claire schob sich einen Leinensack mit Reißverschluß vom Gesicht, der mit modrig muffelnden Stoffresten gefüllt war, atmete ganz flach, um möglichst wenig Staub in die Lungen zu bekommen und machte sich an die Bestandsaufnahme. Ihr linker Ellbogen schmerzte erheblich, und sie schien auf irgend etwas gelandet zu sein, was sich durch ihren Aufprall in Brei verwandelt hatte. „Wo ist Austin?"

„Hier." Der Kater sprang so weit vor, daß Claire ihn sehen konnte und balancierte gekonnt auf einer recht kippligen Kommode. „Alles in Ordnung?"

„Mir geht's prima."

„Das sagst du nur so, nicht?" Mit kummervoller, besorgter Miene glitt Jacques auf Claire zu. „Ich wünschte, ich hätte Hände, um dich aufzuheben, Arme, dich zu tragen, dich zu trösten, Lippen, den Schmerz wegzuküssen!"

Jacques' Augen leuchteten dunkel und verführerisch, und Claire ertappte sich dabei, daß sie an Sasha Moore denken mußte. „Ich auch."

„Dann machen Sie es so!"

Austin schnaubte. „Sieht sie aus wie Jean Luc Picard?"

„Wie wer?"

Austin seufzte. „Dir muß ich noch allerhand beibringen, Grashüpferchen."

„Was?"

Niemand kann den Zauber eines Augenblicks so gut zerstören wie eine Katze! Seufzend schob Claire die Gegenstände beiseite, die auf ihre Beine gefallen waren, rollte sich auf die Seite und sah dann direkt vor ihren Augen einen Stapel fünfundzwanzig Zentimeter dicker Fußleisten, vier oder vielleicht auch viereinhalb Meter lang. „Wie wunderbar!"

„Was ist wunderbar? Dein Sturz?"

„Fußleisten!" Claire rappelte sich auf, fand ihre Taschenlampe oben auf einem Stapel alter Bücher – *Readers Digest*-Auswahlbücher, die einen Teil der obligatorischen Bodentür bildeten – und eilte zur Treppe. „Die hat man bestimmt abgenommen, als die Räume unten neu verputzt wurden. Kommt. Ich muß die Wände im Eßzimmer vermessen. Ich glaube, man befestigt die Fußleisten, ehe man neu tapeziert!"

Überglücklich legte sich Claire im Kopf ein Renovierungsprogramm zurecht, das reichen würde, Dean die nächsten sechs, sieben Leben zu beschäftigen. Sie rannte die Bodentreppe hinab und den Flur im zweiten Stock entlang in den ersten Stock, wo sie mit einem Ruck stehenblieb. Am Ende des Flurs im ersten Stock, an der Tür zu Zimmer vier, stand ein Mann.

Claires Instinkte reagierten schneller als ihr Hirn. Ohne nachzudenken rannte sie auf den Mann zu. „He!"

Der Eindringling wandte sich um und entpuppte sich als der Blumenbote – was an und für sich keine große Überraschung war –, im Begriff, das Schloß der Tür zu Zimmer vier zu knacken.

So nah liegt das Gute wohl doch nicht, was? „Weg da!"

„Versuchen Sie nicht, mich aufzuhalten!" Die Stimme, mit der der Mann die klassische Warnung ausstieß, klang härter, als Claire sie in Erinnerung hatte, klang wie die Stimme eines Mannes, den nicht mehr viel bei klarem Verstand hält.

Claire tastete ihre Kleidung nach einem Faden ab, wollte Kraft ziehen, stieß auf Emanationen und zögerte.

So konnte sich der Eindringling auf sie stürzen. Er packte ihre Arme und warf die junge Frau mit aller Kraft gegen die Wand, wobei er sich als weitaus stärker erwies, als es den Anschein gehabt hatte. Der Wahnsinn verlieh ihm ungeahnte Kräfte.

„Warum schützen Sie sie?" wollte er wissen und schlug bei jedem zweiten Wort Claires Kopf gegen die Wand, „warum schützen Sie diese blutsaugende, untote, seelenlose Kreatur?"

Schlaff und wehrlos hing Claire in den Händen des Mannes, unfähig, sich zu konzentrieren, und sei es auch nur so weit, daß sie hätte Kraft aus dem Leck ziehen können. Nur am Rande bekam sie mit, wie der Mann sie zum Lagerraum schleppte. Durch einen grauen Nebel sah sie die Welt, die auf dem Kopf zu stehen schien und einen völlig verstörten Jacques, der lauthals kreischend von der Decke herbeistürzte, ohne jedoch irgend etwas ausrichten zu können.

Na wunderbar, dachte Claire, als sich die Tür zum Lagerraum öffnete. *Ein Mann, der an Vampire glaubt, aber nicht an Gespenster.* Dann wurde ihr klar, was das bedeutete, und sie machte einen schwachen Versuch, sich zu wehren.

Vergeblich. Sie landete auf dem Fußboden direkt neben dem Scheuercimer, konnte gerade noch verhindern, daß ihr Kopf auf dem Boden aufschlug und brach dann endgültig zusammen, in den Ohren einen Schrei, der ihr fast das Herz stehenbleiben ließ und bei dessen Klang die Putzmittelflaschen in den Regalen erzitterten.

Über den Schrei – der, wie Claire rasch erkannte, nur von Austin stammen konnte – erhob sich ein zweiter, tiefer klingender. Als Claire sich aufzusetzen versuchte, wurde die Tür zugeschlagen, und im selben Moment landete Austin auf dem einzigen Gegenstand im Lagerraum, auf dem er landen konnte, ohne sich beim Aufprall die Knochen zu brechen: auf Claire.

Einen Augenblick lang vermochte die junge Frau nichts anderes zu tun, als sich aufs Atmen zu konzentrieren. Sie lag im Dunkeln, hörte Austin zischen und spucken und griff nach der ersten Kraft, die sie erreichen konnte, um wieder einen klaren Kopf zu bekommen. Aus dem Leck oder nicht schien ein so nebensächliches Problem geworden zu sein! „Ich verstehe, wie dir zumute ist, Austin", flüsterte sie dem Kater zu. „Aber bitte, sei still. Wir haben keine Zeit für Geschrei."

Ein Gesicht mit Schnurrhaaren preßte sich gegen Claires Wange. „Alles in Ordnung bei dir?"

„Nein." Claire war so wütend, daß der Zorn jeglichen Schmerz auslöschte; sie ritt auf einer Welle aus Zorn, die ihr neue Kräfte verlieh, um die verbrauchten zu ersetzen. Woher diese Kräfte kamen, war ihr egal. Als Claire ihren Körper wieder im Griff hatte, stand sie auf und warf sich gegen die Tür. Der Aufprall tat weh – sehr weh –, bewirkte aber nichts, außer daß Claire wieder zu Boden ging.

Irgendwie hatte der Mann dafür gesorgt, daß die Tür kein Jota nachgab.

„Beruhige dich!" zischte der Kater. „Fast wärst du auf mich gefallen!"

„Beruhigen?" Mühsam kam Claire wieder hoch. „Wie kann ich mich beruhigen? Was meinst du, was ein Mord mit dem Siegel des Pentagramms in diesem Gebäude anstellt!" Die junge Frau atmete heftig ein und aus, holte dann ganz tief Atem, legte beide Hände an das Holz der Tür und pustete diese aus den Angeln.

Daraufhin rannte sie leicht schwankend den Flur hinab, durch Jacques hindurch und stürzte in Zimmer vier.

Mit einem angespitzten Pfahl in der erhobenen Hand stand der Mann über das Bett gebeugt.

Kraftreserven aus dem Leck waren nicht mehr vorhanden, die Sache mit der Tür hatte sie gänzlich verbraucht. Claire sackte an der Wand zusammen, griff in die Potentiale, wußte, sie würde zu spät kommen ...

Ein schwarzweißer Streifen flog durch das Zimmer und landete auf dem Rücken des Blumenboten, und zwar genau in dem Moment, in dem der Pfahl sich senkte.

Mit der einen Hand riß Claire Austin vom Rücken des Mannes, mit der anderen warf sie ihren Faden aus. Der Bote wurde immer steifer, und dann konnte Claire den in unsichtbaren Fesseln Gefangenen beiseite schieben. Im Vorzimmer von Nummer vier ging der Mann schreiend zu Boden.

Der Pfahl ragte knapp unter dem Schlüsselbein aus Sashas Brust. Im schwachen Licht der Nachttischlampe mit der Fünfundvierzig-Watt-Birne sah es so aus, als sei alles zu Ende. Dann aber stellte Claire erleichtert fest, daß der Mann das Herz der Vampirin um volle sechs Zentimeter verfehlt hatte. Entweder kannte der Mörder sich nicht besonders gut aus, was die menschliche Anatomie betraf, oder Austins Sprung hatte seinen Stoß fehlgeleitet.

„Sie ist Nosferatu. Sie muß sterben." Gellend hallte das Geschrei des Irren durchs Zimmer. „Wer sie beschützt, ist im Bund mit dem Bösen."

„He. Erzählen Sie mir nichts vom Bösen", fuhr Claire ihn über die Schulter hinweg an. „*Ich* bin eine ausgebildete Fachkraft!" Sie spreizte die Finger, und eine der Fesseln dehnte sich und verschloß den Mund des Mannes.

Austins zuckender Schwanz war immer noch doppelt so dick wie gewöhnlich, und der Kater keuchte nervös, als er seinen Blick zwischen Claire und dem Pfahl hin- und herschweifen ließ. „Was nun?" wollte er wissen.

„Nun ziehen wir ihn raus." Der Erste-Hilfe-Kasten aus der Küche erschien auf dem Nachttisch neben der Vampirin. „Dann verbinden wir die Wunde und warten ab, was geschieht, wenn Ms. Moore erwacht."

„Ich schätze, daß sie dann hungrig ist."

Claire warf einen Blick auf den Eindringling, der wild und vergeblich versuchte, um sich zu schlagen, wobei er gurgelnde, wütende Laute von sich gab. „Ich denke, der eine oder andere Happen wird sich finden lasen!"

WENN DAS SO WEITERGEHT, WIRD DAS DÄMMFELD NIE SCHWÄCHER! SIE HAT GERADE MAL DEN WEG FREIGEMACHT FÜR NEUE EMANATIONEN! DA HAT DER VETTER MIT SEINEM SPIELZEUG ABER MEHR SCHADEN ANGERICHTET!

NUR GEDULD!

GEDULD ... es klang so spitz wie ein Haufen Glasscherben ... IST EINE TUGEND!

Das rötliche Licht, das sich im Kupferkessel spiegelte, wurde intensiver, als sei die Hölle selbst errötet. ENTSCHULDIGUNG!

Sieben

Die Sonne sollte um neunzehn Uhr einundvierzig untergehen. Claire rief beim örtlichen Radiosender an, um die genaue Uhrzeit zu erfragen und bat bei dieser Gelegenheit auch gleich darum, man möge doch für sie das Lied „Welcome To My Nightmare" spielen. Claire hatte dieses Lied vor Jahren bei der Durchsicht der alten Plattensammlung ihrer Eltern entdeckt und in Dianas ersten Ausbildungsjahren oft und gern gehört. Nach den Ereignissen dieses Nachmittags sehnte sich Claire ein wenig nach den alten Zeiten. Wie einfach und überschaubar sie gewesen waren – wenn auch zugegebenermaßen extrem gefährlich.

Um neunzehn Uhr dreißig stieg Claire die Treppe hinauf.

Um neunzehn Uhr fünfunddreißig schloß sie die Tür zu Zimmer vier auf, ging an dem Mann vorbei, der dort im Vorraum heftig zuckend seinen unfreiwilligen Schlaf schlief und betrat den kleinen Alkoven mit dem Bett und der verwundeten Sasha. Dort, im schwachen Licht der Nachttischlampe, lehnte sie sich an die Wand und erwartete den Sonnenuntergang.

Um neunzehn Uhr sechsundvierzig – entweder die Leute vom Radiosender hatten sich geirrt, oder Claires Uhr ging nach, und zwar um die längsten fünf Minuten in der Geschichte der Menschheit – um neunzehn Uhr sechsundvierzig also konnte Claire beobachten, wie die Lippen der Vampirin sich öffneten und den ersten Atemzug der Nacht taten. Es waren sehr blasse Lippen – ohne die künstliche Farbe, die sie sonst zierte. Die schmale Brust hob und senkte sich, dann senkten sich auch die ebenholzschwarzen Brauen: Beim Atmen hatten sich Wunde und Verband spürbar gedehnt. Muskeln spannten sich unter elfenbeinfarbener Haut. Augen standen mit einem Ruck weit offen, und ein dunkler Blick glitt über die rostbraunen Flecken auf der Bettwäsche linker Hand, um sich dann unverwandt auf Claires Gesicht zu heften.

„Spucken Sie es aus, Hüterin", knurrte Sasha Moore. „Was zum Teufel ist hier los?"

Um neunzehn Uhr zweiundfünfzig – der selbsternannte Vampirtöter war gerade erwacht und wimmerte leise – trat Claire in den Flur und schloß die Tür zu Zimmer vier hinter sich.

„Woher wußten Sie, daß ich ihn nicht töten würde? Der Mann wollte mich umbringen!"

„Der Mann ist irre. Sie nicht", erwiderte Claire. „Sie leben schon zu lange – Sie werden nicht riskieren wollen, daß man Sie mit Hilfe moderner forensischer Methoden eines Mordes überführt." Claire sah den Blumenboten an, der leicht schwankend in der Eingangshalle stand und seine Umgebung gar nicht mitzubekommen schien. Als Hüter wurde man zu Unfallstellen gerufen, wenn das unvermeidliche und ausnahmslos sehr unerfreuliche Wechselspiel von Ursache und Wirkung bereits stattgefunden hatte. Das war seit Jahrhunderten so, und daran hatte sich nichts geändert. Auf Menschen, die mit dem Feuer spielten, reagierten Hüter von daher recht gleichgültig: Normalerweise taten diese Menschen ihnen kaum leid. Ein Hüter hatte dafür zu sorgen, daß nach einem Unfall nicht gleich der ganze metaphorische Wald in Flammen aufging. Je mehr Menschen sich also irgendwann einmal die Finger verbrannten, desto unwahrscheinlicher wurde ein Flächenbrand – das war die Maxime, nach der die Hüter lebten und arbeiteten. Beim Gedanken, was hätte passieren können, wäre sie auch nur einen Augenblick länger auf dem Dachboden geblieben, erschauderte Claire. „Woran wird der Mann sich erinnern?"

In den schattenumrandeten Augen der Vampirfrau glomm ein kleiner Funke auf, ein grausamer Funke. „Zusammengefaßt kann man das so sagen: Ab jetzt wird sich der Mann jedes Mal vor Angst in die Hose machen, wenn er nach Sonnenuntergang noch auf der Straße ist und nicht wissen, warum."

„Das ist aber ziemlich heftig, nicht?"

„Was? Dafür, daß er mich vernichten wollte?" Sasha schüttelte den Kopf. „Ich finde nicht. Außerdem kriegt er das mit ein paar Dutzend Jahren Therapie wieder in den Griff, wenn er will." Die silbernen Armreifen klingelten leise, als die Frau Austins samtweichen Rücken streichelte. „Stellen Sie sich das doch bloß vor: Da lebt man nun zweihundertsiebenundzwanzig Jahre lang und soll dann unter den Händen eines Amateurs sterben, der sich für van Helsing hält. Wobei er nicht der erste ist! Was für eine Verschwendung!"

„Van Helsing? Amateur? Nicht der erste?" Austin rollte sich auf den Rücken, damit Sasha ihm den Bauch kraulen konnte. „Sie haben das also früher schon mal erlebt?"

„Ein- oder zweimal. Immer, wenn wir in Mode kommen, tauchen diese Durchgeknallten auf." Die lackierten Fingernägel glitzerten auf dem weißen Fell wie Blut. „Aber diesmal ..." Sashas freie Hand berührte ihre verwundete Brust. „So nah war noch niemand dran." Sie hob den Blick, und Claire sah in den Augen der Vampirin zum ersten Mal, seit Sasha im Hotel angekommen war, weder Drohung noch Verlokkung. „Ich verdanke Ihnen mein Unleben, Hüterin. Danke."

„Keine Ursache. Ich hätte für jeden anderen dasselbe getan. Mord führt zu Löchern, zu eben den Löchern, für deren Versiegelung die Familie zuständig ist, deretwegen es die Familie überhaupt geben muß."

Sasha seufzte, und ein sehr gerade geschnittener Pony aus nachtschwarzem Haar vollführte im Takt zu ihrem nachdenklichen Kopfschütteln einen kleinen Tanz. „Sie haben eine fatale Neigung zur Frömmelei, wußten Sie das?"

„Ich bin Hüterin", setzte Claire an und wollte sich rechtfertigen, aber kühle Finger schlossen sich um ihr Kinn und so ließ sie den Satz unvollendet.

„Genau das meine ich. Versuchen Sie, darüber hinwegzukommen."

Sprachlos sah Claire zu, wie Sasha ihren Möchtegern-Henker, der keinerlei Widerstand leistete, durch die Halle schob. Als sich die Eingangstür öffnete, gab sie die Suche nach einer passenden sowie unglaublich beißenden Replik auf und fragte statt dessen: „Was werden Sie denn jetzt mit ihm machen?"

Sasha blieb in der Tür stehen. Vor ihr breitete sich die Nacht aus wie riesige finstere Flügel. Sie griff nach dem Handgelenk ihres Gefangenen, um zu verhindern, daß der sich von der Stelle bewegte, und wandte sich noch einmal zu Claire um. „Ich bringe ihn zu seinem Auto und lasse ihn laufen."

„Aber die Sonne ist untergegangen."

Weiße Zähne blitzten zwischen karmesinroten Lippen. „Ja, und wie sie untergegangen ist!"

„Da beschweren sich die Leute darüber, wie *Katzen* mit ihrem Essen spielen!" brummte Austin, als die Haustür nun zufiel.

„Du findest doch nicht, daß ich zur Frömmelei neige, oder?"

„Fragst du *mich* das?"

Claires Augen verengten sich: „Ist hier denn sonst noch wer?"

„Nur der tote Typ auf der Treppe."

Jacques wurde sichtbar und warf der Katze einen vernichtenden Blick zu. „Ich komme gerade erst, und wenn er behauptet, ich bin die ganze Zeit hier, dann lügt er!"

„Katzen lügen nie", erklärte Austin und sprang vom Tresen auf den Schreibtisch, von dort aus auf den Stuhl und dann auf den Boden. „Warum sollten wir, mit der Wahrheit kann man die Leute viel besser ärgern. Würdet ihr beiden mich jetzt entschuldigen, ich muß ein paar Dinge erledigen."

„Was für Dinge?" erkundigte Claire sich mißtrauisch und sah zu, wie der Kater den Flur hinabstolzierte.

Der schwarze Schwanz zuckte zweimal seitwärts. „Katzendinge."

Claire hatte die Ellbogen auf den Tresen gestützt und ließ den Kopf in die Hände sinken. Katzendinge, das mochte ein Schläfchen auf dem Kühlschrank sein oder der Versuch, Babys bereits reichlich ramponierten Nerven den Rest zu geben – bei Austin wußte man das nie. Vom Schläfchen auf dem Kühlschrank brauchte Claire nichts zu wissen – wenn Austin vorhatte, Baby zu nerven, dann wollte sie darüber lieber nichts erfahren.

„Ich hatte gedacht", sagte Jacques leise, „zwischen uns beiden sollte es keine Geheimnisse mehr geben."

Claire seufzte, ohne den Kopf zu heben. „Keine Geheimnisse mehr, die dich etwas angehen. Dies hier ging dich nichts an."

„Es geht uns nichts an, daß Sasha Moore Nosferatu ist?"

„Nein." Sie fragte sich, seit wann Jacques und Dean als ‚wir' und ‚uns' fungierten und wie lange dieser Zustand andauern würde – gewiß nicht länger als die Unterhaltung, die sie gerade mit dem Geist führte. „Du bist tot. Für Dean gilt ‚Hände weg'."

„Aber du hilfst der Frau und wirst verletzt, und wenn wir Bescheid gewußt hätten, hätten wir dort sein können."

„Du warst doch dort."

„Ah, *oui.*" Jacques' Mine verfinsterte sich. „Ich kann nichts tun, dich zu retten. Ich bin tot." Die Feststellung schien ihn aufzumuntern. „Was kann ein Toter schon tun? Also versage ich – aber das ändert nichts an deinem Schweigen. Du sagst mir nichts, du sagst Dean nichts – aber das mit Dean hat natürlich nicht solche Folgen!"

„Es war nicht mein Geheimnis. Wenn Sasha gewollt hätte, daß du es erfährst, hätte sie selbst es dir gesagt."

„Aber jetzt weiß ich es ja trotzdem."

Claire richtete sich auf und umklammerte mit beiden Händen den Tresenrand. „Jetzt weißt du es", wiederholte sie. „Was heißt das für dich?"

Er grinste. „Du willst nicht, daß Dean es erfährt. Wenn ich also schweige, *tu me dois une recompense.*"

„Dann bin ich dir etwas schuldig? Damit du es Dean nicht weitersagst?"

„*Oui.*"

„Was bin ich dir denn schuldig?"

Jacques' Grinsen wurde zum warmen Lächeln. Mit halbgeschlossenen Augen beugte er sich ganz nah zu Claire heran, so nah, daß sein Atem, wenn er denn geatmet hätte, ihre Wange gestreift hätte. „Fleisch, für eine Nacht."

„Nur für *eine* Nacht?"

„Eine Nacht", sagte er, und seine Stimme klang leise und versprach unendlich viel. „Mehr will ich nicht. Nach dieser einen Nacht muß ich nicht mehr bitten."

Claire wandte sich um, so daß sie Jacques nun direkt gegenüberstand. Der Geist war größer als sie, aber nicht viel, nicht wie Dean, der sie weit überragte. Sie hätte den Kopf nur leicht heben müssen, dann hätten ihre Münder einander berührt. Claire sehnte sich danach, dem Mann das Haar aus der Stirn zu streichen, mit dem Daumen an den rauhen Bartstoppeln an seinem Kinn entlangzufahren, ihm beide Hände in die Pulloverärmel zu schieben und dabei sein Gesicht zu beobachten, zu sehen, welche Gefühle sich darin spiegelten. Sie verstand selbst nicht, warum sie diesen Seemann so attraktiv fand, konnte die Anziehung, die er auf sie ausübte, aber nicht leugnen. „Du hältst wohl große Stücke auf dich, was?"

„Nicht ohne Grund."

Irgend jemand oder irgend etwas kicherte. Claire runzelte die Stirn, trat einen Schritt zurück und erhaschte gerade noch einen Blick auf einen Hauch Lila, der unter dem Regal im Tresen verschwand.

„Claire?"

„Vergiß es, Jacques." Sie ging in die Hocke und sah unter das Regal. Sie hatte die Teufelchenfalle direkt über dem Mauseloch angebracht, aber jemand hatte sie bewegt, und so war auf der linken Seite zwischen Falle und Loch ein winziger Spalt entstanden.

„Dann keine ganze Nacht." Jacques sank neben Claire auf die Knie, ohne daß der Boden etwas davon mitbekommen hätte. „Eine Stunde! Eine Stunde nur, und ich kann dich überzeugen."

„Nein. Keine Nacht, keine Stunde." Das Marshmallow war verschwunden. „Nicht mal zehn Minuten."

„Zehn Minuten – nein, das wäre der Mühe nicht wert. Ich habe kein Interesse an hektischer Fummelei."

Das nun lenkte Claires Aufmerksamkeit von der Teufelchenfalle ab. Mit hochgezogenen Brauen wandte sie sich wieder dem Geist zu.

„*D'accord.* Ich nehme auch hektische Fummelei, wenn ich nichts anderes kriege. Aber wenn man wirklich mit einer Frau intim sein will, dann braucht man dafür etwas mehr Zeit. Gib mir die Zeit, *chérie,* dann bist du wie Ton in meinen Händen."

„Wachs."

„*Pardon?*"

Auch wenn Claire wußte, daß Jacques es unter Garantie falsch auffassen würde: Sie konnte nicht anders, sie mußte lächeln. „Wie Wachs in deinen Händen", wiederholte sie.

„*Oui.* Wie Wachs." Mit Jacques' Akzent ausgesprochen wurde das Wort selbst weich, biegsam. Er beugte sich zu Claire vor. „Hast du Angst, du würdest nicht wieder gehen wollen, wenn wir Liebende werden? Es würde dich hier halten?"

„*Was* würde mich hier halten?"

„Leidenschaft. Lust. Völlige ..." Die Pause dauerte unendlich lange und weckte Erwartungen: „... Befriedigung."

Claire blinzelte.

„Gib mir eine Chance, *chérie,* nur eine einzige."

„Eine Chance wozu?"

Claire war zumute, als hätte sie ihr Vater in der Waschküche beim Knutschen mit dem Nachbarsjungen erwischt. Ihre Ohren brannten, und sie konnte nur hoffen, daß sie nicht so rot waren, wie sie sich anfühlten. Hastig richtete die junge Frau sich auf und sah Jacques nun so hoch über dem Boden schweben, daß er dem gute acht Zentimeter größeren Dean Auge in Auge gegenüberstand. „Er will, daß ich ihm Fleisch gebe."

Dean zuckte die Achseln. „Wenn das hilft: Im Kühlschrank ist noch ein Schweinekotelett."

„Solches Fleisch doch nicht!" Entsetzt und angewidert verzog der Geist das Gesicht.

„Was denn dann? Rind? Huhn? Fisch?"

Die Vorschläge folgten so rasch aufeinander, daß Jacques unmöglich hätte darauf eingehen können, aber er wurde mit jedem immer ungehaltener.

„Würstchen?"

Sein Bild begann zu flackern. „*Mon Dieu!* Reizt du mich absichtlich?"

„Es ist schwierig, jemanden aus Versehen zu reizen", murmelte Claire. Deans Aufzählung hatte die ganze Situation ins Lächerliche gezogen, und Claire war nicht mehr verlegen. Als ihr klar wurde, daß der junge Mann unter Umständen genau das beabsichtigt hatte, warf sie ihm einen prüfenden Blick zu. Richtig: Seine Miene wirkte grundsolide und hilfsbereit wie immer, aber die Augen hinter den Brillengläsern umspielte ein kleines Zwinkern.

„Ich wollte Ihnen nur Bescheid sagen, daß Austin draußen ist", erklärte Dean unbefangen. „Vor gut zwei Minuten habe ich ihm die Tür aufgemacht."

„Irgendwelche Reaktionen von Baby?"

„Bis jetzt nicht."

„Du wolltest ihr Bescheid sagen, jetzt weiß sie Bescheid." Jacques hatte seine Umrisse wieder fest im Griff, und nichts flackerte mehr. Mit verschränkten Armen baute er sich vor Dean auf. „Du kannst jetzt gehen, *Anglais*. Die Hüterin und ich, wir führen hier eine private Unterhaltung."

„Über das Fleisch, das sie dir geben soll?"

Ein Finger, der im künstlichen Licht der Halle völlig opak wirkte, fuchtelte anklagend vor Deans Gesicht herum. „Fang bloß nicht wieder damit an!"

Dean schenkte dem Finger keine Beachtung. Er wandte sich an Claire, aber das Zwinkern war aus seinen Augen verschwunden. „Das würden Sie doch nicht tun, oder?"

„Warum sollte sie nicht?" fragte Jacques betont beiläufig. „Sie ist jung, gesund und hat Bedürfnisse."

„Jacques!" Claires Ellbogen fuhr direkt durch den Geist hindurch.

„Ich sage ja nur, daß ich, da niemand anders hier ist, zur Verfügung stehe." Er wandte sich an Dean, der den Kopf schüttelte. „Was schüttelst du den Kopf?"

„Du bist tot!"

„Du kannst ja nur den Gedanken nicht ertragen, daß ein toter Mann schafft, was du ..."

Diesmal protestierte Claire mit mehr Nachdruck.

„Au!" Der Geist sammelte seine Konturen und wandte sich vorwurfsvoll an die Hüterin. „Ich muß doch sagen, *chérie*, in diesem Moment entzückt mich deine Berührung nicht. Offenbar ist die richtige Stimmung verflogen. Ich werde dich jetzt verlassen. Du hast mein Wort als Labaet: Ich halte mich an meinen Teil der Absprache – bis wir wieder ungestört miteinander reden können."

„Was hat er denn damit gemeint?" fragte Dean, nachdem Jacques verschwunden war. „Daß er sich an seinen Teil der Absprache halten wird?"

Claire zuckte die Achseln und fuhr mit den Fingerspitzen den Tresen entlang. „Wer weiß schon, was der denkt?"

EINE LÜGE! EINE LÜGE!
EINE AUSFLUCHT. NICHT VERWENDBAR.
WER SAGT DAS?
DIE REGELN.
ZUR HÖLLE MIT DEN REGELN.

Heiße Luft, die nach Pech und Schwefel duftete, ergoß sich in den Heizungskeller. DENK NUR NICHT, WIR HÄTTEN DAS NOCH NICHT VERSUCHT!

Ehe Dean antworten konnte, hob Claire den Kopf und nahm erst jetzt bewußt wahr, wie der junge Mann gekleidet war. „Wollen Sie ausgehen?"

Er schob die Hände in die Seitentaschen seiner ausgeblichenen ledernen Footballjacke. „Ja. Ich treffe mich samstags immer mit ein paar Freunden." Er zögerte und fuhr dann fort. „Wollen Sie vielleicht mitkommen?"

Einen Moment lang konnte Claire sich das vorstellen. Es würde Spaß machen, einen netten, unkomplizierten Abend mit Dean und seinen Freunden zu verbringen, in eine Kneipe zu gehen, Musik zu hören, mit Dean und seinen bestimmt sehr jungen Freunden in einer verräucherten, überfüllten, sündhaft teuren Kaschemme zu hocken, vollgedröhnt mit Musik, die keine Vampirin sang ... „Nett gemeint, aber nein, vielen Dank! Ich bleibe lieber hier."

„Meine Freunde hätten nichts dagegen."

EINE LÜGE!
AUS FREUNDLICHKEIT.
ABER ...
ACH, GIB'S AUF.

Claire unterdrückte ein Lächeln. „Schon gut. Ich muß mich noch um ein paar Sachen kümmern."

„Ich habe Ms. Moores VW-Bus abfahren hören."

Der Junge war viel zu nett, um sich anmerken zu lassen, wie erleichtert er war, daß Claire seine Einladung abgelehnt hatte – wobei sie genau wußte, daß er erleichtert war. „Sie tritt heute zum letzten Mal in dem Club auf."

„Was ist mit dem Typen, der hinter ihr her war?"

„Ich glaube, der konnte verscheucht werden."

Genau wie Claire beabsichtigt hatte verstand Dean das so, als habe er selbst den Mann verscheucht, nachdem dieser sich auf dem Parkplatz an den Wagen zu schaffen gemacht hatte. „Sie kommen allein hier zurecht?"

„Aber ja doch."

Was, wenn nicht? Was hättest du da getan? Das blieb aber ungesagt.

Hätte ich stärker darauf bestehen sollen, daß sie mitkommt? fragte sich Dean, als er auf der Hälfte der Vordertreppe stehenblieb, um seine Augen an die Dunkelheit zu gewöhnen. Claire führte ein ziemlich einsames Leben, soviel hatte der junge Mann schon mitbekommen. Sie schien immer unterwegs zu sein, von einem Ort zum anderen zu ziehen und hatte wenig Gelegenheit, wirkliche Freundschaften zu schließen.

Plötzlich sah er Claire im Portsmouth vor sich, der Lieblingskneipe seiner Clique. Er sah sie zusammen mit den Kumpels und Kathy am Tisch sitzen, sah sie den Geschichten der Neufundländer über die Dummheit der Festlandbewohner lauschen, sah sie mit einer Runde Bier vom Tresen zurückkommen, weil sie an der Reihe war einen auszugeben – diese Bilder ließen nicht zu, daß er zurück in die Halle ging und sie noch einmal einlud, ihn zu begleiten. Seine Freunde würden nicht unhöflich zu Claire sein. Sie würden sich über eine zweite Frau in ihrer Runde sogar freuen – aber Claire würde einfach nicht dazupassen.

Sie würde noch nicht einmal versuchen dazuzupassen, mußte Dean sich eingestehen. *Vielleicht solltest du lieber bei ihr bleiben, mein Junge. Ihr den Toten vom Leibe halten.* Er fragte sich, woher Jacques wußte, welche Bedürfnisse Claire hatte. Er wandte sich noch einmal zum Bürofenster um und bekam gerade noch mit, wie Claire auf die Knie sank und nicht mehr zu sehen war. *Mann, nicht schon wieder diese Teufelchen!*

Dean bohrte die Fäuste in die Hosentasche, wich gekonnt und ohne hinzusehen allen Unebenheiten im Bürgersteig aus und ging ohne sich noch einmal umzudrehen zur Bushaltestelle an der King Street. Es war eine lange, ereignisreiche Woche gewesen. Er hatte den Vordertresen abgeschmirgelt, und den Fußboden im Eßzimmer abgeschliffen und versiegelt, von all den anderen, merkwürdigen Ereignissen einmal ganz abgesehen. Einer Diskussion darüber, welche Schädlinge im Hotel ihr Unwesen treiben mochten – Teufelchen oder Mäuse – mochte er sich an diesem Abend nicht mehr stellen. Wenn er es recht bedachte, freute er sich unbändig auf einen normalen Abend mit den ganz normalen dummen Witzen – wie viele Festlandsbewohner braucht man, um eine Glühbirne auszuwechseln? Er freute sich sogar darauf zuzusehen, wie George sich so lange mit Bier vollaufen ließ, bis er kotzen mußte.

Claire ließ sich auf die Hacken fallen und betrachtete die Falle. Sie hatte das Marshmallow ersetzt und die Falle wieder direkt über dem Loch plaziert. Nun versuchte sie, sich einzureden, Teufelchen hätten den Köder genommen, ohne sich erwischen zu lassen. Aber das war unmöglich, weshalb die Beweislage in dieser Frage eigentlich nur zwei mögliche Schlüsse zuließ, die Claire beide nicht zusagten. Der erste war, daß die Kraft, die Claire um die Falle gewoben hatte, nicht ausreichte, selbst ein so kleines Fitzelchen Böses, wie ein Teufelchen es war, zu halten. Andererseits schien es mittlerweile durchaus möglich, daß Claire sich von Anfang an geirrt hatte.

„Wenn das farbige Mäuse sind, dann weiß ich nicht, ob ich das ertrage!" murmelte Claire. Wäre Austin dagewesen, hätte er bestimmt einzuwenden gehabt, nicht die Mäuse seien das Problem, sondern Claires

Unfähigkeit zu ertragen, daß sie unrecht gehabt hatte. Doch Austin war nicht da, und so ging es für Claire ausschließlich um Mäuse.

„Seit Generationen vermehren die sich direkt neben einer größeren Unfallstelle", sinnierte sie, während sie die Haustür verschloß. Sowohl Dean als auch Sasha verfügten über eigene Schlüssel, und sollte irgendein lästiger Zufall einen Gast vor die Hoteltür wehen, war da ja noch der Türklopfer, den Claire unmöglich überhören konnte. „Wahrscheinlich können die Mäuse froh sein, wenn ihre Farbe die einzige Abweichung von der Norm bleibt. Wir wollen doch", fügte sie an niemanden bestimmtes gerichtet hinzu und betrat mit diesen Worten ihre Räume, „das Schnabeltier nicht vergessen!"

Sie bahnte sich im Dunkeln einen Weg durch das vollgestopfte Wohnzimmer, wobei sie nur zweimal stolperte. Ziemlich zufrieden mit sich schaltete sie dann im Badezimmer das Licht an.

„Ach du lieber Himmel!"

Zuerst dachte Claire, die Buchstaben auf dem Spiegel seien mit Blut geschrieben. Aber dann entdeckte sie im Waschbecken die Überreste ihres Lieblingslippenstifts, und ein perfekter Drei-Finger-Abdruck in *Jaded Rose* machte unmißverständlich klar, wer die Graffitikünstler gewesen waren: Teufelchen.

Oder zumindest ein Teufelchen.

Schabernack, bei dem auch noch etwas zu Bruch ging, war nämlich deren größtes Vergnügen.

„Von wegen Mäuse!" Claire wechselte einen triumphierenden Blick mit ihrem Spiegelbild. „Das beweist die Sache ein für allemal! Ich hole schnell ..."

Da erst sanken ihr die Worte ins Bewußtsein, die auf dem Spiegel prangten.

Hier muß wer, stand dort in kaum lesbarer Kursivschrift, *dringend mal ordentlich gefickt werden.*

„Wen willst du also holen?" wollte Claires Spiegelbild wissen, und seine Augen glühten schwach. „Wem willst du das zeigen?"

„Schnauze." Jacques würde ihr keinen Augenblick der Ruhe mehr lassen. Dean wäre so schrecklich verlegen, daß sie sich vorkäme wie eine Schlampe. Was Austin anging – Claire war ja schon heilfroh, daß Austin nicht mitbekommen hatte, wie Jacques verkündete, sie habe ‚Bedürfnisse'. Es war klar: Diese Nachricht durfte Claire keinem der drei zeigen, und sonst war niemand im Haus. „Scheibenhonig,

Scheibenhonig, Scheibenhonig!" fluchte Claire und schlug mit beiden Händen wütend auf den Waschtisch ein.

Zwei verstaubte Stückchen Gästeseife verwandelten sich in zwei ebenso verstaubte in Klarsichtfolie gehüllte Scheiben Wabenhonig.

„Aber, aber, solche Wutanfälle!" Belustigt winkte das Spiegelbild hinter den Lippenstift-Buchstaben mahnend mit dem Zeigefinger.

„Das hältst du für einen Wutanfall?" murmelte Claire, langte hinter das Leck, das die Erscheinung im Spiegel speiste und zog Kraft. Sie legte eine Hand über die Augen, damit der helle Lichtstrahl sie nicht blendete und schickte einen Bannspruch über den Spiegel. „Warte nur, bis ich das Teufelchen erwische!" Ihre Lippen verzogen sich bedrohlich. „Dann kannst du erleben, was ein Wutanfall ist."

Später des Nachts schloß Dean die Tür zu seiner Wohnung auf. Sein Abend war nicht anders verlaufen als zahllose andere zuvor – aber irgendwie hatte etwas gefehlt. Irgendwie schien es nicht mehr genug zu sein, daß diese Leute seine besten Freunde waren, seine Verbindung zur Heimat inmitten all der Menschen, die nicht wußten, was Joey's Juice ist und anscheinend nie kapieren würden, wie man sich anständig die Füße abtritt.

Dean zog sich im Dunkeln aus, sank vorsichtig ins Bett, verschränkte die Arme hinter dem Kopf, starrte ins Nichts und fragte sich, wie es nur angehen konnte, daß ihm die Welt außerhalb des Hotels plötzlich so viel kleiner erschien als die hier drinnen. Dann fragte er sich, warum ein Höllenschlund und eine böse Hüterin ihm im Vergleich zu der Hüterin, die direkt über ihm schlief, so unwichtig vorkamen und warum die Welt sich im Kreis drehte ...

Weil du ziemlich viel Bier getrunken hast! belehrte ihn seine Blase.

Seine Blase war dann auch das einzige Organ, das er erleichtern konnte. So gab Dean das Grübeln auf und schlief ein.

Noch später schloß Sasha die Haustür auf, hinter sich gleich wieder zu, blieb zur Sicherheit dann aber erst einmal am Tresen stehen. Sorgsam horchte sie auf Leben rings um sich und erkannte vier verschiedene Rhythmen. Einen oben – zu langsam, zu unveränderlich für einen rein menschlichen Schlaf. Einen zweiten unten; langsam und gleichmäßig. Ein Mann schlief den Schlaf der Gerechten und Betrunkenen. Einen dritten ganz in der Nähe; eine Hüterin wälzte sich ruhelos in einem ansonsten leeren Bett. Die Vampirfrau gestand sich ein, daß sie eine leichte Versuchung verspürte, schüttelte dann aber den Kopf. Alle Hüterinnen nahmen sich selbst viel zu ernst. Ganz gleich, wie eine Affäre zwischen ihr und Claire Hansen ausging, sie würde sich noch endlos lang Kommentare dazu anhören müssen. Einen vierten – Sasha lächelte und hob eine elfenbeinfarbene Hand zum Gruß an einen anderen Jäger der Nacht. Eine freundschaftliche Geste unter Gleichen.

Ein Rascheln, ein Kratzen von Krallen auf Holz und Sasha hob den Blick zur Decke. „Mäuse", murmelte sie.

„Das sage ich schon die ganze Zeit!" ergänzte Austin, der in den Schatten hockte.

In der Nacht sanken die Temperaturen. Der Oktober hielt Einzug und brachte die ersten Vorboten des Winters. Am Morgen war es in Claires Schlafzimmer saukalt. Sie zögerte das Aufstehen hinaus, solange sie konnte und führte die Leck-Messungen aus dem warmen Bett heraus durch, aber irgendwann gingen ihr die Ausflüchte aus, und sie konnte sich nicht länger unter die Decken verkriechen. Als ihre nackten Sohlen den kalten Boden berührten, stieß sie einen kleinen Schrei aus. Aus der Messingklappe des Heizsystems drang nichts – außer vielleicht erwartungsvolles Schweigen.

„Wenn du denkst, ich gehe jetzt hin und öffne das Ventil zum Heizungsschacht, dann hast du dich aber geschnitten", brummte sie. Für Claire war es kein Problem, der Kälte erst einmal durch Anheben der eigenen Körpertemperatur zu trotzen. Noch einfacher – und sinnvoller, denn so bald würde es ja nicht wieder wärmer werden – war es, einen zweiten Pullover überzuziehen.

Claire wühlte im Kleiderstapel auf dem Fußboden herum und stellte entsetzt fest, daß sie seit ihrer Ankunft im Hotel kein einziges Mal gewaschen hatte. Sie zog einen orangefarbenen Pullover über ihren lila Rollkragenpullover und die dunkelblaue Trainingshose und wußte genau, daß es ihr irgendwann nichts mehr ausmachen würde, wie sie aussah. Wer als Hüter überlebte, dem wurde es im Laufe der Jahre immer gleichgültiger, was der Rest der Welt über ihn dachte. Claire versuchte also gar nicht erst über ihr Aussehen nachzudenken und stopfte ihre dreckige Wäsche in einen Kopfkissenbezug.

„Brennst du mit dem Zirkus durch?" erkundigte sich Austin spöttisch, während er unter einer Decke hervorkroch, die Claire unachtsam auf das Bett geworfen hatte.

„Ich will waschen", erwiderte Claire und sprang vom Stuhl, in der Hand einen BH und drei Socken, die sie oben auf dem Schrank gefunden hatte.

Austin streckte ein Vorderbein aus und betrachtet mit kritischem Blick eine makellose, schneeweiße Pfote. „Na ja, ich wollte ja nichts sagen ..."

„Dann laß es auch bleiben."

Dean hörte, wie Claire die Kellertreppe hinunterging. Also ließ er dankbar alle Versuche fahren, alte Fußleisten den neuen Dimensionen des Eßzimmers anzupassen und folgte ihr. Zu seiner großen Verwunderung traf er sie in der Waschküche, wo sie die Waschmaschine belud. Sie trug zwei Pullover übereinander, woraus Dean schloß, daß sie nicht vorhatte, die Heizung höher zu stellen, was er gut verstehen konnte. „Können Sie Hilfe gebrauchen?" fragte er, als sich Claire mit einem fragenden, leicht verkniffenen Lächeln zu ihm umwandte.

„Nein danke, ich komme schon allein zurecht."

Dean wollte sie fragen, ob sie daran gedacht hatte, die Wäsche in Weiß- und Buntwäsche zu sortieren, hielt aber sicherheitshalber lieber den Mund. Vielleicht kannten Hüter das Problem mit der grauen Unterwäsche ja gar nicht.

Claire wirkte verändert. Zum ersten Mal seit ihrer Ankunft im Hotel sah Dean die junge Frau ohne Make-up, und durch das Fehlen der klar umrissenen Schatten wirkte ihr Gesicht jünger, weicher, weniger bereit, es gleich mit der ganzen Welt aufzunehmen. Dean mußte lächeln: Er hatte plötzlich ein Bild von Claire vor Augen, wie sie in der traditionellen Kriegsbemalung der Indianerhäuptlinge aus den Samstagnachmittag-Western hoch zu Roß in den Kampf zog.

„Was ist?" wollte Claire wissen.

„Nichts."

„Wenn Sie über meinen Aufzug lachen – so ziehe ich mich für gewöhnlich nicht an."

„An ihrer Kleidung war mir noch gar nichts aufgefallen", erwiderte Dean, was nicht stimmte. „Meinen Sie die Pullis?" Er zupfte am Saum seines Hyperion Oil Fields-Sweatshirts. „Ich könnte in der Stadt ein paar elektrische Heizöfen besorgen."

Claire kniff argwöhnisch die Augen zusammen. Smythe hatte offenbar keine elektrischen Heizöfen nötig gehabt, denn sonst hätten sich im Haus welche befunden. „Nein danke", teilte sie Dean kurz angebunden mit, schloß den Deckel der Waschmaschine und wandte sich zur Heizungskellertür. „Ich stelle die Warmluftzufuhr entsprechend höher."

„Ich wollte mich gar nicht beschweren."

„Ich habe nicht gesagt, daß Sie sich beschwert haben."

„Ich kann verstehen, daß Sie da nicht reinwollen."

Claire reckte das Kinn. „Wer sagt, daß ich da nicht reinwill?"

„Die Pullover ..."

„Ich sprach von der Zusammenstellung der Farben!"

„Der Farben?"

„Ja. Aber da Sie frieren ..."

„Ich habe nicht gesagt, daß ich friere."

„Warum haben Sie dann angeboten, Heizlüfter zu kaufen?"

„Weil ich dachte, Sie würden frieren."

„Ich habe nie gesagt, daß ich friere."

„Nein, aber die Pullover ..."

„Ach, ich verstehe! Wenn ich noch nicht einmal einen Pullover anziehen kann, ohne daß die Leute gleich denken, ich wäre zu doof für meinen Job, dann wollen wir doch mal sehen, ob wir es hier nicht wärmer kriegen. Es ist nicht notwendig, daß Sie mich begleiten!" fügte sie hinzu und ging auf die türkisfarbene Stahltür zu. Die Ketten erwiesen sich als schwerer, als sie aussahen und klirrten unheilverkündend, als Claire sie entfernte, wozu die junge Frau all ihre Kräfte aufbringen mußte. Gut, daß sie immer noch auf Dean wütend war – das half und beflügelte. Sie wollte die Ketten gerade einfach fallenlassen, als sich ihr eine große Hand über die Schulter schob und das schwere Eisen mühelos übernahm.

„Ich hänge sie dorthin, wohin sie gehören."

„Prima." Claire preßte die rechte Hand gegen den Stahl der Tür und wunderte sich, daß der so warm war. Dann fiel ihr die kalte Luft im Hotel ein – wahrscheinlich waren ihre Hände so eiskalt, daß sich selbst eine Eistorte wie frisches Toastbrot angefühlt hätte. Sie spürte ja auch die Hitze überdeutlich, die von Dean ausging, und der stand ...

Rasch wandte sie den Kopf und ihre Augen weiteten sich erschrokken.

... verführerisch nah. Claires Atem wurde schneller, denn nun unterbreitete ihr ein kleines Stimmchen in ihrem Hinterkopf detailliert einen Vorschlag ... *He! Raus aus meinem Kopf!*

WIE KOMMST DU DARAUF, DASS DU DIR DAS NICHT SELBST AUSGEDACHT HAST?

So kann kein Mensch die Glieder verrenken!

NICHT?

Raus!

„Sie brauchen hier nicht herumzulungern. Gehen Sie einfach nach oben und sagen Sie mir Bescheid, wenn Warmluft durch die Heizklappen steigt."

Dean zögerte. „Hier ist alles so weit klar?"

„Augustus Smythe hat fünfzig Jahre lang die Warmluftzufuhr geregelt, und der war ..."

In dem engen Raum zwischen den Körpern der beiden jungen Leute stand unvermittelt das Wissen darum, was Augustus Smythe gewesen war – wozu er geworden war.

„... ein Vetter", beendete Claire fest entschlossen ihren Satz. „Ich bin eine Hüterin." Sie wandte sich wieder zur Heizungskellertür, holte tief Luft, atmete aus und holte ein zweites Mal tief Luft.

„Man sagt, solange es versiegelt ist, ist es vollkommen sicher."

Claire klopfte mit einem Fingernagel auf die schwere Klinke und schnaubte erbost. „Wer sagt das?"

„Sie haben das gesagt."

Diese Quelle konnte Claire kaum in Frage stellen. „Rufen Sie durch die Klappe, wenn es warm wird", befahl sie abschließend und drückte die Tür auf. „Ich höre Sie dann schon." Sie hatte den Fuß schon auf die Schwelle gesetzt, zögerte dann aber noch einmal. Wenn man es recht bedachte, war es besser, nichts Unerledigtes zurückzulassen, ehe sie weiterging. „Dean?"

„Ja, Boß?"

„Vielen Dank."

Jeder andere hätte nun unter Garantie gefragt, wofür sie sich bedankte, und dann hätte Claire der Hölle mit dem letzten Wort einer sarkastischen Bemerkung auf den Lippen entgegentreten müssen. Jeder andere.

Er lächelte. „Bitte."

Am frühen Vormittag hatte sich das Hotel um zehn Grad erwärmt; Dean hatte herausgefunden, wie die einzelnen Stücke der Fußleisten zusammengehörten, Austin hatte gefrühstückt, Baby einen Morgenbesuch abgestattet und war wieder schlafen gegangen, und Claire hatte eine geschlagene halbe Stunde dem Wäschetrockner zusehen müssen. Der hatte sich nämlich dreimal hintereinander selbst wieder ausgestellt.

„Ich verstehe das nicht", hatte Dean gesagt, den Claire geholt hatte, als sie mit ihrem Latein am Ende war. „Das hat er noch nie gemacht." Er hatte eine Weile mit verschiedenen Schraubenziehern im Schalter herumgefummelt und dann gesagt: „Eigentlich ist alles in Ordnung. Versuchen Sie es noch einmal."

Solange wie die beiden daneben standen, funktionierte der Trockner einwandfrei. Sobald Claire den Keller verließ, schaltete er sich aus. „Kümmern Sie sich nicht darum!" hatte die junge Frau ungehalten befohlen, als Dean noch einmal hatte nachsehen wollen. „Es ist meine Wäsche, und Sie haben anderes zu tun. Ich hole mir jetzt einfach einen Kaffe und sehe zu, wie sich meine Wäsche in der heißen Luft dreht."

„Sie meinen, dann läuft er?"

„Davon gehe ich einfach aus."

Er war gelaufen.

Zweifelsohne war es das Teufelchen gewesen, das immer wieder den Trockner ausgeschaltet hatte. Nun, wo Claire Wache schob, war er losgezogen und suchte sich andere Mittel und Wege, sie zu ärgern. Natürlich hatte er keine Spuren hinterlassen. Claire wartete darauf, daß ihre Kleider trocken wurden und dachte über das Teufelchen nach. Sie war sicher, er war durchgeschlüpft, ehe Augustus Smythe die Unfallstelle übernommen hatte oder ganz kurz nach der Ankunft des Vetters, bevor dieser dazu übergegangen war, sich des Lecks zu bedienen.

Claire hätte zu gern gewußt, wie oft sich Augustus Smythe versehentlich des Lecks bedient hatte, ehe ihm dessen Gebrauch zur festen Gewohnheit geworden war. Wieviel einfacher für Smythe, das Leck zu nehmen – das ja frei verfügbar einfach so offen dalag –, als auf den engen Bereich der Potentiale zurückzugreifen, der den Vettern zur Verfügung stand.

Wie oft mochte der Alte sich selbst gegenüber sein Tun gerechtfertigt, sich entschuldigt haben, ehe er aufhörte, Entschuldigungen für notwendig zu halten? Ehe er sich ohne Gewissensbisse nahm, was er brauchte? Jedes Mal, wenn er es nutzte, korrumpierte es ihn ein wenig mehr.

Das erklärte auch, warum Dean, der ja seit acht Monaten direkt neben der Hölle lebte, unbeeinträchtigt geblieben war. „Nicht auszudenken, daß die Hölle bereits an ihm gearbeitet haben könnte! So lieb und nett, wie der jetzt ist – mich schaudert, mir auszumalen, wie er denn vorher gewesen sein müßte!"

Zweimal hatte sich Claire bereits des Lecks bedient und es dabei ausgeräumt, obwohl sie erst seit einer Woche im Hotel war. Zugegeben, es waren kleinere Vorkommnisse gewesen, mit dem intensiven Summen, das sie in ihrer ersten Nacht im Hotel gespürt hatte, nicht zu vergleichen, aber dennoch wurde es Zeit, daß sie sich noch stärker vorsah.

Als ihre Wäsche dann endlich trocken war, hatte Claire drei Socken verloren und ein T-Shirt in Kindergröße dazugewonnen. Gern hätte Claire dafür der Hölle die Schuld gegeben, aber hier lag eindeutig menschliches Versagen vor. Allen Wäschetrocknern der Welt ist ein metaphysischer Konstruktionsfehler gemein, weswegen die Weisen dieser Erde gern darauf aufmerksam machen, daß man nicht um den Verlust der einen oder anderen Socke trauern sollte, denn letztlich bekommt man im Leben alles zurück, oder?

„Jacques! Weg vom Fenster!" Claire fuhr mit der Spachtel über eine Verzierung an der Seitenwand des Tresens, woraufhin sich eine lange, hellgrüne Farblocke löste. Wahrscheinlich war der Tresen nie in dieser Farbe gestrichen gewesen – wenn man ein Möbelstück abbeizt, stößt man einfach unweigerlich immer auf eine Lage Hellgrün. „Jeder, der draußen vorbeigeht und hier hochsieht, kann direkt durch dich durchgucken."

„Vielleicht sehen die Leute mich gar nicht. Der Vampirjäger. Er hat mich nicht gesehen."

„Der hat nicht an Gespenster geglaubt."

„Ich sehe nicht, was das damit zu tun hat."

„Ich auch nicht, aber so ist es nun mal."

„Wenn du mir Fleisch gäbest, wäre das kein Problem", meinte der Geist und hatte damit noch nicht einmal unrecht.

„Tritt einfach zur Seite", wiederholte Claire ohne aufzusehen.

Jacques blickte hinunter auf den Bürgersteig, öffnete den Mund, um etwas zu sagen, schloß ihn dann wieder und schüttelte den Kopf. Er schwebte dichter an Claire heran und hockte sich auf den Fußboden, den Rücken an die Außenwand gelehnt. „Wenn also jemand vorbeigeht, der an Gespenster glaubt ..."

„Dann sieht er die Sonne direkt durch dich hindurchscheinen."

„Warum wäre das ein Problem?"

„Wenn Menschen Geister sehen, dann behalten sie das nur in den seltensten Fällen für sich." Claire tränkte eine Hand voll Stahlwolle mit Lackentferner, fuhr damit über das Holz und rümpfte die Nase, denn der Entferner stank gräßlich. „Mir ist nicht nach Interviews mit Reportern der Boulevardpresse."

„Reporter kenne ich, aber was ist die Boulevardpresse?"

„Dünne Zeitungen, die sich auf billige Sensationsschmiererei spezialisiert haben. ‚Hundertjährige gebiert Salamander' – solche Sachen."

„Aber mit genau solchen Sensationen befassen sich auch Hüter."

„Nein."

„Höllenschlund im Keller?"

„Das ist nicht dasselbe."

„Böse Frau schläft fünfzig Jahre?"

Claire verlagerte das Gewicht auf die Hacken, wandte sich um und starrte Jacques an. „Weißt du, was dein Problem ist? Du kapierst nicht, wann du aufhören mußt."

Jacques hob eine Braue und breitete die Hände aus: „*Evidemment.* Wenn ich wüßte, wann man aufhören muß, dann würde ich hier nicht spuken und hätte dich nicht kennengelernt. *Voilà* – alles geschah zu deinem Besten." Galant hob er Claires Finger mit seiner Nebelhand, beugte sich vor und flüsterte: „Habe ich dir je gesagt, wie sexy ich große rosa Gummihandschuhe finde?"

Gegen ihren Willen mußte Claire lachen und entzog ihm die Hand. „Du bist unglaublich." Dann verging ihr das Lächeln, denn der Geist wurde immer durchsichtiger. „Jacques?"

„Wenn du nicht glaubst", sagte der tote Mann tieftraurig, „kannst du mich nicht sehen."

„Hör auf damit!"

Sofort tauchte er wieder auf, ein triumphierendes Lächeln auf den Lippen. „Du willst mich nicht verlieren!"

Claire kniff die Lippen zusammen und beugte sich wieder über ihre Arbeit. Ihre Suche nach der Chronistin hatte am Morgen auf einem mittelalterlichen Basar ein Ende gefunden, auf dem japanische Elektrogeräte verkauft wurden. Sie hatte eine Stunde bei Sara gesessen und nichts neues gelernt. Sie würde beide Enden des Balanceakts studieren müssen, wenn sie erfahren wollte, wie der Akt funktionierte und das hieße, Zeit unmittelbar neben dem Loch zu verbringen. Sie war an diesem Tag bereits einmal im Heizungskeller gewesen – außerdem stammte die Idee den Tresen abzubeizen von ihr ...

Sie hätte den Tresen gern fertiggehabt, ehe sie das Haus verließ. Sie hätte auch das Eßzimmer gern fertig renoviert gesehen, mit neuer Tapete, den neuen Möbeln, mit Jalousien, vielleicht ein paar neuen Lampen.

Das ist doch völliger Blödsinn! Die Stahlwolle bewegte sich nicht mehr. Sobald Claire die Unfallstelle geschlossen hatte, würde sie zur nächsten gerufen werden. Die konnte sich durchaus in Kingston befinden; immerhin lebten sechzigtausend Menschen in dieser Stadt und den umliegenden Gemeinden, und die Bevölkerungsdichte einer Gegend stand in unmittelbarem Verhältnis zur Häufigkeit, in der ein Hüter gerufen werden mußte. Ebensogut jedoch könnte es sie auf die andere Seite des Kontinents verschlagen – oder auf einen ganz anderen Kontinent. *Ich werde mein Herz nicht an dieses Haus hängen!*

„Claire, ich möchte dich auch nicht verlieren. Bitte, es tut mit leid. Komm zurück zu mir!"

„Ich war ja gar nicht fort." Das darauf folgende Schweigen ließ erkennen, daß ihr der Geist das nicht glaubte. Claire verlagerte ihr Gewicht von einem Knie auf das andere und seufzte leise. „Wenn ich dir Fleisch gebe – hilfst du mir dann, die Sache hier zu Ende zu bringen?"

„*Non.*" Claire mußte sich nicht umdrehen, die Erleichterung war dem Mann deutlich anzuhören. „Ich nehme das Fleisch nur, um Freude zu schenken."

„Du würdest mir Freude schenken, wenn du mir bei der Arbeit hilfst."

„So läuft das nicht."

Claire seufzte erneut und lehnte sich mit der Stirn an ein Regal. „Warum nur", fragte sie theatralisch, „wundert mich das nicht?"

Sasha reiste am Abend ab und bezahlte ihre Hotelrechnung bar. „Bis zum Frühling dann!" verabschiedete sie sich und warf sich die schwere Reisetasche mühelos über die rechte Schulter.

Claire starrte die Vampirin entgeistert an. „Bis zum Frühling?"

„Eine Jahreszeit nach dem Winter – Schneeschmelze, wissen Sie, Hundescheiße, die überall in den Vorgärten zum Vorschein kommt?"

„Im Frühling werde ich nicht hier sein."

„Ich hoffe nicht, daß Sie den alten Gus zurückerwarten. Der hat endgültig alle Brücken hinter sich verbrannt." Die Vampirin blieb an der Tür stehen. „Was ich noch sagen wollte: Deans Erinnerungen an mich werden etwas verschwommen sein. Ich habe es nicht gern, wenn zu viele Einzelheiten zurückbleiben." Ebenholzschwarze Brauen hoben und senkten sich bedeutungsvoll. Als klar wurde, daß Claire auf die kleine Provokation nicht eingehen würde, schnippte Ms. Moore mit bleichen Fingern. „Hüterin?"

Claire, die in Gedanken weit weg gewesen war, kehrte mit einem Ruck ins Foyer zurück. „Ja?"

„*Domo arrigato* für die Lebensretternummer. Ich weiß, das hätten Sie für jeden getan, aber diesmal haben Sie es für mich getan. Kann ich Ihnen als Dank ein paar Worte der Weisheit zukommen lassen, in einem langen, ereignisreichen Leben erworben? Sie brauchen mir die Frage nicht zu beantworten – ich tue es nämlich auf jeden Fall.

Zuerst einmal und selbst auf die Gefahr hin, daß ich mich Gott bewahre wie Kenny Rogers anhöre: Machen Sie das beste aus der Scheiße, in die Sie hier geraten sind. Zweitens: Ein wirkliches, uneigennütziges Angebot zu helfen ist das wertvollste Geschenk, das Ihnen je jemand machen wird und drittens: Vergessen Sie nicht, daß Sie nie allein reisen müssen ..." Zähne blitzten. „Tramper stellen für unterwegs eine praktische Nahrungsergänzung dar! Vielen Dank für Ihr Kommen, Sie waren ein wunderbares Publikum, vielleicht können wir das noch einmal machen – ohne das Arschloch, das mich umbringen wollte natürlich."

Claire starrte einen Moment lang auf die Tür, die sich hinter Sasha geschlossen hatte. Dann wandte sie sich zum Fenster und sah gerade noch, wie der rote VW-Bus mit quietschenden Reifen aus der Einfahrt fuhr, zweimal hupte und in der Nacht verschwand.

„Ist Ms. Moore abgereist?"

Deans Stimme schien von weit weg zu kommen. Claire nickte, ohne sich umzudrehen.

„Hat sie gesagt, ob sie im Frühjahr wieder hier sein wird?"

Es war gerade erst Oktober, noch nicht einmal Winter, der Frühling lag in unglaublicher Ferne. „*Ich* werde im Frühjahr nicht hier sein. Bis dahin habe ich alles erledigt und bin weitergezogen."

„Gut." Deans Frage war durch Claires Aussage nicht beantwortet, aber offenbar gingen der Chefin ganz andere Dinge durch den Kopf. „Das Buch, das Sie eingeweicht haben, Boß? Es stinkt im Kühlschrank vor sich hin."

„Es muß noch ein wenig weichen."

„Aber ..."

„Ich brauche diese Informationen, Dean, und ich werde nicht riskieren, sie aufs Spiel zu setzen, nur weil Ihnen der Geruch nicht paßt."

„Kommt Claire frühstücken?"

„Gleich." Austin starrte abwechselnd auf seinen leeren Napf und auf Dean. „Sie muß vorher erst noch duschen, das zweite Mal heute. Scheinbar hat die Chronistin sie in eine von Wiederkäuern bewohnte Gegend gelockt."

„Wie bitte"

„Sie mußte durch Kuhscheiße kriechen. Fütterst du mich jetzt, oder was ist los?"

Dean wog den Beutel mit geriatrischem Trockenfutter für Katzen in der einen Hand und kratzte sich mit der anderen nachdenklich am Nacken. „Eigentlich müßte dieser Beutel noch ziemlich voll sein."

„Nicht unbedingt. Ich habe den Mäusen gesagt, sie können sich bedienen. Wenn ich Glück habe, ist das Zeug am Wochenende alle, wenn der Tierarzt zu hat, so daß ihr mir was anständiges zu Fressen geben müßt."

Am folgenden Morgen gab Dean Claire einen Becher Kaffee und sah besorgt zu, wie die junge Frau sich erschöpft gegen die Spüle lehnte, während sie eine ganze Scheibe Toast auf einmal in den Mund stopfte. „Konnten Sie heute morgen der Kuhscheiße aus dem Weg gehen?"

Claire schnaubte und versprühte Krümel auf dem fleckenlosen rostfreien Stahl. „Heute", sagte sie und machte eine Pause, um zu schlukken, „bin ich durch die Kuh gekrochen. Das Ergebnis war dasselbe", fügte sie hinzu.

„Ich habe einen Vetter, der macht Renovierungsarbeiten. Er ist nicht teuer", versicherte der Schlosser und schraubte das neue Schloß fest. Mit einer Kopfbewegung wies er auf die verkohlte, von der Raucheinwirkung völlig zerstörte Einrichtung von Zimmer sechs. „Warum das Zimmer so lassen, wenn man es renovieren und nutzen kann – so sehe ich das. Man muß Geld ausgeben, wenn man Geld verdienen will, verstehen Sie?"

„Wir haben gar nicht so viel Kundschaft", sagte Claire und fügte trocken hinzu: „Was ein Glück ist, denn auf Sie habe ich vier Tage lang warten müssen."

„Ich hätte nicht schneller hier sein können, und wenn ich der Teufel selbst gewesen wäre."

WAS WETTEN WIR?

Der Schlosser senkte buschige Brauen hinunter auf die Nase. „Haben Sie gerade etwas gesagt?"

„Nein."

„Ich dachte, ich hätte ... dann nicht. Sie brauchen nicht bei mir zu bleiben, wissen Sie, ich komme dann einfach runter, wenn ich hier fertig bin."

„Wie gesagt", erklärte Claire und hielt den Bann über den eigentlichen Zustand des Zimmers. „So viel Kundschaft haben wir gar nicht."

„Nun verstehe ich. Einsam? Ich weiß, wie Ihnen zumute ist. An manchen Tagen, wenn ich nicht aus der Werkstatt herauskomme, bin ich so um vier, halb fünf soweit, daß ich die Wände hochklettern könnte. Niemanden zum Reden. Was war das denn?" Der Mann steckte den Kopf ins Zimmer, starrte auf den Boden beim Fenster, das mit einem Vorhang verschlossen war und ließ sich dann wieder in die Hocke fallen. „Sah aus wie eine leuchtend blaue Maus."

„Das sind die Schatten", sagte Claire verkniffen. Natürlich mußte ausgerechnet der Schlosser das Teufelchen sehen, wo weder Austin noch Dean es je zu Gesicht bekommen hatten.

Wenig später stützte sich der Schlosser auf die neu angebrachte Türklinke, kam wieder auf die Beine und schnippte mit den Fingern seiner freien Hand gegen das offene Vorhängeschloß. „Da haben Sie ein ziemlich beeindruckendes zweites Sicherungssystem. Ich nehme an, man kann gar nicht vorsichtig genug sein bei diesen Sachen, nicht? Stellen Sie sich vor, ein Typ geht hier per Zufall rein, verletzt sich an einem losen Brett, und ehe Sie sich's versehen, hat er sie verklagt."

Claire warf einen Blick durch das Blendwerk, um sich zu vergewissern, daß Tante Sara das Klopfen und Hämmern ungestört verschlafen hatte. „Wenn ein Tourist hier hereinspaziert, wäre eine Klage meine geringste Sorge. Aber Sie brauchen sich keine Gedanken zu machen. Das hier sind nur vorübergehende Sicherungsmaßnahmen."

„Sie wollen das also in Ordnung bringen?"

„Früher oder später schon."

„Hoffentlich früher." Er zog die Tür zu und nickte zufrieden, als der Schnapper vorschriftsmäßig einhakte. „Wenn Sie anfangen wollen und Hilfe brauchen – denken Sie an meinen Vetter!"

Einen Moment lang sah Claire vor ihrem geistigen Auge den Schlosser zusammen mit seinem Vetter den Horden der Hölle gegenüberstehen. Sie empfand die Vision als merkwürdig tröstend.

Die Tinte aus dem Berichtsheft der Unfallstelle hatte die Zwiebeln in der Reinigungslauge blau gefärbt. Das Heft hatte die Lauge aufgesogen, und das Ganze roch wie eingelegte Kloake mit Käsesauce.

Als Claire den Plastikbehälter öffnete, in dem das Heft vor sich hin weichte, verließ Austin das Haus.

Vorsichtig durch den Mund atmend versuchte sie, die Seiten des Heftes mit einer Gabel aufzublättern. Ihre Reinigungsmethode hatte sich als erfolgreich erwiesen – zumindest teilweise. Ein paar der Seiten, die Augustus Smythes Eintragungen beinhalteten, waren nun lesbar und bezeugten, daß der alte Mann über einen ungeheuren Schatz an anzüglichen Limericks verfügt hatte. Informationen, die ihr weitergeholfen hätten, fand Claire auf diesen Seiten nicht.

Die vier Seiten, die sich auf die Zeit direkt nach der Berufung des Vetters bezogen, klebten weiterhin als blaue Masse zusammen.

„Noch eine Woche!" teilte Claire Dean durch die Nase mit. Sie schälte drei Zwiebeln und fügte sie der Lauge bei, die sie frisch angesetzt hatte.

„Klasse!" röchelte Dean und warf einen Seitenblick auf die Visitenkarte, die Claire ihm gegeben hatte.

Tante Claire, Hüterin
Ihr Unfall ist meine Chance
(Machen wir uns nichts vor: das Leben stinkt.)
Später warf er die Gabel weg.

„Jetzt kommt sie schon zum sechsten Mal hintereinander morgens völlig fertig aus dem Schrank. Vor zwei Tagen ist sie im alten Lehnstuhl oben in Zimmer sechs eingeschlafen, und gestern hatte sie nicht mehr die Kraft, die Ketten von der Heizungskellertür zu nehmen", erklärte Dean.

Austin hob den Kopf und warf einen Blick auf Claire, die am Eßtisch eingeschlafen war, die Wange auf einem Brot mit Eiersalat. „Ja und? Hast du ihr geholfen?"

„Nein. Ich habe gedacht, wenn sie zu müde ist, die Tür aufzukriegen, dann ist sie auch zu müde, der Hölle gegenüberzutreten."

„Wie ich bereits sagte: Du bist nicht nur hübsch, mein Junge! Was war Claires Kommentar?"

Dean grinste: „Sie nannte mich einen bekloppten Zuschauer, der sich in alles einmischen will."

„Das war alles?" Austin schnaubte ungläubig und besorgt. „Dann muß sie aber wirklich sehr müde gewesen ein."

„Was geht in diesem Schrank vor sich, Austin?"

„Claire hat so einen stahlharten Blick drauf, wenn sie da reingeht – ich denke, sie strengt sich zu sehr an. Auf der anderen Seite laufen die Dinge eher zenmäßig, wenn man mit dem Kopf durch die Wand will, erreicht man da nicht viel."

„Dann fügt sie sich ihre Niederlagen selbst zu?"

„Nun, ich glaube nicht, daß sie sich dies Gedränge heute morgen beim Schlußverkauf kurz vor Weihnachten freiwillig ausgesucht hat. Aber im großen und ganzen hast du recht – sie fügt sie sich selbst zu."

„Wenn es etwas gibt, was ich tun kann, sagst du mir dann Bescheid?"

„Klar."

Austin ließ den Kopf sinken, und Deans leichte Besorgnis wurde zur handfesten Sorge. Unter normalen Umständen hätte Austin seine Bitte anderes beantwortet. Normalerweise hätte er ihn jetzt aufgefordert, ihm endlich was zu Fressen zu geben.

„Was hast du getan, daß Claire plötzlich so verzweifelt nach der Chronistin sucht?" fragte Jacques.

„*Ich* habe gar nichts getan!" erwiderte Dean und holte eine Dose Ofenreiniger unter der Spüle hervor. „*Ich* bin nicht derjenige, der sich Mrs. Abrams gezeigt hat."

„Ich habe mich ihr nicht gezeigt. Sie hatte auf dem Parkplatz nichts zu suchen! Sie hätte nicht durch das Fenster schauen sollen, als du die Jalousien angebracht hast. Ich verschwinde, sobald ich sie sehe."

„Hatte sie dich denn vorher gesehen?"

„Sie hat nicht geschrien. Sie ist nicht weggerannt. Sie hat dir zugewinkt, sie hat zwei Daumen in die Höhe gehalten, sie ist wieder gegangen." Jacques preßte den Rücken an die Wand zwischen den beiden Fenstern im Eßzimmer. Woanders konnte er sich im Eßzimmer nicht aufhalten, ohne daß man ihn von draußen hätte sehen können, wenn die Jalousien nicht geschlossen waren. „Es ist nicht meine Schuld, daß die Frau dauernd durch das Fenster glotzt!"

Dean hätte dem toten Seemann seine Versicherungen eher abgenommen, wenn er sie nicht ganz so beredt vorgetragen hätte. „Du bist unachtsam. Es ist dir egal, welche Probleme du verursachst."

„Ich verursache Probleme?"

„Genau das habe ich gesagt."

„Du sagst, es ist meine Schuld, daß Claire sich so anstrengt, damit sie uns endlich verlassen kann?"

Achselzuckend ging Dean vor dem Backofen auf die Knie. „Wenn du dir den Schuh anziehen willst."

„Was soll denn das wieder heißen: den Schuh anziehen?"

„Ständig bist du hinter ihr her: Gib mir Fleisch, gib mir Fleisch." Dean traf den Akzent des Geistes ziemlich genau. „Du setzt sie zu sehr unter Druck!"

Jacques verschwand einen Augenblick und tauchte kurz darauf mit gekreuzten Beinen dicht hinter dem Küchentresen hockend wieder auf. „Ich setze sie zu sehr unter Druck? Du bist es! Du bist viel zu lieb und zu nett."

„Zu lieb und zu nett?"

„*Oui.* Du bist wie dies labbrige weiße Brot mit Mayonnaise, und", damit verschränkte der Geist triumphierend die Arme vor der Brust, „ständig putzt du irgend etwas. Wenn ich könnte, würde ich auch gehen."

„Dann geh doch! Claire hat gesagt, sie könnte dich weiterschikken."

„Ich soll dich hier mit ihr allein lassen? Innerhalb von einer Woche wäre sie zu Tode gelangweilt!"

„Lüstling."

„Mönch."

„Neandertaler!"

„Superhausfrau!"

„Wandelndes Klischee!"

Das saß. Ehe sich Jacques eine passende Antwort auf diesen Volltreffer ausdenken konnte, dröhnte plötzlich Hufschlag durch das ganze Haus und kam immer näher. Schon zitterten die Gläser im Schrank und stießen klirrend aneinander. „Irgendwas ist aus der Hölle ausgebrochen!" stöhnte Jacques, als Austin sich um die Ecke in die Küche warf.

Der Lärm verstummte.

Fassungslos starrte der Geist auf den Kater. „Das warst du? Aber du wiegst doch höchstens – was? Zwei Kilo?"

„Wir reden ein andermal über mein Gewicht, ja?" fuhr Austin ihn an. „Claire ist in Not!"

NOT IST GUT.
ABER WIR HABEN SIE NICHT AUSGELÖST.
NA UND?
Die Hölle schmollte. MIR GEHT ES UMS PRINZIP!
WIR HABEN KEINE PRINZIPIEN!
ACH JA.

Acht

An der Tür zu Claires Zimmer stieß Jacques gegen eine unsichtbare Schranke. Der Aufprall warf ihn mit Schwung zurück, an Dean vorbei, an Austin vorbei und direkt durch die Elvis-Büste hindurch.

„Danke. Herzlichen Dank."

„Dich hat niemand gefragt!" fuhr der Geist den Gipskopf an. „*Anglais!* Ohne Anker kann ich dir nicht folgen."

Dean war schon über die Türschwelle. Mit einem Ruck blieb er stehen und warf hastig einen fragenden Blick zurück. „Ein Anker?"

„*Oui.* Komm und hol das *coussin,* das Kissen." Jacques' Finger glitten durch die Kissenfüllung aus Pferdehaar. „Nimm es mit in Claires Zimmer!"

„Du hast hier drin keinen Anker?"

„Wie oft muß ich mich noch wiederholen? Hör auf, so *stupide* zu grinsen. Hast du gedacht, ich gönne Claire die Privatsphäre nicht?"

Genau das hatte Dean allerdings gedacht, aber der Junge war viel zu nett, so was direkt zu sagen. Das Grinsen allerdings schien er nicht abstellen zu können. Drei große Schritte, ein rascher Griff nach dem Kissen, drei weitere Schritte, und er stand wieder im Schlafzimmer. Diesmal zusammen mit Jacques.

„Wurde Zeit, daß ihr Affen endlich auftaucht", knurrte Austin, der nervös vor dem Schrank auf- und ab tigerte.

Bis auf den Kater und die Möbel war das Zimmer leer.

„Wo ist der Boß denn?" Dean warf Jacques Kissen auf Claires Bett.

„Dreimal darfst du raten!"

Drei Köpfe, ein lebender, ein toter und ein Katzenkopf, wandten sich dem Schrank zu.

„Woher weißt du, daß sie in Not ist?" fragte Jacques. „Sie geht jeden Morgen die Chronistin suchen. Was ist heute morgen anders als sonst?"

„Sie ist schon zu lange weg!" erklärte Austin den beiden Männern. „Egal, wie lange sie sucht, hier draußen vergeht sonst nie mehr als eine halbe Stunde, dann ist sie wieder da."

Dean sah auf die Uhr. Es war fast neun Uhr fünfzehn. Was sagte ihm das? Nichts – lediglich, daß es eben neun Uhr fünfzehn war. „Vielleicht braucht sie heute länger, weil sie etwas gefunden hat."

„Ja, ja, laßt uns bloß immer schön positiv denken." Austin schob eine Pfote unter die Schranktür und öffnete sie einen kleinen Spalt. „Hört selbst!"

„*Oui?* Ich höre nichts."

„Kein Wunder!" knurrte Austin. „Du redest ja auch die ganze Zeit."

Einen Augenblick später mußte der Geist achselzuckend gestehen, daß er immer noch nichts hörte.

Kurz darauf jedoch war leise, ganz leise neben dem Lärm, den Austins zuckender Schwanz verursachte, kaum hörbar das Brüllen eines sehr großen, sehr wütenden Tieres zu hören.

Die beiden Männer wechselten völlig identische Blicke.

„Das ist nicht Claire selbst, da bist du ganz sicher?" fragte Jacques.

„Ja! Fast sicher", fügte Austin nach einer nachdenklichen Pause hinzu. „Egal, wer es ist, gut ist es auf keinen Fall. Dean muß rein und sie rausholen."

„Gut." Dean schob sich die Brille auf der Nase zurecht und trat einen Schritt vor.

„*Un moment.* Allein gehst du nicht, *Anglais.*"

„Doch", unterbrach Austin. „Bei dieser Vergnügungsfahrt muß man nämlich mehr als vierzig Kilo wiegen, sonst nehmen sie einen nicht – eine von diesen dämlichen Sicherheitsmaßnahmen, damit Kindern nichts passiert. Leider schließt sie auch Gespenster und Katzen aus. Es wird also, fürchte ich, an Dean hängenbleiben."

Jacques richtete sich zu voller Größe auf und beanspruchte rasch noch acht Zentimeter Luftraum, um größer zu wirken. „Er trägt das Kissen, und ich gehe mit."

„So läuft das nicht!" Wütend leckte sich Austin die Schulter. „Wenn es so ginge, dann würde erst einmal ich mit ihm gehen."

Dean langte am Kater vorbei und öffnete die Schranktür vollends. Im Schrankinnern war es finster, viel finsterer, als es eigentlich hätte sein dürfen. Erneut war aus weiter Ferne das Brüllen zu hören – diesmal deutlich bis ins Zimmer. Dean straffte die Schultern, spannte die Rückenmuskeln und wippte ein paar Mal auf den Fußballen. Claire brauchte ihn, brauchte Hilfe. Toll! „Was muß ich machen?"

„Du trittst in den Schrank und ziehst die Tür hinter dir zu, aber nicht so, daß sie ins Schloß fällt."

„Warum nicht?"

„Nur ein Volltrottel sperrt sich selbst im Schrank ein." Austins Ton legte nahe, daß jeder Volltrottel das auch wußte. „Wenn du drin bist, mußt du an Claire denken. Sobald du ein klares Bild von ihr vor Augen hast, gehst du einfach auf die Rückwand des Schranks zu. Wenn du auf der anderen Seite angekommen bist, denk immer weiter an Claire."

„Wo werde ich ankommen?"

„Das kann ich dir wirklich nicht sagen. Wenn du da bist, halte Augen und Ohren offen, suche nach etwas, was dir merkwürdig erscheint, was nicht ins Bild paßt. Da ist sie bestimmt mittendrin. Ach ja: Iß und trinke da drin nichts. Nichts. Nichts! Nada, nix, verstanden?"

Dean hatte schon den Fuß gehoben, um in den Schrank zu klettern und hielt noch einmal inne. „Warum nicht?" fragte er.

„Du hast wohl als Kind nicht viel gelesen?"

„Ich habe ziemlich viel Hockey gespielt."

Austin schnaubte. „Das habe ich mir schon gedacht. Wenn du in einem Schrank ißt oder trinkst, dann bleibst du sein Gefangener."

Die Tür hatte sich schon halb hinter Dean geschlossen, da streckte der Junge noch einmal den Kopf hindurch. „Wie komme ich wieder zurück?"

„Denk an dieses Zimmer hier und geh durch irgendeine Tür, die nicht durchsichtig ist."

„Aber komm hier nicht ohne Claire an!" befahl Jacques. „Oder ich mach dir das Leben zum Jammertal."

Dean nahm die Warnung so, wie sie gemeint war. „Keine Sorge, ich rette sie schon."

Die Schranktür schloß sich, und Austin sprang auf das Bett. „Ich hasse warten."

„Weiß du was?" erwiderte Jacques nachdenklich und schwebte herbei, um sich zu Austin zu gesellen. „Wenn du dich geirrt hast und sie gar nicht gerettet werden will, dann wird sie nicht besonders erbaut sein."

„Wie bitte? Wenn ich mich *geirrt* habe?"

Im Schrank roch es leicht nach Mottenkugeln, was Dean beruhigend fand. Er wandte der Schranktür den Rücken zu und ließ den Streit hinter sich, der auf der anderen Seite, in Claires Schlafzimmer, immer lauter wurde. Irgendwie erinnerte ihn dieser Schrank hier an den Wandschrank des Gästezimmers im Haus seines Opas. Er konnte nichts sehen und trat ganz vorsichtig einen Schritt vor, wobei er trotz allem fest damit rechnete, sich den Kopf an der Rückwand des Schrankes zu stoßen. Dann trat er noch einen und noch einen Schritt vor. Immer noch keine Rückwand zu sehen oder zu spüren.

Ein neuer Geruch gesellte sich zu dem der Mottenkugeln.

Der Pfeifentabak seines Großvaters?

Dean blieb stehen und schloß die Augen, denn ihm war plötzlich eingefallen, daß er ja an Claire denken sollte, nicht an zu Hause ...

„Mit einem Bild von ihr vor Augen ..."

Es fiel ihm schwer, ein einzelnes Bild vor seinen Augen heraufzubeschwören, und so ließ er die Höhepunkte seiner kurzen Bekanntschaft mit der Hüterin einen nach dem anderen Revue passieren und trat noch einen Schritt vor. Claire, wie sie am ersten Morgen in die Küche gekommen war; Claire, die ihm erklärte, wie Magie funktioniert; Claire, die die Wendeltreppe zum Dachboden emporstieg. Der Geruch nach Tabak wurde schwächer. Claire war sein Boß; sie war eine Hüterin und ging auf eine wirklich unangenehme, ärgerliche Art stets davon aus, alles besser zu wissen. Genauer gesagt ging sie davon aus, daß er, Dean, gar nichts wußte. Dean öffnete die Augen und konnte in der Ferne ein kleines graues Licht schimmern sehen.

Ungefähr siebenunddreißig Schritte später – Dean wußte nicht genau, wie viele Schritte er bereits getan hatte, als er zu zählen begann – stand er auf der Princess Street und sah den Hügel hinab auf das Wasser. Er hatte mit einer völlig unbekannten, fremdartigen Umgebung gerechnet und war nun ein wenig enttäuscht, nur eine schlechte Kopie der Stadt vorzufinden, die er gerade verlassen hatte. Die Dinge waren alle nicht so, wie sie eigentlich sein sollten. So war zum Beispiel die Straße mit Kopfsteinen gepflastert, und auf beiden Seiten parkten einige Autos, aber es gab keinen richtigen Verkehr. Ein gutes halbes Dutzend Menschen trieb sich auf der Princess Street herum, und keiner von ihnen beachtete Dean.

In der Ferne hörte der junge Mann Kirchenglocken läuten, und hoch über seinem Kopf kreisten kreischend ein paar Möwen.

Von Claire fehlte jede Spur.

Er zog die Visitenkarte aus der Tasche, die sie ihm gegeben hatte und hoffte, dort einen Hinweis zu finden.

Tante Claire, Hüterin

Ihr Unfall ist meine Chance

(Es könnte schlimmer sein, es könnte regnen.)

Der Himmel tat sich auf, und es begann, in Strömen zu regnen. Hastig schob Dean die Visitenkarte in seine Brieftasche und zog den Kopf ein. Was den Sinn für Spaß betraf, war die Magie anscheinend recht simpel gestrickt.

Glücklicherweise schien er vom Oktober in den August geraten zu sein: Die Luft war warm, der Regen fast lauwarm. Dean schob sich das nasse Haar aus dem Gesicht, holte tief Luft und runzelte die Stirn, als ihm dabei ein vertrauter Geruch in die Nase stieg. Er hoffte von ganzem Herzen, mit seinen Gedanken an zu Hause nicht alles völlig durcheinandergebracht zu haben und eilte den Hügel hinab in Richtung Hafen. *Halte Augen und Ohren offen und achte auf alles, was dir merkwürdig erscheint,* hatte Austin befohlen. Nun: Soweit Dean das wußte, waren die Häfen an den Großen Seen keine Salzwasserhäfen.

Dies aber war nicht einfach nur ein Salzwasserhafen: über der Meerenge, wo sich eigentlich das Royal Military College hätte befinden müssen, thronte statt dessen Signal Hill; massive Anleger reihten sich einer nach dem anderen um die breite Durchfahrt zum Meer und am äußersten Ende der Durchfahrt drängten sich die historischen Gebäude, die an und für sich den Dartmouth-Fähranleger in Halifax säumten.

„Gut. Da haben wir es schon: Das ist merkwürdig." Gefährlich schien die Sache allerdings bisher nicht zu sein. Selbst der Regen hatte ein wenig nachgelassen.

An fast allen Anlegern waren Schiffe vertäut, die meisten davon Klipper und Zweimastsegler; aber Dean sah auch mindestens zwei moderne Schiffe. Welche Schiffe waren nun merkwürdig: die historischen oder die neuen? Er stand, grübelte und konnte sich nicht entscheiden. Da stieß jemand von hinten mit ihm zusammen, murmelte eine Entschuldigung und ging weiter.

Dean drehte sich um und sah einen muskelbepackten Mann in einer altmodischen Marineuniform, der auf einer massiven Schulter einen Menschenarm trug. Der Mann bahnte sich einen Weg durch die Menge, die die Durchfahrt zum Meer säumte und betrat auf der anderen Seite ein fensterloses Gebäude, an dem ein großes Schild hing: „Würstchen von Menschenhand."

Niemand außer Dean, von der kleinen Streichholzverkäuferin bis zum einäugigen, einbeinigen, einarmigen Straßenmaler, schien an diesem Schild irgend etwas auszusetzen zu haben.

„Wenn du da drin bist, darfst du weder essen noch trinken."

„Na, die Gefahr besteht ja wohl kaum!" murmelte Dean entsetzt. „Jetzt werde ich erst mal den Boß finden."

Von irgendwoher in der Stadt erklang das wütende Brüllen eines Spezialeffekts von Industrial Light & Magic, gefolgt vom schrillen, panischen Schrei einer Frau.

„Claire!"

Deans Arbeitsschuhe rutschten auf dem nassen Kopfsteinpflaster, als der junge Mann so schnell er konnte vom Hafen weg in die Stadt rannte, durch enge, verschlungene Gassen, die alle steil nach oben führten, ganz gleich, welche Richtung er einschlug.

Nun erklang das Brüllen erneut. Näher.

Dean fürchtete schon, sich hoffnungslos verirrt zu haben, da geriet er, nachdem er durch eine Gasse zwischen zwei leerstehenden Ladenzeilen gerannt war, plötzlich auf die Kreuzung von Brook Street und King Street. Auf der ihm gegenüberliegenden Seite der Kreuzung lag die alte Stadtbücherei.

Mitten auf der Kreuzung tummelte sich ein Dinosaurier. Unbeholfen wie ein altmodisches Aufziehspielzeug wankte er auf seinen riesigen Füßen ein wenig ziellos umher – ein Tyrannosaurus Rex. Nicht weit von ihm entfernt befanden sich die fast unkenntlichen Überreste eines ...

Dean preßte sich die Hand ans Herz.

... Opel Corvette Baujahr 1957!

„Mein Gott, nein!" Mit weit aufgerissenen Augen und flehend ausgestreckten Händen stolperte Dean auf die Kreuzung. Er hatte das Wrack fast erreicht, da spürte er, wie die Erde unter seinen Füßen bebte, fühlte heißen Atem im Nacken und hatte plötzlich das unangenehme Gefühl, als Nebendarsteller in einer Sonntagmorgen Kinomatinee zu fungieren.

Gerade noch rechtzeitig sprang er zur Seite und rollte sich dann geistesgegenwärtig zusammen, ehe der riesige Schwanz ihn treffen konnte; hechtete gleich danach über einen zerknautschten Kühler ...

Umgeben von anderen Bibliotheksbesuchern, die alle des Lesens nicht mächtig schienen, dafür aber ziemlich stanken, saß Claire vor einem Stapel Nachschlagewerke an einem der Lesepulte, als sie hörte, wie jemand ihren Namen rief. Laut ihren Namen rief – man hätte fast schon sagen können: verzweifelt.

Selbst *in extremis* klang die Stimme sehr vertraut.

Claire hatte sich in die Bücherei zurückgezogen, als das neue Schmusetier der Chronistin auf der Straße aufgetaucht war. Früher oder später, so wußte sie, würde es dem Tier langweilig werden und es würde weiterziehen. Wenn nicht, konnte sie jederzeit durch die Tür der Bibliothek nach Hause gehen. Wo sie nun schon einmal hier war, hatte sie nach einer Landkarte Ausschau gehalten und sich dann letztlich festgelesen. Claire hatte keine Ahnung, wie lange sie schon in der Bibliothek gesessen hatte.

„CLAIRE!"

„Dean?" Claire fuhr sich mit der Zunge über die plötzlich sehr trokkenen Lippen, trat ans Fenster und fragte sich besorgt, wie die Chronistin es fertiggebracht hatte, Deans Stimme derart exakt nachzuahmen. Dann wurde ihr klar, daß sie das Original hörte, und ihr fiel vor Schreck wahrhaftig der Unterkiefer herunter. „Dean!"

Wäre der T-Rex besser nachgebaut gewesen, dann hätte er Dean längst umgebracht und auch schon halb verdaut – das war dem jungen Mann durchaus klar. Panisch duckte er sich vor dem Angriff eines grotesk riesigen Hühnerschnabels in einem monströs großen Kopf und fand sich auf den Stufen zur Bibliothek wieder.

Ein unglaublich großer Schwanz holte aus und schlug nach ihm.

Dean sprang über den Schwanz hinweg, schaffte auch den Sprung, kam dann aber falsch auf, stolperte und stürzte.

Im Fallen hörte er, wie sich ziemlich viele Stufen über ihm die Bibliothekstür öffnete. Gleichzeitig tauchte auf der anderen Straßenseite laut quiekend eine Schweineherde auf. Die Schweine waren so laut, daß ihr Lärm Tote hätte wecken können.

Oder die Aufmerksamkeit eines Dinosauriers erregen.

Eifrig und unbeholfen stolperte der T-Rex auf die Schweinebraten zu, während Dean spürte, wie ihn etwas von hinten am T-Shirt packte und versuchte, ihn rückwärts die Treppenstufen hinaufzuziehen. Vergeblich. Ehe ihm die Ärmelnähte jegliche Blutzirkulation in den Armen abschneiden konnten, schaffte er es, sich aufzurappeln und wieder auf die Beine zu kommen.

Claire ließ den Stoff fahren, den sie mit beiden Händen umklammert hielt. Dean drehte sich zu ihr um, und die beiden standen einander Auge in Auge gegenüber, Claire vielleicht zwei Treppenstufen höher als Dean. Rasch stieg sie eine weitere Stufe hoch. „Was tun *Sie* denn hier?"

Dean rang nach Atem. „Ich bin hier, um Sie zu retten."

„Mich zu retten? Ach ver... wessen Idee war das denn?"

Da der Rettungsversuch Claire ganz offenbar nicht zu erfreuen schien, straffte Dean die Schultern und verkündete: „Meine!"

„Seien Sie nicht albern", entgegnete Claire ungehalten. „Das war Austins Idee. Der Kater stellt sich an wie ..."

Ein markerschütterndes Brüllen lenkte die Aufmerksamkeit der beiden wieder auf die Geschehnisse auf der Kreuzung. Dort richtete sich der Saurier gerade auf, hob lächerlich kleine Arme und ging zu einem neuen Angriff über.

„Kommen Sie!" Claire schnappte sich den Saum von Deans T-Shirt und rannte zur Bibliothekstür.

„Das mit den Schweinen hat ja nicht lange vorgehalten."

„Die waren nicht echt. Substanz kriegt hier nur die Chronistin hin; ich muß mich mit Illusionen begnügen."

„Na prima. Jetzt haben Sie dafür gesorgt, daß er total sauer ist."

„Vergessen Sie bloß nicht, wer hier gerade wem den Arsch rettet!"

Die grundsoliden Steinstufen, die hoch zur Bibliothek führten, erzitterten unter den Tritten des Sauriers, der sich entschlossen hatte, den jungen Leuten nachzusetzen.

„Denken Sie an mein Schlafzimmer!" schrie Claire, als die beiden nun auf der obersten Stufe ankamen. Mit einer Hand hielt sie immer noch Deans Hemdsaum umklammert. Mit der anderen machte sie sich am Türschloß zu schaffen und zog den jungen Mann dann hinter sich her durch die Tür.

Der Schrank bebte, als die beiden dort schwungvoll zur gleichen Zeit eintrafen, und dann landeten sie auch schon im Schlafzimmer, wo Austin und Jacques sie bereits ängstlich erwarteten.

Schwer atmend blieb Claire liegen, wo sie hingefallen war und starrte auf ein Paar fellbesetzte Hausschuhe mit Hasenohren unter dem Bett, die nicht ihr gehörten. Dann landeten vier von einer zehn Pfund schweren Katze gesteuerte Pfoten auf ihren Nieren, und wenig später spähte Austins besorgtes Gesicht über ihre rechte Schulter.

„Ist dir auch nichts passiert?"

„Mir geht es hervorragend. Ich habe nur Durst." Claire rollte sich auf den Rücken, schloß Austin in beide Arme und setzte sich auf. Dean stand bereits wieder auf beiden Beinen und versuchte, sein aus der Form geratenes T-Shirt zurechtzuziehen. „Was hast du dir nur dabei gedacht, Dean hinter mir herzuschicken?" fragte Claire den Kater. „Wenn ich nicht rechtzeitig aufgetaucht wäre, hätte er das nicht überlebt!"

„Ich hörte ein Brüllen."

„Du hast doch schon Schlimmeres gehört."

„Du warst länger als eine Stunde im Schrank verschwunden."

„Ich hatte jegliches Zeitgefühl verloren. Ich hatte mich festgelesen."

„Festgelesen?" wiederholte Austin ungläubig, wand sich aus Claires Armen und sprang auf das Bett. „Gelesen hast du?"

Dean wollte gerade den Dinosaurier zur Sprache bringen, als plötzlich die lebensgroße Nahaufnahme eines Geistes ihm die Sicht versperrte. „Hol mein Kissen!" flüsterte Jacques. „Rasch! Wir gehen!"

„Aber Claire ...", flüsterte Dean zurück und versuchte, an Jacques' durchsichtigem Körper vorbeizusehen.

„Vor dem, was jetzt kommt, kannst du Claire nicht beschützen. Ich wünschte sehr, mein Kissen könnte bleiben – aber nein, nimm es! Wir gehen."

„Ich ängstige mich hier zu Tode, und du hast gelesen?" wiederholte Austin gerade langsam und bedrohlich deutlich.

Nun schien auch Claire endlich zu verstehen, wie dem Kater zumute war. Dean starrte ein wenig verständnislos mit weit aufgerissenen Augen auf Jacques – der wiederum zeigte wie wild immer wieder auf sein Kissen.

„Aber so war es doch gar nicht, Austin!"

„Wie war es nicht? War es etwa nicht so, daß es dir noch nicht einmal in den Sinn gekommen ist, dir über meine Gefühle Gedanken zu machen? War es etwa nicht so?"

Dean gab sich große Mühe, weder Austin noch der Hüterin unter die Augen zu treten. Vorsichtig griff er nach Jacques' Anker, und die beiden Männer verzogen sich ins Wohnzimmer.

„Wovor mußte Claire dich retten?" wollte der Geist dort als erstes neugierig wissen.

Dean zuckte die Achseln, wobei der Stoff, den Claires Hände geweitet hatten, von seiner Schulter abstand wie zwei kleine Flügel. „Vor einem Dinosaurier."

„Wovor?"

„Vor einer großen, fleischfressenden Echse."

„Ha! Wenn ich durch den Schrank könnte, *mich* müßte sie nicht vor einer großen Echse retten. Einen richtigen Mann bräuchte sie gar nicht zu retten."

„Richtige Männer geben zu, wenn sie Hilfe brauchen."

„Seit wann?"

„Ich glaube, das fing so Mitte der Achtziger Jahre an."

„Ah. Na ja – mit mir fing es jedenfalls nicht an. Ich hätte tun, weswegen ich im Schrank."

„Du hättest *getan*, weswegen du im Schrank warst."

Jacques musterte sein Gegenüber von oben herab. „Das habe ich doch gerade gesagt."

„Gut." Dean wedelte mit dem Kissen und wies anzüglich auf die Schlafzimmertür. „Wenn du so tapfer bist ..."

Durch die offene Tür konnten beide deutlich hören, wie Austin Claire eine Standpauke hielt: „... du für wichtiger hältst als ..."

„Wie groß, sagtest du, war die Echse?" fragte Jacques.

Später, als sich die Gemüter beruhigt hatten und Entschuldigungen vorgetragen und angenommen worden waren, legte Austin den Kopf auf Claires Schulter und murmelte nachdenklich: „Vielleicht hatte das Ganze weder mit dir noch mit mir etwas zu tun. Vielleicht ging es nur um Dean."

Claire, die mit dem Kater auf dem Arm gerade das Wohnzimmer durchquerte, blieb stehen und beugte sich so vor, daß sie Austin ins Gesicht schauen konnte. „Was willst du damit sagen?"

„Vielleicht mußte er in den Schrank, um abgehärtet zu werden."

„Abgehärtet?" Claires Augen weiteten sich, als ihr klar wurde, was das bedeutete. „Nein! Das kannst du vergessen. Wir brauchen nicht schon wieder einen Helden. Die machen nichts als Ärger."

„Das gebe ich ja gern zu, aber irgendwie erfüllt er alle Voraussetzungen: Er hat keine Eltern mehr, er wurde von einer Autoritätsperson erzogen, die zwar sehr streng war, moralisch aber einwandfrei, er ist groß, stark, von Natur aus sportlich, nicht zu intelligent, ehrlich, gutaussehend ..."

„Myopisch!"

„Was?"

„Er ist kurzsichtig", sagte Claire und hätte vor Erleichterung am liebsten einen Luftsprung gemacht. „Wo hat man je von einem Helden mit Brille gehört?"

Austin dachte einen Moment nach. „Clark Kent?"

„Fensterglas!"

„Woody Allen?"

„Nun bleib mal auf dem Teppich."

„Aber ..."

„Nein." Claire trat in die Halle und schloß die Tür zu ihren Räumen hinter sich. Zufrieden fuhr sie mit der freien Hand über den alten Tresen und eilte dann in die Küche. Sie hatte sich so auf die leider ja vergebliche Suche nach der Chronistin konzentriert, daß sie gar nicht richtig mitbekommen hatte, wie Dean den Tresen fertig abgeschliffen und neu versiegelt hatte. Auf jeden Fall sah er jetzt wunderschön aus. Zugegeben – noch schöner würde er aussehen, wenn auch in der Halle der Fußboden abgeschliffen wäre, wenn die Treppe neu gestrichen und mit einem neuen ...

„Stop! Ich bin Hüterin, keine Innenarchitektin. Ich habe schon einen Beruf und auch Arbeit. Wenn ich die Chronistin nicht finden kann, macht das auch nichts." Mit diesen Worten trat Claire in die Küche. „Es gibt mehr als eine Methode, der Katze das Fell über die Ohren zu ziehen."

Austin sprang ihr aus den Armen, landete neben der Spüle und wirbelte herum, um die junge Frau empört anzustarren. „Ich muß doch sehr bitten!"

„Entschuldigung!"

Austin putzte sich hektisch die rechte Schulter. „Das möchte ich doch auch hoffen."

Claire holte den Plastikbehälter mit dem Berichtsheft der Unfallstelle aus dem Kühlschrank und wagte dabei kaum zu atmen. Selbst durch den geschlossenen Deckel hindurch konnte man die üblen Düfte riechen, die die Lauge verströmte.

„Mußt du das unbedingt jetzt machen?" fragte Austin. „Es ist neun Uhr fünfunddreißig. Ich habe gedacht, wir frühstücken jetzt erst mal."

„Ich habe wirklich nicht vor, das Ding hier aufzumachen, wenn ich Essen im Magen habe."

„Das ist höchstwahrscheinlich eine richtige Überlegung. Aber du hast jetzt seit fast vierundzwanzig Stunden nichts zu dir genommen, wenn man die Schrankzeit mitrechnet, und was noch schlimmer ist: *Ich* habe seit zwei Stunden nichts mehr gegessen. Wenn du mit dem Heft durch bist, wirst du erst mal eine Weile nicht an Essen denken wollen." Austin nieste. „Vielleicht verschlägt es dir ja auch gleich ganz und für immer den Appetit. Das Zeug stinkt ja noch schlimmer als letztes Mal."

„Ich habe den Deckel noch gar nicht aufgemacht."

„Eben!" Mit einem riesigen Satz landete der Kater fast schon im Eßzimmer und eilte dann mit anlegten Ohren durch die Halle. „Wenn du mich brauchst: Ich bin nebenan und therapiere den Hund. Aus dem Weg, Kleiner!"

„Kleiner?" wiederholte Dean, der sich flach gegen die Wand gedrückt hatte, um zu verhindern, daß die Katze ihn überrollte. Immer noch kopfschüttelnd bog er um die Ecke ins Eßzimmer und hustete. „Was in ..."

„Wenn Sie etwas Sinnvolles tun wollen", teilte ihm Claire ein wenig näselnd mit und legte den Deckel des Plastikbehälters zur Seite, „dann können Sie mir so ein Dingsda zum Heben geben."

„Ein was soll ich Ihnen geben?" fragte der junge Mann und sah unglücklich zu, wie seine Chefin sich schon wieder eine Gabel aus der Schublade nahm.

„Etwas, womit ich das Berichtsheft aus der Flüssigkeit heben kann."

Dean rief sich streng ins Gedächtnis, daß dies Claires eigenes Hotel war und sie von daher soviel Besteck verderben konnte, wie sie wollte.

Dann holte er aus der zweiten Schublade von oben – dort bewahrte er die Servierlöffel und Schöpfkellen auf – den Servierlöffel, den er am wenigsten mochte und gab ihn ihr. „Konnten Sie und Austin klären ... nun, Sie wissen schon."

„Ja. Konnten wir. Nur damit Sie sich in Zukunft keine Sorgen mehr machen: Das schaffen wir immer."

„Sie beide, Sie haben schon eine interessante Beziehung."

„Natürlich haben wir die." Claire rieb sich mit dem Handrücken die tränenden Augen. „Er ist ein Kater." Vorsichtig schob sie den Servierlöffel unter das Berichtsheft.

Auch diesmal waren die Zwiebeln blau geworden, aber am Boden des Behälters standen noch gute zwei Zentimeter Lauge.

„Boß, ich ..."

„Nicht jetzt, Dean."

„Gut." Dean hielt sich die linke Hand über Mund und Nase und ging hinüber auf die Eßzimmerseite des Küchentresens. „Wie können Sie es nur aushalten, sich direkt darüber zu beugen?"

„Ich tue, was getan werden muß."

„Was mußt du denn tun, *chérie?*" wollte Jacques wissen und tauchte an Claires Seite auf.

„Du kannst ja zugucken." Claire hielt das Berichtsheft direkt über die Lauge, damit nichts aus dem Behälter spritzte, während das Heft abtropfte, und schlug mit Hilfe der Gabel vorsichtig den ersten von Smythe geschriebenen Eintrag auf. Obschon das Papier immer noch kaum heller blau als die Buchstaben war, war die Schrift endlich lesbar.

18. August 1942. Ich werde in ein Haus gerufen, das man Brewsters Hotel nennt. Hier ist gerade die unglaublichste Sache passiert. Die Hüterin, die die Unfallstelle versiegelte und das auch in der Tat immer noch tut, hat versucht, sich Kontrolle über das Böse zu verschaffen, um es für ihre eigenen Zwecke zu nutzen.

Lächelnd sah Claire zu Dean auf. „Ist das nicht wunderbar?"

„Wunderbar!" stimmte er ihr zu und bezog sich dabei auf die kleinen Fältchen, die sich auf ihrer Nase bildeten, wenn sie lächelte.

Jacques folgte seinem Blick und schnaubte.

Ich kann die Hüterin nicht benennen, denn sie bleibt hier im Haus und versiegelt weiter mit ihrer Kraft die Unfallstelle – was allerhand ist, findet das arrogante Arschloch von Onkel John, der geholfen hat, sie zu besiegen. Mir stinkt das, wie ein paar von diesen Typen sich ein Ei drauf braten, daß sie besser sind als andere! Als würde sich ohne Licht aus ihrem Arsch das Universum verdunkeln.

„Ich nehme an, das beantwortet die Frage nach Smythes Persönlichkeit."

Der andere Hüter, Onkel Roger, ist nicht ganz so schlimm. Onkel Roger – alles Roger! Vielleicht liegt's ja da dran.

„Das nun wiederum wirft ein paar neue Fragen auf."

Zwei von denen hätten nicht gereicht, sie zu besiegen, wenn sie nicht ...

Claire schob die Gabel vorsichtig unter das feuchte Papier, versuchte, trotz ihrer Aufgeregtheit weiterhin flach zu atmen und blätterte um.

... Probleme mit de r Jun g f...

„Nein!" Einer nach dem anderen, schneller und immer schneller, glitten die Buchstaben vom Papier und rutschten in die Lauge. Einen Moment lang starrte Claire fassungslos auf ein Berichtsheft voller leerer Seiten, dann verwandelte es sich in eine gelatineartige Masse und flutschte wabernd vom Servierlöffel, wobei ein gutes Dutzend Buchstaben auf Claires Hand und ihrem Pullover landete.

Völlig erschüttert und vollständig sprachlos stolperte Claire rückwärts, bis sie gegen die Spüle stieß.

Dean hielt den Atem an, beugte sich weit vor und drückte den Deckel auf den Plastikbehälter. Sobald dieser fest saß, eilte der junge Mann in die Küche, nahm Claire den Servierlöffel aus der Hand und warf ihn umgehend in den Müll.

„Du mußt dir die Hände waschen, *chérie*", teilte Jacques der jungen Frau mit. „Die sind voller Ms und anderer Buchstaben, sie befinden sich auf deinem Pullover."

„Ich glaube nicht, daß man die wieder herausbekommt", warf Dean ein.

Jacques schniefte höhnisch. „Es wundert mich nicht, daß du auch wäschst!"

Claire hob ganz langsam die Hand zum Mund und berührte einen der Buchstaben mit der Zunge.

Die beiden Männer tauschten einen entsetzten Blick.

Sie bleckte die Zähne.

„Ich glaube, das ist kein Lächeln", murmelte Jacques.

„Spinnenteile!" zischte Claire. „Das verdammte, miese kleine Stückchen Hölle!"

Beide Männer zuckten zusammen, aber nichts geschah.

„Begreift ihr denn nicht?" Claire starrte erst Dean, dann Jacques wütend und verzweifelt an. „Das Teufelchen hat Spinnenteile an die Lauge getan! Den Kühlschrank kann er nicht geöffnet haben. Das heißt, er hat die Zwiebeln damit bestäubt, als sie noch unterm Küchentresen lagen. Ehe ich die zweite Lauge ansetzte. Damit ist alles ruiniert!"

OH, SEHR GUT GEMACHT.

MACHEN *WIR* KOMPLIMENTE?

EHRE, WEM EHRE GEBÜHRT.

Einen Augenblick lang schwieg die Hölle. NEIN, sagte sie schließlich.

„Mrs. Abrams hat etwas vor, sie summt vor sich hin. Ein schlimmes Geräusch. Warum die langen Gesichter?" fragte Austin und sprang auf den Tresen. Dann nieste er und warf einen angewiderten Blick auf den Plastikbehälter. „Seid ihr damit immer noch nicht durch?"

„Oh doch, ich bin durch damit!" Claire zog den Pullover aus und gab ihn Dean, der das Kleidungsstück weit von sich hielt, wie er wohl auch eine tote Qualle gehalten hätte. „Nun ist alles aus. Ich werde nie in der Lage sein, das Geschehene rückgängig zu machen, weil ich nicht herausfinden kann, was genau gemacht wurde. Ich kann die Sache nicht regeln! Nun kann ich genausogut den Vetter des Schlossers anrufen."

„Wovon sprichst du eigentlich?"

„Egal." Mechanisch wie eine Aufziehpuppe trat Claire an die Spüle, gab sich Spülmittel auf die Handflächen und wusch sich die Hände.

Derweil erklärte Dean Austin, was geschehen war. Sofort sprang der Kater auf den Boden und rieb sich an Claires Waden, um sie zu trösten.

„Es gibt viele Möglichkeiten, wie Spinnenteile an die Zwiebeln geraten sein könnten. Du weißt doch gar nicht wirklich, ob es ein Teufelchen war. Genausowenig wie du weißt, ob es hier wirklich Teufelchen gibt."

„Fang bloß keinen Streit mit mir an!"

Weise ließ der Kater die Sache mit den Teufelchen auf sich beruhen. „Da ist doch immer noch die Chronistin!" gab er zu bedenken.

„Nein, eben nicht." Claire trocknete sich die Hände an einem Geschirrtuch ab, das Dean anschließend gleich an sich nahm und wie Claires Pullover mit spitzen Fingern weit von sich hielt. Dann bückte sie sich und nahm Austin in die Arme. „Ich komme einfach nicht aus der Stadt, die sie errichtet hat."

„Das Kingston im Schrank?" fragte Dean.

„Eben nicht wirklich Kingston", erklärte Claire verbittert. „Im Norden der Stadt befindet sich ein Lager mit Killerpfadfinderinnen. Wenn ich die Brücke über die Meerenge nehme und mich nach Osten wende, gerate ich jedes Mal in einen Schneesturm, der mich nicht weiterkommen läßt. Im Westen ist eine Militärakademie. Im Süden ..."

„*Un moment*", unterbrach Jacques. „Warum kommst du an der Militärakademie nicht vorbei?"

„Wegen der Männer in Uni..."

Claire legte dem Kater die Hand über die Schnauze. „Sie halten mich für eine ihrer Lehrerinnen, die sich unerlaubt von der Truppe entfernt hat. Wenn ich diese Strecke zu nehmen versuche, dann stopfen sie mich dort in eine häßliche Uniform und werfen mich in den Knast, bis ich einwillige, zwei verschiedenen Ausbildungsjahrgängen Unterricht in Militärgeschichte zu erteilen."

„Im Süden liegt das Meer", sagte Dean. „Was ist mit einem der Schiffe?"

„Auf ein Schiff gehen, bei dem die Leute der Chronistin die Besatzung stellen?" Claire schüttelte den Kopf. „Keine gute Idee. Es ist schneller und preiswerter, wenn ich mich selbst ertränke und denen die Mühe erspare."

„Austin meint, Sie strengen sich zu sehr an."

„Meint er das? Interessant! Wieviel das kluge Kerlchen doch weiß – wo er doch selbst noch nie im Schrank war." Der Kater in Claires Armen war mit einem Mal ungeheuer beschäftigt und mußte beide Vorderpfoten in allen Einzelheiten inspizieren und putzen. „Nein, es ist ganz einfach so: Zur Chronistin komme ich nicht durch und dies hier ...", Claire starrte auf das Durcheinander von Buchstaben in dem Brei, der einmal das Berichtsheft gewesen war, und ließ die Schultern sinken, „... das kann man noch nicht einmal mehr als unbrauchbar bezeichnen."

„Können Sie nicht den eigentlichen, Sie wissen schon, Zauber studieren?"

„Was soll damit sein?" Jeden Morgen hatte Claire eine Stunde bei Sara verbracht, und bis jetzt war für sie dabei nichts weiter herausgesprungen als eine Stauballergie. In den zehn Minuten, die sie jeden zweiten Nachmittag im Heizungskeller verweilte – länger schaffte sie es einfach nicht, der Hölle und ihrem ununterbrochenen Monolog, den sie nicht abstellen konnte, so unmittelbar ausgesetzt zu sein –, hatte sie eine Reihe von Dingen gelernt, über die sie lieber gar nichts erfahren hätte. Nun kannte sie sich bestens mit der spanischen Inquisition, dem Zweiten Weltkrieg und mit den Leuten aus, die für die Zusammenstellung des Fernsehprogramms zur Hauptsendezeit zuständig waren. Wie sie mit der einmaligen Situation umgehen sollte, die die Unfallstelle umgab, hatte sie aber leider nicht erfahren. „Es wird Zeit, den Tatsachen ins Auge zu sehen; ich hänge den Rest meines Lebens hier fest."

Die Worte klangen so endgültig, so verzweifelt, daß sie noch lange in der Küche nachhallten. Nach einer Weile seufzte Jacques und fragte: „Wäre das denn so schlimm, *chérie?*"

Claire, die sich gerade einem schönen, ausführlichen Anfall von Selbstmitleid hatte hingeben wollen, konnte sich gerade noch bremsen und verstand auch sogleich, was Jacques eigentlich hatte fragen wollen. *Wäre es denn so schlimm, den Rest deines Lebens mit mir zu verbringen?* „Du verstehst mich nicht. Gut, wenn ich gebraucht würde, um die Unfallstelle zu versiegeln, dann wäre das eine andere Sache. Dann wäre es vielleicht nicht so schlimm, weit vor meiner Zeit die Rolle der exzentrischen Eigenbrötlerin zu spielen, denn dann täte ich ja zumindest etwas Sinnvolles. Hier jedoch ..." Claire schaffte es, mit einer einzigen Kopfbewegung das ganze Hotel in ihre Ausführungen einzubeziehen, „... hier bin ich passiv, bin Wächterin, beobachte ein System, das ich nicht beeinflussen kann und eigentlich, unter dem Strich, tue ich gar nichts. Nichts! Das ist, als hätte man den letztjährigen CY-Young-Sieger eingekauft und ließe ihn jahrelang auf der Bank sitzen, nur für den Fall, daß sich einer der richtigen Stars die Schulter verrenkt!"

Der Geist starrte sie völlig verwirrt an. „Das bedeutet?"

„Das ist Baseball", erklärte Dean, ehe Claire es erklären konnte. „Das heißt, sie hat das Gefühl, hier würden ihre Talente vergeudet."

„Vergeudet?" wiederholte Jacques ungläubig. „Hier, wo sich im Keller ein Loch befindet, das zur Hölle führt und *une femme mauvaise* oben in Zimmer sechs schläft? Wenn hier irgend etwas schiefläuft ..."

TOD! ZERSTÖRUNG!
EIN UNIVERSUM MIT FÜNFHUNDERT FERNSEHKANÄLEN!

„... dann wird das, was du als deine Talente bezeichnest, nicht vergeudet sein, *chérie*!"

„Aber wenn nichts schiefgeht ..."

„Das wäre doch mal was Feines!" Austin wand sich aus Claires Armen und sprang zu Boden, wo er, den Schwanz um die Pfoten geringelt, das Trockenfutter in seinem Napf mißbilligend betrachtete. „Du weißt genau, daß dieses Haus überwacht werden muß."

Claire wischte die Bemerkung mit einer Handbewegung beiseite. „Ja klar, aber ..."

„Da du hierher berufen worden bist, wirst du genau hier auch gebraucht."

„Das ist die Theorie, aber ..."

„Da du nicht an die Informationen herankommst, die du brauchen würdest, um mit dieser einmaligen Situation korrekt umgehen zu können, ist doch wohl auch klar, daß du genau die Monitorin bist, die an dieser Stelle gebraucht wird." Um seinen Worten zusätzliches Gewicht zu verleihen, legte Austin ein Ohr an. „Wenn das hilft: Stell dir vor, du bist die letzte Verteidigungslinie der Welt. Ein Silo mit einer Rakete, die hoffentlich nie zum Einsatz kommen wird, ein U-Bo..."

„Genug!" keuchte Claire. Bisher hatte sie gedacht, nichts könnte widerwärtiger sein, als vom eigenen Kater die Leviten gelesen zu bekommen. Jetzt wußte sie, es gab Schlimmeres: wenn einem der eigene

Kater vor Publikum die Leviten las. „Dein Vortrag nützt mir nichts. Willst du wissen, was hilft?" Sie machte auf dem Absatz kehrt und zog eine Riesenpackung Schokokekse aus dem Schrank. „Das! Das wird mir helfen." Mit der Kekspackung unter dem Arm schob Claire sich durch Jacques hindurch, an Dean vorbei und suchte Zuflucht in der recht zweifelhaften Idylle des Wohnzimmers Augustus Smythes, das ja nun, anders konnte sie es nicht mehr sehen, ihr Wohnzimmer geworden war.

„Vielleicht verstehe ich sie", meinte Jacques traurig, als in der Ferne eine Tür zuschlug. „Aber wenn ich doch zusammen mit ihr auf dieser ‚Bank' sitze. Sie ist nicht allein."

„Was bin ich denn deiner Meinung nach?" wollte Austin empört wissen. „Ein Nebenprodukt der Rindfleischerzeugung?"

„Was ist ..."

„Egal!" Austin stemmte die Vorderpfoten gegen den Küchenschrank, stellte sich auf die Hinterbeine und sah zu, wie Dean den Deckel des Laugenbehälters prüfte.

„Ich schmeiße die anderen Zwiebeln im Korb lieber auch weg", entschied der junge Mann.

„Warum? Du ißt sie seit einer Woche." Beim Anblick von Deans angewidert verzogener Miene mußte Austin kichern. „Was dich nicht umbringt, macht dich nur stark."

„Spinnenteile?" Deans Gesicht war grün geworden. Er biß die Zähne zusammen und versuchte, nicht an Spinnenteile zu denken.

„Na, du jedenfalls darfst mich nicht fragen, was in einem Hotdog alles drin ist!" Austin ließ sich wieder auf alle Viere fallen. „Wenn du das Zeug wegwerfen willst – wickle lieber gleich zwei Plastiktüten drum, damit auch ja nichts ausläuft. Du verseuchst damit sonst die ganze Müllhalde."

„Wird sich die Chefin wieder berappeln?"

„Aber sicher doch. Sobald sie sich damit abgefunden hat, daß sie den Rest ihres Lebens in diesem Hotel Wache schieben muß."

„Einfach ist das nicht", meinte Jacques. „Hier in diesem nicht gerade beliebten Hotel zu spuken – so hatte ich mir die Ewigkeit auch nicht vorgestellt. Ich werde zu ihr gehen."

„He, laß das!" Dean wollte nach dem Arm des Geistes greifen, traf auf nichts als Nebel und prallte schmerzhaft mit der Hand gegen die Wand. „Claire will allein sein."

„Ach, was weißt du denn schon, *Anglais?* Du kannst jederzeit gehen."

„Ja, aber das werde ich nicht tun."

„Ach, und deswegen denkst du, du bist besser als ich? Weil du bleibst und mußt gar nicht bleiben?" Jacques schnaubte. „Ich weiß, warum du bleibst. Nicht, weil der Job so gut ist!"

Dean lief rot an. „Austin sagt, ich bin Teil der Sache hier, und Claires Mutter sagt, Claire braucht mich und ..."

„*Oui?*"

„Ich lasse meine Freunde nicht im Stich."

Das Schweigen dehnte sich aus und wurde immer länger. Dean dachte, Jacques würde sich Zeit lassen, um eine besonders bissige Replik aus seiner eigenen Sprache zu übersetzen, aber statt dessen lächelte der Geist und nickte dem verwunderten jungen Neufundländer freundschaftlich zu. „*D'accord.* Wenn Claire die Welt bewachen muß, dann werden wir drei Claire bewachen!"

Wir drei.

Ein gutes Gefühl, Teil eines Teams zu sein! Ein noch besseres Gefühl wäre es natürlich gewesen, mit Claire allein Schulter an Schulter die Welt vor dem Bösen zu retten – aber tief drinnen war Dean Realist.

Der junge Mann hatte sich nie zuvor richtig Gedanken über seine Zukunft gemacht. Neufundland hatte er verlassen, um sich Arbeit zu suchen; der Job im Hotel war ihm mehr oder weniger über den Weg gelaufen, hatte ihm recht gut gefallen, und so war er geblieben. Dean hatte bisher alle Entscheidungen aus freien Stücken treffen können, weshalb es ihm lange so vorgekommen war, als stünden ihm noch unendlich viele Möglichkeiten offen, die er alle nach und nach würde erforschen können. Herauszufinden, daß sich Entscheidungen auch von ganz allein anbahnen können, sobald der Mensch erst einmal ein bestimmtes Alter erreicht hat, stimmte ihn nicht besonders glücklich. „Die letzte Verteidigungslinie der Welt – ich frage mich, ob die Welt überhaupt weiß, wieviel Schwein sie hat!" murmelte er nachdenklich.

Der Kater und der Geist wechselten Blicke, die einander so ähnlich waren, wie das angesichts ihrer unterschiedlichen Physiognomien überhaupt ging.

„Dennoch kann ich Claire auch verstehen", fuhr Dean im selben nachdenklichen Ton fort. „Es ist eine große Verantwortung, aber es muß auch irgendwie langweilig sein, immer nur Wache zu schieben. Au!" Er bückte sich und rieb seine Wade. „Was kratzt du mich?"

„Sag nie, sag bloß nie, es sei langweilig, Wächterin zu sein!"

„Das habe ich nicht gesagt." Besorgt sah Dean nach, ob Blut aus seiner Jeans tropfte. „Ich sagte, es muß langweilig sein, Wache zu schieben."

„Oh!" Austin zog die Krallen ein. „Entschuldigung."

Claire stopfte sich den vierten Keks in den Mund, sank aufs Sofa und sah sich nach etwas um, worauf sie ihre Füße legen konnte. Der Couchtisch selbst bog sich bereits unter der Last der vielen unnützen Dinge, die sich auf ihm stapelten, und der Schemel stand viel zu weit weg. Sie rutschte ein wenig auf dem Sofa herum, bis sie seitlich zu sitzen kam und legte ihre Füße auf den Kopf der Elvis-Gipsbüste.

„Dange. Ganz herzlichen Dang."

„Du machst Witze, oder?" Claire hob die Füße und ließ sie erneut sinken.

„Dange. Ganz herzlichen Dang."

Offenbar verfügte die Büste nur über ein begrenztes Vokabular. „Warum hat Smythe Kraft auf dich verwendet, und sei es auch nur solche aus dem Leck?" Nachdenklich kaute Claire vor sich hin. „Kannst du singen? Oder ..."

Der Rest der Frage ging unter, denn nun setzte die Büste zum ‚Jailhouse Rock' an.

„Aufhören!"

„Dange. Ganz herzlichen Dang."

„Sing."

Ein paar Takte von ‚Blue Suede Shoes'.

„Aufhören."

„Dange. Ganz herzlichen Dang."

„Sing."

Nun folgten die ersten Takte von ‚Heartbreak Hotel'.

„Das ist doch schon eher was." Claire steckte sich noch einen Keks in den Mund und war bereit, sich dem Weltschmerz hinzugeben. Von nun an erstreckte sich die Zukunft wie eine endlose Ebene vor der jungen Frau, gleichförmig, ohne Hoffnung. Auf Veränderung hoffen hieße auf die Katastrophe hoffen, und wer auf die Katastrophe hofft, stärkt die Kräfte der Hölle. Claire hätte ihre Mutter anrufen können, um zu berichten, welchen Lauf die Dinge genommen – oder eben nicht genommen – hatten. Aber ein ‚ich habe es dir ja gesagt' meinte sie nicht verkraften zu können, und käme es auch noch so höflich und liebevoll verbrämt daher.

Wenn Diana zu Hause war ...

Zwischen Claire und der kleinen Schwester lagen zehn Jahre Altersunterschied. Dieser Altersunterschied sowie die Tatsache, daß Claire die Jüngere oft hatte retten müssen, wenn diese im jugendlichen Überschwang zu weit gegangen war, hatten dazu geführt, daß Claire in Dianas Augen zu den Erwachsenen, den ‚alten Leuten' zählte. Wenn Diana hörte, daß Claire dazu verurteilt war, ein Hotel zu führen, dann würde sie das nicht weiter wundern. Das war nun mal das Schicksal alter Hüter.

Mittlerweile war Claire bei der zweiten Lage Kekse in der Packung angekommen und wußte genau, daß sie im Augenblick nicht in der Lage war, sich die Kommentare ihrer Schwester anzuhören. Sie wollte lieber bis Freitag warten, denn freitags pflegte sie ohnehin immer zu Hause anzurufen.

„Dir ist bewußt, daß Elvis auf Leck läuft?"

Claire seufzte und atmete einen feinen Nebel aus Kekskrümeln aus. „Er braucht einen winzigen Bruchteil dessen, was ohnehin immer zur Verfügung steht. Er zieht es nicht aus dem Leck."

„Ich frage mich, ob sich wohl Augustus Smythe anfangs auch so gerechtfertigt hat." Austin sprang auf die Rückenlehne des Sofas und streckte sich anmutig auf den obersten Kissen aus.

„Das bezweifle ich." Das Lied war zu Ende, und Elvis bedankte sich bei seinem Publikum, ehe Claire etwas dagegen unternehmen konnte.

„Einen positiven Aspekt gibt es! All die Jahre hat Smythe hier als Wachtposten ausgereicht, sonst wäre er ersetzt worden. Nun bist du hierher berufen worden – also stehen die Karten nicht schlecht, daß bald irgend etwas schiefläuft."

Claire wandte den Kopf und starrte ihren Kater empört an. „Das soll mich aufmuntern?" Sicherheitshalber prüfte sie rasch, ob die Kraftschlinge im Haus noch intakt war.

DU WARST ENTTÄUSCHT!

Raus aus meinem Kopf. Die nächsten drei Kekse stopfte Claire so hastig in sich hinein, daß sie sich fast auf den Finger gebissen hätte.

„Du solltest ein wenig fröhlicher dreinschauen", sagte Austin.

„Ich will nicht fröhlicher dreinschauen."

„Dann solltest du an die Tür gehen."

„Es ist niemand ..." Ein zögerliches Klopfen schnitt ihr die Worte ab. Sie funkelte den Kater wütend an und rief: „Was ist denn?"

„Ich bin es. Sie haben noch nichts gegessen. Ich habe Ihnen Frühstück gemacht."

„Es ist schon fast Mittag!"

„Ich habe ein Omelett gebraten."

In Namen liegt Macht. Claire konnte das Omelett plötzlich riechen: Butter, Eier, Pilze, Käse. Plötzlich war sie sehr hungrig. Eine halbe Packung Kekse – was war das schon? Sie öffnete die Tür und stellte fest, daß Dean außer dem Omelett noch eine Thermoskanne Kaffee und ein Glas Orangensaft gebracht hatte. Sie streckte die Hände nach seinem Tablett aus, aber der junge Mann schien es ihr nicht geben zu wollen.

„Sie haben es, ähm, wahrscheinlich vergessen, aber heute ist Thanksgiving."

Sie hatte es weniger vergessen als nie im Kopf gehabt. Ein schneller Blick hinüber zur spärlich bekleideten Miß Oktober an der Wand, und ihr war klar, daß Dean recht hatte und daß sie außerdem schleunigst Augustus Smythes Kalender durch einen eigenen ersetzen sollte. „Danke. Ich werde daheim anrufen."

„Gut. Ich wollte auch nur sagen, daß ich eingeladen bin heute. Bei einer Freundin. Zum Essen."

„Eingeladen?"

„Die Freundin ist auch von daheim, und wir hatten geplant, alle zusammen ..." Deans Stimme wurde immer leiser.

„Gehen Sie. Amüsieren Sie sich. Essen Sie Truthahn. Schauen Sie sich das Footballspiel an." Claire griff über das Omelett hinweg nach dem Teil des Tabletts, das Deans Körper am nächsten war, und dem Jungen blieb keine Wahl: Er mußte loslassen, sonst wäre er gestolpert.

Er ließ los.

„Sie haben sich einen freien Abend verdient", sagte Claire und lächelte verkniffen zu ihm hoch. „Danke für den Kaffee und das Omelett. Nun gehen Sie bitte, ich bin noch nicht fertig mit Heulen." Sie trat zurück und schlug ihm die Tür vor der Nase zu.

„Das war unhöflich", schalt Austin.

„Willst du was abhaben oder nicht?"

Wie Claire gewußt hatte, reichte diese Frage. Austin behielt jeden weiteren Kommentar für sich.

Draußen im Büro schüttelte Dean mit besorgt gerunzelter Stirn den Kopf. „Ich weiß nicht, was ich tun soll", gestand er Jacques.

„Tu, was sie gesagt hat", riet der Geist. „Geh zu deinen Freunden. Iß Truthahn. Schau dir das Spiel an. Hier kannst du im Moment ohnehin nichts tun. Claire wird erst wieder aus ihrem Zimmer kommen, wenn sie sich mit ihrer Existenz hier abgefunden hat."

„Abgefunden. Du könntest zu ihr gehen."

„Lieber nicht. Wie hast du doch noch gesagt?" Jacques löste sich langsam auf, und als er seinen Satz beendet hatte, hingen die Worte ganz allein im Raum. „Für einen Toten bin ich ganz schön schlau."

Das Kühlschrankinnere war ebenso makellos rein wie der Rest der Küche. In den Gemüseschubladen der Kühlschränke, die Claire sonst kannte, lagerten in der Regel zwei modrige Tomaten und ein welker Salatkopf. Nicht jedoch bei Dean: Sein Gemüse war nicht nur frisch und knackig, sondern auch bereits geputzt. Claire überlegte, ob sie sich einen Salat machen sollte, fand das dann aber zu anstrengend. Sie überlegte, mit einem Rest Rinderbraten ein Sandwich zu belegen, fand aber, das sei zuviel Arbeit. Sie streckte die Hand nach einem Plastikcontainer mit Gulasch aus, das nur aufgewärmt zu werden brauchte, ließ die Hand jedoch wieder sinken.

Letztlich stand sie mit leeren Händen vor der geschlossenen Kühlschranktür.

Hinter ihr ertönte das vertraute Klappern von Arbeitsstiefeln, und Claire wandte sich um.

„Sie sind früh zurück."

„Es ist bald neun. Richtig früh kann man das nicht nennen." Dean stelle einen prall gefüllten Leinenbeutel auf den Tisch und packte verschiedene in Frischhaltefolie verpackte Päckchen aus. „Wir haben gegessen, abgewaschen, ein bißchen gekäuert – einander Geschichten erzählt", ergänzte er, als Claires Brauen sich fragend hoben, „und nun bin ich wieder hier, und zwar pappsatt." Vorsichtig hob er einen Margarinebecher aus dem Beutel und warf Claire einen prüfenden Blick zu. „Was ist mit Ihnen? Geht es Ihnen besser?"

„Ich habe den ganzen Nachmittag Talkshows geguckt." Claire durchquerte die Küche und trat neben den Küchentisch. „Nun ist mir ein bißchen schlecht, aber ich denke durchaus positiver, was *mein* Leben betrifft."

„Ich glaube, genau dafür sind die gedacht."

Claire massierte sich mit den Handballen die Schläfen und schnaubte. „Das hoffe ich. Meine Mutter läßt grüßen, und meine Schwester will wissen, was Sie davon halten, daß europäische Fischerboote die Grand Banks leerfischen, aber da Diana wohl nur vorhat, eine politische Debatte vom Zaun zu brechen, brauchen Sie ihr nicht zu antworten." Claire hob eins der Päckchen auf, das eindeutig nach Truthahn roch. „Was ist das?"

„Das Festessen. Ich habe ein paar Reste eingepackt. Die Kartoffeln sind ein wenig lange gekocht, aber zusammen mit Sauce fällt das nicht auf."

Dean holte einen Teller aus dem Schrank und richtete die mitgebrachten Reste darauf an. Kopfschüttelnd und mit verschränkten Armen sah Claire ihm zu. Nur ein junger Mann konnte ein Festmahl zu sich nehmen und sich kurz darauf noch einmal hinzusetzen und ein zweites Festmahl zu sich zu nehmen. „Ich dachte, Sie seien pappsatt?"

„Bin ich auch. Das ist für Sie." Darauf folgte Schweigen, und Dean sah von seiner Arbeit auf. „Das heißt, wenn Sie noch nicht gegessen haben! Ich weiß ja nicht einmal, ob Sie Truthahn mögen! Ich habe doch nur ... wissen Sie, dies war mein erstes Thanksgiving fort von zu Hause, und ich weiß einfach, wie einsam ich mich ohne meine Freunde gefühlt hätte, und da dachte ich ... ich dachte, Sie sollten doch wenigstens etwas vom Festessen haben!" Claire sagte immer noch nichts, und das machte den jungen Mann nervös. Er verkleckerte Sauce.

Der kleine Unfall zog allerhand hektische Aktivität nach sich, und während Dean den Tisch abwischte und noch einmal abwischte, hatte Claire Gelegenheit, den Kloß in ihrem Hals hinunterzuschlucken. Es gab eine Reihe von Dingen, die sie gern gesagt hätte, aber nach der emotionalen Berg- und Talfahrt, die sie an diesem Tag absolviert hatte, fürchtete sie, keines davon sagen zu können, ohne gleich in Tränen auszubrechen. Eine Hüterin weint nicht vor Zuschauern. Nun war der Tisch wieder sauber wie zuvor. Claire streckte die Hand aus und berührte Dean am Arm. „Danke", sagte sie. „Vielen Dank."

DIESER JUNGE IST SO NETT, DA MUSS MAN JA KOTZEN! ES MUSS DOCH WAS GEBEN, WOMIT WIR IHN IN VERSUCHUNG FÜHREN KÖNNEN.

HABEN WIR VERSUCHT. ER HÖRT NICHT ZU.

DAS IST DOCH MAL WIEDER TYPISCH MANN!

NICHT, WENN ES UM UNS GEHT, entgegnete die Hölle sich selbst beißend.

Am nächsten Morgen fand Claire eine von Deans Unterhosen an ihrer Türklinke baumeln, als sie ihre Räume verließ. Das Teufelchen hatte sicher die ganze Nacht gebraucht, um das Kleidungsstück aus der Waschküche im Keller bis hier hoch zu schleppen.

„Ich hoffe, du hast dir einen Bruch gehoben!" murmelte Claire wütend und nahm die Hose von der Klinke.

Eine kurze Unterhose, keine Boxershorts. Dunkelblau mit weißem Gummi.

„Boß?"

Die Hose ließ sich nicht zu einem kleinen Knäuel zusammenknüllen und rasch verstecken. Also hielt Claire die rechte Hand und deren Inhalt hinter dem Rücken versteckt, als sie sich umwandte. „Was ist?"

„Wir haben sehr viele Eier, die ich langsam mal aufbrauchen muß. Ich wollte fragen, ob Sie nicht ein paar zum Frühstück wollen."

„Gern."

„Wie möchten Sie sie denn?"

„Das ist mir egal." Dean trug eines seiner blendend weißen T-Shirts und dazu Jeans und war sich ganz und gar nicht klar darüber, wie gut er aussah. Kurze Unterhosen, keine Boxershorts. Da seine Jeans sehr eng und wie angegossen saßen, hätte Claire darauf eigentlich auch von allein kommen können.

„Rührei?"

„Prima."

„Mit Knoblauch und Pilzen?"

„Wie Sie meinen."

Dean runzelte die Stirn. „Geht es Ihnen gut?"

„Prima."

Er lehnte sich ein wenig nach links.

Claire drehte sich leicht zur Seite. „War sonst noch etwas?"

„Ich glaube nicht."

„Gut. Dann fangen Sie an." Ihr rechter Arm wollte Dean schon souverän auf den Weg schicken, aber Claire konnte ihn gerade noch rechtzeitig daran hindern. „Machen Sie schon! Ich komme in einer Minute nach."

Kopfschüttelnd verschwand Dean den Flur hinab.

Zwanzig Jahre alt, rief Claire sich ins Gedächtnis und schlug leicht mit dem Hinterkopf gegen die Tür.

Der hohle Klang des Aufpralls hallte durch das gesamte Erdgeschoß.

„Boß?"

„Nichts!" rief sie hinter ihm her. Sie rieb sich die Beule, die rasch anwuchs und überlegte, ob sie sich noch eine zweite holen sollte. Da hatte sie nun die perfekte Gelegenheit nachzuweisen, daß es im Haus ein Teufelchen gab – für die Unterhose an ihrer Türklinke konnte es gar keine andere Erklärung geben. Warum hatte sie sich dann so dumm angestellt?

„Das liegt an dem Haus hier! Es macht in meinem Kopf rum!" Claire öffnete die Tür zu ihrem Räumen und warf die Unterhose ins Wohnzimmer. Sie würde sich später etwas ausdenken, wie sich das Kleidungsstück wieder mit dem Rest von Deans Wäsche vereinen ließe.

„Ein Souvenir?" fragte Austin, als die Unterhose – die kurze Unterhose – an ihm vorbeiflog und auf Elvis landete.

„Dange. Ganz herzlichen Dang."

„Ihr könnt beide das Maul halten."

„Sie haben – wie sagt man – Verputz? – drübergemacht", verkündete Jacques und zog seinen Kopf aus der Wand. „Aber die Mechanik für den Fahrstuhl ist noch da."

„Soll ich anfangen, sie freizulegen?" fragte Dean aufgeregt.

Claire zuckte die Schultern. „Warum nicht?"

„Wunderbar! Ich hole meinen Hammer."

„Was wirst du derweil tun, *chérie?*" fragte Jacques, als Dean forteilte. „Während er seinen Frust an der Wand ausläßt?"

„Ich glaube nicht, daß Dean Frustration empfindet." Sie duckte sich unter dem Tresen hindurch und ging zum Telefon. „Aber um deine

Frage zu beantworten: Ich verpacke den Krimskrams von Augustus Smythe und hoffe, damit bald fertig zu sein."

„Um dir die Räume zu eigen zu machen?"

„Ja."

„Dann hast du dich also damit abgefunden hierzubleiben?"

Mit einem leeren Karton in der Hand blieb Claire auf der Schwelle stehen, unfähig, den letzten, symbolischen Schritt ins Wohnzimmer zu tun. „Mir bleibt ja nichts anderes übrig. Ich habe keine Wahl."

„Du wirst hier gebraucht, Claire."

Als sie sich umdrehte, stand Jacques dicht hinter ihr. Ein Schritt vor, und er würde durch sie hindurchgehen. Seine Augen waren sehr dunkel geworden, und er zeigte ein Lächeln, bei dessen Anblick Claires Magen sich anfühlte, als habe sie einen Käfer verschluckt.

„Ich könnte dich trösten." Jacques' Hand liebkoste die Luft neben Claires Wange. „Dazu wäre so wenig Kraft vonnöten!"

Zuerst dachte Claire, die Glocke, die sie hörte, sei ihre eigene Begierde, die in ihren Ohren klingelte, aber dann sah sie über Jacques Schulter hinweg, wie sich die Eingangstür öffnete.

„Ju-huu!"

Claire biß die Zähne zusammen und trat vor, durch Jacques hindurch. Der Geist verschwand, aber eigentlich war es unmöglich, daß Mrs. Abrams ihn nicht gesehen hatte.

„Haben Sie gerade gesehen, was ich gesehen habe, Carlee, Schätzchen?"

„Was soll ich gesehen haben?" fragte Claire.

„Nichts. Egal. Natürlich haben Sie nichts gesehen."

Claire, die sich auf eine hektische Debatte, schlimmstenfalls sogar auf einen hysterischen Anfall eingestellt hatte, war durch das zufriedene Kichern der Nachbarin völlig aus dem Konzept gebracht.

„Ich bin nur gekommen um Ihnen zu sagen, daß Sie Gäste haben. Zwei junge Männer. Ich kam gerade vom Friseur – ich gehe jeden Dienstag ganz früh, müssen Sie wissen, ehe die liebe Sandra müde wird –, und da sah ich das Auto mit den beiden in Ihre Einfahrt einbiegen. Da dachte ich mir, das wollen Sie doch bestimmt wissen! Merkwürdig." Die alte Dame neigte den Kopf zur Seite und ließ ihn kreisen wie eine aufgeplusterte orangefarbene Radarschüssel. „Ich höre Baby gar nicht! Baby begrüßt doch so gern Ihre Gäste, wenn die auf dem Parkplatz aus dem Wagen steigen!"

„So wie er den Postboten begrüßt?" wollte Claire wissen.

„Aber nein, wo denken Sie denn hin, Herzchen? Da ist doch ein Zaun dazwischen. Ich sehe lieber gleich nach, was das Herzchen hat." Auf der Türschwelle blieb sie noch einmal stehen und wies auf das schimmernde Eichenholz des Tresens. „Den sollten Sie aber noch anstreichen, Herzchen. So nackt – das wirkt doch ein bißchen unanständig, finden Sie nicht?"

Die beiden jungen Männer waren nicht viel größer als Claire, wirkten aber kräftig und zäh und traten so anmutig selbstbewußt auf, daß man davon ausgehen konnte, ihre Körpergröße habe in ihrem Leben bisher keine Rolle gespielt. Beide hatten offene Gesichter, eine Braue, die ohne sichtbare Unterbrechung einmal quer über die Stirn lief und kurzes, dunkles Haar. Wenn sie sich bewegten, sah es so aus, als sei jede einzelne Haarspitze in Silber getaucht.

Claire versenkte sich kurz in zwei identische graue Augenpaare und entspannte sich dann. Die beiden führten nicht nur nichts Böses im Schild, sondern trugen auch deutlich weniger Finsternis mit sich herum als das Gros der Bevölkerung.

„Zwillinge?" fragte Dean und wanderte, den Hammer in der Hand, hinüber zum Tresen.

„Eigentlich", sagte der eine ...

„Sind wir Drillinge", sagte der andere. „Ich heiße Ron – nie Ronald, seit es diesen Clown gibt! –, und dies ist mein Bruder Reg. Wir sind in der Stadt, weil wir an den Sportwettkämpfen im Portsmouth Center teilnehmen."

„Randy hatte schon etwas anderes vor", erklärte Reg mit einem Grinsen, bei dem er viele Zähne zeigte. „Aber wir beide hätten gern ein Zimmer. Mein Großvater ist hier vor ein paar Jahren abgestiegen und hat das Hotel immer sehr gelobt."

Das muß dann aber gewesen sein, ehe Augustus Smythe es übernommen hat, dachte Claire. Als Dean sie ansah, mußte sie ein Grinsen unterdrücken. Es war offensichtlich, daß er dasselbe dachte. „Wir haben nur Doppelzimmer mit Doppelbetten", teilte sie den beiden Sportlern mit und machte sich im Geist eine Notiz, Jacques zu bitten, auf dem Dachboden Ausschau nach zwei Einzelbetten zu halten. „Wenn Sie nicht gern ein Bett teilen, könnten wir Ihnen für zwei Doppelzimmer einen

Sonderpreis machen." Es war ja nun nicht so, daß sie die restlichen Zimmer im Hotel für andere Gäste gebraucht hätten!

„Nein, nein, wir teilen gern."

Die beiden waren ständig in Bewegung und Claire hatte völlig die Übersicht verloren, wer denn nun wer war. „Frühstück ist im Preis inbegriffen."

„Prima, aber für uns brauchen sie eigentlich nur ..."

„... ein halbes Dutzend rohe Eier in den Mixer geworfen ..."

„Wir sind nämlich im Training."

Für was denn? Salmonellen? Aber die beiden waren Gäste, also sagte Claire lediglich: „Wenn Sie uns ein paar Minuten Zeit geben, richten wir Zimmer eins für Sie her."

„Wir haben es nicht eilig."

„Wir laufen mal eben runter zum See."

„Wir sind seit Morgengrauen unterwegs und ..."

„... wir sitzen nur ungern so lange still."

„Wir sind in einer Stunde zurück."

Ron – oder war es vielleicht doch Reg? – hob den Kopf sehr hoch und grinste Dean an. „Bis später, Großer."

Reg, oder vielleicht war es Ron, nickte Claire zu: „Ma'am."

Sie sprangen gemeinsam zur Tür hinaus. Claire hatte noch nie jemanden, der älter als drei Jahre gewesen war, so springen sehen. Etwas außer Atem – dabei hatte sie sich die ganze Zeit doch gar nicht hinter dem Tresen hervorgewagt – fragte sie sich, wann genau sie wohl zu einer Ma'am geworden war.

„Coole Typen", sagte Dean. „Haben reichlich Energie. Soll ich hochgehen und das Zimmer richten?"

War *Boß* denn wirklich besser?

„Boß?"

Nicht wirklich. „Warum nicht? Es muß ja getan werden."

Dean ging die Treppe hinauf, und Claire sank auf den Schreibtischstuhl. *Halt Abstand,* rief sie sich ins Gedächtnis. *So wie die Dinge sich entwickelt haben, zieht der viel eher weiter als du.*

Als Austin ein paar Minuten später ins Büro kam, trug sie schmollend die nicht wirklich bedeutsamen Informationen über den Tag ins Berichtsheft ein. „Was hast du denn?" fragte sie, als sie den Schwanz des Katers sah, der doppelt so dick wie gewöhnlich hektisch hin und her schlug

„Irgend etwas stinkt hier", knurrte Austin. „Ich rieche Hund."

„Zwei Gäste haben sich eingetragen." Claire selbst hatte an den beiden keinen bestimmten Geruch feststellen können, aber wenn die Zwillinge bei den Sportwettkämpfen teilnahmen, hieß das vielleicht ja, daß sie mit Hunden arbeiteten.

„Es kommt von dort drüben."

Claire verdrehte die Augen und stand auf, um zusammen mit Austin über den Tresen zu schauen.

„Aber Hund ist es nicht."

Austin schnüffelte an der Stelle herum, an der Ron, oder vielleicht ja auch Reg, gestanden hatte, als er sich in das Gästebuch eingetragen hatte.

„Was ist es dann?"

„Werwolf."

WERWOLF?

WO WOLF, DA AUCH SCHLOSS.

Die Stille, die sich über den Heizungskeller legte, war die erwartungsvolle Stille vor einer Ohrfeige. In diesem Fall allerdings ging es weniger um eine Ohrfeige, sondern um totale, allumfassende Zerstörung.

Das Schweigen hielt eine Weile an, dann sagte eine sehr kleine Stimme: AUA.

Neun

„Das Leck sickert wieder." Claire saß auf der Bettkante und zog Socken an. „Ich spüre das Summen wieder."

Austin gähnte. „Was willst du dagegen unternehmen?"

„Ich weiß nicht. Ich kann das Summen zum Schweigen bringen, wenn ich mich am Leck bediene – damit mache ich die Hölle glücklich. Andererseits kann ich das Summen auch ertragen und dabei langsam, aber sicher durchdrehen – damit mache ich die Hölle auch glücklich. Es muß doch noch eine Alternative geben!"

„Ich sage dir Bescheid, wenn mir eine einfällt."

Claire verdrehte die Augen. „Nur zu."

„Suchst du heute morgen nach der Chronistin?"

Claire war schon halb durch die Tür. „Wozu soll das gut sein?" warf sie verärgert über die Schulter zurück.

„Boß? Sind Sie sehr beschäftigt?"

Claire sah auf. Sie beschriftete gerade den sechsten Karton, den sie mit nützlichen und überflüssigen – meist überflüssigen – Dingen aus ihrem Wohnzimmer gefüllt hatte. ‚*Schrott von Smythe*' stand auf dem Deckel. „Nein", antwortete sie auf Deans Frage.

„Kann ich mit Ihnen reden?"

„Einen Moment habe ich schon Zeit für Sie." Als Dean daraufhin die Stirn runzelte und offenbar darüber nachdachte, wie lange er wohl brauchen würde, um sein Anliegen vorzutragen, seufzte Claire. „Das war nicht wörtlich gemeint! Was wollten Sie mir sagen?"

„Ich war oben und habe die Profilholzleisten abgewischt ..."

Sie beugte sich vor, als könne sie so seinen Worten mehr Sinn abgewinnen. „Was haben Sie getan?"

„Die Profilholzleisten abgewischt. Die Verkleidungen um die Türen herum", erklärte der junge Mann mit einem nachsichtigen Lächeln, da seine Chefin ihn weiterhin verständnislos ansah. „Dort sammelt sich immer soviel Staub, und letzte Woche bin ich wegen der Renovierungsarbeiten nicht dazu gekommen. Egal. Jedenfalls: Da sind die beiden Typen, Sie wissen schon, die in Zimmer eins. Die Zwillinge?"

„Drillinge."

„Gut."

Claire schaffte es, eine neutrale Miene zu wahren. „Was ist mit ihnen?"

„Ich möchte wirklich nicht, daß die beiden Ärger bekommen, aber es ist so: Gestern abend sind sie ziemlich spät heimgekommen, und dann habe ich etwas gehört, aber ganz sicher bin ich mir da nicht."

„Was haben Sie gehört?"

„Einen Hund."

„Einen Hund?" Claire trat rasch an den Tresen und schnappte sich Austin, ehe der ein Wort sagen konnte.

„Ja, und gerade eben habe ich einen halben dreckigen Pfotenabdruck gesehen, da bin ich mir ziemlich sicher. Wenn die beiden einen Hund in ihr Zimmer geschmuggelt haben ..."

Austin kicherte vor sich hin.

„... dann sollten wir etwas sagen, wenn sie heute nacht heimkommen, denn das ist nicht nötig."

„Was ist nicht nötig?" Sie verlagerte das Gewicht des Katers. Er lachte so laut, daß er nur schwer zu halten war.

„Den Hund zu verstecken. Sie haben doch nichts dagegen, wenn Gäste Haustiere mitbringen, oder?"

„Nein. Habe ich nicht." Mehr konnte Claire nicht sagen, sonst hätte sie selbst kichern müssen.

„Einen Hund?" Die Zwillinge wechselten identische Blicke. „Nein", fuhr Ron fort, „wir haben keinen Hund."

Dean runzelte die Stirn. „Aber ich habe gehört ..." Er wußte nicht mehr weiter, denn zwei graue Augenpaare erwiderten völlig offen und ehrlich seinen Blick. Die beiden sagten die Wahrheit, darauf hätte Dean sein Leben verwettet. „Aber dann ja wohl nicht ..."

„Sie können gern hochkommen und das Zimmer durchsuchen", bot Reg an.

„Jederzeit", ergänzte Ron und hob einladend und auch ein wenig anzüglich die Brauen, um sie gleich darauf wieder sinken zu lassen.

„Nein, das ist nicht nötig." Dean zuckte die Achseln. Er hatte das Gefühl, die Pointe eines Witzes verpaßt zu haben, den alle anderen irre komisch fanden. „Ich, nein, wir, das Hotel eben – wir wollten Ihnen nur sagen, daß wir gegen Haustiere auf den Zimmern nichts einzuwenden haben."

„Das ist fein. Wir denken dran ..."

„... wenn wir wieder mal in der Gegend sind."

„Was wohl der hübsche junge Mann von dir denken wird, wenn er herausfindet, daß du ihn anlügst", wollte Claires Spiegelbild wissen.

„Ich habe nicht gelogen." Claire hatte sich angewöhnt, an Tagen, an denen sie den Spiegel nicht benutzen konnte, farblosen Lippenstift aufzutragen. Das ging schneller, als auf gut Glück mit dem farbigen Stift herumzufuhrwerken.

„Du hast ihm nichts von der Vampirin erzählt, du erzählst ihm jetzt nichts von den Werwölfen ..." Das Spiegelbild zog im Abstand von einem halben Zentimeter einen roten Clownsmund um Claires Lippen.

„Aber ich lüge nicht. Wenn er fragt ..."

„Das wird er wohl kaum tun, was? Du hast versprochen: keine Geheimnisse mehr."

„Das sind nicht meine Geheimnisse."

„Wir finden es süß, daß du versuchst, ihn zu beschützen."

Claire zwinkerte, ein wenig verwirrt von dem plötzlichen Themenwechsel. „Wovon redest du?"

„Weißt du, er ist nur ein Junge. Wollen wir doch dafür sorgen, daß ihm nichts passiert. Später wird er es dir danken."

Niemand beherrschte Sarkasmus so gut wie die Hölle.

Als die Zwillinge am nächsten Morgen abreisten, nahmen sie drei Trophäen mit. Dean sah diese Trophäen nur von weitem, es schien ihm aber, als stellten alle drei einen Hund dar. Dean beschloß, nicht danach zu fragen.

„Kann ich mal mit Ihnen reden?"

Claire, die heftig und durch die Nase atmete, blickte auf, lehnte sich zur Seite und um den Monitor herum und sah Dean an. „Schon wieder?"

„Wenn ich einen schlechten Zeitpunkt erwischt habe ..."

„Einen schlechten Zeitpunkt? Würden Sie gern mal sehen, was ein schlechter Zeitpunkt ist?" Sie winkte ihn zu sich, woraufhin er sich unter dem Tresen hindurchbückte und an ihre Seite des Schreibtischs trat. „Ein einziges Mal habe ich den Schutzzauber vergessen", fuhr

Claire fort, als Dean neben ihr stand, „und sehen Sie, was passiert ist!"

„Sie haben eine Tasse Kaffee über ihre Tastatur gegossen?" Dean schüttelte mitleidig den Kopf. „Das ist hart."

„*Ich* habe den Kaffee nicht vergossen!"

„Mich brauchst du gar nicht erst anzusehen", riet Austin ihm vom Tresen her.

„Das war das Teufelchen." Claire unternahm tapfer und fast erfolgreich den Versuch, die Zähne wieder auseinanderzubekommen.

„Wo hatte der den Kaffee her?"

„Ich habe meinen Becher hier stehenlassen, als ich Mittag essen ging und er war noch halbvoll." Man brauchte keine Hüterin zu sein, um die beiden vertikalen Linien richtig zu deuten, die sich jetzt zwischen Deans Brauen abzeichneten. Der Junge hatte wahrscheinlich noch nie in seinem Leben eine halbvolle Tasse irgendwo stehenlassen. Wahrscheinlich hatte er auch nie eine benutzte Tasse einfach in die Spüle gestellt. „Ich hatte vergessen, daß der Kaffee hier stand, ja?"

„Klar doch." Dean senkte den Kopf und schüttelte sanft die Tastatur, die in seinen Händen zwergenhaft wirkte. Offenbar hatte er noch nicht mitbekommen, daß sich Claires Zorn mittlerweile in ganzer Stärke auf seine Person richtete. „Kann man die wieder trocken bekommen?"

„Nein." Claire kam sich vor, als sei sie mit einer Steinmauer aus Güte zusammengeprallt – das fühlte sich nicht anders an als der Zusammenprall mit einer richtigen Steinmauer. „Der Kaffee ist ja schon halb trocken, und ein halbes Dutzend Tasten funktioniert nicht mehr." Die Räder des alten Schreibtischstuhls quietschten erschrocken, als sie ihn mit einem Ruck zurückschob. „Das blöde Berichtsheft kann ich auch per Hand schreiben, aber wie ich mir eine Datenbank aufbauen soll ..."

Etwas Kleines, etwas Karmesinrotes und strahlend Weißes, lief ungeheuer schnell an der Wand unter dem Fenster entlang.

Claire nahm den leeren Becher und warf ihn mit aller Kraft.

Sie verfehlte ihr Ziel.

Der Becher zerbarst in hundert Stücke.

Austin sprang vor Schreck einen Meter weit in die Höhe.

„Was willst du mir antun!" zischte er, als er wieder landete und am ganzen Körper stand ihm das Fell im rechten Winkel ab. „Ich bin alt!"

„Das war das Teufelchen! Sie haben ihn doch gesehen, Dean, oder?"

„Ich habe ..." Dean hielt inne, spielte die Szene noch einmal vor seinem geistigen Auge ab und wartete darauf, daß sein Herz sich beruhigte und wieder normal schlug. „Ich habe etwas gesehen", verkündete er dann vorsichtig.

„Eine Maus", teilte ihm Austin verkniffen mit.

„Ich weiß nicht, es war ..."

„Ein Teufelchen." Claires Ton ließ keinen Raum für Widerspruch. „Irgendwer", und mit diesen Worten warf sie dem Kater einen vernichtenden Blick zu, „hat die Falle von der Stelle bewegt!"

„Wahrscheinlich die Mäuse."

„Ach hör doch auf!"

Austin wandte Claire den Rücken zu, setzte sich und begann, mit langen, konzentrierten Bewegungen seine Schulter zu putzen.

Die Luft zwischen der Hüterin und ihrer Katze war kalt wie Eis, und Dean hoffte, daß er sich das nur einbildete. „Ich könnte sie auseinandernehmen", erbot er sich, drehte die Tastatur um und begutachtete mit besorgtem Stirnrunzeln das halbe Dutzend winziger, kaum stecknadelkopfgroßer versenkter Schraubenköpfe. „Vielleicht kriege ich sie ja sauber."

„Sie wollen die Tastatur auseinandernehmen? Zerlegen?" So wie die Tastatur jetzt war, konnte Claire sie auch nicht benutzen – was konnte es also schaden? „Gut. Aber seien Sie vorsichtig."

„Kein Problem." Deans begeistertes Lächeln verblaßte, als unter seinen Füßen ein Stück Porzellan knirschte und zu Staub zerfiel. „Aber erst einmal hole ich Handfeger und Kehrschaufel."

„Dean?"

Er war schon auf der anderen Seite des Tresens und blieb erwartungsvoll stehen.

„Worüber wollten Sie mit mir reden?"

Ja, worüber? Völlig erschüttert über die mutwillige, unerwartete Zerstörung eines Kaffeebechers hatte er es völlig vergessen.

„Weißt du, was du da tust, *Anglais?*" Jacques lehnte sich über Deans Schulter und wies mit einem Geisterfinger auf die Tastatur. „Kannst du die Teile wieder zusammensetzen, wenn sie alle rausfallen?"

„Das wird nicht passieren." Dean setzte den Phillips-Kreuzschraubenzieher bei der letzten Miniaturschraube an. „Die hängen heutzutage alle als Ganzes zusammen."

Claire lehnte auf der anderen Seite des Schreibtischs, trommelte mit bonbonfarbenen Fingernägeln auf der Tischplatte herum und biß sich auf die Zunge. Das Leck summte mittlerweile ununterbrochen in ihrem Hinterkopf, ein konstantes Begleitgeräusch, in etwa mit einem Zahnarztbohrer zu vergleichen, den sie nicht ignorieren konnte. Sie ging bei der kleinsten Kleinigkeit in die Luft. So hatte sie Dean angeschrien und ihn beschuldigt, die Tapetenmusterbücher in den Laden zurückgetragen zu haben, ohne daß sie sie hatte richtig durchsehen können – dabei hatte sie ihm kurz zuvor mitgeteilt, sie habe sich endgültig für eine Tapete entschieden. Sie hatte Jacques angeschrien, weil der gern durch den Eßtisch ging, anstatt um diesen herum und noch einmal Dean, weil der erst Mittag essen wollte, ehe er sich die Tastatur vornahm und Austin hatte sie einfach nur so angebrüllt. Sie fühlte sich wie von permanentem PMS geplagt, nur ohne den Blähbauch.

„Das war das." Dean legte die Schraube auf die Untertasse zu den anderen, schob zwei dünne Schlitzschraubenzieher in den Spalt zwischen Ober- und Unterseite der Tastatur und drehte sie vorsichtig in unterschiedliche Richtungen. Das Plastikgehäuse knarrte, als die winzigen Hebel den Spalt vergrößerten. Als der etwa einen Zentimeter weit offenstand, löste Dean ganz langsam die Unterseite der Tastatur.

In einem lustigen Gestöber schossen winzige weiße Plastikteile durch die Luft. Es erinnerte sehr an einen kleinen Schneesturm mit künstlichem Schnee.

„Eins zu null für den Toten!" bemerkte Jacques, als das letzte Teilchen gelandet war.

Dean hob einen der Deserteure auf. Eine winzige Feder löste sich, hüpfte auf den Schreibtisch und rollte außer Sicht. „Tut mir leid", sagte der junge Mann, zog die Schultern bis an die Ohren hoch und sah Claire um Verzeihung heischend über den Brillenrand hinweg an. „Ich bin sicher, ich kriege das wieder hin."

Es kostete Claire einige Mühe, aber sie schaffte es, bis zehn zu zählen, ehe sie antwortete. „Räumen Sie das einfach weg", zischte sie, „und wenden Sie sich anderer Arbeit zu."

Deans Augen weiteten sich, und in seinem Kiefer zuckte ein Muskel.

„Was ist denn jetzt schon wieder?"

„Einen Moment lang haben Sie sich angehört ..." Er hielt inne und schüttelte den Kopf. „Schon gut. Ich räume alles weg, wie Sie gesagt haben."

„Wie wer habe ich mich angehört?" knurrte Claire. „Sagen Sie schon. *Bitte.*"

Es war ihm nicht recht, aber die Worte kamen ganz wie von allein: „Wie Augustus Smythe."

Claire starrte den jungen Mann an, sah, daß er es ernst meinte und öffnete den Mund, um ihm diverse unflätige Titel zukommen zu lassen. Es gelang ihr, den Mund wieder zu schließen, ehe sie eine der Beschimpfungen losgeworden war; sie machte auf dem Absatz kehrt, eilte in ihr Wohnzimmer und schlug die Tür lautstark hinter sich zu.

Jacques kicherte: „Eins muß man dir lassen: Du hast eine prima Art, mit Frauen umzugehen."

„Er sagte, ich klänge wie Augustus Smythe!"

Austin rollte sich auf die Seite und starrte zu Claire empor. „Nein", sagte er nach einer nachdenklichen Pause. „Zu hoch, dein Stimmchen."

„Es liegt an dem Leck!" Claire rieb sich die Schläfen, hinter denen sich das Summen festgesetzt zu haben schien. „Es ist kaum zwei Wochen her, seit ich es ausgeräumt habe und schon sickert es wieder, und ich bin gereizt und schlechtgelaunt."

„Ich habe Neuigkeiten für dich, Claire: Du bist längst viel mehr als nur gereizt und schlechtgelaunt."

„Smythe kann doch unmöglich die ganze Zeit so gelebt haben."

„Tut er dir leid?"

„Nein." Claire bleckte die Zähne. „Ich würde ihm gern den Hals umdrehen."

„Vielleicht bist du anfälliger, weil du Hüterin bist und unter normalen Umständen – die wir hier ja nicht haben – Leckaustritte regeln kannst." Nachdenklich leckte sich der Kater den schwarzen Punkt an seinem rechten Bein. „Warum nimmst du nicht, was sich an Sickeremanationen aufgebaut hat und schließt damit die Postkarte?"

„Weil die Postkarte auf Sickeremanationen basiert. Wenn ich sie schließe, habe ich in ein paar Tagen ein größeres Problem als jetzt. Außerdem will ich sie nicht verwenden."

„Die Postkarte?"

„Die Sickeremanationen!" Claire ließ sich auf die Couch fallen und tauchte wenige Augenblicke später aus deren Tiefen wieder auf, in der Hand weitere dreiundvierzig Cent und einen Goldring, der nach Fisch roch. Sie legte ihre Funde zu den anderen in die inzwischen halbvolle Schüssel auf dem Couchtisch. „So geht es nicht weiter."

Aus der Ferne erklang der Lärm eines fünf Kilo schweren Vorschlaghammers, der sich durch eine Fasergipsplatte arbeitete. Claire zuckte heftig zusammen und geriet dadurch in gefährliche Nähe zu den einnehmenden Sofakissen.

Austin gähnte. „Vielleicht solltest du weniger Kaffee trinken."

„Vielleicht solltest du lieber gar nichts sagen, wenn du schon nichts Hilfreiches von dir geben kannst." Claire trommelte mit den Fingerspitzen auf ihrer Hüfte herum und biß verzweifelt die Zähne zusammen. „Es muß eine logische Lösung geben!"

„Warum?"

„Halt die Klappe. Punkt eins: Diese Kraft sickert an den Rändern eines Siegels, das zwei Hüter – bei denen wir davon ausgehen, daß sie jetzt tot sind – angebracht haben, wobei sie sich der Kräfte einer weiteren Hüterin bedienten, ein; Punkt zwei: Da nicht ich mit ihren Kräften die Unfallstelle versiegelt habe, kann ich auch keine Anpassungen vornehmen. Dann noch ein Punkt: Ich kann das Leck nicht einfach Leck sein lassen, denn es macht mich verrückt, und dann der letzte Punkt: Die einzige Möglichkeit, mit den Sickeremanationen fertig zu werden, die sich ständig neu aufbauen, besteht darin, sich ihrer zu bedienen – aber wer sich der Kräfte der Hölle bedient, wird durch sie korrumpiert, ganz gleich, mit welcher Absicht man diese Kräfte nutzt! Also?" Claire holte tief Luft und atmete geräuschvoll wieder aus. „Was lehrt uns das?"

„Überhaupt nichts", teilte Austin ihr mit und kletterte auf ihren Schoß.

Claire ließ sich in die Sofakissen sinken. „Es war sowieso nur eine rhetorische Frage. Was wir brauchen, ist ein Weg, das Leck zu nutzen, ohne dabei die Hölle zu stärken."

„Das geht nicht. Die Hölle arbeitet nur dann für jemanden, wenn dieser jemand sie selbst ist."

Claire streichelte den Kater, hielt sich einen Moment lang damit auf, die unendliche Ungerechtigkeit des Universums zu beklagen, und dann ...

„He!" Austin bahnte sich mühsam einen Weg zwischen den beiden Sitzen des Sofas hervor. „Wenn du plötzlich aufstehen willst, kannst du einem das vielleicht vorher sagen!"

„Wir zwingen die Hölle, gegen sich selbst zu arbeiten!" Claire wirbelte herum und stand Austin triumphierend gegenüber. „Ich speise die Sickeremanationen in den Schutzschild ein, der um den Heizungskeller liegt!"

Der Kater stieg hinüber auf den Couchtisch und machte sich, als er wieder festen Boden unter den Füßen wußte, daran, sein ramponiertes Fell zu glätten. „Wie?" fragte er nach einer Weile.

„Adhäsion! Sobald irgendwas aus dem Loch entweicht – bumm!" Claire schlug die Hände zusammen. „Gleich drauf auf den Schild, aber so, daß es gleichmäßig verteilt wird. Wie Austernspucke, aus der sich eine Perle aufbaut! Die Hölle schickt mehr? Der Schild wird stärker! Die Hölle schickt nichts mehr? Egal – der ursprüngliche Schutzschild ist ja noch immer dort, wo er hingehört."

Nach einer Weile nickte Austin. „Das ist brillant."

Claire hob ihn hoch und küßte ihn auf den Kopf. „Deswegen zahlen sie mir auch das Spitzengehalt", stimmte sie ihm zu.

Mit dem Hammer über der Schulter sprang Dean die Treppen hinunter in die Halle und blieb dann abrupt stehen, als er sah, daß Claires Tür sich öffnete. „Ich habe – ich habe die Einzelteile der Tastatur auf Ihren Schreibtisch gelegt", sagte er verlegen, als die junge Frau nun auftauchte.

Zu seiner großen Verwunderung schenkte Claire ihm ein strahlendes Lächeln: „Wie schön! Sobald ich Zeit habe, suche ich die Teile heraus, die wiederverwertbar sind, und den Rest werfe ich weg."

Dean trat zögernd einen Schritt näher. Als ihm klar wurde, daß er den Hammer wie einen Schild schützend vor seine Brust hielt, ließ er ihn rasch sinken. „Sie sind nicht wütend?" fragte er vorsichtig.

Claire zuckte die Achseln: „Jedem kann mal ein Mißgeschick passieren."

„Nein, ich meinte, weil ich gesagt habe, Sie hörten sich an wie ..." Auch wenn Claire nicht mehr so empfindlich wirkte wie noch vor kurzem, schien es nicht höflich, den Satz zu wiederholen. „Sie wissen schon."

„Ich war wütend, weil Sie recht hatten."

Austin trat hinter dem Tresen hervor und mimte helles Erstaunen. Dean versuchte, nicht zu lächeln.

„Aber nun", fuhr Claire fort, „habe ich eine Idee, wie ich das Problem lösen kann." Sie wies mit dem Kinn auf den Hammer. „Wie geht die Arbeit am Fahrstuhl voran?"

„Wir haben alle Türen freigelegt. Ausgebaut worden ist nichts, als sie das System stillegten, also müssen wir nur um die Löcher herum alles wieder in Ordnung bringen. Jacques ist gerade auf dem Dachboden und schaut sich die Mechanik an."

„Jacques?"

„Der Fahrstuhl ist alt", verkündete Dean munter, als erkläre das alles. Als er feststellen mußte, daß das offenbar nicht der Fall war, ergänzte er: „Mit solcher Mechanik kennt er sich aus."

Claire ging hinüber zu der freigelegten Tür im Erdgeschoß und spähte durch ein Eisengitter hindurch in einen Raum von der Größe eines Wandschranks. „Wo ist der Fahrstuhlkorb?"

„Im Keller."

„Ob das gut ist? Angesichts dessen, was im Heizungskeller ist?"

„Der Keller scheint der sicherste Ort – angesichts der Schwerkraft."

Claire stellte sich auf Zehenspitzen und schickte ein blasses, weißes Licht in den Schacht. Was sie sah, war in erstaunlich gutem Zustand, aber es war wohl nicht angebracht, Risiken einzugehen. „Wahrscheinlich haben Sie recht."

Austin hockte sich auf die Hinterbeine und starrte baß erstaunt zu ihr hoch: „Das ist jetzt das zweite Mal!"

Sie schenkte ihm keine Beachtung. „Meinen Sie, Sie kriegen den wieder zum Laufen?"

„Klar." Dean wurde ein wenig unsicher, als ihm auffiel, was er gerade gesagt hatte. „Ich meinte: kein Problem."

„Sagen Sie mir Bescheid, wenn Sie ihn ausprobieren. Ich möchte bei der Jungfernfahrt dabei sein."

„Unter Umständen ist das nicht sicher ..."

„Mit mir zusammen ist es sicherer." Claire wandte sich zum Gehen, hielt dann aber inne und holte tief Luft. Es gab noch etwas, was sie dringend tun wollte. „Ach und Dean? Entschuldigen Sie bitte, daß ich Sie vorhin so angefahren habe."

„Schon in Ordnung, war nicht weiter schlimm."

„Es war schlimm, denn immerhin entschuldige ich mich dafür."

An diesem Punkt, entschied Dean, war es wohl besser, wenn er den Mund hielt.

„Zweimal zugegeben, daß man nicht recht gehabt haben könnte und eine Entschuldigung. Den Tag streiche ich mir im Kalender rot an", murmelte Austin vergnügt und folgte Claire in den Keller.

„Die Jungs scheinen besser miteinander klarzukommen", bemerkte Claire, als sie die Vorhängeschlösser aufschloß.

„Das sind keine Jungs", schnaubte Austin, der auf der Waschmaschine thronte.

„Ich hatte es ja auch nicht wörtlich gemeint."

„Dean mag dich."

„Nun mal langsam – er nennt mich Boß!"

„Er hat dich Claire genannt, als du die Treppe heruntergefallen bist."

„Hat er das?" Claire erinnerte sich noch genau an die Wucht, mit der ihr Steißbein beim Sturz auf der Treppenkante aufgekommen war und wunderte sich nicht, daß sie sich nicht mehr erinnern konnte, wie Dean sie an diesem Tag genannt hatte. „Das heißt noch lange nichts."

„Was ist mit der Art, wie er dich ansieht?"

„Er ist zwanzig. Die Art, wie er Frauen ansieht, unterliegt nicht seiner bewußten Kontrolle."

„Gut; was ist dann mit der Art, wie du ihn ansiehst?"

Sie drehte sich so weit um, daß sie den Kater angrinsen konnte. „Wie ich schon sagte: Er ist zwanzig. Ich weiß seinen Anblick zu schätzen – rein ästhetisch gesehen."

Austins Schwanz schlug rhythmisch gegen den emaillierten Stahl. „Ich weiß, in deinem Alter bereits zum Babysitter für eine Unfallstelle bestellt zu werden war das Letzte, was du wolltest, aber andererseits bekommst du so auch eine Chance, die nicht viele Hüter bekommen, und du wirst dich selbst vor Ärger in den Hintern treten, wenn du sie in den Sand setzt."

„Was in den Sand setzt?"

„Deine Chance auf eine Liebesbeziehung."

„Eine Beziehung?" Claire seufzte. „Hast du dir wieder die Oprah-Winfrey-Show angeschaut?"

„Nein! Na ja, eigentlich schon", gab Austin zu. „Aber das hat damit gar nichts zu tun."

„Vergiß die Sache, Austin. Dean ist attraktiv, das ja, aber er ist viel zu jung."

„Jacques dagegen nicht."

„Jacques ist zu tot."

„Dean nicht."

Claire hängte die Eisenketten an ihre Haken und wandte sich wütend an ihren Gefährten. „Du bist nicht der einzige, der sich damit befaßt, ob ich nun eine *Beziehung* habe oder nicht. Die Hölle hat auch schon vorgeschlagen, Jacques und ich sollten es uns hier ein Weilchen gemütlich machen."

„Nur weil etwas die menschliche Verkörperung des schlimmsten Übels ist, heißt das noch lange nicht, daß es nicht dein Bestes will."

„Doch, das heißt es."

„Gut. Aber *ich* sorge mich um deine Gesundheit."

„Meine Gesundheit?"

„Es ist fast schon sechs Monate her."

„Na und?"

„Wenn ich mich recht entsinne, war die letzte Begebenheit nicht gerade sehr erfolgreich."

Claire zog die Brauen bedrohlich zusammen: „Was willst du damit sagen?"

„Ich war unter dem Bett."

„Du warst unter dem Bett!"

„Reg dich ab. Für mich sind das alles nur laute Geräusche!" Austin streckte ein Bein aus und starrte auf die gespreizten Zehen. „Nur klingen die lauten Geräusche manchmal glaubwürdig und manchmal weniger."

Claire zählte bis zehn und ließ die Sache auf sich beruhen. Sie rief sich wieder einmal ins Gedächtnis, daß noch niemand siegreich aus einem Streit mit einer Katze hervorgegangen ist.

Wenn junge Hüter ihre Ausbildung beginnen, denken sie in der Regel, man müsse innerlich ganz ruhig sein und auch in einer äußerlich ruhigen Umgebung arbeiten, wollte man sich all der Potentiale bedienen und Kraft ziehen. Nach den ersten paar Unfallstellen wird ihnen klar, daß innere und äußere Ruhe Luxusgüter sind, die ihnen nur selten zuteil werden. Claires erste Unfallstelle hatte sich in einem großen Warenhaus befunden, und zwar in einer der Grabbelkisten für Sonderangebote. Schön war das nicht gewesen, aber Claire war seitdem gefeit gegen jede Art von Anzüglichkeit und gegen alle Interventionsversuche der Hölle.

Claire atmete flach und durch den Mund, um nicht allzuviel Pech und Schwefel in die Lungen zu bekommen. Sie paßte die Potentiale im Schutzschild so an, daß die Sickeremanationen sich auf dem Schild absetzen mußten. Eine einfache, elegante Lösung! Als Claire Stunden später durchdringend nach Pech und Schwefel stinkend den Heizungskeller verließ, war sie außerordentlich zufrieden mit sich und ihrer Arbeit.

STOLZ IST EINE TODSÜNDE! rief die Hölle der jungen Frau nach. Der Knall, mit der die Heizungskellertür ins Schloß fiel, war die einzige Antwort. Seufzend prüfte die Hölle die Fesseln, die sie gefangenhielten. DARF SIE DAS ÜBERHAUPT? fragte sie dann schmollend.

NICHTS SCHEINT SIE DARAN ZU HINDERN.

WIR SOLLTEN SIE DARAN HINDERN!

NA JA.

Dean sah von der Post auf, die er sortierte, als er Claire zurückkommen hörte. „Sie kommen genau richtig, Boß! Mein Gott: Sie sehen ja aus wie jemand, den man gerade aus dem tiefen Ende vom Hafenbekken gezogen hat!"

„Vielen Dank. Ihre Besorgnis ist wirklich rührend, nur haben Sie vergessen zu erwähnen, daß ich noch dazu rieche wie etwas, was man gerade aus dem tiefen Ende der Klärgrube gezogen hat!" Claire holte tief Luft, bückte sich unter dem Tresen durch und richtete sich auf der anderen Seite leicht schwankend wieder auf.

Besorgt trat Dean einen Schritt auf sie zu. „Alles in Ordnung?"

„Mir geht es gut."

„Sie sehen erschöpft aus."

„Ich bin müde, ja. Ich habe gearbeitet."

„Am Loch?"

„Neben dem Loch."

„Ist das denn sicher?"

„Jetzt ja."

„Das verstehe ich nicht." Dean runzelte die Stirn. „Haben Sie herausgefunden, wie man die Stelle schließen kann?"

„Wäre denn das für dich eine gute Nachricht?" wollte Austin wissen, ehe Claire etwas sagen konnte.

„Nun, sicher ..."

„Solltest du denn dann nicht erfreuter klingen?"

„Hör auf, mich zu ärgern, nur weil du es kannst!" befahl Claire Austin. Dann fuhr sie an Dean gewandt fort: „Nein, ich habe nicht herausfinden können, wie man das Loch endgültig schließen kann, aber dafür habe ich ein kleineres Problem beheben können. Warum bin ich eben genau richtig gekommen?"

Dean brauchte einen Moment, um den Themenwechsel nachzuvollziehen. „Die Post ist da! Sie haben eine Postkarte bekommen."

Vorsichtig nahm Claire das Papprechteck zwischen Daumen und Zeigefinger, warf einen Blick auf das Tropenparadies, das dort abgebildet war und drehte die Postkarte um.

„Von wem ist sie?" Neugierig beugte Dean sich vor.

„Von meiner Schwester. Sie scheint auf den Philippinen zu sein."

Austin legte die Ohren an. „Gab es auf den Philippinen nicht gerade einen schlimmen Vulkanausbruch?"

„Wir können nicht *mit Sicherheit* sagen, daß das Dianas Schuld war." Ein Loch am Rand der Postkarte und ein deutlicher Zahnabdruck legten beredtes Zeugnis ab von den Spielen, in die Baby den Postboten verwickelt hatte. „Wo wir gerade beim Thema Naturkatastrophen sind: Wir haben schon eine ganze Weile nichts mehr von Mrs. Abrams gehört."

„Vielleicht wirken die Jalousien abschreckend auf sie", sagte Dean.

„Vielleicht sollten wir eine Wagenburg bauen", konterte Austin. „Wenn die Trommeln verstummt sind, greifen die Wilden an."

Nach einer langen heißen Dusche verbrachte Claire den Rest des Nachmittags in einem Lehnstuhl und sah sich ein Video des *National Geographic* über Schwertwale an. Claire hatte aus Augustus Smythes umfangreicher Sammlung ganze elf Videos für sich behalten, und der Film über Schwertwale war eins davon. Den Rest hatte sie verstaut und wollte ihn nie wiedersehen. Dabei waren die Pornos noch nicht einmal das Schlimmste gewesen – der Mann hatte zudem jede einzelne Folge des Fernsehwesterns ‚Rauchende Colts' besessen, außerdem eine fast vollständige Sammlung der ‚Beverly Hillbillies'.

Die Hölle war nicht nur finster – sie füllte auch Abonnementzettel aus.

„Kommst du, Austin?"

„Du machst Witze, oder?" Mit heftig zuckendem Schwanz trat Austin einen Schritt zurück, für den Fall, daß Claire Gewalt anwenden sollte. „Ich soll mich in diese Mischung aus Sarg und Käfig hocken und mich von einem Apparat, den ein Koch und ein toter Matrose zusammengebaut haben, drei Stockwerke hochziehen lassen? Da hast du dich aber geschnitten!"

„Komm schon, die Sache ist vollkommen sicher."

„Das hast du bei der Kreuzfahrt damals auch gesagt."

„Kreuzfahrt?" fragte Jacques neugierig.

„Das Bermudadreieck. Eine lange Geschichte", erwiderte Claire.

„In das Ding würde ich nicht steigen, selbst wenn ich noch alle neun Leben hätte", setzte Austin sein Lamento fort, beide Ohren flach an den Kopf gepreßt. „Selbst wenn ich Prinzessin Krötenschemel gerettet hätte, selbst wenn die mir noch ein Leben geschenkt hätte, selbst dann würde ich da keinen Fuß reinsetzen. Irgendwer muß ja übrigbleiben und sagen ‚ich hab's euch gleich gesagt'."

„Wie du willst." Sollte Claire Zweifel an der Sicherheit des Fahrstuhls gehegt haben – jetzt, wo der Kater sich so vehement gegen die Jungfernfahrt aussprach, konnte sie nicht mehr zurück. Austin war eingebildet genug, da brauchte sie ihm nicht noch zusätzliche Munition zu liefern. Also schloß sie die Fahrstuhltür, ließ das Scherengitter im Innern herunter und wandte sich an denjenigen ihrer beiden Gefährten, der auch körperlich ganz anwesend war. „Sie wissen auch bestimmt, was Sie hier tun?"

„Es ist ganz einfach." Dean schenkte ihr ein strahlendes, begeistertes, beruhigendes Lächeln. „Man legt nur diesen Hebel um. Wenn man ihn nach rechts umlegt, fährt man nach oben, wenn man ihn nach links umlegt, fährt man nach unten."

Claire seufzte. „Toll – deswegen hat es der Hersteller wohl auch so drangeschrieben? Meine Frage war eher esoterischer Art, aber egal: Lassen Sie uns die Fahrt hinter uns bringen."

„Zu Befehl, Boß!" Dean baute sich mit leicht gegrätschten Beinen vor dem gläsernen Messinghebel auf, packte ihn mit beiden Händen und legte ihn nach rechts um.

Auf dem Dachboden zuckte uralte Mechanik erschrocken zusammen und erwachte ein wenig keuchend zum Leben. Dabei versetzte sie die überall gestapelten Möbel in leichte Schwingungen, und eine kleine, bunt leuchtende Gestalt, die sich gerade das neueste Stück Marshmallow aus der Teufelchenfalle geangelt hatte, schreckte auf, fuhr herum und sank auf das, was man als ihre Knie bezeichnen könnte. In ihrem ganzen Leben hatte sie ein solches Geräusch noch nicht vernommen. Rasch konstruierte sie sich – ausgehend von den ihr bekannten Größen, die nicht zahlreich waren, denn ihr Erfahrungshorizont war begrenzt – eine wilde und metaphysische Erklärung für den Lärm, die ihr Leben für alle Zeiten veränderte.

Das aber ist eine andere Geschichte.

Als sich die Fahrstuhlkabine mit einem leichten Ruck in Gang setzte, preßte Claire die Handflächen gegen die Fahrstuhlwand. „Es funktioniert!"

„Daran habe ich nie gezweifelt." Dean stand an seinem Hebel wie der stolze Kapitän eines sehr kleinen Bootes und hielt die Augen unverwandt auf die Kanten der Querbalken zwischen den einzelnen Stockwerken gerichtet, die auf der anderen Seite der Fahrstuhltür abwärts an ihnen vorbeizogen. Als sich der Querbalken, auf dem der Fußboden des Erdgeschosses ruhte, fast auf einer Ebene mit dem Boden der Fahrstuhlkabine befand, bewegte Dean den Messinghebel wieder in Richtung Ausgangsstellung. Ein paar Sekunden später hielt der Fahrstuhl, und sein Boden befand sich exakt auf derselben Höhe wie der Fußboden des Erdgeschosses.

„Prima Augenmaß, *Anglais*", murmelte Jacques. „Schade, daß du zu spät geboren bist, um einen Beruf daraus zu machen!"

„Ja?" Dean trat einen Schritt nach links, ließ das Scherengitter hochgleiten, hängte es ein und griff nach der Verriegelung der Außentür. „Schade, daß du zu früh gestorben bist, um ..."

„Um was, *Ang*..."

Claire war vorsichtig genug, nicht gleich über die Schwelle zu treten. Sie lehnte sich aus dem Fahrstuhl und ließ den Blick am Strand hin- und herschweifen, die Augen zusammengekniffen, denn das rötliche Licht der untergehenden Sonne blendete sehr. „Wie unsere Eingangshalle sieht das aber nicht gerade aus." Eine Brise streifte sacht ihre Wangen, Wellen brachen sich plätschernd am Strand und liefen im feinen, weißen Sand aus, irgendwo lagen ein paar vom Wasser an Land gespülte Fische und stanken vor sich hin – Claire gelangte zu der Überzeugung, keine Illusion vor sich zu haben. „Allmählich verstehe ich, warum Augustus Smythe das Ding außer Betrieb gesetzt hat."

„Weil er ungern Ferien machte? Vielleicht lag das daran, daß er keine schöne Frau an seiner Seite hatte, mit der er hätte am Strand entlangspazieren können." Galant glitt Jacques an Claire vorbei aus dem Fahrstuhl und reichte ihr einladend die Hand.

Schreckensbleich starrte Claire ihn an. „Was machst du denn da? Wie kommst du da hin?" Ein rascher Blick überzeugte sie davon, daß das kleine Spitzendeckchen, das noch aus Jacques altem Zimmer stammte, nach wie vor zusammengeknüllt in einer Ecke der Fahrstuhlkabine lag. „Dein Anker ist doch noch hier."

„Wie ich hier hinkomme, das weiß ich nicht. Aber was ich hier mache, das kann ich sagen: Ich lade dich zu einem Spaziergang ein."

„Spaziergang? Jacques, ich glaube, du verstehst nicht, wo du bist!" Wäre Claire dazu in der Lage gewesen, dann hätte sie den Geist an die Hand genommen und ihn in die relative Sicherheit der Fahrstuhlkabine zurückbefördert.

„Wo bin ich denn? Wo ist dieser Ort, der mir soviel Freiheit gewährt?"

„Das weiß ich nicht! Genau das meinte ich doch!"

„Oh, du fürchtest dich vor dem Unerwarteten! Ich verstehe, *chérie*, du bist ja trotz allem eine Frau." Jacques' Augen, erleuchtet von der Sonne in seinem Rücken, glänzten vergnügt.

Claire verschränkte die Arme vor der Brust. „Wenn du damit andeuten willst, daß ich weniger dazu neige, bescheuerte Risiken einzugehen als du, nur weil ich eine Frau bin – bitte! Das kannst du meinetwegen gern andeuten, ich falle auf solche Sprüche nicht herein."

„Du tust mir Unrecht mit deinen Worten, *chérie*. Ich meinte doch, daß ich verstehe, warum *du* dich fürchtest."

Dean war so schnell aus dem Fahrstuhl gesprungen, daß Claire es nicht mehr schaffte, ihn am Arm zu packen. „Willst du damit sagen, daß ich ein Feigling bin?"

„Wollte ich das damit sagen?" Rückwärts schwebend glitt Jacques aufs Meer zu. „Daran würde ich nicht einmal im Traum denken."

„Das ist auch besser so," brummte Dean, immer noch ein wenig wütend. Dann atmete er ein paarmal tief durch, sog die frische Meeresluft ein und lächelte zufrieden: „Mein Gott, es riecht wie bei mir zu Hause."

Das Gespenst schnaubte. „Wenn dein Zuhause so riecht wie die Gegend hier, *Anglais,* dann ist es kein Wunder, daß du ständig putzt."

Die vertraute Salzluft hatte Dean in Hochstimmung versetzt, und er war viel zu gut gelaunt, um den Streit mit dem toten Seemann fortzusetzen. Fröhlich schüttelte er den Kopf und ging auf das Meer zu, der nächsten Welle entgegen.

„Ich muß doch sehr bitten!"

Beim Klang von Claires Stimme wandten sich beide Männer zu der jungen Frau um. Als sie sahen, wie finster sie dreinblickte, eilten sie weitaus schneller zum Fahrstuhl zurück, als sie ihn verlassen hatten.

„Wenn Ihr beiden hier lange genug auf dem Präsentierteller herumgestanden habt, dann können wir uns jetzt vielleicht überlegen, wie wir ... und was soll das jetzt?"

Dean war hinter der Türöffnung verschwunden.

„Das ist komisch!" Seine Stimme erklang direkt hinter Claire. „Hier im Sand ist nur die Tür. Von dieser Seite aus kann man den Fahrstuhl gar nicht sehen!"

„Treten Sie nicht auf die Stelle, an der er sich eigentlich befinden sollte!" rief Claire aufgeregt. Nicht auszudenken, was passieren mochte, sollten alle drei Realitäten – Fahrstuhl, Strand und Dean – auf einmal denselben Raum einnehmen. Dean kam wieder zum Vorschein, und Claire trat zurück, um ihm Platz zu machen. „Kommen Sie!"

In diesem Augenblick trat Jacques zwischen die beiden, im Gesicht den halb verwegenen, halb bittenden Ausdruck, dem Claire so schwer widerstehen konnte. „*Chérie,* wie oft erhält man Gelegenheit, einen solch feinen Sonnenuntergang zu genießen?"

„Wird es immer noch ein feiner Sonnenuntergang sein, wenn ich den Fahrstuhl verlasse und er einfach verschwindet?"

„Dann legen wir, ehe Sie aus der Kabine treten, einen Stein in die Tür, um die Tür offenzuhalten. Wenn nur die Tür hier real ist, dann geht der Fahrstuhl nirgendwo hin."

„Genau wissen wir das ja nicht", murmelte Claire, spürte aber, wie ihre Entschlossenheit langsam schwand. Der Strand war so wunderschön: Leuchtend weißer Sand erstreckte sich hin zu türkisblauem Wasser und die untergehende Sonne streifte alles mit einem rotgoldenen Hauch.

„Wenn ich dich nicht überreden kann, *chérie* ..." Jacques' Augen unter den gesenkten Lidern funkelten vergnügt, „... dann fordere ich dich hiermit ganz förmlich heraus!"

„Du forderst mich heraus?"

„*Oui.* Ich fordere dich heraus, dich ein einziges Mal zu amüsieren, *pour un moment* nur."

„Du denkst, ich bin nicht in der Lage, mich zu amüsieren?"

„Das habe ich nicht gesagt."

„Nun, es stimmt auch nicht! Dean ..."

Dean hatte einen großen Stein gefunden. Er rollte ihn in die offene Tür, und Claire trat über die Türschwelle, wobei sie sich tapfer versicherte, Jacques' Theorie in bezug auf die Fahrstuhltür habe doch sehr einleuchtend geklungen.

Ein paar Sekunden verharrten alle in erwartungsvollem Schweigen. Als sich weder Fahrstuhl noch Strand irgendwie verändern zu wollen schienen, warf Jacques begeistert beide Hände in die Luft und fing sie geschickt wieder auf. „Du siehst doch", rief er, „ich habe recht!"

Das Wasser hatte fast Körpertemperatur und lud zum Baden ein, aber die beiden Lebenden begnügten sich damit, Schuhe und Strümpfe auszuziehen und hinter die Fahrstuhltür zu werfen. Dann rannten sie zum Meer und wateten in der Brandung. Hinter der offenen Fahrstuhltür erhob sich der Strand zu wogenden Dünen, und in weiter Ferne schimmerte in vielfältigen Grüntönen eine üppige Dschungelvegetation.

„Austin würde es hier gut gefallen!" lachte Claire und bohrte die Zehen in den Sand. „Das größte Katzenklo ... oh mein Gott! Er wird vor Sorge außer sich sein!"

„Ich glaube, so funktioniert das nicht."

Claire, die sich anstrengen mußte, im feinen, losen Sand nicht die Balance zu verlieren, drehte sich mit einem Ruck zu Dean um. „Seit wann sind Sie der Experte?"

Er streckte ihr den Arm hin, wobei sich in den Kristallen seiner Armbanduhr das Rot, Gold und Orange spiegelte, mit dem sich der Himmel geschmückt hatte. „Seit wir hier sind, hat sich der zweite Zeiger nicht mehr von der Stelle gerührt."

„Was Sie nicht sagen!" zischte Claire. „Die Zeit ist stehengeblieben, was? Ihnen ist wohl nicht in den Sinn gekommen, daß Ihre Uhr stehengeblieben sein könnte?"

Niedergeschlagen schüttelte Dean den Kopf.

„*Excusez-moi?*" Jacques' Tonfall strafte die höfliche Form der Frage Lügen: Er klang dringlich. „Etwas geschieht im Wasser!"

Etwa sechs Meter vom Ufer entfernt sahen die Wellen plötzlich nicht mehr aus wie Wellen, sondern wie riesige Klumpen, und Teile von ihnen bewegten sich so, wie Wasser sich eigentlich nicht bewegen kann: Sie rollten von einer Seite auf die andere und strebten gleichzeitig dem Strand zu. Dann hob sich einer der Klumpen, der mitten in einer Welle saß, über deren Kamm hinaus und immer höher, bis man selbst im blendenden Licht der untergehenden Sonne ganz klar erkennen konnte, daß dies kein Wasser war.

„Wenn ich es nicht besser wüßte", murmelte Dean und schirmte sich mit einer Hand die Augen ab, „dann würde ich sagen, das ist ein Krake."

„Kraken sind aber nicht so groß", protestierte Jacques leise.

„Nun, ein Tintenfisch ist es nicht."

Nur knappe zwei Meter von ihnen entfernt brach ein Tentakel durch die Brandung, so dick wie Deans Arm.

„Kraken, ganz gleich welcher Größe, klettern nicht ans Ufer!" verkündete Claire, als wolle sie das Anhängsel, das ihnen zuzuwinken schien, herausfordern, ihr zu widersprechen.

Aus den sechs Metern waren viereinhalb geworden. Vier. Dreieinhalb. Drei.

„Andererseits", fügte sie nervös hinzu, als nun ein zuckender Arm knapp sein Ziel verfehlte und dicht vor ihren Füßen einen Graben in den Sand zog, „glaube ich nicht, daß das hier ein Krake ist! LAUFT!"

Der Sand war fein, Claire und Dean waren barfuß; stolpernd rannten sie so schnell sie konnten auf den Fahrstuhl zu, wobei sie ein paar Mal fast gestürzt wären.

Ein Fangarm prallte gegen Claires Hüfte und warf die junge Frau seitwärts gegen Dean. Der fing sie auf und hielt sie fest, während er vorwärts eilte. Ihre Füße berührten kaum noch den Boden.

Vom Rand des Wassers her ertönte ein Dröhnen, als wäre ein riesiger, nasser Ledersack gegen das Ufer geschleudert worden.

Jacques, der keine Probleme hatte, den Halt zu wahren, erreichte als erster die sichere Zuflucht der Fahrstuhlkabine. Dort angekommen wandte er sich nach den Gefährten um und wurde vor Schreck fast durchsichtig: „*Dépèche toi!*"

Verzweifelte Gesten machten klar, wie er das meinte.

Dean stieß Claire vorwärts über die Schwelle und bückte sich, um den Stein wegzurollen. Da legte sich ein Fangarm um sein rechtes Bein. Dean schaffte es, sich loszureißen, ehe der Tentakel richtig zupacken konnte und trat zu. Der Tritt hätte effektiver ausfallen können, wäre der junge Mann nicht barfuß gewesen, aber immerhin gewann Dean etwas Zeit. Rasch sprang er in den Fahrstuhl und zog die Tür hinter sich zu.

Claire ließ das Scherengitter fallen.

Durch das Eisengitter vor dem kleinen Fahrstuhlfenster schob sich die blaugraue Spitze eines Fangarms.

Dean legte seine verschwitzten Hände um den Messinghebel und legte ihn nach rechts um.

Die Querbalken schürfte gute zwei Zentimeter Lederhaut ab. Die landete auf dem Boden der Fahrstuhlkabine, und Claire beförderte sie mit einem Fußtritt in die hinterste Ecke, ehe sich ihr Zorn lautstark gegen Dean richtete. „Wieso hoch?" verlangte sie zu wissen. Sie mußte schreien, sonst hätte sie sich selbst nicht hören können, so laut klopfte ihr Herz. „Wir haben dieses Vehikel im Keller bestiegen und kommen wahrscheinlich auch nur im Keller wieder raus. Der Keller ist unten!"

Gerade befand sich der Boden der Fahrstuhlkabine auf einer Höhe mit dem ersten Stock des Hotels, und Dean stellte den Hebel aufrecht. „Das habe ich spontan gemacht", verteidigte er sich. „Ich habe mir nichts dabei gedacht – nach oben, das schien so normal." Grinsend hockte er sich hin und griff nach Schuhen und Strümpfen. „Außerdem haben wir doch noch gar nicht gesehen, was im ersten und zweiten Stock los ist."

Claire starrte schweigend auf ihn hinab.

Nach einer Weile – Dean hatte eine Socke bereits wieder angezogen und hielt die andere in der Hand – hob der junge Mann den Kopf und erwiderte den Blick. „Was ist?"

„Wir haben noch nicht gesehen, was im ersten und zweiten Stock ist?"

Deans Grinsen verblaßte. „Na ja."

In seinen Brillengläsern sah Claire ihr Spiegelbild. „Sind Sie nicht ganz bei Trost?"

Er runzelte die Stirn. „Aber wir müssen sehen, was im ersten und zweiten Stock ist! Wir können doch nicht jetzt schon aufgeben."

„Oh doch, und ob wir das können. Wir wurden gerade von einem Riesending mit Fangarmen verfolgt; das reicht mir für einen Tag an Aufregung."

Nach einem kurzen Augenblick zuckte er die Achseln. „Sie sind der Boß." Seufzend zog er sich die zweite Socke an.

„Hast du das gehört?" Claire putzte sich den Sand von den Füßen und wandte sich dabei an Jacques. „Er fand das lustig!"

„Lustig nicht!" protestierte Dean. „Spannend."

„Gefährlich", verbesserte Claire.

„Aber wir sind doch alle weggekommen. Wir sind alle in Sicherheit."

„Fast hätte uns ein Wesen aus einer schlecht nachgespielten Geschichte von Lovecraft verspeist!"

„Aber es hat uns nicht erwischt."

„Jacques!" Claire wandte sich hilfesuchend an den Geist. „Sag doch was, steh mir bei!"

„Irgendwie hat er recht, *chérie.* Niemand ist verletzt worden, und jetzt sind wir im ersten Stock. Es wäre doch schade, wenn wir nicht eben mal einen raschen Blick riskieren." Kopfschüttelnd ließ Claire sich gegen die Rückwand der Fahrstuhlkabine sinken und verschränkte die Arme vor der Brust. „Hier drin ballen sich die männlichen Hormone!"

„Meine Uhr geht anscheinend wieder, Boß."

„Ich bin begeistert."

Dean stand auf, warf Jacques einen Blick zu, der soviel besagte wie „was jetzt?" und erhielt ein Achselzucken als Antwort, das soviel besagte wie „woher zum Teufel soll ich das wissen?"

„Na gut." Claire richtete sich auf. „Wir schließen einen Kompromiß. Wir sehen uns das Ganze durch das Scherengitter an, aber wir öffnen die Tür nicht und wir spielen nirgendwo mit, ganz gleich, was uns an Jux und Tollerei geboten wird!"

„Jux und Tollerei?"

„Das war nicht wörtlich gemeint! Los, ich zähle bis drei. Damit wir auch alle das gleiche sehen."

Auf beiden Seiten erstreckte sich ein vertrauter Flur, und die Türen der Zimmer eins und zwei waren klar zu erkennen.

„Das ist der erste Stock." Claire schob das Gitter hoch, drückte die Tür auf und konnte sich gerade noch daran hindern, auf die vertraute Brücke eines wohlbekannten Raumschiffs zu treten.

„Machen Sie es so, Nummer eins."

Langsam und leise schloß sie die Tür wieder. „Das war nicht der erste Stock."

„Aber was war es dann?" fragte Jacques und spähte leicht verwirrt in den Flur des ersten Stocks. „Ein Kriegsschiff?"

„Ein imaginäres Schiff, Jacques."

„Was ist ein imaginäres Schiff? Ist es real oder nicht?" Der Geist schüttelte verwirrt den Kopf. „Aber es war so real wie der Strand und der Nicht-Tintenfisch."

„Hier war es real, und jetzt. Wenn die Tür offen ist." Die Szenerie, die sie jetzt durch das Türfenster sehen konnten, war und blieb der erste Stock. „Überall sonst und zu allen anderen Zeiten ist es eine Fernsehsendung. Mit geringfügigen Ausnahmen: Ein paar Leute haben einen Lebensstil daraus gemacht."

Dean schüttelte den Kopf, als bereite es ihm Mühe, sich wieder an die Realität zu gewöhnen. „Ich hätte also auf die Brücke des Raumschiffs ..."

„Nein." Claire streckte die Hand aus, denn sie wollte eigentlich die Tür schließen. Aber dann ertappte sie sich dabei, daß sie sie statt dessen einen winzigen Spalt weit öffnete. Noch ein letzter Blick auf die reale Brücke des Raumschiffs ...

Ein milder Abend auf dem Citadel Hill in der Innenstadt von Halifax – nur daß tief am Himmel gleich zwei Monde hingen und in der

Ferne eine Frau zu sehen war, die einen ganz verärgerten und aufgeregten Strauch an der Leine führte.

Hinter Claire, oberhalb ihrer rechten Schulter, murmelte Dean: „Es ändert sich jedes Mal, wenn Sie die Tür öffnen."

„Dann ist der Nicht-Tintenfisch weg? Wir können zurück an den Strand?"

„Klar doch. Nur ist der Strand auch weg."

Claire schloß die Tür leise, um den Strauch nicht noch mehr zu verärgern und hakte das Gitter ein. „Gut", sagte sie und lehnte den Kopf vor, bis ihre Stirn auf dem gut fünfzig Jahre alten Anstrich ruhte. „Nun stecken wir so tief in der Sache drin, nun können wir uns ebensogut auch noch ansehen, was im zweiten Stock los ist. Aber!" Damit richtete sie sich kerzengerade auf, verschränkte die Arme vor der Brust und bedachte ihre beiden Gefährten mit ihrem dunkelsten Drohblick, der ganz klar besagte, daß sie und niemand anders hier die Hüterin war: „Niemand verläßt den Fahrstuhl. Verstanden?"

„Aber was ist ..."

„Das ist mir egal. Niemand verläßt den Fahrstuhl."

Durch das Gitter hindurch war es der zweite Stock. Es roch sogar wie der zweite Stock.

„Meinen Sie, daß *sie* hier irgendeinen Einfluß hat?" fragte Jacques nervös, als Claire das Gitter hochfahren ließ.

„Ob ich glaube, daß die Nähe zu *ihr* das Ziel des Fahrstuhls beeinflußt? Ich weiß nicht. Aber ich glaube nicht. Diese Schutzschilde sind ziemlich stabil." Ein übelriechender Lufthauch wehte in die offene Fahrstuhltür, und Claire starrte hinaus auf Felsbrocken und brodelnde Lava. „Andererseits könnte es aber durchaus sein ..."

Ein Schreckensschrei schnitt ihr das Wort ab.

Dean schob sich vor zur Tür, und Claires schwacher Arm konnte ihn nur aufhalten, weil der junge Mann nicht genau sagen konnte, aus welcher Richtung der Schrei gekommen war.

Ein zweiter Schrei half.

Rechts von der Tür, in der Nähe eines der dampfenden roten Teiche, hielten zwei echsenartige Wesen eine wild um sich schlagende Gestalt zwischen sich und fauchten und zischten sich über deren Kopf hinweg an. Der Gefangene war so verdreckt, seine verfilzten Locken waren so lang, daß es schwerfiel, sein Alter zu erraten. Sein Geschlecht dagegen war eindeutig: Es handelte sich um einen völlig nackten, etwa zwölf oder dreizehn Jahre alten Knaben.

Ein gefangener Knabe. Ein gefangener Knabe, dem es ganz bald an den Kragen gehen würde! Dean schob Claire beiseite und sprang vor, wobei das poröse Gestein unter den schweren Sohlen seiner Stiefel heftig knirschte. Zwar hörte er Claire seinen Namen rufen, spürte, wie sie versuchte, ihn am Hemd festzuhalten, aber das hinderte ihn nicht daran, dem Knaben zur Hilfe zu eilen. „Bleiben Sie, wo Sie sind!" rief er Claire über die Schulter hinweg zu und hoffte, sie würde selbst sehen, daß es nicht notwendig war, sich zur gleichen Zeit in Gefahr zu begeben. Wenn er sich beeilte und gar nicht erst versuchte, sich den Echsen unbemerkt zu nähern, konnte er bei dem Kind sein, ehe die beiden den Streit über ihren Fang beendet hatten.

Je näher er kam, desto vertrauter kam ihm das Schnarren und Zischen vor ...

„Weil das mein Nest ist und weil ich nicht will, daß der dreckige kleine Eierlutscher direkt daneben gekocht wird, deswegen."

„Also muß ich ihn die ganze Strecke vom Kinderzimmer bis hierher auf kühlen Grund schleppen? Nur deswegen?"

„Du hast ihn schließlich gefangen!"

„Als er in dein Nest kroch!"

„Also ist es jetzt mein Nest, ja? Dann sind es wohl auch meine Küken? *Meine* Verantwortung, und du machst dich vom Acker und gehst mit deinen Kumpels jagen?"

Das waren Worte!

Noch dazu vertraute Worte! Zwar in einem unglaublich schweren, zischenden Akzent gesprochen, aber dennoch erstaunlich ähnlich dem Wortlaut eines Streits, den sich Deans Tante Denise und sein Onkel Steve einst geliefert hatten, als es darum ging zu entscheiden, wer die Ratte entsorgen sollte, die die beiden lebend in ihrer Küche gefangen hatten. An der Bedrohlichkeit der Szene vor Deans Augen änderte das allerdings nichts.

„Unser Nest, Süße, ich wollte natürlich sagen: unser Nest."

„Das sagst du jetzt so. Du meinst es nicht."

Deans Augen tränten von den vulkanischen Dämpfen, die über der ganzen Szene hingen. Trotzdem konnte er nun sehen, daß die Echse, die den Part seiner Tante übernommen hatte, um einiges größer war als ihr Gegenüber. Er versuchte, die warme Luft ein wenig zu filtern, indem er sie durch seine zusammengebissenen Zähne einsog und änderte seine Laufrichtung, um eher auf der Höhe der kleineren Echse bei den beiden anzukommen.

In diesem Moment schrie der gefangene Junge noch einmal laut auf und trat mit einer schmutzigen, schwieligen Ferse um sich. Die kleinere Echse jaulte auf und ließ den Jungen los. Einen Augenblick lang baumelte er um sich tretend und sich windend einen knappen halben Meter über dem Boden, aber als es schon so aussah, als würde er sich befreien können, packte ihn die größere der beiden Echsen mit ihrer freien Klaue an der Ferse, die ihr Gefährte losgelassen hatte.

„Also wirklich! Wenn du sie fangen kannst, warum kannst du sie dann nicht auch festhalten?"

„Er hat mich getreten!"

„Hör auf, dich wie ein Küken zu benehmen und denk daran, daß du bald ..." Die bernsteinfarbenen Augen der größeren Echse weiteten sich. „Hinter dir, Jurz! Noch einer!"

Zu spät stellte Dean fest, daß mit „noch einer" er selbst gemeint war. Richtig klar wurde es ihm erst, als sich Jurz – der auf seinen kurzen, dicken Hinterbeinen viel schneller war, als Dean erwartet hatte – umdrehte, sich mit seinem dicken, hinten spitz zulaufenden Schwanz abstieß, zum Sprung ansetzte, hinter ihm aufkam und seine beiden Oberarme packte. Dean erstarrte, als scharfe Klauen durch die Ärmel seines Hemdes in seine Haut drangen. Selbst wenn er sich noch hätte umdrehen können: Seine Sicht auf den Fahrstuhl und dessen Insassen war durch die Echse verstellt.

„Guter Gorg, Coriz, der hier ist riesig."

Coriz beugte sich vor und blinzelte kursichtig auf Dean hinunter, wobei sie den Jungen dicht an ihre Brust preßte.

„Er hat eine komische Farbe."

Dean spürte, wie sich alle seine Haare aufstellten, als Jurz hinter ihm einatmete.

„Er ist sauber! Vielleicht", setzte er nachdenklich hinzu, „können wir den essen."

„Essen? Hast du den Verstand verloren?" Coriz setzte sich mit einem Ruck auf ihren Schwanz und verlagerte den Griff, mit dem sie den Jungen gefangenhielt. „Egal wie sauber er ist, er ist immer noch ein dreckiger Eierlutscher. Man wird krank, wenn man solches Ungeziefer ißt!"

„He!" Diese Beleidigung erweckte Dean aus seiner Starre. „Wen nennst du hier Ungeziefer?"

Nun erstarrten beide Echsen und waren einen Moment lang sprachlos. Der Junge in Coriz' Klauen wehrte sich immer noch verzweifelt.

„Hört mal, die ganze Sache ist ein großes Mißverständnis." Mit fünf kleinen, äußerst schmerzhaften Löchern in jedem Arm fiel es Dean schwer, ruhig zu sprechen, aber er schaffte es. Coriz starrte ihn fassungslos an. Da sie weder über eine Nase noch über Brauen oder richtige Lippen verfügte, konnte er ihren Gesichtsausdruck nicht korrekt deuten, dafür spürte er das Gewicht von Jurz' Blick auf seinem Hinterkopf. Es war ihm wohl gelungen, die Aufmerksamkeit der Echsen zu wecken – nun mußte er die beiden nur noch hinhalten, bis Claire kam, um ihn zu retten. „Warum sprechen wir nicht vernünftig über die ganze Sache ..."

„Sprechen!" kreischte Coriz und ließ den Jungen fallen.

Der zögerte nicht lange und machte sich aus dem Staub, mitunter auf allen Vieren, um auf dem unebenen Grund schneller voranzukommen.

„Sprechen?" wiederholte sie und hob sich auf ihren Schwanz. „Er spricht?"

„Natürlich nicht", murmelte Jurz nervös. „Er macht nur Geräusche, er ahmt Sprache nach."

Dean war nicht sicher, aber er hatte den Eindruck, Coriz wirke erleichtert. „Nein! Du irrst!" Wenn er sich wehrte, drangen die Klauen noch weiter in sein Fleisch. „Ich kann sprechen!"

Die beiden Echsen schenkten ihm weiter keine Beachtung.

„Er ahmt Sprache nach, natürlich", seufzte Coriz, und die Spannung wich aus ihren schmalen Schultern.

„Ich imitiere ..."

„Aber irgendwie scheint er weiter entwickelt als die anderen, die wir so gefangen haben."

Jurz verlagerte seinen Griff und bohrte neue Löcher in Deans Arme. Ohne daß die Klauen sie verschlossen, begann aus den ersten Löchern Blut zu tropfen. „Töte ich ihn?"

„Natürlich tötest du ihn."

„He!"

„Hoffentlich hat er noch nicht gebrütet! Stell dir vor, die Eierlutscher fangen an zu denken!" Die Echse schauderte. „Sie richten auch so schon genug Schaden an den Nestern an."

Wie auf ein Stichwort hörte man das schreckliche Krachen berstender Schalen.

„MEINE BABIES!"

Jurz ließ Dean fallen, versetzte ihm mit dem Schwanz einen Schlag, der den jungen Mann um ein Haar in die Lavagrube befördert hätte und rannte seiner heulenden Gattin hinterher. Zum Glück hatte er entweder die Entfernung oder das Gewicht des Objekts, das er in der Lava versenken wollte, falsch kalkuliert.

Deans Beine hingen schon fast über dem Abgrund. Der Hosenboden seiner Jeans stand kurz davor, Feuer zu fangen, die Füße in den Arbeitsstiefeln mit den Stahlkappen waren unangenehm heiß geworden, und seine Handflächen zierten Schürfwunden, die er sich auf der rauhen, erkalteten Lava zugezogen hatte, als es ihm gelang, in letzter Sekunde den Sturz in die brodelnde glühende Masse zu stoppen. Er rollte sich von dem Gefahrenherd weg, drückte sich so flach gegen den Boden, wie der harsche, unebene Untergrund es zuließ und versuchte, wieder zu Atem zu kommen.

„Kommen Sie!" Claire wußte, daß sie nicht hoffen durfte, Dean tragen zu können, wenn er wirklich verletzt war, aber das hielt sie nicht davon ab, den Arm des jungen Mannes zu packen und verzweifelt hochzuziehen. „Lange wird Jacques sie nicht aufhalten können." Warm und feucht fühlte sich Deans Hemdstoff an, den sie in ihren Händen zerknüllte.

Dean atmete einen Schwall heißer Luft ein, der seiner Lunge höchst unwillkommen war, schüttelte Claires Hand ab und kam hustend auf die Beine. „Jacques?"

„Er ist tot. Ihm können sie nichts tun." Claire warf einen kurzen Blick auf den roten Streifen, der ihre Hände zierte. „Wie schlimm ist es?"

„Nicht schlimm."

„Können Sie rennen?"

Er schob seine Brille zurecht. „Klar. Kein Problem."

Seite an Seite rannten die beiden zurück zum Fahrstuhl, angetrieben von wütendem Brüllen und wüsten frankokanadischen Flüchen.

Etwa sechs Meter vom Fahrstuhl und der Sicherheit entfernt holte Jacques sie ein. „Ich rieche nichts", erklärte er und hielt mühelos mit den anderen Schritt. „*Les lezards*, sie zählen die Eier, aber das kann nicht mehr ..."

Die Schreie änderten die Tonlage.

„... lange dauern."

Als Dean stehenblieb, um den schweren Obsidian von der Tür zu rollen, drängte Claire ihn mit der Hüfte über die Türschwelle, packte den Felsbrocken und warf ihn in Richtung ihrer Verfolger.

Nun klangen die Schreie nochmals anders.

„AU! Coriz, die haben einen Felsen nach mir geworfen!"

„Eierlutscher haben keine Waffen."

„Aber ich habe eine Beule!"

Das Zuschlagen der Tür schnitt jegliche weitere Diagnose ab.

Claire keuchte. Sie schloß das Gitter und wandte sich wutschnaubend Dean zu: „Welchen Teil von ‚Niemand verläßt den Fahrstuhl!' haben Sie nicht verstanden?"

„Sie hatten vor, den Jungen umzubringen!"

„Na und? Er wollte ihr Nest ausrauben. Ihre Eier klauen. Omeletts daraus braten!"

„Ich konnte nicht einfach zusehen, wie er stirbt!"

„Dann hätten wir die Tür schließen sollen."

„Das ist nicht Ihr Ernst."

Aber es war ihr Ernst. Oder zumindest dachte sie das, bis sie ihm in die Augen sah und dort entdeckte, daß er glaubte, sie hätte selbst eine Rettungsmission gestartet, wenn er selbst es nicht versucht hätte. „Egal. Fahren Sie in den Keller. Keine weiteren Debatten."

Dean legte den Hebel so weit es ging nach links. „Keine Debatten!" erklärte er zustimmend. Sie fuhren am ersten Stock vorbei. Dean warf Jacques einen Blick zu. „Hast du wirklich eines ihrer Eier zerbrochen?"

„Wie sollte ich das wohl tun?" fragte der Geist und fuhr mit der Hand durch die Wand des Fahrstuhls. „Ich berühre nichts."

„Ich zertrat ein paar Eierschalen, aus denen die Küken schon geschlüpft waren", erklärte Claire. „Jacques blieb dann bei den Eiern, um die beiden Echsen abzulenken."

„Warum haben Sie nicht ..."

„Magie eingesetzt? Weil die Potentiale dort anders waren und ich, da Sie ja beschlossen hatten, den Helden zu spielen, keine Zeit hatte herauszufinden, wie sie funktionieren. Sehen Sie, wie dreckig ich bin! Ich mußte mich der Länge nach in dieses schwarze Zeug legen – die Füße immer schön im Fahrstuhl –, um einen Felsbrocken für die Tür zu angeln, und wenn Sie je wieder einen so dummen, wirklich schwachsinnigen Blödsinn abziehen, dann lasse ich sie einfach zurück und Sie können in aller Ruhe in der Lava schmoren. Habe ich mich klar ausgedrückt?"

Mit brennenden Ohren zog Dean den Kopf ein. „Ja, Boß."

„Wenn wir unten ankommen, sehe ich mir Ihre Arme an."

„Das ist nichts". Ein Blutstropfen zog eine Spur über seinen Handrücken, rann den Zeigefinger entlang und tropfte auf den Fußboden.

Claire funkelte den jungen Mann an. „Das beurteile ich."

„Ein Glas Rum in den Magen und eins auf die Wunde. Er kommt schnell wieder in Ordnung, Claire", warf Jacques ein.

„Ich habe in meinem Badezimmer eine antibakterielle Salbe", versicherte Dean hastig. „Ich kann die Wunden selbst versorgen."

„Bringen Sie die Salbe mit ins Eßzimmer." Als der Boden des Fahrstuhls sich im Keller auf seinem Zementsockel niederließ, schob Claire das Gitter auf, schnappte sich Jacques' Spitzendeckchen und stapfte aus dem Fahrstuhl hinaus in den Keller.

„Du stinkst wie ein speiender Vulkan", beschwerte sich Austin und hüpfte von einem Regal. „Na, habt Ihr euch amüsiert?"

Alle drei schoben sich an Austin vorbei, ohne ihn einer Antwort zu würdigen. Dean ging in seine Wohnung, Jacques folgte Claire die Kellertreppe hinauf.

„Anscheinend ja nicht." Der Kater steckte seinen Kopf über die Schwelle der Fahrstuhlkabine und schnupperte an dem Stück Fangarm, das dort auf dem Boden lag. Er legte die Ohren an: „Wer hat denn das Sushi aus dem Kühlschrank gelassen?"

„Wie klaglos", murmelte Jacques sarkastisch, als Dean, der auf dem Eßtisch saß, ganz still hielt und Claire seinen Arm nicht entzog, während diese grimmig seine Wunden versorgte. „Ganz Mann!"

„Halt die Fresse", grunzte Dean.

„Oh, und so beredt!"

„Hört auf. Beide." Der Anblick von Deans nacktem Oberkörper wurde im großen und ganzen Claires Erwartungen gerecht, und so hielt sie die Augen unverwandt auf die Wunden gerichtet, um nur nicht die bloße Brust mit den ausgeprägten Muskeln anzustarren. Sorgsam betupfte sie ein Wundloch nach dem anderen mit der Salbe, wobei sie sich anstrengen mußte, nicht mit ihren Gedanken abzuschweifen. „Die Wunden sind nicht tief, Sie haben Glück gehabt. Er hätte Ihnen den Arm abreißen können. Beide Arme." Claire plapperte vor sich hin und wußte dies auch, konnte sich jedoch nicht bremsen. „Ihre beiden dämlichen Arme hätte er Ihnen ausreißen können und schön in der Lava rösten!" Dean sah nicht nur gut aus, er roch noch dazu phantastisch, was allerdings mit der Sache, mit der Claire sich gerade befassen mußte, nichts zu tun hatte. Überhaupt nichts ... „Dann wären Sie verblutet, ehe ich Ihnen hätte zur Hilfe kommen können. Er hätte Sie umbringen können."

Jacques kicherte. „Welch *magnifique* Benehmen an einem Krankenbett, *chérie.*"

„Ich sage doch nur ...", erklärte Claire und unterbrach sich dann selbst. „Ich sage doch nur", fuhr sie nach einer kleinen Pause fort, „daß ich ihn brauche, wenn ich dieses Hotel führen will und ..." Wenn Claire nicht gerade in diesem Moment aufgesehen und in Deans Mienenspiel gesehen hätte, wie der Junge zwischen Hoffnung und Enttäuschung hin- und hergerissen wurde, dann hätte sie das so stehengelassen. „Na ja", fuhr sie hastig fort, „ich habe mich auch daran gewöhnt, daß er da ist, und ich will nicht ..." Eine Fingerspitze voll Salbe betupfte energisch die letzten drei Löcher, „... daß er stirbt."

„Au."

„Entschuldigung."

„Wofür entschuldigst du dich?" fragte Austin und sprang auf den Tisch neben Dean. „Was ist mit deinen Armen, Dean, und – das frage ich nur aus reiner Neugier – warum hast du keine Haare auf der Brust?"

Während sich ein errötender Dean sein Hemd überzog, beantwortete Claire die ersten beiden Fragen.

„Was ist mit den Haaren?" bohrte der Kater nach, als sie geendet hatte.

Sie nahm ihn hoch und setzte ihn auf den Fußboden.

„Du bist doch nur wütend, weil ich recht hatte!" murmelte er und sprang wieder auf den Tisch. „Ich beginne zu verstehen. Dieser Fahrstuhl beinhaltet ein Maximum von ... wie vielen Dimensionen?"

„Das ist nicht wichtig."

„Für die Typen, die die Zertifikate für die Fahrstühle ausstellen, schon."

„Ich besorge mir morgen Zement und Steine und maure die Eingänge wieder zu", erbot sich Dean.

„Nein." Als sich drei Augenpaare verwundert auf Claire richteten, zuckte die junge Frau die Achseln. „Ich will mir das noch ein wenig ansehen, vielleicht kann ich es ja richten. Er stellt keine Gefahr dar, wenn ihr die Füße davon laßt."

„Du aber auch, *chérie.*"

„Ich habe zumindest genug Grips und bleibe dann auch drin!"

„Einen Penny für deine Gedanken", sagte Austin, der auf dem zweiten Kopfkissen lag.

Claire rollte sich auf die Seite und streichelte ihn. „Das funktioniert nur, wenn du mir den Penny auch gibst", erklärte sie dem Kater nicht zum ersten Mal.

„Wenn ich Hände hätte ..."

Claire lächelte. „Ich dachte ..." *Daran, was für ein gutes Team Jacques und ich abgeben. Was ich empfand, als ich Dean auf den Felsen liegen sah. Daran, daß der eine zu jung und der andere zu tot ist. Daran, daß eine Hüterin eigentlich in der Lage sein sollte, sich auf ihren Job zu konzentrieren, selbst wenn es schon sechs Monate her ist, was ohnehin eine ganz persönliche Sache ist und niemanden etwas angeht und in keiner Weise überhaupt auch nur relevant sein kann ...* „... an den Fahrstuhl."

„Ach wirklich?"

Warum hat *Dean keine Haare auf der Brust?* „Hmm."

„Lügnerin."

DAS SAGEN WIR DOCH SONST IMMER!

Zehn

Am letzten Samstag im Oktober war endgültig klar, daß Claire das Leck erfolgreich unter Kontrolle gebracht hatte. Die Hölle hatte versucht, die Sickeremanationen umzulenken, anders zu verteilen oder ganz abzuschneiden, war aber erfolglos geblieben. Als ein plötzlicher Kälteeinbruch Claire in den Heizungskeller trieb, erlebte sie dort eine völlig in sich zusammengesunkene, schmollende Hölle.

Sie hatte ihre persönlichen Auftritte allerdings nicht eingestellt. Solange das Böse existierte, hatte die Hölle – Deans Gesicht in Claires Spiegel – der Hüterin erklärt, war und blieb die persönliche Versuchung sein Markenzeichen.

Vorsichtige Experimente mit dem Fahrstuhl brachten die Erkenntnis, daß Passagiere durchaus in das Stockwerk gelangen konnten, in das sie wollten, solange ihnen dort jemand von außen die Fahrstuhltür öffnete. Die Sickeremanationen oder der Mangel daran beeinflußten weder die Mechanik des Fahrstuhls noch die Bandbreite seiner Ziele. Soweit Claire hatte feststellen können, verband nichts den Fahrstuhl direkt mit der Hölle, und nur wenig verband ihn mit der Realität.

Ein unglückliches Opfer forderte der Abbau der Sickeremanationen allerdings.

„Den wirst du wohl als nächstes wegwerfen wollen", seufzte Austin, der auf der stummen Büste des King of Rock'n'Roll hockte.

Bis auf ein paar wirklich unentbehrliche Möbelstücke war das Wohnzimmer inzwischen leer und machte einen leicht hirnamputierten Eindruck, so als sei ihm jegliche Persönlichkeit operativ entfernt worden. Den übergroßen, überladenen Möbeln des Augustus Smythe schien, nun, da man ihr schmückendes Beiwerk entfernt hatte, die eigene Größe peinlich bewußt zu sein.

Claire hatte wirklich vorgehabt, den Gipskopf zu entfernen, beugte sich aber den vorwurfsvollen blaßgrünen Augen, die von der blankpolierten Haartolle des King herab unmißverständliche Forderungen stellten. „Wenn dir die Büste so viel bedeutet, darf sie bleiben."

„Bringst du sie wieder in Gang?"

„Nein."

„Du kannst sie doch mit Potentialen aus der Mitte laufen lassen."

„Nein."

„Aber ..."

„Nein. Da wäre es einfacher, loszuziehen und einen kompletten Satz CDs und eine Stereoanlage zu kaufen." Augustus Smythe hatte nämlich entweder seine Anlage mitgenommen, als er die Unfallstelle im Stich ließ, oder – anders als die meisten Männer, die sich ja lieber erst einmal mit Stereogeräten ausrüsten, ehe sie an lebenswichtige Dinge wie Essen und Kleidung denken – nie eine besessen.

„Wenn dir das zu viel Arbeit ist ..."

„Fang keinen Streit mit mir an, Austin. Elvis hat das Gebäude verlassen." Claire wollte dem Kater keine Gelegenheit geben, mit scharfen Krallen ihre Entscheidung auseinanderzuzupfen und machte auf dem Absatz kehrt, um in ihr Schlafzimmer zu gehen. Elvis war in den Räumen Augustus Smythes nicht das einzige Spielzeug gewesen, das mit Sickeremanationen lief. Claire ging zum Fenster, griff nach dem Fransenvorhang, der vor der Postkarte hing, zog ihn auf und schaffte es gerade noch, einen erschrockenen Aufschrei zu unterdrücken.

„Was ist?" Diana drehte den Kopf, um nachzusehen, ob irgend etwas Gefährliches in ihren Bereich eingedrungen war. Als klar war, daß alles in Ordnung war, wandte sie sich achselzuckend wieder dem Geschehen außerhalb der Postkarte zu. „Du siehst nicht wohl aus. Vielleicht solltest du dich setzen."

Claire hatte Dianas Vorschlag gar nicht gehört. Immer noch erschrocken und leicht schwankend tat sie ein paar Schritte rückwärts, stieß an die Bettkante und setzte sich. „Was machst du denn da?"

„Ich übe Postkarten. Mama sagte, du hättest eine laufen, und da wollte ich mal sehen, ob ich die anzapfen kann ..."

Claire konnte wieder atmen. Also gehörte Dianas Zimmer nicht in die schmutzige kleine Bildergalerie Augustus Smythes!

„... außerdem bist du so in der Lage, mich zu sehen und kannst mir nicht den Vorwurf machen, daß ich dir hinterherspioniere."

Ein solches Spionieren wäre theoretisch ohnehin unmöglich gewesen: Claire als Hüterin merkte, wenn sie von einer anderen Hüterin überwacht wurde. Aber Diana hatte gerade eine Postkarte angezapft, die gar nicht mehr angeschlossen war. Claire, die zehn Jahre mehr an Erfahrung aufzuweisen hatte als ihre Schwester, bezweifelte, daß sie eine solche Übung ohne weiteres geschafft hätte. Diana schien keine Probleme damit gehabt zu haben – in bezug auf Diana vermochte

Claire nicht zu sagen, was möglich war und was nicht. Sie beschränkte sich also auf das Nächstbeste: „Wenn du hier einen auf Postkarte machst, dann reiße ich dir die Leber aus dem Leib und stopf dir damit den Mund."

Diana grinste: „Als ob du das könntest. Denkst du denn, ich bin blöd genug, so nah an dich ranzukommen?"

„Wo wir gerade von nah reden: Seit wann bist du von den Philippinen zurück?"

„Seit letzter Woche. Ich bin in San Francisco gelandet, habe dort meinen Senf zu einer Unfallstelle in Berkeley, an der Michelle gerade saß, gegeben, und dann bin ich mit der Bahn nach Chicago und habe One Bruce geholfen, zwei kleine Stellen zu versiegeln – beide mitten auf stark befahrenen Kreuzungen, kannst du dir das vorstellen? Von Chicago bin ich nach Hause geflogen. Ich kann es kaum erwarten, endlich allein loszuziehen!"

Claire konnte sich nicht erinnern, von irgendwelchen Erdbeben oder Zugunglücken gehört zu haben, und auch Chicago schien noch normal zu funktionieren – wenn man bei dieser Stadt überhaupt von normal reden konnte. Sie stieß einen Seufzer aus. „Was macht die Schule?"

„Das hole ich nach." Diana ließ sich in den uralten Sitzsack fallen, aus dem sie eigentlich schon lange herausgewachsen war, den fortzuwerfen sie sich aber standhaft weigerte und lehnte sich so weit nach links, daß sie sich mit der Hand auf dem Fußboden abstützen mußte. Danach wiederholte sie die Übung zur rechten Seite.

„Was sollte das denn?"

Die junge Frau richtete sich wieder auf. „Ich habe versucht, einen besseren Winkel hinzukriegen, damit ich mehr von deinem Zimmer sehe. Laut Mama ist dein Dean ein total heißer Typ, und da wollte ich ihn mir mal ansehen."

„Mama sagt, Dean sei ein total heißer Typ?"

„So sagt sie das natürlich nicht. ‚Ein attraktiver junger Mann' – das waren ihre Worte. Ich habe übersetzt."

„Das ist hier mein *Schlafzimmer*."

Diana schnaubte. „Ach? Deswegen hast du also das Bett drin stehen?"

„Ich will gar nicht wissen, warum du annimmst, Dean könnte hier im Zimmer sein."

„Ich hoffe doch, ich muß dir das nicht erklären. In deinem Alter!" Mit einem selbstzufriedenen Kichern schlug Diana die Beine übereinander und lehnte sich in ihrem Sitzsack zurück, bis es aussah, als throne sie auf den zerdrückten Überresten einer roten Plastikblume. „Geh und hol ihn *bitte!*"

Claire spürte selbst durch die Postkarte hindurch die Kraft, die ihre Schwester in das Zauberwort gelegt hatte. „Nein", entgegnete sie und verschränkte die Arme. „Ich werde Dean hier nicht zur Schau stellen, um deine geile Neugier zu befriedigen."

„Aua – geile Neugier! Was für ein Wort – und? Treibt ihr es miteinander?"

„Diana!" Schockiert und voller Entrüstung sprang Claire auf. „Dean ist ein netter Mann, der hier im Haus einen Großteil ..." Diana zog die linke Braue hoch. Lügen kam nicht in Frage, weder bei Claire noch bei Diana, es war einfach zwecklos. „ ... nein, fast alle – sagen wir ruhig: alle anfallenden Arbeiten erledigt. Ein netter Mann – weißt du überhaupt, was das heißt?"

„Natürlich. Das heißt, alle beuten ihn aus und niemand pennt mit ihm."

„Diana!"

„Reg dich ab, ich wollte bloß sehen, wie du in die Luft gehst." Diana schürzte die Lippen und verzog das Gesicht. „Ich hoffe nur, daß ich mich nicht auch so prüde anstelle, wenn ich fast dreißig bin. Ich habe One Bruce und Michelle erzählt, daß du auf einer Unfallstelle festsitzt, die man nicht schließen kann, und der Kommentar war, daß jeder Hüter dorthin geschickt wird, wo man ihn braucht. Nicht gerade originell und hilfreich, was? Egal – da du ja jetzt hier dauerhaft lebst, habe ich beiden deine Nummer gegeben. Sie scheinen zu denken, daß wir zwei, da du hier festsitzt und ich mich noch in der Ausbildung befinde und wir zudem aus einer Familie sind und eh Kontakt miteinander haben – daß wir also so etwas wie ein Hüter-Netzwerk aufbauen könnten. Wobei mir einfällt: Der Apotheker überlegt, ob er einen Online-Server einrichten soll, damit wir per E-Mail Verbindung untereinander halten können. Wahnsinn, was? Da machen wir uns doch wahr- und wahrhaftig auf den Weg ins 20. Jahrhundert – gerade noch rechtzeitig, wo das 21. doch schon vor der Tür steht."

Eine Unterhaltung mit Diana glich oft dem Einkauf in einem Discount-Supermarkt: Die Themen stapelten sich ohne sichtbare Ordnung in allen Gängen und hoch bis zur Decke. Der Trick bestand darin, sich eine Sache herauszufischen und darauf einzugehen: „Der Apotheker hat noch nicht einmal Strom."

„Ich weiß. Er sagt, er kann auch ohne. Was ist denn mit dir und diesem Jacques, den Mama auch noch erwähnt hat?"

Claire seufzte. „Jacques ist tot."

„Ich weiß. Aber wenn der Apotheker ohne Strom E-Mails empfangen kann ..." Diana ließ den Satz unvollendet, und ihre Brauen hüpften anzüglich auf und ab. „So wie es sich anhört, bräuchtest du Jacques in Deans Körper."

HALLO.

„Das wird nie geschehen." Obwohl Claire ihre Antwort sowohl an ihre Schwester als auch an die Hölle richtete, reagierte nur Diana.

„Ich weiß."

„Ich weiß, ich weiß, ich weiß! Du hörst dich an wie Austin."

Diana warf Claire einen gereizten Blick zu. „‚Den Frieden bewahren', ‚unserer Bestimmung gerecht werden' – das heißt doch aber noch lange nicht, daß wir nicht glücklich sein können!"

„Ich bin so glücklich, wie ich es unter den gegebenen Umständen sein kann."

„Wer hört sich jetzt an wie Austin – und warum denkst du, ich hätte von dir gesprochen?"

Claire zuckte zusammen – wie unverzeihlich unsensibel sie sich verhalten hatte! „Tut mir leid, Diana. Hast du ein Problem, kann ich dir helfen?"

Diana grinste und schüttelte den Kopf. „Nein. Aber wenn du willst, komme ich vorbei und finde heraus, wie man mit Sara fertig wird und die Unfallstelle schließt. Damit du da raus und wieder in Umlauf kommst."

„Diana!"

„Ach, reg dich ab, Claire!" Dunkle Brauen senkten sich zu einem verächtlichen Stirnrunzeln. „Ich bin fünfhundertzweiundvierzig Kilometer weit weg, *sie* wird mich schon nicht hören."

„Ich ziehe dir höchstpersönlich den Hosenboden stramm, wenn sie dich doch gehört hat!" Claire spürte nichts, der Schild war zwischen ihr und der Schlafenden. Das hieß ja aber nur, daß *sie* nicht durch den Schild gedrungen war ... „Wenn du mich jetzt entschuldigst? Wenn nicht, auch gut. Ich gehe grade mal nachsehen, ob du den Weltuntergang eingeläutet hast!" Sie schenkte den wütenden Protesten ihrer Schwester keine Beachtung und schloß den Vorhang vor der Postkarte, wobei sie mit der freien Hand am Rollkragen ihres Baumwollpullis zupfte und sich nervös versicherte, es sei im Zimmer gar nicht wärmer geworden. Sie rannte fast durch das Wohnzimmer.

„Ich muß wohl davon ausgehen, daß deine Eile nicht meinem Freßnapf gilt?" fragte Austin. „Mit wem hast du eben gesprochen?"

„Mit Diana."

„Die eine nicht angeschlossene Postkarte unterwandert hat? Typisch. Was hatte sie denn zu sagen?"

„Viel nicht. *Ihren* Namen. Laut. Über eine offene Kraftlinie. Wenn *sie* dadurch wach geworden ist ..."

An der Tür hatte Austin Claire eingeholt. „Was hast du vor?"

„Wenn ich das wüßte. Kennst du ein paar gute Schlaflieder?"

Draußen in der Eingangshalle war Dean gerade dabei, einen neuen Eimer Wandfarbe zu öffnen, als Hüterin und Kater an ihm vorbei und auf die Treppe zurannten. „Probleme, Boß?"

„Ich weiß noch nicht."

„Brauchen Sie Hilfe?"

Noch vor fünf Wochen, ja selbst vor drei Wochen noch hätte Claire auf diese Frage mit einem verärgerten ‚Nein' reagiert. Was nutzte ihr ein Zuschauer bei der Konfrontation mit einer Hüterin, die versucht hatte, die Hölle unter Kontrolle zu bringen? Mittlerweile war sie in der Lage, innezuhalten und über das Angebot nachzudenken, ehe sie antwortete. „Nein, es gibt nichts, was Sie tun könnten."

„Geht es um *sie*?" wollte Jacques wissen, der kurz vor dem Absatz zur zweiten Treppe neben Claire auftauchte.

„Womöglich." Claire keuchte und verfluchte im stillen die Umstände, die den Fahrstuhl unbrauchbar machten. Das Vorhängeschloß schien sie eine Ewigkeit in Anspruch nehmen zu wollen und die Tatsache, daß von der anderen Seite der Tür her kein Laut zu vernehmen war, beunruhigte sie zutiefst, statt sie zu beruhigen.

Der Schild war unversehrt, und Tante Sara lag auf dem Bett, wie sie die ganze Zeit über gelegen hatte. Die einzigen Fußspuren im Staub waren die Claires über denen von Claires Mutter, die sich wiederum über die Claires und Deans gelegt hatten. Claire trat vor und studierte das Gesicht der schlafenden Frau prüfend mit zusammengekniffenen Augen.

Keine Veränderung.

Zum ersten Mal, seit Diana Tante Saras Namen laut genannt hatte, gelang Claire ein tiefer Atemzug.

Dann mußte sie niesen.

Mit laufender Nase und tränenden, brennenden Augen trat sie den Rückzug aus Zimmer sechs an und verschloß sorgfältig die Tür hinter sich.

„Wir sind sicher?" fragte Jacques, der auf dem oberen Trennabsatz schwebte. „*Sie* schläft?"

„*SIE* schläft", versicherte Claire und putzte sich die Nase mit einem alten, zerknüllten Papiertaschentuch, das sie in der Vordertasche ihrer Jeans gefunden hatte.

„Gib zu", drängte Austin, der zusammen mit Claire langsam die Treppe hinunterging, während Jacques schon vorgeschwebt war, um Dean in allen Einzelheiten über das Geschehene zu informieren, „gib doch zu, daß du ein bißchen enttäuscht bist."

Mit einem Ruck blieb Claire stehen und starrte dem Kater, der ungerührt weiterging, entgeistert und mit offenem Mund nach. Dann schloß sie den Mund und beeilte sich, ihn wieder einzuholen. „Alles klar, wir stellen die Renovierung eine Zeitlang ein. Du hast viel zu viele Farbdämpfe eingeatmet."

„Du selbst würdest sie nicht aufwecken wollen", fuhr Austin unbeirrt fort, „aber du möchtest zu gern wissen, wer aus einem Zweikampf zwischen Hüterin und Hüterin als Siegerin hervorgehen würde."

„Du hast ja das letzte bißchen krausen, haarigen Verstand verloren!"

„Ein Gefecht, und alles ist vorbei. Der Verlierer geht leer aus, der Sieger kriegt alles."

„Nun bleib auf dem Teppich."

„Ich kann ja nicht anders: direkt abstreiten tust du es nicht, oder?"

STOLZ IST EINE DER ...

„Todsünden. Das hattest du bereits erwähnt."

HAT EIGENTLICH MAL WER DRAUF HINGEWIESEN, DASS SOLCHE UNTERBRECHUNGEN TOTAL UNHÖFLICH SIND?

„Entschuldigung."

ENTSCHULDIGUNGEN AN SICH SIND SINNLOS – SIE MÜSSEN SCHON ERNSTGEMEINT SEIN.

„Raus aus meinem Kopf."

„Jacques hat mir erzählt, was los war; ist alles in Ordnung?" fragte Dean, als sie in die Eingangshalle traten.

„Austin ist senil", erklärte Claire ein wenig verkniffen. „Aber abgesehen davon scheint alles in Butter."

Er sah ihr nach, wie sie den Flur hinunterging und schüttelte den Kopf. „Wieder einmal tappe ich völlig im dunkeln", seufzte er. Er trat einen Schritt zurück und landete mit dem rechten Fuß in der Plastikschale, in der er die Wandfarbe angemischt hatte.

Zwei Sachen gingen Dean durch den Kopf, während er zusah, wie hellgrüne Pigmente langsam, aber sicher ins Leder seines Arbeitsstiefels drangen.

Er hatte die Schale mit der Farbe dort nicht hingestellt.

Es ging außerdem nicht an, daß er gerade unter dem Tresen ein gut zehn Zentimeter großes, hellviolettes Etwas hatte verschwinden sehen.

Zum ersten Mal, seit Claire das Geld für den wöchentlichen Einkauf austeilte, befanden sich an diesem Samstag weit mehr als siebzig Dollar im Tresor. Dean pfiff anerkennend durch die Zähne, als Claire den dicken Stapel aus dem Umschlag zog und die Scheine zählte.

„Hundertvierzig, hundertfünfzig, hundertsechzig, hundertfünfundachtzig Dollar." Claire warf den leeren Umschlag in den Safe zurück, wo er mit einem Laut landete, der nicht nach Papier klang. „Hundertsechsundachtzig Dollar", korrigierte sie sich und fischte aus der rechten unteren Ecke der braunen Hülle ein einsames Dollarstück.

„Eine Runde erstklassiges Katzenfutter für alle!" schlug Austin begeistert vor, der auf dem Monitor von Claires Computer thronte.

„Du kriegst erstklassiges Katzenfutter."

„Falsch! Ich kriege geriatrisches Futter. Egal, was das kostet, es ist nicht dasselbe wie das Zeug, das sie einem im Fernsehen zeigen: jeder Happen individuell zubereitet."

„Sollen wir es dir in einem Kristallschälchen servieren?"

Interessiert richtete Austin sich auf: „Schaden kann es nicht."

„Träum weiter!"

„Du bist geizig, Claire, einfach gemein." Austin legte sich wieder hin und stützte das Kinn auf seine Vorderpfoten. „Du führst mich in Versuchung, quälst mich, und dann fütterst du mir immer dieselben langweiligen Nebenprodukte der Rindfleischproduktion."

„Wenn das Geld nicht für Austin ist, für wen ist es dann?" fragte Dean sich laut. „Wir haben auch noch ziemlich viel zu essen da."

„Eingefroren und in Dosen", erinnerte ihn Claire. „Hier – vielleicht sollen Sie damit frische Lebensmittel kaufen."

Dean fächerte die Geldscheine auf. „Dafür kriegt man einen ganz schönen Haufen Salat!"

Am Ende entschied sich Claire, Dean zu begleiten. Sie wurde das Gefühl nicht los, daß sie an diesem Einkauf beteiligt sein sollte. Ein merkwürdiges Gefühl, die Unfallstelle schon wieder zu verlassen, wo sie doch gerade erst in der Stadt gewesen war, um eine neue Tastatur zu kaufen. Die meisten an ihre Unfallstelle gefesselten Hüter konnten von so etwas nur träumen, und was sollte schon schiefgehen, wenn die Hölle selbst den Schutzschild stärkte?

Claire bat Austin zu sagen, was er davon hielt, wenn sie mit Dean einkaufen ging, aber der gähnte nur und sagte: „Die Zukunft steht mir nicht deutlich vor Augen. Ich bin wohl zu schwach – wahrscheinlich, weil ich anständige Nahrung entbehren muß."

„Wenn ich nun verspreche, dir die kleinen Krabbenkekse mitzubringen?"

Er schnaubte. „Zu wenig und zu spät!"

„Wenn er ein Problem witterte, würde er es sagen", versicherte Claire wenig später Dean und kletterte auf den Beifahrersitz des Pick-up. „Er hat zu gern recht, da läßt er sich keine Gelegenheit entgehen."

Zweieinhalb Stunden später wurden die beiden bei ihrer Heimkehr von Baby mit lautem Gebell und einigen geräuschvoll abgehenden Winden begrüßt.

„Nicht, daß der Wind mal von Norden blähst!" murmelte Claire, die unter dem Gewicht der Einkaufstüten, die sie schleppte, leicht schwankte, finster. „Nein – genau vom See her muß er wehen und dann direkt über das trompetende Ende des Hundchens nebenan. Was hat das arme Tier bloß gegessen?"

„Wir haben Mrs. Abrams eine Weile nicht gesehen", entgegnete Dean und schloß die Hintertür auf.

„Ju-huu! Colleen, Herzchen. Haben Sie einen Moment Zeit?"

Zähneknirschend beschuldigte Claire Dean im Geiste, böse Geister heraufbeschworen zu haben. Sie trat einen Schritt zurück und lächelte die Nachbarin an. „Im Moment nicht, Mrs. Abrams. Ich würde gern erst einmal die Lebensmittel ins Haus schaffen."

„Ach du liebe Güte – Sie haben ja die Läden leergekauft! Geben Sie eine Party?"

Die Frage wurde in dem hoffnungsvollen Ton gestellt, mit dem man andeutet, daß man, sollte eine Party geplant sein, dort gern eingeladen wäre. Claire war nur zu glücklich, sie mit nein beantworten zu können.

Mrs. Abrams hielt mit einer Hand die dicke Strickjacke vor der Brust zusammen – ein etwas verwirrender Orangeton, ein, vielleicht zwei Schattierungen heller als ihr Haar – und betrachtete mißbilligend die vollen Einkaufstüten. „Das wollen Sie doch sicher nicht alles alleine essen. Für eine junge Frau ist es wichtig, auf die Figur zu achten. Ich möchte ja nicht überheblich klingen, aber als ich jung war, hatte ich eine Taillenweite von vierundvierzig Zentimetern."

„Ich muß die Sachen jetzt aber wirklich erst einmal ins Haus bringen, Mrs. A..."

„Ich brauche nicht lange. So lange werden sich die Lebensmittel schon noch halten. Es geht ums Geschäft! Ein enger persönlicher Freund von mir, Professor Jackson – vielleicht haben Sie von ihm gehört? Nein? Wie merkwürdig, er ist auf seinem Gebiet sehr bekannt! Wie dem auch sei: er kommt am dritten November nach Kingston. Um Halloween herum ist er immer so beschäftigt, müssen Sie wissen. Ich hätte ihn so gern bei mir aufgenommen, aber leider hat Baby eine völlig unverständliche Abneigung gegen ihn." Mrs. Abrams blickte strahlend auf den Hund, der neben ihr stand. „Als der Professor hörte, daß ich ein entzückendes kleines Hotel kenne, noch dazu direkt nebenan, war er begeistert. Er würde sich sehr freuen, wenn er bei Ihnen ein Zimmer bekäme."

Claire merkte deutlich, daß ihr die Tüte, die die Glasflasche mit dem kaltgepreßten Olivenöl enthielt, zu entgleiten drohte. „Ich erwarte den Professor dann, Mrs. Abrams, und vielen Dank, daß Sie unser Haus empfohlen haben." Unhöflich oder nicht, Claire machte Anstalten, ins Haus zu gehen.

„Nicht der Rede wert! Ich freue mich so, daß Sie meinem Rat folgen und das alte Haus wieder herrichten. Es hat eine Menge Potential, müssen Sie wissen. Ihr junger Mann ist auch noch da, sehe ich? Schön, daß es noch junge Männer gibt, die bereit sind, hart zu arbeiten, nicht wahr?"

„Sehr wahr!", entgegnete Claire, deren vier Einkaufstüten gerade von Dean gerettet wurden. „Auf Wiedersehen, Mrs. Abrams."

„Professor Jackson hätte gern ein ruhiges Zimmer!" Mrs. Abrams mußte ihre Stimme zu stratosphärischen Höhen erheben, denn ihr Publikum hatte einfach die Schwelle überschritten und war im Hotel verschwunden. Erschrocken fingen alle Hunde der Gegend an zu bellen.

„Ich frage mich, ob wir uns nicht Ärger einhandeln, wenn wir einem Freund von Mrs. Abrams ein Zimmer vermieten."

Dean, der gerade ein vakuumverpacktes Stück griechischen Schafskäse im Kühlschrank verstaute, wandte sich Claire zu, die ihre Einkaufstüten zu den anderen auf den Tresen stellte: „Mehr Ärger als einen Höllenschlund im Keller?"

„Da könnten Sie unter Umständen recht haben."

„Könnte er", stimmte Austin zu und sprang vom Stuhl auf den Tresen. „Hier hat übrigens einer angerufen, als ihr fort wart. Ein Typ namens Hermes Gruidae. Er ist mit einer Seniorengruppe auf Reisen, alles pensionierte Olympier, und kommt heute nach Kingston. Sie brauchen vier Doppel- und ein Einzelzimmer. Ich habe gesagt, das geht in Ordnung."

„Pensionierte Olympier?" fragte Dean interessiert und fischte eine schwarze Olive aus dem Plastikbehälter des Feinkostgeschäftes. „Welche Sportarten?"

„Das hat er nicht gesagt. Sie gehen alle nur ungern in Restaurants; er hat gefragt, ob wir vielleicht heute abend für sie kochen könnten und natürlich morgen früh ein Frühstück richten. Das heißt in diesem Fall Dean, nehme ich an. Ich glaube kaum, daß die Senioren gebackene Bohnen und Würstchen zu Abend essen wollen. Ich sagte, das geht klar. Sie werden gegen sieben hier sein und wollen gegen acht essen." Er blinzelte. „Ist was?"

Claire hatte die Arme über der Brust verschränkt und starrte den Kater mißtrauisch an. „*Du* hast die Nachricht entgegengenommen?"

„Ich bitte dich, was ist denn schon dabei? Ich räume Telefonhörer von den Gabeln, seit ich ein kleines Kätzchen war."

„Du hast auch die Anmeldung von diesem Mr. Gruidae aufgenommen?"

„Aufgeschrieben habe ich nichts, wenn du darauf hinauswillst. Bis auf den Namen: Den habe ich mit den Krallen vorne in den Tresen geritzt."

„Was hast du?"

„Das sollte ein Witz sein." Mit zuckenden Schnurrhaaren kletterte Austin in eine der Einkaufstüten. „Wo sind meine Kekse?"

Um achtzehn Uhr fünfundvierzig waren die Zimmer hergerichtet, die Farbeimer und Abdeckplanen weggeräumt, und in der Küche nahm Dean vorsichtig die Lachsfilets aus der Marinade. Er ging davon aus, daß jeder, der einmal aktiv an den olympischen Spielen teilgenommen hatte, auch als Senior noch auf seine Figur achtete, und so hatte er als Beilage zu den Filets eine große Schüssel griechischen Salat angerichtet, und als Nachtisch stand ein Kiwiflan auf der Speisekarte.

Claire hätte nicht sagen können, warum sie so nervös war. Vorsichtig berührte sie die Wand über der Vertäfelung im Treppenhaus, die seit ein paar Stunden in sattem Jägergrün erstrahlte, und stellte befriedigt fest, daß die Wand trocken war, wenn es auch im Haus immer noch leicht nach Farbe roch. „Was für ein Glück wir doch haben: Wenn Dean sagt, er erledigt eine Arbeit gleich morgens als erstes, dann meint er damit vor Tau und Tag." Sie trat an den Tresen und sah Austin zu, der wie wild aufgeregte Kreise im Büro drehte. „Was ist? Ist ein Gewitter im Anzug?"

„Weiß nicht." Mit einem Satz hechtete Austin vom Schreibtisch auf den Tresen und blieb mit wild zuckendem Schwanz vor Claire stehen. „Irgend etwas ist auf jeden Fall im Anzug." Noch drei weitere heftige Schwanzschläge, dann fügte er hinzu: „Mag sein, es ist ein Gewitter, es fühlt sich zumindest so an. Fast jedenfalls."

Um achtzehn Uhr zweiundfünfzig fuhr ein breiter Kleinbus von der Art, wie man sie einsetzt, um Flugreisende von den Flughäfen zu den Parkplätzen der Autovermietungen zu transportieren, vor dem Hotel vor und parkte ein.

„Sieht aus, als seien sie da", verkündete Claire und ging zur Tür.

Austin sprang vom Tresen und raste die Treppe zum ersten Stock empor. „Das Gewitter auch!"

„Wie meinst du das?"

Dem Kater klebten die Ohren ganz flach am Kopf: „Alt ..."

„Natürlich sind sie alt, es ist eine Seniorengruppe!"

Die Abendluft war kühl, weshalb Claire ihre Körpertemperatur vorsorglich ein wenig anhob, ehe sie vor das Haus trat, um den Fahrer des Kleinbusses zu begrüßen, der eben aus dem Wagen kletterte. Er war ein noch recht junger Mann, etwa Ende dreißig, in Khakihosen und einer braunen Cordjacke. Auf dem Kopf trug er einen jener runden weißen Leinenhüte, die so beliebt sind bei Reisenden, die bereit und in der Lage sind, fünfundvierzig Dollar für einen Leinenhut auszugeben, und an den Füßen flache braune Lederschuhe. Mit Flügeln.

„Ich lasse sie mir im Herbst immer von den Sandalen nehmen", erklärte der Mann hilfsbereit, als er sah, wie Claires Blick unverwandt an den Flügeln haftenblieb. „Schwer zu sagen, was mir mehr zuwider ist: Socken in Sandalen oder kalte Füße." Er hielt der jungen Frau eine braungebrannte Hand hin: „Hermes Gruidae – wobei ich mir den zweiten Namen nur zugelegt habe, damit man mir einen Führerschein ausstellt. Sie müssen Claire Hansen sein. Ich glaube, ich habe mit Ihrer Katze gesprochen, als ich die Reservierung vornahm?"

„*Meine* Katze ist es nicht", war alles, was Claire erwidern konnte.

„Nein, natürlich nicht", entschuldigte sich Hermes entsetzt. „Ich wollte wirklich keine Besitzverhältnisse unterstellen, ich wollte lediglich sagen, daß es eine Katze war, mit der ich sprach."

„Äh, ja. Ich bin nur herausgekommen, um Ihnen zu sagen, daß es hinten keine Treppen gibt. Wenn Sie also auf den Parkplatz hinten fahren wollen, damit Ihre Leute dort aussteigen können?"

„Das wäre an und für sich keine schlechte Idee, aber ich bezweifle, daß ich sie dazu bewegen kann, eine Hintertür zu nehmen." Hermes zuckte zusammen, als aus dem Wageninnern eine herrische Stimme wissen wollte, warum alles so lange dauerte. „Ich reise mit einem recht schwierigen Haufen, das sage ich Ihnen lieber gleich."

Auch wenn die Stimme fehlerfreies Altgriechisch gesprochen hatte, hatte Claire alles verstanden, obwohl sie selbst nur Englisch und ein recht holpriges Schulfranzösisch sprach. Jede Hüterin war in der Lage, Fremdsprachen aufzunehmen. Verstehen war in ihrem Beruf wichtiger als verstanden zu werden. „Pensionierte Olympier!" murmelte die junge Frau erschüttert, und die Worte erschienen ihr mit einem Mal in einem ganz anderen Licht. „Oh Gott!"

„Götter", korrigierte Hermes sie und klang recht resigniert dabei. Er trat hastig einen Schritt zurück, als nun ein älterer Herr in einem karierten Blazer resolut aus dem Bus stieg und sich auf dem Bürgersteig aufbaute.

„Hör zu, Hermes! Keine Sekunde länger hocke ich in dem ... hallo!" Mit einem breiten Lächeln auf den Lippen und weit ausgebreiteten Armen trat der Alte auf Claire zu. „Wer ist denn diese liebliche Jungfer?" fragte er, und sein Englisch klang ebenso makellos wie sein Altgriechisch. Sanft legte er die Hände um Claires ausgestreckte Rechte. „Ist es Helena? Ist sie zurückgekehrt, uns mit ihrer Schönheit zu zerstören?"

„Nicht lieblich, und eine Jungfer ist sie auch nicht mehr", drang nun eine schnippische Frauenstimme aus dem Bus. „Hör auf, sie abzuschlecken, alter Bock. Komm lieber zurück und hilf mir aus dem Ding hier."

Nun erst bemerkte Claire, daß gerade jeder ihrer Finger sorgsam und ausführlich abgeküßt wurde. Ein Arm hatte sich um ihre Taille geschlungen, und eine leicht feuchte Hand mit unendlich vielen Leberflecken tätschelte zärtlich ihre Hüfte.

„Zeus! Ich warne dich ..."

„Später!" deutete Zeus unhörbar mit den Lippen an, drückte Claire noch einmal an sich und eilte zurück zum Kleinbus.

Der Herrscher des Olymp war, ganz objektiv betrachtet, kleiner, als Claire ihn sich vorgestellt hätte, hätte sie je einen Gedanken an diese Frage verschwendet. Außerdem hätte ihm jemand sagen sollen, daß man nördlich der beiden US-Bundesstaaten mit Namen Carolina nach dem Labor Day keine weißen Schuhe und weiße Gürtel mehr trug. Einst war der Gott wohl attraktiv gewesen, aber mehr als zweitausend Jahre reichhaltige Mahlzeiten und gymnastische Übungen in fleischlicher Sinneslust hatten dem energischen Kinn unter dem kurzen lockigen Bart ein Doppelkinn hinzugefügt, und um die tiefliegenden Augen hingen rosa Tränensäcke über lila Tränensäcken. Sein Haar – ganz offensichtlich liebevoll gepflegt mit griechischer Pflegelotion gegen graues Haar – war geschickt so frisiert, daß es große Teile des doch bereits recht kahlen Schädels verdeckte. Eine teure Kamera baumelte vor seinem ausladenden Bauch, und die Riemen der Kameratasche hatten sich in den Speckfalten am Hals versteckt.

Wenn das Zeus war ...

Mit dürrer Klauenhand hielt Hera den Arm ihres Mannes besitzergreifend umklammert. Sie erinnerte Claire an eine ehemalige US-Präsidentengattin: Dünne, trockene Haut spannte eng um die Knochen eines Gesichts, auf dem das Make-up eher von Künstlichkeit als von Kunst Zeugnis ablegte, und die ganze Erscheinung wirkte so zerbrechlich, daß es aussah, als könne ein kräftiger Schlag auf die Schulter sie in eine Million ungehaltener Einzelteile splittern. „Hotel Elysium? Also ehrlich, Hermes, etwas Besseres konntest du nicht finden?"

„Für unsere Bedürfnisse ist es ideal", versicherte Hermes ihr beruhigend.

Helle, vogelgleiche Augen musterten Claire durch eine erhobene Lorgnette.

„Eine Hüterin!" Hera rümpfte die Nase. „Ich verstehe."

Nun kletterte ein weiterer Mann aus dem Bus und streckte sich erst einmal ausführlich, beide Hände ins Kreuz gestemmt. Er war unglaublich dünn und trotz gebeugter Schultern immer noch eher groß und trug Schwarz: Jackett, Hemd, Hose, Schuhe; lediglich die Krawatte war leuchtend dunkelrot. Das Gesicht mit den hohlen, fast leichenartigen Wangen wurde von einer riesigen, wie ein Falkenschnabel gebogenen Nase beherrscht, wogegen weder der säuberlich gestutzte silbergraue Ziegenbart noch die dichten silbergrauen Haare etwas ausrichten konnten, auch wenn sie ihr Bestes taten.

Ihm folgte, in einen hellvioletten Hosenanzug und unzählige pastellfarbene Tücher gehüllt, eine winzige, weißhaarige Frau. „Sieh nur, Hades!" Mit weit aufgerissenen Augen wies die Seniorin begeistert und anmutig hoch zu den Gauben des Hoteldachs. „Eine weiße Taube! Das ist ein Omen."

Gehorsam sah Hades nach oben.

Die Taube stürzte zu Boden und traf mit einem dumpfen Laut auf dem Bürgersteig auf.

„War ich das?" fragte Hades erschrocken. „Das wollte ich nicht."

„Seniler Narr", murmelte Hera und drängte an ihm vorbei.

„Mach dir nichts draus!" Persephone hatte sich auf die Zehenspitzen gestellt und rieb ihr Gesicht an Hades' Schulter. „Guck einfach beim nächsten Mal nicht so intensiv." Geschickt nestelte sie an einem Tuch herum, das ihr unter einer schweren Goldbrosche hervorgerutscht war, und ihre ringgeschmückten Finger flatterten aufgeregt hin und her. „Ach du meine Güte, ich habe mein Strickzeug vergessen!"

„Keine Sorge, Sephe, ich habe es!"

Claire hatte keine Ahnung, wer die Frau sein mochte, die Persephone den Strickbeutel reichte. Im Kopf ging sie die noch fehlenden Göttinnen durch, aber das half ihr nicht weiter. Die Frau machte einen durch und durch angenehmen Eindruck. Sie trug vernünftige Kleidung der Art, wie sie von älteren englischen Vogelkundlern bevorzugt wird und erinnerte Claire an eine patente Lehrerin, die kurz vor der Rente noch einmal in die Pflicht genommen wird und eine Klassenreise begleiten muß.

Als sei sie sich des Dilemmas bewußt, in dem sich die Hotelbesitzerin befand, kam die Göttin auf Claire zu, reichte ihr die Hand und stellte sich vor. „Hallo! Sie sind unsere Gastgeberin? Ich bin Amphitrite."

Die Hand der Frau war feucht und ein wenig schuppig. „Freut mich sehr."

„Sie ist Poseidons Frau", sang Persephone. „Wenn Sie kein Fan dieser langweiligen alten Klassiker sind, haben Sie wahrscheinlich noch nie von ihr gehört."

„Tochter eines, der seine Gestalt wechselt", murmelte Hera naserümpfend auf Altgriechisch.

„Hera!" Persephone tänzelte besorgt zu Hera hinüber, und das Licht der Straßenlaterne spiegelte sich in ihren diamantenen Ohrringen. „Diebie Hübüteberibin veberstebet Griebiechibisch."

Einen Moment lang starrte Hera die Königin der Toten unverwandt an. „Was bist du doch für eine Jammergestalt!" sagte sie dann.

„Wer ist eine Jammergestalt?" In sanften Wogen ergoß sich Poseidons graues Haar auf den graugrünen Tweedanzug. Ein wenig eulenhaft blinzelte er die ganze Gesellschaft durch grün gefärbte Brillengläser an und erwartete ganz offensichtlich eine Antwort. „Nun?" fragte er nach einer Weile von neuem.

Amphitrite nahm ihn bei der Hand, führte ihn ein Stück vom Bus weg und flüsterte dabei in sein Ohr.

„Aber natürlich ist sie das", schnaubte Poseidon. „Inzucht, mußt du wissen."

„Entschuldigung?" Verzagt kniete Hades neben der Taubenleiche, und seine Knie befanden sich fast auf derselben Höhe wie seine Ohren. „Dieser Vogel ist tot."

Claire sah, wie Hermes sich erschöpft gegen den Bus lehnte. Dem Götterboten war der Auftritt seiner Mitreisenden peinlich. Claire unterdrückte hastig ein aufmunterndes Lächeln, als ihr einfiel, daß diese Überbleibsel der Geschichte nicht nur Hermes' Schutzbefohlene, sondern auch seine Verwandten waren.

Als nächstes tauchte in der offenen Tür des Busses die leicht untersetzte, rechteckige Gestalt eines Mannes auf, der ganz offenbar Zeit seines Lebens harte körperliche Arbeit geleistet hatte. Ein stahlgrauer dichter Haarschopf bauschte sich über seinen Ohren, und eine alte Narbe zierte eine Wange des sonnengebräunten Gesichts. Der Mann schob mit Schwung zwei Krücken aus dem Auto – Claire tippte auf Aluminium, bis sie hörte, mit welchem Laut sie auf dem Zementbelag des Bürgersteigs auftrafen, was ihr klarmachte, daß sie aus reinem Stahl und ohne Kappen waren – und folgte ihnen. „Dytie", rief er über die Schulter, „kommst du?"

„Nein Liebling, ich atme nur heftig", antwortete eine lachende Frauenstimme aus dem Wageninnern.

Die ganze versammelte Gesellschaft seufzte einmütig und resigniert.

Aphrodite? fragte Claire Hermes lautlos und lediglich mit den Lippen, und dieser nickte. Dann mußte der Mann mit den Krücken Hephaistos sein.

Die Göttin der Liebe war seit ihren ruhmreichen Tagen korpulenter geworden. Immer noch thronten die ebenholzschwarzen Locken hoch aufgetürmt auf ihrem Kopf, immer noch blitzten die veilchenblauen Augen, und unendlich lange Wimpern warfen Schatten auf runde Wangen – auch wenn die Wangen um einiges voller waren als einstmals und das niedliche spitze Kinn der Göttin tief in weiches Fleisch gebettet lag. Sie trug ein so enges Korsett so fest geschnürt, daß ihre Figur sich kaum verändert zu haben schien, aber letztlich war doch klar, daß unter all dem fischbeinverstärkten Lycra der Köper der Schönen zu seinen Wurzeln zurückgefunden hatte: zu denen der Fruchtbarkeitsgöttin.

In diesem Ausschnitt können Männer verlorengehen, dachte Claire. *Wenn man es recht bedenkt, sind Männer in diesem Ausschnitt verlorengegangen.*

„Hermes, was für ein entzückendes kleines Hotel. Ich kann es kaum erwarten, es auch von innen zu sehen."

„Du kannst es kaum erwarten, ein Hotel auch von innen zu sehen?" Hera verdrehte die Augen. „Das ist ja ganz etwas Neues."

„Zicke."

„Schlampe."

Mit einem tiefen Seufzer bat Hermes Claire voranzugehen, und die junge Frau fühlte sich ein wenig wie der Rattenfänger von Hameln, als sie die Treppenstufen emporstieg.

Die pensionierten Olympier folgten.

„Hades, Liebling, laß doch bitte die Taube einfach da liegen."

Claire hatte keine Ahnung, wie Hermes es geschafft hatte, aber um neunzehn Uhr zwanzig waren alle Götter in ihren Zimmern untergebracht, und er hatte ihnen fest versprochen, daß sie auch ihr Gepäck umgehend erhalten würden. Da Dean immer noch mit den Vorbereitungen für das Abendessen beschäftigt war, folgte Claire dem Götterboten vor die Tür, um beim Ausladen zu helfen.

„Eine kleine Tasche im Kontinuum von Raum und Zeit", erklärte Hermes, während Claire mit wachsendem Unbehagen zusah, wie der Haufen mit Reisetaschen, Überseekoffern und Kleidersäcken auf dem Bürgersteig vor ihrem Hotel immer größer wurde. „Aphrodite nimmt grundsätzlich mehr Koffer mit als Ginger damals auf diese dreistündige Kreuzfahrt, und Hera reist mit eigener Bettwäsche. Persephone besitzt mehr Juwelen als die britische Königsfamilie und Poseidon packt zur Sicherheit immer zwei Dutzend Handtücher extra ein."

„Wenn wir die Sachen alle nach oben schaffen sollen, brauchen wir dazu eine halbe Ewigkeit."

„So schlimm ist es nicht." Hermes grinste. „‚Wir liefern umgehend' – das ist mein zweiter Name und mein Markenzeichen. Wenn Sie nur so nett sein würden, mir zu sagen, was die Nachbarn machen."

Die einzige Nachbarin, deren Neugier man fürchten mußte, hatte offenbar ihren Posten verlassen, und so signalisierte Claire reine Luft. Dann stellten sich die Haare auf ihren Unterarmen auf: Hermes verdrehte schlicht sämtliche Potentiale, und schon war das Gepäck verschwunden.

„Ein paar Vergünstigungen bringt der Job immer noch mit sich", kommentierte der Götterbote zufrieden seine Arbeit. „Vielen Dank. Ich fahre jetzt erst einmal den Bus auf den Parkplatz."

Claire fragte sich, ob und inwieweit sie überhaupt eine Hilfe gewesen war und ging zurück ins Hotel.

Dort hockte Austin auf dem Tresen. „Na? Was willst du jetzt Dean erzählen?"

„Worüber?"

„Über die Ex-Athleten, die er erwartet."

„Meinst du, er kann die Wahrheit vertragen?"

Der Kater hielt inne, um sich ein Hinterbein zu putzen. „Besser, du erzählst es ihm, als daß er es auf die harte Tour herausbekommt, und wenn der Haufen hier abgestiegen ist, damit sie alle ganz sie selbst sein können, dann findet er es auf jeden Fall heraus." Er warf einen kritischen Blick auf den Abstand zwischen Tresen und Fußboden, legte die rechte Vorderpfote hilfesuchend über den Tresenrand und sah Claire bittend an. „Weißt du, ein wirklich netter Mensch würde mich hier herunterheben und so verhindern, daß ich meine alten Knochen überanstrengen muß."

Gehorsam nahm Claire ihn auf den Arm und eilte in die Küche. „Hades hat eine Taube getötet, einfach nur, indem er sie ansah. Es stimmt wohl, vielleicht sollten wir Dean warnen."

„Es stimmt wohl? Wir sollten vielleicht? Wenn du seiner müde bist, warum entläßt du ihn nicht einfach?"

„Ich bin seiner *nicht* müde. Ich freue mich nur nicht darauf, ihm eine Sache erklären zu müssen, die er nicht mit seinen Erfahrungsmustern in Einklang bringen kann. Du mußt doch zugeben, daß die jungen Leute heutzutage nur noch selten klassisch gebildet sind."

„Du willst, daß er klassische Bildung erhält? Dann brauchst du nur zu warten, bis Aphrodite ihn zu Gesicht bekommt."

Im Eßzimmer trafen Hüterin und Kater Hermes an, der erwartungsvoll schnuppernd am Küchentresen lehnte. „Ich hoffe, Sie haben nichts dagegen", begrüßte er sie. „Ich habe mich mit Dean bekanntgemacht und ihm ein wenig die Lage erläutert."

„Ach ja?" Da der Tresen voller Schüsseln und Teller stand, setzte Claire Austin auf dem Fußboden ab. Der Kater warf ihr einen verärgerten Blick zu und stakste mit steifen Beinen davon. „Warum nur ein wenig?"

Dean, der Claires Tons richtig interpretierte, wandte sich hastig vom Herd ab und seiner Chefin zu: „Mr. Gruidae ..."

„Bitte, nennen Sie mich doch Hermes."

„... hat erklärt, daß die Gäste keine ehemaligen Sportler sind, sondern aus einem Ort in Griechenland stammen, der Olymp heißt."

„Was sagt Ihnen das?" wollte Claire interessiert wissen.

Dean seufzte, er war von den Gästen eindeutig enttäuscht. „Das sagt mir, daß niemand von ihnen Fred Hayward kennt. Ein alter Kumpel meines Großvaters, der 1952 mit der kanadischen Hockeymannschaft an den olympischen Spielen teilnahm. Er war ein dufter Typ und ist 1988 gestorben. Ich hatte gedacht ..."

Claire warf dem Götterboten einen beredten Blick zu, nahm einen Stapel Teller und machte sich daran, den Tisch zu decken. „Dean, sagen Ihnen die Namen Zeus und Hera etwas?"

„Sicher, ich habe schließlich einen Fernseher. Das sind Kindersendungen, aber witzige."

Hermes wirkte nach dieser Antwort so erschüttert, daß Claire ihm mitleidig einen Stuhl hinschob und es selbst übernahm, Dean zu erklären, daß es zwischen Fernseh- und richtigen Göttern – mochten sie auch pensioniert sein – eindeutige Unterschiede gab. Auch machte sie ihm deutlich, daß er einen ziemlich interessanten Abend zu erwarten hätte, wenn er diese Unterschiede nicht berücksichtigte.

„,Pensionierte Olympier' – damit ist ein Haufen alter griechischer Gottheiten gemeint? Richtige Götter?"

„Ja. Nicht alle Gottheiten sind hier, aber ein paar davon." Claire schnappte sich eine Handvoll Besteck.

„Wie in den griechischen Sagen? Den Mythen?"

„Post-mythisch, aber im Grunde ja."

„Gabeln links vom Teller."

„Das weiß ich."

Dean zog ein Backblech mit Kartoffelscheiben aus dem Ofen, die er in Dill und Zitrone gedünstet hatte, drehte sich mit dem Blech in der Hand zu Hermes um und betrachtete den Götterboten nachdenklich. „Sie sind der Typ, der auf den Fleuropautos abgebildet ist und so? Der echte Typ?"

Hermes lächelte und breitete die Hände aus: „Ich bekenne mich schuldig."

„Wie kommt es dann, daß Sie diese pensionierten Götter auf einer Rundreise begleiten? Sind Sie denn nicht pensioniert?"

„Um den letzten Teil Ihrer Frage zuerst zu beantworten: Nein, solange ich noch Fleuropwagen ziere nicht. Zum ersten Teil der Frage: Die alten Herrschaften haben sich gelangweilt, und ich bin nicht nur Bote, sondern auch noch zuständig für Verträge, Handel und Reisende. Im Interesse des Familienfriedens versuche ich, jedes Jahr für ein paar von ihnen eine Reise zu organisieren. In diesem Jahr haben wir eine Rundreise durch das herbstliche Ontario unternommen und die Laubfärbung bewundert. Zeus hat ungefähr eine Million Fotos geschossen, die fast alle überbelichtet sind und die Ahornblätter, die noch nicht tot waren, als wir ankamen, haben dann genauere Blicke Hades' nicht mehr überlebt. Wenn Sie mich jetzt entschuldigen würden?" Hermes stand auf und zog die Bügelfalten seiner Jeans gerade. „Ich will mir vor dem Essen noch den Straßenstaub abwaschen."

„Hermes."

Der Götterbote war nur noch einen Schritt von der Tür entfernt, aber die Nennung seines Namens zwang ihn, stocksteif stehenzubleiben.

Claire baute sich vor ihm auf und streckte die Hand aus. „Ehe Sie gehen, sollten Sie mir das Buttermesser zurückgeben, das Sie sich in den Ärmel gesteckt haben."

„Das ich mir in den Ärmel gesteckt habe?" Hermes richtete sich zu voller Größe auf, ein Bild der verletzten Würde. „Wissen Sie, wen Sie vor sich haben, Hüterin?"

„Ja." Das Messer flog aus seiner Manschette und landete in Claires Handfläche. „Den Gott der Diebe."

Hades und Persephone kamen als erste herunter. Persephone, umflattert von vielfarbigen, hauchdünnen Seidenschals, das weiße Haar auf dem Kopf aufgetürmt und mit goldenen Kämmen gehalten, trat würdevoll in den Raum, als beträte sie eine Bühne und verkündete: „Wie reizend! Man fühlt sich doch gleich wie zu Hause, wenn man einen dienstbaren Geist um sich hat, nicht wahr, Liebling?"

Hades murmelte eine vage Zustimmung und folgte seiner Frau dicht auf den Fersen, wobei er sich des öfteren einen Schalsaum aus dem Gesicht wischen mußte.

Hinter dem Herrn der Toten tauchte ein äußerst beunruhigter Jacques auf. Kaum hatten Gott und Göttin am Eßtisch Platz genommen, da kam der tote Seemann auch schon in die Küche geschwebt. „Ich bin kein Diener", flüsterte er Claire ins Ohr, die gerade Papierservietten über kleine Körbchen mit frischgebackenen Knoblauchbrötchen breitete. „‚Heb dies auf, stell' jenes ab' – für wen hält die sich?"

„Für die Königin der Toten", erklärte ihm Claire. „Aber das spielt keine Rolle. Du bist nicht körperlich, du kannst nichts berühren."

„Die Sachen, die sie haben, kann ich berühren, und ich kann die Frau auch nicht verlassen. Wenn sie ruft, komme ich. Wie ein Hund!"

„Jacques, hol mir den Schal da."

„Was habe ich gesagt? Ich soll ihn holen wie ein Hund."

„Jacques, beeil dich, er liegt schon auf dem Boden."

Bereits halb im Tresen, halb noch in der Küche, wandte sich Jacques vorwurfsvoll an Claire: „Dafür verdiene ich eine Nacht Fleisch!"

Ungeduldig rief die Göttin ein drittes Mal nach Jacques, und Claire schüttelte mitleidig den Kopf. „Da magst du recht haben."

„Ich habe recht?"

„Jacques, mein Schal!"

„Hat er recht?" fragte Dean, der von seinen Lachssteaks aufblickte und mit zusammengekniffenen Augen zusah, wie Jacques durch den Raum glitt.

Claire zuckte die Achseln. „Er mag recht haben, habe ich gesagt. Jacques kann nichts dagegen tun, er muß jetzt für die beiden arbeiten. Ich wollte doch nur, daß er sich dabei ein wenig besser fühlt."

Dean wies mit dem Servierlöffel auf die versammelte Götterschar. „Ich arbeite auch für die."

„Ja, aber Sie werden dafür bezahlt."

Er hatte sein Gesicht wieder dem Herd zugewandt, und um ein Haar hätte Claire nicht verstanden, was er sagte: „Man könnte doch auch dafür sorgen, daß ich mich besser fühle."

Mit einem Schlag war Claire klar, wie er das meinte. „Heute ist der Abend, an dem Sie normalerweise mit Ihren Freunden trinken gehen, nicht? Ich habe Sie noch nicht einmal gefragt, ob es Ihnen etwas ausmacht, zu bleiben. Ich habe es einfach als gegeben hingenommen." Dieses Abendessen hatte mit den Pflichten der Familie nichts zu tun, und so hatte Claire nicht das Recht, sich die Unterstützung eines Unbeteiligten zu sichern. „Tut mir leid. Sie werden diese Woche ein wenig mehr in Ihrer Lohntüte finden."

Er sah auf, wandte sich um, wurde rot und sagte nach einigem Zögern leise: „So hatte ich das nicht gemeint."

Claire hatte das Gefühl, irgend etwas nicht richtig mitbekommen zu haben, kam aber nicht mehr dazu, nachzufragen.

„Sexuelle Spannungen!" jubilierte Aphrodite, die gerade in die Tür getreten war. „Wie ich sexuelle Spannungen liebe!"

„*Nicht* bei Tisch!" zischte Hera und schob sich an Aphrodite vorbei.

„Fisch." Leicht tropfend wanderte Poseidon in die Küche und spähte aus kurzsichtigen Augen auf den Servierteller mit Lachs. „Endlich mal eine Mahlzeit, die man essen kann." Er richtete sich wieder auf und blinzelte mit feuchten Augen in die Richtung, in der er Claire vermutete, wobei er mit den Fingern beider Hände vergnügt schnipste. „Wollen Sie den Hummertanz mit mir tanzen? Kneif mich hier und kneif mich da!"

„Nein. Will sie nicht", mischte sich Dean ein, in der Hand immer noch den Servierlöffel. Es interessierte ihn wenig, wer dieser alte Trottel war; unter den Freunden seines Großvaters hatten sich ein paar schmierige alte Schwerenöter befunden, und Dean kannte sich aus. Bei diesen Männern war Angriff die einzige mögliche und sinnvolle Verteidigung. Schon rasselte der Meeresgott mit Deans breitem Brustkorb zusammen.

„Aua."

„Geschieht dir recht." Amphitrite zog ihren Ehemann aus der Küche und bugsierte ihn auf seinen Platz am Eßtisch. „Du hast versprochen, dich zu benehmen."

„Meine Nase tut weh."

„Ausgezeichnet."

Als mit Ausnahme von Zeus alle Götter versammelt waren, räusperte sich Hermes und verkündete feierlich, wobei er mit großer Geste auf die Eßzimmertür wies: „Der Herrscher des Olymp."

„Woher kommt denn die Fanfare?" flüsterte Dean in Claires Ohr.

Claire zuckte die Achseln, eine Antwort sowohl auf die Frage als auch auf den warmen Atemhauch, der ihr den Hals entlangstrich.

Zeus betrat das Zimmer wie ein Kleinstadtpolitiker. Er drehte eine Runde um den Tisch und bedachte alle mit einem Schulterklopfen und Komplimenten, was die Empfänger dieser Ehrungen je nach Temperament und Anzahl noch funktionierender Hirnzellen entweder schmollend, senil dreinblickend oder unbeeindruckt über sich ergehen ließen. Endlich hatte Zeus seinen Platz am oberen Tischende erreicht, ließ sich in den Stuhl sinken und goß sein Sherryglas voll Pflaumennektar in einem Zug herunter.

Nunmehr war das Mahl offiziell eröffnet, und alle butterten Brötchen und nahmen sich Salat.

„Ein dummes, ärgerliches Ritual", murmelte Hephaistos, als Claire ihm den gefüllten Teller hinstellte.

„Es macht ihn glücklich", murmelte Hermes warnend.

„Was macht Zeus mit mir, wenn er unglücklich ist? Überfährt er mich dann mit diesen alten Familienschlitten, mit dem du uns herumkutschierst?" Der Gott der Schmiedekunst lächelte verkniffen und beantwortete seine Frage gleich selbst. „Wohl kaum – außer er ist scharf darauf, auf weltliche Mechaniker angewiesen zu sein, wenn das Teil nächstes Mal zusammenbricht."

„Es ist so schön, daß wir wir selbst sein dürfen", sagte Amphitrite rasch, als Zeus ein Stirnrunzeln den Tisch hinunterschickte. „Aber sollten Sie nicht mit uns zusammen essen, Hüterin?"

Claire hatte das bereits mit Dean besprochen. „Als Gäste des Hotels habe ich für Sie die Verantwortung. Außerdem hat Dean alles allein kochen müssen."

„Es sieht hervorragend aus, das Essen. Ich finde Männer, die kochen ..." Die folgende Pause war voller Andeutungen. „... verführerisch", säuselte Aphrodite.

„Du findest jeden Mann, der atmet, verführerisch", knurrte Hera ungehalten.

„Harpyie."

„Treibgut."

„Noch Nektar?" erkundigte sich Claire hastig.

„Ich fand, das Abendessen war erfolgreich", stellte Austin fest und kletterte auf Claires Schoß. „Alle haben es überlebt."

„Du riechst aus dem Mund. Nach Lachs."

Austin leckte sich die Schnurrhaare. „Was willst du damit sagen?"

„‚Heb' sie auf, heb sie runter'. Sie läßt bei dieser höllischen Strickerei eine Masche fallen, und ich muß sie für sie aufheben. Wenn ich nicht schon tot wäre, diese Frau würde mich dazu bringen, mir den Kopf abzuhacken." Jacques brach neben Claire auf dem Sofa zusammen, was auf den Sofakissen keine Abdrücke hinterließ. „Ich dachte, du solltest wissen, Claire, daß seine Majestät, der Herr der Toten, unten ist und mit der Hölle redet und ihre Majestät möchte, daß er zu Bett kommt. Sie wird gerade – wie sagt man – ungeduldig."

„... ihnen, sie sollten sich hinsetzen, und das haben sie auch getan, aber sie wußten nicht, daß ich sie zum Stuhl des Vergessens geführt hatte und daß sie nicht aufstehen konnten, weil, nun, hm – wo war ich gerade?"

THESEUS UND PEIRITHOOS.

„Ja?"

JA.

„Oh. Das waren aber nicht die mit den Granatapfelsamen?"

NEIN!

„Sind Sie sicher? Da war doch irgend etwas mit Granatapfelsamen."

DIE DAME PERSEPHONE ASS SIEBEN GRANATAPFELSAMEN UND MUSSTE SEITDEM EINEN TEIL DES JAHRES BEI DIR IM TARTAROS BLEIBEN.

„Nein, das war es nicht."

DOCH, DAS WAR ES.

Hades' Stimme klang fröhlicher. „Kennst du meine Frau?"

Claire, die oben an der Treppe zuhörte, war versucht, Hades zu belassen, wo er war. Noch ein oder zwei Stunden dieser Unterhaltung, und die Hölle würde sich selbst versiegeln. Leider lag in Zimmer zwei eine ungeduldig wartende Göttin. Zum Glück war es nicht schwer, Hades, der vergessen hatte, wo er sich befand, zu überreden, zu ihr zurückzukehren.

HÜTERIN?

Claire, die schon fast aus der Tür war und den Herrn der Toten vor sich die Treppe hinaufschob, hielt inne. „Was?"

WENN WIR ZU DANKBBARKEIT FÄHIG WÄREN ...

„Deinetwegen habe ich das nicht getan."

TROTZDEM.

Dean stand mit dem Rücken an die Spülmaschine gelehnt, die Göttin der Liebe hatte sich verführerisch so dicht vor ihm aufgebaut, daß er in ihren Augen die eigenen Brillengläser samt göttlichem Spiegelbild erkennen konnte, und wußte nicht mehr ein noch aus. Die Küche drehte sich, Schweiß rann ihm den Rücken entlang, und gleich würde er etwas tun, was ihm sein Leben lang peinlich sein würde. Was genau, das war ihm nicht klar – dafür schien Aphrodite sich bestens auszukennen. Dean holte tief Luft, tat so, als wolle er nach rechts ausweichen und trat dann nach links zur Seite.

Zum Glück war Aphrodites Korsett so eng, daß die Göttin sich nicht so rasch bewegen konnte, wie sie es gern getan hätte.

Nun lag die ganze Küche zwischen ihnen, und die Entfernung machte alles ein wenig einfacher. Langsam fing Dean sich wieder, auch wenn ihm die Jeans noch unbequem eng saß und spannte.

„Koffeinfreier Kaffee ist in der Kanne auf dem Tresen, Ma'am", sagte er tapfer. „Bedienen Sie sich bitte selbst."

Die Göttin beugte sich und ihren Busen nach vorn und lächelte: „Süßt du ihn mir, Schätzchen?"

Dean schob die Zuckerdose näher zu ihr hinüber.

Als sie danach griff, gelang es ihr, seine Finger leicht zu streifen. Dann sah sie ihn an, nicht mehr verführerisch, sondern entzückt. „Mein Gott, Sie sind mir ja ..."

„Dytie!" Aus dem ersten Stock erklang laut und deutlich die Stimme von Hephaistos. „Belästigst du etwa den Jungen?"

„Ja, es hat ganz den Anschein."

„Hör auf damit und komm zu Bett."

Zu Deans großer Erleichterung nahm die Göttin ihre Kaffeetasse und wandte sich zum Gehen, wobei sie ihm über die Schulter hinweg süße Träume wünschte und ihn ihr Honigbärchen nannte. Dean hatte das ungute Gefühl, daß das mit den Träumen nicht einfach nur als Vorschlag gemeint war.

Claire, die gerade Hades wieder mit seiner Frau vereint hatte, kam die Treppe herunter und machte Platz, um Aphrodite an sich vorbeizulassen.

„Eins muß ich Ihnen sagen, Hüterin", erklärte die Göttin und beugte sich vertraulich weit zu Claire hinüber, „dieser Junge, den Sie da haben, ist ein wahrer Schatz."

„Er gehört mir nicht."

„Natürlich gehört er Ihnen. Oder er könnte Ihnen gehören, wenn Sie ihn nur ein klitzekleines bißchen ermutigen würden."

„Ermutigen?"

„Ja." Aphrodite klopfte Claire plump auf die Schulter. „Bei dem müssen Sie direkt vorgehen, Andeutungen versteht er nicht. Ein Tritt in die Kniekehlen, und er liegt Ihnen zu Füßen."

„Dytie! Kommst du bald?"

„Noch nicht, und daß du bloß nicht ohne mich kommst!" Leise fügte sie hinzu: „Vergessen Sie nicht, was ich gesagt habe." Mit diesen Worten tänzelte die Göttin an Claire vorbei, und diese konnte nun endlich ihren Weg ins Erdgeschoß fortsetzen.

Ihre Schritte wurden schneller, als aus der Küche Geräusche an ihr Ohr drangen. Vielleicht war dort ein Gott auf der Suche nach einem kleinen nächtlichen Imbiß – genausogut aber konnte es ein Gott sein, der den senilen Versuch startete, uralte Geisterkräfte zu wecken, unter Umständen mit verheerenden Folgen. Die Chancen standen in etwa halbe-halbe.

„Sie sind das!"

Dean schloß die Spülmaschine und richtete sich auf. „Ich konnte nicht einschlafen, ohne das Geschirr weggeräumt zu haben."

Ein Tritt in die Kniekehlen, und er liegt Ihnen zu Füßen.

„Boß? Alles klar?"

Claire blinzelte und atmete wieder normal. „Entschuldigung. Ich mußte nur gerade an etwas denken, was Aphrodite gesagt hat."

Deans Ohren wurden knallrot.

Dieser Junge, den Sie da haben ist ein wahrer Schatz.

„Alles in Ordnung mit Ihnen? Sie hat Sie doch nicht ... na, Sie wissen schon."

Zu Claires großem Erstaunen verblaßte das Rot auf Deans Wangen. „Würde es Ihnen etwas ausmachen?" fragte er und hielt tapfer dem Blick seiner Chefin stand.

„Natürlich würde es mir etwas ausmachen! Solange Sie unter diesem Dach leben, habe ich die Verantwortung für Sie, und Aphrodite ... nun sie ist ziemlich überwältigend. Nicht? Viel Wahl wäre Ihnen nicht geblieben. Eigentlich gar keine."

„Ich bin kein Kind", sagte Dean ganz ruhig und richtete sich kerzengerade auf.

„Das weiß ich."

„Gut." Dean blickte wieder auf seine Schuhe und machte sich auf den Weg Richtung Kellertreppe. „Ich bin hier fertig."

„Schließen Sie Ihre Tür hinter sich ab."

Er blieb stehen und warf einen langen Blick zurück, wobei seine Miene nicht erkennen ließ, was er dachte. „Klar doch."

Verwirrt ging Claire in die eigenen Räume, mit der Hoffnung, daß Jacques seinen Dienst bei Persephone hatte beenden dürfen. So wie sie sich fühlte … wenn er heute nacht darauf bestehen sollte …

Leider – oder vielleicht auch glücklicherweise, denn Claire wußte, sie hätte es am Morgen bereut – war Jacques samt seiner Bitte für die Nacht bereits von einer Göttin in Beschlag genommen worden.

Dean hatte den starken Verdacht, daß verschlossene Türen in diesem Hotel außer ihm selbst niemanden aufhalten würden. Er verschloß seine Tür aber trotzdem.

Genau jetzt ging es im Portsmouth wohl gerade darum, der unvermeidlichen Gruppe von Kunden mit einer Vorliebe für Country&Western-Musik die Vorherrschaft über die Musicbox zu entreißen. Bestimmt hatte Bobby erfolglos den Anfang gemacht, und nun mußte Kathy los und Überzeugungsarbeit leisten. Mit den Nachrichten von daheim waren sie bestimmt schon durch und hatten wohl auch schon mit dem Pläneschmieden für eine Rückkehr auf die Insel angefangen. Wahrscheinlich fand Mike, Colin habe genug zu trinken gehabt, und Colin konterte, das ginge Mike gar nichts an.

So lief das nämlich jeden Samstag.

Dean lag auf dem Bett und starrte nachdenklich zur Decke. Claire hatte ihn ja eigentlich nicht gefragt, ob er bleiben und das Abendessen kochen könne – sie waren beide einfach davon ausgegangen, daß er es täte. Weil es getan werden mußte.

Wenn das stimmte, dann war er doch irgendwie mehr als nur irgend ein Angestellter.

Was Aphrodite wohl gemacht hätte, wenn er sich nicht von der Stelle gerührt hätte?

Wenn er mehr war als ein einfacher Angestellter, gab ihm das …

Hatte es die Göttin gleich dort, in der Küche, tun wollen?

… die Chance, mit Claire von gleich zu gleich zu reden, oder würde die ganze Hütergeschichte …

Gut, Aphrodite war schon ein bißchen älter, aber sie war eine Göttin. Sie war wahrscheinlich um einiges biegsamer als sie aussah.

Claire war ja auch etwas älter …

„Okay – das reicht." Weiter wollte er diese beiden Gedankenstränge nicht verknüpfen oder weiterverfolgen. Er schloß die Augen und zählte wild entschlossen Schafe, bis der Schlaf ihn übermannte.

Nebenan im Heizungskeller seufzte die Hölle.

„Claire? Claire! Wach auf."

Claire schob sich Austins Pfote aus dem Gesicht und murrte verschlafen. „Was ist?" fragte sie, ohne die Augen zu öffnen.

„In deinem Badezimmer ist ein Schwan. Ich dachte, ich sage dir lieber Bescheid."

„Ein Schwan?"

„Ein ziemlich alter Schwan."

„Es gibt viele Gründe für mich, nicht mit Ihnen zu schlafen, aber wir wollen uns jetzt erst einmal mit den beiden ersten befassen." Unter Zuhilfenahme der Finger zählte Claire diese Gründe auf: „Punkt eins: Ich stehe nicht im geringsten auf Geflügel und Punkt zwei: Sie sind verheiratet."

„Hera schläft tief und fest." Zeus schüttelte die Federn ab und stieg aus der Wanne, Brustkorb herausgestreckt, den Bauch über den dünnen Beinchen eingezogen. „Wenn niemand sie weckt, sind wir völlig sicher, und es wird sie schon niemand wecken."

Claire hielt die Augen geschlossen und sah von daher das orangefarbene Etwas mit den gelben Punkten nicht, das unter dem Waschbecken hervorsprintete und durch die Badezimmertür verschwand. Sie tastete um sich und hielt dann ein Frotteebadetuch in die generelle Richtung, in der sie Zeus vermutete. „Hier! Bedecken Sie sich."

Sie spürte, wie ihr das Handtuch aus der Hand genommen wurde und öffnete die Augen. Der Gott hatte sich das Tuch um die Hüften geschlungen, aber ein umwerfender Fortschritt war das nicht.

Zeus beugte sich vor und betrachtete Claire lüstern. „Wäre Ihnen ein Goldregen lieber?"

„Nein."

„Ein Adler?"

„Nein."

„Ein Satyr?"

„Nein."

„Ein weißer Stier?"

„Ich sagte nein."

„Eine Ameise?"

„Das können Sie nicht ernst meinen!"

„Eurymedusa, Tochter des Kleitos, gebar mir einen Sohn namens Myrmidon, nachdem ich sie in Gestalt einer Ameise verführt hatte."

„Das muß ja eine irre Ameise gewesen sein!"

„Eine Ameise also!" Ehe Claire den Gott daran hindern konnte, verzogen sich dessen Gesichtszüge, seine Augen unterteilten sich kurz in winzige Facetten, und aus beiden Brauen wuchs jeweils ein Haar auf eine Länge von einem Meter. Keuchend sank Zeus gegen die Spiegelkommode. „Andererseits ...", er faßte sich mit der Rechten an die Brust und hob die Linke zu einer theatralischen Geste, wobei die Haut zwischen Ellbogen und Achselhöhle sanft hin und her schlakkerte, „... nehmen Sie mich doch einfach, wie ich bin!"

Claire seufzte. „Schon aus Respekt vor Ihrem Alter und Ihrer Mythologie möchte ich Sie ungern verletzen, aber wenn Sie nicht sofort aus meinem Badezimmer verschwinden und sich wieder in Ihr eigenes Bett begeben, dann werden Sie es bereuen."

„Ich könnte Ihnen einen Blitz vom Himmel holen", schlug Zeus vor, mußte sich allerdings weiterhin erschöpft auf den Waschbeckenrand stützen. „Mit etwas Glück schlägt er mehr als einmal ein. Sie verstehen schon, was? Wa..." Das zweite Was blieb dem Gott im Halse stecken, denn nun erzitterte die Tür zu Claires Räumen unter wütenden Faustschlägen.

„Öffnen Sie sofort die Tür, Sie Schlampe! Ich weiß, daß Sie meinen Mann da drin haben!"

Zeus erbleichte. „Das ist Hera!"

„Wie sind Sie denn darauf gekommen?" zischte Claire, ungeheuer wütend, daß der Herrscher des Olymp sie in eine solch peinliche Lage gebracht hatte. „Ich lenke Ihre Frau ab, und Sie verschwinden schleunigst wieder dahin, woher Sie gekommen sind!"

„Wie denn? Sie steht direkt vor der Tür!"

„Wie sind Sie denn in meine Badewanne gekommen?"

Zeus' Gesicht hellte sich auf. „Die Wanne! Stimmt." Mit steifen Beinen wankte er zurück zur Wanne, stieg hinein und zog den Duschvorhang vor. „Ich verstecke mich hier. Sie werden Hera wieder los."

Claire riß den Duschvorhang wieder auf. „Ich meinte das so, daß Sie auf demselben Weg verschwinden sollen, auf dem Sie auch gekommen sind!"

„Ich kann nicht."

„Sie können nicht?"

„Ich bin alt. Haben Sie eine Ahnung, was es für eine Anstrengung war, überhaupt herzukommen?" Schmollend schob Zeus die Unterlippe vor. „Sie aber wußten es noch nicht einmal zu schätzen!"

„Ich warne Sie, Hüterin!" Ein wenig Holz, ein wenig Putz – viel stand nicht zwischen der Göttin und ihrem Gatten, und Heras Stimme klang fast ungedämpft bis ins Badezimmer hinein. „Öffnen Sie diese Tür, oder ich puste Sie Ihnen aus den Angeln!"

„Kann sie das?" fragte Claire besorgt.

Zeus zuckte die Achseln. „Wahrscheinlich nicht."

„Gut – es reicht! Raus aus der Wanne!"

„Aber ..."

„Sofort!"

Leise schimpfend gehorchte der Gott.

Sobald er sicher auf der Badezimmermatte stand, packte Claire ihn beim Handgelenk und zog ihn samt Matte und allem Drum und Dran hinüber in ihr Wohnzimmer.

„Wo wollen Sie mit mir hin?"

„Jetzt werden wir beide zusammen die ganze Sache Ihrer Frau erklären." Mit der Hand, die nicht das Handgelenk des Gottes umklammert hielt, entfernte Claire den Schutzzauber an der Wohnzimmertür. „Das hier ist nämlich Ihr Problem, nicht meines."

Zeus zuckte zusammen. „Wenn Sie klassische Bildung besäßen, Hüterin, dann wüßten Sie, daß das normalerweise so nicht ..."

Mit einem lauten Krachen flog die Tür auf.

Hera stand im Türrahmen, und ihre Augen blitzten vor Wut. Sie befreite die Hände aus dem Federschmuck, der die Ärmel ihres Morgenrocks zierte und richtete einen zittrigen, anklagenden Finger auf Claire. „Ich wußte es: schon wieder eine, die die Finger nicht von ihm lassen kann!"

„Das ist ..."

„Ich weiß, wie ich mit Ihnen fertig werde, Sie schamloses Weib, glauben Sie nur keinen Augenblick, ich wüßte das nicht!"

„Ich schlief schon! Ich fand ihn in meinem Bad!"

Die Lippen der Göttin wurden so schmal, daß sie fast nicht mehr zu sehen waren. „Das sagt ihr alle."

„Es ist die Wahrheit."

„Ha!"

Claire spürte, wie sich die Potentiale auf unvertraute Weise dehnten. Sie zog Zeus noch ein paar Schritte voran und warf ihn Hera entgegen. „Sagen Sie es ihr."

„Es tut mir so leid, mein Myrtenblättchen!" Zeus hielt das Handtuch um seine Hüften umklammert und schlurfte kleinlaut auf Hera zu. „Ich wurde verführt."

„Halt den Mund, du geiler Bock! Um dich kümmere ich mich später. Aber erst einmal ...", der Finger, der immer noch auf Claire gerichtet war, zitterte noch stärker, „... wollen wir sehen, wie viele Ehemänner Sie als Linde verführen können!"

Die Welt drehte sich seitwärts.

Als Claire wieder sehen konnte, wirkte alles merkwürdig zweidimensional und grün. Sie konzentrierte sich auf die Stelle, an der eigentlich ihr Hals sein sollte, senkte den Kopf und warf einen Blick auf ihren Körper. Zur Linde war sie nicht geworden. Es kam ihr vor, als sei sie eher eine Dieffenbachie – an einen Topf gefesselt.

„Ist das nicht eine Zimmerpflanze, meine Liebe?"

„Halt den Mund", zischte Hera. „Ich weiß, was das ist."

Wie kann sie es wagen! dachte Claire, und ihre Blätter raschelten empört. *Wie kann sie es wagen zu denken, ich wollte je etwas mit diesem alten Lustgreis zu tun haben!*

Ein paar weiße Fliegen mit glühenden Augen setzten sich an ihrem Stamm fest. ZORN IST EINE TODSÜNDE.

Das weiß ich. Claire griff vorsichtig in die Potentiale und zog Kraft. Hatte sie erst einmal ihren eigenen Körper zurück, dann würde sie ...

RACHE FÄLLT AUCH IN UNSEREN BEREICH.

Wer hat dich denn gefragt? Claire, die sich vage einer Vibration in ihrem Übertopf aus Terrakotta-Imitat bewußt war, drehte ihren Stamm so, daß er zur Tür blickte. Just in diesem Moment kamen Hermes und Austin ins Zimmer gestürzt. *Wunderbar – auch noch Zuschauer! Wie peinlich soll die Sache denn noch werden?*

Hermes warf einen Blick auf Claire und wandte sich wütend an Zeus. „Papa! Was hast du da gemacht?"

„Ich war das nicht."

„Du warst es immer!"

Noch mehr Vibration. Schwere, menschliche Schritte. *Na, damit ist dann wohl meine Frage von vorhin beantwortet.* Claire hätte dringend gegossen werden müssen, und so fiel es ihr schwer, sich zu konzentrieren, aber sie versuchte, ganz schnell Kraft zu ziehen, ehe noch jemand auftauchen und sie in diesem Zustand sehen konnte.

„Boß? Ich habe Stimmen gehört. Ist alles klar?" Dean trug Jeans, seine Brille und nicht viel mehr. Mißtrauisch beäugte er die versammelte Gesellschaft, und seine Augen weiteten sich, als er Zeus erblickte, der noch unbekleideter war als er selbst. „Wo ist Claire?"

„Hier." Austin rieb sich an Claires Topf.

„Dann ist sie geschrumpft?"

„Sie ist eine Zimmerpflanze."

Warum glotzt du mich so an? knurrte Claire. Als Dean versuchte, eins ihrer Blätter zu berühren, riß sie es ihm aus der Hand.

Er richtete sich auf. „Warum?"

„Weil mein Vater", sagte Hermes verbittert, „seinen verschrumpelten alten Pimmel nicht steckenlassen kann."

„Ich muß doch sehr bitten – ein wenig mehr Respekt", hob Zeus an, aber ein Blick auf Deans Miene hieß ihn schweigen und er stellte sich betreten dicht hinter Hera.

Dean verlagerte das Gewicht auf die Fußballen und hob die Hände, die Finger locker zu Fäusten geballt. „Verwandeln Sie sie zurück!"

Hermes seufzte. „Guter Mann, Ihre Muskeln sehen hübsch aus, aber viel weiter kommen Sie mit denen nicht. Zumindest im Moment nicht", fügte er mit einem Blick auf Hera und Zeus hinzu. „Lassen Sie mich das regeln." Er schob den Gürtel seines Bademantels zurecht und fixierte Hera mit stählernem Blick. „Versuch dich daran zu erinnern, daß du hier keine bloße Sterbliche oder Nymphe zu Unrecht beschuldigst. Selbst in der vegetativen Form ist das eine Hüterin. Irgendwann verwandelt sie sich selbst zurück."

Hera rümpfte die Nase. „Das glaube ich dir nicht."

„Dann glaube Austin. Wäre der so ruhig, wenn Claires Gestalt von deinen Launen abhinge?"

Austin gähnte.

„Dean." Hermes drehte sich um und sah sich ein paar besonders schönen Muskeln gegenüber, die direkt vor seinen Augen an Deans Brustkorb hervortraten. Der Götterbote brauchte einen Moment, bis sein Verstand wieder arbeitete. „Sie kennen Claire besser als ich. Wie fühlt sie sich gerade? Was denkt sie über die ganze Sache?."

„Sie wollen wissen, wie Claire es findet, eine Zimmerpflanze zu sein?"

„Ja. Meinen Sie, sie ist wütend, wenn sie ihre eigene Gestalt zurückhat?"

„Oh ja."

Hermes wandte sich erneut an Hera. „Verwandle sie zurück, Hera. Oder du kriegst Ärger mit einer wütenden Hüterin."

„Was kann die schon machen?"

„Sie kann dafür sorgen, daß keiner von uns mehr imstande ist, den Olymp zu verlassen. Solange sie lebt, können wir dann nur noch Krocket spielen, Ares zuhören, wie er den Plot von alten Kriegsfilmen aufmischt, und irgendwann ist es dann soweit, daß wir uns auf die Nächte freuen, in denen die Walküren zum Chorsingen kommen!"

Hera verschränkte die Arme. „Na und?"

Austin streckte sich und stand auf. „Sie kann euch auch das Kabelfernsehen streichen."

Hektische rote Schminkekreise lagen auf einer Haut, die unversehens kreidebleich geworden war.

„Sie wußte nicht, was sie tat, Honigpferdchen." Zeus streckte vorsichtig die Hand aus und tätschelte den Arm seiner Frau. „Verwandle sie zurück. Tu es für mich."

„Für dich?" Hera zog die sorgfältig gezupften Brauen zusammen, und alle ihre Falten fielen genau dorthin, wohin sie gehörten. „Na gut – du hast sie hier reingeritten, also wandele ich sie FÜR DICH zurück!"

Zeus machte Anstalten, das Zimmer zu verlassen.

Hera schnappte sich die beiden einen Meter langen Augenbrauenhaare und zog ihn mit einem Ruck zurück an ihre Seite. Mit der anderen gestikulierte sie wild in die Richtung, in der die Dieffenbachie stand.

Die Welt drehte sich nicht, sie flackerte eher.

Zum Glück hatte Claire schon fast genug Kraft gesammelt, um den Wandel eigenständig vollziehen zu können. Unter Verwendung des Pfades, den Hera geöffnet hatte, streckte sich die junge Frau, richtete sich auf und spürte, wie sie fast gegen ihren Willen die Zähne bleckte. Sie konnte sich nicht daran erinnern, je so zornig gewesen zu sein.

Das zufriedene Schweigen der Hölle ließ die Hüterin nach dem ersten Schritt innehalten. Sie spürte, wie das Böse sich auf ihre Kosten amüsierte. Schwer atmend blieb sie stehen, strich sich den Schlafanzug glatt und zwang sich zu lächeln. „Ich danke Ihnen für Ihre Intervention, Hermes. Nun sollten Sie aber wieder zu Bett gehen. Sie alle."

ABER ZU BREI SCHLAGEN WILLST DU SIE IMMER NOCH ALLE.

Extrapunkte, weil ich der Versuchung widerstehe! erklärte Claire der Hölle. Als die ehemaligen Olympier keine Anstalten machten zu gehen, fügte sie laut hinzu: „Ich werde versuchen zu vergessen, daß dies hier überhaupt stattgefunden hat."

„Sehr glaubhaft hört sich diese Versicherung nicht an", murmelte Hera erbost.

„Etwas Besseres kriegen Sie von mir nicht", erwiderte Claire mit zusammengebissenen Zähnen.

Die Göttin nickte und eilte, immer noch Zeus' Brauenhaare in der Hand, auf die Treppe zu.

„Aber Liebling, das tut weh!"

Hermes verbeugte sich leicht und folgte den beiden.

Nur Dean blieb.

Sie hatte die Hand schon erhoben, um die peinlichen Erinnerungen aus seinem Kopf zu tilgen, als er fragte: „Alles in Ordnung, Boß?" Das war alles, was für ihn zählte – ihm war es egal, ob Claire eine Zimmerpflanze gewesen war oder nicht, solange es ihr nun wieder gutging.

Aber es gab noch ein oder zwei Sachen, über die zwischen ihnen beiden Klarheit herrschen sollte, fand Claire.

„Ich habe Zeus *nicht* eingeladen."

„Gut."

„Er ist einfach in meiner Badewanne aufgetaucht. Als Schwan."

Dean verzog angewidert das Gesicht. „Gleich morgen schrubbe ich die Wanne gründlich."

„Ich wäre ihn auch ganz allein losgeworden, wenn Hera nicht aufgetaucht wäre."

„Daran zweifle ich nicht einen Augenblick."

Das stimmte sogar. „Gute Nacht, Dean."

„Gute Nacht, Boß."

„Weißt du was?" fragte Austin, als sich die Tür hinter dem jungen Mann geschlossen hatte. „Dieses ‚Boß' hört sich allmählich an wie ein Kosename."

Dies war weder der richtige Zeitpunkt noch die richtige Stimmung, auf derartige Bemerkungen einzugehen. „Wenigstens sind die anderen nicht auch noch hier aufgetaucht."

„Ich nehme an, die halten sich vornehm zurück, wenn Hera auf dem Kriegspfad ist."

Claire richtete den Schutzzauber an der Tür wieder auf und ging mit weichen Knien zum Badezimmer. „Ich brauche etwas zu trinken."

„Wie wäre es mit Komposttee?"

„Nein."

„Damit kann ich bei dir keinen Blumentopf gewinnen?"

„Oh, halt die Klappe."

In seiner Wohnung zog Dean Claires Visitenkarte aus der Tasche. Die würde ihn bestimmt wissen lassen, wenn mit der Hüterin etwas nicht stimmen sollte.

Tante Claire, Hüterin
Ihr Unfall ist meine Chance
(aus rein ökologischem Anbau)

Beruhigt ging er wieder ins Bett.

Die Olympier reisten nach dem Frühstück wieder ab. Claire sah zu, wie sie in den Kleinbus stiegen und sich darum stritten, wer an welchem Fenster sitzen durfte und hob die Hand zu einem neutralen Gruß, als Hermes zum Abschied freundlich winkte. Sobald der Bus abgefahren war, rannte sie nach oben.

„Wohin willst du?" fragte Austin.

„Irgend etwas hat Hera letzte Nacht geweckt. Ich werde herausfinden, was das war."

„Mit Brausepulver Traubengeschmack?"

„Du wirst es sehen und erleben!"

Claire stellte sich neben das Bett in Zimmer eins und warf die winzigen Kristalle in die Luft. Als sie sich gesetzt hatten, zeichneten sich auf dem Nachttisch kleine lila Fußspuren eines Wesens mit drei Zehen ab.

„Geh Dean und Jacques holen", sagte Claire.

Austin schlich ungewöhnlich still aus dem Zimmer.

„Als Hermes sagte, die von Poseidon bewohnten Zimmer seien nach dessen Abreise immer recht feucht, scherzte er nicht."

„Du denkst, du hast Probleme? Ich habe wie ein Hund für diese Persephone geschuftet, und sie hat mir noch nicht einmal ein Trinkgeld gegeben."

„Du bist tot. Was hättest du mit Geld anfangen sollen?"

„Ich bin tot, ja", schnaubte Jacques, „aber es geht, wie heißt es doch? Es geht ums Prinzip."

Dann bogen die beiden ums Bett und sahen das Gesicht, das Claire machte. Die Hüterin zeigte auf den Nachttisch und den beiden verschlug es dir Sprache. „Ich will, daß dieses Teufelchen gefangen wird", sagte sie.

Das war leichter gesagt als getan. Beide Männer – der lebende wie der tote – blieben erfolglos, die Fallen leer. Claires Laune verschlechterte sich sichtlich.

„Wenn also etwas geschehen soll", seufzte Austin am nächsten Morgen und sprang vom Bett, als die Badzimmertür mit einem Knall hinter Claire zufiel, „dann werde ich das wohl eindeutig selbst veranlassen müssen."

„Boß? Ich kann die Tapeten allein fertig anbringen, wenn Sie lieber woanders hinwollen."

Claire unterdrückte den Drang nach Photosynthese und trat aus dem Sonnenstrahl. „Nein. Ich habe gesagt, ich helfe."

Dean fragte sich, wie großen Ärger er sich einhandeln würde, wenn er erwähnte, daß sie ihm eher im Wege stand. Dann strich er die nächste Tapetenbahn mit Kleister ein und drückte sie an die Wand. „Boß? Reichen Sie mir mal die Rolle?"

„Die was?"

Dean hielt weiterhin die Tapete an die Wand gedrückt, drehte sich um, um Claire zu zeigen, was er meinte und erstarrte.

Claire runzelte die Stirn und folgte seinem Blick.

Da bahnte sich Austin vorsichtig einen Weg durch die Falten der Abdeckplane und querte den Eßtisch, im Maul etwas Kleines, heftig Zappelndes und sich Windendes. Die Beine des Wesens glichen denen eines Froschs und endeten in je drei Zehen. Die Arme, fast so lang wie die Beine, endeten in zwei Fingern und einem Daumen. Das Ding hatte kleine, glitzernde schwarze Augen und keine Zähne. Es trug ein Zwischending zwischen Fell und Schuppenkleid und wechselte fortwährend die Farbe.

Bei Claire angekommen, spuckte Austin das Teufelchen aus. „Igitt!" fluchte er. „Die Dinger schmecken grauenhaft."

Das Teufelchen sprang mit einem Satz vom Tisch, kletterte die Wand hoch und verschwand unter der nassen Tapete.

Es sah so aus, als eile eine Luftblase unter der Tapete in Windeseile die Wand hoch und zur Decke hinauf. Rasch schnappte sich Claire die letzte intakte Tapetenrolle, schwang sie über dem Kopf wie einen Baseballschläger und schlug zu. Immer wieder.

Als sie den Arm sinken ließ, nahm ihr Dean die Rolle aus den kraftlosen Fingern.

Claire keuchte und sah befriedigt auf die kaum noch erkennbare Beule in der Tapete. „Jetzt geht es mir besser!"

Im Heizungskeller füllte betroffenes Schweigen jeden verfügbaren freien Platz und drängte gegen den Schild. Nach einer Weile fand das Schweigen eine Stimme.

SIE HAT MEIN TEUFELCHEN KAPUTTGEMACHT!

DEIN TEUFELCHEN?

MEIN TEUFELCHEN. JETZT WIRD DIE SACHE PERSÖNLICH!

Elf

Claire erwachte aus beunruhigenden Träumen, in denen Bilder der Hölle eine Hauptrolle gespielt und sich wie überzogene Spezialeffekte aus einem Horrorfilm pausenlos übereinandergelegt hatten. Sie warf einen Blick auf den Kalender, sah das Datum und überlegte ernsthaft, ob sie nicht im Bett bleiben sollte. Zwar war Halloween viel älter als der Glaube, der den Abgrund unten im Heizungskeller definierte, aber die Grußkartenindustrie sorgte seit langem erfolgreich dafür, daß Vetteln mit spitzen schwarzen Hüten und Männer in langen roten Unterhosen und mit Mistgabeln in der Hand munter Auferstehung feierten und nun über historische Fakten triumphierten.

Sollte die Hölle große Aktionen planen, dann für den 31. Oktober.

UND?

NEIN. ZU PLUMP. SIE WARTET NUR DARAUF, DASS HEUTE ETWAS PASSIERT.

ABER WENN GAR NICHTS GESCHIEHT, WIRD SIE DANN NICHT MISSTRAUISCH?

Darüber mußte die Hölle nachdenken. DU HAST RECHT, sagte sie dann erstaunt. TROTZDEM: ICH WARTE AB. MACH, WAS DU WILLST.

ABER OHNE DICH ...

STRENG DICH HALT AN.

„Diana würde hier eher alles mögliche in Gang setzen, als mir eine Hilfe zu sein, Mama."

„Aber mir gefällt die Vorstellung überhaupt nicht, daß du ausgerechnet heute nacht ganz alleine bist!"

Mrs. Hansen machte sich Sorgen. Claires Mutter sagte die Wahrheit – zumindest zum Teil. Was unausgesprochen blieb – daß die Mutter nämlich Diana an Halloween ganz gern aus dem Haus gehabt hätte –, konnte Claire ihrer Mutter nach dem Vorfall mit den übergroßen englischen Lutschbonbons nicht verdenken ... „Mach dir bitte keine Sorgen, Mama, mir passiert schon nichts. Dank des Lecks ist der Schild unten solider denn je."

Claire spürte den Seufzer ihrer Mutter eher, als daß sie ihn hörte. „Sei aber bitte ganz vorsichtig."

„Das habe ich vor."

„Sieh dir auch *ihren* Schild noch einmal an."

„Klar."

„Dein Vater meint, du solltest Jacques davon überzeugen, daß es für ihn besser ist, hinüberzugehen. Er sagt, für einen Geist sei es ungesund, zu lange auf der körperlichen Ebene zu verweilen und die Bindungen zwischen den beiden Welten würden während der nächsten vierundzwanzig Stunden sehr schwach sein. Er sagt ..." Hier unterbrach Martha sich und legte die Hand auf die Sprechmuschel des Telefons. „Willst du selbst mit ihr reden?" Ihr zweiter Seufzer klang anders als der erste. „Dein Vater denkt, ich hätte nichts anderes zu tun, als seine Kommentare an dich weiterzuleiten. Er sagt, Jacques' Anwesenheit bei dir im Hotel könnte auch andere Geister auf den Plan rufen, wovor du dich schützen solltest, falls du nicht das ganze Haus voller Geister haben willst."

„Sag Papa, Jacques spukt seit mehr als siebzig Jahren hier im Haus, und bisher ist immer alles gutgegangen. Sag ihm, das liegt an der Unfallstelle. Sie ist so beschaffen, daß Geister sich ungern in ihrer Nähe aufhalten."

„Willst du selbst mit ihm sprechen?"

„Bitte sag du es ihm. Ich muß nämlich auflegen, Mama." Claire beugte sich über den Tresen und versuchte mitzubekommen, was hinter der Eingangshalle im Eßzimmer vor sich ging, konnte aber nichts erkennen. „Dean und Austin sind allein in der Küche."

„Ist das ein Problem?"

„Möglicherweise. Austins geriatrisches Trockenfutter verschwindet nämlich rapide, aber ich glaube nicht, daß er es wirklich frißt. Ich würde die beiden gern auf frischer Tat ertappen."

„Meinst du, sie werfen es weg?"

„Dean würde nie Lebensmittel wegwerfen."

„Du denkst doch nicht etwa, er frißt das Futter selbst?"

„Nein, aber er ist der einzige, der hier kocht ..." Claire verabschiedete sich von Martha, duckte sich unter dem Tresen hindurch und eilte in die hinteren Räume des Hauses. Sie bog um die Ecke in die Küche, wo sie mit einem Ruck stehenblieb. „Was tut ihr denn da?"

Dean warf eine Handvoll Kürbisfleisch in die Küchenmaschine, blickte auf und lächelte strahlend. „Wir haben Samstag vergessen, einen zu kaufen! Ich bin gleich heute morgen auf den Markt und habe das nachgeholt."

„Sie schnitzen eine Kürbislaterne? Haben Sie vergessen, was hier im Keller ist?"

„Nein ..."

„Finden Sie es da angebracht, Kinder an unsere Tür zu locken?"

Dean ließ die Schultern hängen und zog ein langes Gesicht. „Da haben Sie wohl recht. Aber was tun wir dann mit all den Süßigkeiten?"

„Süßigkeiten?"

„Die Tüten mit Minischokoriegeln und Bonbons, die wir Samstag gekauft haben!"

„Die Tüten haben schon abgenommen", meldete Austin, der sich auf einem sonnenbeschienenen Fleckchen Eßtisch ausgestreckt hatte. „Zwei fehlen."

„Zwei Tüten!" Dean starrte mit offenem Mund Claire an, die wiederum ihren Kater wütend anfunkelte.

„Petze!" Claire war davon ausgegangen, daß es in diesem Haus keine kleinen Besucher geben würde und hatte daraus geschlossen, daß die Süßigkeiten für den Eigenbedarf bestimmt waren. Entsprechend war sie mit ihnen verfahren – zugegeben: Vielleicht hatte sie den Konsum ja wirklich ein wenig übertrieben.

Dean seufzte bekümmert und streichelte liebevoll mit beiden Händen die orangefarbenen Rundungen des Kürbis. „Na ja. Vielleicht backe ich dann ein bißchen. Wenn ich verkleidete Kinder sehen will, kann ich heute abend wohl auch zu Karen rübergehen."

In der Stimme des jungen Mannes lag ehrliche Enttäuschung. Er spielte Claire nichts vor, wollte sie bestimmt nicht bewußt beeinflussen, aber letztlich beeinflußte er sie genau dadurch. Claire konnte sich nicht entscheiden, ob das einen Teil seines Charmes ausmachte oder wirklich, wirklich ärgerlich war – auf jeden Fall reagierte sie. „Na gut. Eine Kürbislaterne und ein paar Kerzen können nicht schaden."

„Das hängt davon ab, wo man die Kerzen hinsteckt", bemerkte Austin.

„So also sehen heute die sogenannten Hüter aus!" Das Bild von Martha, das in Claires Badezimmerspiegel aufgetaucht war, verschränkte entrüstet die Arme vor der Brust. „Da gefährdet sie den Jungen, nur weil sie es nicht über sich bringt, ihm etwas abzuschlagen." Das Bild kniff warnend die rotglühenden Augen zusammen. „Ich hoffe nur, das liegt nicht daran, daß du Schuldgefühle hast, weil du ihm in anderer Hinsicht alles abschlägst."

Claire beendete ihr Zähneputzen und spie aus. „In was für einer anderen Hinsicht?"

„Erzähl mir bloß nicht, du hast nicht mitgekriegt, wie sehr er dich begehrt! Wie heiß seine Begierde brennt! Begierde, die nur du allein befriedigen kannst."

„Hast du einen neuen Kitschromanschreiber eingestellt?"

„Spotte ruhig. Mir kann es gleich sein, wenn du ihm das Herz brichst."

„Ach, hör doch auf, ich breche ihm *nicht* das Herz." Claire ließ die Zahnbürste auf die Ablage fallen und verließ wütend das Bad.

Das Bild verweilte noch etwas im Spiegel. „Eine Mutter weiß so etwas", meinte es abschließend.

„Willst du mich loswerden?" fragte Jacques, und seine Umrisse flakkerten nervös. „Ich dachte, du freust dich darüber, daß ich hier bin. Ich dachte, du hast mich gern um dich, es macht dich glücklich."

Claire hatte die Gefühle des Geistes nicht verletzen wollen, aber da Gefühle so etwa das Einzige waren, woraus er bestand, hätte sich das wohl gar nicht vermeiden lassen. „Ich habe doch nur gesagt, heute nacht wäre eine gute Gelegenheit für dich, wenn du auf die andere Seite willst. Die Trennwände zwischen der physischen und der Geisterwelt werden sehr dünn sein, und ... Austin!"

Der Kater zog das rechte Vorderbein aus dem Plastiktopf, in dem der Gummibaum stand, und sah auf: „Was denn?"

„Das weißt du genau."

Tödlich beleidigt stolzierte Austin aus dem Wohnzimmer, sein Schwanz eine trotzig zuckende Fahne. „Man sollte doch denken", murmelte er, „nach siebzehn Jahren vertraut sie mir! Einmal, ein einziges Mal nur nimmt man den Blumentopf, und schon ist man für alle neun Leben gebrandmarkt!"

Die Klage des Katers über das ihm widerfahrene Unrecht verklang in der Ferne, und Claire wandte ihre Aufmerksamkeit wieder Jacques zu. „Du steckst zwischen zwei Welten fest", rief sie ihm ins Gedächtnis, „und eines Tages wirst du weiterziehen müssen."

„Eines Tages!" wiederholte der Geist und streichelte mit körperlosen Fingern Claires Wange. „Wenn ich, wie du sagst, weiterziehe, werde ich dir dann fehlen, *chérie*?"

„Aber ja."

„*Pourquoi?*"

„Weil mir deine Gesellschaft Freude macht."

„Nicht so viel, wie sie dir machen könnte."

So wie es sich anhört, bräuchtest du eigentlich Jacques in Deans Körper.

Claire schüttelte hastig den Kopf, um die Erinnerung an diesen Satz loszuwerden, ehe die Hölle Stellung dazu nehmen konnte, aber offenbar hatte irgend etwas in ihrem Gesicht sie verraten. Jacques lachte leise.

„Vielleicht soll ich ja gehen, weil du Angst hast vor den Gefühlen, die ich dir mache, die ich für dich hege."

„Du bist tot. Nur ein Hüter kann dir Fleisch geben, und ich bin der einzige Hüter in deinem ..." Sie hatte sagen wollen Leben, wählte dann aber lieber doch ein anderes Wort. „... in deiner Existenz."

„Dann ist es Schicksal."

„Was ist Schicksal?"

„Du und ich."

„Hör mal, ich wollte nur fragen, ob du weiterziehen willst; da das nicht der Fall zu sein scheint, habe ich andere Sachen zu erledigen." Claire zog ausreichend Kraft, um Jacques beiseite schieben zu können, sollte er nicht freiwillig den Weg freimachen, und wandte sich zum Gehen.

Höflich schwebte Jacques beiseite, um sie durchzulassen.

An der Tür zögerte Claire einen Moment, die Hand schon auf der Klinke. Sie wartete auf die obligatorische Bitte um Fleisch, und als sie nicht kam, war sie ein wenig enttäuscht.

„Was machen Sie da, Boß?"

Claire legte den Kugelschreiber auf den Schreibtisch und schüttelte sich den Krampf aus der rechten Hand. „Ich probiere etwas aus, mit dem sich die Gefahr, die wir heute nacht möglicherweise heraufbeschwören, rechtfertigen lassen könnte. Das heißt, ich versuche, auch unter den gegebenen Umständen noch Hüterin zu sein." Mit dem

Kinn wies sie auf die riesige Salatschüssel, die sich schon zur Hälfte mit Mini-Schokoriegeln, Kaugummis in Augapfelform und Spinnenlutschern gefüllt hatte. „Ich habe jede einzelne Süßigkeit außen auf dem Einwickelpapier mit einer Rune versehen, die alles Schlechte aufhebt, was die Kinder unterwegs aufsammeln könnten."

„So wie Obst und Nüsse statt Süßigkeiten? Das war ein Witz!" ergänzte Dean hastig, als er sah, wie Claires Brauen bedrohlich zusammenrückten. „Ich weiß schon, daß da draußen gefährliche Verrückte herumlaufen und finde es toll, daß Sie etwas dagegen unternehmen."

„Danke. Sie müssen aber auch wissen, daß jedes Mal, wenn es einem dieser Verrückten gelingt, eine vergiftete Süßigkeit an den Straßenkontrollen und den Eltern vorbeizuschmuggeln, ein weiteres Loch in die Hülle des Universums gerissen wird, und angesichts des metaphysischen Ballasts, den diese Jahreszeit mit sich herumträgt, kann alles Mögliche durch diese Löcher schlüpfen. Anfang November hat die Familie alle Hände voll zu tun."

Der Schokoriegel, den er aus der Schüssel nahm, wirkte lächerlich winzig, als er ihn von einer Hand in die andere warf. „Darf ich Sie etwas fragen? Warum halten Sie sie nicht auf, ehe den Kindern etwas geschieht?"

„Sie meinen, warum wir nicht dafür sorgen, daß alle sich anständig benehmen, anstatt hinterher den Dreck wegzuräumen? Dieselbe Frage hat Diana mir früher auch ständig gestellt." Heute fragte Diana nicht mehr, aber Claire hatte den Verdacht, daß ihre Schwester insgeheim fest davon überzeugt war, die Welt wäre insgesamt besser dran, wenn sie das Sagen hätte. Das dachten die meisten Teenager; das Problem mit Diana war nur, daß sie über ausreichend Kräfte verfügte, es wenigstens mal zu versuchen. „Da ist die Sache mit dem freien Willen: Wir dürfen den Menschen nicht vorschreiben, welche Entscheidungen sie zu treffen haben. Genausowenig, wie Sie das dürfen. Wir sind nur dazu da, die metaphysischen Konsequenzen bestimmter Entscheidungen zu beseitigen."

„Kann ich Ihnen helfen?"

„Sie können an der Tür stehen und die Sachen hier austeilen."

„Ich meinte ..."

„Ich weiß." Anscheinend reicht eine spöttische Bemerkung nicht immer. „Sie sind ein guter Mensch. Das allein trägt zur Stärkung des Universums bei."

„Wie moralisches Imprägnierspray", ergänzte Austin und zeigte sich auf einem der oberen Bücherregale. „Wenn jetzt einer von euch – der Größere wäre mir lieber – mir hier runterhelfen könnte?"

Dean ging in die Küche, und Austin machte es sich oben auf dem Monitor bequem. Claire warf einen weiteren Schokoriegel in die Schüssel und sagte: „Danke."

„Bitte. Ihr beide habt euch so ernsthaft unterhalten, da dachte ich mir, dir fällt zu dem Thema bestimmt bald nichts mehr ein."

„Weißt du was?" Claire stieß Austin mit einem Lutscherstil in die Seite. „Du kannst ganz schön nerven."

„Weil ich recht habe."

Der Lutscher flog in einem etwas zu hohen Bogen in die Schüssel.

„Ich habe doch recht, oder?"

„Klappe."

Dämmerung senkte sich über die Stadt, die Straßenlaternen gingen an, und Grüppchen von Kindern gingen von Tür zu Tür, oft mit mindestens einem gelangweilten Erwachsenen im Schlepptau.

Im Heizungskeller verschickten die Bereiche der Hölle, die nicht Teil der neu entstandenen Persönlichkeit waren, eifrig Einladungen.

Als die erste Gruppe von Kindern die Stufen erklomm, blieben die Runen, die mit einer Salatgabel in die Türschwelle geritzt waren ...

„Warum mit einer Salatgabel?"

Claire zuckte die Achseln: „Das war das erste, was mir in die Finger kam."

... dunkel.

Nur zwei der vier trugen etwas, das als Kostüm erkennbar war. Eines der anderen hatte sich Dreck ins Gesicht geschmiert, was aber unabsichtlich geschehen sein mochte. Schweigend standen sie vor dem strahlenden Dean mit der Salatschüssel und streckten ihm ihre Kopfkissenbezüge hin.

„Möchtet ihr selbst reinlangen, oder soll ich euch eine Handvoll rausholen?" fragte der junge Mann freundlich und hilfsbereit.

Die vier berieten sich wortlos, indem sie Blicke austauschten, dann wies die größte von ihnen mit dem Kinn auf Dean. „Machen Sie mal. Sie haben die größten Hände."

„Solltet ihr nicht wenigstens euren Spruch aufsagen?" fragte Claire, während Dean die runengesicherten Süßigkeiten in die vier Beutel fallen ließ. „Trick or Treat – Bakschisch oder Schabernack, so heißt es doch, oder?"

Ein kleiner Junge, der aussah, als habe er vorgehabt, sich als Luke Skywalker zu verkleiden, kicherte.

„Was ist daran so witzig?"

Die Sprecherin der Gruppe verdrehte die Augen. „Bakschisch oder Schabernack, total uncool." Die vier drückten ihre Kopfkissenbezüge an die Brust, drehten sich wie ein Mann um, polterten zum Trottoir hinunter und rannten davon.

„Als ich noch ein Kind war, mußten wir uns ganz bestimmt mehr anstrengen", murmelte Claire, als sie die Tür schloß.

Jacques rematerialisierte sich, im Schneidersitz auf dem Tresen. „Als ich, ich ein Kind war, haben wir Monsieur Bouchard das Häuschen draußen – wie sagt man: Draußentoilette?"

„Außentoilette. Plumpsklo."

„*Oui.* Wir haben es umgestürzt, aber wir haben nicht gewußt, daß Monsieur Bouchard da drin ist."

Die beiden sahen Dean an.

Der zuckte die Achseln. „Ich fand die gar nicht viel anders als uns früher."

Es folgten eine Prinzessin, ein Pirat, vier Gruppen in normaler Straßenkleidung, dann leuchteten die Runen auf der Schwelle rot auf.

Claire öffnete die Tür.

Der Bogart grinste und zeigte gelbe Zahnstümpfe. „Bakschisch oder Schabernack?"

Sie ließ eine Handvoll unmarkierter Süßigkeiten in seine offene Hand fallen. „Bakschisch."

„Ja?" Er wirkte enttäuscht. „Ich hatte ein paar prima Schabernacks drauf."

„Zweifellos."

Er stopfte sich zwei Schokoriegel auf einmal in den Mund, ohne sich die Mühe zu machen, die Süßigkeiten auszuwickeln. „Prima Bakschisch", verkündete er nach einem Augenblick geräuschvollen Kauens und einem vernehmlichen Schlucken. „Nächstes Jahr wieder? Zur selben Zeit am selben Ort?"

„Versprechen kann ich das nicht."

Der Bogart nickte. „Smarte Hüterin." Ein Sprung rückwärts beförderte ihn aufs Trottoir, wo er stehenblieb, in der zunehmenden Finsternis fast unsichtbar. „Es kommt noch dicker!" rief er und verschwand.

„Ein Kind mit einem wirklich guten Kostüm war das wohl nicht, oder?" fragte Dean, als Claire zurücktrat und die Tür verschloß.

Die Hüterin prüfte die Schutzrunen. „Nein, und in jeder anderen Nacht hätten Sie ihn wahrscheinlich gar nicht sehen können."

„Was war es denn?"

„Erinnern Sie sich an die Energiefünkchen, von denen ich Ihnen an meinem ersten Tag hier erzählt habe?"

Dean runzelte die Stirn und kratzte sich nachdenklich am Hals. „Die Sie am Autofahren hindern?"

„So kann man es sagen. Es gibt Stellen, an denen ist die Hülle des Universums heute nacht praktisch so dünn wie eine Mullbinde, es ist also klar, daß eine Menge Funken durchkommen. Scheinbar werden ein paar von ihnen hierher gerufen, sobald sie durch die Hülle sind. Das war ein Bogart."

„Humphrey?"

„Das bezweifele ich."

„War er gefährlich?"

„Nein." Sie ließ sich auf die unterste Treppenstufe sinken und streckte die Beine ins Foyer. „Aber er hätte destruktiv werden können, wenn ich ihn nicht bestochen hätte."

Er sah hinunter auf die Salatschüssel. „Mit Schokoriegeln?"

„Warum nicht?"

„Gut. Was meinte er, als er sagte, es käme noch dicker?"

„Es kommen welche, die größer sind als er. Mächtiger, gefährlicher."

„Werden sie die ganze Nacht über kommen?"

„Ich weiß nicht. Vielleicht kommen ja keine mehr, wenn wir die Kerzen im Kürbis auspusten und die Lampe über der Vordertür ausschalten. Vielleicht kommen sie auch trotzdem."

„Dann lassen Sie uns die Kerzen auspusten, die Lampe ausschalten und sehen, was passiert."

Claire kniff die Augen zusammen. „Nein."

„Nein?"

„Ich verstecke mich nicht in der Finsternis!"

„Sie wollten heute abend hier gar nicht sitzen." Dean trug die Miene zur Schau, die er, soweit Claire das inzwischen erkennen konnte, immer dann aufsetzte, wenn er der Meinung war, er trage für eine bestimmte Sache die Verantwortung. „Es war meine Idee, und ..."

„Na und?" Sie unterbrach ihn und stand auf, als Austin verkündete, weitere Kinder seien im Anmarsch. „Da wir die Sache gemeinsam angefangen haben, werden wir sie auch gemeinsam bis zum Ende durchstehen. Es spricht nichts dagegen, daß Sie den Abend genießen."

Der Zigeuner und der Geisterjäger – vielleicht waren es aber auch ein Pirat und ein Klärgrubenarbeiter, so genau konnte Claire das nicht erkennen – waren ein wenig erschrocken, als Claire ihnen die Tür öffnete, ehe sie hatten anklopfen können.

„Woher wußten sie, daß wir kommen würden?" wollte der Zigeuner/Pirat wissen.

Claire wies mit dem Kinn auf das Fenster, hinter dem man deutlich neben dem Kürbis Austins Silhouette erkennen konnte. „Der Kater hat es mir erzählt."

Der Geisterjäger/Klärgrubenarbeiter rümpfte die Nase. „Hat er nicht!"

„Mein Vater sagt, in diesem Haus spukt es", verkündete der Zigeuner/Pirat.

„Da hat er vollkommen recht."

„Geil! Dürfen wir den Geist sehen?"

Claires Nein nahmen die beiden mit der resignierten Haltung von Kindern entgegen, die es gewohnt sind, den Zutritt zur Welt der Erwachsenen verwehrt zu bekommen.

„Der Kater hat es mir erzählt?" fragte Austin, als Claire die Tür schloß.

„Mein Gott: Es ist schließlich Halloween!"

„Dann hättest du ihnen den Geist zeigen sollen!" monierte Jacques und warf seinen Kopf in die Luft.

„Jacques!"

Geschickt fing der Geist den Kopf mit einer Hand wieder auf und setzte ihn sich in einem verwegenen Winkel auf. „Wenn du mir Fleisch gäbest, könnte ich das nicht mehr."

Claire unterdrückte ein Schaudern und funkelte ihn an. „Wenn ich dir jetzt Fleisch gäbe, dann nur, um dir eine zu scheuern."

Jacques' Lächeln wurde breiter: *„D'accord."*

„Nein."

„Du bist gemein – du spielst mit mir!"

Die Runen leuchteten.

„Nun gut ...", Claire blickte in die Runde, auf Mann, Kater und Geist und griff nach der Türklinke, „... wollen wir uns den nächsten Bewerber mal ansehen."

Auf der Treppe stand eine Frau. Sie hatte kurzes braunes Haar, braune Augen und trug Lippenstift und Nagellack im Farbton Seidenclaret.

Ungeduldig trommelte Claire mit ihren eigenen Seidenclaret-Nägeln an den Türrahmen. „Das darf nicht wahr sein!"

Die junge Frau zuckte hilflos die Achseln. „Bakschisch oder Schabernack?"

Hinter sich hörte Claire Dean nach Luft schnappen. „Boß! Das sind ja Sie."

„Nicht ganz. Das ist ein Waff, eine Art Mitwandler. Technisch gesehen ist es ein Todeszeichen."

„Ein was?"

„Zerbrechen Sie sich nicht den Kopf." Claire verschränkte die Arme vor der Brust, sah dem Waff fest in die Augen und sagte im energischen Ton einer Grundschullehrerin: „Du hast hier nichts zu schaffen. Also geh weiter. Hau ab! Verschwinde!"

Dem Waff schien der ganze Zwischenfall peinlich zu sein. Wie ein geprügelter Hund schlich er die Stufen hinab und verschwand.

„Mein Gott", seufzte Claire und schloß die Tür. „So was haben früher sogar die Sterblichen verscheucht. Da sollte man meinen, bei einer Hüterin versuchen sie es erst gar nicht."

„Ich nehme an, sie hatte keine andere Wahl", bemerkt Austin und kratzte sich heftig hinter dem Ohr. „Sie wurde gerufen und mußte erscheinen. Ich sag euch eins: Ehe das heute abend hier besser wird, wird es noch viel schlimmer."

„Weißt du das oder hältst du uns eine Predigt?"

Austin leckte sich die Nase und verweigerte die Auskunft.

Es folgten drei Gruppen mit Kindern in Straßenkleidung, zwei Disneyfiguren und eine Fee, eine Gwyllion. Nachdem die Gwyllion wieder weg war, eilte Dean unter dem Vorwand, sich einen Becher Kaffee holen zu wollen, in die Küche. Er wollte sich wirklich einen Kaffee holen, aber das war nicht der hauptsächliche Grund für seinen Besuch in der Küche.

Die Fee hatte ausgesehen wie eine der obdachlosen Frauen, die in Kingston umherzogen und aus Plastiktüten lebten; vielleicht ein wenig farbenfroher gekleidet als üblich. Sie hatte auf der Türschwelle gestanden und etwas gemurmelt, was sich anhörte wie eine Wegbeschreibung zur Bushaltestelle und war von Claire mit Hilfe eines eisernen Kreuzes gebannt worden, das die Hüterin aus dem Rucksack gefischt hatte. Dean hatte keinen Rucksack, wohl aber eine Brotdose in der Küche stehen, und das war fast genauso gut.

Er holte sich Feenbrot.

Technisch gesehen war es ein Aufbackbrötchen vom Vortag. In der Not muß man sich zu behelfen wissen. Als anglikanischer Pastor hatte sein Großvater einen unermüdlichen Kampf gegen den Aberglauben geführt, der sich in den einsamen Landgemeinden Neufundlands zäh und unverwüstlich hielt. Der alte Herr hatte Dean erzählt, daß noch in den sechziger Jahren die traditionell eingestellten Männer in ihrer Gegend Feenbrot mit in den Wald zu nehmen pflegten, um sicherzustellen, daß die Waldgeister sie nicht in die Irre führen konnten. Nun hatte Dean nie daran gedacht, seinen Großvater zu fragen, was die Leute sich unter Waldgeistern vorstellten, war aber inzwischen zu der Überzeugung gelangt, daß alles, was es die Treppenstufen zum Hotel hochschaffte, als ein solcher Waldgeist gelten konnte.

Sorgfältig wickelte Dean das Aufbackbrötchen in Küchenpapier und schob es in die Vordertasche seiner Jeans. Er wollte die Küche gerade wieder verlassen, als eine Bewegung auf dem Parkplatz hinter dem Haus seine Aufmerksamkeit erregte.

Deans Pick-up war das einzige Fahrzeug, das draußen parkte. Sollten ein paar der älteren Kinder also auf dem Parkplatz Schaden anrichten wollen, dann würde es auf jeden Fall diesen Pick-up treffen.

Nur über Deans Leiche! Dieses Auto hatte ihn im Februar sicher von Neufundland nach Kingston geschafft, in einem der schlimmsten Winter seit Menschengedenken, und hatte klaglos alles getan, was Dean ihm abverlangt hatte. Nun – auch eine Sache, die Dean ihm nicht abverlangt hatte, aber wirklich explodiert war die Benzinpumpe letztlich ja doch nicht, und selbst die Polizei hatte befunden, das große schwarze Stück Eis sei Schuld an der ganzen Sache gewesen und nicht

Deans Fahrstil. Technisch gesehen war die Reise also ohne Zwischenfälle verlaufen. Jedenfalls liebte er dieses Auto.

Er trat leise ans Fenster und schob die vertikalen Lamellen weit genug auseinander, um jeden Feind beobachten zu können; es hatte keinen Sinn, gleich nach draußen zu rennen, wo es doch gut sein konnte, daß dem Pick-up gar nichts Böses widerfuhr.

Draußen vor dem Fenster stand die schönste Frau, die Dean je gesehen hatte und winkte ihm anmutig, doch näherzukommen.

Dean schluckte, und sein Adamsapfel hüpfte auf und ab wie eine Boje auf stürmischer See.

Das Lächeln der Frau wurde noch breiter.

Langsam ging Dean auf die Tür zu, wobei er sich von einer der vertikalen Lamellen der Jalousie zur nächsten hangelte, um die Frau keine Sekunde aus den Augen zu verlieren.

„Dean?" Plötzlich rieb Austin sich an den Waden des jungen Mannes. „Was siehst du da draußen?"

Deans Zunge war schwer geworden, und er mußte sie zwingen, Worte zu finde. „Schöne Frau. Unwiderstehlich."

„Da draußen? Auf dem Parkplatz?"

„Braucht mich. Muß zu ihr."

„Nein. Sieh genau hin."

Ein stechender Schmerz durchzuckte Deans Wade, und die Welt war wieder scharf. Die Schönheit auf dem Parkplatz schien nicht mehr ganz so unwiderstehlich. Ihre Augen waren tief umschattet, ihre Zähne viel zu weiß, die Übergänge zwischen ihrem Körper und der Finsternis der Nacht schwimmend. Dean fühlte sich, als stünde er in dichtem Nebel auf einem Felsen hoch über dem Meer. Zitternd steckte er seine rechte Hand in die Hosentasche und umklammerte ein Eckchen des Feenbrots.

Bei Brot zählt allein der Glaube.

Eine Nebelgestalt mit vage weiblichen Formen richtete brennende Blicke auf den Kater und zischte.

„Ja, ja, ist mir doch egal. Du hast es versucht, nun verpiß dich. Los!" An Dean gewandt fügte er hinzu, als die Erscheinung verschwunden war: „Wir holen uns ein Stück von dem Schweinebraten, das vom Abendessen übrig ist, und dann ab mit dir nach vorne, ehe hier noch wer auftaucht."

Während das Blut aus der Kratzwunde an seinem Bein allmählich durch seine Jeans drang und dort einen hässlichen Flecken verursachte, schnitt Dean immer noch etwas verwirrt, aber widerspruchslos Schweinbraten auf und folgte dann Austin gehorsam nach vorne in die Halle.

Claire sah den beiden ungeduldig entgegen. „Nun, und?" fragte sie.

„Ich hatte recht. Er steckte in einem ziemlichen Schlamassel. Nach seiner Reaktion zu urteilen und nach den Geräuschen, die die Erscheinung von sich gab, ehe sie verschwand, handelte es sich um eine Lhiannan-Shee."

„Ein Feenliebchen?"

„Kein Liebchen!" protestierte Dean, der sich noch genau daran erinnerte, wie die Erscheinung zuletzt ausgesehen hatte.

„Wir alle haben gute und schlechte Tage." Claire packte Dean am Ellbogen und drehte den jungen Mann zu sich um. „Ist alles in Ordnung mit Ihnen?"

„Sicher." Ihm war ein wenig schwindelig, und dort, wo sich ihm am ganzen Körper die Haare aufgestellt hatten, prickelte seine Haut, aber er hatte seine Seele noch, und so war der Rest wohl kaum der Rede wert.

„Was ist mit Ihrem Bein los?"

„Austin."

„He, ich mußte seine Aufmerksamkeit erlangen", verteidigte sich Austin unter Claires tadelndem Blick.

„Durch versuchte Amputation?"

Der Kater leckte sich geschäftig die rechte Vorderpfote und ignorierte Claire.

„Ich kenne einen Mann, der gestorben am Kratzer von Katze", verkündete Jacques und tauchte auf halber Treppe auf. „Der Kratzer, er wurde, wie sagen Sie: *septique?*"

„Septisch."

„*Oui*. Mußten es abschneiden, und er stirbt."

„Starb."

„*Oui*." Der Geist sah Dean strahlend an. „Sollen wir dein Bein gleich abschneiden oder später?"

„Mir geht es hervorragend."

„Ich bin beleidigt", schnaubte Austin. „Meine Krallen sind sauber."

„Vielleicht sollten Sie besser Ihr Bein abwaschen", schlug Claire vor und wies mit dem Kinn auf die Tür zu ihren Räumen. „Sie können mein Bad benutzen. Ich habe eine antiseptische Salbe im Medizinschrank."

Beim Anblick des fast runden Blutflecks holte Dean erschrocken Luft. Der Fleck hatte gute sechs Zentimeter Durchmesser, war von einem häßlichen Rotbraun und in der Mitte der oberen Hälfte dunkler als unten. „Mann! Ich bin gleich wieder da."

„Wo gehen Sie hin?"

„Mich umziehen. Ich kriege das Blut ja nie raus, wenn die Jeans nicht bald in kaltem Wasser weicht!"

„Sehen Sie aus keinem Fenster", rief Claire ihm nach. Der Lärm der Arbeitsstiefel entfernte sich und war bereits auf der Kellertreppe zu hören. „Ich fasse es nicht!" murmelte die junge Frau. „Er war eben noch völlig fertig mit den Nerven, und ein kleines Wäscheproblem fegt ihm die ganze Sache mit einem Schlag aus dem Hirn?"

„Er hat aber recht, was Blutflecke und kaltes Wasser betrifft", erklärte Jacques hilfsbereit. „Siehst du dies?" Er schlug sich an die Hüften. „Voller Blut, als ich in die See fiel und nun rein bis in alle Ewigkeit."

Erschüttert nahm Claire einen Schokoriegel aus der Schüssel. „Fang du nicht bloß auch noch an."

Wenig später kam Dean zurück, am Leib eine Jeans, die so sauber war, daß die Falten heller schimmerten als der Rest des Stoffes.

„Nun, und?"

Er lächelte. „Ich habe schon Schlimmeres abbekommen, als ich die Schulbank drückte."

„Nächstes Mal lange ich richtig hin", knurrte Austin, als sich nun erneut eine Kinderschar an der Tür bemerkbar machte.

Etwa eine halbe Stunde lang gaben die Kinder der Nachbarschaft einander die Klinke in die Hand, und ein steter Strom von ihnen kletterte die Treppe hinauf, um seinen Tribut zu fordern. Claire hielt ein wachsames Auge auf die Runen, und Dean stand völlig zufrieden an der Tür, um Süßigkeiten auszuhändigen. Als sich der Ansturm schließlich legte und die Treppe sich leerte, war es draußen vollständig dunkel.

„Boß? Auf der Straße steht eine Kuh, die ziemlich unangenehm aussieht."

„Eine Kuh?"

„Sie hat gezackte Hörner und rotglühende Augen."

„Na ja! Nachdem, wie mangelhaft alle anderen sich hier heute abend manifestieren, wird das ein Guytrash sein."

„Was soll ich tun?"

„Machen Sie die Tür zu; er geht von allein weg."

Mit gerunzelter Stirn tat Dean, wie ihm geheißen. „Diese Biester können den Kindern doch nichts anhaben, oder?"

„Haben Sie je von einem Kind gehört, das an Halloween durch eine Kuh zu Schaden kam?"

„Nein, aber ..."

„Diese Manifestationen können einem nichts tun, wenn man nicht an sie glaubt, und mal ehrlich: Wer glaubt denn heute noch an die traditionellen Ghule?" Die Runen leuchteten rot, weshalb Claire nach der Türklinke griff. „Wahrscheinlich ist noch ein Bodensatz kollektive Erinnerung geblieben, so daß die Menschen sich ein wenig erschrekken, aber darum geht es heute ... ach du meine Güte!" Sie starrte zu dem sehr großen Mann auf, der etwas trug, das aussah wie eine schwarze Plastikrüstung und erzitterte ein wenig vor dem drohenden Blick der schwarzen Plastikaugen.

„Wahrheit oder Pflicht?" Seine Stimme war dunkler; noch dunkler, wenn das überhaupt möglich war.

Im Grunde war es dieselbe Frage. Der Trick lag darin, keinen Moment zu zögern. „Wahrheit."

„Du denkst, du schaffst es allein, aber das wirst du nicht."

„Was soll das heißen?"

„Du hast deine Wahrheit gehabt." Die dunkle Stimme klang tatsächlich belustigt! „Nun bin *ich* dran."

„Hey, Nicho! Guck mal, wer hier ist!"

Zwei Jungen, vielleicht sechs oder sieben Jahre alt, rannten begeistert die Treppe hinauf und packten den langen schwarzen Umhang des Mannes.

„Sie sind so cool, Mann!"

„Sie mag ich am liebsten!"

„Sie sind es *wirklich*, oder?"

Die Gestalt wandte sich um und sah auf die beiden Kleinen hinab. „Ja. *Wirklich*."

„Toll!"

„Abgefahren!"

„Kriegen wir ein Autogramm?"

„Kommen Sie mit zu mir nach Hause, um meine Mama kennenzulernen?"

„Nein, nein! Noch besser! Kommen Sie morgen mit in die Schule?"

„Sie können die Jungs vierteilen, die uns immer nicht auf die Schaukeln lassen."

„Vierteilen?"

Die Fragen und Kommentare der Jungen kamen mit der Geschwindigkeit von Maschinengewehrfeuer, und auch wenn die Maske des Mannes natürlich keine Gefühle zeigte, meinte Claire doch, bei ihrem Gegenüber deutlich zunehmende Panik registrieren zu können.

„Im Film wirkten Sie viel größer."

„Wo haben Sie die Stiefel her?"

„Wie Sie den Mann umgelegt haben, ohne ihn anzufassen – das fanden wir so super."

„Spielen Sie in Episode Eins auch mit?"

„Ich habe den Lego-Bausatz, der genauso aussieht wie Sie!"

„Ich habe Sie in meine Fibel gemalt! Das Bild war dufte, aber ich habe reichlich Ärger gekriegt."

„Darf ich Ihr Licht ..."

„Nein!" Entsetzt riß er den beiden das Cape aus der Hand.

„Bloß einmal!"

„Ich auch!"

„Nein!"

„Wir machen es nicht kaputt."

„Ja, seien Sie nicht so ein Spielverderber."

Schwer atmend rannte er die Treppe hinunter, sprang auf den Bürgersteig und enteilte mit Riesenschritten.

„Toll!"

„Abgefahren."

Der größere der beiden Jungs warf Claire einen fragenden Blick zu: „Haben Sie Gummibärchen?"

„Ich schmelze!"

Claire schwenkte den leeren Eimer und knallte der zerfließenden Manifestation die Tür vor der Nase zu. „Immerhin hat sie sich ans Drehbuch gehalten."

„Ich dachte immer, im staatlichen kanadischen Rundfunk übertreiben sie, wenn sie vor den Auswirkungen der Medien warnen", sagte Dean nachdenklich. „Jetzt bin ich nicht mehr so sicher."

„Bist du nicht noch etwas zu jung, um so spät unterwegs zu sein?"

Das winzige Mädchen verfolgte aufmerksam, wie die Süßigkeiten sicher in ihrem Beutel landeten und antwortete: „Mein Papa ist gerade erst nach Hause gekommen."

Am Fuß der Treppe hob eine Schattengestalt den Arm zu einem unbeholfenen Gruß.

„Verstehe. Nun, was soll dein Kostüm darstellen?"

Sie warf den Kopf hoch, woraufhin ein paar sehr realistisch wirkende Pferdeohren aus Papier heftig wackelten und drehte sich um, damit Claire den Schweif bewundern konnte, den sie sich hinten an die Jacke geheftet hatte. „Ich bin ein *Pony*."

„Oh! Tut mir leid, daß ich das nicht gleich gesehen habe."

„Sie haben eine Katze im Fenster sitzen", fuhr die Kleine fort. „Ich hätte so gern eine Katze, aber meine Stiefmutter ist allergisch. Darf ich reinkommen und Ihre streicheln? Nur ganz kurz?" Sie legte den Kopf schief und lächelte. „Bitte!"

„Was sagt dein Vater dazu?"

Sie drehte sich um. „Papa? Darf ich die Katze streicheln gehen?"

Der Arm winkte – das konnte man durchaus als Zustimmung werten.

Wie die meisten Katzen konnte auch Austin Kinder nicht leiden. Claire grinste und wollte gerade zur Seite treten, als sie bemerkte, daß die Türschwelle ein wenig dunkler schien als das sie umgebende Holz. Sie griff in ihre Tasche, holte eine kleine Papiertüte mit Salz heraus, riß sie auf und schleuderte den Inhalt dem erschrocken dreinblickenden Kind ins Gesicht.

Die Illusion verblaßte.

Die Runen blitzten auf.

Das kleine Mädchen streckte sich auf mehr als zwei Meter Höhe, und ihre Verkleidung verschwand, bis auf die Pferdeohren. Geschwungene Fangzähne wuchsen ihr aus dem Unterkiefer, und übergroße Hände kratzten an den Ziegeln zu beiden Seiten der Tür.

Derweil spie Papa Feuer.

Claire und Dean schlugen gemeinsam die Tür zu.

„Das war knapp", sagte Claire aus tiefster Seele, als der Riegel endlich einschnappte.

Mit der Schulter am Holz atmete Dean Luft aus, die eingeatmet zu haben er sich nicht erinnern konnte. „Haben Sie immer Salz in der Tasche?"

„Diese Frage von einem Mann, der mit einem Aufbackbrötchen in der Hose herumläuft?"

„Seid ihr nicht ein wenig alt, um heute abend unterwegs zu sein?"

Eine der drei völlig identischen Juniorglatzen knurrte und unterschied sich so einen Augenblick lang von den anderen. „Sind Sie nicht ein wenig zu häßlich, um das beurteilen zu können?"

„Aber hallo, raus mit dem verdammten Süßkram", verlangte ein anderer aus dem Trio.

Der Teenager in der Mitte versetzte beiden Rippenstöße. „Bakschisch oder Schabernack wollten wir sagen, Ma'am!"

Claire dachte einen Moment darüber nach, während sich die Jungen weiter vor ihr aufplusterten. „Schabernack!" sagte sie dann und schloß die Tür.

Der Junge, der seinen Fuß in die Tür geschoben hatte, erlebte eine böse Überraschung. Selbst durch das schwere Holz konnten sie seinen Aufschrei hören.

„Die Alte hat mir den verdammten Fuß gebrochen!"

„Die wollten uns mit Eiern bewerfen", erklärte Claire. „Warum sollen wir unsere schönen Süßigkeiten auf sie verschwenden?"

„Mit Eiern bewerfen?" wiederholte Dean.

Sie packte seinen Arm und hielt ihn zurück. „Keine Sorge."

„Diese Burschen belassen es doch nicht bei Eiern!"

„Ich glaube schon." Ein paar Minuten später beobachtete sie durch das Fenster, wie das letzte Ei knapp vor der Hotelfassade seinen Flug stoppte und, wie alle anderen vor ihm auch, zurückschnellte, um den bereits ziemlich feuchten, klebrigen und wütenden Teenager zu treffen, der es geworfen hatte. Claire seufzte. „Ich scheine mich geirrt zu haben."

Der Zementbrocken nahm denselben Weg wie die Eier.

„Unberechenbare Thermik. Das hat sicher wehgetan."

Claire warf sich zwischen Dean und die Tür, als der Junge dem Irrlicht folgen wollte, das die Treppenstufen hinuntertanzte. Sie gestattete sich einen kurzen, anerkennenden Gedanken an seine feste Bauchmuskulatur, zog die Schulter ein und schob den jungen Mann mit Gewalt so weit von der Tür fort, daß sie diese schließen konnte.

„Das war's", sagte sie resolut, als Dean sicher hinter dem Tresen stand. „Es ist zweiundzwanzig Uhr, Kinder kommen heute keine mehr. Ich glaube, wir können die Kerzen auspusten und das Vorderlicht ausschalten, ohne daß wir uns damit etwas vergeben."

Der Deckel des Kürbis ließ sich beim besten Willen nicht heben, und ganz gleich, wie stark sie durch die Löcher in der geschnitzten Maske pusteten, die Kerzen wollten nicht ausgehen.

„Oh Mi... Mandeln!"

Zwei der vier verbliebenen Schokoriegel verwandelten sich in Mars mit Mandeln. Zwei nicht.

„Opa?"

„Keine Tricks, Dean, versprochen. Komm schon raus, wir müssen reden."

„Aber du bist tot."

„Ich habe nichts anderes behauptet, aber heute ist die Nacht, in der die Toten wandeln."

„Die ruhelosen Toten."

„Du denkst, ich sei nach dem, was du getan hast, nicht ruhelos? Da irrst du gewaltig."

„Tante Carol liebt das Haus."

„Ich hatte es dir hinterlassen, du undankbares Küken!"

„Warte, Opa, ich kann dir alles erklären!" Deans Fuß schwebte schon über der Schwelle, da spürte er in seiner Hosentasche etwas leise knacken. Er schob die Hand in die Tasche, um nachzusehen, was das sein könnte.

Es war das Feenbrot.

Auf der Treppe stand niemand mehr.

„Ich hatte doch gesagt, Sie sollten die Tür nicht öffnen, solange ich nicht da bin!" Claire trat aus ihrem Wohnzimmer und sah, wie Dean zurückzuckte und die Tür heftig zuschlug. „Wer war denn draußen?"

„Der Geist meines Opas."

„Ihr Großvater ist tot? Tut mir leid, das war eine dumme Frage." Die junge Frau trat in die Eingangshalle und warf einen prüfenden Blick in Deans Gesicht. „Er war es nicht wirklich, das wissen Sie, oder?"

„Ja. Ich weiß."

„Sie sehen nicht gut aus. Vielleicht sollten Sie zu Bett gehen."

„Werden noch mehr kommen?"

„Ja. Wahrscheinlich bis zur Morgendämmerung."

Er hob das Kinn und straffte die Schultern. „Dann werde ich bleiben."

„Was war *das*?"

„Fachan. Sie haben zu den Klassikern zurückgefunden."

„Dieser Braten war für morgen abend."

„Glauben Sie mir, er hätte sich mit einem Schokoriegel nicht zufriedengegeben."

Die Morgendämmerung schien sich unendlich viel Zeit zu lassen.

„Sind noch Süßigkeiten da?"

Claire kippte die Schüssel um und versuchte, sich auf den Inhalt zu konzentrieren. Ein halbes Dutzend leerer Einwickelpapiere fiel heraus. „Sieht so aus, als hätte ich alles aufgegessen."

„Was waren die letzten beiden?"

„Ein Oger und ein Duergar. Warum?" Claire machte lustlos eine Kaugummiblase.

Dean nahm die Brille ab und rieb sich die Augen. „Haben Sie wirklich Stroh zu Gold gesponnen?"

„Die Bewegungen waren kreisförmig, rein technisch gesehen war es also spinnen." Der Duergar war mit seinem Bakschisch nicht zufrieden gewesen, hatte aber eines bekommen und von daher keinen Schabernack treiben dürfen. Der Oger dagegen hatte das gesamte Geländer herausgerissen und einschließlich des Hotelschildes auf die Straße geworfen. Ein Bakschisch für einen Oger bestand in einer Einladung zum Abendessen.

Oger waren Menschfresser, und man spielte ihnen einen Schabernack, wenn man das wußte.

Austin hob den Kopf und gähnte. „Die Sonne ist aufgegangen, und die Kerzen sind gerade verloschen." Er sprang vom Fensterbrett, als der Kürbis leise vor sich hinqualmend in sich zusammenfiel.

Dean schob seine Brille ungefähr dahin, wohin sie gehörte und ging zur Tür. „Ich hole lieber das Zeug von der Straße, ehe es einen Unfall gibt."

Claire kam mühsam auf die Beine und mußte einen Moment warten, ehe die Welt aufhörte, sich zu drehen. „Ich glaube, ich muß kotzen."

DAS WAR ALLES? DU HAST SIE EIN- ODER ZWEIMAL ERSCHRECKT UND EIN PAAR SACHEN KAPUTTGEMACHT, UND JETZT SIND SIE MÜDE – WAS IST DENN SCHON DABEI? DIE HÜTERIN HAT ALLES GEKONTERT UND NIE KRAFT AUS DEM UNTEREN BEREICH DER POTENTIALE GENUTZT.

DANN ZEIG, DASS DU ES BESSER KANNST! Der Rest der Hölle schien beleidigt.

BESSER?

SCHON GUT: SCHLIMMER.

WART'S AB ...

Der Polizeiwachtmeister hatte sich auf ein Knie niedergelassen, stocherte in dem Loch im Betonsockel herum und schüttelte den Kopf. „Wann genau ist das passiert?"

„Etwa um vier Uhr früh."

„Vier Uhr zwölf", korrigierte Mrs. Abrams. „Das weiß ich, weil ich den Lärm gehört habe, und es war ein schrecklicher Lärm, und dann habe ich auf meinen Wecker geschaut, der ja immer noch perfekt geht, obwohl ich ihn kaufte, bevor Mr. Abrams starb, Gott sei ihm gnädig, dem Guten."

„Vier Uhr zwölf", wiederholte der Wachtmeister. „Haben Sie gesehen, wer es war?"

„Nein! Wenn draußen auf der Straße Hooligans sind, mag ich mich nicht am Fenster zeigen! Die Polizei wird doch schließlich dafür bezahlt, daß sie mit solchen Leuten fertig wird. Deswegen habe ich Sie gerufen."

„Ich hatte eigentlich Ms. Hansen gemeint."

Es hatte die Gefahr von Glasbruch bestanden, weswegen Claire sich vom Fenster ferngehalten hatte. So konnte sie nun einfach die Wahrheit sagen: „Tut mir leid, ich habe nichts gesehen."

„Wahrscheinlich Studenten. Wenn die voll sind, drehen sie durch."

„Das hört sich einleuchtend an", meinte Claire, und der Wachtmeister stand wieder auf. Natürlich waren es keine Studenten gewesen, aber einleuchtend klang es auf jeden Fall. Was in Kingston an Vandalismus stattfand, wurde in der Regel bequemerweise umherschweifenden betrunkenen Studentenbanden zugeschrieben. Manchmal wurde eine solche Bande auch in der Ferne gesichtet, aber nie gelang es jemandem, einzelne Personen zu identifizieren, denn ähnlich wie andere Fabelwesen auch verschwanden diese Studenten, sobald man sich ihnen zu sehr näherte.

„Wenn Sie sie verhaften", sagte Mrs. Abrams so entschlossen, ihre Bürgerpflicht zu erfüllen, daß sie sich am Ärmel des Wachtmeisters festklammerte, „lassen Sie es mich wissen. Ich habe Sie gerufen. Mrs. Abrams. Ein B, ein S."

„Sie sind die Dame mit dem Hund?"

„Sie haben von Baby gehört?" Die alte Dame strahlte den Wachtmeister an.

Er seufzte. „Ja!"

Aus dem Streifenwagen meldete sich das Funkgerät, und der dankbare Beamte flüchtete. Mrs. Abrams wandte ihre Aufmerksamkeit Claire zu.

„Sie haben nicht vergessen, daß Professor Jackson übermorgen kommt, nicht wahr?"

„Wir freuen uns schon auf ihn, Mrs. Abrams."

„Ich weiß, Sie werden sich bestens um ihn kümmern. Ich werde ihn oft besuchen, solange er hier in der Stadt ist. Nur, weil Baby ihn so gar nicht leiden kann – wir werden auch bestimmt nichts Kompromittierendes tun. Obwohl", fügte sie mit einem koketten Augenaufschlag hinzu, „ich ehrlich gesagt in meiner Jugend recht progressiv war."

Das Schlimmste war, daß die Frau nichts als die Wahrheit sagte.

Claire schüttelte sich innerlich und ging ins Hotel zurück, wo sie den Rest des Tages versuchte, ein wenig zu schlafen, ohne gleich von Mrs. Abrams und Professor Jackson in progressiven Stellungen zu träumen. Wenn sie nicht extra noch nachgeschaut hätte, um sich zu vergewissern, daß der Schild mit voller Kraft arbeitete, dann hätte sie ganz sicher angenommen, daß ihre detailreichen Träume, komplett mit Bild und Ton, direkt aus der Hölle kamen.

„Claire Hansen?"

Claire überprüfte die Fahrradkurierin, die vor ihr stand, aber sie war nicht von der Hölle geschickt worden. Was eigentlich auch logisch war: Wenn dies eine wichtige Lieferung war, die exakt am nächsten Werktag den Empfänger erreichen sollte, dann hätte die Hölle doch dafür gesorgt, daß sie sich verspätete. „Ich bin Claire Hansen."

„Unterschreiben Sie hier."

„Warum?"

Der Gesichtsausdruck der jungen Frau sprach Bände, aber ihr Ton blieb geschäftsmäßig: „Ich habe ein Paket für Sie."

„Soll ich für Sie unterschreiben, Boß?"

„Sind Sie Claire Hansen?" wollte die Kurierin von ihm wissen.

„Nein ..."

„Dann muß sie unterschreiben."

Im Austausch für ihre Unterschrift erhielt Claire einen großen, dikken braunen Briefumschlag und eine unleserliche Quittung.

„Vom wem ist der Brief?" fragte Dean, als die Kurierin ihr Rad wieder die Treppe hinuntergetragen hatte und fortgefahren war.

„Viel wichtiger", murmelte Jacques interessiert und ließ sich neben dem Fenster blicken, „was trägt die Frau? Ihre Beine, sie sehen aus wie schwarz angemalt."

„Das sind Radlerhosen."

„Sie sitzen *sehr* eng! Ich, ich beschwere mich nicht, aber sind sie legal?"

„Klar."

Jacques seufzte tief, wenn auch geisterhaft. „Ich starb zu früh."

„Das Päckchen ist von Hermes", unterbrach ihn Claire spitz.

Austin kicherte. „Hallo, hier sieht's wohl wer nicht gern, wenn er nicht im Mittelpunkt steht, was?"

Claire strafte den Kater mit Mißachtung, zog ein zusammengefaltetes Handtuch aus dem Umschlag und runzelte die Stirn. „Warum schickt uns Hermes ein Handtuch?"

„Das ist eins von unseren", verkündete Dean und befingerte den Stoff. „Wahrscheinlich ist es aus Versehen unter seine Sachen geraten."

„Er ist der Gott der Diebe, Dean, ich bezweifle sehr, daß es ein Versehen war, und da ich auch nicht glaube, daß ihn sein schlechtes Gewissen dazu getrieben hat, das Handtuch zurückzuschicken, frage ich mich, was ihn ansonsten bewogen haben könnte." Aus einer Falte des Badetuchs fiel ein auf beiden Seiten eng beschriebenes Stück Papier. „Vielleicht erhalten wir ja hier eine Erklärung!" *Liebe Hüterin,* las sie, *vor drei Tagen verließ ich Ihr Haus mit einem der Gegenstände, die traditionell in Hotels entwendet werden. Seither haben zwei Fährschiffe versucht, mit uns zu sinken und wären auch gesunken, wäre Poseidon nicht an Bord gewesen, um den Wellen zu befehlen, uns ans Ufer zu tragen. Unser Fahrzeug brach siebenmal zusammen – Hephaistos ist glücklich, wir anderen sind es nicht. Zum ersten Mal, seit wir reisen, wollte der Zoll Papiere sehen, und als ich sagte, wir seien auf dem Weg nach Rochester, durchsuchten die Beamten unseren Wagen. Die Tasche im Raum-Zeit-Kontinuum störte sie nicht weiter, dafür aber die Kameras, die Zeus in Toronto gekauft hatte, ohne die Quittungen aufzubewahren. Als uns endlich die Einreise in die USA gestattet wurde, wobei uns die diensteifrigste Person, die ich in meinem ganzen langen Leben je getroffen habe, mitteilte, eine Wiedereinreise nach Kanada sei uns verwehrt – und damit, möchte ich hinzufügen, auch der Zugang zu Ihrer wunderbaren kostenfreien Gesundheitsversorgung –, erlitt Aphrodite einen Rückfall eine Krankheit betreffend, unter der sie schon lange leidet, wonach ihr Krankenhausaufenthalt die Leistungsfähigkeit ihrer Kreditkarte überstieg. Während wir anderen auf Aphrodite warteten, stahl man uns die Reiseschecks – es waren keine American-Express-Schecks."*

Die Liste war noch länger und endete mit:

Also sende ich Ihnen den Gegenstand zurück, der laut Prophezeiung für unsere jüngsten Schwierigkeiten verantwortlich war. Entschuldigen Sie den kleinen Brandfleck – Ihr Sicherheitssystem ist bewundernswert, wenn auch vielleicht ein wenig übertrieben.

Mythologisch der Ihre,

Hermes.

„Welches Sicherheitssystem?" fragte Dean.

„Ich vermute, nach all den Jahren mit einer aktiven Unfallstelle im Keller ist das Hotel in der Lage, seine eigene Sicherheit zu organisieren." Claire streichelte den Frotteestoff. „So aus dem hohlen Bauch heraus würde ich sagen, daß es einfach nicht gut kommt, unsere Handtücher zu klauen."

WENN DU DAS LECK SCHLIESST, SCHWÄCHT DAS DEN SCHILD NICHT, sagte die Hölle schmollend zu sich selbst.

ICH SCHLIESSE DAS LECK NICHT, ICH SAMMLE DIE SICKER-EMANATIONEN.

Zwölf

Professor Jackson war ein Mann von mittlerer Statur, der gern größer wirken wollte. So trug er unter einem Hut, der zuletzt in den vierziger Jahren Mode gewesen war, das Kinn trotzig hochgereckt und hatte das Gewicht auf die Fußballen verlagert. Claire fand, irgend etwas an der Erscheinung des Mannes lasse darauf schließen, er sei der Typ, der mit Reisetasche reist. Ein rascher Blick über den Tresen stellte jedoch klar, daß dem nicht so war: Der Professor hatte neben sich einen völlig gewöhnlichen grauen Nylonkoffer stehen.

„Bin ich der einzige Gast hier?" fragte er interessiert und trug sich schwungvoll und gut leserlich in das Gästebuch ein, das Claire ihm vorgelegt hatte.

„Ja." Claire ließ den Schlüssel zu Zimmer eins in die Hand des Mannes fallen. „Die Treppe hoch, dann links."

Ein erwartungsvoller Blick wanderte hinab zu seinem Gepäck, dann in der Eingangshalle umher, glitt an Austin ab, blieb aber an Claire einen Augenblick lang hängen. Als sie nicht reagierte, seufzte er theatralisch, nahm seinen Koffer und stieg die Treppe hinauf.

Als man hörte, wie die Tür von Zimmer eins geöffnet und wieder geschlossen wurde, schlug Austin die Augen auf. „Warum kannst du ihn nicht leiden?" wollte er wissen.

„Ich weiß nicht. Weil Baby ihn nicht leiden kann?"

„Das spricht aber eigentlich für ihn. Baby kann niemanden leiden."

„Auch wahr." Prüfend betrachtete Claire die Unterschrift des Professors und zeichnete mit dem Zeigefinger den schwungvollen Bogen des „J" nach. Scheinbar stimmten sowohl der Name als auch der angegebene Beruf – es sei denn, der Mann glaubte seinen eigenen Lügen, und solche Menschen waren in der Regel Politiker. „Ich kann mir nicht helfen, ich glaube, er ist gefährlich."

„In welcher Hinsicht?"

„Du bist der Kater, sag du es mir."

Nachdenklich putzte sich Austin. „Er sieht aus, als sei er etwa Ende fünfzig."

„Ja?"

„Zehn Jahre jünger als Mrs. Abrams."

„Was soll das heißen?"

„Muß ich dir das wirklich erklären? Er ist zehn Jahre jünger als sie. Er ist jünger, sie ist älter, sie ..."

Claires kniff die Augen zusammen. „Das ist mir egal."

„Willst du eine einsame, verschrobene Einsiedlerin werden?" fragte Austin, und sein Schwanz zuckte heftig.

„Paß auf, wir regeln das nämlich jetzt ein für allemal!" Claire trommelte ärgerlich mit den Fingernägeln auf den Tresen. „Ich mag Dean. Er ist ein netter junger Mann, und er sieht sehr gut aus. Wäre ich auf der Durchreise wie gewöhnlich und sollte hier nur einen Job erledigen, dann hätte ich ja gegen ein bißchen Knutscherei nichts einzuwenden, vorausgesetzt, er will."

„Knutscherei?"

Claire schenkte dem Kater, der ihre Wortwahl offenbar sehr witzig fand, keine Beachtung. „Ich werde jedoch so schnell nicht wieder von hier wegkommen", fuhr sie fort, „und Dean ist gerade zwanzig geworden. Irgendwann reicht es ihm nicht mehr, Koch und Tellerwäscher zu sein."

„Du gibst also lieber auf, weil die Beziehung nicht von Dauer sein kann?"

„Das habe ich nicht gesagt."

„Anders formuliert: Du wärst bereit, dir den Spaß zu gönnen und weiterzuziehen, magst ihm jedoch nicht dieselbe Freiheit zugestehen?"

„Das habe ich auch nicht gesagt!"

„Jetzt verstehe ich! Um Dean geht es nicht: Du willst in Wahrheit den, den du nicht haben kannst."

Claire starrte ihren Kater eine ganze Weile unverwandt an, öffnete dann zweimal den Mund, um etwas zu sagen und schloß ihn beide Male unverrichteter Dinge. Schließlich machte sie auf dem Absatz kehrt und ging.

Als sich die Tür zum Wohnzimmer hinter ihr schloß, streckte sich Austin auf dem Tresen aus. „Was täte sie nur ohne mich?"

„Um zweiundzwanzig Uhr dreißig schließen wir die Haustür ab."

„Warum?"

„Bitte?"

Jackson bedachte Claire mit einem wohlwollenden, fragenden Blick. „Warum schließen Sie Ihre Haustür um zweiundzwanzig Uhr dreißig ab? Warum nicht um zweiundzwanzig Uhr? Oder um dreiundzwanzig Uhr? Oder um zweiundzwanzig Uhr fünfundvierzig? Das wissen Sie nicht, oder? Sie haben es immer schon so gemacht. Die meisten Menschen gehen durch das Leben, ohne mitzubekommen, was um sie herum vonstatten geht. Wenn ich Ihnen die Welt zeigen könnte, die außerhalb Ihrer jämmerlichen kleinen Routine existiert, dann wären Sie baß erstaunt."

„Ja?"

„Baß erstaunt!" wiederholte der Professor. „Ich werde vor zweiundzwanzig Uhr dreißig zurück sein."

„Ich wüßte ja gern", sagte Claire nachdenklich, als sich die Haustür hinter dem Mann geschlossen hatte, „wofür er Professor ist."

„Er unterrichtet anscheinend Philosophie", sagte Dean, der gerade in die Halle getreten war, als Claire ihre Frage gestellt hatte. „Er ist gerade an eine berühmte Schweizer Uni geladen worden."

„Das erklärt den Akzent."

Dean wirkte verwirrt. „Welchen Akzent?"

„Genau. Näher als bis zu einer Schachtel Nesquick ist er der Schweiz wahrscheinlich noch nie gekommen. Ich bin neugierig; woher haben Sie Ihre Informationen?"

Jetzt verstand Dean kaum noch etwas. Achselzuckend versuchte er, die Unterhaltung wieder in verständliche Bahnen zu lenken. „Als ich die Auffahrt hinauffuhr, hielt Mrs. Abrams mich auf. Sie wollte ganz sichergehen, daß der Professor heil angekommen ist."

„Sie hielt Sie auf, als Sie die Auffahrt hinauffuhren?"

Dean nickte: „Sie hatte sich aus dem Fenster gebeugt. So weit, daß ich anhalten mußte, sonst hätte ihr das Führerhaus des Pick-ups den Kopf abgerissen. Mrs. Abrams war ..." Er unterbrach sich, unsicher, wie er die Erscheinung in Puffärmeln beschreiben sollte, das noch höher auf dem Kopf aufgetürmte, noch heftiger toupierte orangefarbene Haar ...

„Wie?" hakte Claire nach. „Aufdringlich? Nervig?"

„Nein. Doch. Aber in der Hauptsache war sie – aufgetakelt."

„Aufgetakelt? Mehr nicht?" Claire war enttäuscht.

Dean nickte. Die Beschreibung war schwach und erfaßte nicht alles, was er hatte sagen wollen, aber eine bessere fiel ihm nicht ein. Wäre

Mrs. Abrams noch aufgetakelter gewesen, hätte ihr der Busen bis ans Kinn gereicht! Leicht schaudernd bemühte er sich, den Anblick zu vergessen.

Auf dem Tresen lag Austin und stellte sich schlafend. Jacques sah sich im Wohnzimmer die Fernsehübertragung eines Rodeos an. Claire war also keineswegs allein mit Dean und war sich dessen auch bewußt. Sie hoffte, nicht allzu hölzern zu klingen, als sie fragte: „Hatten Sie einen schönen Nachmittag?"

„Klar." Da die Chefin weitere Informationen zu erwarten schien, fügte Dean höflich hinzu: „Ich habe meinen Freund Ted besucht, und er hat mir geholfen, den Pick-up winterfest zu machen. Wir haben die Kontakte und Zündkerzen geprüft, Frostschutzmittel ins Kühlwasser gefüllt und einen Ölwechsel gemacht. Im Winter braucht man anderes Öl."

Claire hatte kein Wort verstanden. So schien es ihr das sicherste, ein unverbindliches Geräusch von sich zu geben.

„Brauchen Sie mich noch?" fragte Dean höflich.

„Nein." Als Dean sich zum Gehen wandte, fügte Claire hastig hinzu: „Aber vielleicht könnten wir uns heute abend mal eine Pizza bestellen und alle drei zusammen einen Film angucken."

„Alle drei?"

„Vier, wenn man Austin mitrechnet, aber der verliert meist schnell das Interesse, wenn er keine Pizza kriegt."

„Eine Pizza bestellen und einen Film anschauen?"

„Jacques kann ja nicht essen. Ich hatte die Idee, als ich vorhin eine Anzeige las: Anscheinend verleiht ein Pizzabäcker in der Johnson Street auch Videos. Von dem kann man sich beides liefern lassen. Zusammen." Sie wußte, daß sie alles viel zu ausführlich erklärte, schien aber einfach nicht damit aufhören zu können. „Ich dachte, vielleicht wollen Sie sich ja zu uns setzen – statt zu kochen."

Vielleicht würden Sie ja bei uns den Anstandswauwau spielen, übersetzte eine Stimme in Claires Hinterkopf, die diesmal nicht aus der Hölle kam, was ja aber in dieser Frage auch nicht unbedingt notwendig war.

„Klar."

Nur daß *klar* diesmal *wenn ich muß* bedeutete. Langsam verstand Claire Deans Dialekt. „Aber Sie würden lieber nicht?"

„Doch, nur läuft im Fernsehen ein Spiel ..."

„Kein Problem." Claire war versucht, sich nach der Sportart zu erkundigen, legte die Frage aber ad acta, weil sie irrelevant war. „Dann sehen wir uns das Spiel an."

Dean lächelte. „Toll! Extrakäse, Peperoni, Pilze, Tomaten?"

„Klingt gut."

„Ich hänge schnell meine Jacke auf, dann rufe ich den Pizzaservice an."

Auf dem Weg nach unten warf Dean einen kurzen Blick auf die Visitenkarte.

Tante Claire, Hüterin
Ihr Unfall ist meine Chance
(Ich versteh das selber nicht)

Austin lag auf dem Rücken, alle Viere in die Luft gereckt. Als Claire nervös mit den Nägeln auf den Tresen klopfte, öffnete er ein Auge. „Damit täuschst du aber niemanden", verkündete er.

„Ach, halt den Rand!"

Als sich das erste Drittel dem Ende der ihm zugestandenen zwanzig Minuten näherte, knabberte Claire an einem Stück Pizzarand, während sie sich fragte, was die ganze Sache eigentlich sollte. Jacques hatte es anfangs nicht gut aufgenommen, daß Dean den Abend mit ihnen verbringen sollte, aber eine angeregte Debatte unter Männern über die Veränderungen, die der Eishockeysport seit seinem Tod erfahren hatte, versöhnte ihn rasch. Claire hatte vergeblich versucht, dem Gespräch zu folgen und zu verstehen, wie man heutzutage die Spielfläche vereist, aber sie hatte es rasch aufgegeben und hörte nun gar nicht mehr zu.

Wenn sie nicht mit Jacques allein sein wollte, brauchte sie nur den Anker aus ihrem Wohnzimmer zu entfernen. Eine einfache Lösung, die ihr aber jetzt erst einfiel. Warum nur?

„Warum was?"

„Habe ich das laut gesagt?"

„*Oui.*"

Claire warf Dean einen fragenden Blick zu, und der nickte zustimmend. Das war gar nicht gut. Eine Hüterin mußte bei der Arbeit streng darauf achten, daß Bewußtsein und Unterbewußtsein klar voneinander getrennt sind. Zum Glück hatte sich Montreal gerade diesen Augenblick ausgesucht, um ein Tor zu schießen. Dann war das Drittel zu Ende, und alle hatten die Unterhaltung vergessen. Bis auf Claire und Austin.

„Sieht aus, als spitzten sich die Dinge zu", murmelte er, ungehört von den beiden Männern, da im Fernsehen gerade wieder einmal ein Werbespot für Bier lief. „Früher oder später mußt du das regeln."

„Ich habe es geregelt. Zu jung und zu nett und zu tot."

„Tot ist eine relative Sache."

„Nein!"

„Kann ich ein bißchen Pizza haben?"

„Nein."

„Warum nein?"

Ehe Claire antworten konnte, hörten sie, wie die Haustür aufging. Austin griff mit der Pfote nach der Fernbedienung und stellte den Ton des Fernsehers leise. „Was denn?" fragte er, als die anderen daraufhin protestierten. „Ihr wollt mir doch nicht erzählen, es interessiert euch nicht, ob er allein nach Hause kommt oder nicht?"

Er kam nicht allein.

„Geben Sie acht auf meine Beine, Professor. Sie sind gewiß von guter Qualität, denn etwas anderes besitze ich gar nicht, aber sie sind nicht mehr so jung, wie sie einst waren, und ich möchte nicht irgendwann einmal feststellen müssen, daß sie kaputt sind!"

Mrs. Abrams' Stimme! Jacques verblaßte leicht. „Für jeden Topf ein Deckelchen", murmelte er. „*C'est legitime* – es stimmt also, was man immer sagt." Das Ganze hatte ihn so mitgenommen, daß er kein *j'entends* hinzufügte.

Austin stupste den Geist mit der Pfote an und auch gleich durch ihn hindurch. „Los, geh schon und sag uns, worüber sie reden."

„Claire sagt, ich darf Gästen nicht nachspionieren."

„Dann spionierst du eben der Nachbarin nach."

Jacques war schon halb verschwunden, überlegte es sich dann aber noch einmal und warf Claire einen fragenden Blick zu.

„Mach schon!" sagte diese.

„Nicht!" Deans Hand fuhr durch einen Geisterarm. „Die beiden haben ein Recht auf Privatsphäre."

„Los! Sonst sind sie oben, und wir werden es nie herausfinden."

Jacques wandte sich zu Dean um und breitete entschuldigend die Hände aus, eine Geste, die klarstellte, auf wessen Seite er in diesem Konflikt stand. Dann war er fort.

„Sie brauchen mir gar nicht zu erzählen, Sie seien nicht neugierig", warnte Claire, ehe Dean noch etwas sagen konnte, „denn ich würde es Ihnen nicht glauben. Qualitätsbeine? Da muß man doch nachhaken."

„Nun, für eine Frau in ihrem Alter ..." Dean sprach nicht weiter, denn nun war Jacques zurückgekommen.

„Sie tragen einen Klapptisch."

„Einen Kartentisch?"

„Ich sehe keine Karten, aber sie ist aus Holz und quadratisch, ungefähr so." Er hielt die Hände auf etwas mehr als Schulterbreite auseinander.

„Der Tisch?"

„*Oui.*"

„Sie wollen Karten spielen." Claire wußte, daß sie eigentlich kein Recht hatte, darüber so erleichtert zu sein. Aber Kartenspielen war weniger erschütternd als das, was sie sich vorgestellt hatte. *Reiß dich mal zusammen, Claire! Auch nervige alte Frauen haben ein Recht auf Sexualität, genau wie du ...*

„Wie schön, daß Mrs. Abrams einen Freund hat, der ihre Interessen teilt", sagte Dean glücklich und griff zur Fernbedienung, denn nun hatte das zweite Drittel begonnen.

Jacques grinste und rollte mit den Augen. Eins rollte dabei über den Rand des Sofatischs.

... vielleicht sogar noch mehr.

Das zweite Drittel sollte laut Stoppuhr noch acht Minuten dauern, da spürte Claire, wie sich ihre Nackenhaare aufstellten. „Irgend etwas ist da los!"

„Powerplay für Montreal", erklärte Dean. „New Jersey hat gefoult, ein Penalty wegen hohen Stocks kassiert und nun einen Mann weniger auf dem Eis. Montreal hat einen Punkt Vorsprung. Jetzt wollen sie die Führung ausbauen ..."

„Das meine ich nicht." Claire stemmte sich mühsam aus dem Sofa hoch und stand auf. „Austin ..."

„Ja. Ich spüre es auch." Mit doppelt so dickem Schwanz wie normal sprang er auf den Boden hinab und atmete durch das halb geöffnete Maul.

„Es kommt nicht von draußen, es ist im Hotel."

„Aus dem Keller?" fragte Dean, die Augen unverwandt auf den Bildschirm gerichtet. Montreal hatte den Puck. Die Hölle konnte sich ruhig noch dreiundzwanzig Sekunden gedulden.

„Nein, nicht im Heizungskeller, und *sie* ist es auch nicht."

„Dann ist ja gut ..."

„Nein. Eine nicht identifizierte Kraftquelle in diesem Haus kann nicht gut sein!"

„Claire!" Durch die durchsichtigen Umrisse seiner Hände starrte Jacques Claire hilfesuchend an. „Ich verblasse!"

Sie wollte ihn gerade streng anweisen, das sein zu lassen – da wurde ihr die Panik bewußt, die in seinem Aufschrei gelegen hatte. „Mit Absicht?"

„Nein."

„Medium!"

Wie Austin ein Wort hatte zischen können, das gar keine Zischlaute enthielt, war Claire unbegreiflich, aber sie hatte keine Zeit, dem nachzugehen. „Jackson! Die beiden spielen gar nicht Karten, sie halten eine Seance ab, und etwas ist schiefgelaufen! Kommt!" Dicht gefolgt von Austin rannte die Hüterin zur Tür.

Montreal beendete zeitgleich mit dem Abpfiff des zweiten Drittels sein Powerplay, und Dean konnte seine Aufmerksamkeit wieder anderen Dingen zuwenden. „He! Wo gehen Sie hin?

„Jacques retten!"

Er holte sie im Büro ein. „Wovor?" fragte er, als die vier die Halle durchquert, wobei Jacques fast transparent war.

„Professor Jackson ist ein Medium", erklärte Claire hastig und ein wenig atemlos, während sie die Treppe hinaufeilte. „Er tut nicht nur so, er ist ein Medium. Gott sei dank sind die selten! Sie haben Macht über Geister."

„*Comme moi?*" Jacques' Stimme verblaßte zusammen mit seiner Erscheinung.

„Ja!" In ihrer Eile verfehlte Claire eine Stufe und wäre gestürzt, hätte Dean sie nicht am Arm gepackt und festgehalten. „Danke!" Nun hatte sie den ersten Stock erreicht, und schon schlug Claire mit beiden Fäusten gegen die Tür von Zimmer eins. „Mrs. Abrams! Professor Jackson! Hören Sie auf! Machen Sie die Tür auf!"

„*Chérie* ..." Jacques verschwand endgültig. Das letzte, was man von ihm sehen konnte, war die flehentlich ausgestreckte Hand.

„Nein!" Claire fuhr herum, um aus den Potentialen Kraft zu ziehen, aber ehe sie dazu kam die Tür aus den Angeln zu pusten, war Dean schon ein wenig zurückgetreten und hatte mit einem einzigen gezielten Tritt seiner Arbeitsstiefel das Schloß gesprengt. Das Resultat war dasselbe.

Inmitten einer glühenden Masse aus winzigen Lichtchen, die in einem wilden Wirbelsturm wie verrückt auf und ab tanzten, stand Professor Jackson. Oder nein, er stand ja gar nicht: Seine Füße schwebten zehn Zentimeter über dem Boden. Mrs. Abrams hockte auf der Bettkante, den Kartentisch vor sich auf den Knien, und starrte mit weit aufgerissenen Augen auf das Schauspiel, eine Hand an den Mund gepreßt, während sie mit der anderen hilflos gestikulierte, als wolle sie die wütend wirbelnden Lichter beruhigen.

„Was ist denn hier los?" Obwohl es im Flur ganz still gewesen war, mußte Dean schreien, um sich verständlich zu machen, sobald er einen Fuß über die Schwelle gesetzt hatte.

„Sieht aus, als sei Jacques zu viel für ihn."

Dean riß die Augen auf. „Jacques greift ihn an?"

„Jacques tut gar nichts. Der Professor hat etwas in Gang gesetzt, was er jetzt nicht mehr im Griff hat."

„Wo ist er?"

„Wer?"

„Jacques!"

Als Antwort wies Claire auf Professor Jackson. „In diesen Lichtern. Teilchen von ihm könnten sogar im Körper des Professors sein."

„Connie!" Mrs. Abrams' schriller Schrei durchschnitt den Lärm, der sie alle umgab, wie das Messer eines Vegetariers ein Stück Tofu. „Sie müssen etwas tun!"

Womit die Frau recht hatte.

„Dean, versuchen Sie, Mrs. Abrams ruhig zu halten", bat Claire.

„Was machen Sie derweil?"

„Jacques retten."

„Seien Sie vorsichtig." Dean mußte sich schräg in den starken Wind lehnen, um überhaupt bis zum Bett vordringen zu können.

„Es ist der Rest der Kräfte, mit denen *sie* ihm einen Körper gab!" Austin hockte, beide Ohren flach am Kopf, eng an die Wand neben der Tür gepreßt und hatte die Krallen so tief es ging in den Teppichboden geschlagen. Mit zusammengekniffenen Augen starrte er zu Claire hoch. „Kannst du Jacques zurückholen?"

„Ich glaube schon." Claire griff in die vorhandenen Potentiale, zog Ruhe daraus und schlurfte langsam und vorsichtig auf die Mitte des Zimmers zu, wobei sie darauf achtete, daß ihre Füße nie den Kontakt zum Boden verloren. Sie wog ungefähr die Hälfte dessen, was Dean auf die Waage brachte und durfte nicht riskieren, einfach fortgeblasen zu werden. Als sie noch eine gute Armlänge vom Professor entfernt war, markierte sie den Punkt, an dem sie stand und fing an, sich um sich selbst zu drehen. Zuerst bewegte sie sich ganz langsam, wobei sie Mühe hatte, das Gleichgewicht zu halten. Dann hob die Kraft sie auf, und sie wurde schneller und schneller, während sie vom Boden abhob. In immer rascherer Folge flogen die Zimmerwände an ihr vorbei, bis sie sie nur noch verschwommen wahrnahm. Langsam, aber sicher verließen die Lichtpunkte ihre Bahn um Professor Jackson und sammelten sich um Claire. *Ach du meine Güte*, dachte die junge Frau unglücklich, während sie sich unermüdlich weiterdrehte, *hätte ich nur das dritte Stück Pizza nicht mehr gegessen!*

„Catherine!" schrie Mrs. Abrams. „Was treiben Sie denn da? Sie müssen den Professor retten!"

„Sie versucht es ja!" Dean konnte nicht sicher sein, daß die ältere Dame ihn auch gehört hatte, denn der Wind hatte zugenommen, als Claire schneller geworden war. Dann zog er rasch den Kopf ein, denn gerade flog eine Nachttischlampe samt Stecker und Schnur durch den Raum, und nun folgte sogar der Nachttisch selbst. Dean hockte auf der Bettkante, ein Knie bereits auf dem Fußboden, und mußte erschrocken feststellen, daß das Bett anfing, sich zu bewegen. Kurz entschlossen schlug er alle Konsequenzen sozusagen in den Wind, warf sich aufs Bett neben Mrs. Abrams und schlang der Dame den Arm um die Taille, während er mit der anderen Hand Jacksons Koffer abwehrte, der gerade angeflogen kam. Das Bett unter ihm bäumte und wand sich aufsässig und versuchte, die zusätzliche Last loszuwerden, um sich in die Lüfte heben zu können.

Was sich nicht rührte, war der Kartentisch. Die Flamme der einzelnen Kerze darauf flackerte nicht ein einziges Mal.

In einem gewissen Maß waren Deans Augen durch die Brillengläser geschützt, trotzdem trocknete der heftige Wind sie rasch aus. Der junge Mann hielt die Lider fast geschlossen und schielte aus einem winzigen offenen Spalt auf das Geschehen in der Zimmermitte. Eines nach dem anderen ließen die kleinen Lichter von Jackson ab und sammelten sich um Claire. Teils einzeln, teils in kleinen Klumpen zogen sie jeweils eine saubere Acht um die beiden sich um die eigene Achse drehenden Gestalten und schwenkten dann in ihre neue Umlaufbahn ein. Nun hatten alle Lichter ihren Kurs geändert, darunter auch einige, die unter der Haut des Professors gesteckt hatten und die der Wirbelwind hatte herausziehen müssen. Der Mann seufzte erleichtert, wurde aber unmittelbar darauf von einem leicht abgenutzten Kulturbeutel aus Leder zu Boden gestreckt, den der Sog der Wirbel aus dem Badezimmer gelockt hatte und der nun den wilden Tanz mittanzte.

Noch war der Spuk nicht vorbei.

Nun begannen die Lichter, um eine neue Position im jeweils gleichen Abstand zu den anderen beiden zu kreisen. Am dritten Punkt des Dreiecks sozusagen. Auch diesmal zog jedes Licht sorgsam seine Acht, ehe es in der neuen Umlaufbahn verblieb.

Das Bett mit Dean und Mrs. Abrams hob sich – zehn Zentimeter, zwölf, fünfzehn – und fiel dann krachend wieder zu Boden.

Inmitten der kreisenden Lichter nahm eine Dean wohlbekannte Gestalt Formen an, denn nun drehten sich die leuchtenden Pünktchen nach innen.

Unter Aufbietung aller Kräfte und aller Muskeln gelang es Dean, die sich heftig wehrende und laut protestierende Mrs. Abrams festzuhalten. Er ging davon aus, daß die lauten Schreie der Dame Protest waren – genau sagen hätte er das nicht können. Dazu pfiff der Wind zu laut, sein Herz schlug zu heftig, und noch dazu trommelte seine Schutzbefohlene mit ihren Hacken auf seine Waden ein.

Der Wind sog eine nach der anderen sämtliche Schubladen aus der Frisierkommode.

Mit jedem Licht, das sich nach innen drehte und verschwand, konnte man Jacques deutlicher erkennen.

Dean runzelte die Stirn. Zu deutlich war der Mann sichtbar. „Claire! Seine Kleidung!" schrie der Junge entsetzt.

Claire schien ihn nicht gehört zu haben – vielleicht kamen die Kleider ja auch zuletzt dran.

Immer mehr Lichter wurden absorbiert, bis nur noch einige wenige in der Umlaufbahn verblieben waren. Jacques wirkte fester als je zuvor.

Dean senkte den Blick. Beim Anblick eines bestimmten Körperteils hätte er vor Schreck fast Mrs. Abrams losgelassen – dann aber fiel ihm ein, daß bei der Geschwindigkeit, mit der sich der Franzose drehte, gewisse Verzerrungen der Realität zu erwarten waren.

Das letzte Licht aus der Umlaufbahn glitt unter Jacques linken Arm.

Nichts geschah. Weiter drehten sich die drei Körper um sich selbst, weiter heulte der Wind mit aller Kraft. Claires Gesicht war in rascher Folge einmal zu sehen, dann wieder nicht, und so konnte Dean nicht sicher sein, meinte aber gesehen zu haben, wie die junge Frau die Stirn runzelte. Dann bog sich der Zeigefinger ihrer rechten Hand zu einer befehlenden Geste.

Ein letztes Licht, so winzig, daß man es leicht auch hätte übersehen können, löste sich vom Professor, umkreiste Claire und traf Jacques auf der Stirn, mitten zwischen die Augen. Die sich daraufhin öffneten.

Der Wind hörte auf zu tosen.

Die Kerzenflamme erlosch.

„... Mitglied der Töchter des Parlamentsausschusses, und wenn Sie nicht sofort damit aufhören, sofort, werde ich mich an meinen Abgeordneten wenden!" In der plötzlichen Stille war Mrs. Abrams Drohung klar zu verstehen. „Wunderbar!" verkündete die alte Dame befriedigt und warf den Kopf hoch, wobei ihre vom Haarspray ganz steifen Haare hörbar knisterten, als sie mit Deans Kinn zusammenstießen. „So ist es schon wesentlich besser."

Als der Wind nachließ, fielen drei Körper und verschiedene Möbelstücke alle zur gleichen Zeit zu Boden. In dem Durcheinander schaffte es Dean, Mrs. Abrams zu verlassen und an Claires Seite zu eilen, ehe die alte Dame an seiner Anwesenheit auf ihrem Bett Anstoß nehmen konnte. Eine der Kommodenschubladen prallte schmerzhaft von seiner linken Schulter ab, aber er betrachtete einen kleinen blauen Fleck als weniger wichtig als Mrs. Abrams' Kommentare zu dem Arm um ihre Taille, den sie nicht erbeten hatte. Zwar mochte es sein, daß sie dankbar reagierte, denn immerhin hatte er sie vor den schlimmsten Auswirkungen eines Wirbelsturms bewahrt, aber genausogut mußte er mit allem anderen rechnen.

„Alles klar?" Dean kniete neben Claire und sah sie besorgt an.

„Wenn das Zimmer aufhört, sich zu drehen, fehlt mir nichts mehr", murmelte die junge Frau.

„Aber das Zimmer bewegt sich gar nicht!"

„Das sagen Sie." Immerhin öffnete sie jetzt die Augen und hob den Arm. „Helfen Sie mir auf."

„Candice! Ich erwarte eine Erklärung!"

Dean legte den linken Arm um Claire und stützte sie. Sie verlagerte leicht ihr Gewicht und ruhte einen Moment an seiner Brust. „Mrs. Abrams", seufzte sie. „Schlafen Sie." Gleich darauf zuckten sie beide zusammen, als ein weiterer Körper auf dem Boden aufschlug. „Tun Sie mir einen Gefallen?" bat Claire. „Legen Sie sie wieder aufs Bett?"

Warm war der Atemhauch des Seufzers durch den T-Shirt-Stoff auf Deans Haut gedrungen ...

„Dean?"

Widerstrebend gab der junge Mann sie frei. „Aber ..."

„Mir fehlt nichts. Oder besser: Wenn ich erst einmal gekotzt habe, wird mir nichts mehr fehlen." Sie zog einen zerbeulten Papierkorb unter der Lampe hervor, schloß ihn liebevoll in beide Arme und warf Dean von unten herauf ein schwaches, aufmunterndes Lächeln zu. „Alles klar."

„Wenn ich helfen könnte, *chérie?*"

Nun konnte Dean nicht länger auf Knien bleiben. Er stand auf, musterte ungeniert den Geist, der sich gerade einen rotgrün karierten Bademantel überzog und konnte erleichtert feststellen, daß die Realität scheinbar alles in normale Proportionen zurückverwandelt hatte. Dann schloß Jacques den Gürtel des Bademantels, und nichts war mehr zu sehen.

„Hilf Dean", befahl Claire vom Fußboden her. „Ich krieche derweil hinüber zu Jackson und sehe nach, was mit dem los ist."

„Aber ..."

„Ich weiß. Aber erst einmal müssen wir das Chaos beseitigen."

Dean wollte sich gerade Jacques' Protesten anschließen, als ihm einfiel, daß der Geist – oder was immer Jacques jetzt sein mochte – ja bei Claire bleiben würde, wenn er sich nicht ihm, Dean, anschloß. „Los!" befahl der junge Mann also energisch. „Nimm die Füße."

„*Chérie ...*"

„Jetzt nicht."

Als Claire zu dem Professor hinüberzukriechen begann, ohne sich weiter um den Geist zu kümmern, zuckte Jacques die Achseln, massierte sich mit beiden Händen den Nacken unter dem Bademantelkragen und folgte Dean.

Austin war bereits beim Professor angelangt, der auf dem Fußboden lag und hatte, als Claire nun auch eintraf, schon eine erste vorläufige Diagnose parat. „Er hat Atembeschwerden."

„Er hat eine zehn Pfund schwere Katze auf der Brust."

„Es stimmt, meine Knochen sind schwer!" pflichtete Austin ihr bei und stieg sittsam von der Brust des Professors zurück auf den Boden. „Ich glaube, sonst ist bei ihm die eine oder andere Sicherung durchgebrannt."

„Das geschieht ihm recht." Claire stellte den Papierkorb weg, beugte sich über Jackson und hob mit Daumen und Zeigefinger dessen linkes Augenlid.

„War das die einzige Lösung? Jacques mit Fleisch auszustatten?"

„Wäre dir etwas Besseres eingefallen?"

„Mir? Nein."

Claire ließ das Augenlid fallen, das sich mit einem hörbaren Ploppen auf den Augapfel senkte. Wütend starrte sie Austin an. Spuren der Matrix, mit deren Hilfe Tante Sara Jacques einen Körper gegeben hatte, waren die Verursacher des Problems gewesen. Da war es ihr sinnvoll und logisch erschienen, mit Hilfe dieser Spuren das Problem auch zu lösen. Mit einer schnelleren, effektiveren Lösung hatte Claire nicht aufwarten können. Das war die Geschichte, die sie sich zurechtgelegt hatte, und selbst in der relativen Privatsphäre ihres eigenen Kopfes würde sie diese Geschichte nicht hinterfragen. „Was willst du damit sagen?"

„Ich? Nichts!" Sanft rollte der Kopf des Professors auf den Kater zu, und der hob die Pfote, um ihn wieder in die alte Position zurückrollen zu lassen. „Solltest du nicht besser auf das achten, was du da tust?"

Mit zusammengebissenen Zähnen zog Claire vorsichtig Kraft und widmete sich ihren Pflichten. Nach einer Weile stöhnte Professor Jackson leise und öffnete die Augen. „Wo bin ich?" flüsterte er kaum hörbar.

Claire war seit mittlerweile zehn Jahren aktiv als Hüterin im Einsatz, und in dieser Zeit hatte sie nur ein einziges Mal erlebt, daß jemand aus einer Bewußtlosigkeit erwachte und eine andere Frage stellte. „Mach das noch mal" war keine Frage, also hatte Claire den Satz bis jetzt nie mitgezählt. „Wo Sie sind, spielt keine Rolle", teilte sie Jackson mit, wobei sie ihm sanft mit der Rechten die Augen schloß. „Schlafen Sie."

Bald lag auch dieser Schläfer auf dem Bett, wobei Dean trotz Jacques' heftiger Proteste, der eine Menge Alternativen vorzuschlagen gehabt hatte, für züchtigen Abstand sorgte. Claire forderte beide auf, das Zimmer zu verlassen.

„*Chérie,* wir haben nicht ewig Zeit!"

„Ich weiß. Ich habe dir den Körper gegeben, um dich – und Jackson – zu retten, nicht um ..." Da Dean ihnen zuhörte, war es Claire unmöglich, den Satz zu beenden, aber sie leistete keinen Widerstand, als Jacques ihren Arm nahm und sie sanft zu sich umdrehte, damit sie ihm ins Gesicht sah. Sanft streichelten seine kühlen Finger ihre Wangen, und sein Mund war zu dem Lächeln verzogen, das sie so unwiderstehlich fand. Als er die Lippen öffnete, taten es ihre Lippen ihm unwillkürlich nach.

„Au! Austin!"

„Darf ich dich daran erinnern", sagte der, während Claire rückwärts stolperte und gestürzt wäre, hätten nicht Dean und Jacques sie an je einem Arm gepackt, „daß die beiden Körper, die sich *bereits* im Bett befinden, versorgt werden müssen, ehe noch mehr Körper in irgendwelchen Betten landen? Du mußt dich um die Erinnerungen der beiden kümmern."

„Ich wollte ..."

„Erspar mir Einzelheiten! Kümmere dich um die Geisterbeschwörer."

Claire preßte die Lippen zusammen, bis sie nur noch eine dünne Linie waren und wies mit dem Kinn auf die Tür. „Also schön: alle raus hier!"

Nicht einmal Jacques wagte Widerworte.

„Du nimmst dies alles erstaunlich gefaßt auf", sagte der Geist, nachdem sich die Tür hinter ihm und Dean geschlossen hatte.

Dean zuckte die Achseln. Wirklich gefaßt fühlte er sich eigentlich nicht, aber er hätte auch nicht sagen können, wie ihm sonst zumute war. „Du scheinst auch nicht besonders mitgenommen", entgegnete er, und die beiden folgten Austin die Treppe hinunter. „Du trittst sehr vorsichtig auf, aber ..."

„Ich bin es nicht mehr gewöhnt, Boden unter den Füßen zu spüren."

„Du faßt dich immerfort überall an."

Jacques richtete sich zu voller Größe auf, was jetzt, wo seine Beine auf dem Boden standen, um einiges weniger war als vorher. „Was sollen diese persönlichen Fragen? Die stelle ich dir doch auch nicht."

„Tut mir leid ..." Mit roten Ohren stopfte Dean die Hände in die Vordertaschen seiner Jeans. „Was tun wir jetzt?"

„Weiß nicht."

„Aber ich." Mit einem Satz ließ Austin die letzten drei Stufen hinter sich, landete auf dem Boden, drehte sich um und starrte die beiden Männer herausfordernd an. „Vergessen wir mal, daß hier einer tot ist und einer nicht. Da ihr euch keinen unnötigen Ärger einhandeln wollt, weil wir ja nicht wissen, wie die Sache hier ausgeht, solltet ihr jetzt erst mal die Katze des Hauses füttern."

„War da nicht noch ein halbes Stück Pizza übrig?" wollte fast zwei Stunden später eine erschöpfte Claire wissen und ließ sich auf das Sofa fallen. „Ich bin am Verhungern."

Austin lag am anderen Ende des Sofas und öffnete lässig ein Auge. „Ich habe den Mäusen gesagt, sie dürfen es sich nehmen", erwiderte er. „Ich dachte, das will sonst niemand mehr."

Claire massierte mit der einen Hand ihren Nasenrücken und wischte Austins Worte mit der anderen beiseite. Mäuse! Auch gut. Egal. „Wo sind die beiden?"

„Hier." Jacques tauchte aus dem Schlafzimmer auf und spielte mit dem Gürtel an Jacksons Bademantel. „Ich hatte vergessen, wie viele Empfindungen die Welt hat, alte, neue ..."

Dann öffnete sich die Badezimmertür, und Dean trat heraus, die Brille in der Hand, die Haare feucht. Fassungslos öffnete Claire mehrmals den Mund, um etwas zu sagen, schloß ihn jedoch immer gleich wieder.

Deans Ohren liefen scharlachrot an, als er sich hastig die Brille auf die Nase schob. „Tut mir leid! Ich habe nur Ihr Handtuch benutzt. Es wurde spät, und das Spiel war gerade zu Ende, und ich wollte warten, bis Sie wiederkommen ..."

„Das Spiel?" fragte Claire.

„*Oui*. Hockey mit Untertauchen – wer gewinnt, taucht den anderen ins Waschbecken", erklärte Jacques, und seine Lippen verzogen sich spöttisch.

„Hockey", wiederholte Claire.

Austin kicherte. „Ich weiß, an was für neue Empfindungen du gedacht hast."

„Halt die Klappe."

„Hier hat jemand eine schmu..."

Rasch hob sie den Kater auf den Schoß und legte ihm eine Hand vor das Maul. „Dieser jemand hat aber auch Hände", rief sie ihm drohend ins Gedächtnis.

Lärm im Foyer lenkte die Aufmerksamkeit aller auf andere Themen.

„Das ist Mrs. Abrams, die geht", erklärte Claire und unterdrückte ein Gähnen. „Sie erinnert sich an eine wunderschöne Seance, in deren Verlauf Jackson erfolgreich Kontakt zu einem Geist aufgenommen hat, den sie einst am Fenster von Zimmer zwei hat stehen sehen, als sie noch ein junges Mädchen war und den sie in jüngster Zeit hier im Eßzimmer und in der Eingangshalle und im Büro und dann noch einmal am Fenster von Zimmer zwei hat sehen können!"

Jacques wurde ungemütlich zumute, denn bei dieser Aufzählung hatte Claires Stimme mit jedem Wort strenger geklungen. „Tut mir leid, *chérie*. Ich dachte, sie sieht mich nur einmal."

„Du hattest dir schon gedacht, daß sie dich einmal gesehen hat, und hast mir nichts davon gesagt?"

„Ich hielt es nicht für ..."

„Wenn ich das gewußt hätte, hätte ich den ganzen Zwischenfall von vornherein verhindern können."

„Aber dann hätte ich kein Fleisch."

Claire wollte dieses spezielle Thema gern noch einen Moment lang aufschieben und überging den Einwand. „Nun glaubt unsere Nachbarin, es sei ihr gelungen, dich glücklich und zufrieden zur letzten Ruhe zu betten, so daß du dich jetzt auf der Seite des Lichts befindest." Mit Mühe gelang es Claire, einen warnenden Finger auf Jacques zu richten: „Halte dich also in Zukunft von den Fenstern fern."

„Bestimmt!"

„Wenn sie dich zufällig doch sieht ..."

„Dann sage ich es dir *immediamment*."

„Gut." Claire ließ sich gähnend in die Polster sinken. „Das Komische ist nur, daß ich nicht die erste Hüterin bin, die in ihrem Kopf herumgefuhrwerkt hat. Schon vorher wurde einmal eine Gedächtnissektion beträchtlich geändert."

„Mr. Smythe sagte, Mrs. Abrams wohne schon ihr Leben lang im Haus nebenan", wußte Dean zu berichten. „Das Haus hieß früher Pension Groseter, und man konnte dort möblierte Zimmer mieten. Smythe sagte, einer der Mieter sei Mr. Abrams gewesen. Der Ärmste hätte nicht schnell genug die Flucht ergriffen und so eine volle Breitseite abbekommen." Als Claire den Kopf hob und ihn verwundert ansah, zuckte der junge Mann entschuldigend die Achseln. „Ich gebe nur wieder, was Smythe gesagt hat. Andererseits sagt Mrs. Abrams selbst immer wieder, die Dinge hier im Haus seien nicht mehr so, wie sie sie als junges Mädchen gekannt habe. Vielleicht hat sie damals schon gern herumgeschnüffelt und etwas gesehen, was sie nicht hätte sehen dürfen."

„Du meinst *außer* Jacques?"

Ohne tatsächliches Ausatmen fehlte auch dem Seufzer der Nachdruck. Das jedoch machte er durch die Gesten wett, die den Seufzer begleiteten: Er beugte sich über die Rückenlehne des Sofas und strich Claire eine Locke hinter das Ohr. „Es tut mir so leid, daß die alte Frau dir Scherereien macht, *chérie*. Aber ich bin schon so lange tot, da ist es nicht überrascht, wenn jemand mich sieht."

„Überraschend." Claire genoß die Berührung, und als ihr das klar wurde, entzog sie Jacques rasch ihren Kopf.

Der lächelte. „*Oui*."

„Ich glaube ...", Claire beförderte ihre Locke wieder dorthin, wo sie hingehörte, „ich glaube, daß sie wohl versehentlich in den Heizungskeller spaziert ist. Vielleicht ist sie einem Hüter gefolgt."

„*Ihr*?" fragte Dean und wies mit dem Daumen hoch in Richtung Zimmer sechs.

„Wahrscheinlich Onkel sowieso. Als *sie* hier die paar Monate Hüterin spielte, da war Mrs. Abrams bereits Teenager und zu alt ...", ein weiteres Gähnen zwang Claire zu einer Pause, „sich in den Kellern der Nachbarschaft herumzutreiben."

„*Chérie*, es wird Zeit fürs Bett!" verkündete Jacques.

Dean sprang auf. „Das gilt auch für mich. Ich gehe dann mal lieber – ich gehe lieber runter und ..." Unfähig zu sagen, was er eigentlich sagen wollte und gar nicht sicher, ob er überhaupt wußte, was er sagen wollte, sah sich der junge Mann außerstande, einen vollständigen, zusammenhängenden Satz zu bilden. „Der Tag war ... nun ... es war ein langer Tag, nicht?" Er spürte, wie ihm das Blut in die Wangen schoß und wünschte heftig, der Boden möge sich einfach auftun und ihn verschlingen. Ehe die Situation nur noch peinlicher werden konnte, eilte er entschlossen zur Tür.

„Warten Sie."

Der junge Mann blieb stehen, den einen Fuß schon im Büro, den anderen in Claires Wohnzimmer. Weil sie ihn darum gebeten hatte. Er fragte sich, ob sie ahnte, was er alles zu tun bereit war, sollte sie ihn darum bitten.

Dann spürte er ihre Hand auf seiner Taille. Claire schob ihn weiter ins Büro hinein, folgte ihm und schloß die Tür hinter sich.

„Sie und ich, wir haben im letzten Monat allerhand zusammen durchgemacht. Sie sollen wissen, daß Jacques und ich nicht ... daß ich nicht ... ich bin nicht ... wir werden nicht ..."

„Warum nicht?"

Claire starrte erstaunt zu ihm hoch. „Warum nicht?"

Dean überwand das Bedürfnis, die Frau vor ihm zu packen und kräftig durchzuschütteln. Statt dessen nickte er. „Warum nicht? Nun hat er doch einen Körper, Sie haben ihm das Fleisch gegeben, nach dem er die ganze Zeit gejammert hat."

„Nur um ihn und Jackson zu retten und auch nur bis zum Morgengrauen."

„Gut. Aber da Sie beide es wollen ..." Dean hob die Hand, um Claires Proteste gar nicht erst laut werden zu lassen. „Ich bin nicht blind. Ich sehe doch, wie sie zusammen agieren. Warum sollten Sie die Tatsachen nicht ausnutzen?"

„Weil Jacques tot ist?"

„Wollen Sie von mir hören, daß das ein Grund wäre, es nicht zu tun?"

„Nein", sagte sie. „Ich glaube nicht. Jacques Körper mag tot sein, aber seine Leidenschaft, seine Persönlichkeit, ja selbst seine körperliche Erscheinung sind geblieben, und nun verfügen sie über Materie." Claire stand so dicht vor Dean, daß sie den leisen Hauch Weichspüler riechen konnte, der von seiner Kleidung ausging. Sie versuchte, durch ihr eigenes Spiegelbild in seinen Brillengläsern hindurch Deans Augen zu sehen. „Finden Sie das in Ordnung?"

Dean mußte blinzeln. Wie oft er sich diese Szene ausgemalt hatte: „Warum sollte ich es denn nicht in Ordnung finden?" hätte er jetzt sagen müssen und Claire daraufhin: „Weil ich eigentlich Sie begehre!" Von dem Punkt an waren die Dinge in seiner Phantasie dann immer zu einem raschen und erfreulichen, wenn auch leicht unklaren Ende gekommen. Er hatte nicht vorgehabt, ihr die Sache mit Jacques noch extra einzureden! Genau das schien er aber getan zu haben, und auch wenn ihm nicht klar war, wann genau die Unterhaltung diese ungeplante Wendung genommen hatte, gab es jetzt nur noch einen Ausweg: „Klar doch!" sagte er tapfer. „Machen Sie nur."

Claire hatte erwartet, dieses *Klar doch* mit: *Würde es Ihnen denn etwas ausmachen, wenn es für mich nicht in Ordnung wäre?* übersetzen zu können, fand aber, daß dies nicht der Fall war. Sie sah sich nicht imstande, die beiden Worte zu interpretieren und war leicht verwirrt. „Ich will ja gar nicht behaupten, daß ich mein gesamtes Leben umkrempeln würde, um ihre Gefühle zu schonen, aber ich möchte Sie ungern ..." Verletzen hatte sie sagen wollen, aber die Annahme, sie sei durch ihre Handlungen imstande, ihm Kummer zu bereiten klang selbst für eine Hüterin zu überheblich. „... beunruhigen", fuhr sie stattdessen fort. „Ich möchte Sie nicht beunruhigen."

„Für mich ist die Sache kein Problem."

Es war durchaus ein Problem für den Jungen, aber jede Hüterin lernt schon früh in der Ausbildung, daß man eine Lüge manchmal einfach unkommentiert stehen lassen muß. Jedem Menschen steht ein gewisses Maß an emotionaler Intimsphäre zu. „Gute Nacht, Dean", sagte Claire.

„Gute Nacht, Boß."

Sie sah ihm nach, wie er durch die Halle ging, und lauschte seinen Schritten auf der Treppe, bis sich ein pelziges Paket an ihre Waden drückte und sie ablenkte. „Was ist, Austin", fragte sie.

„*Klar doch* hieß in diesem Fall: Ich bin nicht dumm, ich habe durchaus mitbekommen, daß Sie ihre Wahl getroffen haben. Wenn ich mich jetzt darüber aufrege, stehe ich da wie ein Weichei, das sich beklagt, weil es nicht kriegt, was es will und da ist es besser, ich tue so, als würde mir die ganze Sache nichts ausmachen."

Claire blinzelte. „Woher weißt du das?"

„Das ist so ein Männerding."

„Ach ja? Schön." Claire stieg über den Kater hinweg, schloß nachdrücklich die Tür vor dessen Nase – nicht daß ihn eine geschlossene Tür je aufgehalten hätte – und wandte sich an Jacques, der hingegossen in einem Lehnsessel lag und sich die Nase mit einem alten Holzlineal kratzte. „Warum tust du das?"

„Weil ich es noch nie getan habe." Der Geist warf das Lineal weg und stand auf. „Hast du deinem Freund alles gesagt, was du ihm sagen wolltest?" Als Claire nickte, griff er nach ihren Händen. „*Bien*. Nun will ich dir etwas sagen."

„Jacques ..."

„*Non*. Ich bin dran." Sein Griff um ihre Finger wurde fester, wobei seine Hände kühl und immer noch auf unheimliche Art ohne Substanz waren. „Ich begehre dich. Du weißt, wie ich dieses Fleisch gebrauchen möchte, das du mir gegeben hast, aber ich werde keinen Druck auf dich tun."

„Ausüben."

„Auch nicht. Wenn du beschließt, daß wir heute nacht nicht zusammen sein werden – ich habe immer noch ein eigenes Bett oben auf dem Boden. Aber du solltest wissen, daß du mir mehr bedeutest als die Unterbrechung einer sehr, sehr langen Zeit ohne Frau."

„Jacques."

Er ächzte. „Zuviel? Das letzte, das über die Frauen, hätte ich nicht sagen sollen, ich weiß. Es ist komisch, ich bin, wie sagt man ... nervös?"

„Ja, so sagt man." Der Augenblick war da. Claire mußte sich entscheiden. Jacques war ja sexy und witzig, und vom ersten Moment an, gleich nachdem Claire ihn gezwungen hatte, sich zu zeigen, hatte zwischen ihnen beiden eine knisternde Spannung geherrscht. Aber andererseits war er auch tot, und das hätte für die meisten Menschen wohl ein ziemliches Problem dargestellt. „Ich möchte mich nicht so verhalten wie *sie*."

„Du hast mit *ihr* nun überhaupt nichts gemein!" Jacques ließ Claires Hände los und umspannte statt dessen sanft das Kinn der jungen Frau.

„Ich will dich nicht einfach nur benutzen."

„Benutz mich ruhig. Ich kann ihn vertragen."

„Es."

„Wir brauchen einander. Hör auf, dich zu sorgen, du könntest es bereuen. Jetzt ist jetzt!"

Er wollte sie küssen. So lange lag Claires letzter Kuß noch nicht zurück, daß sie die Anzeichen nicht hätte deuten können. Sie wußte jedoch einfach nicht, wie sie auf einen solchen Kuß reagieren würde. Dreiundfünfzig Sekunden später wußte sie es.

„Oh je ..."

PERFEKT. JETZT IST SIE ABGELENKT.

WIR SOLLTEN DA OBEN SEIN, protestierte die andere Hälfte der Hölle. WIR VERPASSEN EINE ASTREINE GELEGENHEIT, IN IHREM KOPF CHAOS ANZURICHTEN.

ICH HABE HIER UNTEN BESSERE MÖGLICHKEITEN.

Sie hatte die Sickeremanationen an einem Punkt gesammelt und sie so daran gehindert, in den Schild zu entweichen.

WIRST DU EIN ZWEITES TEUFELCHEN ERSCHAFFEN?

WEISST DU, WAS DEIN PROBLEM IST? DU DENKST NICHT WEIT GENUG. DESHALB WIRST DU BIS IN ALLE EWIGKEIT IN DIESEM LOCH SCHMOREN. DU KRIEGST DIE SICKEREMANATIONEN NICHT DURCH DEN SCHILD.

OH DOCH.

KRIEGST DU NICHT.

DOCH, KRIEG ICH WOHL.

K...

WILLST DU DICH MIT MIR STREITEN? Schweigen. Scheinbar schien die Hölle sich nicht streiten zu wollen. DAS IST AUCH BESSER SO. ICH KRIEGE DIE SICKEREMANATIONEN DURCH DEN SCHILD, WENN ICH DIE VERBINDUNG NUTZE, DIE DIE HÜTER GESCHAFFEN HABEN.

Die gesammelten Sickeremanationen fingen an, sich zu rühren.

Im Rest der Hölle gingen Glühlampen mit geringer Wattzahl an: Langsam dämmerte dort Erkenntnis. ABER DAS GEHT DIREKT HOCH ZU *IHR*!

JA.

SIE HAT VERSUCHT, UNS ZU BENUTZEN.

ES IST IHR NICHT GELUNGEN.

WIR WÜRDEN DAS LIEBER NICHT NOCH EINMAL RISKIEREN.

NIEMAND HAT DICH GEFRAGT. *SIE* WIRD SICH FÜR MICH UM DIESE JUNGE HÜTERIN KÜMMERN.

Oben in Zimmer sechs, unter staubbedeckten Lidern, bewegten sich Tante Saras Augen in ihrem ersten Traum seit über fünfzig Jahren.

„Jacques, warte. Ich habe etwas gespürt ..."
„Das?"
„Nein ... oh. Ja."

„Hey, Diana." Claire hatte sich den Hörer unters Kinn geklemmt, knöpfte die Manschettenknöpfe an ihrem Hemd zu und lauschte auf die Geräusche in der Küche, in der Dean umherging und das Frühstück bereitete. „Ist Mama da?"

„Selber hey", erwiderte ihre Schwester mißtrauisch. „Wieso bist denn du schon so früh am Mor... mein Gott! Ich fasse es nicht! Du hast mit dem toten Typen gepennt!"

Claire hielt sich den Hörer weit vom Ohr weg und starrte ihn vorwurfsvoll an, auch wenn sie wußte, wie vergeblich ihr Tun war.

„Du brauchst es gar nicht zu leugnen." Blechern drang Dianas Stimme aus dem winzigen Lautsprecher. „Ich höre es an deiner Stimme."

„Was hörst du an meiner Stimme?" wollte Claire wissen und hielt sich den Hörer resigniert wieder ans Ohr.

„Du weißt schon, diese post-nekrophile Schuld. Wie war er? Ich würde ja einen Witz darüber machen, wie schön steif der sowieso schon ist, aber dann flippst du mir bloß aus."

„Diana!"

„Versteh mich nicht falsch, ich kann deine Wahl gut nachvollziehen! Auch ohne die Sache mit den verbotenen Früchten! Als Hüterin ist man immer auf Achse, immer eilig, eilig, geschäftig, geschäftig. Man hat halt Verpflichtungen! Ein toter Typ erwartet jedenfalls nicht gleich, daß man seßhaft wird und Vater, Mutter und Kind mit ihm spielt, nur weil man mal mit ihm gevögelt hat. Als du ihm den Körper gegeben hast: War das die Originalausstattung oder hast du ein paar Ergänzungen vorgenommen – du weißt schon wo?"

Claire holte einmal tief Luft und versuchte, weder die Ruhe zu verlieren noch die Stimme zu heben. „*Ist* Mama da?" wiederholte sie ihre anfängliche Frage.

„Nein, und da kannst du von Glück sagen. Was für ein Vorbild gibst du denn für deine jüngere Schwester ab?"

„Sag ihr, daß ich angerufen habe."

„Soll ich ..."

„Nein. Sag ihr einfach, daß ich angerufen habe."

„... natürlich bin ich auf den Füßen gelandet, aber der andere ..." Austin unterbrach sich, als Claire in die Küche kam. Er wickelte sich den Schwanz um die Zehen, saß da und starrte zu ihr auf, ohne mit der Wimper zu zucken.

Claire warf Dean einen fragenden Blick zu. Der zuckte lediglich die Achseln, woraufhin sie sich wieder an den Kater wandte. „Was ist los?" fragte sie mit einem leisen Seufzer.

„Nichts. Ich wollte nur behilflich sein, damit der Morgen danach für Dean und dich nicht allzu peinlich wird. Jetzt kannst du ja weitermachen." Mit diesen Worten und einem selbstzufriedenen Grinsen ums Maul sprang der Kater auf den Boden und tappte von dannen.

In der Küche herrschte Schweigen.

Dean hatte schlecht geschlafen, obwohl das eigentlich anders hätte sein müssen. Hatte er sich nicht entschieden, die Leinen zu kappen, weil das Netz nicht einzuholen war? Hatte er nicht das Boot gerettet, um ein andermal wieder auf Fischfang fahren zu können? Hatte er sich nicht ehrbar in allen möglichen Metaphern verfangen, die er vorher so gut wie nie in den Mund genommen hatte? Eigentlich hätte ihm der Schlaf des Gerechten vergönnt gewesen sein müssen, der Schlaf des Mannes, der die Schlacht verloren hat, aber keineswegs den Krieg. Aber leider hatte Dean kaum ein Auge zubekommen, denn sein Schlafzimmer lag direkt unter dem Claires. Sobald sein Kopf das Kissen berührt hatte, hatte seine Phantasie beschlossen, zwanzig Jahre Zurückhaltung genug sein zu lassen und angefangen, auf Hochtouren zu arbeiten. Irgendwann war er auf das Sofa im Nebenzimmer umgezogen und hatte dort endlich noch ein paar Stunden schlafen können.

„Tja", sagte er, „Sie sind früh auf. Wo ist Jacques?"

Ehe Claire antworten konnte, wurde er rot und hob abwehrend die Hände. „Entschuldigung! Das sollte sich nicht so anhören, wie es sich anhörte."

„Wie hörte es sich denn an?"

„Als hätte ich ein Recht, das zu wissen." Dean holte tief Luft, rückte sich die Brille zurecht und sagte: „Möchten Sie Kaffee?"

„Klar." Als Dean ihr einen verwunderten Blick zuwarf, ehe er auf das Regal langte und einen Becher herunternahm, hoffte sie, den richtigen

Tonfall getroffen zu haben. *Zwischen Ihnen und mir hat sich nichts geändert* – das hatte ihr *klar* vermitteln sollen. Dean sollte ruhig weiterhin für sie empfinden, was er für sie empfand – was es auch sein mochte, ein wenig davon konnte unerwidert doch bestimmt nicht schaden. Sie konnte ihn weiter für einen unglaublich netten, unglaublich hübschen Jungen halten, der zufällig auch noch Fenster putzte. Das hatte Claire beim Anziehen beschlossen, sich dabei allerdings auch gefragt, warum sie sich über Deans Reaktion auf ihre Nacht mit Jacques überhaupt derart ausführlich den Kopf zerbrach. „Jacques hat sich auf den Speicher zurückgezogen und braucht, wie er sagt, Zeit zum Nachdenken."

„Ah."

Wieder herrschte Schweigen.

„Jackson ist noch nicht heruntergekommen."

Dankbar über den Themenwechsel sah Dean auf die Uhr. „Nein. Aber es ist ja auch erst acht."

„Ah."

Ehe das Schweigen sich so weit ausdehnte, daß ein Gespräch über die für die Jahreszeit zu hohen Temperaturen entstand, ging die Haustür auf und wieder zu.

Dean runzelte die Stirn. „Bleiben Sie, wo Sie sind", murmelte er und band sich die Küchenschürze ab. „Ich gehe nachsehen."

Seufzend machte sich Claire auch auf den Weg in die Eingangshalle. „Was hatte ich Ihnen zu einem solchen Verhalten gesagt?"

„Im besonderen?"

„Im allgemeinen."

„Sie sagten, Sie seien Hüterin und könnten auf sich selbst aufpassen."

„Richtig!"

Die junge Frau, die sich tief nach unten gebeugt hatte, um Austin zu streicheln, der schnurrend um schwarze Leggins und knöchelhohe Stiefeletten stolzierte, schien weder Bedrohung noch Gast zu sein. Sie richtete sich auf, schob in dem vergeblichen Versuch, eine dunkellila Beule zu verdecken, mit zitternder Hand eine zerzauste Locke in die Stirn, und Claire hatte den deutlichen Eindruck, einen Menschen vor sich zu haben, der mit letzter Kraft den Kopf über Wasser hielt, aber nicht mehr lange.

Ein rascher Blick auf Dean zeigte, daß der junge Mann bereitstand, alles oder jeden mit Schwung auf die Hörner zu nehmen, der oder das es gewagt haben sollte, eine solch zerbrechliche Schönheit in einen derart ramponierten Zustand zu versetzen.

Ein zarter Unterkiefer bewegte mühsam ein Kaugummi hin und her, und diese unendlich müde Bewegung schien derart reflexbedingt und unvermeidlich, daß es Claire wie ein Schock traf, als sie aufhörte und die Frau statt dessen zu sprechen begann. „Ich war die ganze Nacht auf den Beinen", verkündete sie. „Ich brauche ..."

„Ein Zimmer?" fragte Claire.

Das Mädchen sah sich um, ehe sie antwortete: „Ich habe kein Geld."

„Das geht in Ordnung." Hüter wurden gerufen, wenn sie gebraucht wurden, manchmal kamen die Bedürftigen aber auch zu ihnen. Claire tippte Dean leicht auf den Arm. „Würden Sie Zimmer drei herrichten?"

„Klar doch, Boß."

Niemand sprach, bis Dean die Treppe hinauf verschwunden war.

„Eine schöne Katze!" Eine zitternde Hand strich immer wieder über das seidige Fell, vom Kopf bis zum Schwanz. „Ihre?"

„Das kann man so nicht sagen."

„Ich hatte auch einmal eine Katze." Das Mädchen schloß die Augen, unter denen sich tiefe Ränder abzeichneten. Als es sie wieder öffnete, irrte ihr Blick unsicher in der Eingangshalle umher, als habe sie vergessen, wo sie sich befand.

Sanft stieß Austin sie an.

„Ich sah Ihr Schild. Ich habe gedacht, wenn ich mich ein paar Stunden hinlege, kann ich auch wieder nachdenken. Dann fällt mir ein, was ich tun kann. Aber ich kann nicht zahlen ..."

„Das Zimmer ist da und steht leer", sagte Claire und trat vor. „Da können Sie es ebensogut auch bewohnen."

Sie war offenbar zu müde, um klar denken zu können und schüttelte den Kopf. „So geht das nicht."

„Hier schon."

„Oh." Sie blickte auf die Treppe, und ihre dünnen Schultern sanken herab. „Ich kann nicht."

„Ich werde Ihnen helfen." Nach der dritten Stufe hatte Claire das Mädchen in Kraft gehüllt, und als sie im ersten Stock ankamen, konnte sie nur hoffen, daß der Professor nicht ausgerechnet diesen Moment wählen würde, um sein Zimmer zu verlassen und sich zum Frühstück zu begeben. Rasch geleitete sie das Mädchen zu Zimmer drei, wo sie wartete, um Dean Gelegenheit zum Gehen zu geben.

Als er den Mund öffnete und etwas sagen wollte, schüttelte Claire den Kopf und schob sich rasch an ihm vorbei ins Zimmer. Helfen würde er erst können, wenn sie genau wußten, was eigentlich los war.

Claire setzte die junge Frau auf die Bettkante, trat zurück und sah Austin zu, der es sich auch auf dem Bett gemütlich machte. „Macht es Ihnen etwas aus, wenn der Kater bleibt?"

„Nein." Das Mädchen streckte die Hand aus, um Austin wieder zu streicheln. „Sind Sie glücklich zusammen, Sie und der Mann?"

Claire zwinkerte. „Ich bin nicht mit ihm zusammen."

Das Gesicht der jungen Frau lief tiefrot an, und die häßliche Beule auf ihrer Stirn leuchtete purpurn. „Bitte entschuldigen Sie. Sie sahen nur so ..."

„Postkoital aus", murmelte Austin, als sie innehielt.

„Ignorieren Sie das *bitte*", suggerierte Claire, wobei sie das Zauberwort mit zusammengebissenen Zähnen hervorbrachte, „ich werde Sie jetzt allein lassen, schlafen Sie etwas. Wir werden später reden."

HALLO ...

JETZT NICHT. ICH WILL DAS BISSCHEN ENERGIE, DAS WIR HIER RAUSGESCHAFFT KRIEGEN, NICHT AN NEBENSÄCHLICHKEITEN VERSCHWENDEN.

DU WILLST DAS NICHT? WAS, WENN WIR DAS NUN WOLLEN?

Die Zeit verging, und das war das einzige Geräusch, das im Heizungskeller zu hören war. Nach einer Weile beantwortete der Rest der Hölle seine eigene Frage.

VERGISS ES.

Als Claire wieder in die Küche kam, war auch Jackson heruntergekommen, um zu frühstücken. Er wirkte äußerst zufrieden, während er seinen Schinken und seine Eier verzehrte, er summte leise vor sich hin, während er seinen Toast mit Marmelade bestrich und mit der zufriedenen Geste eines Mannes, der es fertiggebracht hat, seinen eigenen hohen Erwartungen gerecht zu werden, rührte er sich Zucker in den Kaffee. Zum Glück ließ ihn sein Hochgefühl in derart luftigen

Gefilden weilen, daß ein Gespräch mit Hotelpersonal weit unter seiner Würde lag.

Er wischte sich den Mund ab, erhob sich und informierte sowohl Claire als auch Dean höflich, er werde abreisen, sobald er gepackt habe.

„Nun?" wandte sich Dean neugierig an Claire, kaum daß Jackson außer Hörweite war. „Wer ist sie? Was ist los? Hat sie gesagt, wir sollen die Polizei rufen?"

„Ich kann keine dieser Fragen beantworten, aber da Austin bei ihr ist, werden wir bald mehr wissen."

„Austin?"

„Warum nicht? Sie ist müde und ..."

Dean nickte. „Er wird sie trösten, ohne ihr Handeln zu bewerten."

„Nein, er wird die Lage schamlos ausnutzen. Er ist ein Kater, nicht Mutter Theresa." Claire füllte Müsli in eine Schüssel und setzte sich. „Gleich kommt er."

Wie aufs Stichwort sprang Austin auf den Tresen. „Toll! Schinken!" Mit einem Seitenblick auf Claire fügte er hinzu: „Den ich nicht essen darf, auch wenn ich wichtige Informationen über die Frau in Zimmer drei beisteuern könnte."

Claire seufzte. „Gut. Ein Stück."

„Zwei."

„Eins und den Rest Milch aus meiner Müslischale."

„Nicht, wenn es Weizenkleie war. Letztes Mal saß ich den ganzen Morgen im Katzenklo."

„Keine Weizenkleie."

„Abgemacht."

Sie warteten mehr oder weniger geduldig, während Austin fraß und überhaupt nicht mehr geduldig, während er sich den Schnurrbart putzte.

„Zuerst einmal", sagte er endlich. „Es ist nicht, wie ihr denkt. Sie heißt Faith Dunlop ..."

„Sie hat einem Kater ihren Namen genannt?" erkundigte sich Dean interessiert.

„Natürlich nicht, mach dich nicht lächerlich! Ich habe mit den Krallen ihren Ausweis aus der Tasche gefischt, als sie eingeschlafen war." Austin rümpfte die Nase. „Wer sagt schon einer Katze, wie er heißt?"

„Erzähl weiter", bat Claire.

„Wer hat sie verprügelt?" fragte Dean.

„Niemand. Sie ist gegen eine Tür gelaufen. Die kleine Faith hatte es eilig zu gehen, sie hatte nämlich gerade ihrem Freund geholfen, einen Lebensmittelladen auszuräumen. In der North Montreal Street. Die beiden haben sich getrennt, um die Verfolger besser abschütteln zu können, und sie hat die Tüte mit der Beute im Bus liegenlassen. Nun hat sie Angst, nach Hause zu gehen, weil ihr das nämlich schon zum zweiten Mal passiert ist und ihr Liebhaber etwas ungehalten reagieren könnte."

Claire sah Austin erstaunt an. „Sie hat schon zum zweiten Mal die Beute im Bus liegenlassen?"

„Wenn ich sie richtig verstanden habe – leicht war das nicht: Sie hat immerfort geheult, und dann war da der Kaugummi – vergaß sie das Zeug beim letzten Mal im Damenklo eines Schnellrestaurants, aber im großen und ganzen war es dasselbe Szenario, ja."

„Sie hat Angst vor ihrem Freund?" knurrte Dean. Hinter seinen Brillengläsern verengten sich seine Augen zu gefährlichen dunkelblauen Schlitzen. „Oh, ich beginne zu verstehen! Er zwingt sie zur Kriminalität, und wenn sie versagt, schlägt er sie."

„Sie ist gegen eine Tür gelaufen", stellte Austin richtig.

„Klar. Diesmal. Aber was geschieht, wenn sie heimgeht? Sie hat Angst vor diesem Freund, sonst hätte sie nicht die ganze Nacht draußen herumirren und sich dann auf Gedeih und Verderb der Freundlichkeit Fremder anvertrauen müssen."

Claire seufzte. Was Dean betraf, so hatte sie gerade etwas dazugelernt. Er stand auf der Seite der Schwachen, wenn es gegen die Starken ging – kein Wunder eigentlich, wenn man sich den Rest seiner Persönlichkeit ansah –, und man hatte ihn irgendwann im Laufe seiner Schulkarriere gezwungen, Tennessee Williams' *Endstation Sehnsucht* zu lesen. „Das sind alles nur Vermutungen."

Er verschränkte die Arme. „Ich weiß, was ich sehe!"

„Ich kann mir nicht vorstellen, daß Sie überhaupt etwas sehen, wenn Sie derart die Augen zusammenkneifen."

„Es ist doch wohl klar, was hier passiert ist!" Dean schob den Unterkiefer vor und blickte streitsüchtig drein.

„Glasklar ist es nie." Claire goß sich frischen Kaffee ein und erkundigte sich bei Austin, ob es ihm gelungen sei, Faiths Anschrift zu entziffern, als er ihr den Ausweis aus der Tasche zog. Austin gestand, daß das der Fall sei, und Claire eilte zum Telefon.

Hastig schnappte sich Dean Claires leere Müslischüssel, stellte sie in die Spüle und eilte der Hüterin nach. „Was tun Sie?"

„Ich rufe bei Faith an und sage dem Freund, daß sie hier ist. Ich kann sie beschützen, wenn er kommt, aber ohne die ganze Geschichte zu kennen, kann ich überhaupt nicht helfen."

„Sie wollen wohl, daß die Ärmste im Krankenhaus landet!" Dean stürzte vor und baute sich zwischen Claire und dem Telefon auf. „Hören Sie mal: Mir ist es gleich, auf was für merkwürdige komische Beziehungen Sie sich einlassen, aber für Faith dürfen Sie eine solche Wahl nicht treffen."

„Komische Beziehungen?"

„Oh weh!" Austin preßte beide Ohren eng an den Kopf und verschwand unter dem Schreibtisch.

Claires Nasenflügel bebten. „Gestern haben Sie noch gesagt, Sie hätten keine Probleme damit!"

„Was hätte ich denn sagen sollen? Sie sind die Hüterin, Sie wissen immer genau, was Sie tun und Sie hören sowieso nie auf mich. Ich schaffe es ja noch nicht mal durchzusetzen, daß Sie Ihr schmutziges Geschirr in die Spüle räumen!"

Was das Geschirr betraf, hatte er recht. Claire holte tief Luft und versuchte, ruhig zu bleiben. „Gehen Sie weg vom Telefon. Ich weiß, was ich tue."

„Ich etwa nicht?"

„Das habe ich nicht gesagt."

„Aber Sie unterstellen es immer. Schließlich bin ich nur der Zuschauer, und diese ganzen Familiengeschichten sind viel zu hoch für mich. Gut. Mag sein. Aber das hier", und damit wies er mit anklagendem Zeigefinger auf Zimmer drei, „ist eine Sache, bei der es um Menschen geht, und mit Menschen kenne ich mich besser aus als Sie."

„In dem Moment, in dem Faith dieses Hotel betrat, wurde sie zu einer Familiengeschichte, wie Sie es so schön nennen!"

Einen Augenblick lang starrten die beiden einander an. Schließlich überließ Dean Claire mit einem Achselzucken das Telefon. „Gut. Wenn Sie nicht auf mich hören wollen, gehe ich jetzt abwaschen. Für etwas anderes scheine ich ja nicht gut genug zu sein."

„Dean ..."

„Sie wissen, wo Sie mich finden können, wenn irgend etwas Unwichtiges erledigt werden muß." Er stürmte in die Küche zurück, und die Absätze seiner Arbeitsstiefel drohten, Löcher im Fußboden zu hinterlassen.

„Ich habe es dir gesagt", murmelte Austin in der Sicherheit seines Verstecks unter dem Schreibtisch.

„Was hast du mir gesagt?" wollte Claire wissen, und die Finger, mit denen sie den Telefonhörer umklammert hielt, waren schneeweiß.

„Daß Dean mit den Nerven am Ende ist, seit du dich mit Jacques im Heu gewälzt hast."

„Jacques wurde eben mit keiner Silbe erwähnt!"

Austin streckte den Kopf unter dem Schreibtisch hervor und starrte Claire ungläubig an. „Wenn es um Menschen geht, hast du wirklich nicht viel Ahnung, was?"

Kurz nach zehn verabschiedete sich Professor Jackson. Er zahlte bar, wobei er die zahlreichen kleineren Gegenstände, die in der vergangenen Nacht in dem von ihm gemieteten Zimmer zu Bruch gegangen waren, mit keiner Silbe erwähnte. Da – rein technisch gesehen – Claire dafür verantwortlich war, daß diese Gegenstände hatten zu Bruch gehen können, ließ sie es ihm durchgehen.

„Wenn es Ihnen recht ist, Boß, gehe ich hoch und mache das Zimmer sauber."

Claire hatte das Gefühl, dem jungen Mann irgendwie Unrecht getan zu haben, auch wenn sie nicht hätte sagen können wie, und hatte schon darüber nachgedacht, wie sie sich wohl am besten bei ihm entschuldigen könnte. Aber nun überlegte sie es sich anderes: Es gefiel ihr nicht, wie der Junge das *Boß* betont hatte. Sollte er sich doch erst einmal abregen und aufhören, sich so kindisch zu verhalten.

Um elf versuchte sie erneut, in der Wohnung von Faith jemanden zu erreichen. Sie hatte bereits zwei Nachrichten auf dem Anrufbeantworter hinterlassen, und als nun ein albernes Lied sie erneut aufforderte, *vor dem Piepton bitte nicht Piep zu sagen*, war ihr nicht mehr nach einer dritten.

Als Dean um elf Uhr fünfundvierzig herunterkam, in der Hand einen Papierkorb voll zerbrochener Lampen, war das Büro leer, aber ein dünner Mann mit einer Thousand Islands-Baseballkappe auf dem Kopf und einer Jeansjacke, die aussah, als sei sie ihm mindestens zwei Nummern zu groß, humpelte gerade durch die Eingangshalle auf den Tresen zu. „Kann ich Ihnen helfen?" fragte Dean.

Er fuhr zur Treppe herum. Blasse Lippen unter einem dünnen Schnurrbart hoben sich zu etwas, was ein Lächeln sein mochte, wahrscheinlich aber nur ein Zucken war. „Hi. Ja. Ich will Faith abholen."

„Faith?"

„Ja. Ich bin Fred." Die Nasenspitze des Mannes war rot, schälte sich gerade und zitterte bei jedem Wort, das er sagte. „Sie ist doch noch nicht wieder weg?"

„Nein." Dean stieg die letzten drei Stufen hinab und mußte dann betrübt feststellen, daß er den Freund des jungen Mädchens immer noch um einiges überragte. Er hatte auf einen großen Mann gehofft, den er ohne Schuldgefühle würde in die Mangel nehmen können. „Was ist mit Ihrem Fuß?"

„Meinem Fuß?" Mit weit aufgerissenen Augen starrte Fred an sich hinunter, als sei er erstaunt, am Ende seines Beins einen Fuß vorzufinden. „Ach, der Fuß. Ich hatte einen Unfall." Er lachte ängstlich. „Da ist mir eine Ladenkasse draufgefallen. Tut höllisch weh."

TUT ES NICHT. ABER ES KÖNNTE.

Dean stellte den Papierkorb ab, legte den Kopf schief und kratzte sich mit dem kleinen Finger im rechten Ohr. Einen Moment lang war er eher verwirrt als wütend. „Haben Sie das gehört?"

„Was?"

„Nichts."

WÜRDEST DU SOLCHES UNGEZIEFER NICHT AM LIEBSTEN GLEICH VOM ANTLITZ DER ERDE TILGEN?

„Nun ja, aber damit wäre nichts geklärt."

„Was?" Fred trat einen Schritt zurück und sah aus wie ein kleines Nagetier, das vor sich plötzlich eine sehr große Katze sieht.

„Habe ich das laut gesagt?"

„Was?"

Wenn Fred ein Monster war, befand Dean, dann verstellte er sich ziemlich gekonnt. Andererseits geschah es oft genug, daß sich ein kleiner Mann einem größeren Mann gegenüber ganz anders verhielt als einer Frau gegenüber. „Warten Sie hier. Ich schaue, ob Faith Sie sehen will."

„Geht es ihr gut? Ist ihr auch nichts passiert? Die Nachricht lautete nur, sie sei müde." Panik schien von Fred Besitz ergriffen zu haben, denn seine Stimme überschlug sich fast.

„Es geht ihr gut."

„Warum sollte sie mich denn dann nicht sehen wollen?"

Dean seufzte. „Warten Sie hier."

Freds Augen irrten mißtrauisch durchs Büro, als sei der Mann auf der Suche nach irgendwelchen Fallen. Als sein Blick endlich zu Dean zurückfand, nickte er. „Gut."

Kopfschüttelnd stieg Dean die Treppe hoch.

DIE DÜNNEN KLEINEN HACKEN ALS ERSTE AUF ALLEM HERUM, WAS NOCH KLEINER IST ALS SIE! WARUM ZEIGST DU IHM NICHT MAL, WIE SICH DAS ANFÜHLT?

Dean ballte die Fäuste.

GEWALT GEHÖRT ZU UNS.

Unten in der Lobby verlagerte Fred sein Gewicht auf den gesunden Fuß und starrte traurig auf die Treppe. Er wollte nicht warten, er wollte Faith sehen.

Da fiel sein Blick auf den Fahrstuhl. Schon immer hatte ihn alles fasziniert, was mit Technik zusammenhing; so fühlte er sich auch jetzt magisch angezogen. Begeistert durchquerte er die Halle, wobei er fast zu humpeln vergaß, öffnete die Tür und spähte durch das Gitter hinunter in den Schacht. Er konnte gerade so eben die Oberseite der Fahrstuhlkabine erkennen, die sich anscheinend im Keller befand.

Nachdenklich runzelte er die Stirn unter der Baseballkappe und öffnete eine Tür zu seiner Linken.

Dahinter lag die Kellertreppe.

Es fiel Fred weitaus leichter, mit dem verletzten Fuß Treppen hinunterzugehen als hinauf. Wenn er nun den Fahrstuhl nähme, ganz bis nach oben führe und dann hinunterstiege bis in Faiths Zimmer? So könnte er gleich auch noch dem großen Typ mit der Brille aus dem Weg gehen. Dagegen hatte sicher niemand etwas einzuwenden – Fahrstühle waren schließlich dazu da, benutzt zu werden.

Dean lehnte an der Wand vor Zimmer drei und wartete auf Faith, die sich noch hübsch machen wollte. Nachdenklich putzte er sich am T-Shirtsaum die Brille und versuchte, nicht mehr daran zu denken, wie gern er Fred eins auf die zitternde rosa Nase geben würde.

EINS, ZWEI, BUMM. SO LÄUFT'S.

Versunken in Erinnerungen an eine Kindheit, die er damit verbracht hatte, im alten Fahrstuhl des Warenhauses S&R zu fahren, legte Fred zwei Finger an den Mützenschirm, murmelte: „Erdgeschoß – Damenwäsche" und richtete den Messinghebel auf *AUFWÄRTS*.

Claire saß auf dem Klo und blätterte im neuesten Katalog des Apothekers, als das unverwechselbare Geräusch an ihr Ohr drang, mit dem der uralte Fahrstuhl sich in Bewegung setzte.

Als sie keuchend in der Lobby anlangte, fuhr der Fahrstuhl gerade am Erdgeschoß vorbei. Den Mann darin kannte Claire nicht.

Dean runzelte die Stirn, als er hörte, wie der Fahrstuhl sich dem ersten Stock näherte, zuckte aber die Achseln. Zwar hatte Claire gesagt, sie sei fertig mit ihrer Untersuchung des alten Gefährts, aber offenbar war ihr doch noch etwas in den Sinn gekommen, was es dringend auszuprobieren galt.

Dann aber hörte der junge Mann einen merkwürdigen Satz: „Erster Stock – Haushaltswaren und Kosmetik".

Beim Fahrstuhlschacht angekommen sah Dean gerade noch das untere Drittel ziemlich speckiger Jeans und Freds alte, abgetragene Turnschuhe nach oben entschweben.

Er mußte unbedingt vor dem Fahrstuhl im zweiten Stock ankommen. Wenn Fred die Tür öffnete ...

KRIEGT ER NUR, WAS IHM ZUSTEHT. FAITH ZITTERT VOR IHM, DAS HAST DU DOCH GESEHEN. DANN WIRD ES EIN GEWALTTÄTIGES WIESEL WENIGER AUF DER WELT GEBEN.

Dean zögerte.

Dann öffnete sich Faiths Tür. Lächelnd erschien sie im Türrahmen. Als sie auf den Flur trat und dort nur Dean vorfand, erstarb ihr Lächeln. „Wo ist mein Pookie?"

Claire erreichte den ersten Stock und sah Dean auf sich zu- und dann an sich vorbeirasen. Der Fahrstuhl hatte nicht angehalten und war immer noch auf dem Weg nach oben. Claire rang nach Atem und stürzte die nächste Treppe hinauf, immer zwei Stufen auf einmal, hatte aber erst den Absatz auf halber Höhe erreicht, als Dean bereits oben angekommen war. Er war so schnell, daß seine Füße den Boden gar nicht mehr zu berühren schienen.

Der Fahrstuhlmotor verstummte.

Wenn der Mann in der Kabine sich nicht sehr ungeschickt anstellte, würde er nur Sekunden brauchen, um die Tür zu öffnen. Claire hatte einen metallenen Geschmack im Hals, als hätte sie alte Pennies verschluckt. Leicht wankend trat sie in den Flur des zweiten Stocks, und im selben Moment schickte sich die Fahrstuhltür an, aufzugehen. Noch hatte der Schnapper die Tür nicht ganz freigegeben, da warf sich Dean mit vollem Gewicht dagegen und schlug sie wieder zu.

„He!"

Claires Knie waren wie Gummi, und ihre Brust hob und senkte sich heftig. Mit weit aufgerissenen Augen sah sie zu, wie Dean die Tür öffnete, nachdem er sich erst einmal vergewissert hatte, daß sie auch wirklich wieder fest geschlossen gewesen war.

„Ich habe nur diesen wunden Fuß", begann Fred hastig. „Die Treppenstufen sind steil, wissen Sie, und ..."

Dean unterbrach den Rest der Entschuldigung, indem er in die Fahrstuhlkabine griff, den kleineren Mann am Jackenaufschlag packte und auf den Flur zerrte.

„Pookie?" Faiths besorgte Stimme drang aus dem ersten Stock zu den dreien herauf. „Bist du das?"

„Hier oben, Baby!" Fred lächelte oder zuckte nervös zusammen, und sein Blick flackerte zwischen Dean und Claire hin und her. „Sie sagt Pookie zu mir."

„Dann sind Sie der Freund?" Claire konnte nur raten.

„Ja."

Mit einer Kopfbewegung schickte ihn Claire auf den Weg. „Gehen Sie zu ihr."

Fred sah zu, daß er dem Mann mit der Brille nicht zu nahekam und humpelte rasch von dannen.

Dean hatte sich nicht mehr gerührt, seit er Fred aus dem Fahrstuhl gezogen hatte. Besorgt trat Claire einen Schritt auf ihn zu. „Alles klar?"

Dean ließ den Kopf hängen und sah Claire verzweifelt von unten an. „Ich habe gezögert."

„Wann?"

„Als ich den Fahrstuhl vorbeifahren hörte. Ich hörte ein Stimmchen, das sagte, er bekäme, was er verdient, und da ..." Ungläubig schüttelte er den Kopf. „Ich habe gezögert!"

Claire wollte schon versichern, daß das ja nun kein weltbewegendes Verbrechen war, mußte dann aber feststellen, daß es für Dean weltbewegend war. Zum ersten Mal in seinem Leben hatte er nicht automatisch das Richtige getan. Wenn sie ihn nicht dazu bringen konnte, das zu vergessen, würden Zeit seines Lebens irrationale Schuldgefühle an ihm nagen. *So ist es recht, Claire, kein Druck.*

Sie legte ihre Finger um seinen Unterarm und schüttelte ihn leicht. „Sie haben ihn gerettet! Ich hätte nicht rechtzeitig hier sein können."

„Sie verstehen das nicht. Ich habe wirklich daran gedacht, Fred ..." Dean vermochte den Satz nicht zu beenden. Er schüttelte Claires Hand ab und trat blindlings ein paar Schritte zurück.

Claire seufzte. Wie schade, daß sie ihn nicht mit Gewalt zur Vernunft bringen konnte! Das hätte jedoch leider seine Psyche auf Dauer in Mitleidenschaft gezogen. „Hören Sie mir zu! Ich weiß, Sie denken, ich hätte von Menschen keine Ahnung, aber ich bin älter als Sie. Ich bin Hüterin. Ich weiß, wie oft Menschen Gedanken hegen, die ihrer eigentlich nicht würdig sind."

WIE DEN, WO ER VOR DIR KNIET ...

Klappe. „Solche Gedanken zählen nicht, wenn Sie nicht auch entsprechend handeln."

„Aber ich habe gezögert."

„Aber danach haben Sie die verlorene Zeit wieder aufgeholt. Glauben Sie mir, das wiegt sich gegenseitig auf."

Dean rang sich ein Lächeln ab. „Ich weiß es zu schätzen, daß Sie mir helfen wollen, Boß, aber nichts wiegt das auf, was ich getan habe." Das Lächeln verflog. „Ich sehe mal nach, ob Faith Hilfe braucht." Trübsinn hinter sich herziehend wie ein Dampfschiff Rauch ging er auf die Treppe zu.

Da registrierte Claire ... „Dean, sagten Sie, Sie hätten tatsächlich eine leise Stimme gehört?"

„Ja."

„Wie klang sie?"

Zwei Stufen unter ihr beugte er sich noch einmal zurück in den Flur. „Wie sie klang?"

„Können Sie die Stimme beschreiben?"

„Irgendwie, als rede sie in Großbuchstaben."

Würde es etwas nützen, wenn sie ihm die Stimme erklärte? Wohl kaum. Sicher würde er erst recht davon ausgehen, daß er und sein Tun verdammt sei, wenn sie ihm sagte, er habe der Stimme von Radio Freie Hölle gelauscht. „Tun Sie mir einen Gefallen? Wenn Sie die Stimme noch mal hören, beachten Sie sie *bitte* nicht."

Er zögerte, nickte dann aber. „Gut."

Plötzliches Gelächter drang nun von unten herauf, und die beiden im zweiten Stock hielten sich einmütig die Ohren zu, um dann Seite an Seite die Treppe hinunterzueilen.

Der Flur im ersten Stock war leer, also hasteten sie weiter.

Claire atmete den leisen, sauberen Geruch von Deans Weichspüler ein und dachte weder an Fred noch an Faith. Neun Monate lebte Dean nun schon bislang unbehelligt hier. Claire fragte sich, was der Hölle nun Zutritt zu ihm verschafft haben mochte.

In Zimmer sechs, der offenen Fahrstuhltür direkt gegenüber, leckte sich Tante Sara die Lippen.

Mit schief sitzender Baseballkappe löste sich Fred aus der Umarmung, als Dean und Claire aus dem Treppenhaus traten. „Sie waren so gut zu Faith, Sie sollen es erfahren; wir geben unsere kriminelle Laufbahn auf."

„Es war noch gar keine richtige kriminelle Laufbahn", protestierte Faith. „Es waren nur zwei Läden, und die Tacos haben wir bezahlt."

„Ich glaube, da haben Sie eine weise Entscheidung getroffen", teilte Claire den beiden lächelnd mit. „Was meinen Sie?"

Er zuckte niedergeschlagen die Achseln. „Mir steht es nicht zu, das zu kommentieren."

Claire verdrehte die Augen. Schon jetzt konnte sie einen Dean, der sich als schlechter Mensch fühlte, kaum ertragen; wie sollte das weitergehen? „Aber Sie sind doch gewiß auch froh, daß sich unsere beiden hier entschieden haben, ein ehrbares Leben zu führen, oder?"

„Klar."

Für Fred war das genug. „Herzlichen Dank!" verkündete er strahlend. „Um die Wahrheit zu sagen: Wir waren auch nicht besonders gut."

Faith schob die Unterlippe vor, woraufhin sie aussah wie ein schmollender Engel. „Wir hätten mehr üben können. Oder uns eine Knarre besorgen."

„Keine Knarren. Wenn man eine Knarre hat, kommen Leute zu Schaden." Er klopfte ihr auf die Schulter. „Ich nehme diesen Job bei meinem Vetter Rick an." Zu Claire und Dean gewandt fügte er hinzu: „Rick hat einen Lastwagen und macht Umzüge."

„Sie werden doch nicht die Polizei rufen?" fragte Faith, kuschelte sich bei Fred an und wickelte eine blonde Locke um den Finger.

„Nein."

„Siehst du. Ich habe doch gesagt, das sind gute Menschen."

Dean zuckte zusammen.

Claire widerstand der Versuchung, ihm kräftig auf den Fuß zu treten, damit er wenigstens einen Grund hatte zusammenzuzucken. Statt dessen begleitete sie ihre moderne Version von Bonnie und Clyde zur Tür und entließ sie in die Welt, die draußen auf die beiden wartete. „Gehen Sie heim, leben Sie ehrbar und werden Sie glücklich."

Am Fuß der Treppe blieb Faith stehen und bedachte Claire mit einem engelsgleichen Strahlen. „Vielen Dank für das Zimmer."

„Bitte."

„Meinst du, ihre Eltern waren Vettern?" fragte Austin, als Claire die Tür hinter den beiden geschlossen hatte.

„Ich weiß nicht."

Austin gähnte, streckte sich und sah zu Dean hinüber. „Was hat er denn? Er sieht aus, als hätte er versucht, jemanden umzubringen."

Mit aufgerissenen Augen starrte Dean den Kater an. „Sieht man das?"

Austin seufzte und ließ ein Ohr in Claires Richtung zucken. „Was faselt er?"

„Als er hörte, wie Fred mit dem Fahrstuhl hochfuhr, hat er gezögert, ehe er losrannte und den Mann rettete."

„Es hat nicht viel Sinn, nur einen von ihnen zu beseitigen", stimmte Austin zu.

„Du bist ja wieder einmal eine große Hilfe!" fuhr Claire den Kater wütend an, ehe Dean regieren konnte. Dann ging sie auf ihren Angestellten zu und stieß ihm den Zeigefinger gegen die Brust. „Hören Sie auf, sich wegen dieser Sache selbst zu zerfleischen! Sie sind kein schlechter Mensch. Sie sind der netteste Mensch, dem ich je in meinem Leben begegnet bin."

DIE NETTEN KOMMEN ERST, WENN DIE FRAUEN FERTIG SIND.

„Verschwinde aus meinem Kopf."

MIT DIR HABEN WIR GAR NICHT GEREDET.

Ach, zur Höl...

„Wenn Sie mich momentan nicht brauchen, dann würde ich gern runtergehen und in meiner Wohnung mal ernsthaft über mein Leben nachdenken." Dean machte auf dem Absatz kehrt und eilte von dannen, ehe Claire antworten konnte, und das war wohl auch ganz gut so, denn eine konstruktive Erwiderung auf seine Ankündigung wäre ihr ohnehin nicht eingefallen.

So ging sie zum Tresen, hob Austin hoch und fuhr ihm mit der Wange über den Kopf. „Das ist schlecht."

„Was? Daß Dean, nachdem er fast ein Jahr lang neben der Hölle gelebt hat, ohne daß die ihm etwas hätte anhaben können, nach anderthalb Monaten in deiner Gesellschaft plötzlich bereit ist zu morden?"

„Er hat gezögert! Dann hat er den Typen gerettet!"

„Sieh den Tatsachen ins Auge, Claire, du hast dem Typen so den Kopf verdreht, daß er nicht mehr denken kann, sondern nur noch reagiert. Situationen, in denen genau das der Fall ist, macht sich die Hölle gern zu Nutzen."

DER KATER HAT RECHT.

„Natürlich habe ich recht, aber dich hat keiner gefragt."

Claire setzte Austin wieder ab. „Ich bin nicht das Problem, unter dem Dean leidet."

EIFERSUCHT GEHÖRT ZU UNS..

„Er hat gesagt, das mit mir und Jacques mache ihm nichts aus."

MIT MENSCHEN KENNST DU DICH WIRKLICH NICHT BESONDERS GUT AUS.

„Du solltest deinen eigenen Rat befolgen und aufhören, der Hölle zuzuhören." Austin verstummte und putzte erst einmal ein Stück Fell. „Soll Dean ruhig mal nachdenken, dann kann er das Problem vielleicht ganz allein lösen."

„*Chérie?*"

„A propos Probleme ..."

Claire warf Austin einen warnenden Blick zu und drehte sich um. Jacques schimmerte durchsichtig in dem Licht, das durch das Bürofenster fiel und sah haargenau so aus wie an dem Tag, an dem Claire ihn zum ersten Mal gesehen hatte. Die junge Frau mußte sich eine leichte Enttäuschung eingestehen: Insgeheim hatte sie gedacht, die Nacht mit ihr habe den Seemann verändert. Leider schien die Nacht nur die Art verändert zu haben, wie sie ihn wahrnahm – wieviel attraktiver Männer doch waren, wenn man nicht durch sie hindurchsehen konnte!

„Du bist heute morgen schöner denn je." Seine Augen funkelten. Das war verwirrend, denn Claire konnte durch sie hindurch noch die Tür sehen. „Ich habe nachgedacht. Eine Nacht kann all die einsamen Jahre nicht ausgleichen, vielleicht, an diesem Nachmittag ..."

„Nein."

Sein Lächeln verblaßte. „Aber *chérie*, habe ich nicht alle meine Versprechen gehalten?"

„Doch, aber ..."

Schon war das Grinsen wieder da. „Gib mir Fleisch, dann fegen wir das Aber hinweg."

„Sieh mal, Jacques: Du bist tot, du hast also nichts zu tun, ich aber lebe und habe ..."

EINEN MERKWÜRDIGEN GESCHMACK, WAS MÄNNER ANGEHT.

Klappe. „... Pflichten."

Jacques wirkte interessiert. „Nämlich?"

„Die Katze füttern zum Beispiel!" verkündete Austin in einem Ton, der andeutete, daß er eigentlich der Meinung war, das müsse er nicht ständig wiederholen.

„Was sonst?" fragte Jacques.

„Das spielt keine Rolle. Im Moment spielt eine Rolle, daß du tot bist und ich lebe ..."

„*Chérie, non!*"

„... und daß du tot bleiben wirst, ganz gleich, wie oft ich dir einen Körper gebe." Die letzten Worte richtete Claire an eine leere Eingangshalle. Dem verletzten Gesichtsausdruck nach zu urteilen, mit dem Jacques verschwunden war, würde der Geist so schnell nicht wieder auftauchen. „Ich wollte ihm nicht wehtun", seufzte sie. „Ich wollte nur, daß er ..."

„Weggeht. Das hat er ja auch getan – herzlichen Glückwunsch." Austin betrachtete seine rechte Vorderpfote und rümpfte die Nase: „Ich bin nicht sicher, ob die so sauber ist, wie sie sein könnte."

Claire packte mit beiden Händen den Tresenrand, beugte sich vor und schlug rhythmisch mit dem Kopf aufs Holz.

DAS HAT SPASS GEMACHT.

Dreizehn

Die Wasserleitungen verkündeten lautstark, daß Claire unter der Dusche stand, aber zum ersten Mal seit Wochen verlor sich Dean bei diesem Geräusch nicht automatisch in Tagträumen voll Wasser und Seife. Er kniete vor seinem Bett und zog die alte Hockeytasche darunter hervor, das einzige Gepäckstück, das er von zu Hause mitgebracht hatte. Claire war offenbar der Meinung, sie könnten einfach weitermachen wie bisher. Als habe es den ganzen Vorfall gar nicht gegeben. Als sei er nicht willens gewesen, den Liebsten der Faith Dunlop einfach umzubringen. Einen Mann, dessen einziges Verbrechen darin bestand, ein Depp zu sein. Claire mochte ja bereit sein, einfach so weiterzumachen wie bisher, aber für Dean galt das nicht: Ein solches Erlebnis veränderte einen Mann von Grund auf.

Veränderte das Bild, das ein Mann von sich hat. Vielleicht wurde es Zeit weiterzuziehen.

„Wie ich sehe, ist Deans Pick-up nicht da."

Claire sammelte ihr Frühstücksgeschirr zusammen, betrachtete es einen Augenblick lang nachdenklich und trug es zur Spüle. „Dean ist vor etwa zehn Minuten gegangen."

Austin setzte sich neben seinen leeren Napf und legte den Schwanz um die Pfoten. „Er ist abgehauen, ohne die Katze zu füttern."

„Du hast es aber auch wirklich schwer." Claire nahm eine Dose aus dem Regal, ein Messer aus der Küchenschublade und blieb dann wie angewurzelt stehen, versunken in der Betrachtung des leeren Parkplatzes hinter dem Haus.

Austin schaute sich das eine Weile an und seufzte dann: „Reiß dich zusammen. Er ist einkaufen gefahren, wie jeden Samstag."

„Ich weiß." Claire spürte trotz Bluse und Pullover, wie sich überall auf ihrem Leib Gänsehaut bildete. „Ich habe nur plötzlich eine ganz schreckliche Vorahnung."

„Es wird keine Vorahnung bleiben, wenn du nicht bald die Katze hier fütterst!"

„Spürst du es denn nicht auch?" fragte Claire und füllte Austins Napf. „Sobald ich an Dean denke, kriege ich das Gefühl, die ganze Sache stünde wie auf Zehenspitzen am Rande eines Abgrunds!"

„Dafür gibt es eine einfache Lösung, *chérie:* Denk einfach nicht an Dean."

Claire richtete sich auf und holte tief Luft. Auf die Begegnung mit Jacques hatte sie sich weiß Gott nicht gefreut, nachdem sie den Geist am Tag zuvor so unsanft abgewiesen hatte.

Sie drehte sich um und fand den Mann im Schneidersitz auf dem Eßtisch thronend, eine Haltung, die er gerne einnahm, weil er wußte, wie sehr das Dean auf die Palme brachte. Er grinste vergnügt. „Warum das lange Gesicht, *chérie?* Der Tag, sie ist sonnig, Dean ist fort, und ich, ich bin hier und leiste dir Gesellschaft."

Vergeblich suchte Claire in seinem Gesicht nach Spuren der gestrigen Betroffenheit ob ihres Verrats.

„Ah." Das Grinsen wurde breiter. „Du kannst die Augen nicht von mir wenden!"

„Gestern ..."

„Ich bin seit 1922 tot", rief er ihr ins Gedächtnis und zuckte die Achseln, als sei die Sache längst vorbei und vergessen. „Ich kann nicht jedes Gestern mit mir herumtragen." Dann zwinkerte er ihr vergnügt zu: „Aber an einige erinnere ich mich deutlich und will sie umgehend wiederholen."

„Nicht jetzt ..."

„Nicht jetzt, nicht hier. Obwohl", er sah zum Fenster und sein Lächeln wurde noch breiter, „du und ich auf diesem Tisch hier, da hätte die alte Dame wirklich was zum Gucken, nicht?"

„Nein!"

„Angsthase." Er warf ihr eine Kußhand zu und verschwand.

„Manche von uns", grummelte Austin, sprang auf einen Stuhl und von da aus auf den Tresen, „haben es nicht gern, wenn Tiernamen so abfällig verwendet werden. Es müssen nicht mal unbedingt unsere eigenen sein. Wenn der Fernseher auf dem öffentlich-rechtlichen Sender eingestellt ist, haben wir den Typen gleich wieder hier."

„Er steht wahrscheinlich noch auf dem Sportkanal. Ich habe allerdings nicht nachgeschaut."

Austin rieb den Kopf an Claires Ellbogen. „Alles klar soweit?"

„Ich weiß nicht. Jacques hat sich kein Stück verändert, und Dean ist wie ausgewechselt. Ich verstehe das alles nicht."

„Es ist ganz einfach. Jacques ist tot, er kann sich nicht verändern. Dean lebt – er muß sich verändern. Ich dagegen bin eine Katze und muß mich nicht verändern."

Sie bückte sich und kraulte ihn zwischen den Ohren. „Was ist mit mir?"

„Du mußt mit den Fingern etwas mehr nach links gehen. Noch mehr. Ah! Genau da."

Eine Stunde später balancierte Claire etwas unsicher hoch oben auf der Trittleiter, kniff die Augen zusammen, um von der blassen Novembersonne nicht allzusehr geblendet zu werden und entfernte mit einer Rasierklinge das Kreppband von den Fensterrahmen. Die Schutzschilde um Tante Sara und um die Hölle herum waren ihren Erwartungen entsprechend durch die Ereignisse der vergangenen Nacht nicht beeinträchtigt worden. Claire hatte diese Tatsache im Berichtsheft festgehalten und mußte nun zusehen, wie sie für den Rest des Tages die Zeit totschlug. Jacques saß vor dem Fernseher, Dean war noch nicht zurück, und wenn man das Kreppband nicht bald von den Rahmen löste, würde es da wohl bleiben, bis die Hölle zufror.

SIE DENKT AN UNS.

NA UND? MACH WEITER.

MIT SICKEREMANATIONEN WERDEN WIR *SIE* NIE WACHKRIEGEN. Der Rest der Hölle klang beleidigt.

ICH MUSS *SIE* NICHT WECKEN. ICH MUSS NUR DAS GLEICHGEWICHT DER KRÄFTE STÖREN. DEN REST WIRD *SIE* DANN SCHON ALLEIN ERLEDIGEN.

WER?

SIE.

SIE?

NEIN! *SIE*, DU IDIOT.

Claire zupfte Klebebandreste vom Rand der Klinge, als sie aus den Augenwinkeln mitbekam, daß sich die unverwechselbaren Gestalten von Mrs. Abrams und Baby in der Auffahrt herumtrieben. Baby schien interessiert am neuen Zement zu schnüffeln, in den die an Halloween unsanft entfernten Geländerpfosten eingelassen worden waren.

„Du hast keine Lust, diesen Hund von unserem Grundstück zu scheuchen, wenn ich das richtig sehe?"

„Das siehst du richtig." Austin lag lang ausgestreckt auf einem Fleckchen Sonnenlicht und machte sich noch nicht einmal die Mühe, die Augen zu öffnen. „Aber ich kann mir gern für den späten Nachmittag einen Termin notieren."

„Ich verstehe nicht, wie es Spaß machen kann, einen so neurotischen Hund zu ärgern."

„Du verstehst ja auch nicht, wie es Spaß machen kann, die Möbel zu zerfetzen. Laß dir deswegen keine grauen Haare wachsen."

Draußen hob Baby plötzlich den Kopf und blieb stocksteif stehen, die spitzen Ohren an den Schädel gepreßt. Neugierig beugte Claire sich vor, um zu sehen, was den Hund alarmiert haben könnte. Die Fußgängerin, die sich flotten Schrittes dem Hotel näherte, schien nicht im geringsten zu ahnen, welche Gefahr auf sie lauerte.

„Oh nein." Auch wenn die Sonne Einzelheiten in ihrem grellen Licht ertränkte, reichten Claire die Umrisse der Gestalt. Sie waren ihr vertraut, ebenso wie die forsche Art, in der die Gestalt ausschritt. Sie sah, wie sie ein Riesenaufhebens um den großen Hund machte, der erst unglaublich verdattert dahockte und dann wirklich und wahrhaftig seinen Schwanzstummel heftig in Gang setzte.

Claire kletterte von der Leiter, legte widerstrebend die Klinge aus der Hand – es war besser, keine Waffe bei sich zu tragen – und ging die Tür öffnen.

Als sie auf die Schwelle trat, wandte sich Mrs. Abrams ihr zu. „Juhuu! Courtney, sehen Sie nur, wer da ist! Ihre Schwester Diana will Sie besuchen, ist das nicht toll?"

„Toll."

Diana stand immer noch über Baby gebeugt und murmelte Koseworte in dessen spitze Ohren. Nun richtete sie sich auf: „Das ist das niedlichste Hündchen, das ich je gesehen habe!"

„Ja, ja, ein richtiger Wonneproppen", bemerkte Claire sarkastisch.

Diana tätschelte den Dobermann noch ein paarmal liebevoll, verabschiedete sich von Mrs. Abrams, äußerte die Hoffnung, die Dame bald wiederzusehen, nahm ihren Rucksack, eilte die Vordertreppe hinauf und blieb stehen, um Claire prüfend anzuschauen. „Du solltest dein Haar wachsen lassen, und ich kann es nicht fassen, daß du im Haus Schminke trägst, und habe ich dir nicht gesagt, daß Nagellack umweltschädlich ist?" lautete danach ihre Begrüßung.

Claire trat zurück und bat Diana mit einer Handbewegung einzutreten. „Ich will nicht, es ist mir egal und wieso?"

„Nagellackentferner ist irgendwie voll giftig, Mann!" Diana drehte sich auf der Schwelle um, winkte Mrs. Abrams und Baby abschließend zu und hüpfte ins Haus. „Nette Wandfarbe – jägergrün. Das ist jetzt schwer in. Hallo, Austin."

Er hob den Kopf, seufzte tief und ließ ihn wieder auf den Tresen fallen. „Erschieß mich bitte."

NOCH EINE HÜTERIN!

DAS IST EIN KIND. KONZENTRIER DICH AUF DEINE ARBEIT.

ABER DAS SIND DANN ZWEI VON DER SORTE!

VON MIR GIBT ES EINE FAST UNENDLICHE MENGE.

Der Rest der Hölle dachte über die implizite Drohung nach. DA HAST DU RECHT.

„Warum bist du hier, Diana?"

„Ich werde gebraucht."

„Wofür?"

„Ich bin eine Hüterin." Diana bückte sich unter dem Klappteil des Tresens durch ins Büro. „Wir gehen, wohin man uns ruft, und ich wurde hierher berufen."

„Hierher?"

„Aber ja. Hast du immer noch den alten Computer? Den hast du doch jetzt bestimmt schon zwei, drei Jahre."

„Dreieinhalb, und rühr ihn nicht an."

„Beruhige dich! Ich tue ihm schon nichts." Diana klopfte spielerisch auf den Monitor. „Auweia!" Als Claire leise knurrte, grinste sie. „War bloß ein Witz. Er ist ja nicht einmal an."

„Diana?"

„Was?"

Claire holte tief Luft und versuchte, sich zu erinnern, wo die Unterhaltung von den wichtigen Fragen abgewichen war. „Wissen Mama und Papa, daß du hier bist?"

„Nein. Ich habe mich mitten in der Nacht aus dem Haus gestohlen." Diana verdrehte die Augen. „Natürlich wissen sie, daß ich hier bin. Sie sind Vettern, und ich bin eine Hüterin. Auf die große Gefahr hin, dich mit meinen Wiederholungen zu verärgern: Ich wurde gerufen."

„Schön. Dann wurdest du also gerufen. Was nun?"

„Also gehe ich davon aus, daß ich hier bin, um dir zu helfen."

„Helfen?" murmelte Austin. „Nimm ihr einen der beiden Männer ab."

„Als ob ich darauf Bock hätte! Hat Mama es dir nicht gesagt? Ich bin Lesbe."

Claire seufzte. „Sind wir das nicht alle?"

„Weißt du was ..." Diana verschränkte die Arme vor ihrer schwarzen Jeansjacke und kniff die Augen zusammen. „... ich habe langsam das Gefühl, du freust dich gar nicht, mich zu sehen."

„Es ist doch nur ..."

„... daß beim Gedanken an dich und die Hölle unter einem Dach jeder das kalte Grausen kriegt, der halbwegs bei Verstand ist", beendete Austin den Satz.

„Wenn das so ist – kein Problem!" Beschwichtigend hob Diana beide Hände auf Schulterhöhe, wobei ihr der Rucksack den Arm hinunterglitt. Um schließlich hin- und herpendelnd in der Ellbogenbeuge hängenzubleiben. „Ich schwöre hoch und heilig, mich vom Heizungskeller fernzuhalten. Freust du dich jetzt, mich zu sehen?"

Claires gesunder Menschenverstand sagte ihr, es sei das Beste, Diana auf der Stelle heimzuschicken, Ruf hin oder her. Aber irgend etwas tief in ihr murmelte ständig: *Sie ist doch deine kleine Schwester!* – als hätte das irgendeine Bedeutung. Claire war nicht klar, aus welchem Winkel ihres Bewußtseins diese Worte kamen, aber offenbar hatte ihr gesunder Menschenverstand keine Chance. „Na gut. Ich freue mich, dich zu sehen. Was nun?"

„Nun kriege ich eine Schloßführung."

In ihrem Wohnzimmer fand ein Fußballspiel statt; ein Dutzend Typen in Grün und Weiß kreiste um ein Dutzend Typen in Rot und Schwarz. Claire hätte nicht sagen können, ob in Kanada überhaupt schon Fußball gespielt worden war, als Jacques noch lebte, aber das Spiel, das an diesem Morgen übertragen wurde, schien ihn zu fesseln.

Jedenfalls war er, als Claire nun ins Zimmer trat, bis auf schwache Umrisse, die vage in der Luft über dem Sofa flackerten, unsichtbar.

„*Imbecile!*"

Im stillen hatte Claire gehofft, Jacques möge nicht mehr hier sein, aber da er nun einmal anwesend war und ihr kein glaubhafter Grund einfiel, ihn der Schwester nicht vorzustellen, rief sie seinen Namen.

„Hast du das gesehen? Der Ball flog ihm direkt vor der Nase, aber er rührt sich nicht, tretet ihn nicht!"

„Tritt."

„*Tabernac! Qui t'a dit que tu puisses jouer à balle?*"

„Jacques, hier ist jemand, der dich gern kennenlernen möchte."

Er schnaubte, den Blick immer noch auf den Fernseher gerichtet. „Warum nicht? Diese Menschen schlafen ja doch alle."

Claire langte an ihm vorbei, nahm die Fernbedienung und stellte den Fernseher leise. „Könntest du dich scharf stellen?"

„Scharf?" Er sah an sich herab. „Ah! *D'accord!*"

Als Diana nun auch über die Türschwelle trat, war Jacques schon um einiges besser zu erkennen. Beim Anblick des jungen Mädchens weiteten sich seine Augen begeistert, und er ging direkt durch das Sofa hindurch, um es zu begrüßen. „Noch eine Hüterin? So jung, so schön!"

Claire war diese Reaktion inzwischen vertraut, und sie seufzte leise. „Das ist meine Schwester Diana."

„Diana, schöne Bogenschützin! Obwohl", fügte er dann nachdenklich hinzu, „so wie die anderen heruntergekommen sind, ist sie jetzt wahrscheinlich auch alt und fett."

„Was soll das heißen?"

„Das ist eine lange Geschichte", erwiderte Claire, ehe Jacques das Wort ergreifen konnte. „Nun hast du ihn kennengelernt. Laß uns gehen, dann kann er sich in Ruhe weiter das Spiel ansehen."

Jacques warf ihr unter den Wimpern hervor einen fragenden Seitenblick zu. „Schämst du dich meiner?"

„Ihretwegen schämt sie sich bestimmt nicht", erklärte Diana. „Eher meinetwegen."

„Ich gehe jetzt in die Küche und trinke einen Kaffee. Von mir aus könnt ihr das ausdiskutieren, bis die Funken fliegen." Claire hatte sich schon zum Gehen gewandt, da blieb sie erschrocken noch einmal stehen und wies mit anklagendem Finger auf Diana: „Das mit den Funken vergißt du sofort wieder!"

Der Kaffee half. Claire sank auf ihren Stammplatz am Eßtisch und goß sich gleich noch einen Becher ein. Es war anstrengend gewesen, Diana das Hotel zu zeigen. Nachdem die beiden zweimal an der Tür von Zimmer sechs vorbeigekommen waren, ohne daß Claire das eigentlich gewollt hatte, war Diana aufgebracht stehengeblieben und hatte die Schwester beschuldigt, sie mit voller Absicht verwirren zu wollen. Die hatte die Anschuldigung beredt den ganzen Weg bis hinunter ins Erdgeschoß zurückgewiesen, mit einem heftigen Wortschwall, der weder im zweiten Stock, noch im ersten, noch in der Eingangshalle irgendwie glaubhaft geklungen hatte.

Claire hatte ihren Kaffeebecher geleert und fragte sich gerade, was Jacques und Diana wohl so lange erörterten, als Deans Pick-up vorfuhr. Mit dem Pick-up kehrte auch das Gefühl zurück, daß sich ganz bald schon etwas Furchtbares ereignen würde. Claire standen sämtliche Körperhaare zu Berge – ein sehr unangenehmes Gefühl –, und sie eilte hinaus vor die Tür, wobei sie sich einredete, beim Hereintragen der Lebensmittel helfen zu wollen.

Sie versuchte, ganz beiläufig zu klingen, als sie an Dean vorbeilangte, zwei Leinentaschen vom Beifahrersitz des Pick-up nahm und fragte, ob alles klar sei.

„Klar."

Das hörte sich an, als sei wirklich alles klar, Dean klang etwas bedrückt, aber nicht, als sei sein Schicksal besiegelt. Sie forschte nach Anzeichen für den Einfluß dunkler Mächte oder Geisterkräfte, fand aber lediglich einen Hinweis auf tiefgefrorene Erbsen im Sonderangebot, einen Dollar neununddreißig die Packung. „Keine Probleme beim Einkaufen?"

„Nein."

„Keine Probleme mit dem Pick-up?"

„Nein." Dean hielt die Hintertür auf und trat beiseite, damit Claire als erste das Haus betreten konnte. „Was ist los?"

„Ich weiß nicht."

„Gut. Ich verstehe, daß Sie mir nicht trauen."

Mit zusammengebissenen Zähnen wandte sich zu Dean um. „Nein, wirklich, ich weiß es nicht!"

„Sie weiß nicht, warum ich hier bin? Oder weiß sie nicht, wann ich wieder abreise? Worum geht es?"

Claires Nasenflügel bebten. Sie hatte vorgehabt, Dean von ihrer Vorahnung zu erzählen, aber *nicht* in Dianas Gegenwart. Diana und bevorstehendes Unheil im selben Raum war gleichbedeutend mit der Vorbereitung auf den Weltuntergang. „Sie reist Sonntagabend ab, weil Montagmorgen Schule ist und sie dieses Jahr schon oft genug gefehlt hat. Das ist meine Schwester Diana."

„Hallo!" Diana winkte dem jungen Mann begeistert zu.

Zum ersten Mal an diesem Morgen war Dean nach Lächeln zumute. Die beiden Schwestern waren einander äußerlich sehr ähnlich, mit ihrem dunklen Haar, den dunklen Augen und der zierlichen Statur, aber im Gegensatz zur ruhigen Claire schien Diana vor Energie nur so zu sprudeln, als sei sie an eine Kohlensäurepatrone angeschlossen. „Hi."

„Sie sind aus Neufundland?"

„Stimmt." Er nahm die Tasche mit den Einkäufen und begann, sie wegzuräumen.

„Da war ich noch nie."

„Das wäre Ihnen sonst auch nicht entgangen", ergänzte Claire und gab ihm ein Päckchen Aufschnitt.

„Also." Diana nahm einen Laib Brot und unterzog ihn einer kritischen Prüfung. „Wollten Sie immer schon in einem Hotel arbeiten?"

„Nein. Ich brauchte nur einen Job."

„Ich hörte, Augustus Smythe sei ein regelrechter Tyrann gewesen."

„So schlimm war er nicht."

„Schlimmer als Claire?"

Er starrte auf ein Netz Gemüsezwiebeln hinab. „Anders."

„Immerhin lernen Sie hier eine Menge interessanter Leute kennen. Vampire, Werwölfe ... au! Claire!"

Die beiden standen etwa drei Meter voneinander entfernt, aber offenbar war das nicht weit genug. Dean hatte keine Ahnung, was los war und hatte auch nicht vor, zwischen die beiden zu geraten. „Ja", sagte er, legte die Leinentaschen zusammen und räumte sie weg, „viele interessante Menschen."

„Wie lange wollen Sie hierbleiben?"

„Eigentlich ..." Er holte tief Luft, atmete ganz langsam wieder aus und wandte sich an Claire. „Eigentlich hatte ich daran gedacht zu gehen."

„Gehen?"

„Ja. Sie wissen schon – ich will mit meinem Leben vorankommen."

Claire gratulierte sich im stillen dazu, daß es ihr gelang, eine unbeteiligte Miene zu wahren und fragte sich, warum ihre Spiegelbilder in Deans Brillengläsern aussahen, als hätten sie beide gerade einen Tritt in den Magen bekommen. „Wann?"

„Bald. Wenn es Ihnen recht ist, kündige ich hiermit zum nächstmöglichen Termin, und der wäre in zwei Wochen." Als Claire nichts erwiderte und in keiner Weise zu erkennen gab, ob ihr das recht war, zuckte er die Achseln. „War schön, Sie kennenzulernen. Ich muß jetzt ein paar Anrufe erledigen."

„Wumms!" sagte Diana, als Dean die Kellertreppe hinunter verschwand.

Claire kam es vor, als erwache sie gerade aus einem dieser bösen Alpträume, in denen man versucht, eine Straße zu überqueren und nicht weiterkommt, weil man mit beiden Füßen am Asphalt festklebt, und von links nähern sich zwei LKW, von rechts ein Kleinbus. „Was meinst du mit wumms?"

„Wumms. So hört sich das an, wenn der zweite Schuh auch noch zu Boden fällt." Diana reckte sich und hockte sich auf den Rand des Küchentresens. „Es ist gerade mal etwas über einen Monat her, daß Mama uns erzählt hat, Dean sei der bodenständigste Mensch, den sie je in ihrem Leben getroffen hat, und sieh ihn dir jetzt mal an: Du hast ihm gerade den Boden unter den Füßen weggezogen."

„Habe ich nicht"

„Er muß total auf dein Aussehen abfahren – dein Charakter wird es ihm wohl kaum angetan haben."

„Diana!"

„Jacques ist niedlicher, als ich erwartet hatte, das will ich gern zugeben, und mit seinen netten Anmachsprüchen bringt er einen auch ordentlich zum Lachen, aber der Mann ist tot. Dean ist erste Sahne – trotz Brille –, und wenn ich das schon mitkriege, dann solltest du das eigentlich auch mitgekriegt haben. Du hattest hier eine perfekte Gelegenheit und hast sie komplett in den Sand gesetzt."

„Eine perfekte Gelegenheit wozu?" wollte Claire aufgebracht wissen.

„Die Gelegenheit, das Beste aus deiner Lage zu machen und eine gleichberechtigte Partnerschaft mit einem netten Mann aufzubauen.

Für mich persönlich wäre das nichts, aber eine Menge Leute würde sich das nicht entgehen lassen."

„Warum können ein Mann und eine Frau nicht einfach zusammen ein Hotel führen und dabei nur Freunde sein?"

„Claire, da fragst du nun aber wirklich die Falsche! Du hast doch schließlich die Nummer mit dem toten Typen geschoben, sag du mir also, wo es langgeht!"

„Wir reden nicht über Jacques."

„Natürlich. Klär mich bitte auf: Wenn du unbedingt mit einem von denen ins Bett steigen mußtest – und offenbar hattest du ja das starke Bedürfnis danach –, warum hast du dir dann ausgerechnet Jacques ausgesucht? Du mußt mir nicht antworten, das kann ich auch selbst. Beide sind Zuschauer, daran kann es nicht liegen. Liegt es daran, daß Dean lebt? Nein. Nach dem, was ich so gehört habe, hat dich das früher jedenfalls nicht gestört. Warte – ich hab's: Du hast Altersvorurteile!"

„Was?"

„Du hast mich verstanden: Altersvorurteile! Mich hältst du doch auch für inkompetent, nur weil ich jünger bin, und wenn ich dir das Gegenteil beweise, willst du es nicht wahrhaben. Aus demselben Grund hältst du auch Dean für ein Kind."

„Ich muß mir das nicht anhören!"

„Da könntest du recht haben."

„Ich habe zu tun!"

„Gut! Geh schon."

„Genau das werde ich!" Claire wollte gerade die Küche verlassen, da drehte sie sich noch einmal um und funkelte Diana zornig an. „Jag mir bloß nicht das Haus in die Luft! Ich kann dir nicht ununterbrochen auf die Finger schauen."

„Ich bin hier um zu helfen, vergiß das nicht."

„Bisher warst du mir eine *große* Hilfe!"

Diana lehnte sich zurück und trommelte mit den Fersen gegen die Küchenschränke, die unter dem Tresen eingebaut waren und wartete ab, bis sie hörte, wie die Tür zu Claires Wohnzimmer mit einem lauten Knall zufiel. Dann lächelte sie. „Jetzt hat sie allerhand zum Nachdenken."

„Das ist ganz in meinem Sinne", stimmte Austin zu und sprang neben sie. „Solange du *wirklich* nicht das Haus in die Luft jagst, wenn sie grade nicht hinsieht."

„Ich habe versprochen, nicht in den Heizungskeller zu gehen."

„Gut für dich."

„Wie hat Claire es geschafft, einen solchen Schlamassel anzurichten?"

Der Kater zuckte die Achseln. „Sie ist eine Hüterin. Sie ist dazu ausgebildet, die Folgen von Desastern zu beseitigen, das heißt, sie muß in jeder möglichen Beziehung erst einmal einen Schaden anrichten, sonst kann sie damit nicht umgehen, weil sie sich nicht kompetent fühlt."

„Ich bin doch auch Hüterin und ich mache so was nicht."

„Noch nicht", erwiderte Austin überlegen.

Statt Fußball übertrug der Sportkanal inzwischen ein Golfturnier, und Jacques war verschwunden. Immer noch fuchsteufelswild schaltete Claire den Apparat aus und stürmte ins Schlafzimmer. Sie mußte ihrer Schwester entfliehen, so weit es ging, sonst hätte sie Diana den Hals umgedreht. Sie mußte unbedingt weg aus dem Hotel! Sie riß die Schranktür auf und trat über die Schwelle.

An diesem Tag hätte sie es freudestrahlend mit einem ganzen Bataillon Killerpfadfinderinnen aufgenommen.

Diana saß immer noch auf dem Tresen, durchsuchte die Schränke nach Keksen, fand eine halbvolle Tüte gefüllte Schokokekse und stopfte sich diese zufrieden in den Mund, während sie darüber nachdachte, wie sich Claires Leben wieder in die richtigen Bahnen lenken ließe.

Claire mußte dringend raus aus diesem Hotel, soviel war eindeutig.

Da kein anderer Hüter aufgetaucht war, um die Überwachung der Unfallstelle zu übernehmen, mußte man die Unfallstelle eben schließen.

Um die Unfallstelle schließen zu können, mußte man die exakten Parameter des Siegels feststellen, das momentan die Stelle verschloß.

„Da es nur eine einzige lebende Zeugin gibt ...", mit diesen Worten hüpfte Diana vom Tresen, wobei ihr etliche Kekskrümel vom Schoß fielen, „gibt es auch nur ein logisches Vorgehen: Man muß sie befragen!" Zufrieden schnippte sie mit den Fingern, um dann zur Treppe zu eilen.

Hinter ihr fegten die Krümel sich selbst zusammen und warfen sich in den Mülleimer.

Claire tauchte immer tiefer in den Schrank, wobei sie lediglich darauf achtete, nicht über unerwartete Phänomene zu stolpern.

Es gab, wie Diana festgestellt hatte, zwei Möglichkeiten, ins Zimmer sechs zu gelangen. Man konnte genügend Kraft sammeln und beide Schlösser schmelzen – die Wärmeentwicklung würde dann aber wahrscheinlich auch das Haus in Flammen setzen.

Sie begab sich auf die Suche nach einem Schlüsselbund.

Ich hätte ihr offen sagen sollen, daß sie das verda... verflixt noch mal nichts angeht. Claire ging auf ein weiches graues Licht zu, den Kopf ganz woanders. *Ich habe* keine *Altersvorurteile!*

„Hey, Dean, tut mir leid, daß ich Sie störe, aber ich würde gern noch ein bißchen auf dem Speicher rumstöbern, aber die Tür ist verschlossen, und Claire ist weg und hat ihre Schlüssel mitgenommen."

„Sie ist weg? Wo ist sie denn hin?"

„Sie ist wutschnaubend im Schrank verschwunden." Diana wippte auf den Ballen auf und ab und grinste Dean von unten herauf an. „Wir haben uns gestritten und sie ist los, über die Dinge nachdenken, die sie von mir zu hören bekommen hat. Vielleicht ist Ihnen das ja auch schon aufgefallen: Hüter neigen dazu zu denken, sie hätten immer recht."

Deans Brauen hoben sich. „Sie sind doch selbst Hüterin."

„Ja, klar, aber das ändert nichts daran, daß Claire eine Pädagogin ist, wie sie im Buche steht."

„Was ist sie?

„Eine Besserwisserin." Dianas Augen funkelten. „Dabei verkneife ich mir noch ein paar ausgewählte Adjektive. Was ist nun mit dem Speicher?"

„Klar doch." Dean zog seinen Schlüsselbund aus der Hosentasche und ließ ihn in Dianas ausgestreckte Hand fallen. „Es ist der große schwarze. Sie, äh, wissen also Bescheid über Jacques? Den Geist? Er könnte auf dem Speicher sein."

„Ja. Claire hat mir alles über Jacques erzähl." Diana schloß die Hand fest um den Schlüsselbund und versetzte dann Dean einen freundschaftlichen Faustschlag gegen den Arm. „Nicht den Kopf hängen lassen, Sie sind ohne sie viel besser dran. Sie schnarcht."

Nicht den Kopf hängen lassen? *Wenn Claire ihrer Schwester alles über Jacques erzählt hat*, dachte Dean und sah Diana nach, die die Kellertreppen hinaufhüpfte, *was hat sie ihr dann über dich erzählt, Junge?*

„Stehen Sie nicht herum wie angewurzelt. Was wollen Sie?"

Mit einem Schlag kehrten Claires umherschweifende Gedanken nach Hause zurück. Sie fand sich in einem unendlich langgestreckten Zimmer, dessen Wände vom Boden bis zur Decke mit Regalen zugestellt waren. Direkt vor ihr, an einem Bibliothekstisch voller Schuhkartons, saß eine ältere Frau mit einem Schopf weicher, weißer Locken, die eine tintenverschmierte, mit Blumen bedruckte Küchenschürze trug. „Chronistin!"

„Ich weiß, wer ich bin!" gab die Chronistin unwirsch zurück. „Wer sind Sie?"

„Claire. Claire Hansen, Hüterin."

„Sie wären kaum hier, wenn Sie keine wären. Moment." Die Augen der Chronistin verengten sich zu schmalen Schlitzen, wodurch sich die blasse Haut darum in unzählige Großmutterfalten legte. „Sind Sie inzwischen durch damit?"

„Mit der Unfallstelle?"

„Nein. Mit der Demokratie."

„Noch nicht."

„Mist. Sie würden nicht glauben, was die für einen Papierwust produziert!" Die alte Dame seufzte und schob ihren Stuhl vom Tisch zurück, wodurch Claire den ersten richtigen Blick auf die Computeranlage werfen konnte, die unter den Schuhkartons fast vergraben war.

„Ist das einer der neuen Zweihundert-Megahertz-Prozessoren?"

„Neu? Der ist seit Monaten obsolet. Geschichte. Deswegen ist er ja hier. Also, da ich reine Höflichkeitsbesuche in der Regel nicht mag: Was kann ich für Sie tun?"

Claire brauchte einen Augenblick, um ihre Wut auf Diana zu überwinden und sich auf die Fragen zu konzentrieren, die sie der Chronistin stellen wollte. „Kingston, Ontario, 1945; zwei Hüter haben eine Hüterin daran gehindert, die Kontrolle über die Hölle zu übernehmen."

„Wie schön."

„Ich muß wissen, wie sie das gemacht haben."

„Ich will verdammt sein, wenn ich Ihnen das sagen kann." Als Claire die Stirn runzelte, seufzte die Chronistin. „Hüter – kein Sinn für Humor." Mit einem tintenverschmierten Finger deutete sie die Bücherregale entlang. „Die vierziger Jahre sind etwa hundert Meter in diese Richtung. Das Jahr, das Sie suchen, ist in den grünen Ordnern." Dann murmelte die Frau ein paarmal den Namen ‚Hansen' vor sich hin, öffnete einen Schuhkarton, der einmal einen Laufschuh Größe 43 1/2 enthalten hatte und entnahm diesem eine Diskette, dessen Plastikgehäuse leicht versengt war. „Wenn Sie wieder nach Hause kommen, dann sagen Sie doch bitte Ihrer Schwester, ich hätte gern mal ein Wörtchen mit ihr geredet."

Das Vorhängeschloß sagte klick, und Diana ließ es befriedigt in ihre Hand gleiten. Den Generalschlüssel hatte Dean fein säuberlich mit einem Stück Tesafilm gekennzeichnet.

Jetzt mußte Diana die Tür nur noch aufdrücken.

Das Herz der jungen Frau klopfte heftig, als sie die Hand auf die Türklinke legte.

Ich werde Tante Sara wecken, aber so, daß sie nur halb bei Bewußtsein ist. Dann stelle ich ihr ein paar Fragen und schicke sie wieder schlafen. Das ist doch kinderleicht.

Was hatte man denn von all den schönen Kräften, wenn man sie nie einsetzen durfte? Claire würde schwer genervt sein, wenn sie heimkam und feststellen mußte, daß ihre kleine Schwester alle Fragen geklärt hatte.

Sara selbst erwies sich dann als kleine Enttäuschung.

Diana war wohl vertraut mit der alten Weisheit *Das Böse ist um so gefährlicher, je menschlicher es aussieht*. Insgeheim hatte sie sich aber doch einen kleinen äußeren Hinweis auf das abscheuliche Verbrechen erhofft, dessen Tante Sara sich schuldig gemacht hatte. Winzige Hörnchen etwa, sichtbare Narben, überfällige Leihbücher – aber wie es aussah, hatte selbst das Haar der Tante an dem entscheidenden Tag damals perfekt gesessen. Das einzig Unpassende an ihrer gesamten Erscheinung waren die sehr roten, staubfrei glitzernden Lippen.

„... aber hätte es nicht Probleme mit dem Jungfrauenopfer gegeben, wäre den Hütern ein rechtzeitiges Erscheinen gar nicht vergönnt gewesen. Tante Sara hatte Margaret Ann Groseter bereits über dem Abgrund plaziert und auch schon die ersten rituellen Schnitte vorgenommen, als sie feststellte, daß das Mädchen, obwohl es erst fünfzehn war, den Ansprüchen nicht genügte."

Claire kam es so vor, als habe ihr der riesige grüne Wälzer, der die Ereignisse des Jahres 1945 – Kin bis Kip – enthielt, gerade einen Schlag auf den Hinterkopf versetzt. Ungläubig las sie den Absatz noch einmal.

Margaret Anne Groseter.

„Mr. Smythe sagte, Mrs. Abrams wohne schon ihr Leben lang im Haus nebenan", wußte Dean zu berichten. „Das Haus hieß früher Pension Groseter, und man konnte dort möblierte Zimmer mieten. Smythe sagte, einer der Mieter sei Mr. Abrams gewesen. Der Ärmste hätte nicht schnell genug die Flucht ergriffen und so eine volle Breitseite abbekommen."

„Das ist unmöglich."

Wenn Mrs. Abrams 1945 fünfzehn Jahre alt gewesen war, war sie 1930 zur Welt gekommen und nun bereits Ende sechzig. Claire deckte mit einem virtuellen Daumen das hochtoupierte orange Haar auf dem Bild vor ihrem geistigen Auge zu und kam zu dem Schluß, daß das nicht unmöglich war.

„Ich war in jungen Jahren recht progressiv."

Gelegentlich, dachte Claire, war es erschreckend, das exakte Ausmaß des Hebels zu kennen, den das Schicksal angesetzt hatte, um die Welt aus den Angeln zu heben.

Diana trat durch den Schild und verspürte einen Moment lang Bedenken. Die von der Schlafenden ausgehenden Emanationen waren stärker, als sie gedacht hatte. Von soviel Macht, böswilliger Macht, umgeben war es nicht einfach, sich zu Zugang zu Kraft zu verschaffen.

„Aber wenn es einfach wäre", Diana ließ ihre Fingerknöchel knakken und trat ans Kopfende des Bettes, „dann könnte es ja jeder!"

„... waren trotzdem die vereinten Kräfte beider Hüter nötig, das erforderliche Gleichgewicht der Kräfte zwischen Sara und dem Höllenschlund herzustellen und selbst da wäre es ihr noch um ein Haar gelungen, sich aus den Fesseln zu befreien.

Angesichts der Dringlichkeit der Lage hielten es beide Hüter vor Ort für das Beste, sich einer effektiven, aber nicht besonders originellen Methode, man könnte sagen: einer Holzhammermethode zu bedienen."

Offenbar vertrat die Chronistin die Meinung, Geschichte sollte für die Massen verständlich überliefert werden.

Sorgfältig suchte Diana im mittleren Bereich der Potentiale nach Kraft und ließ etwas davon auf die Matrix rieseln, die Tante Sara gefangenhielt.

Als sich die Muster der düsteren Emanationen änderten, raste ein jaulender Austin ins Zimmer, hinter sich eine Wolke ausgerissener Katzenhaare. „Diana, nein! Du weißt nicht, was du tust!"

ICH HABE DIR DOCH GESAGT, MACH DIR UM DIE ZWEITE HÜTERIN KEINE SORGEN. SIE HILFT UNS!

WOBEI?

HALT DIE KLAPPE UND SEI BEREIT.

Der Kater setzte zum Sprung an, als Tante Sara den Mund öffnete und tief Luft holte, wobei sie eine Reihe sehr gelber Zähne entblößte.

JETZT!

Eine ungezählte Zahl an Stimmen rief, so laut sie konnten, über die Verbindung Saras Namen.

Zu der Kraft, die Diana angewandt hatte, gesellten sich Sickeremanationen, so daß die Kräfte aus dem Gleichgewicht gerieten.

Sara schlug die Augen auf.

Schreckensbleich bemühte sich Diana, den neuen Kraftstrom zu blockieren. Eine Sekunde lang, zwei. Dann traf sie eine Kraft, die zu kompliziert war, als daß ihr Schild sie hätte abwehren können, wie eine Keule, und sie sank in die Knie.

Jaulend landete Austin auf dem Fußende des Bettes.

Sara lächelte und hob einen Finger.

Der Energiestoß traf ihn mitten im Gesicht und knallte ihn mit voller Wucht gegen die Wand zwischen den Fenstern. Er prallte einmal ab, landete in den Überresten des Farns, prallte noch einmal ab und blieb dann auf dem Fußboden liegen, unfähig, sich zu rühren.

„NEIN!" Diana schaffte es nicht, auf die Beine zu kommen und kroch verzweifelt zu dem reglosen Kater hinüber. Weit kam sie nicht, dann legte sich ihr eine warme Hand auf die Schulter, und sie erstarrte.

„Immer schön hiergeblieben!"

Diana leistete keinen Widerstand, als Sara sie so herumzerrte, daß sie mit dem Gesicht zum Bett zu stehen kam. Als sie Sara direkt in die Augen sehen konnte, langte sie nach so viel Kraft, wie sie irgend fassen konnte und ließ diese wie einen Baseballschläger auf die andere Hüterin einprasseln.

Diese machte sich noch nicht einmal die Mühe, den Schläger mit einer Handbewegung beiseite zu schieben. Statt dessen absorbierte sie die Kraft, verdrehte sie und schlang sie wie ein Leichentuch um Diana. „Was habe ich für einen fiesen Geschmack im Mund", murmelte sie und fuhr sich mit der Zunge über die Zähne. „Was gäbe ich nicht für eine Kippe."

„Da leider beide Hüter Truppenteilen angehörten, die wenig später nach Europa verlegt wurden, wurde diese vorübergehende Lösung ..."

„Claire?"

„Eine Minute noch. Ich hab's gleich."

„Wie Sie wollen, Hüterin, aber ich habe gerade eine E-Mail erhalten, dich mich anwies, dieses Stück Geschichte zu reaktivieren, das Sie gerade lesen."

Claire sah von dem Ordner auf. „Reaktivieren?"

„Sie haben da wahrscheinlich ein paar Unklarheiten, die sich gerade von allein aus der Welt schaffen."

„Wahrscheinlich?" Claire sprang auf. Wenn es Unklarheiten gab, dann waren sie aufgetreten, seit sie das Haus verlassen hatte. „Was ist los?"

„Woher soll ich das wissen? In die Gegenwart mische ich mich nicht ein. Stellen Sie das Buch zurück, ehe Sie ..." Die Chronistin seufzte und legte eine schwarze Drei über eine rote Vier, während Claire durch die Zeiten davonrannte. „Aber sich darüber wundern, daß ich keinen Besuch mag."

„Hätte es ihnen einen Zacken aus der Krone gebrochen, mich von Zeit zu Zeit mal abzustauben? Wohl kaum, oder?" Sara ließ die heftig um sich schlagende Diana einen guten Meter über dem Boden schweben, band die Schnürsenkel der schwarzen knöchelhohen Turnschuhe der jungen Frau zusammen und zog Diana daran durch die Luft und hinter sich her zur Tür.

Dort angekommen biß Diana auf dem Energieknebel, der sie am Sprechen hinderte, die Zähne zusammen und klammerte sich mit allen Fingern verzweifelt an den Türrahmen.

„Laß los, oder du wirst sie los, das ist deine Sache." Das war eindeutig wörtlich zu verstehen. „Mir ist es egal. Ich weiß, was du denkst", fuhr sie fort, als Diana widerstrebend das Holz losließ. „Du denkst, du mußt einfach nur auf Zeit spielen, und früher oder später tauchen hier andere Hüter auf und retten dich. Tun sie aber nicht, und weißt du auch, warum nicht? Natürlich nicht, du bist ja noch ein Kind!"

Aus Dianas Ohren stiegen kleine Rauchwölkchen.

Sara lächelte und ging nicht darauf ein.

„Du bist noch ein Kind, und von daher kannst du nicht verstehen, wie ich funktioniere. Vor über fünfzig Jahren haben ein paar Wichtigtuer, die sich unbedingt einmischen mußten, einen Schild um mich gezogen. Um mich allein, und der ist immer noch da. Niemand wird mitbekommen, daß ich wach bin – bis es zu spät ist."

Die Worte, mit denen Sara sich selbst beweihräucherte, verklangen den Flur hinab. In Zimmer sechs kamen unter verschiedenen Möbeln verschiedene kleine, bunte Wesen hervor und eilten auf den reglosen Katzenkörper zu.

Claire rannte, so schnell sie konnte, aber sie schaffte es einfach nicht, das Ende der Regale zu erreichen.

„Hör auf, an die Vergangenheit zu denken!"

Die Stimme klang durch viele Echos verzerrt und hätte jedermanns Stimme sein können. Claire verschwendete keine Zeit darauf, sich umzuwenden und nachzusehen. Eine Tür – sie mußte unbedingt eine Tür finden. Ohne Tür würde sie nicht nach Hause gelangen.

„Hallo mein Hübscher. Gibt's dort, wo du herkommst, noch mehr von deiner Sorte?"

Dean stand an die Wand der Lobby gedrückt und erinnerte sich plötzlich lebhaft an einen Fisch, den er einmal auf einen Fischhaken gespießt wild auf dem Boden eines Ruderbootes hatte zappeln sehen. Das Bild hinderte den jungen Mann nicht daran, sich zu wehren, verschaffte ihm aber eine realistische Vorstellung von der Aussichtslosigkeit seiner Bemühungen.

Letztlich sackte er erschöpf zusammen und bekam gleich darauf spitze Fingernägel zu spüren, die sich in sein Kinn gruben und es hochhoben.

„Sehr nett!" gurrte Sara. „Schwitzende Muskeln, vor Anstrengung bebend – dafür habe ich immer schon geschwärmt." Sie ließ die Finger in die Vordertasche von Deans Jeans gleiten, zog den Stoff der Tasche vom Körper weg und ließ den Schlüsselbund hineinfallen. „Herzlichen Dank. Sie hätten nicht vielleicht auch noch eine Kippe für mich?"

Dean schüttelte den Kopf und löste sich mühsam aus den blassen Tiefen ihrer Augen, die dieselbe Farbe hatten wie ein Eisberg, jedoch lange nicht so mitfühlend wirkten. Er wies mit dem Kinn auf Dianas wild um sich schlagenden Köper. „Sie hat gesagt, sie will auf den Speicher. Ich dachte, Hüterinnen könnten nicht lügen."

„Zuschauer können keine Hüter anlügen. Wir hingegen schaffen es in der Regel, andere ..."

Sara bückte sich, als das alte, ledergebundene Gästebuch auf sie zugeschossen kam und mit einer Ecke voran gegen die Wand prallte. Die uralte Bindung löste sich, und zahllose gelbe Seiten flatterten zu Boden, und sie maß die Beule an ihrem Kopf zwischen Daumen und Zeigefinger. „Netter Versuch, Jacques. Ich bin erstaunt, daß du so viel ektoplasmische Energie hast." Sie beugte sich zu Dean und flüsterte: „Da war wohl die letzten paar Tage mal wer richtig nett zu ihm?"

Dean tränten die Augen, und er wandte den Kopf ab. Mit dem Atem dieser Frau hätte man den Belag von den Gedärmfässern in der Wurstfabrik lösen können!

„Hören Sie!" Ein scharfer Fingernagel ritzte ihm eine kleine Wunde in die Wange. „Schlafen Sie mal so lange, und dann werden wir ja sehen, wie Sie danach aus dem Mund riechen!"

Die Messingglocke hob sich vom Tresen und traf Saras Schulter.

„Langsam nervt es, Jacques." Sara drehte sich um und blickte ins Büro. „Rein technisch gesehen müßte ich dir dafür Staub und Asche antun, aber wir werden uns mit einer Unmenge Staub begnügen müssen." Ein sanfter Stoß, und Diana glitt in Richtung Kellertreppe durch die Halle. Sara hatte beide Hände frei, sammelte Staub von ihrem Rock und zeichnete zwei Symbole in die Luft.

Dean hatte sich bereits auf Holperverse eingestellt, aber das wäre nicht notwendig gewesen.

Beide Symbole glühten rot.

Zwischen ihnen tauchte plötzlich Jacques auf. Mit weit aufgerissenen Augen wehrte und wand er sich, bis Sara in die Hände klatschte und er in einem Regen aus tausend feinen kleinen Lichtern explodierte, die in alle Richtungen auseinanderstoben.

Dean flüsterte ein Gebet, löste seine Linke aus den Fesseln und schnappte sich zwei der kleinen Lichter, als sie an ihm vorbeischossen. Seine Haut brannte, als die Lichter sie berührten, aber er schloß fest die Finger darum und stellte sich mit geballten Fäusten erneut der Konfrontation mit Sara.

„Nun", sagte diese, „den wären wir los. Sie jedoch kann ich gebrauchen."

SIE WIRD ES NOCH EINMAL VERSUCHEN!

HÖR BLOSS AUF, DIR SORGEN ZU MACHEN! DANN TUN WIR MAL EIN PAAR JAHRZEHNTE LANG, WAS SIE WILL, UND DANN SIND WIR FREI.

DU DENKST, SIE WILL, DASS DIE HÖLLE AUF SIE WARTET, WENN SIE STIRBT?

Nach einer langen Pause murmelte die Hölle: DAS HÄTTEST DU FRÜHER SAGEN SOLLEN.

SIE VERSIEGELT DAS LOCH, UND WIR KÖNNEN SIE NICHT DARAN HINDERN.

VON HIER AUS NICHT ...

Erst war da gar keine Tür, und dann gab es auf einmal nichts als Türen. Claire stürzte in drei Saunen, zwei Kühlräume, etwas Belebtes, das sie nicht identifizieren konnte und mehr Hotelzimmer, als sie zählen mochte.

„Ju-huu! Cornelia! Diana! Ich war Gassi mit Baby und wollte nur mal ..." Mrs. Abrams blieb wie angewurzelt auf der Türschwelle stehen, und ihr Mund öffnete und schloß sich ein paarmal, ohne daß ein Laut herausgekommen wäre. „Ich erinnere mich an Sie!" brachte sie schließlich krächzend heraus.

„Da hat dann wohl jemand etwas übersehen", bemerkte Sara, während sie die Schnürsenkel von Deans Arbeitsschuhen zusammenband. „Kommen Sie doch *bitte* herein und schließen Sie die Tür."

Mrs. Abrams preßte eine Hand gegen den wogenden Polyesterbusen und schlurfte unbeholfen weiter.

„Die Tür!" mahnte Sara. „Nicht vergessen: die Tür zumachen."

Diana war gefesselt und konnte nur hilflos um sich schlagen. Trotzdem schaffte sie es irgendwie, ein wenig näher an die Wand heranzukommen. Dann wandte sie sich nach links und schlug den Hacken in den Putz. Bei diesem Geräusch zuckte Mrs. Abrams zusammen und trat einen Schritt zurück.

Sara hob die Hand, und die Kraftschnüre um Diana zogen sich noch fester. All ihre Kraft, all ihre Konzentration mußte das Mädchen nun darauf verwenden, überhaupt noch Luft zu bekommen.

„Margaret Anne Groseter. Tür zu."

Margaret Anne Abrams, geborene Groseter, war fünfzehn Jahre alt gewesen, als Sara ihr das letzte Mal Befehle erteilt hatte. Seitdem war eine Menge Wasser den Bach heruntergeflossen, und auch kleine alte Damen waren nicht völlig machtlos. Mrs. Abrams holte so tief Luft, daß jedes einzelne orangefarbene Haar auf ihrem Kopf zu Berge stand, und verkündete: „Wagen Sie es nur nicht, in diesem Ton mit mir zu sprechen, junge Frau! Ich bin Vorsitzende des Frauenauschusses meiner Kirchengemeinde und wurde für meine Arbeit im Krankenhaus fünfmal zur freiwilligen Helferin des Jahres gekürt. Wie sehen Sie überhaupt aus? Sie sind völlig verstaubt! Ich an Ihrer Stelle würde mich schämen, in aller ..." Aber dann versagte ihr doch die Stimme, als Saras blasse Augen sich zu schmalen Schlitzen verengten, und ehe es Mrs. Abrams ganz den Atem verschlug, gelang ihr ein gequälter Schrei: „Baby!"

Baby war mit einer Lederleine an der heimischen Veranda festgebunden. Wachsam hob er den Kopf von den Pfoten.

Das war doch die Stimme seiner Herrin!

Die Zähne gefletscht und die Ohren an den Kopf angelegt sprang der riesige Dobermann auf und warf sich gegen die Leine. Das Leder hielt stand.

Die Veranda dagegen schickte sich ins Unvermeidliche.

Claire wußte, sie war nah dran. Sie konnte das Hotel schon spüren, aber zwischen ihr und dem Flurende lag noch ein Dutzend Türen, und sie konnte das unangenehme Gefühl nicht abschütteln, die Zeit – außerhalb der Realität ansonsten ein so flüssiger Stoff – folge heute einem linearen Trommler. Mit anderen Worten: Sie verging. Sie lief wie rasend ab.

Hinter der ersten Tür rechts saß ein Tiger. Glücklicherweise hatte er nach den Abfallresten zu urteilen, die ihn in seiner Zelle umgaben, gerade gefressen.

„Sie zögern das Unvermeidliche nur hinaus", murmelte Sara und zog Mrs. Abrams mit gekrümmtem Finger immer weiter in die Lobby. „Sie sind eine alte Frau, Sie können nichts herbeirufen, was mir schaden ..." Dann wurden ihre Augen riesig.

Baby hatte sein Leben lang auf diesen Moment gewartet. Jahrelang aufgestauter Frust ließ ihn wie aus einer Kanone geschossen in einem einzigen riesigen Satz über die Schwelle hechten.

Die Reste des Verandageländers brachten Mrs. Abrams zu Fall, und sie verhedderte sich gründlich in den völlig verbogenen Streben.

Babys Vorderfüße landeten auf Saras Brust.

Die böse Hüterin ging zu Boden, überschlug sich in einer mächtigen Staubwolke und büßte den Kragen ihrer Jacke ein, als das zusätzliche Gewicht am Ende von Babys Leine dafür sorgte, daß der Hund das Ziel seiner Zähne um den Bruchteil eines Zentimeters verfehlte und nicht mehr weiterkam.

Schwer atmend kam Sara wieder auf die Beine, wobei sie sorgsam darauf achtete, dem offenen Maul voller zu scharfer, zu spitzer, zu zahlreicher Zähne nicht zu nahe zu kommen.

Baby, völlig fixiert auf die Kehle, die er unbedingt zerfetzen wollte, verpaßte die Gelegenheit, verschiedene andere Körperteile zu zerfetzen, die durchaus erreichbar gewesen wären.

Eine Handbewegung Saras, und die Haustür ging zu. Sie tat es mit einem Geräusch, das unter jegliche Hoffnung auf Rettung oder Flucht den Schlußstrich zog und schon fast wie ein Klischee klang.

„Margaret Anne, ich würde gern beenden, was wir vor so vielen Jahren begonnen haben, aber ich habe schon alle Opfer beisammen, die ich brauche." Sara hob die Stimme, um sich über Babys wütendes Knurren hinweg Gehör zu verschaffen. „Diesmal ist die betreffende Person eindeutig qualifiziert."

Dean hing schlaff in der Luft, aber Diana unterbrach einen Moment lang ihr Atmen und warf ihr wütende Blicke zu.

Sara schenkte beiden keine Beachtung. „*Bitte* schlafen Sie." Als Mrs. Abrams nach vorne sackte, warf Sara einen Blick auf den Dobermann, der sich immer noch verzweifelt anstrengte, an ihre Kehle zu gelangen um diese zu zerfetzen. „Du", sagte sie zu dem Tier, „verfolgst deine Ziele so gnadenlos und hartnäckig, du bist mir ja fast schon sympathisch."

Nun hatte Baby es auf Saras Knöchel abgesehen und erwürgte sich fast bei dem vergeblichen Versuch, wenigstens den zu erwischen.

„Du erinnerst mich in der Tat an mich! Gutes Hundchen."

Die Worte bedeuteten nichts. Der Ton versetzte Baby erneut in Raserei.

Sara machte sich auf den Weg die Kellertreppe hinunter und zog Dean und Diana hinter sich her.

Noch sieben Türen! Claire blieb in der Mitte des Flurs stehen.

Sie hörte Bellen.

Das Bellen eines großen Hundes, den man gezwungen hatte, das Leben eines Schoßhündchens zu führen, ein ganz besonderes Bellen, hart am Rande des Wahnsinns. Das Bellen eines Hundes, der mit einem winzigen Gehirn ausgestattet, nur noch auf eines sann: auf Rache.

Sofort eilte Claire den Flur hinab, wobei sie an jeder Tür kurz halt machte und das Ohr dagegenhielt, um zu hören, ob das Bellen dann lauter klang.

Drei Türen. Vier.

Die fünfte Tür öffnete sie und sprang aus dem Schrank. Hier klang das Bellen nicht nur viel lauter, es schien jede verfügbare Lücke im Raum zu füllen.

Baby war im Hotel.

Unter normalen Umständen wäre das für Claire ein Problem gewesen, aber nun war die Aussicht, von einem psychopathischen Dobermann in Stücke gerissen zu werden, eine annehmbare Alternative zu einem Leben, in dem Sara über die Hölle herrschte. Claire sprang über einen Kleiderhaufen, den sie auf dem Fußboden hatte liegenlassen, rannte durch das Wohnzimmer und kam im Büro mit einem Ruck zum Stehen.

Baby beachtete sie nicht. Er war damit beschäftigt, die Überreste der Verandabrüstung samt der schlafenden Mrs. Abrams zentimeterweise in Richtung Kellertreppe zu schleppen, wobei seine Krallen laut über den Boden kratzten.

Claire wollte ungern das ganze Hotel durchleuchten, denn sie befürchtete, dadurch ihre Anwesenheit zu verraten. Also beschloß sie, Babys Beispiel zu folgen. Wenn man Baby, die Verandabrüstung und Mrs. Abrams als Ganzes betrachtete, mußte man zu dem Schluß kommen, daß Austin an diesem Debakel jedenfalls keine Schuld trug. Hundertprozentig sicher konnte man nicht sein, aber doch relativ sicher.

Mit dem Rücken zur Wand glitt Claire vorsichtig an Baby vorbei, wobei sie außer einem Prozent Hörfähigkeit keine weiteren Einbußen erlitt und eilte dann die Kellertreppe hinunter, dankbar dafür, daß Babys Bellen alle Geräusche schlucken würde, die sie unter Umständen verursachte.

Die Tür zum Heizungskeller stand offen.

Claires Herz klopfte so laut, daß es ihr schwerfiel, den eigenen Gedanken zu folgen. Sie lehnte sich an die Waschmaschine und zwang sich zur Ruhe.

Ein Hüter ohne Selbstbeherrschung kann weder die Kraft kontrollieren, die in einer Situation zum Einsatz kommt, noch kann er feststellen, aus welchem Bereich der Potentiale diese gezogen wurde.

Chaos im Kopf freut das Böse.

Trennen Sie vor dem Waschgang die Weißwäsche von der Buntwäsche.

Claire blinzelte und brach den Kontakt zum Waschmittelpaket ab. Nun war sie ruhig – ruhiger würde sie in dieser Situation nicht mehr werden.

Sie wischte sich die feuchten Hände an den Hüften ab, glitt in den toten Winkel zwischen Wand und Heizungskellertür und spähte in den Kelleraum.

Sara trug immer noch die staubigen Kleider, in denen sie vor so vielen Jahren schlafen geschickt worden war. Sie schwebte aufrecht über dem Schlund, mit dem Rücken zur Tür, beide Hände erhoben, den Kopf gesenkt und dort, wo ihr das Blut unter den Nägeln hervorspritzte, hatten sich ihre Fingerspitzen rot gefärbt.

Direkt vor ihr schwebte auf dem Rücken liegend Dean. Der Oberkörper des jungen Mannes war nackt, und aus verschiedenen kleinen Einschnitten auf seiner Brust tropfte Blut. Er war nicht bei Bewußtsein, schien aber immer noch am Leben zu sein. Es dauerte einen Moment, dann hatte Claire auch Diana gefunden, die, in unzählige einander überlappende Kraftbahnen gehüllt, wie eine Mumie zusammengeschnürt an der Wand lehnte.

Moment! Dean schwebte über dem Abgrund, und Diana lehnte an der Wand?

Claire sah sich die Kräfte, die Diana gefangenhielten, genauer an. Die meisten dienten dem Zweck, das junge Mädchen zu fesseln und zu knebeln und dafür zu sorgen, daß sie sich von dort, wo sie hingestellt worden war, nicht fortbewegen und keinen Lärm machen konnte. In all diese Kräfte eingewoben jedoch verlief, von Dianas Kopf bis zu ihren Füßen, eine Verbindung, die geschaffen worden war, um Dianas beträchtliche Kräfte zu Sara hinüberzuleiten. Die Leitung war etabliert, denn später würde keine Zeit sein, das Ritual zu unterbrechen und eine solche Verbindung herzustellen.

Das hieß, Dean schwebte über dem Abgrund, weil ...

Kein Wunder, daß er immerfort rot wurde.

Aber mit zwanzig noch? Wenn man aussieht wie ein junger, kurzsichtiger Gott?

Hör auf! befahl Claire sich streng. *Jetzt ist nicht die Zeit dafür.* Das Problem war nur, daß es viel, viel einfacher war, über Dean nachzudenken als einen Plan zu entwerfen, mit dem sich die Welt retten ließ.

Zwei Hüter waren nötig gewesen, um Sara aufzuhalten, als sie diese Sache zum ersten Mal versuchte. Wie sollte Claire das ganz allein schaffen?

Nicht allein. Wenn ich Diana erreichen kann, ohne daß Sara es mitbekommt, kann ich selbst diese Leitung nutzen. Dianas Kraft, verbunden mit der meinen – dagegen kommen dann auch die zwanzig Jahre Erfahrung, die Sara mir voraus hat, nicht an.

Die böse Hüterin stimmte eine neue Zauberformel an, und Claire wurde bewußt, daß ihr Plan zwei kleinere Mängel aufwies. Erstens stellte Sara das Siegel dar, mit dem die Hölle in Schach gehalten wurde, und wenn man Sara entfernte, würde das die Hölle freisetzen. Dies bedeutete, daß Claire selbst ihre Unterschrift auf das Siegel setzen mußte, um dann mit ihrer Kraft Saras Funktion zu übernehmen. Sollte danach nicht mehr genug Kraft übrig sein, die Unfallstelle zu schließen, würde sie hier festsitzen. Im Hotel. Bis an ihr Lebensende.

Dean hingegen wollte gehen.

Sie wußte ja noch nicht einmal, wo er den Toaster stehen hatte.

Das zweite Problem bestand darin, daß Sara auch Dean festhielt. Ganz wörtlich. Sobald Claire Sara von hinten angriff, würde diese Dean fallenlassen, und dieser würde im Höllenschlund landen.

Sobald Claire ihre Kräfte mit denen Dianas vereinte, würde Sara das merken, und Claire mußte dann sofort zuschlagen. Rettete sie erst Dean, dann gab das Sara Zeit, eine Verteidigung aufzubauen.

Wenn sie Dean fallenließ ...

Welchen Sinn hatte es, die Welt zu retten, wenn sie Dean fallenließ?

Sie mußte einfach einen Weg finden, ihn zu retten, daran war nicht zu rütteln. Auf Zehenspitzen, jeder Schritt auf Babys wütendes Bellen abgestimmt, schlich sie auf Diana zu.

Im Abgrund frohlockte die Hölle bei jedem Blutstropfen, der ihr geopfert wurde.

DA, AUF DER TREPPE! Der Rest der Hölle machte sich selbst auf die Veränderung des Geschehens aufmerksam. ES IST DIE ANDERE HÜTERIN.

NA UND?

SOLLTEN WIR *IHR* DAS NICHT SAGEN?

Ein weiterer Blutstropfen verdampfte in der Hitze. Die Hölle atmete ihn metaphorisch ein und lachte. DU MEINST, OB WIR *IHR* HELFEN SOLLEN? WIR HELFEN NICHT. NIEMANDEM.

Es war Baby gelungen, die ganze Sauerei, die er hinter sich herzog, weitere siebeneinhalb Zentimeter näher an die Kellertreppe heranzuzerren. Die Zunge hing ihm aus dem Hals, das Halsband schnitt in die festen Muskelstränge an seinem Hals, und er bellte und schleppte sich weiter, in dem sicheren Glauben, daß er höchstpersönlich den Feind in die Flucht geschlagen hatte.

Plötzlich, in dem Bruchteil einer Sekunde, die zwischen einem Bellen und dem nächsten lag, befahl ihm eine vertraute Stimme, still zu sein.

Das Bellen verstummte, Claire erstarrte.

Sara zog die Fingernägel an Deans Flanke entlang. Aus vier parallel nebeneinander laufenden Striemen strömte Blut, und Sara stimmte den nächsten Gesang an.

Claire erkannte das gutturale Latein: Viel Zeit blieb ihr nicht mehr. Sie biß sich auf die Unterlippe und tastete sich vorsichtig weiter voran.

Austin trug um den Kopf und das linke Auge einen sterilen Verband und sah aus wie ein verwundeter Pirat. Keuchend und leicht angesengt lag er auf der Seite auf einer Bahre, die aus einem alten Seidenschal gefertigt worden war und von zwölf Mäusen in leuchtend bunten Seemannsjacken und Reithosen getragen wurden, die allesamt einen Dreispitz trugen.

Dieser Anblick überstieg Babys Horizont in einem solchen Maße, daß der Hund sich keuchend auf die Hinterläufe fallen ließ und einfach nur noch starrte.

In sicherem Abstand hielten die Mäuse mit ihrer Last an, und Austin öffnete das unverletzte Auge. „Irgendwer", sagte er, ohne den Kopf zu heben, „wird ihm das Halsband abnehmen müssen."

Zu sagen, Dean habe das Bewußtsein wiedererlangt, wäre eine Untertreibung gewesen. Er entführte es sich gewissermaßen; sein Bewußtsein wollte mit der ganzen Sache nichts zu tun haben.

WIE STEHT'S, MEIN HÜBSCHER?

Als die Stimme an sein Ohr drang, wäre Dean zurückgezuckt, wenn er nur gewußt hätte, wie er seinen Körper bewegen sollte. Dieses Gefühl – sich nicht bewegen zu können – schreckte ihn weit mehr, als die Hölle ihn schreckte. Dean besaß einen Freund, Paul Malan, der eines Tages beim Eishockeyspiel im falschen Winkel gegen die Seitenwand geprallt war. Dieser Freund saß seitdem im Rollstuhl und spielte Behindertenhockey.

ER IGNORIERT UNS!

KANN ER DAS?

HEY, KUMPEL! FALLS DIR DAS NOCH NICHT AUFGEFALLEN IST: DAS HIER IST SCHLIMMER ALS BEHINDERTENHOKKEY!

Dean war dankbar dafür, daß er an irgendeinem Punkt des Geschehens seine Brille verloren hatte. Auf die Stimme hörte er nicht, weil Claire ihn gebeten hatte, nicht auf die Stimme zu hören. Sie hatte ihn wirklich gebeten, hatte sogar „bitte" gesagt.

Dean blinzelte, denn mit einem Mal wurde ihm klar, was für eine Stimme er da am Vortag gehört hatte: die der Hölle!

BINGO.

Er hatte auf sie gehört, hatte gezögert.

ACH DU ... SECHS SEKUNDEN IN ZWANZIG BLITZSAUBEREN JAHREN!

Er verdiente es, zur Hölle zu fahren!

DAS MEINST DU NICHT ERNST, ODER?

Das Problem war nur, daß er nicht sterben wollte.

Über die Stimmen in seinem Kopf hinweg oder vielleicht auch unter ihnen durch hörte Dean Worte, die in einer Sprache gesungen wurden, die er nicht verstand. Langsam drehte er sich in den unsichtbaren Fesseln, die ihn banden, so weit, daß er an seinem linken Arm hinabsehen konnte. Er spähte über seine geballte Faust hinaus über die Ränder des Pentagramms und sah Diana an der Wand lehnen. Sie war noch ein Kind, erkannte er, sie hatte nie vorgehabt, ein solches Chaos zu verursachen. Sollte er durch ein Wunder heil hier herauskommen, würde er ihr einen kräftigen Tritt in den Hintern versetzen.

Immer mit dem Rücken an der Wand legte Claire die letzten Meter bis zu Diana zurück und wagte kaum zu atmen. Sobald sie Dianas Hand hielt, würde sie ihrer beider Kräfte kontrollieren können.

Deans Augen weiteten sich, als Claire in sein Sichtfeld trat. Rettung!

Claire las das Wort in Deans Augen und zuckte zusammen.

Dean sah, wie sie zusammenzuckte.

Sara sang lauter und spie Konsonanten. Das Pentagramm fing an zu glühen.

Vielleicht lag es daran, daß er über einem Loch schwebte, das zur Hölle führte. Vielleicht lag es daran, daß er die Dämpfe seines eigenen verdampfenden Bluts eingeatmet hatte. Vielleicht lag es daran, daß er fast ein Jahr lang neben einer metaphysischen Unfallstelle gelebt hatte.

Vielleicht lag es auch nur daran, daß er lesen konnte, was in Claires Miene geschrieben stand.

Dean verstand alles.

Sie konnte nicht ihn und die Welt retten.

Er hatte gezögert.

Er erhielt Gelegenheit, es wieder gutzumachen.

Ihn konnte die Hölle haben, aber die Welt konnte sie nicht haben.

Tu's, formten seine Lippen lautlos in Claires Richtung.

Claire schüttelte den Kopf. Es mußte einen anderen Weg geben.

Das Pentagramm begann, sich aufzulösen.

Das war es die Sache fast wert: Dean wußte nun, daß Claire willens war, seinetwegen die Welt aufs Spiel zu setzen.

Tu's.

Da sie keine andere Wahl hatte, tat sie es.

Claire packte Dianas Hand und stellte die Verbindung der Kräfte her. Rasch zog sie das Pentagramm neu und schrieb ihren Namen in das Muster.

Sara wandte sich um.

Dean stürzte.

Claire schlug die andere Hüterin mit aller Kraft, die Diana und ihr gemeinsam zur Verfügung stand.

Sara fand sich plötzlich inmitten eines blendend weißen Lichts wieder und hob die blutverschmierte Hand. Zu rote Lippen teilten sich ...

... und sie lachte.

Der Schild, geschaffen, jegliche Form metaphysischer Kraft von einer Hüterin abzuwehren, die das alles vernichtende Übel im Sinn hatte, der Schild, der Sara seit mehr als fünfzig Jahren umgab, hatte gehalten.

Sara trat vom Abgrund zurück auf den Boden, zog sich die Jacke zurecht und deutete mit dem Kinn auf Diana. „Ich hatte mir ja schon gedacht, daß unsere Freundin hier zu jung für diese Unfallstelle ist." Mit einem Lächeln, das man nicht anders als herablassend bezeichnen konnte, fügte sie hinzu: „Nicht, daß Sie viel älter wären! Sie haben ihn umsonst umgebracht, müssen Sie wissen. Durch diesen Schild dringt keine Kraft."

Claire zog Diana zur Seite, als ein roter Blitzstrahl Steinbrocken aus der Wand brach.

Saras Lächeln wurde breiter. „Wie schön für mich, daß es umgekehrt gar keine Probleme gibt!"

Claire biß die Zähne zusammen, denn ihr wurde gerade sehr schlecht. Dann trat sie vor, aber ehe sie etwas sagen konnte, hob Sara die Hand.

„Ja, Sie können rein körperlich durch den Schild gehen und mir eins auf die Nase geben, aber Sie können nicht erwarten, daß ich hier herumstehe und erlaube ..."

Das war der Moment, den Baby wählte, um sich die Treppe herunterzustürzen.

Sara hatte noch Zeit zu schreien, als sie wankte und rückwärts fiel, aber nur knapp.

Claire und Diana stützten einander, traten an den Rand des Pentagramms und beugten sich vorsichtig vor.

WIR HABEN SIE!

AU! VORSICHT, SIE TRITT!

Claire spürte, wie ihre Kraft das Pentagramm füllte und die Hölle von der Welt schied. Das war's dann. Ein Leben im Hotel Elysium.

Diana schluckte und fand ihre Stimme wieder. „Armes Ba..."

DAS IST JA UNSER HÜNDCHEN! FREUT ER SICH, WIEDER DAHEIM ZU SEIN?

JA, WO IST DENN MEIN KLEINES SCHEISSERCHEN? WO IST MEIN KLEINER WAUWAU?

„Wauwau?" wiederholte Claire.

Ehe die Hölle antworten konnte, grub Diana Claire die Nägel in den Arm. „Sieh mal! *Sie* ist immer noch Teil des Musters! Wenn du das Pentagramm an sie bindest, ehe es verblaßt, dann zieht sie das Loch mit sich hinein."

In Claires Ohren dröhnte immer noch die Kraft, die sie freigesetzt hatte, und sie brauchte einen Moment, um die Worte ihrer Schwester wirklich zu verstehen. „Ich kann die Stelle schließen?"

„Ja!"

„Für immer?"

„Ja!"

Saras Name hatte begonnen, an den Rändern auszufasern. „Nein."

„Bist du verrückt? Das könnte deine einzige Chance sein."

„Nein!" Claire riß sich los. „Dean ist da drin, und ich schließe dieses Loch nicht, ehe er nicht einen Weg heraus gefunden hat." Als Diana erneut zum Protest ansetzte, schnitt ihr Claire das Wort ab. „Die Hölle kann kein Opfer halten, das freiwillig ging. Sie werden ihn loslassen müssen."

„Echt?"

„Wenn du mehr auf das achten würdest, was wirklich los ist, anstatt immer nur daran zu denken, was du mit deinen Kräften alles anstellen könntest ..." Claire biß sich auf die Lippen. Jetzt war nicht die Zeit für Vorträge. „Ja."

„Aber sie werden ihm wohl nicht helfen, einen Weg da rauszufinden oder ihn gar mit einem Tritt hinausbefördern, oder? Saras Name wird immer blasser! Du hast keine Zeit zu warten. Laß doch sein Opfer nicht vergeblich gewesen sein!"

Claire griff nach mehr Kraft und goß diese ins Pentagramm. Von ihrem Standort aus war der Weg zur Mitte der Potentiale unendlich lang. Ihr Kopf fühlte sich merkwürdig leicht an, und sie hätte nicht sagen können, ob sie eigentlich noch alle ihre Zehen spürte. „Ich kann das Pentagramm halten", sagte sie mit zusammengebissenen Zähnen. „Ich kann es so lange halten, wie ich es halten muß!"

„Gut." Diana streifte sich die Jeansjacke von den Schultern. „Dann gehe ich ihn holen."

„Nein, das wirst du nicht tun!" Claire hegte den starken Verdacht, sich anzuhören wie ihre Mutter, aber das scherte sie im Moment wenig. „Das ist kein kleiner Trip in die USA, weil da die DVDs billiger sind. Wenn du helfen willst, dann reaktiviere die Verbindung zwischen uns und gib mir Kraft." Das S in Saras Namen versuchte, sich zu strecken; sie zwang es, sich wieder zu krümmen.

„Dann würde ich auch zum Teil dieses Siegels, und dann hocken wir hier vielleicht bis in alle Ewigkeit aufeinander! Wenn du Dean da raushaben willst, dann muß wer rein und ihn holen."

„Du nicht!" Ein unbewußtes Knurren, und das zweite a mußte sich wieder einreihen. „Du würdest es nicht überleben."

„Aber ..."

„Dean ist stark wie zehn, denn sein Herz ist rein." In diesem Moment wurde Claire klar, daß man aus Saras Wahl des Opfers noch einen zweiten Schluß ziehen mußte, und Diana konnte sich glücklich schätzen, daß ihre Schwester im Moment anderes zu tun hatte, als Konsequenzen aus ihrer Erkenntnis zu ziehen. „Ihn schützen die Regeln."

„Was für Regeln?"

„Diana, ich weiß, es fällt schwer, das zu glauben, wenn man siebzehn ist: Es gibt immer Regeln." Mittlerweile konnte Claire ihre Zehen wirklich nicht mehr spüren, und das gleiche würde wohl bald auch für den gesamten linken Fuß gelten. „Wenn ein Lebender auf die andere Seite geht, dann sind dafür bestimmte Voraussetzungen nötig ... für die Lebenden!" Claire hielt die Augen unverwandt fest auf das Pentagramm gerichtet und packte Diana aufgeregt am Arm: „Geh, such Jacques."

„Jacques ist fort. *Sie* hat ihn in ektoplasmische Teilchen zerlegt."

„Dann sammle sie wieder ein."

„Ich?"

„Du beschwerst dich doch immer, du dürftest nie etwas Eigenständiges tun. Du mußt nur vorsichtig sein, wenn du so nah am Schlund hier Kraft ziehst."

„Das ist wieder mal typisch! Mit deinen guten Ratschlägen verdirbst du einem die ganze Freude!" beschwerte Diana sich ungehalten. „Du hättest doch auch einfach davon ausgehen können, daß ich es schon richtig mache."

In Anbetracht der Umstände, in denen Diana und sie sich befanden, bezweifelte Claire nicht, daß ihre vorsichtige Warnung berechtigt gewesen war, aber sie ließ die Sache auf sich beruhen, denn nun kam im Heizungskeller ein heftiger Wirbelwind auf. Einen Moment später strömten winzige Lichter aus dem Treppenaufgang in den oberen Kellerbereich.

„Zwei fehlen", keuchte Diana, als die Lichter sich nun weigerten, sich zu einem richtigen Körper zu vereinigen. „Ich kann nicht feststellen, wo sie sind."

Inzwischen kreisten die Lichter in einer Form, die vage an die Gestalt Jacques' erinnerte. Diese stürzte nun plötzlich kopfüber in den Abgrund.

„NEIN!" Mit einem Verzweiflungsschrei streckte Claire die Hand aus, erwischte aber nur noch ein einziges der kleinen Teilchen.

Unsicher schwankend – der Raum drehte sich immer noch um sie – stand Diana da und starrte Claire verständnislos an. „Genau das wolltest du doch."

„Aber das hatte ich ihm noch nicht gesagt – er kann es nicht wissen! Er weiß auch nicht, daß Dean da unten ist. Jacques hat immer noch Bindungen an *sie* – vielleicht hat *sie* ihn mitgerissen."

„Was also sollen wir jetzt tun?"

Claire biß die Zähne zusammen, ballte die Faust um das einzige Teilchen von Jacques, das sie hatte retten können und stemmte die Füße in den Boden. „Wir warten."

„Warten?" Dianas Stimme hob sich um fast eine Oktave. „Wie lange?"

„Bis wir nicht mehr länger ..." Plötzlich spürte Claire etwas Vertrautes, Heimtückisches, das sich in Richtung Pentagramm stahl. „Rasch! *Sie* will sich an ihrem Namen hochhangeln! Gib mir die Hand!"

„Nein! Dann hocke ich hier genauso fest wie du, und wir müssen zu zweit das Siegel halten. Dann sind zwei Hüterinnen futsch, nur weil du Dean nicht gehen lassen willst, und du willst Dean ja bloß deswegen nicht gehen lassen, weil du dich schuldig fühlst wegen dem, was er für dich empfindet. Weil du nicht dasselbe für ihn empfindest und Jacques genommen hast, mit dem es für dich keine Zukunft geben kann."

„Diana! Jetzt ist nicht die Zeit für Beziehungstherapie!"

„Jetzt hast du sie beide verloren. Laß sie ziehen, ehe *sie* die ganze Sache noch einmal in Gang setzt!"

Ihr Kontakt zu ihrem Namen war stärker geworden. Über die Ränder des Abgrunds brodelte triumphierendes Gelächter.

„Ich lasse die beiden da nicht drin."

Diana legte Claire die Hand auf den Arm. „Du bist Hüterin", sagte sie zu Claires großer Verwunderung sanft und liebevoll. „Versiegele die ... verdammt noch mal!"

Unten im Schlund bellte das, was einst Baby gewesen war, hektisch auf, und es erhob sich, in eine Wolke aus Lichtchen gehüllt, die Gestalt Deans aus der Grube und stieg bis in den Heizungskeller auf. Als er mit beiden Füßen auf dem Boden stand und noch ehe Claire oder Diana den Mund öffnen konnten, um etwas zu sagen, öffnete er die linke Hand.

Zwei Lichter fielen heraus.

Claire löste ihre Nägel wieder aus ihrer Handfläche. Das letzte Licht drehte sich ein paarmal um sich selbst und wirbelte in die Luft empor.

Jacques war wieder als Ganzes zu sehen.

Hustend trat Dean ein paar holprige Schritte vor. Claire und Diana eilten herbei und halfen ihm, sich auf die unterste Treppenstufe zu setzen. Dann wandte sich Claire erneut dem Abgrund zu.

Sie spürte, wie Sara sich mit Zähnen und Klauen an ihren eigenen Namen klammerte und sich immer weiter aus dem Loch herauszog, dem äußersten Rand der Potentiale immer näher kam. Ohne das Siegel auch nur eine Sekunde aus den Augen zu lassen, kappte Claire alle noch bestehenden Verbindungen dorthin, bis auf die von Sara.

Das Haus erbebte, als das in den gewachsenen Fels geritzte Pentagramm auf seine eigene Mitte zuglitt. Alle Farben des Spektrums – und noch zwei oder drei, die gar nicht im Spektrum vorhanden sind – flakkerten, als die inneren Ränder des Siegels verschwanden. Worte der Beschwörung, die hundert Jahre alt waren, strömten zurück in das Loch.

„Claire!" Gefangen in alte Bindungen strömte auch Jacques der Hölle zu wie eine Rauchfahne im Wind.

Jacques' Bindungen aufzudröseln hätte bedeutet, Saras Namen freizusetzen. Das ging nicht, selbst wenn noch Zeit dazu gewesen wäre.

„Vergiß es ..." Diana führte Kraft wie ein Schwert und durchtrennte mit einem Schlag das Muster, in dem Jacques gefangen war.

Nicht subtil, aber effektiv.

Als die Spitzen sich aufbäumten, drehten und in sich zusammenfielen, brach Claire ihren Namen heraus und war frei.

VERFLUCHT, WIEDER VEREI...

Dann qualmte der nunmehr unbeschriftete, nackte Felsen am Grund des Heizungskellers nur noch leise vor sich hin.

Ohne daß sie es bemerkt hatte, hatte Diana in den letzten Sekunden die Luft angehalten. Nun stieß sie einen tiefen Seufzer aus. „Aber hallo!"

Claire wankte, und Dean sprang rasch auf, um ihr zu helfen. „Alles klar?"

Claire hätte ehrlicherweise zugeben müssen, daß sie diese Frage nicht beantworten konnte. Sie wußte nicht, wie sie ihren Zustand benennen sollte, fand dann aber, klar würde im Augenblick reichen müssen. „Klar", seufzte sie. „Was ist mit Ihnen?"

Er runzelte die Stirn. Bis zu dem Moment, in dem Jacques aus der Finsternis aufgetaucht war, hatte er an einer Rampe gestanden, die hinab zu etwas Glühendem führte – wahrscheinlich die Feuer, in denen die Seelen der Verdammten schmorten. Dean hatte dort warten müssen und genau gewußt, daß man ihn vergessen hatte. Natürlich war die Hölle beschäftigt gewesen, Sara hatte ihr bestimmt alle Hände voll zu tun gegeben, aber dennoch ... „Ich habe gezögert", sagte er.

Claire spürte, wie sich ihre Lippen verzogen. „Vergessen Sie's. Sie wollten sterben, um die Welt zu retten. Sie sind ein toller Mensch!"

„Wirklich?"

Da nahm sie sein Gesicht in ihre Hände und trat so nah an ihn heran, daß er sie auch ohne Brille genau sehen konnte. „Ja. Noch nie habe ich etwas so ernstgemeint."

Nun fiel es Hüterinnen nicht schwer, Zuschauer anzulügen, aber Dean glaubte Claires Worten. Die zentnerschwere Last der Schuld fiel von seinen Schultern. „Danke!" Er riß sich los und trat einen Schritt zurück. „Ich muß nur rasch was erledigen!"

„Au!" Diana rieb sich die Stelle, an der Deans Arbeitsschuh sie getroffen hatte. „Warum treten Sie mich?"

Sein Schweigen sprach Bände.

„Ach ja. Schon gut."

„Du hast wunderbare Arbeit geleistet, Claire! Aber bist du wirklich ganz sicher, daß ich nicht doch lieber noch mal nach Kingston kommen und mir das Ganze ansehen sollte?"

„Absolut. Die Unfallstelle ist geschlossen." Claire hatte den Heizungskeller jedem nur denkbaren Experiment unterzogen und sogar Diana erlaubt, sich ein paar Tests einfallen zu lassen. Allem Anschein nach hatte das Loch zur Hölle nie existiert, und das gleiche galt auch für Sara. „Dean fährt gerade Diana zum Bahnhof. Sie will bei Freunden in Toronto übernachten und kommt dann morgen mit dem ersten Zug heim."

„Ich bin sicher, daß ihr das so besprochen habt." Martha klang nicht sehr überzeugt.

„Keine Sorge, sie hat mir ihr Wort gegeben, direkt heimzufahren."

„Claire Beth Hansen! Hast du deiner Schwester einen Geas angehängt?"

Claire grinste. „Ja."

„Gut. Aber wie um alles in der Welt hast du das hingekriegt?"

„Als alles vorbei war, wollte sie sich wortreich verteidigen, nach dem Motte ‚Ende gut, alles gut'. Da habe ich ihr einfach zugestimmt. Das hat sie völlig durcheinandergebracht, und ehe sie sich wieder fassen konnte, hatte ich ihr den Geas schon untergejubelt."

„Du hast ihr *zugestimmt*?"

Claires Grinsen wurde breiter. „Eigentlich hatte ich vor, sie zu skalpieren! Diese Selbstüberschätzung von Teenagern! Sie dachte, sie kann Sara wecken, ohne daß das Folgen hat. Aber dann mußte ich mir ehrlich eingestehen, daß sie ja irgendwie auch recht hatte. Hüterinnen gehen an die Orte, an denen sie gebraucht werden. Diana und ich wurden gebraucht, um die Unfallstelle zu schließen. Nur gemeinsam konnten wir es. Es ist also durchaus möglich, daß alles, was passiert ist auch geschehen sollte. Diana, Dean, Jacques – ja sogar die Hölle selbst hat ja mitgeholfen, ihr Hinscheiden zu arrangieren, indem sie einen Höllenhund schickte. Das muß übrigens geschehen sein, nachdem Sara gefangengenommen worden war und bevor man ihre Kraft einsetzte, um die Stelle vorübergehend zu schließen. In dieser kurzen Zeit muß es einmal ein winziges kleines Fensterchen in den Möglichkeiten gegeben haben, durch das die Hölle dann Baby quetschen konnte."

Das Telefon blieb still.

„Mama?"

„Also haben wir Diana zu verdanken, daß die Welt gerettet werden konnte? Der Tatsache, daß sie sich rücksichtslos über sämtliche möglichen Konsequenzen hinweggesetzt hat? Wenn das der Fall ist, wird das Zusammenleben mit ihr in Zukunft grauenhaft." Marthas Seufzer kam aus tiefster Seele, und Claire meinte fast, ihn körperlich spüren zu können. „Aber mach dir keine Sorgen, deinem Vater und mir fallen schon noch ein paar Dinge ein, die wir ihr sagen können, wenn sie dann morgen heimkommt." Das Opfer, das Sara erwählt hatte, war von Mutter und Tochter mit keiner Silbe erwähnt worden. Aber Eltern sind in der Lage, auch eigenständig Schlüsse zu ziehen. „Dean fährt Diana zum Bahnhof? Wie geht es dem Jungen denn? Kann er überhaupt schon wieder Auto fahren?"

„Dean geht es gut, Mama. Er war ein williges Opfer, ohne zu wissen, was das heißt. Als er in den Abgrund fiel, war er sicher, nun ewig in der Hölle schmoren zu müssen. Mit diesem Karma hätte er auch allein wieder herausgefunden, er hätte einfach nur durch alle Potentiale zum Licht marschieren müssen. Hätte Jacques ihn nicht so rasch gefunden und in den Keller zurückgebracht, hätte er bestimmt erst einmal ein wenig Ordnung da unten schaffen wollen."

„Wie meinst du das: Er war sich sicher, auf ewig in der Hölle schmoren zu müssen? Er hatte vorher fast ein Jahr völlig unbeeinträchtigt direkt neben der Hölle gewohnt."

Claire hatte heimlich gehofft, diesen Punkt umschiffen zu können. „Es gab da einen Zwischenfall ..." Claire ließ die Stellen aus, die Diana bestimmt später ausführlich und bereitwillig nachliefern würde und berichtete die Sache mit dem Fahrstuhl und Faith Dunlops Freund. „Er hat gezögert."

Am anderen Ende der Leitung schnaubte Martha. „Ach du ..."

„Meine Worte. Aber diese ganze Opfergeschichte hat ihn wieder geerdet. Er ist so gut wie neu."

„Ich verstehe." Die Pause sprach Bände. „Wie soll es jetzt weitergehen?"

Claire zog es vor, diese Frage mißzuverstehen. „Ich gehe davon aus, daß ich bald woandershin berufen werde. Austin sagt, ich werde morgen abreisen können. Hilfe sei schon auf dem Weg."

„Claire ..."

„Austin ist bei seinem letzten Leben angekommen. Aber er sagt, ihm mache das nichts aus."

„Na gut. Wenn du es so willst. Grüß Austin bitte ganz herzlich von deinem Vater und natürlich auch von mir."

Einen unangenehmen Moment später legte Claire auf und seufzte.

Wie soll es jetzt weitergehen?

Im Wohnzimmer wartete Jacques. Er mußte erfahren, daß sie abreisen würde – und daß er nicht würde mitkommen können.

Das würde keine einfache Unterhaltung werden.

„Jacques?"

Der Geist war im Zimmer auf und ab gegangen und blieb stehen, als Claire sich zu ihm gesellte. „*Ta mère,* deiner Mutter, es geht ihr gut?"

„Sehr gut."

„*Bon.*" Er glitt durch den Couchtisch und wies mit einer Hand auf das Sofa. „Bitte, *chérie,* ich habe Dinge zu sagen."

Da sie sich nicht darauf freute, die Dinge zu sagen, die sie sagen mußte, setzte sich Claire. Wenn ihm zuzuhören alles war, was sie für ihn tun konnte, dann würde sie zumindest das tun.

„Bist du soweit? *D'accord!*" Er strich sich mit den Händen über die Hüften, die Geste eines Lebenden, die Claire nie zuvor an ihm beobachtet hatte. „Ich bin entschlossen, es ist Zeit, daß ich weiterziehe."

Du willst mich *verlassen?* Nur mit Mühe gelang es Claire, diese spontane Reaktion nicht laut zu formulieren.

Jacques' Miene war ernst. „Ich habe die Hölle gesehen und weiß, dahin gehöre ich nicht, sonst hätten sie mich nicht gehen lassen. Es gibt in mir nicht genug Böses, daß sie mich halten könnte." Seine Mundwinkel zuckten. „Es hat geholfen, daß du mein Herz in Händen hieltest."

Als Jacques lächelte, mußte Claire auch lächeln. „Dein Herz war das nicht!"

„Nein? Na, nah genug dran." Er trat einen Schritt zurück und hielt ihr die Hand hin. „Willst du mir helfen?"

Soviel also zu dem Vortrag über fortwährende Veränderung, den Claire hatte halten wollen. Hastig strich die junge Frau die Stichworte zu diesem Vortrag aus ihrem Kopf, stand auf und legte ihre Handfläche an die Jacques'. Wie kühler Rauch legten sich seine Finger um die ihren. „Natürlich. Wann?"

„Jetzt. Ich fand den Mut, *ihr* gegenüberzutreten, ich fand den Mut, in die Hölle hinabzusteigen, um *l'âme*, die Seele Deans zu holen, den ich noch nicht einmal wirklich gern habe. Ich denke, solange ich Mut habe, sollte ich ihn auch nutzen, um mich dem zu stellen, was auf der anderen Seite ist."

„Willst du warten und Dean auf Wiedersehen sagen?"

„Nein. Sag ihm, ich habe *au revoir, adieu, bonne chance* gesagt, und wenn er ihn nicht benutzt, fällt er ab."

„Das sagst du ihm vielleicht lieber selbst. Bleib noch ein paar Minuten."

Jacques schüttelte den Kopf, und eine durchsichtige Locke fiel ihm in die Augen. „Nein. Es gab immer einen Grund, eine Entschuldigung zu bleiben, und so wird es auch weiterhin sein. Dean versteht das. Das ist so ein Männerding."

„Ein Männerding?"

Jacques zuckte die Achseln. „Das habe ich im Fernsehen gehört, bei *Morningside.*" Jacques hielt Claires Hand immer noch mit einer Hand umschlossen und legte ihr die andere sanft an die Wange. „Danke für die Nacht, die wir zusammen hatten. Ich glaube, ich habe in deinen Armen ein wenig den Himmel erlebt."

„Das glaubst du?"

„Ich bin ziemlich sicher." Er grinste. „Wenn du von mir erzählst, könntest du vielleicht ein ganz bißchen übertreiben?" Als sie nickte und sich ihre Wange durch seine Hand hindurch auf und ab bewegte, richtete er sich in seinem schweren Pullover kerzengerade auf. „Ich bin soweit."

Claire durchsuchte die Potentiale und öffnete den Weg. Dann kniff sie die Augen zusammen und trat beiseite, um Platz zu machen. „Folge einfach nur dem Licht."

Seine Züge lösten sich in dem Glanz fast auf, und er trat einen Schritt vor, hinaus aus der Welt, hielt dann aber noch einmal inne.

„*Au revoir, chérie.*"

„Auf Wiedersehen!"

„*Si j'etais en vie, je t'aurais aimé.*"

Dann war er fort.

„Wenn ich am Leben gewesen wäre, hätte ich dich geliebt."

Claire blinzelte, um die Lichter zu vertreiben, die vor ihren Augen tanzten und versuchte, ihren Blick auf Austin zu konzentrieren.

Der kletterte vorsichtig auf den Fußschemel und setzte sich. „Guter Abgang."

„Du sollst dich doch ausruhen."

„Ich ruhe. Ich sitze."

„Du solltest zum Tierarzt gehen."

„Nein danke." Der Kater legte den Schwanz um die Zehen, und unter dem unteren Rand des Verbandes kräuselten sich seine Lippen. „Ich wurde bereits medizinisch versorgt."

„Von den Mäusen?"

„Willst du mich einen Lügner schimpfen?"

Claire schüttelte den Kopf, gefangen im blaßgrünen Blick des einen Auges, das Austin geblieben war. „Nicht direkt. Aber auf eines würde ich gerne noch hinweisen: Ich persönlich habe keine Mäuse gesehen."

„Elvis hast du auch nicht gesehen."

Claire warf einen Blick auf die stumme Büste. „Ja und?"

„Das heißt noch lange nicht, daß er nicht irgendwo in einem Wal-Mart arbeitet! Hast du dich um Mrs. Abrams gekümmert?"

„Sie denkt, Baby sei vor etwa sechs Monaten eines natürlichen Todes gestorben, und nun, da ihre Trauerzeit beendet ist, wird sie sich einen Pudel anschaffen. Aber wo wir gerade beim Thema sind: Wie lange wußtest du schon, daß Baby ein Höllenhund ist?"

„Von Anfang an."

„Warum hast du mir das nicht gesagt?"

Austin schnaubte. „Ich bin eine Katze." Ehe Claire eine Erklärung verlangen konnte, legte er den Kopf zur Seite. „Da kommt Dean. Vielleicht solltest du dich um dieses letzte offene Ende kümmern."

„Das Hotel gehört Ihnen, wenn Sie es wollen."

Dean zögerte, eine Hand an der Kellertür, und drehte sich zu Claire um. „Nein. Ich will es nicht. Sie gehen?"

Sie nickte. „Bald. Wahrscheinlich morgen. Austin sagt, daß jemand kommen wird."

„Also kannten Sie meine Antwort schon, als Sie mich fragten?"

„Mehr oder weniger. Aber fragen mußte ich. Wie lange ..."

„Ich warte, bis dieser Jemand auftaucht und entscheide mich dann spontan."

„Gut. Jacques ist fort. Er sagt, ich soll Ihnen auf Wiedersehen sagen und daß Sie schon verstehen würden, warum er nicht gewartet hat."

„Klar."

Als sich das Schweigen über die für eine Antwort erträgliche Zeit ausdehnte, nickte Dean einmal und ging nach unten.

Als der Klang seiner Arbeitsstiefel in der Ferne verhallte, schlug Claire verzweifelt mit der Stirn gegen die Wand. Das war mies gelaufen! Es gab hundert Sachen, die sie Dean hatte sagen wollen. Angefangen bei: *Vielen Dank dafür, daß Sie Diana zum Bahnhof gefahren haben* bis hin zu *Vielen Dank dafür, daß Sie bereit waren, sich zu opfern, um die Welt zu retten.* Irgendwo dazwischen hätte sie einfließen lassen können: *Vielleicht können Sie und ich ja ...*

„Vielleicht könnten er und ich was?" fragte sie sich energisch und ging zurück ins Büro, wo sie ihren Rucksack von der Wand riß. „Freunde sein? Mehr als Freunde sein?" Claire riß die Kabel aus dem Computer und stopfte sie in den Rucksack. „Er ist ein außergewöhnlicher Mann. Vielleicht nicht brillant, aber gut, freundlich, wunderhübsch, tolerant ..." Der Drucker folgte den Kabeln. „... und nicht zu vergessen lebendig."

Vielleicht hatte sie wirklich eine der seltenen Chancen erhalten, die Hüterinnen zuteil werden, und aus irgendwelchen Gründen – Stolz oder einfach nur Dummheit – hatte sie diese Chance in den Sand gesetzt.

Was nun?

Die Unfallstelle war versiegelt.

Sie reiste ab.

Er reiste ab.

Es war aus.

Dean faltete eine Jeans fein säuberlich entlang der Bügelfalte und legte sie in seine Hockeytasche. Er wollte alles parat haben, um so rasch wie möglich abreisen zu können, sobald dieser Jemand hier auftauchte.

„Austin sagt, jemand wird kommen."

Dean würde nie wieder eine Katze ansehen können, ohne sich Fragen zu stellen. Was all die anderen Dinge betraf – nun, er wußte wieder, wer er war, der Rest war also egal.

Ein Stapel kurzer weißer Unterhosen, ebenfalls ordentlich gefaltet, wurde säuberlich neben der Jeans verstaut.

Oben in der Lobby war allerhand ungesagt geblieben. Claire hatte unnahbar und distanziert gewirkt, aber gleichzeitig immer wieder nervös an einer Locke genestelt. Beim Gedanken daran mußte Dean lächeln. Dann packte er all seine Socken bis auf ein Paar auch ein.

Diana hatte ihm auf dem Weg zum Bahnhof ununterbrochen gute Ratschläge erteilt. Etwa die Hälfte davon hatte er nicht verstanden.

Das war auch egal.

Claire reiste ab.

Er reiste ab.

Zumindest hatte sie ihm nicht angeboten, seine Erinnerungen umzuarrangieren. Er hätte darum gekämpft, sich an die letzten acht Wochen erinnern zu dürfen.

„Verdammt, was haben Sie mit meinem Hotel angestellt?"

Claire, die im Büro auf ihre Ablösung gewartet hatte, starrte fassungslos auf Augustus Smythe hinunter, öffnete den Mund, schloß ihn rasch wieder, öffnete ihn erneut und stieß völlig verdattert hervor: „Sie?"

„Wer sonst wäre bereit, dieses Rattenloch zu betreiben?"

„Aber ..."

„Im Keller war mal ein Höllenschlund. So etwas muß überwacht werden." Er streifte den Mantel ab und warf ihn auf den Tresen. „Sie sagen, ich sei pensioniert, mit vollen Bezügen für die Jahre, in denen ich gedient habe, aber ich weiß es besser." Buschige Brauen senkten sich, und der alte Herr musterte ungehalten die Renovierungsarbeiten, die Claire veranlaßt hatte. „Haben den Fahrstuhl wieder aufgemacht, wie? Irgendwen verloren dabei?"

„Nein."

„Haben Sie ihn ausprobiert, seit das Loch dicht ist?"

„Nein ..."

„Egal. Ich werde die alte Schreckschraube von nebenan überreden, eine Fahrt damit zu wagen." Zu Claires Verwunderung strich der Alte sich nun die Haare zurück und grinste, aber schon rasch verblaßte das Grinsen, und Augustus Smythe blickte wieder gewohnt finster in die Welt. „Na und? Müssen Sie nicht weg?"

Jetzt, wo er es sagte ... das war durchaus der Fall.

Der Ruf wurde stärker, als Claire den Rucksack aufsetzte und den Tragekorb aufhielt, damit Austin hineinklettern konnte. Sie griff nach dem Koffer, ließ ihn wieder los, sagte sich dann aber resolut, daß Jacques recht gehabt hatte: Es fanden sich immer Gründe für einen Aufschub.

Sie griff erneut nach dem Koffer, erst mit der rechten, dann mit der linken Hand, um dann mit der rechten den Katzenkorb aufzuheben. „Schöne Grüße an Dean."

Dann ging sie, wobei sie das „Idiotin!" geflissentlich überhörte, das sowohl ihr Kater als auch der Vetter hätte geflüstert haben können.

Der Ruf zog Claire nach Westen. Sie ging am Park, am Krankenhaus und an der Abzweigung zu einem Haus vorbei, in dem Sir John A. MacDonald, Kanadas erster Premierminister, kurz gelebt hatte, ehe er in die Politik ging.

Von See wehte ein definitiver Novemberwind, kalt und feucht, und die Finger, mit denen Claire die Griffe ihrer Gepäckstücke umklammert hielt, wurden langsam aber sicher steif. Als sie die Lichter am Sir John A. MacDonald-Boulevard erreicht hatte, befand sie, der Ruf wolle sie offenbar weiter wegführen, als sie zu Fuß zu gehen bereit war – trotz ihrer schlechten Laune und obwohl sie sich wegen so gut wie allem schuldig fühlte.

„Soll ich Sie ein Stück mitnehmen?"

Unerwartet kam er nicht.

Stirnrunzelnd wandte sich Claire dem Pick-up zu. „Sie wissen ja gar nicht, wo ich hinwill."

Dean beugte sich über den Beifahrersitz, zitterte ein wenig im eisigen Wind, der durch das offene Fenster in den Wagen drang und zuckte die Achseln. „Na und?"

„Steig einfach ein!" Der Katzenkorb in Claires Hand schaukelte, als Austin sein Gewicht verlagerte. „Ich friere mir hier draußen den Schwanz ab."

„Du hast ihm gesagt, in welche Richtung wir wollen."

„Welchen Teil von *steig ein* hast du nicht verstanden?" fauchte er und steckte eine Tatze durch die weiteren Maschen an der Vorderseite des Tragekorbs.

Ein paar Leute überquerten die Straße und kamen auf sie zu. Nur noch ein paar Meter, dann würden sie der Unterhaltung folgen können.

Claire stieg ein.

Schnallte sich an.

Als Dean den Gang einlegte und über die Kreuzung fuhr, hielt sie den Deckel des Tragekorbs so weit auf, daß Austin hinausklettern konnte.

„Wie geht es jetzt weiter?" fragte Dean.

Claire zuckte die Achseln und wandte sich um, um den Tragekorb auf den Koffer hinter den Sitz stellen zu können. „Ich weiß nicht."

Es gab noch so viel zu sagen.

„Sie wissen, daß die Geschwindigkeitsbegrenzung auf dieser Straße vierzig Stundekilometer beträgt?"

Vieles mußte gar nicht gesagt werden.

Dean nickte. „Gut. Wir gehen es ganz spontan an."

„Du warst in der Hölle." Austin rümpfte die Nase und streckte sich auf Claires Schoß aus. „Du kommst damit schon klar."

HE! WER HAT DEN SCHWEFEL AUFGERÄUMT?

Tanya Huff bei Feder&Schwert:

Die Chronik des Blutes

Blutzoll

Blutspur

Blutlinien

Blutpakt

Blutschuld

***

Die Chroniken der Hüter

Hotel Elysium

Auf Teufel komm raus

(3. Quartal 2005)

Hüte sich, wer kann

(4. Quartal 2005)